MARY GENTLE

Die letzte Schlacht der Orks

Roman

Deutsche Erstausgabe

WILHELM HEYNE VERLAG
MÜNCHEN

HEYNE SCIENCE FICTION & FANTASY
06/9159

Titel der Originalausgabe
GRUNTS
Übersetzung aus dem Englischen
von Christian Jentzsch

Umwelthinweis:
Das Papier wurde auf chlor- und
säurefreiem Papier gedruckt.

Deutsche Erstausgabe 12/2003
Redaktion: Joern Rauser

Originalausgabe by Bantam Press

Der Wilhelm Heyne Verlag ist ein Verlag der
Ullstein Heyne List GmbH & Co. KG.
Printed in Germany 2003
http://www.heyne.de
Umschlagbild: Didier Graffet / Bragelonne
Umschlaggestaltung: Nele Schütz Design, München
Satz: Schaber Satz- und Datentechnik, Wels
Druck und Bindung: Ebner & Spiegel, Ulm

ISBN 3-453-87536-2

Abschlussbericht

Mein Dank geht an (in alphabetischer Reihenfolge): Ashley Bird, Michael Fearn, Neil Gaiman, Michael Gearing, Roz Kaveney, Alex Stewart und verschiedene Mitglieder der alten Battlegroup sowie Five Company.

Und an den Mann, ohne den dieses Buch weitaus geschmackvoller ausgefallen wäre: Dean »Geben Sie mir noch eine Elfe, Sergeant« Wayland …

Danke für die Inspiration, Leute. Die Orks wären *stolz* auf euch.

Anmerkung zur orkischen Betonung und Aussprache

In einer linguistischen Verleumdung wird behauptet, Orkisch sei eine einsilbige Sprache, da Orks Schwierigkeiten hätten, sich mehr als eine Silbe zu merken. Das stimmt nicht. Viele orkische Namen haben drei oder sogar vier Silben. Sie werden folgendermaßen betont:

Ashnak	*ASH*-nak
Barashkukor	*BA*-rash-*KU*-kor
Chahkamnit	Chah-*KAM*-nit
Dakashnit	Da-*KASH*-nit
Imhullu	Im-*HUL*-lu
Lugashaldim	*LU*-gash-*AL*-dim
Marukka	Ma-*RUK*-ka
Razitshakra	*RA*-zit-*SHAK*-ra
Shazgurim	Shaz-*GUR*-im
Varimnak	*VA*-rim-nak
Zarkingu	Zar-*KING*-u

Inhalt

Erstes Buch

WAFFENBRÜDER

1

Im Turm des Namenlosen Nekromanten ist es immer kalt.

Der Atem des massigen Orks bildete dezent riechende Wölkchen in der Luft. Er zog die Riemen seines Brustharnischs enger um seinen muskulösen Körper. Reif funkelte auf der lamellierten schwarzen Rüstung, die die Schultern, die Arme und die krummen Oberschenkel schützte. Die Hexenkälte durchdringt einen Ork, wie es kein gewöhnlicher Winter vermag.

»Ich komme«, grollte er.

Er nahm Streitaxt und Streithammer von den breiten, behaarten Schultern und drückte sich den geflügelten Eisenhelm mit dem Nasenstachel fester auf den unförmigen Kopf. Selbst in Hab-Acht-Stellung steht er noch krumm da und seine Hände hängen auf Höhe der Knie.

»Beeilung«, winselte der Hauskobold. »Gebieter ruft: Beeilung-Beeilung-Beeilung!«

Der Ork holte mit seinem knorrigen Fuß aus und trat dem Hauskobold in den mageren, mickrigen Hintern. Der Kobold kugelte durch den Flur und prallte dabei mehrfach von den Wänden ab.

»Gib Ashnak von den Kampf-Agaku keine Befehle!« Der massige Ork lachte schallend, während er sich daran machte, die neunhundertneunundneunzig Stufen zur Dachkammer des Turms zu erklimmen.

Eis bildete sich an den Onyxmauern. Hexenkälte schnappte nach seinen Krallenfingern. Er klopfte sich Schmutz und Dung von der Rüstung, schüttelte den Kopf mit den großen Hauern und hob eine massige Faust, um an die Eichentür zu klopfen. Bevor er seine

Absicht in die Tat umsetzen konnte, schwangen beide Flügel lautlos auf. Durch das einzige hohe Fenster des Turms fiel Licht auf den Boden.

Der Namenlose Nekromant räkelt sich auf einem Stuhl aus den Knochen seiner Feinde.

Im Flickwerk seiner Gewänder funkelte das Silbergarn, mit dem ihre zahlreichen, beunruhigend geformten kleinen Lederfetzen zusammengenäht waren. Zu seinen Füßen leuchtete sein Stab ruhig und unbewegt im Licht dunkler Sterne. Er hielt den Kopf geneigt. Ashnak vermutete, dass er alt war – unter Berücksichtigung der Alterung von Menschenhaut zwei oder noch mehr Jahrhunderte. Doch er ließ noch immer die widerwärtige Geschmeidigkeit menschlicher Jugend erkennen.

»Gebieter!« Der Ork fiel in dem abgedunkelten Turm auf die Knie. Brustharnisch und Waffen schepperten laut in der magischen Stille.

»Lord Nekromant!«, brüllte er.

Der Namenlose Nekromant schrak heftig zusammen. Wein schwappte aus seinem Knochenkelch auf das schwarze Gewand. Seine giftigen grünen Augen öffneten sich.

»Äh … wer …?«

Der Nekromant rieb sich mit blasser, schlanker Hand über den Mund. Der Schädel-Weinkelch entglitt seiner anderen Hand, durchnässte das Gewand aus Häuten und fiel auf die Bodenfliesen.

»Was'n …?«

»Ashnak«, erinnerte ihn der massige Ork. »Ashnak von den Kriegern! Ashnak von den Kampf-Agaku!«

»Ähem … Ashnash … Was war denn gleich …«

Ashnak sagte so geduldig, wie es einem Ork möglich ist (und ein menschgescheiter Agaku, der es mit Hexerei zu tun hat, kann in der Tat sehr geduldig sein): »Ihr habt mich herbestellt, Gebieter. Ashnak von den …«

»… Kampf-Agaku, ja, ich *weiß. Schrei* nicht so, Abschaum.«

Der Namenlose Nekromant beugte den Kopf über die Lehne des Knochenstuhls und ergab sich geräuschvoll seiner Übelkeit. Ein anderer brauner Hauskobold schoss unter dem Podium hervor und machte sich daran, das Erbrochene aufzuschlecken.

Etwas anderes huschte durch entfernte Schatten. Ashnak versteifte sich.

»Verdammich!« Der Zauberer erbebte in einem Anfall von Schluckauf und zeigte dann mit zitterndem Finger in die ungefähre Richtung der Schatten. Ein gegabelter goldener Blitz zuckte von seiner Hand in die Ecke des Gemachs.

Der Knall erschütterte sogar Ashnaks Trommelfelle. Steinsplitter spritzten aus dem schwarzen Mauerwerk. Die Ratte des Anstoßes, um gut drei Meter verfehlt, huschte ins entferntere Dunkel.

»Ich habe einen Auftrag für dich, Ashnak.«

Wie immer, wenn er gezaubert hatte, bekam die Stimme des Namenlosen Nekromanten einen schärferen und wacheren Klang.

»Du kannst noch drei weitere Krieger mitnehmen. Nicht mehr als drei. Ihr sollt in aller Heimlichkeit zu meinem Mittelsmann gehen, der euch bereits erwartet. Ich gebe euch einen Talisman mit, an dem er euch erkennen wird. Dann übernehmt ihr die Wache, während ein Auftrag für mich ausgeführt wird. Danach wird man euch sagen, was weiter zu tun ist.«

»Jawohl, Gebieter!«

Ashnak warf sich bäuchlings in den Staub, sodass seine Eisenwaffen auf die Fliesen klirrten, und schlug die Stirn drei oder viele Male auf den Steinboden. Das tat ihm nicht besonders weh und besänftigte den Namenlosen Nekromanten in der Regel.

»Unverzüglich, Gebieter!«

»Du bereitest mir Kopfschmerzen, Ashnak«, sagte der Namenlose Nekromant, indem er nach einer Flasche griff, die aus den Siliziumknochen eines absonderlicheren Feindes gefertigt war, als sich ohne weiteres begreifen lässt. »Geh *weg*.«

* * *

Zwei Augenpaare begutachteten das Äußere der Taverne aus einer Höhe von nicht ganz drei Fuß und sechs Zoll.

»Wir werden unsere Sachen nie aus dem Zimmer holen können«, sagte Will Brandiman.

»Nicht ohne der Assassinengilde in die Arme zu laufen«, fuhr Ned Brandiman fort. »Die müssen zwangsläufig wieder hier aufkreuzen, bevor wir damit fertig sind, richtig, Will?«

Will Brandiman hob seine über den Boden schleifenden Unterröcke und zog sich aus der Gasseneinmündung zurück. Das Schnürmieder fühlte sich unangenehm eng an und erschwerte den Zugriff auf die unter seine Arme geschnallten Wurfmesser. Er knautschte das Kinderspringseil zusammen und stopfte es in eine Tasche.

»Fürchte ja, Ned.«

Er warf einen Blick auf seinen Bruder. Neds mit rosa Rüschen besetztes Kleid war vom Straßendreck fleckig, und die Zöpfe, zu denen seine dafür eigentlich zu kurzen brauen Haare geflochten waren, lösten sich allmählich auf. Vermutlich sah er selbst nicht viel besser aus. Er strich sich mit der Hand über das Kinn und dachte kurz an die merkwürdigen Vorteile, die es haben konnte, sich nicht öfter als zweimal im Monat rasieren zu müssen.

»Aus der Nähe würde ich dieser Verkleidung nicht trauen«, sagte der Halbling, »obwohl sie uns heute durchaus gute Dienste geleistet hat. Wir haben die Sache erledigt. Jetzt lass mich mal sehen …«

»Irgendwie müssen wir die Leute aus dem Schankraum holen, richtig?«, fragte sein Bruder.

»Richtig. Und zwar so, dass die Leute von der Assassinengilde auch mit ihnen nach draußen kommen. Also …«

»Also ist es ganz einfach.« Ned zeigte nach oben auf das Strohdach. »Wir zünden einfach eins von den Häusern da drüben an. Dann kommen alle nach draußen gelaufen – die Gildenleute auch, weil sie sich nicht weigern können, ihrer Löschpflicht nachzukommen. Jedenfalls nicht in aller Öffentlichkeit. Wir gehen rein, holen unsere Sachen und verschwinden wieder.«

Will hob die Augenbrauen, angenehm überrascht. »Was würde ich nur ohne dich anfangen, Bruder? Also schön. Suchen wir etwas trockenes Stroh. Und vorzugsweise ein bewohntes Haus.«

»Warum … ach so.« Ned grinste. »Das Geschrei wird sie alle schnell nach draußen locken.«

»Genau.«

Im Westen waren die letzten Lichtstrahlen einer langen Sommerabenddämmerung zu sehen. Feuerstein und Stahl sprühten Funken auf Zunder. Will entzündete vorsichtig drei Streifen Stoff, die er von seinem Kleid abgerissen hatte, und schob sie mittels eines Stocks unter das tief hängende Dachgesims.

Sie zogen sich in die dunkleren Gassen gegenüber der Taverne zurück.

»*FEUER!*«

Kehliges Geschrei erhob sich sofort.

Die Taverne spie eine Menge auf die gewundene Straße. Es wurde laut. Menschen, einige Elfen und ein paar Zwerge riefen nach Wasser, Eimern, Hippen und Sand. Abseits des Feuerscheins schlichen sich die Brüder an ihnen vorbei in die hallende, leere Taverne und eilten nach oben in ihr Zimmer.

»Jetzt aber schnell!«

Will riss sich das Kleid über den Kopf. Seine kleine, untersetzte Gestalt leuchtete im Widerschein der brennenden Häuser. Mit fliegenden Fingern streifte er Hemd, Kniehose, ein feingliedriges Kettenhemd und ein Wams über. Er schnallte den Schwertgurt um, überprüfte den Sitz seiner Wurfmesser und Giftnadeln und lief zu Ned, der jeden einzelnen Ausrüstungsgegenstand von dunklen Laternen bis hin zu schweren Armbrüsten in die messingbeschlagenen Truhen warf.

»Wir seilen sie durch das Rückfenster ab«, sagte Ned. »Dann gehen wir raus und um die Taverne …«

Will rannte durch das Zimmer und legte die Innenseite seiner kleinen Hand auf die Tür. Er runzelte die Stirn, öffnete die Tür einen Spalt und schaute in tosende Flammen. Das gesamte Treppenhaus der Taverne brannte lichterloh.

Brennendes Stroh fliegt durch die Luft.

»Wir springen hinterher«, korrigierte er sich, indem er die Tür schloss und dann hustete. »Es ist nur ein Stockwerk.«

»Ein Stockwerk in einem Menschenhaus!«

»Wenn du lieber braten willst, Ned …!«

Will grinste über die Miene seines Bruders, als er das Rückfenster öffnete und die erste Truhe auf das Fensterbrett hievte. Er ließ sie am Seil herab, dann die zweite Truhe – und schließlich kletterte er selbst auf das Fensterbrett. Er zielte sorgfältig und sprang.

»*Ahhhh!* Du kleiner Scheißer!«

In einem Gewirr aus Knien und Ellbogen rappelte sich Will auf und fand den Hinterhof des Gasthauses leer vor – bis auf den Menschen, auf dem er gelandet war. Der fette Stallknecht, der immer noch nicht wieder richtig auf den Beinen war, öffnete den Mund zu einem neuerlichen Schrei und Will verpasste ihm einen Schlag mit dem Knauf seines Dolchs gegen die Schläfe. Der Mann fiel hintenüber.

Ned Brandimans Füße landeten mitten auf der Brust des Menschen, was seinen Sturz ebenfalls bremste. Dem Menschen blieb die Luft weg und seine Lippen liefen blau an. Der Halbling zog sich den Rest der rosa Bänder aus den Haaren und schüttelte die Zöpfe aus. Er kicherte leise.

»Schnelle Arbeit, Will.«

»Kein Problem, Ned.«

Eine Menschenstimme brüllte: *»Heda! Ihr zwei!«*

Will fuhr herum und lief dem stämmigen Menschen, der in Arbeitskleidung im Hofeingang stand, entgegen.

»Hilfe! Sir, helft uns! Die Taverne brennt, uns hat nur der Heldenmut dieses Menschen gerettet – und ich glaube, er ist verletzt. Bitte helft!«

Der Fremde, ein rauflustig aussehender rothaariger Mensch, kam über den Tavernenhof gelaufen und kniete sich neben den Stallknecht. Während er die reglos daliegende Gestalt knuffte und anstieß, sah Will sich rasch um. Keine Spur von Ned, aber die Stalltüren standen offen …

Will verbarg ein Messer in der Handfläche, während er sich dem Rotschopf von hinten näherte. Mit einem raschen, sauberen Schnitt durchtrennte er ihm die Halsschlagader, sodass das Blut nach vorn und auf den bewusstlosen Stallknecht, aber nicht auf ihn selbst spritzte. Er warf einen nachdenklichen Blick zurück auf die Taverne. Unter dem Dachgesims quoll Rauch hervor. Er bückte sich und drückte dem Stallknecht das rote Messer in die Hand.

»Will! Hierher!«

Mit einem schwitzenden Pony im Schlepptau, kam Ned Brandiman schwankend aus dem Stall. Will schnappte sich ein paar leere Kisten, auf die er stieg, um die messingbeschlagenen Truhen beiderseits des Sattels befestigen zu können, und sprang schließlich hinter Ned auf, während sein Bruder eine Pferdepeitsche, beinah so groß wie er selbst, schwang und gegen die Flanke des Ponys knallen ließ.

Der heiße Wind der Feuersbrunst schlug ihnen ins Gesicht und Will grinste breit. Die Häuser und armseligen Kneipen des Armenviertels rauschten vorbei und verloren sich im Dung, den die Hufe des Ponys aufwirbelten. Er schüttelte Neds kleine, aber muskulöse Schulter.

»Nicht so schnell!«

Sein Bruder zog am Zügel. Das Pony verlangsamte widerstrebend den Schritt. Ned beruhigte es, bis sich die angelegten Ohren entspannten, und Will saß hoch aufgerichtet im Sattel, während sie mit Würde durch das Kaufmannsviertel und die hier sehr ruhige Nacht den schläfrigen Wachen an Ruxmünsters Stadttor entgegenritten.

* * *

Das orkische Feldlager dampfte ein wenig im Sonnenschein.

Barashkukor stützte die schorfigen Ellbogen auf die Brüstung der Festungsmauer von Nin-Edin und starrte vom Berghang auf eine Wildnis herab, der nur die Geier etwas abgewinnen konnten. Er schob seinen verbeulten Helm in den Nacken. »Also, was kommt denn nun dabei raus, wenn man einem Krieger die Beine abhackt?«

Marukka ließ ein Bariton-Gackern hören und wedelte zur Betonung mit ihrem schartigen Schwert in der Luft herum. »Ein tief gesunkenes Arschloch!«

Barashkukor ächzte, aber still für sich, damit sie ihn nicht hören konnte. Die junge Orkfrau überragte ihn um zwanzig Zoll.

»Und was«, fuhr sie fort, »kommt dabei raus, wenn man einem tief gesunkenen Arschloch die Arme abhackt?«

Barashkukor lehnte seine Streitaxt gegen die Steinbrüstung und verzichtete endgültig darauf, zumindest den Anschein zu erwecken, Wache zu schieben. Er kratzte sich den Schorf auf seiner schuppenden Brust und riss sich die schmuddelige Panzerweste auf – die in die Jacke eingenähten Metallplatten bohrten sich durch das abgenutzte Futter und stachen in seine zähe Haut. Die heiße Luft summte vor Leere und die Gebirgsfestung glühte wie ein Ofen.

»Was *kommt* also dabei raus, wenn man einem tief gesunkenen Arschloch die Arme abhackt?«, wiederholte er.

»Ein h-armloses tief gesunkenes Arschlosch!«

Barashkukor giggelte kriecherisch. Die Orkfrau stand breitbeinig da, die Hände in die Hüften gestemmt, und wieherte laut. Ihre grell orangefarbenen Haare, die oben auf dem Kopf zu einem Pferdeschwanz zusammengebunden waren, wackelten hin und her. Das verrostete Gemisch aus Ketten- und Schuppenpanzer, in das sie gehüllt war, klirrte und schepperte ebenso wie die Sammlung verschiedener Messer und Streitkolben, die an ihrem breiten Ledergürtel baumelten. Ihre gewaltigen Brüste drohten die Halteriemen ihres Panzerhemds zu sprengen.

»Und *was* …«

Barashkukor tastete sich an der Brüstung entlang in Richtung Treppe vor. Der Rest des Ork-Trupps flezte sich im Burghof in der Mittagshitze um die Kochgrube. Von dieser Festung waren nur noch ein paar Gebäude ohne Dach sowie die äußeren Befestigungen erhalten. Barashkukor fand es etwas karg, aber nicht ungemütlich.

Marukkas Schwertspitze schlug einen Fingerbreit vor seinem Gesicht gegen die Mauer. Er blieb stehen und setzte eine Miene äußerster Aufmerksamkeit auf.

»… was kommt dabei raus«, wollte sie wissen, »wenn man einem h-armlosen tief gesunkenen Arschloch den *Kopf* abschlägt?«

Die Anstrengung, mit der er überlegte, entsprach der Nähe ihrer schartigen Waffe. »Ist mir zu schwierig. Was kommt dabei raus?«

»Eine kopflose Memme.«

Barashkukor sagte ungläubig: »Eine kopflose Memme?«

»Ja, nun – würdest *du* dich ohne Arme und Beine noch wehren und kämpfen?«

Marukka schlug sich auf die dicken grünen Oberschenkel. Die Kinnlade fiel ihr herunter und sie schnaufte. Tränen liefen ihr aus den Augenwinkeln unter den buschigen Brauen.

»Der ist gut! Ist der nicht gut? Den hab ich mir selbst ausgedacht!«

Barashkukor zeigte in einem breiten Grinsen alle Zähne und Hauer. »Gut, Marukka. Du hast es wirklich drauf.«

»Klar.« Sie strich selbstgefällig mit der Hand über ihr Schwert und schob es wieder in ihren Gürtel. »Würde mich nicht überraschen, wenn ich gut genug wäre, um dafür bezahlt zu werden. Schließlich werden sogar stinkende *Menschen* fürs Witze-Erzählen bezahlt. Das hab ich mal gesehen. Ich war da in 'ner Stadt, weißt du …«

Ich weiß, dachte Barashkukor. »Wie wär's mit 'ner Runde Orkball?«, schlug er hastig vor.

»Gute Idee! Ach so … Wir haben ja gar keinen Ball.« Marukka schniefte. Sie stapfte die Treppe zum Burghof herunter. »Heda! Wessen Idee war es, das Mittagessen zu *kochen*?«

Der größte Ork, der auch (was kaum der Erwähnung bedarf) der Anführer des Trupps war, zeigte stumm auf einen der kleineren Orks. Marukka ging weiter und zog dabei ihr Schwert. Der kleine Ork wich zurück.

»Ich nicht! Das war nicht meine Idee! Ich war nicht mal hier … *urp!*«

Marukkas schartige Klinge pfiff durch die Luft. Es

machte *wack!* und etwas ziemlich Rundes flog und landete immer noch blinzelnd vor Barashkukors Füßen. Die Orks kamen mit sichtlicher Begeisterung auf die Beine.

»Wir haben einen Ball«, verkündete Marukka. »Also lasst uns *spielen*!«

* * *

Eine Stimme in seinem Albtraum sagte: »Was ist das für ein Geruch?«

Will Brandiman bewegte den Kopf um eine Winzigkeit zur Seite und zuckte zusammen. Ein heftiger Schmerz flaute nur langsam ab. Es war kein Albtraum. Er probierte es mit den Handgelenken und stellte fest, dass sie gefesselt waren. Dem Gefühl nach waren seine Dietriche noch in den Manschetten eingenäht. Seine Knöchel pochten schmerzhaft, weil die Fesseln viel zu stramm waren.

»Gebratenes Pony?«, riet er heiser.

»Eines Tages wirst du zum Geruch von gebratenem Bruder aufwachen«, murrte Ned.

Der Boden unter seinem Gesicht war hart und feucht. Will mühte sich, den Kopf zu heben. Das grelle Mondlicht brannte ihm in den Augen und er zuckte wieder zusammen. Gegenwärtig ließ sich die Ursache seiner Schmerzen noch nicht genau lokalisieren, aber er war geneigt zu wetten, dass es sich um eine Kopfwunde handelte, noch dazu um eine, die ungekonnt beigebracht war.

»Orks«, schlussfolgerte er schnüffelnd.

Ein harter Fuß, so hart wie der härteste Lederstiefel, trat ihm in die Rippen. Die Wucht des Tritts wälzte ihn auf den Rücken. Er starrte zu einem breitschultrigen Ork mit stämmigen Beinen in einem glänzenden schwarzen Schuppenpanzer auf. Der Ork öffnete den Mund voller großer Hauer und spie Will genau ins Auge. Der Speichel brannte.

»Orks«, staunte Will. »Tja, so dämlich könnt ihr gar nicht sein. Immerhin habt ihr es geschafft, mich und meinen Bruder zu überraschen, und das passiert nicht oft ... *ahh!*«

Ein etwas kleinerer Ork beugte sich von hinten über Will und klappte das Hundeschnauzenvisier seiner Beckenhaube auf. Will sah das zahnbewehrte und scheeläugige Gesicht verkehrt herum, was diesem (fand Will) auch nicht besser stand. Der Ork knurrte in einem Kontra-Alt. »Zeig Respekt! Rede nicht vor Ashnak!«

Will gelang es, sich zu einer wackligen Sitzhaltung aufzurichten. Ned, ein verschnürtes Bündel, lag ein paar Fuß entfernt. Ein Feuer brannte. Der Schutz aus Zweigen, Farnkraut und Gestrüpp, der diese Bodensenke und die Höhleneinmündung verborgen hatte, lag überall verstreut. Die messingbeschlagenen Truhen standen offen, ihr Inhalt schien geplündert. Eine der schweren Armbrüste hing am Gürtel des Orks in der Rüstung. Will hob in gewaltigem Respekt eine Augenbraue.

»Agaku«, riet er. »Die menschgescheiten Agaku.«

Der gerüstete Ork lächelte und zeigte dabei polierte gelbe Fänge. »Mir sind noch nicht viele begegnet, ob Mensch, Elfendreck oder Halbling, die so gescheit sind wie die Agaku.«

Will gelang es, sich das Gesicht am Knie abzuwischen und so den letzten Rest des ätzenden Speichels zu entfernen. Seine Augen liefen noch immer und er sah den Nachthimmel nur verschwommen, sodass er für einen panischen Moment nicht sicher war, wie viele Orks sie umringten.

Mit einer vor Schmerz heiseren Stimme sagte Ned: »Ein Spähtrupp, würde ich sagen, weil sie nur zu zweit sind. Will ...«

»Ja, ja, ich weiß. Es ist schwierig.«

Ein Funke vom Feuer flog durch die Luft und blieb

brennend auf seiner Wange kleben. Er schüttelte heftig den Kopf und stöhnte dann. Das Feuer war im Höhleneingang entfacht worden, sodass es vom höher gelegenen Marschland aus nicht zu sehen war, und der verkohlte Kadaver des Ponys schien gründlich gekaut worden zu sein.

»Ihr beseitigt alle Spuren«, staunte er mit einem Blick auf den größeren Ork. »Ashnak hat sie euch genannt, nicht wahr? Meister Ashnak, wir zwei müssen uns unterhalten. Ich würde es bequemer finden, wenn ihr mir wenigstens die Fußfesseln lösen könntet, weil ich glaube, dass es nicht lange dauern wird, bis meine Füße gar nicht mehr zu gebrauchen sind, falls Ihr es nicht tut.«

Der Boden kippte auf Schwindel erregende Weise unter ihm weg, als ihn eine Krallenhand hinten am Wams packte und in die Luft riss. Das helmbedeckte Gesicht der Orkfrau grinste aus einer Entfernung von sechs Zoll in seines. Ihre Hauer waren lang, gekrümmt und mit Bronzekappen versehen. Ihre weißlosen Augen funkelten. In der freien Hand hielt sie einen stacheligen Morgenstern.

»Ihr kleinen Halblinge seid immer so durchtrieben«, sagte sie in gutturaler Bewunderung. »Denk an meine Worte, Ashnak. Sie sind im Auftrag des Lichts unterwegs. Wenn wir auf sie hören und sie losbinden, kommen sie uns später mit irgendeinem Wunder und verletzten uns in unserem Stolz. Ich habe die Geschichten der Menschen gehört. *Ich* weiß, wie das läuft.«

Der stachelbewehrte Streitkolben hob sich, hielt, sauste herab …

»Nicht ohne meinen Befehl, Shazgurim!« Ashnak riss der Orkfrau den Morgenstern aus der Hand und schlug sie mit dem glatten Ende, sodass sie gegen die Erdwandung der Bodensenke geschleudert wurde. Will versuchte den Fall durch Zusammenkauern und Abrollen zu mildern – da er durch seine Fesseln ohnehin schon ziemlich zusammengeschnürt war –, doch ein scharfkantiger Stein bohrte sich in seinen Bauch und es dauerte eine Minute oder noch länger, bis er wieder genug Luft schnappen konnte, um zu atmen.

Er hörte Ned sehr vernünftig sagen: »Ein Handel – unsere Ausrüstung, für die ihr Verwendung habt, für unser Leben, für das ihr keine Verwendung habt.«

Eine Eule schrie zweimal und dann noch zweimal. Die Eule ist nicht gerade ein im Marschland heimischer Vogel. Beinah so verstohlen wie Halblinge glitten zwei weitere gerüstete Orks um den Felsturm und in die Senke und schwangen vor Ashnak grüßend ihre Streitaxt. Will stöhnte, als er sich herumwälzte, da die Fußfesseln wie Draht in seine Knöchel schnitten.

»Sie sind allein«, grunzte einer der Orks. »Keine fremden Witterungen: keine Menschen, kein Magierdreck und auch keine Zwerge.«

Der kleinste Ork, in dem Will im flackernden Feuerschein eine weitere Frau zu erkennen glaubte, kicherte schrill. »Kein Geruch nach Magie, nein. Keiner. Gar keiner!«

Er sah Ashnak seinen Hauermund öffnen, wusste, dass dessen nächste Worte *Tötet sie!* lauten würden, und spielte seinen letzten Trumpf aus. Zum Glück war es ein fünftes As, wie üblich.

»Haltet ein!«, rief er. »Im Namen des Namenlosen Nekromanten!«

Neben ihm gab Ned ein Geräusch wie ein Ächzen oder Wimmern von sich. »Im Namen des Namenlosen?«

»Du weißt, was ich *meine*. Im … ach, zur Hölle damit. Orks!«, rief Will laut. »So stark ihr auch seid, ich weiß, dass euresgleichen Magie fürchtet. Wollt ihr wirklich riskieren, den Namenlosen Nekromanten gegen euch aufzubringen?«

Der große Ork machte eine Handbewegung. Die beiden Späher verzogen sich wieder aus der Senke ins Marschland, während Shazgurim blieb. Sie zog die Riemen ihrer Unterarmschützer nach und schnitt dabei eine finstere Miene in Ashnaks Rücken. Will nahm das zur Kenntnis. Als Ashnak sich ihm näherte, beförderte Will mit einer jähen Kopfbewegung die Haare aus der Stirn und sah den Ork so furchtlos an, wie es ihm nur möglich war.

»Hhrmmm …« Der Ork ging in die Hocke. Im Feuerschein konnte Will die Stammestätowierungen auf seinen schwieligen Wangen erkennen. Streitäxte auf dem Rücken, schwarz gepanzerte Oberschenkel- und Armschienen, Brustharnisch mit Gravuren … Das ist kein Ork-Bandit, dachte Will. Er bemühte sich um eine Haltung würdevollen Selbstbewusstseins.

»Und warum«, knurrte der Ork, »würde es meinen Gebieter, den Namenlosen, gegen uns aufbringen, wenn wir euch die Haut abziehen, sie kochen und dann an euch verfüttern, bevor wir eure Ärsche aufspießen und euch als Futter für die Raben zurücklassen?«

»Ihr seid ein Meister der Formulierung.« Will hielt inne. »Euer Gebieter?«

»Ja, du kleines Karnickel. *Mein* Gebieter. Dessen Namen du in deinem Halbling-Mund dreckig gemacht hast. Also füttere ich dich vielleicht noch mit glühenden Kohlen, nachdem ich dir deine Haut zu fressen gegeben habe.«

Ned Brandiman stöhnte.

»Verflucht noch mal, Will! Wir sind noch nicht mal in der Nähe der Grauen Klippe. Bis dahin sind es noch mindestens zwanzig Meilen!«

Will seufzte. Er betrachtete die Miene des Orks, auf der die Verwirrung jetzt mit überraschender Schnelligkeit dem Begreifen wich.

»Ich trage einen gewissen Talisman bei mir«, sagte er.

»Wenn ich Ihr wäre, würde ich mich losmachen und ihn hervorholen lassen. Der Talisman wird durch vergiftete Nadeln geschützt, müsst Ihr wissen.«

Shazgurim knurrte angewidert. »Talisman. Bei den verdorbenen Eingeweiden des Finsteren! Ashnak, merk dir meine Worte, das wird uns noch mal Leid tun.«

Ein schartiges Messer durchschnitt seine Hand- und Fußfesseln. Als sie sahen, dass er sich nicht bewegen konnte, rieb der massige Ork die tauben Stellen mit schwieligen Händen, bis es Will ächzend und stöhnend gelang, sich aufzurappeln und, während sie Ned ebenfalls die Fesseln lösten, in die mit Giftnadeln gesicherte Tasche zu greifen und einen untätigen Bernsteinkubus herauszuholen.

»Sagt Euer Wort.«

Der Ork runzelte die Stirn. Schließlich murmelte Ashnak: »Zerganubaniphal!«

Der Bernsteinkubus pulsierte einmal und erwärmte Wills Hand. Er warf ihn dem Ork zu, sagte »Banidukkunishubar« und sah den Kubus wie eine Laterne leuchten. »Ich werde nicht sagen: ›Freut mich, Euch kennen zu lernen.‹ Wir sind zwanzig Meilen vom Treffpunkt entfernt und ihr habt mein Pony gegessen.«

»*Unser* Pony«, korrigierte Ned Brandiman. Der braunhaarige Halbling streckte abwechselnd Arme und Beine und schaute etwa aus Hüfthöhe zu dem Ork hoch. »Ihr seht aus wie Krieger – was denkt sich der Namenlose dabei, die Horde zu schicken? Wir wollen nicht, dass ihr rumtrampelt und der ganzen Welt erzählt, wohin wir unterwegs sind. So arbeiten wir nicht.«

Shazgurim kam näher und schob das Visier ihrer Beckenhaube dabei hoch. »Und wie und was arbeitet ihr zwei?«

Will und Ned sahen einander an.

»Ned und Will Brandiman«, stellte Ned vor. »Berüchtigte Halblinge. Sir und Madam, Ihr seht zwei der bedeutendsten Profis vor Euch, die kennen zu lernen Ihr je das Glück haben werdet. Und was unsere Tätigkeit betrifft, wir finden verlorenes Eigentum.«

Shazgurim schnaubte. »Und ist dieses Eigentum normalerweise auch schon verloren worden, bevor ihr zwei es ›findet‹?«

»Jetzt, da Ihr es erwähnt …«

Ashnak nickte nachdrücklich. »Diebe. Unser Gebieter, der Namenlose, sagte, wir würden Diebe treffen.«

»Wir ziehen die Bezeichnung *Abenteurer* vor. Das klingt doch viel ehrbarer.« Will klopfte sich den Staub ab und ging zu ihren geplünderten Truhen. »Euch ist schon klar, dass es nötig sein wird, uns unser Handwerkszeug zurückzugeben? Und jetzt, wo ich darüber nachdenke, fällt mir auf, dass wir kein Transportmittel mehr haben. Ich denke, es wäre möglicherweise ganz ratsam, wenn Ihr einen Eurer Krieger dazu abstellen würdet, diese Kisten für uns zu tragen.«

2

Der vierschrötige Orkkrieger Imhullu schaute über den verwitterten Rand des Felsturms.

»Banditenland«, meinte er. »Da unten wird es von ihnen wimmeln. Und wir müssen diese beiden kleinen Ratten in einem Stück durchbringen?«

Ashnak von den Kampf-Agaku lehnte sich an einen von der Sonne erwärmten Felsen und riss das Fleisch von einem immer noch zuckenden Hasen. Das warme Blut fühlte sich in der Kehle wunderbar an. Er wischte sich mit dem Handrücken über den Hauermund. »Ich habe gefragt, ob ich meinen Kriegstrupp mitnehmen kann. Dem Ersuchen wurde nicht stattgegeben.«

»Ja, dann …«

Keine weitere Anspielung auf den Namenlosen Nekromanten wurde gemacht. Ashnak knackte die Knochen des Hasen und zermalmte sie, dann setzte er seinen Helm ab und schaute vorsichtig über den Rand des Felsturms, sorgfältig darauf bedacht, sich nur ja nicht als Silhouette abzuzeichnen. Seine langen spitzen Ohren entknitterten sich. Vollkommen reglos und mit seiner wettergegerbten bräunlich-grauen Haut hätte er selbst ein Fels sein können.

Die hohen Klippen des Marschlands gingen in grüne Täler und zahme Flüsse über und Rauch aus Schornsteinen kündete von ihrer Besiedlung durch Menschen. Ashnak blinzelte in den Wind. Im Süden erhoben sich zerklüftete, nackte Berge. Lange vor den Ausläufern dieser Felsmassive endeten die Anzeichen der Besiedlung.

Mit einer langsamen Drehung des Kopfes verfolgte er, wie sich das Marschland in weit geschwungener Kurve hundert Meilen und noch mehr dahinzog, durchgängig mit Dörfern und Siedlungen überzogen, und schließlich in weiter Ferne in einen Gebirgsausläufer überging. Eine trügerisch liebliche Landschaft. Er konnte die darüber liegende Spannung von hier aus riechen, da sie auf die endgültige Abrechnung wartete.

»Mitten 'durch geht es schneller als außen 'rum«, sagte Imhullu. »Wenn ich fünfzig handverlesene Krieger hätte, gäbe es nichts zu überlegen. Bei den Eiern des Finsteren, unseren Kämpfern kämen ein paar Überfälle gerade recht! Mal wieder ein paar Gehöfte niederbrennen und die stinkenden Menschen essen!«

»Nicht so kurz vor dem Letzten Gefecht.«

Wenn er blinzelte, konnte er von Zeit zu Zeit sehen, wie Shazgurim kundschaftete. Die Orkfrau huschte von Deckung zu Deckung, verschmolz mit den Felsen, wenn sie anhielt, und verschwand schließlich hinter einem Hügel, wo sie sich – vermutlich – weiter dem Feldweg näherte, der von allem, was sie seit Tagen gesehen hatten, einer Straße noch am nächsten kam.

Von Zarkingu war nichts zu sehen. Andererseits, dachte Ashnak, während er sich müde über die ledrige Stirn strich, hatte er auch gar nichts anderes erwartet, oder? Agaku und Zauberei vertragen sich nicht – und sie kann Magie riechen, was sie so verrückt wie eine Wanze macht, richtig? Richtig.

»Du kannst einen von uns mit einer der Ratten quer durch das Land schicken, Hauptmann, und die anderen den langen Weg nehmen lassen.«

Imhullus Vorschlag ordnete seine Gedanken. Er sagte: »Nein. Wir bleiben zusammen. Wir beeilen uns. Mitten durch zu den Bergen. Wie weit ist es, fünfzig Meilen? Vielleicht müssen wir den Halbling-Abschaum tragen, aber wir können es in weniger als einem Tag und einer Nacht schaffen – oder wir sind es nicht wert, Agaku genannt zu werden. Nach Sonnenuntergang brechen wir auf.«

Die Nacht brachte Wolken. Ashnak stieß einen Seufzer der Erleichterung aus. Er weckte die drei Krieger und ließ sie im Laufschritt marschieren. Die Halblinge waren zunächst widerwillig, schlugen dann aber fast Ork-Tempo an, als Shazgurim und Imhullu sie mit der Peitsche anspornten, und das die halbe Nacht hindurch. Danach hob Ashnak den jüngeren der beiden Halblinge auf, klemmte ihn sich unter den Arm und lief weiter, während Shazgurim den anderen trug. Mit den beiden Kisten waren das vier Lasten, und als der Morgen graute, übten sie unter gutturalem Gelächter den fliegenden Lastwechsel, indem sie sich die Lasten zuwarfen, ohne dabei innezuhalten. Die Krieger ließen die Halblinge nur zweimal fallen und keineswegs versehentlich, also fand Ashnak es unnötig, sie zu maßregeln.

Seine Nachtsicht zeigte ihm immer weniger Dörfer und immer weniger Hunde heulten, wenn sie an ihnen vorbeiliefen. Im kalten Grau vor Tagesanbruch, als Ashnak ganz besonders auf der Hut war, hörte er das Gebimmel von Sattelzeug und Menschenstimmen rufen.

»Das sind die verwünschten Pferdereiter«, fauchte Imhullu. Seine Füße stampften auf den Boden und zertrampelten die grünen Maispflanzen.

Ashnak warf Will Brandiman unter dem Arm zu Zarkingu durch, die den Halbling zu seiner Überraschung auffing. »Lauft, Agaku! Ich lenke sie ab. Ihr wisst, wo wir uns treffen! Los!«

Der Tau fiel auf ihn, als er langsamer wurde. Der Lärm ihrer klirrenden Waffen und Rüstungen verlor sich und wurde schließlich vom sich nähernden Hufgetrappel verschluckt. Ashnak blinzelte ins graue Licht, verschaffte sich einen festen Stand im Erdreich auf der anderen Seite eines Feldgrabens und riss seine Streitaxt aus der Rückenschlaufe.

»*Hai!*«

Mit einem Aufschrei und einem Pferdewiehern setzte der erste Reiter über den Graben hinweg. Ashnak schwang die Streitaxt mit der Spitze voraus, traf das Pferd zwischen die Augen und tötete es mit diesem Hieb. Der Reiter – ein Mensch – wurde seitlich aus dem Sattel geworfen und landete hart. Ashnak zielte mit seinem Rückschwung bereits auf die Beine des nächsten Pferdes.

»Wir haben ihn! Hier! Er setzt sich zur Wehr!«

Graue Gestalten tauchten rechts und links auf. Ashnak spießte den zweiten Reiter, als der fiel, auf und stellte dem Menschen einen Fuß auf die Brust, riss die Axt heraus und nahm dann grinsend Abwehrhaltung ein.

»Frieden!«, bellte er. »Ich ergebe mich!«

Er strahlte vor Neugier, wusste aber, dass sie nicht als solche erkannt wurde. Die Reiter hielten den Ausdruck offenbar für Wildheit. Als er von einem Dutzend umringt war – und er hätte mit dieser Zahl fertig werden können, ihrem Aussehen nach waren sie fast alle unerfahrene Dienstverpflichtete –, knurrte er und ließ die Axt fallen. Dennoch dauerte es lange Minuten, bis eine Menschenfrau abstieg und ihm die Hände fesselte. Danach hagelte es Tritte und Schläge, doch Orkhaut ist zäh. Er zuckte dennoch vor scheinbarem Schmerz zusammen, damit es besser aussah.

Bis sie ihn die ungefähre Meile zum nächsten Dorf geschleift und in die dortige Kirche (ausgerechnet) gesperrt hatten – er nahm an, dass es das einzige Steingebäude war –, hatte er die Schwelle zur Langeweile überschritten. Die anderen drei mussten mittlerweile weit weg und den Bergen ein gutes Stück näher sein. Dennoch bestand die Möglichkeit, dass sie mit der zusätzlichen Bürde zweier lästiger Halblinge ebenfalls auf Schwierigkeiten stießen …

Ashnak spie in seine abgehärteten Hände und machte sich daran, die Eisenstäbe in der Kirchentür zu verbiegen.

Von der anderen Seite war eine Stimme zu hören:

»… habt ihn hier drinnen?«

Er huschte schnell und überraschend leise zurück ins Innere der Kirche. Dort stand ein Altar, der einem der kleineren Götter des Lichts gewidmet war, was ihn nur ein wenig störte. Er nahm zur Kenntnis, dass es keine Spur von einem Opferstein gab und auch von keiner der sonst üblichen religiösen Utensilien.

»Soso!« Von zehn oder zwanzig bewaffneten Kriegern umringt, trat eine Menschenfrau durch die Türen. Die meisten Wachen waren Menschen, doch es gab auch ein paar Zwerge und – Ashnak knurrte – zwei oder drei vom Elfendreck, die einen Bogen trugen.

Dann sah er ihr Gesicht und beglückwünschte sich zu seiner Neugier.

»Das ist doch nur ein orkischer Krieger, Meister Vorsteher. Warum haben Eure Dörfler mich damit belästigt?«

Und auch die Stimme, staunte Ashnak. So verhält es sich also. Oder nicht? Ist es denn möglich?

Der Dorfvorsteher, ein dünner, schäbig gekleideter Mann, stotterte: »Aber das ist ein Ork! Ein *Ork*! Seht ihn doch an!«

»Ich erkenne einen Ork, wenn ich einen sehe.«

Ashnak kauerte sich ein wenig zusammen, um seine Größe zu verheimlichen, da er beinah so groß war wie die Menschen hier. Er trat ein paar Schritte vor, schaute sie mit Bedacht an und hielt sich dann die Augen zu. Er ließ sich auf die Knie sinken und hämmerte mit dem Kopf gegen die Steinfliesen. »Gebieter! Namenloser! Namenloser Gebieter!«

Rufe des Erstaunens wurden laut. Als sie das Wort ergriff, lag ein stählerner Unterton in ihrer Stimme.

»Ich bin nicht namenlos. Ich werde Die Benannte genannt.«

Ashnak erhob sich auf Hände und Knie. Das war eine geeignete Stellung, um die vorhandenen Waffen einzuschätzen – da man ihm seine eigenen Waffen abgenommen hatte, würde er Ersatz brauchen. Dann sah er wieder zu der Menschenfrau hoch.

»Du bist nicht der Namenlose?«

Die Benannte sagte: »Er ist mein Zwillingsbruder.«

Ashnak studierte Die Benannte. Er nickte und erhob sich. »Du hast in jeder Einzelheit genau sein Gesicht. Eure Geburt muss etwas Magisches gehabt haben, damit ein Leib einen Mann und eine Frau hervorbringen konnte, die einander so ähnlich sind.«

Die kurzen Haare der Frau hatten die Farbe von Butterblumen oder auch von klarem Fett, wie es aus den Knochen Lebendiger gekocht wird. Ihr blasses, scheeläugiges Gesicht war von fast orkischer Schönheit. Er nahm an, dass sie deswegen von ihresgleichen eher gemieden wurde. Er bleckte die hinteren Fänge zu einem Grinsen.

Sie hob die Hand und schlug ihm ins Gesicht.

Da er nicht darauf gefasst war, fiel Ashnak auf ein Knie und dann auf den Steinboden. Die Magie ihrer verstärkten Kraft summte in seinem Schädel. Er betastete seinen Mund und die scharfe Kante eines abgebrochenen Hauers schnitt ihm in die Hand.

»Lady!«, duckte sich Ashnak.

»Ja!«, sagte sie. »Ich bin ihm auch an Macht ebenbürtig, doch meine Macht ist dem Licht ergeben.«

Genau aufs Stichwort fiel Sonnenlicht durch die Kirchenfenster und wurde unerträglich hell von der spiegelblank polierten Schuppenrüstung reflektiert. Die auf ihren Überrock gestickte goldene Sonne, das Wahrzeichen des Ordens der Weißmagier, tanzte sekundenlang als Nachbild durch sein Gesichtsfeld. Er hob gänzlich ungekünstelt eine Hand, um sich vor dem Anblick zu schützen.

»Ihr müsst verstehen«, sagte Ashnak mühsam und ein wenig undeutlich, »dass für einen Krieger nichts von alledem viel bedeutet. Kriege sind Kriege. Macht ist Macht.«

»Das ist die Ketzerei des Finsteren!«

»Ich bin ein Krieger. Ich gehöre zu den Kampf-Agaku! Mehr weiß ich nicht und mehr brauche ich auch nicht zu wissen!«

»Und alles, was du über mich zu wissen brauchst, ist … armes Geschöpf: Ich bin barmherzig.« Sie machte auf dem Absatz kehrt. Die anderen folgten ihr nach draußen – Elfendreck in ihrem Waldgrün und mit Bogen, die noch größer waren als sie selbst, Baumeister-Zwerge, in deren Bärten Essensreste klebten, und Menschen-Helden, die nach Pferden rochen.

Ohne sich noch einmal umzudrehen, sagte Die Benannte: »Sperrt ihn hier ein, Meister Vorsteher, um über ihn Gericht zu halten, bis das Letzte Gefecht ausgetragen und gewonnen wurde. Dazu wird es noch vor der Erntezeit kommen, das kann ich versprechen. Jetzt sollten wir reiten. Ich muss noch vor dem Mittag in Sarderis sein.«

Ashnak duldete, dass der Dorfschmied ihn in Ketten legte, während er mit den scharfen Ohren eines Agaku darauf lauschte, dass Die Benannte und ihr Gefolge endlich aufsaßen und losritten. Die entsprechende Geräuschkulisse war zu vernehmen, als das Morgengrauen den Himmel einigermaßen aufgehellt hatte. Ashnak seufzte, atmete aus und sprengte die Ketten. Er war so groß wie ein Mensch und vielleicht viermal so schwer gebaut. Ein wenig grünliches Blut tropfte von seinen muskulösen Armen.

Er entriss dem Schmied dessen Hammer und schlug ihm damit den Schädel ein. Dann ging er mit dieser Waffe durch das Dorf zur Rüstkammer und deckte sich dort mit allen Stabwaffen und Projektilen ein, die sich noch als nützlich erweisen mochten. Er begegnete niemandem, der die Fähigkeit besaß, ihn daran zu hindern, und auch niemandem, der es vermochte, schneller als er zu laufen, um den abwesenden Kräften des Lichts eine Nachricht zukommen zu lassen.

Der Himmel wurde blau und rosa, als die Wolken vor der aufgehenden Sonne aufrissen. Goldenes Licht fiel angenehm und warm auf seine Haut. In der Schönheit des Tages entspannte Ashnak sich langsam, da er durch das taufeuchte Gras des Dorfangers trottete und dabei den Menschenleichen auswich.

Er zog die Trageriemen an seiner neuen Streitaxt fester, witterte immer wieder, um die Richtung zu finden, und beschleunigte dann seinen Schritt zu einem Trab in Richtung Süden – seinen Kriegern und ihrer Fracht entgegen.

* * *

Will Brandiman hielt vorsichtig die Nähte seines Hemdes straff gespannt über die Kerzenflamme. Flöhe knisterten und platzten. Er warf einen Blick auf Ned, der sich heftig im Schritt kratzte.

»Ich habe dir doch gesagt, dass sie Sackratten hat«, stellte er fest. Ned knurrte verärgert.

Der Wind im Hochgebirge drang nicht so weit in das Höhlensystem, wie diese Kaverne reichte. Will konnte immerhin noch hören, wie er den gewachsenen Fels bearbeitete. Er schauderte. Seine Peitschenschwielen brannten trotz des großzügigen Auftragens einer Salbe, von der sie viel zu wenig besaßen. Der Schmutz des schweißtreibenden Dauerlaufs klebte auf seiner Haut, seine Eingeweide leerten sich mit bedrückender Unregelmäßigkeit – und den Ork-Kriegern vorzuschlagen, Essen zu kochen, schien der kürzeste Weg zu einem sang- und klanglosen Ableben zu sein.

Er gab auf und streifte das Hemd wieder über seine kleinen, stämmigen Schultern, dann knöpfte er seine Kniehose zu. Es folgte Rüstungswams mit eingearbeitetem Kettenpanzer, dann eine Weste und schließlich ein Pelzmantel. Die Kälte des Gesteins ließ ihn noch immer zittern. Er hielt die Hände über die Kerzenflamme.

»Wo sind die anderen beiden?« Mit einem Kopfnicken deutete er auf Zarkingus Rücken. Orks nehmen keine magischen Handlungen vor. Sie hassen Magie und fürchten sich davor und aus diesem Grund sind sie außergewöhnlich gut darin, sie zu wittern. Die kleine Orkfrau hatte sich um den Schaft ihres Streithammers zusammengerollt und starrte teilnahmslos in den Gang.

»Sie sind kundschaften gegangen. Fühlst du dich jetzt nicht gleich viel sicherer«, sagte Ned verbittert, »da du weißt, dass sie uns beschützen? Als es hieß, der Auftrag würde eine bewaffnete Eskorte beinhalten, habe ich mir das hier ganz bestimmt nicht vorgestellt!«

»Ich kann Magie riechen«, gurrte Zarkingu. »Ich kann Magie riechen …«

»Ich kann Scheiße, Schweiß und Ork riechen«, sagte Ned mit einer gewissen Schroffheit, »doch beklage ich mich darüber?«

Will drückte sich seine Wollmütze fest auf die schwarzen Locken. Er stand auf, ging zu Ned und setzte sich zu ihm. Ein schmieriges Kartenspiel (drei Karten der großen Arkana fehlten) wurde gezückt und Karten wurden gegeben – und mit ihnen ein Vorwand, um beieinander zu sitzen. Vollkommen still und daher unverdächtig.

Will bewegte die linke Hand rasch und unauffällig in der Zeichensprache der Diebesgilde.

–Ist der Vierte tot? Dann hätten sie keinen Anführer mehr. Das macht sie gefährlich.

Ned runzelte angesichts seiner Karten die Stirn, während er sich durch drei Kleiderschichten hindurch seine verlausten Schamhaare kratzte. Diese Bewegung nutzte er, um zu fingern:

–Wahrscheinlich haben sie ohnehin vor, uns zu töten, wenn wir den Auftrag erfüllt haben.

–Hat sie Recht mit der Magie?

–Ich glaube ja.

–Also bleiben wir bei unserem ursprünglichen Plan?

–Ob der Vierte zurückkommt oder nicht. Ich traue ihm nicht. Ich traue keinem Agaku, die sind zu schlau. Gewöhnliche Orks wären ein Kinderspiel. Wir haben uns darauf verlassen, dass es Menschen sein würden, weißt du noch?

Will stimmte nachdenklich zu. »Mmmm … Du gibst.« In Zeichensprache fügte er hinzu:

–Wir haben nicht mehr viel Zeit. Vier oder fünf Tage, höchstens. Und dank dieser Trottel fehlt es uns gewaltig an Ausrüstung.

–Mut, Bruder. Wir werden nicht lange brauchen. Aber das sollten wir ihnen nicht sagen.

»Ich frage mich, ob Tag oder Nacht ist.« Will spielte eine Zwei, die nicht an ihn ausgeteilt worden war. »Vom Gefühl her würde ich sagen, es ist Nachmittag. Wir müssen bald selbst einiges auskundschaften.«

Ein Geräusch im Gang erregte seine Aufmerksamkeit. Zarkingu schoss förmlich in die Höhe. Ein jäher Windzug ließ die Kerzenflamme flackern und den Schatten der Orkfrau über das Gestein tanzen.

»Wer ist da?«

»Ich, Ashnak.« Der massige Ork trottete in die Kaverne. Tropfend baumelten vier frische Köpfe an den Haaren von seinem Gürtel herab. Er ließ den anderen männlichen Ork, der bewusstlos war, fallen und lachte tief in der Brust. »Ich habe Imhullu arglos angetroffen – wach auf, du Narr!«

Will hüllte sich unauffällig in seinen Mantel. Der massige Ork riss seine Peitsche aus dem Gürtel und schlug auf Imhullus Rücken und Beine ein, bis der andere Ork sich regte, undeutlich etwas murmelte und sich dann vor Ashnak in den Staub warf, um den Kopf auf den Höhlenboden zu schlagen.

»Hauptmann!«

»Ich gebe dir *Hauptmann,* du elender vertrottelter Abkömmling eines Elfs!« Ashnak warf Zarkingu die abgetrennten Menschenköpfe zu, die sie an sich nahm. Dann schritt er über den noch immer am Boden liegenden Imhullu hinweg und näherte sich den Halblingen. Will erhob sich, staubte sich ab und begegnete dem Blick des Orks mit einem höflichen Lächeln.

»Hauptmann Ashnak. Wir haben schon befürchtet, Ihr würdet Euch nicht mehr zu uns gesellen. Keine Probleme, hoffe ich?«

Im Höhleneingang flüsterte Zarkingu: »Ich rieche Magie, viel Magie, stinkende Magie, Magie des Lichts …«

Ashnak hustete guttural. Er griff nach unten, packte Will vorn an seinem Wams, sodass sich seine Nägel durch die dicke Wolle und das Kettenhemd in die zurückschreckende Haut bohrten, und hob ihn hoch. »Jetzt, da wir in diesen einigermaßen sicheren Bergen sind, Halbling, sag mir – weswegen sind wir hier?«

Das Kettenhemd, das sich immer höher unter seine Achseln schob, zwickte schmerzhaft. Er wand sich hin und her. Ned Brandiman erhob sich und tippte dem Ork auf den Arm, so hoch ein Halbling nur greifen konnte.

»Wir sind aus den üblichen Gründen hier«, sagte Ned. »Um einem Drachen den Hort zu stehlen.«

3

Die Luft besaß die morgendliche Frische und Klarheit des Gebirges. Barashkukor legte seinen Kopf in den Nacken und starrte die steinerne Gewaltigkeit empor – das große Gebirge aus nackten Klippen, das im Osten und Westen über ihm in beinah senkrechten Felswänden auslief. Bergklippen funkelten im Licht der Dämmerung grau, silbern, ocker und golden. Er bleckte kleine Fänge und knurrte ob der Pracht.

Er schlenderte den Wehrgang über dem Wachhaus entlang und entwirrte dabei die Riemen seines Helms und Bustharnischs.

In dieser einzigen Lücke im Gebirge erhob sich die isolierte Klippe von Nin-Edin, um deren Fuß sich unter den Mauern der uralten Festung die kleine Straße durch den Pass zog.

Barashkukor wandte den Blick ab. Er kratzte sich an den Eiern, da ihm schmerzlich bewusst wurde, dass ihm die Schlafwärme der fünfzig Leiber in seinem Ork-Nest fehlte. Er warf einen flüchtigen Blick zurück auf die Ruinen des Burghofs von Nin-Edin – auf den blutigen Haufen der Überreste des gestrigen Orkball-Turniers und auf einige Dutzend Orks rings um die noch schwach rauchenden Feuergruben der Nacht, die ihre Jagdbeute sichteten und sich im Freien paarten.

»Hier, Barashkukor.«

»Danke, Kusaritku.« Er nahm die zappelnde Wühlmaus, die der schwarze Ork ihm anbot, schlug ihr am Stiefelabsatz den Schädel ein und schlang sie, ohne zu kauen, in zwei Bissen hinunter. »Wie war die Nacht?«

»Ruhig wie ein Elf mit durchschnittener Kehle.« Kusaritku reichte ihm eine kleine Flasche mit schwarzem Schnaps.

Der junge Tag war noch unangenehm kühl. Barashkukor trank. »Wer hat tagsüber Wache?«

»Duranki, Tukurash und Ekurzida. Ich wecke sie.« Der schwarze Ork grinste. »Vertrau mir!«

Barashkukor schlenderte weiter über den Wehrgang und starrte in das lang gezogene Tal des Passes, während er einen dampfenden schwarzen Strahl von der Mauer pisste.

Nicht weit entfernt brüllte eine Stimme. »… und *ich* sage, er kommt so weit!«

»Nie im Leben!« Marukkas Bariton-Gebell.

»Du arschleckendes Elfenliebchen, *er schafft es*!«

Barashkukor schrak zusammen, sodass Pisse an seinem Bein herunterlief. Hastig stopfte er alles zurück in seine zerrissene Hose und nahm etwas an, das man mit ein wenig gutem Willen als Haltung betrachten konnte. Der größte der schwarzen Orks, Azarluhi, schritt ins Gespräch mit Marukka vertieft an ihm vorbei, ohne ihm auch nur zuzunicken. Die massige Orkfrau hielt einen winzigen Ork an einem Bein.

»Pass auf!«, sagte sie.

Sie hob den Arm über den Kopf und wirbelte den kleinen Ork wie eine Schleuder herum. Barashkukor duckte sich, als dessen Hände seinen Helm streiften. Als sie ihre höchste Drehgeschwindigkeit erreicht hatte, ließ Marukka los und der Ork flog in flachem Bogen davon. Ein leiser werdendes Geheul folgte ihm nach unten.

Barashkukor beugte sich über die Brüstung.

Eine Staubwolke zeigte an, wo der kleine Ork zum ersten Mal auf den steilen Hang schlug, dann folgten die nächste und noch drei weitere, als hüpfe ein flacher Stein über einen Teich. Der kleine Körper überschlug sich ein paarmal und kam dann fünfhundert Fuß tiefer am Straßenrand zur Ruhe.

»Ach. Er hat's geschafft. Aber nur ganz knapp«, grollte Marukka. Sie beugte sich über die Brüstung und brüllte der sich unmerklich regenden Gestalt zu: *»Komm wieder hier rauf, Kazadhuron, du hast Wachdienst!«*

»Damit schuldest du mir fünf Schillinge«, stellte der schwarze Ork fest.

Marukkas Blick fiel auf Barashkukor und kündete von Berechnungen hinsichtlich Gewicht und Luftwiderstand. Sie grinste Azarluhi an.

»Sollen wir auf drei Versuche erhöhen?«

* * *

In der zeitlosen Dunkelheit unter den Bergen hockte Ashnak allein in einer Kaverne. Das Licht aus dem Bernsteinwürfel beleuchtete sein Gesicht mit den Hauern und gespitzten Ohren und wurde von seinen blank polierten Armschienen und den Nieten seiner schwarzen Rüstung reflektiert.

Mit einer Kralle stocherte er vorsichtig in den Vertiefungen des Würfels herum. Ein gegabelter Blitz aus schwarzem Licht zuckte zur Höhlenwand. Der raue Fels wurde schwarz vom Eis und plötzlich wehte ein schneidend kalter Wind. Die Schwärze nahm die Finsternis des Turms an. Das Weiß des Knochenthrons erstrahlte darin und ein Lichtstrahl schoss herab und beleuchtete die sitzende Gestalt.

Der Namenlose Nekromant schirmte die geweiteten Pupillen mit einer Hand ab. Er schaute unter Schmerzen auf und beschrieb mit langen, bleichen Fingern ein magisches Zeichen. Der Lichtstrahl verlor etwas an Leuchtkraft.

»Was gibt es Neues, Ashnak, abgesehen davon, dass du in den Bergen angekommen bist?«

Ashnak brummte und räusperte sich. »Ich habe mich für kurze Zeit freiwillig in die Gefangenschaft der verwünschten Pferdereiter begeben und bin dabei jemandem begegnet, der Die Benannte genannt wird.«

Eine eisige Belustigung sickerte in die Kaverne.

»Also hast du meine Schwester kennen gelernt. Das ist gut. Denn diese Angelegenheit betrifft sie ebenfalls. Und jetzt pass gut auf, was ich dir zu sagen habe, Ashnak.«

Ashnak hörte im Hintergrund das Klirren einer Flasche und eines Glases.

»Der Drache Dagurashibanipal ist alt und sein Hort von vielen seltsamen Orten und Zeiten zusammengetragen. Ich habe Grund zu der Annahme, dass dieser Hort absonderliche und magische Waffen enthält. Hmm.« Die Stimme bekam einen nachdenklichen Tonfall. »Halbling-Knochen … zu zerbrechlich, um wirklich schöpferisch mit ihnen zu sein … nein, du brauchst mir die Leichen nicht zu bringen, wenn du fertig bist. Du sollst die Waffen zur Festung Nin-Edin bringen, sie den Kriegern dort geben und mit ihnen gegen Guthranc ziehen. Dort sollst du meine Schwester Die Benannte töten oder gefangen nehmen, sodass sie am Tag des Letzten Gefechts nicht gegen unseren Gebieter – den Finsteren – reiten kann. Kannst du mir folgen, Ork?«

»Wir sollen kämpfen?« Mit einem Funkeln in den

Augen sprang Ashnak auf. Voller Freude schüttelte er seinen Streithammer. »Ich werde einen Kriegstrupp anführen! Gebieter, ich danke Euch!«

»Nicht so *laut* … Es muss doch Diener für mich geben, die mehr Takt und Feingefühl haben als Orks – aber dafür seid ihr für andere Dinge zu gebrauchen. Beeil dich, meine Befehle auszuführen, Ashnak.«

Das Bild auf der Höhlenwand veränderte sich. Ashnak sah Fabriken mit rauchenden Schloten, Belagerungsmaschinen und Kompanien, die aus jedem Land zu einem Herrn marschierten, der sogar noch bedeutender als der Namenlose Nekromant war. Die Horde der Finsternis versammelte sich und war so zahlreich, dass sie den Erdboden verbarg.

»Bald, *bald* reiten wir ins Letzte Gefecht. Aber«, sagte die leise Stimme, »meine Schwester Die Benannte darf nicht gegen uns ins Feld ziehen. Sorg dafür, Ashnak. Und vergiss nicht: Solltest du scheitern und bei dem Versuch sterben, schützt dich dein Tod vor meiner Strafe nicht.«

* * *

Will Brandiman kehrte aus dem Tunneleingang aus behauenem Fels zurück und glitt durch den Spalt zwischen den beiden mit silbernen Intarsien verzierten Eichentüren. Die Decke hatte lediglich Halbling-Höhe. Er wischte sich schwarzen Ruß von der Brust seines Wamses. Ein paar versengte Haare fielen auf den Steinboden.

»Alles klar?«

»Bestens.« Ned Brandiman, der ihm folgte, zog die Türen hinter sich zu und schob ein Stilett, dessen Spitze mit einer besonderen Substanz überzogen war, zurück in die Scheide. »Das besorgt es ihnen jedes Mal. Schön. Mal sehen, was wir haben …«

Zarkingu, auf deren Schulter eine neue, mit Schädeln

verzierte Fahnenstange lag, schnüffelte mit ekstatischer Miene in der Luft herum.

»Drachenmagie *stirbt*«, verkündete sie.

Der größte Ork grollte Imhullu und Shazgurim etwas zu, die ihre schartige Streitaxt hoben und die Gruppe in der schmalen Kaverne flankierten. Will hob eine kleine Hand.

»Besser, wir gehen vor, Hauptmann Ashnak. Ein Drache ohne Fallen wäre kein Drache. Auch wenn er tot ist. Ned, wir brauchen jetzt den Spürer.«

Der ältere Halbling, der Wills Blick mied, wühlte in der messingbeschlagenen Truhe und holte einen Apparat aus Draht, Metallfedern und Glas hervor. Das Ding könnte sogar ein Fallenspürer sein, so kompliziert sieht es aus, dachte Will. Er nahm ihn ganz vorsichtig mit beiden Händen und studierte ihn ausgiebig.

Ned schlug mit den Fingern geistesabwesend einen Trommelwirbel auf der Truhe.

– Ich übernehme die Suche nach den echten Fallen, Bruder. Du überzeugst sie davon, dass wir unentbehrlich sind, weil wir dieses Ding bedienen können. Was es auch sein mag.

Will holte tief Luft und wandte sich wieder dem gemeißelten Tunneleingang zu. Ned drückte die Türen auf. Eine Brise wehte heraus, in der die würzig-schweren Gerüche verwesender Magie lagen. Im Licht von Neds Fackel und mit den unheimlich leisen Schritten von vier kauernden Agaku hinter sich ging er den kurzen Tunnel entlang und betrat die riesige Höhle.

»Beim Schwanz des Finsteren!«, fluchte Ashnak, als er sich aufrichtete.

Blaues Licht blendete Will, das jetzt, da der große Drache starb, immer heller wurde. Er hörte die Rufe des Erstaunens, die die anderen Orks ausstießen, hinter sich.

Dagurashibanipals stacheliger Leib lag wie ein gläserner Berg in der Mitte einer Höhle von der Größe einer

Kathedrale. Der – zwecks Tarn-Anpassung an den Untergrund kristallfarbene – Drache lag der Länge nach auf einem riesigen Haufen aus Silber und Diamanten. Sogar im Tod ragte der riesige Leib so hoch auf wie eine Festungsmauer. Das unnatürlich gelbe Licht in den durch Hornlider geschützten Augenschlitzen erlosch.

Eine Schwinge zuckte.

Horn und Knochen schoben sich im Fackelschein zusammen. Metallsehnen streckten sich, Gestänge und Zahnräder surrten und Dagurashibanipals eine prothetische Schwinge entfaltete sich in einem letzten mechanischen Reflex. Sie bäumte sich zur Höhlendecke auf, faltete sich zusammen, spaltete sich, zerfaserte, riss und fiel dann wie ein Schiffssegel in sich zusammen.

»Ein Golem …« Will starrte mit weit aufgerissenen Augen auf Fleisch und Blut, auf Drähte und Leinwand, und nichts rührte sich noch einmal. Der Diamantleib des vergifteten Drachen beruhigte sich. Er tastete sich langsam neben Ned an der Höhlenwand entlang, den Blick bewusst und demonstrativ beständig auf die Draht-Feder-Glas-Apparatur in seinen Händen gerichtet.

Ned murmelte leise: »Es ist nur ein gewöhnlicher Drache. Verdammich. Es ist nur ein gewöhnlicher Drache …«

Ashnak von den Agaku marschierte zum Hort und trat dabei die Silbermünzen und Diamanten verächtlich aus dem Weg. »Wir sind nicht wegen dieses Tands hier! Seid ihr sicher, dass es der richtige Drache ist?«

Sehr nüchtern und besonnen sagte Will: »Es gibt – gab – nur einen Dagurashibanipal und das ist er. *Aufpassen!*«

Ashnak warf sich flach auf den Felsboden.

»Elfenscheiße!« Eine Kralle zerfetzte Imbullus Gesicht – und der vierschrötige Ork fluchte, ignorierte das aus seiner Augenhöhle rinnende Blut und schwang seine mächtige Streitaxt beidhändig in weitem Bogen.

Ein Krach ertönte, als etwas gegen die Felswand prallte. »Agaku! *Agaku!*«

Flügel flatterten durch die blaue Luft. Zwitschernd, die Metallkrallen ausgestreckt, stieß ein Schwarm winziger Drachengolems von ihren Ruheplätzen unter der Decke herab.

»Agaku!«, brüllte Shazgurim fröhlich, das Hundevisier ihrer Beckenhaube längst geschlossen, und schwang ihre Axt so schnell über dem Kopf, dass sie eine verschwommene Acht beschrieb. Zahnräder und Glasaugen flogen in alle Richtungen.

»Letzte Magie! Letzte Magie!« Die kleinere Orkfrau wedelte mit den Armen in der Luft herum, um einen der Drachengolems im Flug zu fangen. Ashnak verpasste ihr einen Rippenstoß, der sie mit dem Gesicht voran gegen die Felswand prallen ließ, spie in die hornigen Hände und schlug das Letzte der Flugmaschinchen zu Klump.

»Die Warnung kam genau zur rechten Zeit!«, gluckste er kehlig. »Gute Übung für die Agaku, Meister Halbling. Gibt es noch mehr davon?«

Will schüttelte ein wenig benommen den Kopf.

»Hier!« Zarkingu hüpfte von einem hornigen Fuß auf den anderen, während sie sich das Blut von ihrem ramponierten Gesicht wischte. »Ashnak! Hier!«

Mit immer noch zittrigen Händen trug Will seine Apparatur aus Glas und Draht vorsichtig zum Eingang einer Nebenhöhle. »Madam Zarkingu, seid besser vorsichtig. Lasst zuerst die Experten nachsehen. Ned, was meinst du?«

»Hmm … könnte in Ordnung sein …«

»Aber was *ist* das?«

Ein ausgedehnter Tunnel erstreckte sich vor ihnen, vom blauen Licht versiegender Magie erhellt. Boden und Decke waren geglättet worden, sodass sie eben wurden, und die Wände entlang zogen sich Metallregale, so weit Wills Auge reichte.

Er betrachtete die Reihen. Er sah stapelweise Kleidung in merkwürdigen Farben und Schnitten, Vorrichtungen aus Draht und Metall, Klumpen aus solidem, aber offenkundig geschmiedetem Metall – und all das stapelte sich so hoch, dass kein Ende zu sehen war.

Jenseits dieser ersten Kammer erstreckten sich ähnliche tief in die unterirdische Ferne.

»Andere Magie …«, jammerte Zarkingu. »Aber nicht hier – *nicht bei dem hier.*«

»Was ist das?« Der massige Ork, Ashnak, schob sich an ihr vorbei in die erste Kammer und nahm einen großen Metallklumpen mit etwas an einem Ende, das wie der Schaft und Abzug einer Armbrust aussah. Er drückte ab.

Peng!

»Ahhhhh!«, brüllte Imhullu. Feuer und Schrapnelle prallten hinter ihm von der Tunnelwand, in die jetzt eine Reihe zwei Zoll tiefer Löcher gestanzt war. Der untersetzte Ork tastete nach den abgetrennten Spitzen seiner langen, unbehaarten Ohren.

»Jaaa-haaaa!« Ashnak hob die Waffe und drückte erneut ab.

Rattattattattatt!

Will duckte sich. Neben seiner linken Wange öffnete sich kurz ein Backofen. Der Felsboden traf ihn zwischen die Schulterblätter. Sein Apparat aus Glas und Draht flog davon. Ein ohrenbetäubendes Knattern drohte ihm den Schädel zu sprengen. Benommen stützte er sich auf die Ellbogen und brüllte so gut wie taub: »Nicht! *Aufhören!*«

Aus der Mündung der Waffe zuckten Flammen so grell wie die Mittagssonne durch Wills Gesichtsfeld. Eine Explosion ließ die Höhle erbeben. Diamantsplitter flogen aus dem Kristallleib des Drachen, prallten von den Höhlenwänden ab und flogen mit dumpfen Pfeifgeräuschen als Querschläger an ihm vorbei.

»Waffen!«

»Ashnak! Ashnak!«

»Der Namenlose hatte Recht!«

»Kampf-Agaku! Kampf-Agaku!«

Auf Knien und Ellbogen kroch Will Brandiman rasch über den trockenen Felsboden zurück zu der Stelle, wo sein Bruder unter dem untersten Metallregal gleich hinter dem Eingang zur Nebenhöhle lag. Wams und Kniehose des Halblings waren dick eingestaubt. Er hob ein wenig den Kopf, als Will sich neben ihn zwängte. Orkfüße rannten vorbei, vorwärts und wieder zurück, und schleppten Kisten mit den Metallgegenständen in die Haupthöhle.

»Sind das alles Waffen, was meinst du?«

»Würde mich nicht überraschen, Will. Würde mich nicht im Geringsten überraschen.«

Hornige Füße stampften vorbei und wieder zurück. Shazgurim fluchte und lud etwas in der Haupthöhle ab, das sich nach einer halben Tonne Metallschrott anhörte.

»Aber was für welche – Zauberwaffen?«

»Ihre Magieschnüfflerin hat das verneint.«

Die Temperatur in diesen Höhlen – kalt, aber nicht eisig – drang Will langsam bis ins Mark. Er legte die Stirn auf seine kurzen Arme und blendete so das blauweiße Licht aus. »Sie werden uns wahrscheinlich töten, sobald ihnen wieder einfällt, dass wir auch noch hier sind.«

Ned flüsterte: »Darf ich dich auf drei Dinge aufmerksam machen, Bruder? Erstens, soweit wir erkennen konnten, hat Dagurashibanipal jeden Zugang zu diesem Ort bis auf das eine Rattenloch versiegelt. Zweitens, draußen in den Truhen verfügen wir über eine kleine Menge des zwergischen Sprengpulvers.«

Will hob den Kopf von den Armen. »Genug, um ein beachtliches Stück der Decke in diesem Tunnel zum Einsturz zu bringen … Und drittens?«

»Und drittens«, sagte der ältere Halbling leise, »hat die Verrückte nur gesagt: *andere Magie*. Ich glaube, dass ein so alter Drache wie Dagurashibanipal diesen Ort auf jeden Fall mit einem Fluch belegt haben wird. Und ich vermute außerdem, dass er wahrscheinlich umso besser funktioniert, je länger man sich in der Nähe des Horts aufhält.«

»Hmmm … Ja. Dann also *los*.«

Will hielt sich an der Höhlenwand fest und blieb in den seltsamen Schatten, die erlöschende Magie wirft, als er sich aus seiner Deckung und in den Tunnel schlich. Er kam ganz nah an Shazgurim vorbei, die gerade einen dicken Metallstock mit zwei nach unten zeigenden Stielen ergriff, der eine kurz und gerade, der andere gebogen. Sie drückte auf den Armbrust-Abzug.

Rattattattattatta-Peng!

Der an eine Gießerei erinnernde Lärm dröhnte in Wills Ohren und Bauch. Er duckte sich tiefer in die Schatten. Heißes Metall spritzte an die gegenüberliegenden Wände, Steinsplitter sausten durch die Höhle – und die Orks jubelten. Shazgurim ließ die Waffe fallen und griff nach einer anderen, die es erforderlich zu machen schien, einen Metallbehälter in die Mündung zu stopfen.

Als Will an der ersten, abgelegten Waffe vorbeischlich, fielen ihm die in das Metall geprägten Sigillen 7.62 AVTOMAT KALASHNIKOV OBRAZETS 1947G auf.

4

Barashkukor döste in der warmen Sonne und wachte auf, als ihm der Helm über die Augen fiel.

Er grunzte und knurrte. »Marukka, geh weg!«

Ein weiterer Stein prallte von der Brustwehrmauer ab. Dieser traf seine Streitaxt, die er gegen die Zinnen gelehnt hatte. Die Waffe fiel klirrend um. Barashkukor hob sie auf und kratzte sich zwischen den langen, haarlosen Ohren.

»Barashkukor!« Der schwarze Ork Kusaritku brüllte aus einiger Entfernung zu ihm empor. »Was ist das für ein verfluchter Lärm?«

Barashkukor beugte sich über die Brüstung.

Dreißig Fuß tiefer standen auf der zertrampelten Erde vor Nin-Edins Haupttor zwei Halblinge und starrten zu ihm empor. Beide trugen Wams und Kniehose, alles ziemlich zerlumpt und verdreckt. Der Halbling mit den schwarzen Locken trug schwarze und graue Kleider sowie ein geschwärztes Kettenhemd und hatte sich ein Kurzschwert umgeschnallt. Der braunhaarige Halbling trug eine schwere Armbrust auf dem Rücken und eine gepanzerte Weste und stützte einen Fuß auf eine von zwei schweren, mit Messing beschlagenen Truhen. Barashkukor starrte mit sperrangelweitem Mund auf ihre verkürzten Gestalten.

Der gelockte Halbling rief: »Öffnet! Öffnet im Namen des Namenlosen!«

* * *

Dreiundvierzig Meilen entfernt, als die aufgehende Sonne gerade die Türme von Sarderis berührt, schreckt Die Benannte plötzlich mit einer Miene aus dem Schlaf, die ihren blassen Zügen eine schockierende Hässlichkeit verleiht.

* * *

Barashkukor starrte wieder den Pass entlang durch die Einkerbung zwischen den unwirtlichen ockerfarbenen Berghängen. Von der Straße stieg eine kleine Staubwolke auf.

»*Das* ist nicht unsere Eskorte …« Er kniff die Augen zusammen, um sich vor dem Licht zu schützen, das der trockene Erdboden grell reflektierte. »Marukka! Du wirst es nicht glauben, Marukka …«

Die Orkfrau stützte ihre haarigen Ellbogen in einer der Lücken zwischen den Zinnen auf. »Was werde ich nicht … He! Das sind nicht die Krieger, die wir den Halblingen als Begleitschutz mitgegeben haben. Beim Arsch des Finsteren! *Noch mehr* Reisende? Ich glaube es wirklich nicht. Lass die Wache antreten!«

Barashkukor eilte die Treppe zum Wachraum hinunter, bereitete einem Kartenspiel ein jähes Ende, schnappte sich einen Helm (eine Nummer zu groß) sowie einen stacheligen Streitkolben und lief wieder nach draußen zum Haupttor. Er schaute durch das Fallgitter.

Die Staubwolke war näher gekommen.

An einer mit Menschenschädeln geschmückten Fahnenstange flatterte gerade noch erkennbar das Banner des Namenlosen. Barashkukor strengte seine scharfen Augen an, um den Fahnenträger und etwas anderes, das aussah wie eine riesige beladene Traverse aus zusammengebundenen Pinienstämmen, besser erkennen zu können.

»Du da! Hierher!«

Er beeilte sich, an der Winde zu helfen, die das Fallgitter hob. Ächzend und schwitzend hievten es zehn Orks schließlich in die Höhe. Barashkukor setzte sich mit einem dumpfen Krach auf den Hosenboden.

»Sie kommen«, sagte Azarluhi, der größte schwarze Ork, »wer sie auch sind.«

Barashkukor rappelte sich wieder auf und schob den zu großen Helm weit zurück in den Nacken. Er quetschte auf unangenehme Weise seine langen, haarlosen Ohren ab. In der Mittagshitze schwitzend und nach nassem Hund stinkend, öffnete er die Riemen seines Panzerhemdes und schlenderte zum Tor. Der Trupp war jetzt so nah, dass Einzelheiten zu erkennen waren.

»Was …?«

Marukka neben ihm wiederholte: »*Was*, beim …?«

Der Anführer von Nin-Edins Kriegstrupp, ein ungeschlachter Ork namens Belitseri, bahnte sich mit den Ellbogen einen Weg in die vorderste Reihe der Menge. Orks säumten die Brustwehr und sammelten sich unter großem Gebrüll und Geschrei im Burghof. Belitseri stützte einen Ellbogen auf Barashkukors Helm.

»Was ist *das*?«, wollte er wissen.

»Weiß ich nicht!« Barashkukor glotzte angestrengt. Die Holztraverse wirbelte im Pass Staub auf. Was von ihrer Ladung zu sehen war, funkelte in der Sonne metallisch. Zwei Orks, ein einäugiger Mann und eine ungeschlachte Frau, zogen sie mit roher Kraft.

Beide trugen einen merkwürdigen, runden Helm ohne Visier, aber mit aufgemalten Verzierungen, außerdem eine lange Hose mit denselben grün-braunen Mustern, wenn auch – bisher noch nie erlebt – mit den Beinenden in Menschenstiefeln.

Die Fahnenträgerin trug dieselbe weite Hose, dazu aber eine ähnliche Jacke, von der die Ärmel abgerissen waren. Mit einem der gemusterten Ärmel waren ihre violetten Haare zu einem Pferdeschwanz gebunden. Der andere Ärmel hing von der Fahne des Namenlosen. Klobiger Metallschmuck baumelte an ihrem Gürtel und an zwei gekreuzten Brustgurten. Auf dreißig Schritt konnte er das Leuchten in ihren Augen und die Schaumflocken an ihren Hauern ausmachen.

Barashkukors gaffender Blick blieb auf dem größten Ork haften – dies war gewiss der Anführer. Dieser Ork trug eine schwarz-weiß gemusterte Hose, deren Enden in schweren schwarzen, bis weit über die Hälfte der muskulösen Waden reichenden Stiefeln steckten. Die Hose hatte mindestens ein Dutzend Außentaschen. An Früchte erinnernde Metallgegenstände baumelten an seinem Gürtel und an den Gurten, die sich wie bei der Fahnenträgerin auf der Brust kreuzten. Auf dem

Rücken trug er etwas sehr Klobiges aus Metall. Einer seiner Hauer war abgebrochen, er hatte sich einen Streifen aus rotem Stoff um die Stirn gebunden und er kaute auf einem dicken, schwarzen, aber nicht angezündeten Stück Halbling-Pfeifenkraut herum.

»Äh …« Barashkukor glotzte. »Das sind *Agaku.*«

Keiner der vier Agaku verlangsamte den Schritt am Tor. Barashkukor, der in der Menge gaffender Garnisons-Orks festsaß, verschaffte sich mit den Ellbogen genug Platz, um der Traverse ausweichen zu können. Anführer, Fahnenträgerin und Lastenträger marschierten mit sonderbar rhythmischen Schritten durch das Tor.

Mittlerweile hatten sich alle Orks der Garnison im Burghof und auf den Mauern ringsumher versammelt und glotzten, schwatzten, riefen Fragen, lachten und warfen mit kleinen Steinen. Barashkukor umklammerte inbrünstig den Schaft seines Streitkolbens und machte Gebrauch von ihm, um sich einen Platz in der vordersten Reihe der Menge zu sichern.

Der größte Agaku hob eine schwielige Hand. *»Halt!«*

Augenblicklich blieben die anderen drei Agaku stehen und stampften dabei mit ihren bestiefelten Füßen auf den Boden. Etwas in Barashkukor fing aufgeregt an zu zischen und zu sprudeln. Er stellte sich auf die Zehenspitzen, um noch besser sehen zu können.

Der große Ork ging zur Fahnenträgerin und stellte sich neben sie. Er ließ den Blick über die Garnison und über die Orks auf der Brustwehr und in den Gebäuderuinen schweifen. Er spie das unangezündete Pfeifenkraut auf den Boden.

»Und jetzt alles mal hergehört!«

Barashkukors Ohren klingelten. Er schüttelte den Kopf und konnte gerade noch seinen Helm festhalten, als der ihm vom Kopf rutschte. Der massige Agaku musterte die Versammlung mit einer Miene äußerster Geringschätzung.

»Wisst ihr, was ihr seid?« Seine Worte prallten von den aufgeheizten Mauern zurück. Die Orks – mittlerweile mehrere hundert Mann stark – verstummten aus reiner Neugier.

»Ich sage euch, was ihr seid. Ihr seid Abschaum! Ihr nennt euch Soldaten? Ihr seid die niedrigste Lebensform, die es gibt – Abschaum, der sich für Soldaten *hält*. Ich bin hier, um euch zu sagen, dass ihr euch irrt.«

Orks beiderseits von Barashkukor murrten, da ihr Blut in Wallung geriet. Marukkas Augen blitzten gelblich.

»Wer, zum Teufel, bist du?«, brüllte eine Stimme aus den hinteren Reihen der Menge.

Der große Agaku grinste und zeigte dabei mehr als nur einen abgebrochenen Hauer. »Wer ich bin? Vielleicht wollt ihr, dass wir uns vorstellen?«

»Ja!«, forderte Marukka ihn auf. »Wer *seid* ihr?«

Der große Agaku trat näher, bis er vor der Orkfrau mit den orangenen Haaren aufragte, mehr als einen Kopf größer als sie. Mit weithin hallender Stimme sagte er: »Die mit der Fahne ist *Marine First Class* Zarkingu. *Sie*, Soldat, sind es nicht einmal wert, ihr den Arsch abzuwischen, so niedrig ihr Rang auch ist. Dort drüben steht *Corporal* Shazgurim und neben ihr *Corporal* Imhullu. Sie sind es nicht wert, auch nur daran zu denken, ihnen den Arsch abzuwischen. Und ich, Soldat, bin *Gunnery Sergeant* Ashnak – und Sie sind es nicht einmal wert, in meiner Gegenwart zu atmen, *haben Sie mich verstanden*?«

»Wa' …« Die unbekannten Worte verwirrten Marukka.

Barashkukor sah mit glänzenden Augen zu Ashnak auf.

Neben ihm schüttelte sich Marukka und ihre Augen verengten sich. »*Du scheißgesichtiger …*«

Ashnaks Faust hob sich und krachte auf Marukkas Schädel. Die Orkfrau fiel wie vom Blitz getroffen auf die

Knie. Ein erstauntes Keuchen durchlief die Menge. In der Mittagshitze wurde Knurren und Fauchen laut. Einige Dutzend Orks der Garnison drängten langsam mit gezücktem Messer weiter nach vorn.

Der große Agaku kehrte ihnen den Rücken und ging zu der improvisierten Traverse, dann bellte er: »*AchTUNG!*«

Die beiden *Corporals* und der *Marine First Class* knallten die Hacken zusammen und ließen muskelbepackte Arme dabei gleichmäßig an der Seite herabhängen, während die Augen, wegen der grellen Sonne zusammengekniffen, unter den buschigen Brauen stur geradeaus starrten. Ashnak hob den Kopf und wandte sich wieder der Garnison zu.

»Ich bin hier, um aus euch Scheißhaufen Soldaten zu machen«, verkündete er. »Ihr werdet es todsicher nie zum *Corporal* bringen. Ich bezweifle, dass ich *MFC*s sehen werde. Ihr seid keine Agaku, aber wenn ich mit euch fertig bin, werdet ihr keine dämlichen Trottel mehr sein, sondern Ork-*Marines*!«

Hohngelächter und Gejohle wurde von den Hängen des Gebirgspasses zurückgeworfen. Die Garnisons-Orks sprangen auf und ab und stimmten mit Schaum vor dem Mund Schmähgesänge an. Barashkukor rang um sein Gleichgewicht.

Gunnery Sergeant Ashnak ließ das schwere Metallstück von den Schultern gleiten und fummelte mit seinen schwieligen Händen daran herum, sodass es klickte und knackte, dann hob er es an die Schulter. Barashkukor erhaschte einen flüchtigen Blick auf etwas, das wie der Schaft und Abzug einer Armbrust aussah, und warf sich mit dem Gesicht nach unten auf den Boden.

Lauter Explosionsdonner hallte durch die Luft und eine Hitzewelle fegte durch den Festungshof. Barashkukor hob den Kopf, als ein lautes *Wumm!* ertönte. Metallsplitter spritzten den Orks entgegen, mähten Leiber nieder und trennten Glieder von Rümpfen.

Die Kette des Fallgitters riss. Drei Steinblöcke fielen aus der Mauer des Wachhauses. Das Fallgitter, nun nicht mehr gehalten, sauste herab, bohrte seine Spitzen achtzehn Zoll tief in den Boden und spießte dabei drei kleine Orks auf.

Stille.

Barashkukor wagte zögernd, wieder zu atmen.

»Ich bin hier, um aus euch Marines zu machen!«, bellte Ashnak. »Und ihr werdet hier bleiben, bis ihr Marines *seid*! Und jetzt *antreten in Reih und Glied*!»

Eine Minute hektischen Schiebens und Stoßens beförderte Barashkukor in die erste Reihe des Kriegstrupps, während die Orks sich mühten, so etwas wie eine Formation zu bilden. Erregung brannte in seiner Brust. Er setzte seinen übergroßen Helm auf und rückte ihn zurecht, sodass er gerade saß, legte den Streitkolben auf die Schulter und richtete sich so hoch und gerade auf, wie er konnte. Der Gunnery Sergeant ging zu einem Ende der Formation und wieder zurück, dann stieß er einen tiefen Seufzer aus.

»Marines – *rührt euch*!«, bellte er. Die drei Agaku entspannten ihre aufrechte Haltung ein klein wenig. Einige Garnisons-Orks folgten ihrem Beispiel. Ashnak fuhr herum. »Ihr nicht! Ihr nehmt Haltung an, bis ich etwas anderes sage. Aaach-*tung*!«

Barashkukor stampfte mit den nackten Fersen auf den Boden. Der große Agaku begegnete ganz kurz seinem Blick und Barashkukor straffte sich noch mehr. Ashnak nickte kaum merklich.

»Und jetzt hergehört!« Ashnak schritt wieder in die Mitte des Burghofs. »Ihr Abschaum könnt euch betrachten, als stündet ihr in der Ausbildung, um einen Auftrag des Namenlosen zu erfüllen. Und da es sich um einen Eilauftrag handelt, bedeutet das für euch Eilausbildung – und *das* bedeutet, sie geht immer weiter, Tag und Nacht, Nacht und Tag, bis ihr es begriffen habt. Richtig, Marines?«

»Äh …«

»… na ja …«

Ashnak schulterte drohend seine Metallwaffe. »Jetzt hört mir mal gut zu, ihr … ihr … *Halblinge*! Ihr sprecht mit einem Offizier! Von jetzt an will ich von euch als erstes und als letztes Wort ein *Sir* hören, habt ihr verstanden?«

Barashkukor ging bei der holprigen Antwort mit gutem Beispiel voran:

»Sir, ja, *Sir*!«

Ashnaks Miene verfinsterte sich und er bellte: »Ich kann euch nicht *hören*!«

Vierhundert Orkstimmen brüllten: »SIR, JA, SIR!«

»Das ist schon besser. Das ist schon besser, ihr Halblinge. Ich kann euch fast hören.« Ashnak griff in eine seiner Taschen, holte noch ein gerolltes Stück Pfeifenkraut heraus und rammte es sich in den Mundwinkel mit dem abgebrochenen Hauer. »Und jetzt lasst mich mal hören, was ihr seid. Ihr seid keine Garnisons-Orks. Ihr gehört nicht zu dem syphillitischen Stamm, in den ihr geworfen wurdet. Ihr seid *Marines*. Diese Flagge an der Standarte ist *eure* Flagge, falls ihr euch ihrer je würdig erweist. Marines sind die Besten. Marines sind Mordmaschinen. Was seid ihr?«

Barashkukor straffte seinen krummen Rücken, bis er glaubte, er werde brechen. Die merkwürdigen Worte, die der große Agaku benutzte, gingen ihm sofort in Fleisch und Blut über, als seien sie Teil seiner Muttersprache. Er war kein Magieschnüffler, doch sein orkischer Instinkt verriet ihm dennoch die Anwesenheit von Zauberei, Gäas oder Fluch. Wenn sich aber der Marine First Class (Magie-Beauftragte) nicht beklagte … Er blickte starr nach vorn und sang förmlich: »Wir sind Marines!«

Fast verlor sich seine Stimme in dem lautstarken Chorus.

Ashnak grinste und bellte: »*Ich kann euch nicht hören!* Was seid ihr?«

»SIR, MARINES, SIR!«

* * *

Will legte die Füße auf die messingbeschlagenen Truhen und schaukelte im Rhythmus der Bewegungen des Ochsenkarrens. Er trank ausgiebig aus der Aleflasche und reichte sie dann seinem Bruder, um sich wieder den Hühnchen, dem halben Schwein, der geräucherten Speckseite und den vier Dutzend kleinen Brotlaiben zu widmen, die der Karren ebenfalls transportierte.

Das ruhige Ackerland glitt an ihnen vorbei. Der Ochse muhte hin und wieder, da er seine ehemalige Herrin vermisste. Ned Brandiman aber schwang dann und wann die Fuhrmannspeitsche, um seine Mitarbeit zu gewährleisten.

»Ich sag dir eine Sache, die ich mir wünsche«, sagte Ned mit vollem Mund. »Ich wünsch mir eine einfachere Methode, unsere Ausrüstung zu transportieren!«

Will kratzte sich unter den Armen seines zerlumpten Wamses und machte dabei gewohnheitsmäßig sowohl um das Kettenhemd als auch um seinen Vorrat an vergifteten Nadeln einen Bogen. »Ich wäre glücklich und zufrieden, wenn wir uns auf Stadt-Diebstähle beschränken würden.«

»Bruder, du bist ein Dummkopf. Nenn mir eine Stadt, die nicht belagert und ausgeplündert wird, wenn der Krieg kommt.«

»Ha! Nenn mir eine, die anschließend nicht wieder doppelt so zäh aus dem Boden schießt – wie Unkraut. Krämer schaffen es immer, sich am Krieg zu bereichern. Sogar am Letzten Gefecht.«

Das goldene Abendlicht fiel auf die gedeihenden Felder. Noch waren keine Mohnblumen als blutige Farbtupfer im grünen Getreide zu sehen. Aus den Schornsteinen entfernter Ortschaften kräuselte sich Rauch. Will rutschte hin und her und zupfte dabei am Schritt seiner zerlumpten Kniehose, während er grinsend einen Blick zurück auf die Berge warf.

»Glaubst du, die Ork-Garnison ist schon dahinter gekommen, dass wir ihnen einen Bären aufgebunden und sie dazu gebracht haben, uns eine bewaffnete Eskorte bis zum Rand der Wildnis zur Verfügung zu stellen?«

»Und unser Gepäck zu tragen? Nenn es eine Anzahlung unseres namenlosen Auftraggebers.« Ned Brandiman griff nach hinten. Will drückte ihm ein kaltes Rebhuhn in die ausgestreckte kleine Hand. Sein Bruder fügte hinzu: »Bisher haben wir für unsere Arbeit nichts als Schläge, Peitschenhiebe und Armut bekommen und …«

»… und ist es überhaupt einen Versuch wert, von einem bösen Zauberer seinen Lohn einzufordern, wenn seine Leute tot oder Schlimmeres und so oder so in einem Berg gefangen sind und das, was wir für ihn stehlen sollten, noch da unten bei ihnen ist?« Will hielt inne.

Der Ochsenkarren folgte Straßen, die immer besser gepflastert waren, je näher sie der Stadt Sarderis kamen.

Will Brandiman biss in das Huhn und riss einen Flügel ab. Mit vollem Mund beantwortete er seine Frage selbst. »Ja, es ist den Versuch wert. Und nicht unseren Lohn – unsere *Rache*. Was hast du noch gleich belauscht, Bruder? Der Namenlose hat eine Schwester, die man Die Benannte nennt und die die Rüstung des Lichts trägt? Ich finde, wir sollten sie suchen, ihr unsere Dienste anbieten und ihr berichten, was wir wissen.«

* * *

Der Geier lässt sich den Wind durch das Gefieder wehen und erhebt sich auf einer warmen Luftströmung in die Höhe. Die Berge liegen wie runzlige graue Haut unter ihm. Sein Hauptaugenmerk richtet sich auf die Parasiten, die auf dieser Haut sitzen. Ein vielköpfiger Schwarm im Schutz der steinernen Klauen der Festung …

Die Beute kann sich jetzt sehen lassen. Die zähhäutigen Biester werden in zunehmender Zahl von den Mauern geworfen, blutüberströmt und manchmal tot. Gewiss, normalerweise sind es die Kleinen und die Kranken. Und im eigentlichen Lager finden sich jetzt auch überraschend wenig essbare Abfälle.

Der Geier kreist, während seine Schwingen den Himmel befingern. Andere Geier rauschen vom weiten Himmel über der Wildnis heran.

Unter ihnen wird die Garnison der Ork-Marines geschleift.

* * *

Sarderis' Stadtglocken läuteten Mitternacht. Will Brandiman erstarrte, bis die harschen Klänge verhallt waren. Er lauschte angestrengt auf Bewegungen jenseits der geschlossenen Türen, die vermutlich – ihm und Ned war es nicht gelungen, bei Tag mehr als das Untergeschoss des Bekleidungsgeschäfts auszubaldowern – zu Schlafräumen führten.

Seine Augen passten sich der Dunkelheit an. Er sah Ned den Flur des Obergeschosses entlanggehen, vor der ersten Tür auf der linken Seite stehen bleiben und ein paar Augenblicke lauschen. Ned signalisierte:

–Nichts rührt sich.

Ned griff nach nach oben, probierte den Riegel und öffnete lautlos die Tür.

–Kinderzimmer. Ein Mädchen, schläft.

Will huschte barfuß und lautlos an ihm vorbei zur

Tür auf der rechten Seite. Schwache Geräusche drangen durch das Holz. Er zögerte, bedeutete Ned, sich nicht von der Stelle zu rühren, und huschte weiter zum Ende des Korridors. Wahrscheinlich das Hauptschlafzimmer …

Das Türschloss klickte entsetzlich laut.

Will erstarrte und wagte nicht einmal, einen Blick zurück auf seinen Bruder zu werfen. In dem niedrigen Flur mit den Dachbalken schien es in der Hitze der Sommernacht plötzlich keine atembare Luft mehr zu geben. Ein Rascheln drang aus dem Zimmer rechts hinter ihm – jemand drehte sich im Bett um. Jedoch nichts aus dem Zimmer, vor dessen Tür er stand.

Er öffnete diese Tür und signalisierte wegen des schlechten Lichts mit übertrieben deutlichen Gesten seiner Finger:

–Ein Mann. Eine Frau. Beide schlafen.

Ned nickte und verschwand wieder im Schlafzimmer des kleinen Mädchens. Am Tag hatten sie in dem Bekleidungsgeschäft zwei Mädchen gesehen – eines sieben oder acht, das andere vielleicht sechzehn Jahre alt, und damit beinah erwachsen – und darüber hinaus eine viel ältere Menschenfrau und einen Menschenmann: die Familie, die über dem Geschäft wohnte. Über einem Geschäft, das einigermaßen gut lief, aber nicht so gut, dass der Besitzer sich Schutzzauber leisten konnte.

Will blähte die Nüstern. Kein Geruch nach Wachhund. Nur der Wolle-und-Kräuter-Geruch des Bekleidungsgeschäfts und die warme Ausdünstung schlafender Menschen. Er wartete nicht länger. Während er den Holzschrank am Fußende des Betts beäugte, zückte er sein acht Zoll langes Messer und näherte sich der Seite der Matratze, wo der Menschenmann mittleren Alters schlief. Er hatte gelblich-graue Haare und leberfleckige Hände.

Will legte dem Menschen eine Hand auf den Mund

und hielt ihm die Nase zu. Gleichzeitig schnitt er ihm mit dem scharfen Jagdmesser die Kehle durch und stach es ihm dann unter den Rippen ins Herz. Der Körper bäumte sich auf und zuckte einmal, um dann sofort im Schock und gleich darauf im Tod zu erstarren.

Die Menschenfrau bewegte sich, drehte sich ein wenig und tastete mit einer Hand nach ihrem Mann.

Will Brandiman bekam ein Knie auf die Matratze, stemmte sich auf das Menschenbett und warf sich über den blutigen Leichnam. Seine linke Hand sauste herab und traf die Frau über den Augen. Sie grunzte. Er ließ seine Hand nach unten über ihren Mund gleiten, stach ihr das Messer seitlich in den Hals und durch die Luftröhre, zog es dann mit aller Kraft zu sich und rammte es ihr zwischen die Rippen, ohne dabei den Griff zu wechseln. In der Kehle der Frau gurgelte es. Ihr Leib erschlaffte.

Schwach und zittrig glitt er vom Bett. Bettlaken und Matratze waren vom Blut durchweicht, das bereits auf den Boden tropfte. Es würde Gips und Stuck aufweichen und durch die Decke in den Laden tropfen, nahm er an, aber das würde man erst später entdecken. Heute Nacht würde es keine naseweisen Nachbarn geben – wenn sonst nichts die nächtliche Stille störte.

Mit einem klebrig-klammen Gefühl trottete Will durch das Schlafzimmer und warf einen Blick in den Korridor. Ned kam gerade aus dem Schlafzimmer des kleinen Mädchens. Er hielt sein Messer in der Hand und auf Wams und Hose waren vorn rote Flecken zu sehen. Er zeigte nach vorn auf die letzte geschlossene Schlafzimmertür und legte die Hände an die Ohrmuscheln.

–*Die älteste Tochter*, signalisierte Will.

Er ging durch den Korridor. Eine Bodendiele gab unter seinem Absatz nach. Darauf nicht vorbereitet, hatte er sein Gewicht schon verlagert, bevor er es bewusst registrierte. Das Holz ächzte. Er erstarrte.

Einen Fuß neben der Tür auf der rechten Seite, presste Ned sich mit dem Rücken an die Wand. Will glitt rasch auf die andere Seite. Im fraglichen Zimmer kratzte ein Feuerstein und knisterte ein Lampendocht. Er hörte Schritte im Zimmer, dann ein Stuhlbein scharren. Mehr nicht.

Irgendwo läutete eine Uhr in der Stadt Viertel nach voll.

Will beugte und streckte seine zitternden Finger. Das Blut trocknete langsam, blätterte zum Teil ab und hinterließ einen starken Juckreiz. Er drückte sich mit dem Rücken gegen die Wand und lauschte, bis er glaubte, sein Kopf müsse platzen. Er glaubte, ein ganz leises Geräusch zu hören – wie vom Umblättern einer Buchseite.

–Wir müssen sie da rausholen.

Will nickte und signalisierte zurück: *–Bring sie dazu, die Tür zu öffnen. Dann können wir sie erledigen.*

Er ließ das Kinn einen Augenblick auf die Brust sinken, um neue Kraft zu schöpfen, und hob dann wieder den Kopf. Durch die offene Tür des Schlafzimmers gegenüber fiel Sternenlicht in den Flur und auch auf ein Bett in jenem Zimmer, das zu klein für jeden Menschen außer einem Kind war – ein Bett voller nasser Dunkelheit.

Will ballte die Faust und klopfte an die Tür, tief unten.

»Lizzey, bist du das?«

Klopf, klopf, klopf.

»Geh wieder ins Bett. Ich wecke Mama und Papa.«

Klopf, klopf.

»Geh wieder ins *Bett*, Lizzey.«

Klopf, klopf, klopf, klopf.

»Lizzey, geh *weg*. Ich wecke Mama und Papa, dann bekommst du eine Tracht Prügel.«

Will klopfte noch einmal weit unten an die Tür. Im Zimmer hörte er einen Stuhl über Bodendielen schaben.

»Also gut, Lizzey, du wirst schon sehen …«

Der Riegel hob sich und die Tür öffnete sich.

»Lizzey?«

Die gelbhaarige junge Frau runzelte die Stirn und kauerte sich nieder, um mit dem vermeintlichen Kind auf Augenhöhe zu sein. Ned stieß beidhändig mit seinem Jagdmesser zu, schlitzte ihr die Kehle auf und bohrte es ihr dann in den Nacken, als sie nach vorn auf Hände und Knie sank und langsam zur Seite kippte.

Will stach ihr sein Jagdmesser unter die Rippen und ins Herz. In der Kehle der jungen Frau gurgelte es. Er richtete sich wieder auf.

Jetzt weniger auf Lautlosigkeit bedacht, ging Will durch den Korridor zum elterlichen Schlafzimmer. Trübes Lampenlicht fiel aus dem Zimmer der ältesten Tochter und auf ihren reglos daliegenden Leichnam. Das Licht reicht aus, um das Schloss an der Truhe zu erkennen.

»Verdammich.« Ned probierte in rascher Folge Dietriche aus. »*Verdammich.*«

»Ruhig …« Will legte seinem Bruder eine Hand auf den Arm. »Lass dir Zeit. Wir haben jetzt keine Eile mehr. Uns bleiben noch drei Stunden, bis es hell wird.«

Der Deckel gab nach und öffnete sich mit einem Quietschen, das ihn reflexartig zusammenfahren ließ. Will starrte in die leere Truhe. Er grunzte und sein Gesicht verzog sich zur Andeutung eines Lächelns. Er griff in die Truhe und nahm den falschen Boden heraus. Das ferne Lampenlicht funkelte auf Münzen – hauptsächlich Silber, etwas Kupfer und sehr wenig Gold.

»Mehr nicht?«, beklagte sich Ned.

»Sarderis ist eine Stadt. Da gibt es Dinge wie Banken. Das werden die Tageseinnahmen von heute sein, sonst nichts.« Will ließ das Geld durch seine fleckigen Hände rieseln und schätzte das Gewicht des kalten Metalls ab. »Es ist trotzdem das, was wir uns vorgestellt haben: der einfachste Weg, unsere Reisekasse aufzubessern. Alle einträglicheren Unternehmungen wären schwieriger gewesen und hätten mehr Planung bedurft.«

Ned Brandiman, der die Beute bereits zählte, grunzte nur.

Will trottete zum Zimmer der ältesten Tochter zurück. Der Korridor stank nach Exkrementen. Er stieg über die Leiche hinweg. Etwas an der unabsichtlichen Erotik, an der Art, wie ihre Beine gespreizt waren, erinnerte ihn an eine andere Menschenfrau, vor einiger Zeit und ebenfalls tot. Es gab einen Krug und eine Schüssel in ihrem Zimmer und er wusch sich Gesicht und Hände und rieb mit dem Schwamm so viel Blut von Wams und Kniehose ab, wie nur möglich war.

»Eintausendundsieben Silberschillinge, zwölf Kupferpfennige und neun Pfund in Gold«, verkündete Ned. »Insgesamt neunundfünfzig Pfund und acht Schillinge. Damit können wir uns neue Kleidung kaufen, dazu ein Pony und entsprechendes Geschirr – und *vielleicht* einen Teil der Ausrüstung ersetzen …«

»Und uns passend einkleiden – für einen Besuch bei Der Benannten«, sagte Will.

Der Blutgeruch hing schwer in der Luft, so süßlich und voll wie im Schlachthaus eines Metzgers. Sein Magen knurrte. Ein Halbling liebt nichts so sehr wie eine gute Mahlzeit. In schweren Zeiten hatte er auch schon Mensch gegessen und das Fleisch halbwegs genießbar gefunden, aber nicht in rohem Zustand.

»Mmm.« Will hob die Augenbrauen. »Sieh doch mal nach, ob das Feuer noch brennt, Bruder, ja? Wenn ja, lass uns etwas junges Fleisch braten. Das wird am zartesten sein.«

Sein Bruder nickte. »Ich gehe nachsehen.«

»Und bevor das Blut trocknet, kritzle ich noch irgendwas an die Wände.« Will begutachtete den fleckigen weißen Stuck. »Sollen sie denken, dass hier ein Wahnsinniger am Werk war oder ein paar Anbeter des Finsteren. Egal was, Hauptsache sie suchen nicht nach zwei ehrlichen Dieben.«

Ned kicherte und ging zur Treppe, die nach unten in den Laden und zur Küche führte. »Ich weiß noch, als wir es das letzte Mal so machten – du hast die Köpfe abgehackt und sie auf die Bettpfosten gespießt, dass es wie die Tat eines Wahnsinnigen aussah und nicht wie die eines Diebs.«

»Und ist es gelungen, oder nicht? Vier Nachahmungsmorde, bevor die Woche vorbei war, wenn ich mich recht erinnere. Das hat unsere Spuren wirklich gut verwischt.«

Will kauerte sich neben den Leichnam des gelbhaarigen Mädchens und tauchte die Finger in eine der Blutlachen. Nach einer Weile lächelte er über seinen Einfallsreichtum. Er schrieb:

MEINE RECHTSCHAFENHEIT IST MEINE RÜSTUNG UND MEIN NAME WIRD NUR IM VERBORGENEN AUSGESPROCHEN.

5

Der Kampfhubschrauber vom Typ Bell HU-1 Iroquois ruckelte mit abwärts gerichteter Nase über Nin-Edin, schlingerte kreisförmig, während das Heck hin und her wackelte, und pflanzte schließlich seine Landekufen mit einem dumpf-knirschenden Krach in den Dreck. Zwölf Ork-Marines wankten heraus und torkelten im Zick-Zack davon.

Wind von den Rotoren wehte Staub in Barashkukors Gesicht, als er ihnen kopfüber aus dem Huey hinterhersprang, ein paar Schritte von der Maschine wegtorkelte und schließlich auf die Knie fiel.

»Scheiße!«

Auf Händen und Knien und mit tränenden Augen erbrach er sich ausgiebig. Dann, als er den Kopf ein wenig hob, sah er, dass er auf die (ehemals) glänzenden Spitzen eines Paars sehr großer Kampfstiefel gekotzt hatte.

»Corporal Barashkukor!«

»Ja, Sir! Bitte um Verzeihung, Sir!« Barashkukor rappelte sich unsicher auf. Ashnak lächelte grimmig.

»Was ist los mit Ihnen, Corporal? Ich bin doch ein vernünftiger Ork. Sagen Sie Ihrem alten Sarge einfach, was Sache ist …«

»Na ja, Sarge, es …«

»… BEVOR ICH IHNEN IHRE VERLAUSTE, RÄUDIGE, EITRIGE HAUT ABZIEHE UND SIE AN DIE NÄCHSTE MAUER NAGELE!«

Barashkukor ließ die Ohren hängen und wischte sich die triefende Nase ab. Sein grüner Kampfdrillich war auf die Knöchel gerutscht und er zog die Hose hoch und den Gurt straffer und ließ die übergroße Flakjacke mit einem Achselzucken weiter über seinen mageren Oberkörper gleiten. Er rang sich einen zackigen Gruß ab und traf dabei schmerzhaft eines seiner langen, haarlosen Ohren.

»Sir, bitte um Verzeihung, Sir. Melde gehorsamst, Sir«, sagte er, »ich glaube, wir werden ein Problem mit der Luftlandung haben, Si… *Blleggh!*«

Company Sergeant Major Ashnak schaute auf die neue Lage Schleim auf seinen Stiefelspitzen.

»Sarge, ich … das heißt …« Barashkukor kniff die Augen fest zusammen. »Ich hole einfach einen Hammer und Nägel, ja, Sarge?«

»MACHEN SIE DAS SAUBER!«

Im Luftzug von Ashnaks Zorn legten sich Barashkukors Ohren an. »Sir, ja, Sir!« Er fiel auf die Knie und fing an zu lecken. »Sir, was ist mit dem Huey, Sir?«

Der Company Sergeant Major stemmte beide schwieligen Fäuste in die Hüften und starrte zornig nach unten. Er spie eine unangezündete Rolle Pfeifenkraut gut drei Schritt weit. Die Morgensonne schien auf sein mit Granaten behangenes Koppel und auf die Patronengurte und ließ die Regimentssigillen auf seinem Gesicht aufleuchten. Er zog den Schirm seiner Feldmütze tiefer in die Augen.

»Corporal, legen Sie den Kotzbomber ein für allemal still! Wir müssen bald von hier abrücken. Keiner von euch unnützen Bastarden kann die Kiste fliegen, ohne sich die Gedärme aus dem Leib zu kotzen und eine Bruchlandung zu fabrizieren – die Kiste kostet mich Soldaten. Legen Sie sie still! Scheiß drauf! Ich will das Scheißding nie wiedersehen!«

»Sir, ja, Sir!«

Nach einem fliegenden Start durchquerte Barashkukor im Laufschritt Nin-Edin und war ständig bemüht, Stapeln aus öligen Maschinenteilen, auseinander genommenen Jeeps, Kothaufen und dem einen oder anderen Ork-Leichnam auszuweichen. Es war bereits sehr heiß. Das Lager dampfte. Die wieder aufgebauten Steingebäude der Festung starrten nur so von Schädelstangen-Insignien, Geschützstellungen und Orks in voller Kampfausrüstung. Er wurde langsamer, als er Exerziergeräusche hörte.

»Marine Kusaritku!«

Der kleine schwarze Ork fuhr zackig herum und salutierte. Sechzehn von den größeren Orks nahmen schlampig Haltung in etwas an, das sie ganz offensichtlich allzu kühn für eine Paradeformation hielten. Barashkukor seufzte schwer und bleckte seine winzigen Hauer zu einem Lächeln.

»Nennen Sie das Exerzieren, Marine? Diese Trupps müssen härter arbeiten.«

Die Orks rafften sich zu einer semi-aufrechten Haltung auf. Die Sonne funkelte auf ihren Übungs-Donnerbüchsen und -Musketen, die ebenso wie der eine oder andere Besen Gewehr-über gehalten wurden. Wenigstens zwei der großen Orks trugen einen Eimer als Helm.

»Und jetzt zu euch Orks.« Barashkukor baute sich breitbeinig vor ihnen auf und verschränkte die Hände auf dem Rücken. »Ich habe einen Auftrag von größter Bedeutung für euch. Er könnte schwierig sein. Er könnte sogar gefährlich sein! Es ist eine schmutzige Arbeit, aber irgendjemand muss sie erledigen – und heute ist euer Glückstag.«

Kusaritku schaute demonstrativ in den Morgenhimmel und bohrte in einem haarigen Nasenloch. Die gemeinen Orks kratzten sich in vielen verschiedenen Gegenden ihrer Anatomie, summten vor sich hin, starrten die Berge an oder – in den hinteren Reihen – spielten weiter Karten. Barashkukor füllte seine Lunge mit Luft.

»Ich habe nichts von *Freiwilligen* gesagt!« Seine Stimme klang piepsig. Er räusperte sich und fuhr fort. »Arschlöcher und Ellbogen, ihr Halblinge! Holt ein paar Taue und hievt diesen unnützen Blechhaufen da drüben über die Mauer. Ich will nie wieder einen Huey sehen. Und jetzt *Marsch*!«

Die Orks in der Horde lösten die Formation auf, stürmten in Richtung des Hubschraubers und schnappten sich unterwegs irgendwo herumliegende Seile. Kusaritku rannte ihnen nach und brüllte unbeachtete Befehle.

»Dafür wird jemand büßen«, murmelte Barashkukor, während er zackig auf einem Absatz kehrtmachte. »Mangel an Disziplin. MFC Duranki! Sorgen Sie dafür, dass sich Marine Kusaritku bei Sergeant Zarkingu zum Rapport meldet, nachdem er meine Befehle ausgeführt hat …«

»Sir, ja, Sir!« Der kahl rasierte Ork salutierte im Vorbeigehen.

Barashkukor holte tief Luft und machte sich auf den Rückweg durch das Lager, wobei er Grüße von MFCs und Marines entgegennahm, auch wenn dafür manchmal ein kleiner Umweg seinerseits erforderlich war. Er drückte sich den GI-Helm über die langen Ohren und schnallte ihn fest. Die Morgensonne schien auf eines der Steingebäude, das jetzt mit einem von Kugeln zerkratzten, quadratischen Metallstück geschmückt war, auf das jemand ›Offiziersmesse‹ gemalt hatte. Durch ein Fenster konnte er erkennen, dass ein Boxkampf im Gange war – der das ebenfalls stattfindende Darts-Spiel nicht im Mindesten beeinträchtigte. Als Barashkukor das Fenster passierte, hörte er einen Aufschrei der Orkfrau, die man an die Wand genagelt und auf deren Bauch man konzentrische Kreise gemalt hatte.

»Sergeant Major!«

Er fing Company Sergeant Major Ashnak ab, als der massige Ork die Offiziersmesse verließ. Ashnak musterte Barashkukor und zog hastig seine Stiefel aus der Schusslinie.

»Was gibt es, Corporal?«

»Sir, Sie sagten, wir würden bald abrücken, Sir, und das kann nur bedeuten, dass wir bald kämpfen werden, und …« Barashkukor schnappte nach der heißen, stinkenden Luft. »Und Sie haben gesagt, ich könnte ein *richtiges* Gewehr haben, Sir. Bitte, Sir, kann ich, Sir? Jetzt, Sir?«

Company Sergeant Major Ashnak betrachtete wie nebenbei seine Krallen. »Gewiss, Corporal, gewiss. Tatsächlich finde ich, wir könnten Ihnen sogar ein M79 anvertrauen. Folgen Sie mir.«

Barashkukor trottete neben dem massigen Ork durch das Lager zu der Gebäuderuine aus Stein, die als Arsenal gekennzeichnet war. Er passierte einen rauchenden Krater im Boden. Ein angekokeltes Paar Kampfstiefel der Größe drei steckte in dem Loch und mit ihm die von einer Sprengladung zerfetzte Leiche eines Orks. Ashnak schritt über einen zweiten Krater hinweg und spie seine Zigarre in einen dritten. Barashkukor wich nur ganz knapp einem vierten Krater aus, in dem ein größeres Paar angekokelter Stiefel sanft hin und her schaukelte.

»Wie ich sehe, ist Trupp Dreis Minensucher noch immer nicht in Ordnung«, stellte Ashnak fest. »Da wären wir, Corporal. Versuchen Sie's damit.«

Barashkukor ging weiter zum Ausgabefenster des Arsenals und nahm die Waffe entgegen, die Ashnak ihm hinhielt. Er beugte sich ein wenig vor, um ihrem offensichtlichen Gewicht entgegenzuwirken, und stolperte, da sie unerwartet leicht war.

»Das M79, ein Vierzig-Millimeter-Granatwerfer«, verkündete Company Sergeant Major Ashnak.

Barashkukor mühte sich, das vordere Ende und den Schaft der donnerbüchsenartigen Waffe zu fassen, die ihm doppelt so lang vorkam, wie er groß war. Er entsicherte den Werfer, klappte ihn auseinander, stopfte die angenehm riesige Granate hinein, die Ashnak ihm reichte, und klappte ihn wieder zu. Er legte den Schaft an die Schulter, während die Mündung wild hin und her schwankte, da ihm der Helm über die Augen rutschte, und tastete nach dem Abzug.

»Bitte um Erlaubnis, die Waffe testen zu dürfen, Sa …«

WUMM!

Die Sonne schien ihm schmerzhaft in die Augen. Barashkukor rieb sich mit der Hand über das Gesicht und entdeckte Blut darauf. Steinstaub lag auf seinem Kampfdrillich, wo er rücklings auf den Trümmern der Arsenalmauer lag. In seinem Schritt breitete sich ein warmer nasser Fleck aus. Sein Helm war verschwunden. Der M79-Granatwerfer war mehrere Schritte weit entfernt gelandet. Jeder Knochen in seinem Körper schmerzte und er hatte Ohrensausen und Nasenbluten.

»Ich muss auf den Rückschlag von dem Ding aufpassen …« CSM Ashnak entfernte sich grinsend und zeigte auf den zerfetzten Leichnam eines Orks auf der anderen Lagerseite, dessen Einzelteile nach dem Granateinschlag immer noch rauchten. »Sorgen Sie dafür, dass das zur Feldküche gebracht wird. Dann lassen Sie Ihren Trupp antreten, Corporal. Ich muss eine Ankündigung machen. *Zügig*, Marine!«

Bis sich das Ohrensausen gelegt hatte, war die ganze Marine-Kompanie in Reih und Glied angetreten und füllte den gesamten Festungshof aus. Barashkukor ließ seinen Trupp Haltung annehmen und salutieren, während Zarkingu die Reihen abschritt.

»Mmm-ja-hmm?« Der Sergeant (Magie-Beauftragter und Verwaltung) riss sich aus der Betrachtung eines Stapels von Papieren und hob den Kopf. Ihre Schlitzaugen funkelten in der Sonne und ein kleines Rinnsal Schaum tröpfelte ihre kleinen schweineartigen Kiefer herunter. Eines ihrer Ohren zuckte arhythmisch. »Corporal, Ihr Trupp braucht eine Farb-Kennzeichnung. Nennen Sie Ihren Trupp den Roten Trupp oder den Blauen Trupp oder …«

»Ja, Sir, Ma'am!« Barashkukor knallte in einem zackigen Gruß die Hacken zusammen. »Ma'am, bitte um Erlaubnis, diesen Trupp den Schwarzen Trupp nennen zu dürfen.«

»Abgelehnt!« Die Orkfrau funkelte ihn an. Sie wedelte mit den Papieren vor Barashkukors spitzer Nase herum. »Wir haben bereits fünfzehn Schwarze Züge, zwölf Finstere Züge, vier Rabenschwarze Züge, drei Mitternachtschwarze Züge, einen Kohlschwarzen Trupp, einen Ebenholzfarbenen Trupp und«, sie zog ein Blatt Papier zu Rate, »einen Pinkfarbenen Trupp. Hmm. Ja. Also … Wir sind ein wenig besorgt über den Pinkfarbenen Trupp …«

Kopfschüttelnd ging sie an Barashkukor vorbei. Aus

den Winkeln seiner langen Augen beobachtete er, wie sie vor Marukkas ausschließlich aus Frauen bestehendem Trupp mit ihren schwarzen Einheitstätowierungen stehen blieb. Auf den Tarnabdeckungen ihrer Helme war ›BÖSEMÄDELZ‹ gemalt.

Die Sonne brannte auf Nin-Edin herunter. Aus dem Lager erhob sich der heimelige Gestank nach Unrat und verwesendem Fleisch und tröstete Barashkukor. Unauffällig rückte er seinen gereinigten Gurt zurecht und korrigierte den Halteriemen des M79-Granatwerfers, wo er in seine verhornte Schulter schnitt.

»Offizier anwesend!«

Barashkukor nahm Haltung an und schlug seine Hand gegen den Kolben des M79. Die massige Agaku-Frau Shazgurim marschierte die Reihen der Orks entlang und grinste boshaft. Sie bedachte sie lediglich mit der trägen Andeutung eines Grußes.

»Rührt euch, Orks. Sergeant Zarkingu wird jetzt die Beförderungsliste von dieser Woche verlesen. Zarkingu ...«

Die kleinere Orkfrau marschierte zur Schädel-Fahnenstange, machte zackig kehrt und baute sich vor der Ork-Kompanie auf. Ihre dünne, durchdringende Stimme hallte in der Mittagshitze.

»Hergehört! Die Innereien sind entsprechend der üblichen Verfahrensweise untersucht worden und die Ergebnisse der Beförderungsauguren lauten wie folgt. MFC Kusaritku wird zum Corporal befördert. MFC Marukka wird zum Corporal befördert. Die MFCs Azarluhi, Tukurash und Ekurzida sind hiermit Sergeant. Corporal Barashkukor wird zum First Lieutenant befördert.«

Barashkukor warf sich stolz in die Brust und überhörte das neidische Gemurmel aus den hinteren Reihen. Er setzte sein wildestes Grinsen auf.

Die kleine Orkfrau fuhr mit funkelndem Blick fort.

»Die Sergeants Imhullu, Shazgurim und ich selbst werden in den Rang eines Captains erhoben. CSM Ashnak wird zum Major und Oberbefehlshaber dieser Kompanie befördert. Das ist alles.«

Eine Stimme hinter Barashkukor murmelte: »Arschkriecher!«

»Sie!«, fauchte Barashkukor. »Nach der Parade. Die Peitsche: fünfzig Schläge!«

»Kompanie, AchTUNG!«

Dreihundert Kampfstiefel landeten im Gleichklang auf der gestampften Erde. Barashkukor, die Augen geradeaus gerichtet, erblickte Major Ashnak mit seiner peripheren Sicht. Der massige Ork schritt langsam durch die Reihen. Captain Imhullu war hinter ihm und blieb hin und wieder stehen, um hier und da das eine oder andere Wort zu wechseln.

Der Mittag brannte auf die orkischen Ledernacken nieder, auf Gurte, die mit Granaten behangen waren, auf Raketenwerfer, Sturmgewehre, Panzerabwehrwaffen und Maschinengewehre. Ork-Fänge glitzerten; auf buckligen Schultern funkelten Trupp-Insignien. Verschiedenfarbige Kampfdrillichhosen, nach harter Ausbildung gewaschen und gebügelt, reflektierten das Licht. Blank polierte Stiefel glänzten.

»Eine gute Veranstaltung, Sergeant.« Ashnak verließ hinter Barashkukor die Reihen, Imhullu neben sich. »Sehr gut. Ich bin beeindruckt. Lassen Sie die Orks jetzt bequem stehen.«

»Züüüüüüge … *rührt euch!*«

Wieder stampften dreihundert Stiefel im Gleichklang auf den Boden. Barashkukor verschränkte die Hände auf dem Rücken und fragte sich, wo eigentlich die Rangabzeichen eines First Lieutenant eintätowiert wurden.

Ashnak ging zu der Stelle, wo aus mehreren Munitionskisten ein Podest errichtet worden war, und bestieg es. Sein schwarz-weißes urbanes Tarnmuster wurde durch den blauen Himmel noch hervorgehoben.

»Schön, ihr Orks, hört gut zu!«

Der Agaku trug ein Maschinengewehr mit Patronengurten auf dem Rücken und eine automatische Pistole vom Typ Desert Eagle im Koppelhalfter. Seine abgebrochenen Hauer und Fänge waren mit silbernen Kappen überzogen und poliert und auf seine muskulösen, steil abfallenden Schultern waren die Rangabzeichen eines Majors gemalt. An seinem Gürtel hingen Granaten. Auf dem Kopf saß eine verbeulte Feldmütze in den Farben seines Kampfdrillichs.

»Ihr habt eine harte Ausbildung hinter euch.« Ashnak ließ den Blick über die Reihen wandern. Barashkukor straffte seine schmerzenden Schultern, als ihn der Blick des massigen Orks streifte.

»Und jetzt ist eure Ausbildung beendet.« Der Agaku grinste. »Ich bin stolz auf euch. Ihr seid Marines! Ihr seid heiß! Ihr seid *verdammt* heiße Marines!«

Gebrüll und Gekreisch erhob sich. Barashkukor reckte seinen Granatwerfer in die Luft, wofür er beide Hände brauchte. Der Agaku gebot durch das Heben einer Hand Schweigen. Er bekam es.

»Eure Ausbildung ist beendet und ihr seid bereit für euren ersten großen Einsatz. Eure Offiziere werden euch gleich vollständig ins Bild setzen, aber ich will euch zuvor noch etwas sagen. Wir wissen jetzt, dass das Datum für das Letzte Gefecht festgesetzt worden ist.«

Die Luft entwich aus Barashkukors Brust, als sei er geschlagen worden. Furcht und Adrenalin kreisten durch seine Adern und entfachten eine wilde Freude in ihm – er knurrte aus tiefer Kehle.

»Die Horde der Finsternis wird in der Nacht des Samhain marschieren. Aber *zuvor*, und um ihren Erfolg zu gewährleisten, werdet *ihr* euren Auftrag ausführen.«

Die Kompanie stand jetzt ganz still. Kein Geräusch

störte den Mittag über Nin-Edin, abgesehen vom Geschrei der über der Bergfestung kreisenden Geier. Barashkukor schluckte, als sein Mund plötzlich sehr trocken wurde.

»Und ihr werdet erfolgreich sein. Ich weiß, dass ihr es schaffen könnt – ich bin stolz auf jeden Einzelnen von euch gemeinen Schweinehunden! Ihr seid jetzt ausgebildete Marines.« Ashnak straffte sich und eine Krallenhand legte sich auf seine Pistole. »Ausgebildet und bewaffnet. Captain Zarkingu wird euch später noch persönlich unterweisen, aber ich sage euch jetzt erst einmal Folgendes: Diese Waffen sind keine Zauberwaffen. Sie sind *nicht* magisch. Und deshalb – deshalb hat die Magie des Lichts keine Abwehrmöglichkeit gegen sie.«

6

Der Große Ratssaal im Rathaus von Sarderis glänzte weißlich im Licht der Nachmittagssonne. Will Brandiman, angenehm satt, schritt vorwärts zum Podium am anderen Ende des Saals und verneigte sich. Ned, der neben ihm ging, betrachtete staunend und mit weit aufgerissenen Augen die Gesellschaft der Elfen, Zwerge und Menschen, die um das Podium versammelt waren, sowie die Menschenfrau auf dem hochlehnigen Stuhl.

»Will und Ned Brandiman.« Will verbeugte sich noch einmal. »Halblingbrüder, Mylady. Sehr zu Euren Diensten.«

Er zupfte an seinem neuen silberbestickten schwarzen Wams, wie um es zurechtzuziehen, und nutzte die Bewegung aus, um sich mit flinken Fingern von der richtigen Positionierung der verborgenen Giftnadeln zu überzeugen. Sein Kurzschwert und die Wurfmesser hatte er am Wachhaus abgegeben, das Kettenhemd jedoch – unter dem Vorwand, in großer persönlicher Gefahr zu schweben – behalten.

Ned verbeugte sich, tolpatschig, die Augen immer noch vor Staunen weit aufgerissen. Will trat seinem Bruder auf den Fuß – als Warnung, nicht zu übertreiben, aber nicht gewillt, die Zeichensprache der Diebesgilde an einem Ort zu benutzen, wo man sie erkennen und sogar verstehen mochte.

»Ihr zwei habt also die abgeschlachtete Familie entdeckt. Wie ist es dazu gekommen?«

Die Menschenfrau auf dem Podium beugte sich auf ihrem Stuhl vor. Das Licht von den weiß gekalkten Wänden wurde von ihrer Schuppenrüstung und dem glänzenden Überrock mit der aufgestickten goldenen Sonne reflektiert. Als das Licht auf ihr Gesicht fiel, musste Will sich gewaltig zusammenreißen, um nicht zu erstarren.

Ihre Haare leuchteten gelblich wie die jeder anderen Menschenfrau und waren so kurz geschnitten, dass die grau-weißen, spitzen Ohren zu sehen waren. Das gräuliche Weiß ihrer Haut setzte sich auf dem Gesicht fort und ging dann am Kiefer und zum Hals hin, wo eine Halsberge ihre Haut bedeckte, in ein Gesprenkel aus dunkelgrauen und schwarzen Flecken über. Ein verunstalteter Zahn drückte eine Ecke ihres breiten, dünnlippigen Mundes nach oben. Aus ihren flachen Nüstern ragten dicke Haare und ihre Augen – zum Nasenrücken hin leicht schräg aufwärts gestellt – funkelten grün.

»Fürchtet mich nicht.« Ihre leise Stimme kam ein wenig undeutlich und ein Speicheltropfen rann unter ihrer Lippe hervor, wo der Zahn sie anhob. Mit behandschuhter Hand wischte sie sich den Mund ab. »Hab keine Angst, Halbling. Ich werde Die Benannte genannt. Ich trage die Hässlichkeit der Seele eines anderen auf meinem Körper – wie er die Schönheit meiner Tugendhaftigkeit unverdient im Gesicht trägt. Aber das wird sich ändern, unter anderem, wenn wir einander in der letzten Konfrontation gegenüberstehen. Einstweilen glaubt, dass mein Herz dem Licht dient, und antwortet. Ihr habt also die Leichen gefunden?«

Will Brandiman breitete hilflos die Hände aus. »Mylady, der bloße Anblick war ... schrecklich. Sie waren gute Bürger der Stadt, bei denen wir Unterkunft gefunden hatten, und ich befürchte sehr, dass genau dies ihr Verhängnis war.«

»Wie das?«, fragte Die Benannte scharf.

»Es muss so sein, dass man uns verfolgt hat, Mylady, auf unserem Weg zu Euch, und wer uns nach dem Leben trachtet, hat dann diese guten Leute gefunden und so ...« Will schluckte. »Wir waren in jener Nacht in eigener Sache unterwegs und sind erst am Morgen zurückgekehrt, wo wir dann ihre Leichen fanden.«

Ein schlanker Elf in Grün trat aus der Menge nach vorn. »Irgendeine Kreatur der Finsternis ist dafür verantwortlich, Mylady. Die Leiche des Kindes ist gebraten und teilweise gegessen worden. Das ist ein unfehlbares Kennzeichen des Ork-Abschaums. Niemand außer Orks könnte zu einer solchen Schlechtigkeit fähig sein.«

»Und das Geschreibsel? Können Orks schreiben?«

Der Elf neigte den Kopf. »Darüber weiß ich nichts.«

Auf einen Rippenstoß von Will sagte Ned Brandiman: »Wir haben für unsere Unterkunft zwei Wochen im Voraus bezahlt. Wenn der Finstere menschliche Spione in der Stadt hat, könnten sie das herausgefunden und nach ... anderen Wesen geschickt haben, um uns anzugreifen. Vielleicht waren es Spione des Finsteren, die das geschrieben haben – aber ich kann nicht lesen, Mylady. Bruder Will hat mir erzählt, was für einen Schmutz sie hingeschmiert haben.«

»Das habe ich.« Will tätschelte den Arm seines Bruders. Als seine Hand fest auf Neds Arm lag, nutzte er die Gelegenheit, um ihm zu fingern:

–Ich sagte, stell dich beeindruckt, nicht schwachsinnig.

Will fügte hinzu: »Mylady, es gibt viel, das Ihr wissen solltet. Ich fürchte, Euer Bruder trachtet Euch nach dem Leben.«

Das verblüffend hässliche Gesicht verzog sich zu etwas, das ein trauriges Lächeln sein mochte. »Sprich weiter, kleiner Mann.«

»Zu unserer Schande«, begann Will mit seiner Geschichte, »haben wir, wenigstens teilweise und wie es nun den Anschein hat, in den Diensten Eures Bruders des Namenlosen gestanden …«

Er verwob Unwissenheit und Unschuld zu einem komplizierten Netz, den Blick beständig auf das verunstaltete Gesicht Der Benannten gerichtet, da er es Ned überließ, unter den Anwesenden nach bewaffneten Menschen, feindseligen Zwergen und elfischen Magiern Ausschau zu halten.

»… und so habe ich einiges über diese Orks erfahren. Orks haben nichts für Magie übrig, Mylady – es sei denn für die Sorte, die viele Foltern und Opferungen, dafür aber nur kurze und leicht auszusprechende Beschwörungen erfordert. Doch ihr Magieschnüffler konnte wahrhaftig die Abwesenheit von Magie erkennen. Und so liefen wir um unser Leben – in dem Wissen, dass die orkische Armee Eures Bruders, falls sie entkommen sollte, jetzt über Waffen verfügt, die ihrem Wesen nach nicht magisch, aber unendlich viel mächtiger sind als Schwert oder Bogen. Und die wird er dem Finsteren zur Verfügung stellen.«

Er hielt inne.

»Und so fürchteten wir für Euch, Mylady, und für uns alle – und haben Euch aufgesucht, um Euch dies berichten zu können.«

Der Blick aus ihren grünen Augen, dem einzig Schönen in ihrem Gesicht, begegnete seinem. Ihre behandschuhte Hand winkte. Er trat vor zum Fuß des Podiums, Ned in seinem Kielwasser, und reckte den Hals, um ihr noch ins Gesicht schauen zu können.

»Ihr habt gut daran getan, mit dieser Geschichte zu mir zu kommen. Welche Belohnung wünscht ihr?«

Will öffnete den Mund, doch bevor er ein Wort herausbringen konnte, sagte Ned: »Wir haben in dem Haus für zwei Wochen Unterkunft im Voraus bezahlt – wäre es möglich, dies ersetzt zu bekommen?«

Der Kopf der Menschenfrau ruckte nach hinten und ihr breiter, loser Mund öffnete sich zu einem bellenden Gelächter. Will maß augenblicklich die Entfernung zu den bewachten Ausgängen. Er pflanzte Ned schmerzhaft hart den Stiefelabsatz auf den Fuß.

»Wir wollen keine Belohnung«, sagte er mit Nachdruck.

Ihr Gelächter verstummte. »Du berichtest von einem absonderlichen Unternehmen, Halbling. Es vermittelt den Eindruck, obwohl du es zu verbergen versucht hast, dass ihr Diebe seid. Doch selbst Diebe können zu Werkzeugen des Lichts werden.«

Ned murmelte: »›Abenteurer.‹«

Will verlagerte sein Gewicht auf die Fußballen, bereit, seine Giftnadeln zu zücken und durch die Menge rings um das Podest zu fliehen. »Diebe mögen wir sein – aber Diebe, die den Finsteren ebenso sehr hassen wie Ihr, Mylady.«

»Elinturanbar«, rief sie. Sie wischte sich mit ihrem weichen Handschuh erneut den Mund ab.

Ein berobter Elf, der alle anderen Anwesenden um einen Kopf überragte, trat aus der Menge. Menschen, Zwerge und Elfen wichen vor der Bedeutung seiner weißen Gewänder zurück, die mit der goldenen Sonne der Magier bestickt waren. Will starrte zu dem hageren Gesicht empor.

»Elfen!«, rief Ned aus. »Ich hätte nie gedacht, dass ich je Elfen sehen würde, Will.«

Will entging nicht die kleine Pause in der naiven Bemerkung seines Bruders und ebenso wenig dessen kaum wahrnehmbarer Wechsel zu einer Kampfhaltung. Etwas Kaltes drehte sich in seinem Magen.

Das Gesicht des Elfs ließ die schwachen, dünnen Linien des Alters erkennen.

Weder Halb-Elf, da er keines der entsprechenden Merkmale aufwies, noch einer der Langlebigen, die sich langsam dem Ende ihrer Zeit und der Bereitschaft näherten, zu den Ewigen Ländern überzusiedeln, leuchtete ein fanatisches Licht in Elinturanbars hagerem, an Augen und Mund mit Krähenfüßen übersätem Gesicht – das Licht jener Elfen, die aus der Neugier der Unsterblichkeit heraus den Schmerz und den Tod freiwillig suchen, den Menschen und andere sterbliche Kreaturen sehr wohl kennen.

»Elinturanbar wird euch befragen«, sagte Die Benannte. »Er ist mein Inquisitor. Die Täuschungen des Bösen sind zahlreich und legendär – verzeiht mir, dass ich beschlossen habe, euch auf die Probe zu stellen – wie Metall in der Glühe auf die Probe gestellt wird – bevor ich entscheide, ob ihr euch dazu eignet, ein Schwert des Lichts zu werden.«

Mit flinken Fingern tastete Will nach den in den Kragenspiegeln seines Wamses eingenähten Giftnadeln. So schnell er auch war, der alternde Elf-Inquisitor bückte sich noch schneller, packte seine Arme und drehte sie Will schmerzhaft hart auf den Rücken.

Ned Brandiman nahm die Hände aus den weiten geschlitzten Puffärmeln seines Wamses. Obwohl durch das schiere Metallgewicht behindert, gelang es ihm dennoch, beide Arme auszustrecken und eine halb automatische Pistole der U.S. Army des Jahrgangs 1911, einen Colt Kaliber fünfundvierzig, mit zitterndem Lauf darzureichen.

* * *

Die Mittagssonne brannte von einem wolkenlosen Himmel. Die Ork-Marines, die Augen unter den buschigen Brauen geradeaus gerichtet, entfernten sich unter der Last von vier und fünf Tonnen schweren Ladungen von Gewehren, Granatwerfern, Maschinengewehren, Maschinenpistolen, Panzerabwehrwaffen und unzähligen Munitionsgurten mit jedem stampfenden Schritt weiter von Nin-Edin.

»*Eins*-zwei, *eins*-zwei!« Lieutenant Barashkukor stand, die Hände in die Hüften gestemmt, auf dem Sitz seines Jeeps. »Die verdammten *Elfen* könnten die Ladung schneller transportieren. Wollt ihr, dass der Major euch so sieht?«

Dreihundert Paar Ork-Stiefel marschierten im Gleichklang auf der Straße weg von Nin-Edin und die Kolonne wirbelte eine gewaltige Staubwolke auf. Barashkukor holte tief Luft und bellte die an ihm vorbeistapfenden Reihen orkischer Ledernacken an. »Seid ihr Marines? *Bewegt euch!*«

»Sir, ja, Sir!«, rief Corporal Duranki. Mit grimmig-entschlossener Miene stapfte er weiter. Wie die anderen schwankte auch der Albino-Ork unter der Last einer Waffenladung, die dreimal so hoch war wie er selbst groß.

»Dann bewegt eure verfluchten Ärsche!«, brüllte Barashkukor fröhlich. »Im Laufschritt, Orks!«

Ein metallisches Scheppern ertönte.

Harsch, rhythmisch. Die Geräusche von Glocken, Hörnern, Trompeten, Trommeln und einem Saxophon hallten durch die Luft. Neun der kleineren Orks stimmten bei zackigem Marschtritt einen improvisierten Militärmarsch an. Sie sangen, nahm Barashkukor zur Kenntnis, so etwas wie: *»Von den Hallen Japh-Kandumas zu den Ufern von Zithan-dri …«*

Captain Zarkingu (Magie-Beauftragte, Verwaltung und Kapellmeisterin) marschierte an der Spitze der Kapelle und der zweiten Kolonne vorbei. Dabei sprang sie hin und her und warf ihre Schädelstandarte im Takt mit der Musik wie einen Streitkolben in die Luft.

»Wir sehen uns am Turm, L.T.!«, rief Zarkingu.

Barashkukor salutierte. Er setzte sich auf den Rücksitz des Jeeps, schob den GI-Helm in den Nacken und ließ seine langen haarlosen Ohren darunter hervorspringen.

»Lieutenant Barashkukor!«

Barashkukor sprang auf, nahm zackig Haltung an und salutierte schneidig. »Sir, Major Ashnak, Sir! Haben ein Waffenlager in den Bergen ausgeräumt, Sir. Alles wird von der Kompanie transportiert, Sir, auch die Munition. Die Orks rücken aus, wie angeordnet, *Sir*!«

»Danke, Barashkukor.« Ashnak grüßte lässig. »Ihre Einheit hat Flugerfahrung mit Hueys, Lieutenant.«

»Sir, ja, Sir!« Barashkukor sprang aus dem Jeep. »Das heißt … Sir, nein, Sir! Durch Krankheit außer Gefecht gesetzt, Sir. Der Bell HU-1 Iroquois wurde Ihren Befehlen entsprechend aus dem Verkehr gezogen, Sir!«

Major Ashnak nahm die unangezündete Rolle Pfeifenkraut aus dem Mundwinkel, warf sie auf den Boden und zermalmte sie unter dem Absatz eines polierten Kampfstiefels. Er schob die Feldmütze von seinem unförmigen Schädel in den Nacken.

»In Dagurashibanipals Hort gab es mindestens zwei Hueys, Lieutenant. Graben Sie noch einen aus. Finden Sie einen Piloten und einen Marine mit Kopilotenerfahrung und melden Sie sich wieder bei mir.«

Ashnak nahm die Feldmütze ab, setzte sich mit breitem Grinsen seinen GI-Helm auf und schnallte ihn fest.

»Ich habe meine Befehle vom Finsteren HQ, Leutenant. Ich habe keine Wahl.«

* * *

»Ich habe keine Wahl!«

Die Benannte schwingt sich in glänzender, klirrender Rüstung in den Sattel des weißen Streitrosses. Ihr Ross legt die Ohren an. Sie bändigt es mühelos.

»Es ist meine Bestimmung, zur vereinbarten Zeit am Turm von Guthranc zu sein und dessen Macht zu benutzen, um die Armee des Lichts auf das Feld der Zerstörung zu rufen. Diese Zeit ist jetzt gekommen. Nur ich kann das Signal geben!«

Die Sonne färbt ihr hässliches grau-weißes Gesicht mit dem Gold des Morgengrauens. Ihr Atem bildet Wölkchen in der spätsommerlichen Kühle. Irgendwo in Sarderis weht der Geruch des Meeres.

»Befolgt meine Befehle!« Sie wischt sich einen Speichelfaden aus ihrem hängenden Mundwinkel. »Dies wurde mir schon in der Wiege prophezeit und ich kann meiner Bestimmung nicht entgehen. Ich gehe jetzt nach Guthranc, um den ersten Kriegsruf für die Nördlichen Königreiche erschallen zu lassen – ich reite bei Tagesanbruch!«

* * *

Ein goldener Herbstvollmond ging über den entfernten Bergen auf. Der Wind fühlte sich auf Ashnaks Gesicht kalt an. Er lehnte sich mit dem Rücken an einen zertrampelten Erdwall, der nach Kuhdung und Maschinenöl roch.

Eine Ork-Späherin glitt neben ihm in Deckung. »Sir, nichts, Sir.«

Das Kommandomesser der Orkfrau tropfte. Ashnak lugte durch die Dornenbüsche der Hecke auf das Dorf am Fluss. Nicht einmal seine Augen nahmen mehr von ihm wahr als Schwärze auf Schwärze. Keine Lichter, keine krähenden Hähne, kein Gehämmer aus der Schmiede. Er witterte den Geruch von Menschenblut.

»Nichts mehr übrig außer den ältesten und jüngsten Menschen, und die hatten sich versteckt. Alle Schmieden sind verlassen, alles Pferdefleisch ist verschwunden.« Sie salutierte. »Kein Widerstand, Sir. Wir können die Kolonnen durch das Flusstal marschieren lassen.«

Ashnaks Haut zuckte in der nächtlichen Kühle.

»Dieses Land wartet förmlich auf den Krieg ... Ihre Krieger werden zu den großen Heeren des Lichts reiten.« Die feuchte Erde durchnässte seinen Drillich an Knien und Ellbogen. »Geben Sie das Zeichen zum Abrücken, Soldat.«

Ashnak erhob sich und entfernte sich von dem vorgezogenen Posten, während er Shazgurim und Zarkingu über Funk befahl, ihre Kompanien abrücken zu lassen. Die Nacht wurde zu einem Wirrwarr leiser Geräusche – gedämpftes Stiefelscharren, Waffengeklirr, ein Knurren hier und das Knistern eines Funkspruchs da. Das setzte sich auf seinem Rückmarsch fort, da ihn Trupp um Trupp seiner Orks passierte und den Boden zertrampelte. Der massige Agaku bleckte in Hochstimmung die Fänge.

Der Vollmond schien jetzt silbern und Muster des Finsteren verschmierten sein Antlitz.

Gestalten schlichen über die Felder und verdichteten sich zu dreien der Kampf-Agaku. Die zweite Kompanie Marines marschierte jetzt an Ashnak vorbei und er grüßte den kommandierenden Offizier an ihrer Spitze. Das Mondlicht klatschte seinen Schatten massig auf den nassen Boden.

Andere Schatten gesellten sich dazu: der untersetzte von Imhullu, der ungeschlachte von Shazgurim und der etwas kleinere von Zarkingu, die abwechselnd von einem Bein auf das andere hüpften.

»Die Artillerie ist in Stellung!« Zarkingu entfaltete einen Bogen Papier und breitete ihn aus. Ihre Augen und Fänge glitzerten im Mondlicht. Ashnak und seine Unterführer hockten sich hin, um die Karte zu studieren.

»Dies ist der Turm von Guthranc. Das ist bestelltes Land. Das hier ist der Waldrand und hier verläuft die Hauptstraße von Sarderis.« Ashnak zeigte auf die entsprechenden Stellen.

Imhullu löste das tarnfarbene Halstuch, das er als Stirnband trug, wischte sich seine tränende leere Augenhöhle ab und band es sich wieder um. Der untersetzte Ork versetzte Ashnaks mit Patronengurten bedeckter Brust einen freundschaftlichen Stoß. »Neun Züge – wir bieten drei ganze *Kompanien* auf. So gut wie ein kleines Bataillon. Wogegen, weniger als hundert von dem Menschen-Dreck? Die mit Schwert und Bogen bewaffnet sind …?«

»Sieben zu eins«, sagte Ashnak. »Ein akzeptables Kräfteverhältnis.«

»Sie werden ein paar Zaubersprüche haben. Den einen oder anderen verdammten Magie-Anwender.« Shazgurim kauerte mit den Unterarmen auf den verhornten Knien da und hatte den Helm abgesetzt – während sie der dritten Kolonne dabei zusah, wie sie an ihnen vorbeimarschierte. »Aber, Blei bremst Blödsinn, wie es so schön heißt. Wir haben diese zähen Schweinehunde im Rücken – kein Pferde rammelnder Mensch wird *uns* in den Arsch treten!«

»Setzt eure Truppführer in Kenntnis. Es ist ausschlaggebend, dass wir die Magier aufs Korn nehmen, wenn es welche gibt. Schaltet sie aus.« Ashnak nahm die Karte und rollte sie auf. »Wir können sie nicht daran hindern, mit Zauberei anzufangen – aber Zauberei kann nichts gegen diese Waffen ausrichten. Wir werden ein paar Verluste erleiden, während wir die Magier fertig machen, doch die Rate wird akzeptabel sein.«

Zarkingu rieb sich die hornigen Hände. »Kein Schutz! Keine Magie! Wir werden sie in Stücke schneiden …«

Sie hielt inne.

»Sind wir zu gut? Werden die Ork-Marines *ihn* beunruhigen?«

Über Ashnak verlieren die Sterne sich im Mondlicht. Am Horizont funkelt früher Schneefall auf den Berghängen.

»Den Namenlosen?« Ashnak räusperte sich und spie einen Klumpen Schleim aus. Er spürte, wie tief in seiner Brust ein Lachen seinen Anfang nahm. »Er ist wie alle anderen niederen Fürsten des Bösen – er steht in einem ständigen Konkurrenzkampf mit den Übrigen. In der Hoffnung, dass der Finstere Notiz von ihm nimmt. Dafür würde er alles tun, möge er verrotten. Und was *zu gut* betrifft – ich kann euch ganz genau sagen, wie unsere Belohnung hierfür aussehen wird. Wir werden auf dem Feld der Zerstörung in vorderster Linie stehen und die Hauptlast des Kampfes tragen.«

»Kampf-Agaku!« Imhullu schüttelte seinen kurz geschorenen Kopf. »*Das* ist der Krieg, für den wir geboren wurden.«

»Die armen Schweine«, schnaubte Shazgurim. »Ich könnte sogar Mitleid mit dem Menschen-Dreck im Turm haben. Sie haben ja keine Ahnung, was sie erwartet.«

Zarkingu kicherte hysterisch.

Ashnak zog seinen Gürtel strammer, band sich einen Stiefel neu und straffte seine krumme Körpermasse. In seinem Helm wisperte der Funkempfänger. Er bleckte die Fänge im kalten Mondlicht.

»Diese Menschen im Turm?«, sagte Ashnak. »Das sind Soldaten, genau wie wir – mit dem Unterschied, dass sie keine Marines sind. Ehrt sie, Agaku. Sie stehen uns nah, auch wenn sie es bestreiten. Und obwohl wir sie töten werden. Alle Krieger sind Waffenbrüder, ob sie für das Licht oder die Finsternis kämpfen. Uns ist bestimmt, immer Krieg gegen unseresgleichen zu führen.«

7

Die Benannte reitet nach Guthranc.

Sie reitet in einer Gesellschaft, die schlecht zusammenpasst. Dazu gehören Menschen, die sich in ihren Panzerhemden und Sturmhauben unwohl zu fühlen scheinen. Manche sind schlank genug, um zur Elfenrasse zu gehören. Sie tragen ihre Waffen so, als seien sie nicht daran gewöhnt. Angehörige kleinerer Rassen sind ebenfalls dabei und holpern im Sattel hinter den größeren Reitern her.

Der von der Finsternis berührte Mond geht über Feldern unter, die nicht abgeerntet wurden, zwischen verlassenen Dörfern in einer Gegend, die voller Erleichterung seufzt – über die Aussicht auf eine endgültige Abrechnung mit dem Bösen.

* * *

Unter einem blauen Himmel leuchtete die Landschaft des Nordkönigreichs in roten und goldenen Farben. Überreifes Getreide schwankte und fiel unter den Metallketten eines dahinrasenden gepanzerten Truppentransporters vom Typ M113. Blühende Mohnblumen besprenkelten die Felder mit Klecksen in der Farbe von Menschenblut.

Ashnak stützte haarige Ellbogen auf die Kante der

Luke des Truppentransporters und spähte durch ein Fernglas. Er roch staubigen Boden, Orkschweiß und Menschenfurcht. Das Vehikel bockte und schwankte unter ihm, da es die erste Kolonne Ork-Marines entlangratterte. Insgesamt überquerten drei Kolonnen die Felder in Staffelformation. Er schmeckte Staub auf der Zunge.

Irgendwo wird sich die Armee des Lichts zum Letzten Gefecht sammeln. Aber nicht hier – und der Samhain ist noch Wochen entfernt.

Der Funkempfänger summte in Ashnaks haarlosem Ohr. Er drückte auf den Knopf unter dem Helmrand. »Ashnak auf Empfang, over.«

»Hier Späher 1. Gelände ist frei, wiederhole, Gelände ist frei. Over.«

»Späher 1, habe verstanden. Over und aus.«

»Major Ashnak, hier Späher 2. Kein Feind in Sicht oder vermutet. Over.«

»Verstanden, Späher 2. Over und aus.«

»Späher 3, hier Späher 3. Ziele haben Turm betreten, Sir. Schätze Garnisonsstärke auf siebzig, wiederhole, sieben-null. Sie haben die Tore geschlossen und bewachen die Mauern. Over.«

»Nachricht empfangen, Späher 3. Unternehmen Sie nichts, wiederhole, unternehmen Sie nichts. Over und aus.«

Einer Eingebung folgend, befahl er dem Fahrer, den Transporter an der Spitze der Kolonne anhalten zu lassen. Er kletterte aus der Luke, sorgfältig darauf bedacht, dass sich keine Granaten oder Patronengurte am Lukenrand verfingen. Seine Stiefel landeten auf dem zerfurchten Boden. Er schnallte das M60-MG ab, nahm es so, dass der Lauf in den Himmel zeigte, und fiel in den Marschtritt der Orktrupps neben sich ein.

»Yo!« Imhullu schloss sich ihm an. Im Kielwasser des einäugigen Orks tauchte auch Shazgurim auf.

»Wie in den alten Zeiten, was, Colonel?« Sie grinste.

»Ich rieche weiße Magie, Lichtmagie, Magie weit voraus!« An Zarkingus Gürtel klapperten Schädel und das Banner der Marines flatterte an ihrer Fahnenstange, als sie an die Spitze der Kolonne eilte. »Wir rücken ihnen auf den Pelz, Colonel Ashnak. Schlacht vor Sonnenuntergang!«

Ashnak hörte, wie die Parole durch die Kolonnen der hinter ihm marschierenden Orks wanderte, und auch das Gebrüll und Gejohle, mit dem sie begrüßt wurde.

»Lassen wir's krachen?«, bellte er.

»SIR, WIR LASSEN ES KRACHEN, SIR!«

Ashnak richtete den Blick nach vorn und marschierte im langen Orkschritt, der Tag um Tag Meile um Meile frisst. Für einen kurzen Augenblick war es ein seltsames Gefühl, Menschenstiefel an den Füßen zu spüren und nicht den Erdboden unter den nackten Fußsohlen. Seltsam auch, Gewehre zu tragen und nicht Streitaxt, Schwert und Streithammer. Er atmete den Gestank von Öl, Metall und Kordit tief ein.

In der Nachmittagsluft lag eine erste schwache Andeutung von Herbst.

Er warf einen Blick auf Major Shazgurim. Die massige Orkfrau trug den Helm tief heruntergezogen, sodass der Rand auf Höhe der buschigen Brauen saß. Ihre Augen glänzten. Sie lief mit schwerfälligem Schritt, einen tragbaren Raketenwerfer auf dem Rücken und in jeder Hand ein M16.

»Nestschwestern«, wandte er sich an seine drei Unterführer. »Nestbruder.«

Imbullu knurrte: »Nestbruder, das läuft gut.«

Ashnak sah Zarkingu an. »Kleine Schwester?«

Major Zarkingus Schlitzaugen leuchteten. Patronengurte klirrten beim Gehen. Die Sonne ließ den Staub auf ihrem Kampfdrillich und den Schlamm auf ihren Stiefeln glänzen – sie war die Einzige, die den ganzen Weg von Nin-Edin zu Fuß mit der Kompanie zurückgelegt hatte.

»Wir sind zusammen weit gekommen. Ich kann mich an andere Türme erinnern, Bruder, und an andere Feldzüge. Ich kann mich auch an andere Gebieter erinnern. Sind die Agaku nicht immer Meister der Schlacht?« Zarkingu lächelte. »Und wenn einer von uns fällt? Dann gibt es immer noch die Agaku!«

Imbullu strich über den violetten Pferdeschwanz der kleinen Orkfrau. »Die kleine Schwester spürt ihren Tod nahen.«

»Wir sind die Kampf-Agaku.«

* * *

Am Horizont recken sich schneebedeckte Berge in einen blauvioletten Himmel. Ashnak schmeckt die Einsamkeit jener kalten Höhen hier im verlassenen Tiefland auf der Zunge. Er wirft einen Blick zurück auf die zerstörte Landschaft, die verheerten Felder und die hinter ihm marschierende Kompanie. Staub und das erste gefallene Laub werden aufgewirbelt und verbergen ihre Stärke vor beobachtenden Augen. In Guthranc gibt es immer beobachtende Augen.

Aber was kann ein Spion schon tun, wenn er sieht, was sich jetzt nähert?

Ausgebildet, vorbereitet, kampferprobt – dennoch gibt es einen Punkt, da man vorsätzlich alle Furcht hinter sich lässt, das Wissen über den bevorstehenden Sieg hinter sich lässt, den Wunsch zu überleben hinter sich lässt. All dessen entledigt er sich professionell und ohne Bedauern. Wenn Ashnak kämpft, dann als jemand, der weiß, dass er bereits tot ist. Das macht ihn gefährlich: Er verdankt dieser Einstellung sein Leben.

»Gebt mir eure Hände«, sagt er, »Schwestern und Brüder.«

* * *

Auf den vieltürmigen Festungswällen Guthrancs ruft ein Posten eine Warnung. Obschon unerfahren mit ihren Waffen, macht sich die neu eingetroffene Kompanie dennoch kampfbereit.

Die Benannte erscheint in voller Rüstung, die das nachmittägliche Sonnenlicht förmlich in die Augen der Beobachter brennt. Ihr Überrock erstrahlt golden. Sie hebt ihr Schwert und ruft einen Befehl.

Eine Explosion wirft sie um. Mit zerkratzter und verbeulter Rüstung bleibt sie auf der Brustwehr liegen. Steinbrocken und Splitter pfeifen durch die windstille Luft. Der Westturm und die Hälfte des ihn tragenden Gemäuers stürzen ein und übrig bleibt ein Geröllhaufen.

* * *

»*FEUER!*«

Die Artilleriesalve dröhnte weit hinter ihm. Die flache Flugkurve der Granaten führte genau über Ashnaks Kopf hinweg und er spürte den peitschenden Luftzug. Er stand aufrecht in der Luke des Truppentransporters, den Helm weit in den Nacken geschoben, und kaute auf einer unangezündeten Rolle Pfeifenkraut.

»FEUER!«

Orange-schwarzer Rauch stieg von Guthrancs Mauern auf. Strahlend leuchtende Banner gingen vor dem blauen Himmel in Flammen auf. Mauerwerk barst, kippte und fiel langsam nach außen und der gesamte Torabschnitt der Mauern sank in sich zusammen, rutschte abwärts und ließ das Wasser des Burggrabens aufspritzen. Krieger rannten wie Termiten über die Brustwehr. Der Turm am Tor stürzte ein.

»Erster Zug, los, los, *los!* Jetzt! LOS!«

Das tiefe Husten der Geschütze war so laut, dass er seine eigene Stimme nicht mehr hörte, doch offenbar übertrugen die Helmfunkgeräte den Befehl. Der erste orkische Marine-Zug rückte mit absoluter Präzision nach bewährtem Muster vor: Ein Trupp ging in jedwede Deckung, die aufgewühlte Kornfelder und Straße boten, und feuerte, was das Zeug hielt, auf den Turm, während der nächste Trupp ein Stück vorrückte, um dann seinerseits in Deckung zu gehen und dem anderen Trupp Feuerschutz zu geben.

Auf Guthrancs Mauern warf ein Mensch die Arme in die Luft und fiel. Der Leichnam überschlug sich auf dem Weg nach unten, der Mund war weit aufgerissen. Ashnak beobachtete ihn, bis er auf den Boden schlug und alle Knochen brachen. Die Trupps waren bis zum Fuß des Steilhangs vorgerückt. Er sprach in das Mikrofon seines Helmsenders.

»Artillerie, Feuer einstellen. Wiederhole: *Feuer einstellen.*«

Aus der Luke des Truppentransporters ließ Ashnak den Blick über das Land schweifen, in dessen Mitte und umgeben von wogenden Kornfeldern der Turm von Guthranc stand. Das nicht geerntete weiße Getreide war von Reifen, Ketten und marschierenden Stiefeln niedergewalzt worden. Im Osten träumte der Alte Forst wuchtig und grün unter der heißen Sonne vor sich hin. Die Artillerie hinter ihm dröhnte noch einmal und stellte dann das Feuer ein.

Imhullus Trupps rückten weiter gegen den Turm vor und ihre Waffen spien Tod und Verderben. Ashnak nahm den Feldstecher zu Hilfe und erhaschte einen guten Blick auf den untersetzten schwarzen Ork Kusaritku, wie er einen tragbaren Raketenwerfer schulterte und abfeuerte. Flammen leckten. Rotgoldenes Feuer erblühte am Fuß von Guthrancs Ostflügel.

Gatling-Gewehre beharkten die Türme, wo Menschen und anderer Dreck zwischen den eingestürzten Trümmern umherirrten. Manche warfen die Hände in die Luft und fielen. Die Gesteinsbrocken färbten sich rot und Rotes floss in die Senklöcher. Ashnak verengte die Augen zu schmalen Schlitzen und konnte noch intakte Deckung ausmachen, dazu die Spitzen erhobener Langbogen …

»Major Shazgurim, können Sie mich hören? Over.«

»Ich höre Sie, Colonel. Klar und deutlich. Over.«

»Rücken Sie vor. Vormarsch nach eigenem Gutdünken. *Los, los, los!* Over und aus. Zarkingu, Ihr Zug muss vor! Halten Sie Imhullus Zug aus Ihrem Schussfeld raus. Und jetzt los, ihr Schweinehunde, los!«

Er schlug mit hornhäutiger Faust auf den Truppentransporter und dessen Motor dröhnte los. Er bellte dem Fahrer Anweisungen zu, schulterte sein M60 und hielt sich fest, als das Vehikel über den aufgewühlten Acker holperte.

Voraus wallten Flammen und Rauch in hohen Säulen auf. Die rückwärtigen Mauern von Guthranc barsten und stürzten ein. Imhullus Orks hasteten in weit auseinander gezogener Linie den langen Hang zum Fuß der eingestürzten Türme empor. Kordit machte die Luft stickig. Rauch hing tief und dicht.

Und aus dem Osten, aus ihrer Deckung im Alten Forst, rückten die beiden Reserve-Züge vor und eröffneten ebenfalls das Feuer.

»Agaku! *Agaku!*«

Das über Helmfunk kommende Kriegsgeschrei war ohrenbetäubend. Ashnak fiel grinsend in das Gebrüll ein, zog seinen GI-Helm bis zu den Brauen nach vorn und ließ den Truppentransporter eine weite Kurve fahren, die ihn zum Westrand der Linie des Ablenkungsangriffs und auf die Straße nach Vordenburn führte. Er hob das M60 und schoss, genoss den Rückschlag und den Krach und überschrie das Geknatter der Waffen:

»*Agaku!* AGAKU!«

Die Nase des Truppentransporters fiel nach vorn und bohrte sich in die weiche Erde am Ufer des Burggrabens. Ashnak zwängte sich durch die Luke und sprang ab. Seine Stiefel landeten auf der nassen Erde. Er rannte zu den Pontons und reckte dabei den Hals, um zu den halb zerstörten Türmen über sich emporzuschauen, hob das M60 und schoss auf die Mauern. Orks im Kampfdrillich drängten sich an ihm vorbei, die Münder mit den Hauern zu einem breiten Grinsen verzogen, während aus ihren Gewehrmündungen Flammenzungen zur Sonne emporleckten. Rauch und Gestank hüllten das Schlachtfeld ein. Ashnak warf sich in die Deckung einer eingestürzten Mauer und blickte sich um.

In breit gefächerten Linien rannten Orks schreiend und brüllend den Hang empor und warfen dabei Granaten. Das trockene *Wumm!* schwerer Waffen ließ den Boden erzittern. Erde spritzte auf und besprengte Ashnaks Gesicht mit dem Geruch bestellter Felder.

Der Helmfunk plärrte: »Angriff! Aaaaaangriiiiiff!« Shazgurims Stimme, blechern durch den kleinen Verstärker. Sicher, dass der Hauptangriff begonnen hatte, zuckte Ashnak die Achseln, schulterte das M60 und grinste in dem Wissen, dass jetzt nichts mehr blieb, als an der Spitze des Unterstützungsangriffs einzumarschieren. Etwaige überlebende Gegner würden keine andere Wahl haben, als nach Norden zu fliehen – wo sie auf den Auffangtrupp stoßen würden.

Er öffnete den Mund, brüllte Imhullus Orks ein »*Aaaangriiff!*« zu, hechtete seitlich um das eingestürzte Mauerwerk herum, sprang auf und legte die letzten Schritte den Hang empor mit bockendem und bebendem M60 zurück. Die Mündung hob sich und beharkte die Mauern von Guthranc in langsamem Bogen von unten links nach oben rechts. Ein Elf und ein Zwerg sprangen aus einer Deckung und flohen – und die Kugeln verspritzten ihr Blut und ihre Innereien über das Gestein.

»Aaangriiiff …«

Als er über rauchende Trümmer hinweg in den Innenhof kletterte und das M60 dabei einhändig bediente, bäumte sich ein Pferd vor ihm auf. Der Rauch verzog sich so weit, dass Sonnenlicht von einem goldenem Überrock und einer weißen Rüstung reflektiert wurde. Die Benannte war vor ihm und hatte eine nackte Hand erhoben.

Ashnak schlug auf den Magazinauswurf und rammte ein anderes, volles Magazin hinein. »Stirb, Dreckstück!«

Alles in einem Sekundenbruchteil:

Rattattatta-PENG!

Die Kugeln hinterlassen sichtbare Spuren in der Luft und machen Anstalten, den Regenbogenschimmer ihres Schutzzaubers zu durchschlagen, als existiere er nicht.

Die Benannte sitzt lächelnd und graziös im Sattel des Schimmels. In der anderen, gepanzerten Hand hält sie ein Schwert. Sie hat keine Zeit, damit zuzuschlagen, aber sie hat Zeit zu sprechen.

Ashnak liest von ihren breiten, schiefen Lippen ab, als sie sich bewegen. Die Benannte haucht: »*Waffen versagen.*«

Stille.

Erst jetzt begreift er, wie das metallische Kreischen und Dröhnen der Gewehre und Kanonen in ihm vibriert und seine Trommelfelle betäubt hat. Wie der hustende Donner von Explosion auf Explosion ihn taub gemacht hat. Erst jetzt versteht er es, als plötzlich – Stille hereinbricht.

Eine unsichtbare Hand fegte Ashnak ins Gras.

Den Mund voll Dreck und speiend schüttelte er den Kopf (der Helm war verbeult und die Luft in seinem Gesicht stand in Flammen), rollte sich ab und kam wieder hoch, das M60-MG an den Körper gepresst. Das Metall verbrannte seine Hände mit kaltem blauem Feuer. Es sengte, schnitt, sägte in seine Haut. Ashnak ignorierte den Schmerz und hob den Lauf, bis er die gerüstete Menschenfrau im Visier hatte.

»Stirb, Miststück!«

Er drückte ab – sinnlos.

Hexenfeuer griff aus, hüllte seinen Körper ein, verbrannte seine Haut.

Jeder Zoll von ihm stand in Flammen. Ashnak wälzte sich auf dem Boden. Sein Kampfdrillich fing Feuer und der Stoff klebte auf seiner Haut. Und die Patronengurte wurden warm, wurden wärmer …

Ashnak riss sich die Patronengurte ab und warf sich den Hang hinunter. Er fiel in den Burggraben und wälzte sich im nassen Schlamm, bis die Hexenflammen erloschen waren. Das M60 war fort: die größte Schande, seine Waffe zu verlieren. Schmerzen schüttelten ihn, auf seinen hängenden Schultern und langen Armen brannte rohes Fleisch, von Rumpf und Beinen war ebenfalls zähe Haut weggesengt worden. Er lief zur nächsten Deckung und kauerte sich zitternd und schlammbedeckt hinter einen Abschnitt der Wachhausmauer.

Die Menschen und Elfen auf der Brustwehr legten die Waffen nieder, an deren Gebrauch sie nicht gewöhnt waren.

»Yo, Marine!« Ashnak rannte über die eisenharte Erde zu einem von Imhullus Orks, dem schwarzen Ork Kusaritku, der niederkniete und den Raketenwerfer abfeuerte. Hexenfeuer leckte vom Turm herab.

Die Rakete explodierte im Rohr und spickte die Luft mit umherfliegenden Splittern.

Von der Explosion taub, warf Ashnak sich wieder in den Dreck. Warmes, nasses Fleisch legte sich über seine Hände und Arme. Er griff über Kusaritkus Leiche, um an den Raketenwerfer zu kommen. Der kleine Ork Kusaritku, dessen Drillich mit Blut durchtränkt war, tastete nach den weißen und grünen Schläuchen, die aus seinem Bauch hingen, und fiel dann zurück, die Augen blicklos gen Himmel gerichtet. Der mit einem Tarnnetz überzogene Helm glitt über sein Gesicht und deckte es zu.

»Greift sie an!« Ashnak mühte sich, seine Stimme über das Geschrei und das immer noch vereinzelnd aufbrandende Geknatter zu erheben. »*Nehmt euch die Magier vor!* Greift sie an!«

Die geborstenen Mauern des Turms ragten vor ihm auf, weißer Stein, von Ruß geschwärzt. Menschen und Elfen standen jetzt auf den Mauern, hinter flimmernden magischen Schutzschirmen. Sie setzten ihre Helme ab, legten ihre Schwerter nieder und hoben Stäbe.

»*Angriff!*« Er hob ein herrenloses M16-Sturmgewehr und drückte ab. Nichts. Fieberhaft wechselte er das Magazin, drückte wieder ab – der Hammer fiel mit mattem Klicken. Nichts. Noch einmal, und – nichts. Er warf das Gewehr fort, riss den Zünder von einer Granate und warf sie. Das grüne Ei fiel mit einem metallischen Klicken zwischen die Trümmer. Nicht mehr.

Die Zeit machte einen Sprung.

Ashnak kam plötzlich zu Bewusstsein, dass er über den Innenhof des Turms rannte. Sein Fuß blieb irgendwo hängen und er fiel. Er wollte aufstehen und sein Bein gab nach. Der Knochen stach durch die Haut. Sein anderes Bein brannte, warf Blasen und nässte. Ashnak hob die Kalaschnikow eines toten Orks auf, legte sie über seine versengten Unterarme und kroch los, indem er seine nutzlose untere Körperhälfte mit den Armen vorwärtszog.

»*Agaku!* Ich rieche Magie, *Klein*-Magie, *Nichts*-Magie!«

Zarkingu tollte und tänzelte auf einem Abschnitt der Brustwehr über ihm herum. Ihre Haarsichel, die mit einem Ärmel in Tarnfarben zusammengebunden war, peitschte in der heißen Luft umher und rauchte. Ashnak sah ihre Augen glänzen. Schaum löste sich in dicken Flocken von ihren Lippen. Sie legte ihre Uzi-Maschinenpistole an und drückte ab. Die Waffe schoss nicht. »Colonel, es ist nur ein simpler ›Waffen-versagen‹-Zauber ...«

»*Aufpassen!* Deckung!«, bellte Ashnak. »*Zarkingu!*«

Eine flimmernde Kugel nahm aus dem Nichts rund um die Orkfrau, die immer noch mit klappernden Schädeln und M16-Magazinen am Gürtel herumtollte, Gestalt an. Im Zeitraum eines Herzschlags krampfte sich die magische Kugel zusammen, weitete sich wieder und ließ eine zerquetschte Ruine aus tropfendem Orkfleisch und Knochen auf die Brustwehr fallen.

Ashnaks Gedärme machten sich selbständig und er schiss sich voll. Er bohrte die Ellbogen in die rauen Steinplatten und richtete sich auf. Er löste das Bajonett von der Kalaschnikow, schob es in die Halterung, ließ es einrasten, warf sich die Waffe über die Schulter und zog sich mit der Kraft seiner Arme auf den Trümmerhaufen. Seine breiten Nüstern blähten sich unter dem Eindruck seines eigenen Gestanks.

Er blieb liegen und starrte auf das Schlachtfeld.

Elfen-Magier und menschliche Magie-Anwender drängten sich auf den verbliebenen Zinnen Guthrancs. Sechzig oder siebzig Mann stark. Kein einziger Krieger war unter ihnen, nur solche, die einen Stab schwangen, zwischen den bloßen Händen Hexenfeuer erzeugten oder mit Wortströmen einen arkanen Tod beschworen. Sporadisches Waffengeknatter ertönte und verstummte sofort wieder, nun endgültig von den Manipulationen der Magier unterdrückt.

Ashnak sah, wie eine weit gefächerte Marine-Formation wie Weizen niedergemäht wurde und zu Boden ging. Ork-Leichen lagen bogenförmig auf dem zum Turm hin ansteigenden Hang. Ihr Blut durchnässte die Erde.

Ashnak wälzte sich mühsam herum, hielt sich die Kalaschnikow mit beiden Händen hoch über den Kopf und rollte dann den Hang zum Burggraben hinunter, wobei er jede Unebenheit und jeden aus dem Boden ragenden Fels mitnahm. Sein Fall wurde von drei Leichen aufgehalten, die stinkend und entstellt in der Mittagssonne lagen.

Schwäche, Schmerzen und Furcht hatten ihn ausgelaugt. Die Lauft rauschte in seinen Ohren.

»Warum?« Seine Kehle war heiser. »*Wie?*«

Ein Fuß schritt vornehm über die Leichen der Marines hinweg. Ashnak sah mit gefletschten Zähnen zu, wie er sich näherte. Er umklammerte die Kalaschnikow mit seinen verbrannten Händen und hielt das Bajonett für einen raschen Aufwärtsstoß bereit. Eine elfische Stimme sagte: »Der lebt noch, Mylady. Soll ich seiner erbärmlichen Existenz ein Ende bereiten?«

»Du«, sagte eine sabbernde Stimme staunend.

In Ashnaks verbranntem Bein steckte noch ein wenig Kraft und er zog es zum Sprung an. Sein zerschmettertes Bein schleifte wie eine Schlange hinter ihm her. Er ließ Die Benannte nicht mehr aus den Augen, während sie sich ihm näherte.

»Binde ihn. Nein, du bist nicht stark genug. Ich werde es tun.« Die Menschenfrau kniete mit klirrendem Schuppenpanzer nieder. Eine ihrer Hände zuckte vor, legte sich so schnell um Ashnaks Hals, dass er nicht mehr ausweichen konnte, und drückte zu.

Er konnte nicht mehr atmen. Ihm wurde zuerst rot, dann schwarz und schließlich weiß vor Augen. Er stieß blindlings mit dem Bajonett zu, schräg aufwärts zum Bauch, und spürte, wie ihre freie Hand den Lauf des Sturmgewehrs umklammerte. Sie riss ihm die Kalaschnikow aus den Händen. Seine Glieder waren kraftlos. Etwas summte in seinen Ohren. Er spürte, wie sich ihm der Magen umdrehte, und dann war er plötzlich frei und konnte sich blind wimmernd übergeben, während er auf die Rückkehr seines Sehvermögens wartete.

Hexenbande bissen in seine verbrannten Hand- und Fußgelenke.

Ashnak ächzte protestierend, als auch sein zerschmettertes Bein gebunden wurde. Die Elfenfrau nickte dem Elfen-Magier neben ihr zu.

»Ich bin barmherzig. Diesen werden wir am Leben lassen. Er wird eine Menge wissen.«

Sie warf einen nachdenklichen Blick auf die Kalaschnikow in ihrer gepanzerten Hand, während sie Gewicht und Länge abmaß.

Die Schmerzen der Verbrennungen dritten Grades am ganzen Körper lösten seine Zunge. Ashnak brüllte: »Welchen Nutzen kann Magie gegen uns haben? Wir haben keine Hexenwaffen! Warum setzt ihr Magie ein?«

Das Knattern des Feuergefechts im Osten, im Alten Forst, wo (für ihn zu weit entfernt, um es zu sehen) die Überreste der orkischen Marine-Züge verbissen Widerstand leisteten, lebte noch einmal auf und verstummte dann. Der Helmlautsprecher flüsterte Ashnak blechern ins Ohr:

»… zurückfallen! Bajonette aufsetzen! Benutzt eure Waffen wie Keulen! Wir lassen uns zurückfallen und formieren uns neu am …«

Shazgurims Stimme kreischte einmal schrill und verstummte dann. Das unverkennbare Zischen von Hexenfeuer erfüllte den Lautsprecher und ließ ihn durchschmoren. Ashnaks Kopf fiel ihm auf die Brust. Er rührte sich auch dann nicht, als Die Benannte ihm den Helm abnahm.

»Elinturanbar, der hier war ein Spielzeug meines Bruders und muss verhört werden.«

Die feucht lispelnde Stimme verstummte. Ashnak hob den Kopf. Die Benannte und der Elfen-Magier starrten nach Osten auf bewaldete Felsen und Schluchten sowie auf die Rauchwolken brennender Bäume.

Ein Hubschrauber vom Typ Bell HU-1 Iroqois kam im Tiefflug über die Hugelkuppe geflogen.

Mit beispiellosem Geschick schlängelte der Huey sich durch die Bäume, die er als Deckung benutzte, und kam ihnen dabei so nah, dass die gewaltigen Rotorblätter Zweige abhackten. Blätter flogen in alle Richtungen. Die Schatten seiner Bordgeschütze fielen auf die sonnenbeschienenen Bäume. Ashnak öffnete den Mund und stieß einen heiseren Jubelruf aus.

Ein gegabelter blauer Blitz zuckte zwischen den Händen des elfischen Magiers Elinturanbar hervor. Baumwipfel lösten sich auf. Der Huey flammte auf, schoss abwärts, fing sich in engem Bogen und zog wieder hoch. Der blaue Strahl kreuzte seine Flugbahn erneut mit gefälliger Sparsamkeit. Eine Landekufe brach ab und fiel zu Boden.

Der Huey ruckte seitwärts, neigte sich nach unten, beschrieb eine Rechtskurve, um Auftrieb zu gewinnen, und schleppte sich ganz knapp über dem Boden die hundert Schritt freies Feld zwischen dem Alten Forst und dem Fuß des Turms entlang.

Die nackte Hand Der Benannten bewegte sich. Sie flüsterte: »Fliegen versagt …«

Ashnak vergrub das Gesicht tief im Boden. Der Hubschrauber stürzte ab, schlug auf, wurde noch einmal hochgeschleudert und fiel dann kaum dreißig Fuß von ihm entfernt endgültig zu Boden. Er spürte die Erschütterung des Aufpralls durch seinen verbrannten und zerschlagenen Körper zucken. Splitter bohrten sich in den Boden und pfiffen durch die Luft.

Die Türen flogen auf. Zwei Orks sprangen kotzend nach draußen und warfen sich sofort hinter irgendwelchen Trümmern in Deckung.

Eine dritte Gestalt hielt sich leicht schwankend mit schlanker Hand an der Luke fest und sprang dann auf den Boden.

Ein Schatten schien sich über die Sonne zu legen. Eiseskälte ließ die Grashalme brechen und überzog die daliegenden Leichname mit Eis. Die Kälte des Erdbodens biss in Ashnaks zerschmettertes Bein und in die verbrannte Haut. Es war so kalt, dass seine Augäpfel schmerzten.

Der Namenlose Nekromant griff in die Kabine des Huey und holte eine Flasche aus gesponnenem Silizium heraus. Intakt. Er löste seine nachtschwarzen Ledergewänder von geborstenem Metall, entstaubte sich mit einem Zauberschnippen seiner Finger und schlenderte am Fuß des Turms von Guthranc der Gruppe entgegen.

Ashnak starrte die schlanke Gestalt an, die sich näherte. Er wehrte sich gegen seine Fesseln. Die magischen Bande brannten sich in rohes Fleisch und von Kälte mürbe Wunden. Der Namenlose Nekromant hob den Kopf und blinzelte unter Schmerzen himmelwärts.

Der blasse Mensch trübte das Sonnenlicht mit einer Geste. »Ashnak. Wie nett.«

Der Ork hustete Blut. »Sir, bitte um Erlaubnis, Meldung machen zu dürfen, Sir …«

Der Namenlose Nekromant schritt geziert über Ashnak hinweg, ging weiter und streckte die Hand aus, die nicht die Flasche hielt.

»Schwester«, sagte er. »Seid gegrüßt. Schön, dass wir uns treffen!«

Ashnak gaffte ungläubig.

Der Namenlose Nekromant ließ die Hand sinken, die nicht zum Gruß ergriffen worden war. Er lächelte. Irgendwo in der Rundung seiner Lippen und im Glanz der grünen Augen über den hohen Wangenknochen waren Züge eingeschlossen, die nicht die seinen waren. »Schwester, der Sieg hier ist Euer, glaube ich.«

Die orkgesichtige Frau trat zur Seite, als andere Mitglieder ihrer Kompanie aus den Ruinen Guthrancs kamen. Elfen, Zwerge, Menschen – und Halblinge. »Ja, Bruder. Und ich muss Euren Dieben dafür danken.«

Ashnak, den jetzt nichts mehr schockieren konnte, erkannte die beiden Halblinge.

Der Jüngere hatte teuer frisierte und pomadisierte

schwarze Locken. Er trug einen mit Gravuren und goldenen Intarsien verzierten Brustharnisch über Hosen und Wams aus kostbarem, dreilagigem Samt. Die Rüschen waren aus feinster Spitze und jeder Einzelne seiner zehn Finger war mit einem Ring aus Gold oder Silber geschmückt. Weder seine Rüstung noch sein teurer seidener Halbumhang wiesen Kampfspuren auf. Er lächelte.

Sein Bruder, der neben ihm stand, trug kostbaren braunen Samt. Die Haare waren zu einem winzigen Pferdeschwanz zurückgebunden und wurden von einem Goldring gehalten. Er trug keine Rüstung und unter seinem silberbestickten Umhang war eine massive Goldkette aus S-förmigen Gliedern zu sehen. Ashnak fand, dass er fülliger aussah als bei ihrer letzten Begegnung in der Wildnis.

Beide Halblinge trugen ein neues Schwert.

Die Benannte legte jedem Halbling eine Hand auf die Schulter. »Ich habe sie für die Leiden belohnt, die sie in ihrem Bemühen erdulden mussten, zu mir zu gelangen. Obwohl ich sie nicht so belohnen kann, wie sie es in Wahrheit verdient hätten.«

»Nein«, knurrte Ashnak unhörbar.

Eine Art Hochstimmung spiegelte sich auf den hässlichen Zügen Der Benannten wider. Speichel tropfte unbemerkt zu Boden, wo ein Hauer ihren Mund entstellte.

»Diese beiden Halblinge waren es, die mir eine Waffe aus Dagurashibanipals Hort gebracht haben. Damit hattet Ihr nicht gerechnet, Bruder Namenlos, doch selbst Diebe können sich dem Licht zuwenden.«

Ihr Gesicht strahlte.

»Meister Will Brandiman hat mir erzählt, Ihr hättet Waffen, die zwar nicht magisch wären, aber trotzdem mächtiger als Schwert oder Bogen, und gegen die die Magie keinen Schutz bieten könnte. Und Meister Ned Brandiman hat uns eine solche Waffe vorgeführt und dadurch bewiesen, dass sie als nicht-magische Waffen *selbst* auch nicht vor Magie geschützt sind.«

Die Benannte lächelte feucht.

»Sie sind nicht im Geringsten vor Magie geschützt. Nicht einmal vor dem simpelsten ›Waffen-versagen‹-Zauber.«

Ashnak schmiegte sein vorspringendes Kinn und die Augen gegen den kalten Boden. Dann hob er den Kopf und schaute an sich herab – auf das verkohlte Koppel und den ebenso verkohlten Kampfdrillich, deren Reste in seinen offenen Wunden klebten, und auf die blutbefleckten Kampfstiefel – und auch dorthin, wo sein Helm mit dem Funkgerät unerreichbar im Gras lag. Während orkische Berserkerinstinkte mit der Marine-Ausbildung rangen, murmelte er gedämpft: »Setzt euch ab! Zieht euch zurück. Zieht euch *zurück*.«

Ashnak beanspruchte die Muskeln seiner gebeugten Schultern, bis er glaubte, sie würden reißen. Schmerzen fraßen sich in seine Haut. Die magischen Fesseln schnitten tief. Grünes Blut tröpfelte wegen der Kälte träge über das Koppel und weiter auf seine Kampfstiefel, zäh und träge wegen der Kälte. Er hob den Kopf und starrte den Namenlosen Nekromanten an.

»Gebieter …«, flüsterte der Ork.

»Seht die Widerspenstigkeit des Bösen«, verkündete der braunhaarige Halbling. »Lady Benannt, da seht Ihr, was daraus erwächst, wenn man dem Finsteren dient. Seine Geschöpfe sind unfähig, Eure Worte der Tugend zu hören.«

Mit Mühe wandte Ashnak den Kopf. »Und ich nehme an, Bezahlung vom treusten Diener des Finsteren, vom Namenlosen, zu nehmen, versetzt *euch* in die Lage, tugendhaft zu sein?«

Ned und Will Brandiman sahen einander mit äußerst gequälter Miene an.

»Welch eine Verleumdung.« Die Benannte schüttelte

missbilligend den Kopf. »Habt keine Angst, ihr Halblinge. Das Böse kann mich nicht hinters Licht führen. Ich kenne euer Herz – und das ist rein.«

Der schwarzhaarige Halbling kauerte sich gerade außerhalb der Reichweite von Ashnaks Fängen nieder und grinste ihn mit seinen runden Apfelbäckchen an.

»Der Fluch des Drachen war in der Tat sehr stark, Meister Ashnak. Der Orden der Weißmagier hat den Fluch entdeckt, mit dem Dagurashibanipal seinen Hort belegt hatte – er lautet: *›Du sollst werden, was du stiehlst.‹* Der Drache hat die furchtbaren Waffen des Bösen gesammelt und Ihr habt sie gestohlen und so seid Ihr selbst zu einer solchen geworden. Es ist tragisch, wirklich tragisch. Denn ich glaube, dass es sogar für einen Ork Erlösung geben kann.«

Ashnak spie. Der Halbling wich seinem sauren Speichel aus. Ashnak wälzte sich mühsam herum, obwohl sein ganzer geschundener Körper unter sengenden Qualen litt. »Shazgurim hatte Recht. Beim Finsteren, ja! *Durchtriebene Halblinge.* Sie sagte, ihr würdet uns am Ende zugrunde richten. Und ich bereue *wirklich*, sie daran gehindert zu haben, euch zu töten! Gebieter!«

Der Namenlose Nekromant ignorierte ihn.

Ein warmer Windhauch blies, der nach welken Blättern, dem Ende des Sommers, Getreidehalmen und Meer roch. Reif schmolz.

Auf tauendem, von Blut nassem Gras und in einem plötzlich wieder erstarkten Sonnenlicht fiel der Namenlose Nekromant auf die Knie. Er neigte sein dunkles Haupt und beugte den Rücken. Seine blasse Stirn berührte den Boden.

Seine Stimme war klar verständlich.

»Schwester, auch der Finsterste kann sich noch dem Licht zuwenden.«

Empörung und Seelenqual ließen Ashnak aufbrüllen. *»Gebieter!«*

»Dieser orkische Abschaum ist nichts wert.« Der Namenlose Nekromant breitete noch immer kniend die bleichen Hände aus. Eine Hand ergriff den Hals der Siliziumflasche. Er trank und schwenkte die Flasche in die ungefähre Richtung, aus der die letzten Kampfgeräusche drangen. »Ein paar weniger, die auf der Seite des Finsteren kämpfen, wenn der Samhain kommt. Aber wenn Ihr mich haben wollt, Schwester, wird die Armee des Lichts ein neues Mitglied bekommen, und meine Macht ist nicht gering.«

Stille legte sich über das Feld. Ashnak hörte sie trotz des Geschreis und Gebrülls des Massakers, trotz seines eigenen heiseren Protestgemurmels und trotz des Knackens tauenden Eises: die *schicksalhafte* Stille.

»Darauf habe ich lange gewartet, Bruder.«

Die Menschenfrau entledigte sich ihres noch verbliebenen Panzerhandschuhs und ließ ihn auf den Boden fallen. Sie stand in der heißen Sonne zwischen den Leibern gefallener Orks und Menschen, während aus dem Burggraben der Gestank bereits verwesender Leichen aufstieg. Ihre goldenen Haare leuchteten.

»Kämpft mit mir«, forderte sie ihn auf. »Ein Zweikampf, Bruder. Eure Macht der Finsternis gegen die meine des Lichts. Kommt schon – ein Duell mit bloßen Händen. Kämpft gegen mich!«

»Sie ist stärker …« Ashnaks grimmige Warnung brach ab, als sich eine elfische Hand auf seinen Mund legte. Hexenfeuer versengte die Hornhaut in seinem Gesicht. Er öffnete den Mund, um zu beißen.

»Ich kämpfe nicht.« Der Namenlose Nekromant erhob sich graziös. Auf seinen silberbestickten Fellgewändern waren Flecken orkischen Bluts zu sehen, an Stellen, wo er darin gekniet hatte. Er schnippte mit dem Finger und war gleich darauf wieder makellos. »Ich habe mich Euch ergeben. Eurer Gnade und Ehre.«

»Ich traue Euch nicht …«

»Und wenn Ihr wollt«, sagte der blasse Mensch, »werde ich wieder meine richtige Gestalt annehmen, Schwester, und Ihr die Eure.«

Für einen Augenblick gaffte Die Benannte, als starre sie in ein grelles Licht.

»*Ja.*« Ihre fleckigen Finger fummelten an ihren feuchten Lippen herum. Sie fuhr sich mit dem Rücken ihrer grau-weißhäutigen Hand über den Mund.

Der Elfenmagier warf ein: »Mylady, wie könnt Ihr ihm vertrauen!«

»Hat er sich nicht vor uns erniedrigt? In der Demütigung seiner Niederlage vor uns niedergekniet? Und hat er sich uns nicht schutzlos ausgeliefert? Ihr kennt mich nicht«, sagte die Menschenfrau und auf ihrem Überrock glänzte das Rot der untergehenden Sonne. »Ich bin immer denen gnädig, die dem Licht dienen. Bruder, seid willkommen.«

Unter Einwirkung dieses neuen Schmerzes und während sein Blut in die heiße Erde sickerte, unternahm Ashnak die gewaltige Anstrengung aufzuschreien: »Gebieter, nicht! Ihr verratet uns!«

Der Namenlose Nekromant wandte nicht einmal den Kopf. »Schweig stille, Abschaum!«

Der hoch gewachsene Elfenmagier mit dem runzligen Gesicht trat hinter Ashnak hervor und verbeugte sich lächelnd.

»Nein«, sagte die Benannte. »Elinturanbar, der Namenlose soll nicht der Inquisition unterzogen werden. Ich sage, das soll er nicht. Er hat hier und heute bewiesen, dass er unser Freund ist. Bruder, kommt.«

Einer von den hoch gewachsenen Menschen sagte: »Mylady, zuerst müsst Ihr Guthrancs Kraft benutzen, um die Nordkönigreiche zu den Waffen und zu unserem Beistand zu rufen …«

»Später.« Den Blick ihrer grünen, strahlenden Augen auf sein schönes Gesicht gerichtet, streckte Die Benannte die Hand aus. »Kommt, Bruder. Ich will den Wechsel unserer Gestalt mit Euch besprechen.«

»Lasst mich zuerst diesen Abschaum instruieren.«

Ashnak, dessen Blickfeld an den Rändern nun langsam verschwomm, beobachtete die blassen nackten Füße des Namenlosen Nekromanten auf ihrem Weg durch das Gras zu ihm. Er hustete schwach. Bleiche Finger berührten seinen Schädel zwischen den spitzen Ohren.

Eine schwärzlich warme und belebende Berührung.

Er hustete wieder, stärker diesmal, und bleckte alle Fänge. In der Sprache der Agaku, die nur ihnen selbst und ihren Gebietern bekannt ist, und in der Ausdrucksweise von Dagurashibanipals Hort sagte er: »Scheiße, Mann. Nicht mal, wenn ich *tot* bin, komme ich aus diesen beschissenen Klamotten raus.«

»Du«, sagte der Namenlose Nekromant, »Ashnak, mein Geschöpf. Gib Befehl, den Kampf zu beenden. Sofort, hast du verstanden!«

Seine Fesseln lösten sich. Ashnak mied es geflissentlich, den Blick irgendeines Mitglieds der Kompanie in der unmittelbaren Umgebung zu erwidern. Geheilt erhob er sich und betrachtete den Namenlosen.

»Sie ist barmherzig«, erklärt der Namenlose.

Ashnak erinnert sich wieder an eine Kirche in einem Dorf und an einen Vorfall, von dem er dem Namenlosen Nekromanten berichtet hat. Er betrachtet forschend die bleichen Züge seines Gebieters. Ein Augenlid des Namenlosen Nekromanten flattert. Ashnak erkennt, wenn auch nur sehr kurz, ein verborgenes Gelächter.

Der Namenlose Nekromant sagt in jener unbekannten Sprache: »Darf ich mich nicht so ausliefern, wie du es getan hast? *Genau* wie du es getan hast – und tust –, mein guter Ashnak.«

In reumütiger Zustimmung und zum letzten Mal fiel Ashnak auf die Knie, warf sich auf den Boden und schlug die Stirn auf das niedergetrampelte Gras. Am Rande seines Blickfelds blühten scharlachrot Mohnblumen, die durch die Kälte abgestorben waren.

»Ja, Gebieter! Sogleich, Gebieter!«

Auf bewährte Art kauernd, den Kopf noch gebeugt, hob Ashnak den Blick, um den Abmarsch der Menschen, Elfen und Zwerge zu beobachten. Der Namenlose Nekromant verbeugte sich elegant und bedeutete seiner Schwester voranzugehen.

In den Augen des Namenlosen Nekromanten sieht Ashnak den Ausdruck von jemandem, der den häuslichen Nutzen goldener Haare, grauweißer Haut und frischer Knochen einzuschätzen versucht.

Ein letztes Pfeifen fliegender Granaten ließ ihn aufspringen, hinter einem Stück eingestürzter Mauer in Deckung gehen und nach seinem Helmfunkgerät greifen. »FEUER EINSTELLEN, MARINES! Zieht euch zurück! Wir sammeln uns in Nin-Edin – *setzt euch ab*! SOFORT!«

»Bestätigt ...«

»... habe verstanden ...«

Die wenigen Stimmen verstummten.

Krater rauchten im Licht der nach Westen wandernden Sonne. Qualm, Kordit und der funkelnde Nebel der Magie verzogen sich langsam. Schwaden wehten über zusammengesunkene Leichen, verkohlte Kampfanzüge, herrenlose schwere Waffen und massakriertes Fleisch. Die Toten lagen in Massen und Reihen.

Weil es unser Fleisch ist, scheint es so, als müsse es anders sein. Ashnak schüttelte bei dem Gedanken den Kopf. Knochensplitter, blanke Gelenke, glitschiges Muskelgewebe, alles genauso wie in einem Schlachthaus oder Schlachthof.

Schon in seiner unmittelbaren Umgebung kann er Leichen identifizieren. *Drei Kompanien, praktisch ein Bataillon.* Die Ork-Marines von Nin-Edin ... Kusaritku und Azarluhi beisammen und in Gesellschaft einiger anderer, die zu stark verbrannt sind, um sie identifizieren zu können. Duranki, Tukurash, Kazadhuron. Und vor allen anderen, den Sturmangriff anführend, wie ein Befehlshaber dies tun sollte, liegt Captain Imhullu. Die Sonne brennt auf sein blindes Gesicht.

Doch Die Benannte wird am Samhain nicht reiten. Ashnak ist bereit, darauf zu wetten. Was ihre Abwesenheit auch wert sein mag.

Für die Toten wie immer nicht viel.

Ashnak stand da, während das schwarze Feuer der behelfsmäßigen Heilung des Nekromanten in seinen Adern kreiste. Er wischte sich Eiter und Blut von den verbliebenen Verbrennungen, straffte sich und sog witternd und mit tiefen Atemzügen die Luft in seine breite Brust. Es stank nach Scheiße und Blut.

Er holte seine Feldmütze hervor, setzte sie auf und zog den Schirm tief ins Gesicht. Eine Durchsuchung der verkohlten Überreste seiner Uniformtasche förderte erstaunlicherweise frisches Pfeifenkraut zu Tage. Er steckte sich die Zigarre in den Mund und schlenderte zum Wrack des Hubschraubers.

Ein paar Schritte vom Huey entfernt stürzte ein Steinhaufen ein und enthüllte zwei Orks, die dahinter in Deckung gegangen waren. Der Größere, eine Frau, deren orangefarbene Haare zu einem Pferdeschwanz zusammengebunden waren, schüttelte sich. Der Kleinere, der offenbar versucht hatte, sich unter seinem eigenen GI-Helm zu verstecken, richtete sich neben ihr auf.

»Also wie nennt denn nun ein Ork einen Halbling?«, fragte der kleinere Ork.

»Mittagessen.« Die massige Orkfrau schlug sich auf die tarnfarbenen Schenkel. »Mittagessen!«

»Verdammt richtig«, knurrte Ashnak.

Der kleinere Ork sprang auf und salutierte. »Sir, General Ashnak, Sir!«

»Stehen Sie bequem, Lieutenant … *Captain* Barashkukor«, korrigierte sich Ashnak.

Marukka salutierte. »Das Feuergefecht ist vorbei.« Die orangehaarige Orkfrau stemmte mit einer Hand einen Raketenwerfer, der für das Abfeuern von der Schulter aus gedacht war. »Ich nehme an, die werden wir nicht mehr brauchen, Sir, oder doch? Ich will meine Streitaxt zurück.«

Barashkukor verschränkte seine kleinen Arme über seiner Flakweste. »Aber mir gefällt die Rüstung.«

Ashnak bückte sich, nahm einigen Leichen Wasserflaschen und Messer ab und befestigte alles an seinem Gürtel. Die Gewehre rührte er nicht an. Er grinste breit und fing an zu lachen, tief aus dem Bauch und so heftig, dass ihm die Tränen kamen.

»Das ist nicht wichtig.« Ashnak legte den beiden anderen Orks einen Arm um die Schultern. »Scheiße, Mann, die Waffen sind nicht wichtig!«

Im Alten Forst und auch im Menschengebiet werden jetzt orkische Überlebende auf dem Rückweg nach Nin-Edin sein. Sie haben gelernt, wie man sich zurückzieht und neu formiert. Sie werden gehorchen. Sie sind Marines. Sie sind *Ledernacken*.

Ashnak von den Kampf-Agaku grinste ein orkisches Grinsen und starrte ins rote Licht der untergehenden Sonne.

»Also verfügen die Feinde über Magie. Und wenn schon! *Denkt* darüber nach, was sich heute abgespielt hat, Marines. Wir waren diszipliniert. Wir haben als Einheit gekämpft. Wir sind taktisch vorgegangen. Orks haben *gemeinschaftlich* gekämpft.«

»Ja«, sagte Marukka zögernd. »Wir waren nicht nur Krieger, die sich auf eigene Faust ins Getümmel gestürzt oder sogar einander getötet haben anstatt den Feind. Angehörige verschiedener Ork-Stämme haben Seite an Seite gekämpft! Mein Trupp hat ganz schön abgeräumt! Hätten wir nicht abbrechen müssen, als wir es eben mussten …«

Ashnak wendete sich vom Sonnenuntergang ab und sah schwarze Punkte tanzen. Er rieb sich die feuchten Winkel seiner schräg stehenden Augen. Neben ihm stampfte Barashkukor mit einem kleinen bestiefelten Fuß auf und nahm zackig Haltung an.

»Sir, wir sind Marines, Sir!«

»Stimmt genau …«

Ashnak rückte sich die Feldmütze zurecht, sodass sie zwischen den spitzen Ohren saß und seinen haarlosen Schädel bedeckte. Er schob die unangezündete Zigarre in den anderen Mundwinkel und verpasste Barashkukor einen freundschaftlichen Klaps zwischen die mageren Schulterblätter. Der kleine Ork stolperte und setzte sich hart auf den Hosenboden.

»Stimmt *genau*.« Ashnak grinste grimmig. »Es könnte noch mehr von uns geben. Das verspreche ich euch. Es gibt immer das Letzte Gefecht. Und es gibt immer die Zeit *nach* dem Letzten Gefecht …«

»Sir, ja, Sir!«

Die dunkelrote Sonne scheint auf die drei und wirft ihre langen Schatten über die Überreste des Gemetzels, das rings um Guthranc stattgefunden hat. Die Streitkräfte des Lichts hinken schwer angeschlagen vom Schauplatz ihres Sieges. Unterhalb des Turms entzünden die Ork-Marines bereits Feuer und braten die Verwundeten.

Zweites Buch

FELD DER ZERSTÖRUNG

1

Es ist Samhain. Die Herbstsonnenwende, der Tag der Toten Seelen. Das Schicksal der freien Welt steht auf Messers Schneide.

Das Letzte Gefecht der Armee des Lichts gegen die Horde der Finsternis wogt rückwärts auf der ausgedehnten Ebene, die Chronisten das Feld der Zerstörung nennen.

Abteilungen schwarz gerüsteter Orks und Vielfraße reitender Trolle, Bataillone von Feuerdämonen und mutierten Ogern, Kompanien böser Dschinns, Kakodämonen und Dunkelelfen, Armeen von Hexenköniginnen und die dreizehn Nekromanten der Horde der Finsternis rennen gegen die zahlenmäßig unterlegene Armee des Lichts an. Schwerter mit Sägezahnklingen, Streithämmer und Streitäxte heben und senken sich blutig. Bataillone mutierter Ungeheuer stapfen ins Gemetzel. Bestien mit ledrigen Schwingen stoßen auf die zahlenmäßig jämmerlich unterlegenen Streitkräfte des Guten herab.

Riesig ist die Horde. Ihre Zauberei knistert wie schwarze Blitze um den Horizont. Sie verfinstert die Mittagssonne.

Zum dritten Mal seit dem Mittag begann die rechte Flanke der Horde des Bösen mit einem allmählichen Rückzug.

Eine Stimme bellte: »Stellung halten!«

Ein böser Oger stand da, den Stachelhelm tief in die Stirn gezogen, den Schild erhoben, den Streithammer in grimmiger Angriffspositur hoch über dem Kopf.

»Ich sagte: *Stellung halten*, Soldat!« Ein kleiner und

merkwürdig gekleideter Ork kam von der Hügelkuppe gelaufen. Die Brauen des Ogers kräuselten sich in großer Verwirrung.

»Scheiße noch mal, wofür hältst du das hier?«, fauchte der Neuankömmling. Er reichte dem bösen Oger bis zur Hüfte, der vollkommen verwirrt das scheckige grüne Muster auf dem runden, visierlosen Helm des Orks, auf dessen Hose und auch auf der gefütterten Weste betrachtete. Der kleine Ork trug Stiefel.

»Ich *halte* die Stellung. Ich stehe dem Feind gegenüber«, erklärte der unverletzte Oger. Er blinzelte ein paarmal. »An mir kommt keiner vorbei! Ich halte die Stellung ganz bestimmt.«

Der kleine Ork riss sich den Helm vom Kopf und warf ihn erzürnt auf den Boden. Er prallte weg. Die dürren, spitzen Ohren des Orks entfalteten sich langsam.

»Du stehst dem Feind gegenüber, das ist wahr – zwanzig Schritt *hinter* unseren Linien!« Der Ork benutzte beide Hände, um ein stumpfes Metallrohr vor dem bösen Oger hin und her zu schwenken. »Natürlich kommt keiner an dir *vorbei*, du Jammerlappen. Der Feind ist *da drüben*!«

»Für die Lady des Lichts!«, trompetete eine einzelne Heldenstimme und ein Ritter in unpraktisch verzierter goldener Rüstung stürmte in einen zweihundert Mann starken Trupp Untoter *da drüben*. Magie versengte den Erdboden. Zweihundert Untote fielen unter der verzauberten Klinge. Der goldene Ritter griff eine noch größere Gruppe von Trollen an.

Der böse Oger zeigte auf das Feld der Zerstörung. »Aber, aber, aber – sie haben Magie!«

»Ich will nichts davon hören! *Und jetzt marsch an die verdammte Front*. Beweg dich, Arschloch!«

Der kleine Ork griff nach oben, packte den Oger am Saum seines Kettenhemds und zerrte ihn vorwärts. Unendlich erschrocken stapfte der Oger in die Schlacht. Der kleine Ork hob seinen seltsamen Helm auf, rammte ihn sich auf den Kopf und eilte weiter die rückwärtige Linie entlang zum nächsten zaudernden Krieger.

Dabei hörte der Oger ihn noch murmeln: »Ich weiß nicht, wo das mit der Finsteren Horde noch *hinführen* soll …«

Ein untoter Barbarenkrieger schlug verzweifelt auf den mit der Kraft der Tugend verzauberten Helm ein, bevor er den Oger ansprach, der jetzt neben ihm in der Front stand. »Wer war das? *Was* war das?«

»Keine Ahnung. Aber eins weiß ich.« Der Oger schlug zaghaft nach der Armee des Lichts, die noch immer zahlenmäßig unterlegen, aber nun unbestreitbar auf dem Vormarsch war. »Ich weiß, dass das heute nicht unser Tag ist.«

Auf der anderen Seite des bewaldeten Kamms schob Ashnak, der Oberkommandierende der Ork-Marines, seinen GI-Helm mit dem urbanen Tarnmuster von seinem unförmigen Kopf weit in den Nacken und hob den Feldstecher. Die Gezeiten der Schlacht brandeten gegen die Kompanie der Ork-Marines, die die rechte Seite der Front hielt.

Ein weiblicher Halbling-Paladin trottete an der Spitze eines Trupps Menschen den Hang zu ihm empor.

»Fürchtet euch nicht!« Ihre lächelnde Zuversicht hallte über das Schlachtfeld. »Meine Tugend ist dergestalt, dass ich bisher noch nie mein Schwert im Zorn ziehen musste – seht ihr, die Friedensbänder halten es noch immer in der Scheide! Folgt mir!«

Ein Stück weiter entfernt grinste ein weiblicher Ork-Marine breit. Ashnak sah sie mit ihrem M16 auf das Kettenhemd aus Elfensilber zielen, das der Halblingfrau gehörte.

RUMMS!

Ashnak blinzelte goldene und zinnoberrote Funken

der Lichtmagie aus seinem Gesichtsfeld. Ein Krater rauchte an der Stelle, wo gerade noch die Orkfrau ihr Gewehr angelegt hatte. Über ihnen rauschte ein Adlermagier davon.

Der Halbling-Paladin stapfte weiterhin den Hang empor, ohne davon etwas bemerkt zu haben. »Vorwärts!«

»Macht sie kalt.« Ashnak starrte zornig auf die sichtlich leeren Hände des Halblings. »Macht sie *kalt*!«

Eine orkische Mörsermannschaft trabte vorwärts. Die beiden Ledernacken kauerten nieder, richteten das Geschütz aus, stopften die Rakete hinein …

RUMMMMMS!

Kleine Mörserbröckchen regneten auf Ashnaks Ohren nieder. Nachdenklich kratzte er ein klebriges, grünes Stück Drillich von seinem Stiefel und beäugte den sich nähernden Trupp aus Kriegern des Guten.

Die Halblingfrau nahm ihren Helm ab, sodass ihre braunen Locken vom Wind zerzaust wurden, und wandte den Kopf, um ihre Gefolgsleute anzusehen, während sie den Hügel emporstapften. »Folgt mir, Menschen! Zum Angr … *aua!*«

Die gerüstete Gestalt war plötzlich verschwunden. Ashnak hob seinen Feldstecher. Er folgte der Länge eines gefällten Baums und entdeckte schließlich den Paladin, der offenbar darüber gestolpert war und dessen glitzernde Beinschiene jetzt in einem ungewöhnlichen Winkel vom Körper abstand.

»Hilfe!«, rief die Halblingfrau. »Mein Bein ist gebrochen! Steht mir bei, bevor die Kräfte des Bösen angreifen!«

Ein Ork-Marine machte neben Ashnak Anstalten, seine Panzerabwehrkanone zu heben, warf dann einen argwöhnischen Blick auf den Himmel und das Schlachtfeld und ließ die Waffe wieder sinken. »Äh … Sir …«

Ashnak spürte plötzlich ein Brennen auf der Brust und schaute herab. Feurige Würmer aus blauem Licht bohrten sich durch seine Kampfjacke und die Kevlarpanzerung. Er schlug danach und sah, dass eine Kompanie der Magier des Lichts zum Fuß der Anhöhe unterwegs war.

»Hier Ashnak«, funkte er. »Fahnenträger der Marines sofort zu mir. Over. Company Sergeant Marukka, verlegen Sie Ihren Zug zurück zu mir und formieren Sie sich im Wald neu. Over.«

»Marukka an General Ashnak, Befehl verstanden, Sir! Over und aus.«

Bestiefelte Orkfüße stampften auf den Boden. Ein hoch gewachsener, magerer Ork in grünem Kampfdrillich und Flakjacke eilte im Laufschritt den bewaldeten Kamm entlang und Ashnak entgegen. Auf einer Schulter trug er eine lange, mit Menschenschädeln verzierte Stange, an deren Spitze das zerfledderte und von Magie geschwärzte Banner der Marines flatterte.

»Ugarit meldet sich zur Stelle, Sir, General, Sir!«

»Sehr gut, Marine.« Ashnak wühlte in seinen Hosentaschen und fand eine Rolle Pfeifenkraut, die er sich unangezündet in einen Mundwinkel schob. »Bleiben Sie bei mir, Soldat. Nah bei mir. Oder ich gebe Ihnen Ihre eigenen Finger zu essen. Einen nach dem anderen.«

Von Entsetzen erfüllt, salutierte der magere Ork dreioder viermal rasch hintereinander. »Jawohl, Sir! Das werde ich, Sir! Sie können auf mich zählen, Sir!«

»Company Sergeant Marukka an General Ashnak, ziehen uns zurück und überlassen dem Hexen-Regiment den vordersten Platz an der Front, Sir. Vereinigen uns wieder mit der Hauptkompanie auf der Anhöhe, Sir. Over und aus.«

Orks eilten im Laufschritt und in makellos disziplinierter Marschordnung den Hügel empor und verschwanden in der Deckung des Waldes. Ashnak erspähte urbane Tarnfarben und einen orangefarbenen Pferdeschwanz. »Ich sehe Sie, Sergeant. Halten Sie Ihre Stellung. Over und aus.«

In der herbstlichen Kühle schwitzend, zog er sich die Hose hoch und stampfte mit Ugarit im Kielwasser den Hügel empor. Blut und Fleisch – nichts davon orkischer Herkunft – verkrustete seine Kampfstiefel und rötete den schwarzgrauen Stoff der Hose bis zur Kniebeuge. Pistole und Schwertscheide hingen schwer am Koppel und ruckten beim Laufen hin und her. Er sog Luft in seine schwer arbeitende Lunge und verengte die Augen unter den buschigen Brauen.

»Sir, General Ashnak, Sir!« Ein kleiner Ork schob sich durch das Unterholz, zog seine Flakjacke gerade und salutierte zackig, wenn auch japsend. »Ich treibe die Horde ständig zurück an die Front, Sir, aber die Soldaten wollen einfach nicht dort bleiben.«

»Schicken Sie noch einen Meldegänger zum Horden-Oberkommando, Captain Barashkukor. Wir brauchen Schwarzmagier an dieser Flanke. Wir müssen unbedingt magische Unterstützung bekommen!«

»Sir, ja, Sir!«

»Diese dämlichen Arschlöcher!«, fauchte Ashnak. »Wenn wir nicht bald magische Feuerkraft hierher verlegen, wird diese Flanke *niemals* standhalten.«

Die Blitzeinschläge der magischen Entladungen des Lichts färbten die Luft aquamarin, zinnober und golden. Zauberei manifestierte sich in schwarzen Rauchsäulen vor dem Nachmittagshimmel. Das Geschrei, die Zauberei und das Waffengeklirr musste bis zur Küste und durch Herethlions verlassene Straßen hallen. Ashnak spie aus und schaltete den Helmfunk ein.

»Marines sind niemals besiegt!«, knurrte er.

Eine laut blecherne Antwort von vierhundert orkischen Ledernacken im Wald hallte aus dem Lautsprecher:

»SIR, NEIN, SIR!«

»Barashkukor, haben Sie meine Nachricht an die anderen Horden-Kommandeure weitergegeben?«

»Sir, das habe ich. *Niemand* weiß, wo sich der Namenlose Nekromant befindet. Nicht einmal der Finstere weiß es und darüber ist er nicht sonderlich erfreut, Sir.«

Der massige Ork schüttelte zynisch den Kopf. »Also wird unser Namenloser Kommandeur vermisst. Welch eine Überraschung, Captain. Wo steckt der furchtlose Schutzherr der Ork-Marines? Wo nur?«

»Aber seine Schwester – Die Benannte – hat man bisher auch noch nicht auf der Seite des Lichts kämpfen sehen, Sir.«

»Dafür sollten wir wohl dankbar sein. Hier gibt es ohnehin schon viel zu viel verdammte Magie.«

Im Zentrum der Schlacht zu Ashnaks Linker wogte der Kampf zwischen der Infanterie hin und her – heldenhaft strahlende Uniformen, weiße glänzende Rüstungen, das Heben und Senken verzauberter Klingen. Trolle zerschmetterten Schädel, Hexen gackerten und verwandelten ihre Feinde in blutigen Abfall, bevor sie selbst der Zauberei des Lichts zum Opfer fielen. Blaue Feuerwürmer wichen aus Ashnaks Haut. Er fragte sich kurz, ob das wohl bedeutete, dass die feindlichen Magier-Bataillone Probleme bekommen hatten – auf der anderen Flanke der Schlacht. Er fragte sich außerdem, warum nie ein Magieschnüffler in der Nähe war, wenn man einen brauchte …

Am Fuß des Hügels spornte ein Trupp elfischer Kavallerie ihre gehörnten Reittiere an und stürmte den Hang zum Wald empor, wobei sie kurze, stark gekrümmte Bogen abfeuerten. Das Sonnenlicht funkelte auf den spiralförmig gewundenen Hörnern der Einhörner und auf den Rüstungen der Elfen.

Ashnak brüllte: »Schwere Waffe auf Ziele in fünfzig Schritt Entfernung richten und *feuern*!«

Ein orkischer Trupp auf der rechten Seite beharkte die Elfen mit Maximgewehren.

»Captain Barashkukor, sagen Sie den Trommlern, sie sollen *Feuer frei nach Belieben* signalisieren!«

Jubelrufe wanderten durch die Reihen der Marines. Ashnak bleckte die Fänge zu einem Lächeln. Er schaltete seinen Helmfunk ein. »Alle Marines wechseln zu Primärwaffen, wiederhole, *alle Marines benutzen jetzt Primärwaffen.*«

Er ließ das M60-MG über die Schulter gleiten. Mit dem Fahnenträger im Rücken besetzte er eine Lücke zwischen zwei Trupps am Waldrand und machte die Waffe schussbereit. Augenblicke später brach das Geknatter eines Feuergefechts los. Granaten explodierten und Erd- und Fleischklumpen wurden umhergeschleudert. Pulverdampf vernebelte die Sicht auf das Kampfgeschehen. Die Ork-Trupps rings um ihn hatten auf automatisches Feuer geschaltet und M16- und AK47-Mündungen spien Flammenzungen. Das Krachen und Rattern dröhnte ihm schmerzhaft in den Ohren, bis sie bluteten.

»Da habt ihr was zu kauen, ihr Arschlöcher!« Ashnak hob sein Maschinengewehr und schoss weiter, bis das Magazin leer war.

Hufe wühlten die Erde auf, als die elfische Kavallerie den Hang empor- und auf ihn zustürmte. Ashnak ließ sich auf ein Knie sinken, betätigte mit dem Daumen den Magazinauswurf und legte ein volles Magazin ein. Rings um ihn schlug ein Pfeilhagel ein. Achtzig juwelengeschmückte Reiter mit wehenden Bannern, die leuchtenden Schwerter erhoben, spornten ihren Einhörnern die Flanken blutig. Er sah, wie sich ihre Münder öffneten, konnte die Zaubersprüche des Lichts über dem Lärm des Feuergefechts aber nicht hören.

»Man muss diese dumpfärschigen Helden schon bewundern. *Aber …*«

Ashnak zielte mit seinem M60 in die vorderste Reihe.

Einhörner und Elfen gingen zu Boden. Die Banner

des Lichts fielen und wurden in den Dreck gestampft. Einhörner mit gebrochenen Beinen schrien und mühten sich aufzustehen. Eine Elfe in einem Kettenhemd schaffte es auf Hände und Knie, während ihr die blonden Haare über die Mandelaugen fielen, und Ashnak gab einen Feuerstoß ab, der sie in blutige Fetzen zerriss.

»Schießt weiter! Wir schaffen sie!«

Er hatte noch nicht ausgesprochen, als ein gegnerischer Waffen-versagen-Zauber über den Kamm und in den Wald geflogen kam. Alle automatischen Waffen husteten und verstummten. Keine Granate explodierte mehr. Die jähe Stille wurde vom Gebrüll der verwundeten Einhörner ausgefüllt.

»Scheiße noch mal, wo sind unsere *Magier*? Wir könnten hier das Blatt wenden, verdammt!«

»Sie sind geflohen!« Der Fahnenträger, Ugarit, fiel auf die Knie und lachte hysterisch.

Captain Barashkukor warf sich neben Ashnak in den Dreck. »Eigentlich sollten Schwarzmagier diese Flanke schützen, Sir, doch sie haben sich abgesetzt.«

Ein seltener Windhauch teilte den Rauch und die magischen Flammen. Ashnak starrte von der Hügelkuppe über das Schlachtfeld. Der zwischen den Untoten und ihren zwergischen Gegnern tobende Kampf zur Linken war ins Stocken geraten, da die Untoten sich verwirrt zurückfallen ließen.

Zu Ashnaks Rechter warfen sich die Trolle der Finsternis herum und flohen vor den Menschen in vollem Schuppenpanzer, die jetzt über das Feld gegen die Stellung der Orks vorrückten, während ihre Rüstungen im Geflimmer der Lichtzauber erstrahlten.

»Wenn wir sie jetzt nicht aufhalten, ist die Schlacht verloren!« Ashnak schlug auf den Kolben seines M60. »Captain, geben Sie die Losung an die Unteroffiziere weiter: wenn diese Waffen versagen, sollen die Marines zu Axt und Hammer wechseln. Wir haben das alles schon erlebt. Wir sind die Kampf-Agaku! Trommler: Geben Sie das Signal zum Vorrücken. Also vorwärts, Marines. *Los, los, los!*«

Ashnak lief los und seine stampfenden Stiefel glitten immer wieder auf Blut und Innereien aus, während er über die Leichen und Kadaver der gefallenen Elfen und Einhörner hinwegsetzte. Nun exponiert und auf freiem Feld, stürmten die Ork-Marines vor.

»Angriiiif!«, bellte Ashnak, dessen tiefe Stimme sich im allgemeinen Schlachtgetöse verlor.

Ein beachtlicher Teil der rechten Flanke der Horde wogte plötzlich mit den Orks vorwärts.

RUMMMMS!!

Der Angriffsschwung erlahmte, da die Krieger der Horde sich auf der Suche nach Deckung ins schwankende Gras warfen und keinen Schutz fanden.

»Wie gefällt euch das? Die Schweinehunde lassen uns im Stich!«, staunte eine Stimme in Ashnaks Ohr. Company Sergeant Marukka schwang ihren Schulterwerfer herum und drückte ab. Das *Fffummp!* der abgefeuerten Rakete blieb aus. »Das ist kein allgemeiner Vormarsch der Horde, Sir! Wir werden hier in weit vorgeschobener Stellung im Stich gelassen! Der Feind wird uns auf beiden Flanken angreifen!«

Die gerüsteten Menschen kamen unter lautem Geschrei angestürmt. Ashnak wischte sich über die Stirn, die von dem feinen blutigen Sprühnebel über der Infanterieschlachtreihe feucht war. Der Himmel war bis auf die verdunkelte Sonne leer. Auf einer entfernten Hügelkuppe im Osten formierten sich schwarze Reiter. Keine Spur von seinem Meldegänger, keine Nachricht vom Horden-Oberkommando.

»*Wir* können die Stellung auch ohne Schusswaffen halten – aber der Rest von diesen schlappschwänzigen Schweinehunden schafft es nicht!«

Der Rauch der entfesselten Magie verbarg jetzt die

linke Flanke und wogte über das Zentrum der Schlacht, sodass er nur den Kampflärm und das Geschrei hören konnte. Langbogenpfeile fielen vom Himmel und versprengten die Gruppe kommandierender Offiziere rings um ihn. Ein orkischer Unteroffizier hob den behelmten Kopf, um Befehle zu brüllen, und ging mit einem GI-Helm zu Boden, der von einem Stahlpfeil durchbohrt worden und in den Schädel eingedrungen war. Ein weiterer Waffen-versagen-Zauber flimmerte vom Schlachtfeld zur Anhöhe. Die Waffen der Reservetrupps gerieten ins Stottern und verstummten.

»*Huren*scheiße!«, heulte Ashnak. Er rammte sein M60 in den blutverschmierten, mit Waffen und Leichen übersäten Boden. »*Jemand soll endlich die Weißmagier ausschalten!*«

»Wir werden sterben!« Corporal Ugarit kauerte sich am Fuß der Marine-Fahnenstange nieder und seine mageren Schultern bebten. Seine weit aufgerissenen Augen waren starr auf die anrückende Armee des Lichts gerichtet. »*Ich* werde sterben – sie werden mich kriegen – ich verschwinde hier … *aua!*«

Ashnak wischte grünes Orkblut vom Kolben des M60, während er Ugarit mit Tritten auf die Beine half. Pragmatisch und prosaisch zugleich sagte er: »Wenn jemand im Letzten Gefecht stirbt, werden es nicht die Ork-Marines sein!«

Er schaltete seinen Helmfunk ein.

»Also schön, *alles mal herhören*! Ashnak an alle Abschnittskommandeure. Formieren Sie sich um die Fahne, wiederhole, formieren Sie sich um meine Fahne. Wir können uns von hier nicht zurückziehen, das würden wir nie schaffen. Wir werden uns *geradewegs durch* die feindlichen Linien kämpfen und wir werden aus keinem Grund anhalten, verstanden? Wenn wir an ihnen vorbei sind, *bleiben Sie in Bewegung*. Wir formieren uns am Notsammelpunkt neu. Hals- und Beinbruch, ihr

Schweinehunde, und vergesst nicht, dass ihr die Ork-Marines seid!«

Einen Augenblick lang herrschte Stille. Dann, begleitet von Rufen wie »Bajonett aufsetzen!«, wechselte die Kompanie auf ihre Sekundärwaffen und stürzte sich mit erhobenen Speeren, Hellebarden, Morgensternen und Streitkolben auf die vorrückende Linie gerüsteter Menschen.

Der Rauch der Schlacht verbarg sie.

Überall auf dem Feld der Zerstörung löste sich die böse Horde der Finsternis in ihre Bestandteile auf und floh in äußerster Verwirrung in alle Richtungen.

* * *

»Ho, Amarynth!«

Die untersetzte Gestalt einer Zwergin bildete vor der untergehenden Sonne eine schwarze Silhouette. Ihre in robusten Stiefeln steckenden Füße trampelten über die Leichname der Stammesorks hinweg, die schwarze Schuppenpanzer trugen. Ihre roten Haare, die auf dem Kopf zu einem Dutt verknotet waren, leuchteten im gleichmäßigen goldenen Schein.

»Amarynth, Ihr elfischer Spitzbube!«

Der elfische Magiekämpfer lehnte müde an einem Felsen. Trolle und Kakodämonen lagen zu seinen Füßen und aus ihren Augenhöhlen und Mündern ragten die weiß gefiederten Schäfte seiner Pfeile. Noch viel mehr der Leichen rings um den Felsen wiesen Verbrennungen auf, die auf Magie zurückzuführen waren. »Kazra – seid Ihr das?«

»Natürlich bin ich das«, knurrte die Zwergin und fuhr sich mit dem Rücken ihrer breiten Hand über die Stirn. Als sie die Hand betrachtete, war sie grün vom Blut der Orks und schwarz von dem der Dämonen. Ähnliches Blut hatte ihren kleinen, breiten Brustharnisch und die Armschienen bespritzt. Sie streckte die Hand aus.

Amarynth ergriff sie mit schlanken braunen Fingern. Dann warf er einen angewiderten Blick auf seine eigene Hand und wischte sie an seiner Seidentunika ab. »Ich hätte nie gedacht, dass ich mich einmal so darüber freuen würde, eine Zwergin zu sehen! Kazra, schön, Euch zu treffen. Schön, Euch gerade an diesem größten aller großen Tage zu treffen!«

»Es ist ein großer Tag«, sagte die Zwergin, »und ein großer Sieg, obschon wohl auch den Elfen und Menschen Lob und Dank dafür gebührt. Aber uns Zwergen zuerst! Wie wir gekämpft haben!«

»Ja. Bei den Scheiterhaufen werden heute Nacht viele traurige Verbrennungen stattfinden. Doch wir haben den großen Sieg Unseres Zeitalters errungen. Das Böse ist bezwungen!«

Der elfische Magiekämpfer schlug der Zwergin auf den Rücken und musste sich dafür tief bücken. Die beiden Krieger des Lichts suchten sich einen Weg durch die Leichen von Orks, Zauberinnen und Ogern auf dem Feld der Zerstörung und erreichten schließlich eine niedrige Anhöhe.

Dort, jenseits der Krähen, die sich in Scharen auf dem Schlachtfeld niedergelassen hatten, erstreckten sich die Ländereien der Nordkönigreiche im Licht des Sonnenuntergangs. Gold berührte die Kornfelder, die Dächerspitzen entfernter Dörfer und die stillen, gewundenen Flüsse.

»Wir werden nach Herethlion gehen«, sagte Amarynth leise. »Dort wird man viel singen. Die Helden sollen geehrt werden. Und der Größte von ihnen soll vom Hochkönig Kelyos Magorian persönlich belohnt werden.«

Kazra, die sich auf den Schaft ihrer Axt stützte, schnaubte verächtlich. »Und Hochkönig Magorian sollte besser ein paar von uns in seinen Rat aufnehmen, denn wer anders als wir, die wir für die Nordkönigreiche gekämpft haben, weiß am besten, wie sie zu regieren sind? Da ist viel, was gerade gebogen werden muss, Freund Amarynth. Verräter und Anhänger der Finsternis wirken noch immer im Verborgenen. Wir müssen sie ausfindig machen – mit einer Inquisition, wenn es sein muss.«

Ein unerwartetes und ungewohntes Lächeln breitete sich auf Amarynths raubvogelhaften braunen Zügen aus. Seine schwarzen Haare leuchteten in der Sonne. In seinen Augen lösten sich die letzten Reste von Magie in goldenes Licht auf.

»Seid ohne Furcht, Kazra. Wir haben Ungeziefer auszumerzen, daran zweifle ich nicht, doch an diesem Tag haben wir auch eine Welt erschaffen, die tausend Jahre überdauern wird! Eine Welt für das Licht, in der uns kein Schatten der Finsternis je wieder bekümmern soll.«

»Und was ist mit den versprengten Überlebenden der besiegten Horde des Bösen?«

»Ach«, sagte Amarynth, »die können nirgendwohin fliehen. Wir werden sie im Laufe der nächsten Wochen auslöschen. Schließlich ist ihr Finsterer Gebieter tot und ihr Finsteres Land erobert. Wohin können sie noch fliehen und auf welche Hilfe können sie hoffen? Die Hände aller guten Leute sind gegen sie.«

Der elfische Magiekämpfer und die Zwergin machten sich auf den Weg nach Westen, ins Licht der untergehenden Sonne. Kazras Stiefel gluckste. Sie stieß einen uralten zwergischen Fluch aus und bückte sich, um ihren Fuß aus dem Gewirr weißer Gedärme zu befreien, die aus dem aufgeschlitzten Bauch eines großen, toten Orks quollen. Sie brach eine orkische Rippe und befreite ihren Fuß, während sie etwas über den Gestank verwesenden Fleisches murmelte. Zwei fette Krähen watschelten über den Boden zu dem Leichnam.

»Nach Herethlion!«, rief Amarynth.

Kazra tat es ihm nach. »Nach Herethlion!«

Seite an Seite schritten sie nach Westen in eine Welt aus goldenem Licht.

* * *

Die ersten Strahlen des Morgens fielen durch die Zweige der uralten Buchen des Alten Forsts auf den laubbedeckten Waldboden. Unter sich ausbreitenden Eichen hatte das Farnkraut eine herbstlich rote Farbe angenommen. Tau hing grau an Spinnweben.

Ein Vogel sang.

PENG!

Inmitten fallender Federn blies Company Sergeant Marukka eine Rauchfahne von der Mündung ihrer Desert Eagle und halfterte die Pistole wieder.

»Also *schön*, ihr Ledernacken – die Hände vom Schwanz und die Stiefel anziehen!«

Company Sergeant Marukka schlenderte die Reihen der schlafenden Orkleiber entlang, brüllte hier, trat da. Schwarze Einheitsabzeichen und Sergeantswinkel waren auf ihre muskulösen grünen Arme tätowiert. Sie trug eine Tarnjacke mit abgerissenen Ärmeln und ein schwarzes Unterhemd, das sich über ihren großen Brüsten spannte. Messer, Granaten und Pistolen hingen an ihrem Gürtel. Ihre orangefarbenen Haare waren zu einem mit Schädeln geschmückten Busch hochgebunden.

»Ich kann nicht den ganzen Tag wa-a-arten …«, sang Marukka lieblich. »Auf die *Beine*, Marines!«

Marukka drehte sich um und stand mit dem Rücken zur größten Buche da, die krummen Beine weit gespreizt und die knorrigen Hände auf dem Rücken verschränkt. Die vielen Orks, die im Farn verborgen geschlafen hatten, regten sich langsam, setzten sich auf und rieben sich den Kopf. Ein grünhäutiger Ork stand schlaftrunken auf, um zu pissen. Ein Stiefel tauchte aus dem Busch auf, den er sich als Ziel ausgesucht hatte, und beförderte ihn mit unsanftem Tritt quer über die Lichtung. Waffen und Rüstungen klirrten und schepperten, als er landete.

»Ihr werdet mich hassen wie die Pest«, verkündete Marukka zufrieden. »Ich bin hier, um dafür zu sorgen, dass ihr es *richtig* macht, und nicht, um euch den schuppigen Arsch abzuwischen! Das überlasse ich euren Müttern – denjenigen von euch Arschlöchern, die eine Mutter *hatten*. Nicht einmal eine Mutter könnte so einen räudigen, verdreckten, undisziplinierten Haufen von Wichsern wie euch lieben. Habe ich Recht?«

Halb auf den Beinen, halb gerüstet und jeder mit einer Waffe in der Hand, antworteten die versammelten Orks hastig und im Chor. »Jawoll, Sergeant!«

»Dann kommt endlich in die Gänge, ihr furchtbaren kleinen Orks, sonst verspeise ich eure Arschbacken zum Frühstück! Corporals, lassen Sie Ihre Orks antreten! Im Laufschritt! *Marsch!*« Immer noch mit auf dem Rücken verschränkten Händen schritt Marukka voran. Sie hatte ein wachsames Auge auf die heruntergekommene Kate, in der vorübergehend die Offiziere der Kompanie untergebracht waren, da sie bereits Stimmengemurmel darin gehört hatte. Sie begutachtete die Orks im schräg einfallenden Licht – manche pissten Baumstämme an, andere schlossen Kampfjacken und Hosen und einige lagen noch immer auf dem Boden.

»Glaubt ihr, nur weil ihr gerade das Letzte Gefecht durchgemacht habt, seid ihr entschuldigt? Ihr Scheißhaufen! Ihr seid *Marines*. Sie da – Ihre Waffen sind schmutzig. Sie – Ihre Ausrüstung ist unvollständig. Bringt das in Ordnung, ihr mieses Pack!«

»JAWOLL, SERGEANT!«

Ein Ork-Marine setzte sich wieder und hielt sich den blutenden Arm. Im zunehmenden Tageslicht wurden immer mehr Verwundungen an den Marines sichtbar.

»*Gesunde* Marines nach rechts«, bellte Marukka, »und verwundete Marines nach links. Kriecht, wenn ihr müsst.«

Die Kompanie teilte sich holperig, da über dreihundert Ork-Marines auf die rechte Seite der Lichtung traten und vielleicht dreißig (langsamer) nach links.

Marukka bleckte die Zähne zu einem Knurren. Sie ging zu einem Dutzend Marines, die immer noch in der Mitte der Lichtung standen.

»*Aha*. Wir können uns wohl nicht entscheiden, was? Weder gesunde *noch* verwundete Marines? Wofür haltet ihr euch denn dann?«

Ein Albino-Ork nahm etwas zackiger Haltung an. »Bitte, Sergeant, für tote Marines.«

»Was?«

Marukka glotzte. Die zwölf Ork-Marines fummelten an ihrem zerfetzten, blutigen Kampfdrillich herum – in dem Versuch, klaffende Bauchwunden und verschiedene Knochenbrüche zu verbergen. Sie strahlten eine Kühle aus, die nicht die Kühle des Tagesanbruchs war.

»Um ganz genau zu sein, untote Marines, Sergeant. Wir sind von einem Nekromanten unbekannter Herkunft wieder erweckt worden, Sergeant.«

»Aha. Nun denn. Lugashaldim, nicht wahr? Sehr gut, Corporal Lugashaldim.« Marukka nickte dem Albino-Ork zackig zu. »Untoter Marine-Trupp – weitermachen.«

»Jawoll, Sergeant!« Der untote Ork-Marine salutierte. Ein Finger löste sich von seiner Hand, flog über die Lichtung und traf einen weiblichen Lance Corporal unter dem linken Ohr. Die Orkfrau knurrte.

Marukka machte eine exakte Kehrtwendung und marschierte zu der kleinen Kate, wo sie gerade zur rechten Zeit eintraf, um Barashkukor zackig grüßen zu können, da der Captain die Kate verließ. »Melde gehorsamst, Kompanie steht bereit für General Ashnaks Inspektion.«

»Der General ist zur Inspektion bereit!«

Während Ashnak seinen Inspektionsrundgang machte, befahl Marukka ihren rangniederen Unteroffizieren, überzählige Waffen zu verteilen, Rucksäcke zu überprüfen, beim Auftragen der Tarnfarbe auf die schorfige Gesichtshaut der Orks korrigierend einzugreifen und den Munitionsbestand zu ermitteln. Nach einer halben Stunde salutierte sie vor dem Ork-General unter der großen Buche.

»Bereit zum Abrücken, Sir. Sind bis zum Erreichen der Basis knapp an Munition. Schlage vor, dass die Marines nur ihre Hieb- und Stichwaffen benutzen, falls wir auf Opposition stoßen.«

»Wir werden auf Opposition stoßen, Sergeant. Das Licht wird die Nordkönigreiche auf der Suche nach Überlebenden *jener* Schlacht durchkämmen. Und wir haben uns zum Ziel Nummer eins gemacht.« Der massige Ork-General zog eine Feldmütze in urbanen Tarnfarben tiefer in die Augen. Er kaute auf einer unangezündeten Zigarre. »Danke, Sergeant. Captain Barashkukor, sorgen Sie dafür, dass die Orks sich zum Abrücken fertig machen.«

Barashkukor stampfte einen kleinen bestiefelten Fuß in das Laub und salutierte. »Sir! Sir, was ist mit den Verwundeten, die nicht marschieren können?«

Der Ork-General zuckte die Achseln. »Uns steht ein langer Marsch bevor. Sie sind Geschichte.«

»Ja, Sir!« Sergeant Marukka nickte weise.

Die Züge des kleineren Orks nahmen einen gequälten Ausdruck an. Captain Barashkukor protestierte: »Sir, wir lassen unseresgleichen nicht einfach zurück, Sir!«

General Ashnak überdachte diese neue Auffassung. Nach einigen Augenblicken nickte er.

»Sie haben Recht, Captain. Natürlich haben Sie Recht. Kümmern Sie sich darum. Sie sind nicht Geschichte – sie sind Feldproviant.«

* * *

Die Halblingsfrau Magda saß in ihrem Zimmer in Herethlion.

Das entfernte Grollen von Magie, das den ganzen Tag im Osten zu hören gewesen war, wurde spärlicher und verstummte bei Anbruch der Dämmerung völlig. Die Aufräumarbeiten nach der Schlacht des gestrigen Tages. Magda wartete. Es blieb ruhig.

Sie stand auf und machte sich daran, ihre langen kastanienbraunen Haare zu bürsten. Ein kurzes Aufstampfen ihres winzigen Fußes ließ ihr Halblings-Dienstmädchen, Safire, herbeieilen.

»Ja, Fräulein?«

»Hilf mir beim Anziehen.«

Magda warf die Haarbürste auf ihre überladene Ankleidekommode. Nach einem Augenblick des Nachdenkens holte sie die Bürste zurück und warf sie auf das menschengroße Bett. Sie zog den Gazeschal von ihrem körperlangen Spiegel.

Ein Halbling, drei Fuß und drei Zoll groß, mit kastanienbraunen Haaren, die ihr bis zu den Hüften fielen … Magda betrachtete sich einen Augenblick lang. Ein wenig irritiert nahm sie das braune Haarteil ab und zog sich eine blonde Perücke über das eigene, kurz geschnittene braune Haar.

»Eure Kleider, Fräulein. Soll ich Euch beim Schnüren helfen?«

Magda sprang auf das Menschenbett und zog sich die enge schwarze Lederhose und das Schnürkorsett aus Leder an. Während Safire die Bänder an den Außenseiten der Hose festzog und verschnürte, legte sich

Magda mit Stacheln und Stollen beschlagene Lederbänder um Hals und Handgelenke sowie einen Gürtel aus Kettengliedern um die Taille. Sie glitt vom Bett, zwängte die Füße in hochhackige schwarze Schaftstiefel und schritt zum Spiegel.

Nachdem ihre zierlichen Kurven eng umhüllt waren, posierte Magda zur eigenen Zufriedenheit. Sie strich mit den Händen über ihre in schwarzes Leder gehüllten Brüste und Hüften. »Ich habe immer noch die Figur eines jungen Mädchens, Safire. Eine Jungmädchenfigur.«

»Ja, Fräulein.«

Magda schaute eingehend in den Spiegel und berührte die Linien um ihre Augen. »Ich werde die Maske tragen. Du musst mich rechtzeitig warnen, wenn mich ein Kunde mit entblößtem Gesicht haben will. Dann brauche ich Schminke.«

Sie griff nach oben, nahm die Peitsche von der Kommode und ließ sie probehalber knallen. Am Bettgestell klirrte Eisen, wo Safire die Handschellen überprüfte. Durch den Flur im oberen Stockwerk des Hauses der Freude hallten aufgeregte männliche und weibliche Stimmen und aus den Straßen Herethlions drang Hufgeklapper in ihr Zimmer.

»Dann geh jetzt, Mädchen! Sag ihnen, dass die Domina mit der Peitsche so weit ist.«

»Ja, Fräulein.«

Die in Leder gehüllte Halblingfrau machte ein paar schwankende Schritte auf ihren hohen Absätzen, bis sie sich daran gewöhnt hatte. Dann nahm sie eine Kopfmaske aus Leder, deren Strenge nur durch Mund- und Augenöffnungen aufgelockert wurde, und streifte sie über.

»Helden kehren aus dem Krieg zurück.« Magda stieß einen zufriedenen Seufzer aus, bei dem sich die Schnüre über ihren winzigen Brüsten spannten. »Ich wette, das

Licht hat gewonnen … So oder so gibt es da draußen für uns alle Kundschaft genug für eine Woche. Nein, nein, für einen Monat! Wir werden reich, Safire. *Reich!*«

2

Acht orkische Tagesmärsche vom Feld der Zerstörung entfernt, wallte nasskalter November-Nebel um General Ashnak, der im Kasernenhof der Marine-Basis Nin-Edin stand.

»Wir sind im *Arsch*«, verkündete er mit einem Schlag auf den Lauf seines M60. »Und die hier sind der Grund dafür.«

»Das ist den Ledernacken gegenüber nicht gerecht, Sir«, protestierte Company Sergeant Marukka. »Alle *anderen* besiegten Kriegstrupps der Finsternis werden sich zu Freien Kompanien formieren und plündernd durch die Lande ziehen.«

»Es ist ganz und gar nicht gerecht, Sir.« Captain Barashkukor putzte sich die Nase. »Wir wollten doch nur Briganten sein.«

»Wir sind Marines«, fauchte Ashnak.

»Also gut, Sir – *disziplinierte* Briganten. *Haaaatschi!*« Der kleine Ork putzte sich die Nase am Ärmel und verteilte den Rotz über seine tarnfarbene Kampfjacke. Er zog die Nase hoch. »Ich wette, sie tun es alle. Sie erobern eine Stadt, lassen sich weder durch Drohungen noch Bestechungen erweichen und werden zum Erbe erklärt, wenn der gegenwärtige Herrscher eines vollkommen natürlichen Todes stirbt … Ich hatte mich so darauf gefreut, Herzog zu werden, Sir. *Hatschi!*«

Ashnak musterte finster die Mauern und die von den Strapazen des langen Marsches gezeichnete Ork-Kompanie, die dabei war, die Festung Nin-Edin wieder in Besitz zu nehmen und aufzubauen. »Nein. Wir sind vorrangige Ziele. Die Marines waren die beste Einheit auf dem Feld der Zerstörung. Das Licht wird das auf diese Waffen zurückführen. Sie werden uns *gezielt suchen.*«

Wässriges Tageslicht, durch Fackelschein unterstützt, beleuchtete seine hässlichen Züge und die mit Metallkappen überzogenen Hauer. Er kratzte sich durch seinen von Flöhen wimmelnden Kampfdrillich hindurch.

»Ich will aus Nin-Edin eine waffenstarrende Festung machen! Das Licht kann Magie einsetzen, um uns hier aufzuspüren. Ich halte jede Wette, dass sie auch nach dem Letzten Gefecht noch über Magier verfügen, die sie gegen uns schicken können.«

CSM Marukku wischte angewidert ihr Hosenbein ab und funkelte Barashkukor mit mehr an als der üblichen Abneigung eines Sergeants gegen junge Offiziere. »Melde gehorsamst, General, Sir, ich habe überprüft, was wir von Dagurashibanipals Hort hier in den Bunkern gelagert haben – wir haben mehr als genug Munition. Ich habe einige Kisten entdeckt, die weder Ausrüstung noch Kriegsgerät enthalten. Ich habe eine zwecks persönlicher Begutachtung in Ihr Büro schaffen lassen. Außerdem habe ich einen Tech-Trupp mit in das Bergdepot genommen. Der alte Wurm muss den halben Berg ausgehöhlt haben – da drinnen gibt es genug Waffen, Transportmittel und Munition, um einen ganzen Ork-Stamm zehn Jahre lang zu versorgen!«

Barashkukor putzte sich die tropfende Nase. »Und nichts davon nützt uns irgendwas – ohne magischen Schutz! Sie können uns mit dem simpelsten Waffen-versagen-Zauber ausschalten.«

Ashnak versetzte seinem Captain einen Klaps zwischen die Schulterblätter. Barashkukor überschlug sich mehrfach und blieb schließlich auf dem Rücken liegen, als seine Kampfstiefel an das eiserne Fallgitter des inneren Torturms stießen.

»Kopf hoch! Verdammt noch mal, Captain, wir sind Marines. Wir legen uns nicht einfach hin und geben uns geschlagen!«

»Sir, nein, Sir – *hatschi!*«

Marukka sagte: »Der General hat einen Plan. Nicht wahr, Sir? Er hat uns noch nie hängen lassen. Wir sind Marines. Wir kümmern uns um unseresgleichen.«

Ashnak dachte an die Verwundeten und stocherte in seinen Zähnen herum.

In Marukkas Tonfall rang Argwohn mit militärischer Disziplin, als die Orkfrau sagte: »Sie haben doch einen Plan, General?«

Ashnak dachte: Wie lange kann Nin-Edin von der katstrophalen Niederlage der Finsternis unberührt bleiben? Der Namenlose Nekromant – möge er brennen! –, wo ist er nur?

Ohne magische Unterstützung kann Ashnak nur begrenzt Zeit schinden. »Stellen Sie keine Fragen, Sergeant. Gehorchen Sie Ihren Befehlen! Ich will diesen Fahnenträger sprechen, Ugarit, und Marine Rast … Razzis …«

Captain Barashkukors verschleimte Augen leuchteten plötzlich auf. »Razitshakra, Sir. Marine Razitshakra.«

»Was will der General denn von denen?«, knurrte Marukka verwirrt. »Die sind es doch beide kaum wert, *Marines* genannt zu werden.«

»Sie sollen in mein Büro kommen«, befahl Ashnak. *»Sofort.«*

* * *

Der Reiter des entlaufenen Kriegselefanten verpasste diesem eine provisorische Dornenpeitsche hinter das segelartige Ohr. Das große Tier hob einen langen Rüssel, der sich wie eine Python zusammenrollte und schwenkte schwerfällig nach links, um einen steilen Hang emporzustampfen.

Vom Meer, auf dem kein einziges Schiff zu sehen war, wehte ein frischer Wind herein.

Der Reiter zupfte in dem Bemühen, es sich auf dem Rücken des Tiers bequemer zu machen, Decke und Lederriemen zurecht. Die borstig-raue braune Haut war ein unsteter Untergrund. Zerfetzte Überreste goldener und roter Schabracken hingen an den mit Metall gepanzerten Stoßzähnen. Das winzige schwarze Auge des Tieres drehte sich emsig in seiner Höhle und starrte hierhin und dorthin.

»Los, du ungewollter Sprössling eines Ziegenbocks und der Weltschlange! *Vorwärts!*«

Die Dornenpeitsche zuckte herab. Der Kriegselefant wandte sich landeinwärts, erklomm die küstennahen Hügel und trampelte in dem Land dahinter über Hecken, Feldfrüchte und Bäche hinweg.

* * *

Eiskalter Nebel hing im Büro des Generals in Nin-Edins Zitadelle. Feiner Nieselregen bildete Tropfen auf dem einen Schritt dicken Mauerwerk des Turms. Ashnak schlenderte gemächlich zu einer großen Kiste, mittlerweile völlig an die Kraft des Geas' gewöhnt, die jeder einzelne Gegenstand aus dem Drachenhort ausstrahlte.

»Gibt es da drinnen etwas *Nützliches*, Barashkukor?«

»Keine – *hatschi!*« Barashkukor wischte sich den Rotz mit dem Jackenärmel ab. »Keine Ahnung, Sir.«

»Dann öffnen Sie die Kiste, Sie schniefende kleine Ratte!«

Ashnak verschränkte die Hände auf dem Rücken und sah Barashkukor dabei zu, wie der das Holz mit Zähnen und Klauen bearbeitete. Die Bretter splitterten. Barashkukor schaute in die Kiste und seine dürren Ohren wechselten von lateraler zu vertikaler Haltung.

»*Bücher*, Sir?«

»Bücher?« Ashnak nahm dem kleineren Ork eines aus der Hand. Mit der Kralle eines Fingers folgte er den Druckbuchstaben auf dem Einband. Seine breiten Lippen bewegten sich beim Lesen, da Lesefähigkeit für einen Hordenführer keine wichtige Vorbedingung war. »›Von … Clausewitz. *Vom … Kriege …*‹«

Er blätterte ein paar Seiten um und entzifferte mühsam: »›Krieg ist nur die Fort… Fortsetzung der Politik mit anderen Mitteln …‹«

»Nee. Krieg ist *ein Vergnügen*, Sir, das ist der Krieg.« Captain Barashkukor wedelte mit einem anderen Buch, das er aus der Kiste geholt hatte. »Der hier heißt ›Plinius‹, Sir.« Er blätterte in dem Buch herum und seine Augen weiteten sich. »*Sir!* Hier werden auch *Orks* erwähnt, Sir! Hier heißt es, dass der Ork oder Orka ein maritimes Ungeheuer ist, also ein Marine-Ungeheuer.«

Ashnak hob eine buschige Braue. »Ich frage mich, woher er das wusste?«

»Wie wär's mit *›Janes mittelalterliche Waffen und Belagerungsmaschinen‹*, Sir?«

»Überholt, Soldat.« Ashnak brach ab, als er schwere Schritte auf der Treppe hörte. »Herein!«

»Eins-zwei, eins-zwei, eins-zwei, *stillgestanden!* Die Marines, die Sie angefordert haben, Sir!«

Company Sergeant Marukka salutierte zackig. Ein hoch gewachsener, magerer männlicher Ork marschierte neben einer Orkfrau in das Büro, die schmuddlig wirkte und eine Brille trug.

»… und weil sie *alle* hinter mir her sind! Oh. Lord General!« Ugarit salutierte mit der falschen Hand. Seine Uniformtaschen bewegten sich unter dem Gewicht der leise klirrenden Schraubenschlüssel darin.

Marukka heulte: »Ugarit, Sie Schlappschwanz von einem Marine, halten Sie in Anwesenheit des Generals den Mund! Das macht fünfzig Peitschenhiebe für Sie.«

Der hoch gewachsene magere Ork zitterte sichtlich. Die schmuddlige Orkfrau neben ihm salutierte hölzern.

»Wegtreten, Sergeant«, grollte Ashnak. »Sie werde ich auch nicht brauchen, Captain.«

Captain Barashkukor salutierte und folgte Marukka hinaus. Ashnak stand mehrere Minuten da und betrachtete die beiden Marines von oben bis unten. Er grinste gemein.

»Sie sind erbärmlich!«, bellte er. »Sie nennen sich Marines? Ich würde mir nicht mal den Arsch mit Ihnen abwischen! Ich werde in dieser Kompanie jetzt gründlich aufräumen und ich fange damit an, dass ich Sie beide entferne! Wir sind bereits seit sechs Stunden in Nin-Edin und Sie haben *immer noch* keinen Plan ausgearbeitet, wie wir den Feind besiegen können.«

»P-Plan, Sir …?« Aus Marine Razitshakras Hosentaschen lugten Federhalter hervor. Ihre großen spitzen Ohren lagen flach an den Kopfseiten an. Nebel kondensierte und tropfte von den beiden Spitzen. Sie blinzelte mit goldenen Augen. »W-was für einen Plan?«

»*Ich habe* einen Plan! *Alternative* Feuerkraft! General, das ist die einzige Antwort!« Ugarit entfaltete stotternd voll gekritzelte Blätter, Zeichnungen, einen Zollstock und ein paar kleine mechanische Modelle. »Pfeile mit Keramikspitzen! Kevlarrüstungen! Schwertklingen aus Kohlefaser! Ich habe alle Entwürfe, alle Maße … Berechnungen … Dehnungskoeffizienten … sie werden mich *nie* erwischen, da ich all das habe!«

Razitshakra murmelte etwas vor sich hin, wovon Ashnak nur die Wendung »ein paar Schrauben locker« verstehen konnte.

»Sehr einfallsreich.« Ashnak holte tief Luft und brüllte: »Der erste magische Feuerstrahl wird *trotzdem* alles zu Asche verbrennen! Soll das heißen, der gesamten Forschungs- und Entwicklungsabteilung fällt nichts Besseres ein als das?«

Ugarit schüttelte so heftig den Kopf, dass Wassertropfen in alle Richtungen flogen. »Ich habe *jeden* daran arbeiten lassen, General, Sir.«

»Und wie viele Leute haben Sie in der Forschungsabteilung?«

Der magere Ork zählte es einige Minuten lang an den Fingern ab, bevor er verkündete: »Einen, General, Sir. Mich.«

Ashnak trat zu dem riesigen geschnitzten Holzstuhl, den sie vom Karren eines Kaufmanns requiriert hatten, der unbedachterweise versucht hatte, den Nin-Edin-Pass zu überqueren, und setzte sich gewichtig hinter seinen Schreibtisch. Er fuhr sich mit der Hand über das Gesicht. Mit Mühe widerstand er der Versuchung, Ugarits Schädel gegen die Mauer zu schmettern und nachzusehen, ob etwas herausquoll.

»Sir …« Razitshakra kritzelte etwas auf ein kleines Stück Papier, das sie aus einer Tasche hervorgeholt hatte, und hakte dann mit dem Zeigefinger Punkte auf einer Liste ab. »Ich glaube, ich hab's, Sir!«

»Bitte«, gurrte Ashnak, »lassen Sie hören.«

»*Magie*, Sir. Das ist die Antwort. Ich wirke keine – ich bin ein Ork und wir hassen Magie! –, aber ich *weiß* einiges darüber. Die anderen Ledernacken meiden mich deswegen …« Sie begegnete seinem Blick und kniff ihre schräg stehenden Augen zusammen. »Wenn Sie den Namenlosen Nekromanten finden könnten oder auch einen anderen Schwarzmagier – es muss *einige* geben, die nicht auf dem Feld der Zerstörung gestorben sind –, könnten wir überleben. Aber dann würde diese Person automatisch die Befehlsgewalt über uns bekommen, Sir. Die Horde ist immer von Zauberern befehligt worden, weil sie Magie wirken können und wir nicht.«

»Stimmt«, grollte Ashnak.

»Nur Magie kann Magie abwehren. Sie brauchen jemanden, der sich damit befassen kann – aber muss es ein

Mensch sein? Oder ein Angehöriger irgendeiner anderen Rasse? Wenn wir Orks hätten, die sich mit Magie befassen könnten, General, wären wir unser *eigener* Herr.«

Ashnak, der sich an eine Nestschwester erinnerte, die Magieschnüffler gewesen und jetzt tot war, schüttelte den Kopf. »Orks und Magie passen nicht zueinander.«

Die Orkfrau zeigte auf ihre Liste. »Normalerweise müssen sie das auch nicht. In der Schlacht werden wir von den Zauberern unserer Seite geschützt. Aber hier *haben* wir keine, Sir! Ich schlage ja nicht vor, dass wir Magie anwenden. Orks tun so etwas nicht. Wir sollten einfach nur dafür sorgen, dass niemand welche *gegen uns* anwenden kann.«

Razitshakra knautschte ihre Liste zusammen, schob sie tief in eine ihrer Taschen und starrte Ashnak eindringlich an.

»Wir müssen uns nicht nach einem neuen Gebieter umsehen, Sir. Nicht, wenn wir magische Talismane und Amulette bekommen. *Schützende* magische Talismane, die wir in die Schlacht mitnehmen können. Sodass die Waffen-versagen-Zauber nicht gelingen, wenn das Licht sie gegen uns einsetzt.«

»Wie eine meiner Nestschwestern, Shazgurim, immer zu sagen pflegte: *Ich* kenne die Geschichten der Menschen.« Ashnaks wuchtige Brauen hoben sich. »Ist es Orks überhaupt möglich, eine Queste zu haben?«

»Wir Orks«, sagte Marine Razitshakra, »wir Ork-Marines brauchen keinen Gebieter, General. Wir sind zu alledem selbst in der Lage!«

Ashnak dachte über diese revolutionäre Idee nach.

»Sag mir, du Orkfrau, die sich mit Magie auskennt«, sagte er leise, »wie bist du an deine goldenen Augen gekommen?«

Razitshakra fiel die breite Kinnlade herunter. Ihre Fänge und Hauer schienen kleiner zu sein als für einen Ork ihrer Größe üblich.

»Nun, Marine?«

Razitshakra setzte ihre Brille ab. Über Wangen, Ohren, Hals und Brüsten nahm ihre Haut eine dunkle, grasgrüne Tönung an. Sie starrte auf die Spitzen ihrer lehmigen Kampfstiefel.

»Es stimmt einfach nicht, dass ich eine Halbelfe bin«, murmelte sie. »Zu einem Viertel elfischer Abstammung, Sir. Allerhöchstens. Großmutter hat in einer dunklen Nacht im Zauberwald einen Fehler gemacht. Dasselbe gilt für ihren ... äh ... unfreiwilligen Partner, Sir – und er hat seinen Fehler auch nicht überlebt. Ich bin nur zu einem Viertel elfisch, Sir. Ich mag zwar etwas über Magie wissen, aber ich bin ein richtiger Ork. Ehrlich, Sir!«

»Ja, ja.«

Ashnak war mit dem Gefühl der Verlegenheit nicht vertraut, doch er verspürte den starken Drang, das Thema zu wechseln.

Er stand auf und ging zum Fenster. Nin-Edins Innen- und Außenmauern ragten im Nebel auf und auf ihnen wimmelte es von Schädelstandarten und MG-Stellungen. Uraltes Mauerwerk, solide wie der Berg, aber Mauerwerk ist schon oft zum Einsturz gebracht worden, nicht durch Belagerungsmaschinen oder Sturmangriffe, sondern durch die dreckige Magie des Lichts. Ashnak bemerkte, dass er zuhörte, und das bereits seit einiger Zeit.

Zuhörte.

Wartete.

»Diese Talismane, Marine Razitshakra. *Falls* es so etwas gibt – wo würden wir sie bekommen?«

Die Miene der goldäugigen Orkfrau hellte sich auf. »Aha. Ja, Sir. Also das ist der interessante Teil.«

* * *

Wein war im Flur des Hauses der Freude verschüttet worden und der Halbling stellte seinen nackten, behaarten Fuß hinein, bevor er es bemerkte. Er verzog das Gesicht und wischte die ledrige Sohle auf den nackten Bodendielen ab. Ein paar noch verbliebene Münzen klimperten in den Taschen seiner Kniehose.

Die Tür am Ende des Flurs war nur angelehnt und er schob sie auf. Lampen beleuchteten ein Menschenzimmer – oder jedenfalls dachte er es, als sein Blick auf das Bett fiel. Doch die Kommode und der Waschtisch waren Mobiliar in Halbling-Größe.

Eine Peitsche knallte neben seinem linken Ohr. »Auf das Bett, Sklave!«

»Ja, Herrin!« Er fiel auf die Knie und erniedrigte sich vor einem Paar sehr kleiner, hoher, hochhackiger Stiefel. Das Lampenlicht glänzte auf schwarzen Lederwaden, schlanken Oberschenkeln und einem beschlagenen Gürtel, an dem Handschellen baumelten.

Die Peitsche knallte und kniff empfindlich in seine Hinterbacken. Er erniedrigte sich wieder und kroch dann zum Bett. Es war unmöglich, auf das Bett zu kriechen, da es ein Möbelstück für Menschen war, also erhob er sich und kletterte auf die Gummilaken.

»Du wirst mich mit Herrin anreden, du Stück Dreck – Safire, ich brauche die kleinen Handschellen; *beeil dich*, Mädchen! – und du wirst mir die Stiefel küssen und dankbar für dieses Privileg sein. Ist das *klar*?«

»Ja, Herrin!« Er wand sich glücklich. Das Mädchen, das er für Safire hielt, legte ihm beinah auf etwas zu professionelle Art Handschellen um Hand- und Fußgelenke. Aber das konnte er verzeihen. Er war auf gar keinen Fall der erste Krieger aus der Armee des Lichts, der aus dem Krieg heimkehrte.

»Also, was haben wir denn hier … ein hilfloses Opfer etwa? Oder einen bösen Jungen, der bestraft werden muss? Haben wir hier einen bösen Jungen, der eine Abreibung braucht?«

Er winselte glücklich. »Ja. Ich war böse.«

Die Handschellen schlossen sich, wurden zurückgezogen und an den vier Bettpfosten befestigt. Er lag mit dem Gesicht nach unten auf dem Bett, die kleinen Glieder nach außen gestreckt. Eine lederbehandschuhte Hand glitt zwischen seine kurzen Beine und knöpfte seine Kniehose auf.

»Also ...« Die Stimme der Hure klang spöttisch-triumphierend, als sie seine Hose herunterzog und seine Hinterbacken entblößte. »Du böser Junge! Ich werde dir eine Abreibung verpassen, die du nie vergisst! *Böser Junge!*«

Eine feurige Strieme prasselte auf seine Hinterbacken. Er war zu verblüfft, um es zu genießen.

»Warte ...«

»Du bist ein böser Junge!«

Unverkennbar.

So gut er konnte, wälzte er sich auf die Seite und warf einen Blick über die Schulter. Die Halblingsfrau stand mit gespreizten Beinen über ihm auf dem Bett und hob die Peitsche. Er starrte auf die schwarze Lederkapuze und sah nur irgendein Augenpaar.

Böser Junge.

Die Stimme war unverkennbar.

Er sagte: »Mutter – bist *du* das?«

* * *

Nach drei Tagen beständigen Nebels sorgte die Herbstsonne für ein wässriges Licht, als Barashkukor zackig über den Innenhof der Festung Nin-Edin marschierte.

Als er die Tür des steinernen Nebengebäudes mit der Aufschrift ›Forschungslabor 1037‹ erreichte, nahm er den GI-Helm ab und klemmte ihn sich, nach einigem Nachdenken, unter den linken Arm. Seine langen, haarlosen Ohren sprangen in die Höhe.

»Hatschi!«

Eine Stimme hinter der geschlossenen Tür rief: »Was gibt es denn, Captain Barashkukor?«

Seine kleinen Brauen zogen sich zusammen. Er hob eine Faust, um energisch an die Tür zu klopfen. Irgendwo im Innern des Steinschuppens ertönte eine laute Explosion. Rauch wehte durch die glaslosen Fenster. Der Schrei eines Orks verhallte. Barashkukor ignorierte all das und klopfte erneut. Die Tür öffnete sich quietschend.

»Wir sind beschäftigt. Was …« Marine Razitshakra hielt inne. *»Was?«*

Barashkukors Rücken wirkte so gerade wie ein Ladestock, als er Haltung annahm. Die Kampfstiefel des kleinen Orks glänzten, seine tarnfarbene Hose war frisch gewaschen und gebügelt und eine Auswahl von Granaten und halbzölliger Munition hing an und in Patronengurten über seiner schmächtigen Brust.

»Marine Razitshakra.« Er streckte die linke Hand aus. Sein Helm, vergessen, fiel und landete schmerzhaft auf seinem Fuß. »Für Sie.«

Razitshakra begutachtete das Sträußchen wild wachsender Herbstblumen, das ihr der kleine Ork-Captain unter die Nase hielt. »Äh … Das ist … äh … Sir …«

»Die sind für Sie.«

Barashkukor drückte dem Ork-Marine die Blumen in die Hand, während seine Ohren die Spitzen hängen ließen. Dann salutierte er zackig, vollführte eine exakte Kehrtwendung und marschierte zurück durch den Innenhof.

Die Orkfrau setzte ihre randlose Brille ab und schob sie in ihre Brusttasche. Sie blinzelte. In einiger Entfernung machte Captain Barashkukor eine neuerliche Kehrtwendung, marschierte zurück und hob den mit einem Tarnnetz überzogenen GI-Helm auf.

»Habe meinen Helm vergessen«, erläuterte er.

Razitshakra tunkte ihre breiten Nüstern in das Sträußchen und roch daran. Sie nahm einen Bissen. Zunächst machte sie sich recht zaghaft an die Heckenrosen, Stechpalmen und Nachtschatten, um sie zu verspeisen.

Barashkukor ließ die Schultern hängen. Er kehrte ihr den Rücken und schlurfte davon, den Blick auf die gestampfte Erde des Lagers gerichtet.

Auf den Mauern erschollen die Alarmhörner und eine Trommel schlug einen hektischen Rhythmus.

Barashkukor zuckte die schmächtigen Achseln und ging weiter.

Ork-Trupps eilten im Laufschritt an ihm vorbei, Corporals und Unteroffiziere riefen beunruhigt Befehle und von irgendwoher war auch Marukkas Gebrüll zu hören. Waffen klirrten. Auf der Brustwehr wurden in aller Eile Schädelstandarten gehisst. Das innere Eisenfallgatter sauste drei Schritt von Barashkukors linkem Ellbogen entfernt herab und bohrte seine Spitzen mehrere Fuß tief in den Boden.

»Captain!«

Niedergeschlagen schaute Barashkukor auf. Die erwachende Festung Nin-Edins im Rücken, schaute er durch das Eisengitter auf die gewaltigen Bergketten, die sich beiderseits des Passes erhoben. Die unpassierbaren Gipfel waren noch immer in graue Wolken gehüllt. Vor ihm, jenseits des Außenhofs und der äußeren Verteidigungsmauern, zog sich ein ödes Tal bis ins Tiefland …

Die entfernte Straße, die sich zu diesem Gebirgspass emporwand, funkelte und glitzerte.

»Ach du *Scheiße*«, sagte Barashkukor.

Die im Tiefland scheinende Sonne wurde von den Helmen, Schilden, Rüstungen und Waffen der sich nähernden Belagerungsarmee des Lichts reflektiert.

3

»Du hast dich verändert, mein Sohn. Ich erkenne dich kaum wieder.«

Die Halblingsfrau Magda trat in einem roten, mit Pelz besetzten Morgenmantel aus Samt hinter dem Sichtschirm aus Seide hervor. Sie zog den Gürtel um ihre Stundenglas-Taille stramm.

»Und ich hätte nicht damit gerechnet, dich einmal in *der* Uniform zu sehen.«

Sie ging durch das Zimmer, nahm sich eine dünne Rolle aus schwarzem Pfeifenkraut und steckte sie in eine lange Spitze aus Elfenbein. An einer Kerzenflamme entzündete sie das Pfeifenkraut und nahm einen tiefen Zug. Sie fuhr sich mit der Hand durch ihre kurzen dunklen Haare.

»Mutter, jeder wusste doch, welche Seite gewinnen würde.«

Magda inhalierte noch einmal den Rauch des Pfeifenkrauts. Sie musterte ihren Sohn, wie er auf dem Stuhl am Fenster saß und nach dem ersten Licht des neuen Tages Ausschau hielt. Seine schwarzen Locken waren großzügig mit weißen Strähnen durchsetzt.

»Außerdem war ich der Ansicht, die Armee des Lichts hätte bessere Aussichten, ihre Sold-Rückstände zu begleichen.«

Vollständig angekleidet, lehnte er sich zurück. Das schwarze Kettenhemd funkelte im Kerzenlicht unter dem Weiß seiner kleinen Halskrause. Das Abzeichen der Armee des Lichts – eine gelbe Schärpe – trug er um den linken Arm gebunden. Wams und Kniehose ließen Zeichen der Abnutzung erkennen und das Holz seiner Kurzschwertscheide war gesplittert und mehr schlecht als recht mit Draht geflickt worden.

»Du hast geschrieben, du wärst vermögend geworden.«

Die dunklen Augen des Halblings huschten in ihre Richtung. In sein rundes Gesicht hatten sich Linien gegraben, die es vor achtzehn Monaten noch nicht gegeben hatte.

»Vermögen ist nichts Dauerhaftes. Der größte Teil von meinem gehört jetzt den Glücksspielern.«

»Mmm …« Immer noch ein wenig argwöhnisch ging Magda zum Fenster und stellte sich auf die Zehenspitzen, um nach draußen zu schauen. »Und dein Bruder, wo ist der?«

Zum ersten Mal in der vergangenen Stunde lächelte ihr Sohn.

»Draußen in der Kälte, wo er sich fragt, ob er hereinkommen und mich retten soll. Und ob es eine Gefahr ist, die mich aufhält, oder das übermäßige Fröhnen des Lasters. Heute ist er an der Reihe, mir den Rücken frei zu halten.«

Magda gluckste. »Ich rufe Safire. Wir können heißen Glühwein trinken, während wir warten. Ich frage mich, wie lange er noch dableiben wird.«

Sie inhalierte Pfeifenkrautrauch und wurde ernst.

»Ich habe nachgedacht. Das Leben in Herethlion wird nicht mehr lange das Zuckerschlecken sein, das es jetzt ist. Lass es noch einen Monat dauern, bis die Feierlichkeiten vorbei sind – und die Säuberungen anfangen. Alles, was auch nur im Geringsten nach Verworfenheit und Unredlichkeit riecht, wird man *Werk der Finsternis!* nennen und bannen. Und dazu wird auch dieses Diebesviertel gehören. Glaub mir, ich habe das alles schon erlebt.«

Sie blies eine Rauchwolke aus.

»Fortuna ist eine knifflige Göttin. Letzten Monat habe ich ihr in ihrer Kirche ein Opfer gebracht und um Hilfe gebeten. Und siehe da, sie schickt mir meine beiden Söhne.«

Magda drückte den Pfeifenkrautstummel am Fensterrahmen aus. Unterwegs durch das Zimmer, um Safire zu suchen, streckte sie die Hand aus und drückte den kleinen, harten Bizeps ihres Sohns.

»Ich dachte, ich ziehe nach Norden. Ich werde Muskeln brauchen – wenn ich in einer neuen Stadt geschäftlich tätig werden will.«

* * *

Die Tür von Nin-Edins Versammlungssaal schloss sich hinter dem letzten eintretenden Offizier. Ashnak stützte seine muskulösen Unterarme auf das Rednerpult und zeigte alle Fänge und die metallüberzogenen Hauer in einem breiten Grinsen.

»Ich nehme an, Sie fragen sich, warum ich Sie alle hierher bestellt habe …«

Das Pfeifen eines heranfliegenden Feuerball-Zaubers übertönte seine nächsten Worte. Die versammelten Ork-Offiziere warfen sich auf die Bodendielen. Der Feuerball explodierte in der Luft und feurige Fetzen fegten wie Splitter durch die glaslosen Fenster. Grünliche Flammenzungen flackerten durch den Saal mit dem hohen Dach und erloschen.

»Also …«

»Scheiße, Mann, du hast uns hier verdammt tief *in die Scheiße geritten!«* Ein Marine-Corporal, auf dessen Helm SCHEISS AUF DIE OFFIZIERE! gemalt war, sprang auf und schrie: »Was für ein dämliches Arschloch sorgt dafür, dass wir in einer Todesfalle wie dieser eingesperrt sind?«

Ein anderer Ork brüllte zum Podium hoch: »Du hast doch gar nicht den *Mumm,* aus dieser Festung auszubrechen!«

Die Ork-Offiziere knurrten und klopften mit dem Kolben ihrer Sturmgewehre auf den Steinboden. Ashnaks Lippen kräuselten sich. »Und ist *sonst noch jemand* dieser Ansicht?«

Während er darauf wartete, dass sich der Brennpunkt des Ärgers manifestierte, irritierte es ihn zunächst nur, als Company Sergeant Marukka sich schwerfällig erhob. Er wollte sagen: »Später: Lassen Sie mich erst mal das hier erledigen«, bis ihm einfiel, dass die anderen sechzig anwesenden Offiziere allesamt verstummt waren. Vier der jüngeren Lieutenants erhoben sich ebenfalls. Die Captains beäugten Ashnak mit Mienen zwischen Berechnung und Empörung.

»*Sie?*«, wollte Ashnak wissen.

»Ich.« Marukka stemmte eine schinkengroße Faust in die Hüfte. Sie trug einen grünen Tigerstreifen-Tarnanzug und ein schwarzes Tank-Top, auf dessen Vorderseite ›FÜR DEN KAMPF GEBOREN!‹ gedruckt war. Ein Stück desselben Tigerstreifenstoffs hielt den Schopf ihrer orangefarbenen Haare zusammen. Sehr bedächtig spannte sie den Hahn ihres M16. »Sie haben Ihre Pflichten vernachlässigt, *Sir*. Sie sollten jemand Fähigeren die Marines übernehmen lassen. Ich habe entschieden. Sie haben hier nicht mehr das Kommando.«

»Das ist Meuterei!«

Marukka grinste breit über sein Gepolter. »Verdammt richtig, Sir!«

Ashnaks Schultern strafften sich ein wenig. Er schaute vom Podium in den überfüllten Saal und die angespannten Gesichter, während er auf seiner unangezündeten Zigarre herumkaute. Zwei Marines hinter Marukka standen auf und flankierten sie zur Unterstützung, während sie ihre M16s von der Schulter gleiten ließen.

PENG! PENG!

Holz splitterte.

Ashnak schoss durch das Pult, das die gezogene und gespannte .44er Magnum in seiner Hand verbarg. Die erste Kugel zerfetzte das schwarze Top über Marukkas Herz, die zweite hinterließ ein grünlich-braun umrandetes Loch zwischen den Augen des weiblichen Ork-

Marines, auf deren Helm SCHEISS AUF DIE OFFIZIERE! gedruckt war. Der dritte weibliche Ork-Marine warf sich auf den Boden, das M16 erhoben, und ein loyaler Corporal verpasste ihr von hinten fünf Kugeln mit seinem AK47.

»Niemand übernimmt den Laden hier außer mir!«

Die jüngeren Offiziere, die sich erhoben hatten, setzten sich wieder und versuchten sich unsichtbar zu machen. Ashnak schritt gemächlich vom Podium nach unten, ohrfeigte die beiden nächsten und katapultierte sie durch den Saal. Stühle flogen. Er kam zu Marukkas Leiche und drehte die orangehaarige Orkfrau mit einem Tritt auf den Rücken. Das grüne Blut wurde bereits weniger stark aus der Wunde gepumpt und hatte mittlerweile eine große Lache auf dem Boden gebildet. Ihre Augen waren geöffnet, sahen aber nichts mehr. Die Ork-Marines hinter ihr waren mit Gewebe von der Austrittswunde bespritzt.

»Was habt ihr scheißdämlichen Arschlöcher geglaubt, was ich tun würde?«, fauchte Ashnak. »Dass ich hier stehen und ihr Fragen stellen würde, während sie mich abknallt? Belagerung hin oder her, dieser Putsch ist vorbei, bevor er begonnen hat. Ich bin General der Ork-Marines – und dabei wird es auch *bleiben*. Ist das klar?«

»SIR, JA, SIR!«

Ashnak stapfte zum Podium zurück und zündete dabei seine Zigarre an.

»Also. Wie ich schon sagte. Wir befinden uns in einer bedrohlichen Lage, belagerungstechnisch ...«

Er ignorierte die Wandkarte hinter sich und deutete mit seinem Zeigestock auf den vor dem Pult aufgebauten Tisch. Majors und Captains erhoben sich von ihren hölzernen Klappstühlen und traten und bissen, um sich in die vorderste Reihe um den Tisch zu drängen. Ashnak funkelte auf die Helme und Feldmützen herab und hüstelte viel sagend. Ork-Köpfe hoben sich, Hauer glänzten in massigen Unterkiefern und Schweinsäuglein funkelten. Widerstrebend wichen sie ein paar Zoll zurück.

Auf dem Tisch lag eine maßstabsgetreue Karte des Dämonenfeste-Gebirges und seiner Umgebung, in der eine großzügig bemessene Anzahl verschiedenfarbiger Markierungsnadeln steckte.

»Aufklärungseinheiten melden feindliche Truppen auf den Straßen von Sarderis und Herethlion sowie einigen der kleineren Städte im Westen – die hier, hier und *hier* Stellung bezogen haben, rings um Nin-Edin. Wie Sie wissen, haben wir uns hier gut befestigt. Andererseits sind unsere Nachschublinien nach Osten unterbrochen, wir können nicht ausbrechen, um das Tiefland zu plündern, und unsere Vorräte sind knapp.«

Ein weiblicher Second Lieutenant hörte lange genug auf, in ihrem breiten, behaarten Nasenloch zu bohren, um ihre Krallenhand zu heben. »Sir, wie stark ist der Feind, Sir?«

»Gute Frage. Stark genug, um uns hier einzuschließen – sie haben Lichtmagier dabei.«

Ork-Offiziere knurrten und Stiefel stampften auf Steinplatten. Die winterliche Sonne glitzerte auf den weiß gekalkten Wänden des Festungssaals. Sie glänzte auf dem hölzernen Rednerpult mit seinen Einschusslöchern, auf orkischen Marine-Insignien – eine seltsame Anordnung von Sternen und Streifen mit dem Raben der Horde darüber – und auf einer Inschrift: *Unternehmen Bibliothekar.*

Ashnak betrachtete die Gesichter und Waffen, die vor ihm versammelt waren. »Also, Orks. Ich verlasse mich darauf, dass Sie die Festung halten – ich werde nämlich nicht hier bei Ihnen sein.«

Orks sahen einander an.

Der Second Lieutenant flüsterte: »Hat er gesagt …?«

»Habe ich irgendeinen von euch blödärschigen Marines nach seiner Meinung gefragt? *Ein Ork-General führt immer von der Front!*«

Mehrere Ork-Marines jubelten. Ashnak hielt bei Barashkukor nach Unterstützung Ausschau. Der kleine Ork-Captain saß auf seinem Stuhl, hatte die Ellbogen auf die Knie und sein spitzes Kinn auf die Hände gestützt und starrte verträumt in Marine Razitshakras Richtung.

»Wir Orks sind schon zu lange die Diener anderer gewesen!«, verkündete Ashnak. »Schwarzmagier haben die Ork-Marines geführt, weil sie die Herrschaft über die thaumaturgische Feuerkraft innehaben. Ich werde dem einen Riegel vorschieben! Unsere technische Spezialistin (Bereich Thaumaturgie) wird uns jetzt über meine Lösung für dieses Problem ins Bild setzen. Marine Razitshakra.«

»Ich habe eingehende Forschung für den General betrieben.« Razitshakra nahm ihre Brille ab und polierte die Gläser mit ihrem wüstentarnfarbenen Halstuch. »Der Fachausdruck für das, was wir brauchen, lautet *Annulierungstalisman*. Dabei handelt es sich um ganz neue Vorrichtungen, die jeder Marine bei sich tragen kann. Sie erzeugen ein Feld unterschiedlicher Ausdehnung, in dem alle magischen Kräfte annuliert werden. Tatsächlich erschaffen sie kleine Senken in der Raumzeit, wo thaumaturgische Kräfte nicht existieren können. Der physikalische Aspekt ist faszinierend …«

Ashnaks muskulöse Unterarme verschränkten sich vor den Patronengurten, die sich auf seiner tonnenförmigen Brust kreuzten. Die Wintersonne glitzerte auf seinen Marine-Tätowierungen und auf den Stammesnarben der Agaku. Er leckte sich einen Fang und knurrte so etwas wie, »Trau keinem intellektuellen Ork …«

»Annullierungstalismane.« Razitshakra setzte hastig ihre Brille auf. »Sie sind neu und sie sind *selten*. Mir fällt nur ein Ort ein, wo es sie wahrscheinlich in einer Anzahl gibt, die für die Marines ausreicht – das sind die Forschungslabors der Thaumatologischen Universität in Viergatter. Das so genannte Sichtbare Kolleg.«

Ashnak trat vor. »Vielen Dank, Marine. Kehren Sie auf Ihren Platz zurück. Und jetzt hören Sie zu! Ich werde persönlich mit einem Kommandotrupp in diese Anlage in Viergatter eindringen. Da es sich um ein extrem gefährliches Unternehmen handelt, stelle ich die Frage nach Freiwilligen.«

»Lassen Sie das meine Einheit übernehmen, Sir.«

In der letzten Reihe der versammelten Ork-Offiziere erhob sich Corporal Lugashaldim. Seine hageren Albino-Züge nahmen eine zunehmend lebhaftere Färbung an. Ashnak bemerkte, dass der Marine-Corporal jetzt eine schwarze Uniformhose und ebensolche Stiefel sowie einen engen wollenen Strickpullover mit Epauletten trug.

»Ihre Einheit?«

»Die USS, Sir.« Lugashaldim salutierte. »Die Untote Sonderstaffel.«

Ashnak erwiderte den Gruß. »Nun gut, Corporal. Machen Sie Ihre Orks für ein gefährliches Unternehmen bereit.«

»Sir!« Lugashaldim nahm wieder seinen Platz im hinteren Teil des Saals ein. Der Albino-Marine zückte sein Kommandomesser und stutzte die Spitzen seiner Ohren. Dann setzte er sich schneidig-fesch ein schwarzes Barett schief auf den Kopf, sodass die Einheitsinsignien eines Orkschädels mit darunter gekreuzten Knochen und dem USS-Motto ›*Tod*, Dann *Ruhm*‹ nach vorn zeigten.

»Die technische Spezialistin wird uns begleiten«, fuhr Ashnak fort. »Captain Barashkukor – Captain!«

Der kleine Ork stützte noch immer das Kinn auf die Hände und starrte Rhazitshakra liebevoll an, die ihn jedoch ignorierte.

»Captain!«

Barashkukor schrak drei Zoll aus seinem Sitz, sprang auf, salutierte und bellte: »Sir, ja, Sir!«

Ashnak seufzte. »Sie sind zum Major befördert, Barashkukor. Sie werden Nin-Edin mit den Orks bis zu unserer Rückkehr halten. Schicken Sie Scharfschützen aus und Überfallkommandos, versuchen Sie es mit Ausfällen – versetzen Sie dem Feind Nadelstiche, Major, bringen Sie ihn aus der Fassung.«

Barashkukor, dessen wehmütig verträumter Blick wieder zu der bebrillten Orkfrau zurückkehrte, murmelte: »Ja, ja, selbstverständlich. Was immer Sie für das Beste halten, General.«

Ashnak von den Ork-Marines stützte die Ellbogen auf das Pult und legte den Kopf auf die Hände. Nur einmal, und zwar sehr leise, wimmerte er. Dann richtete er sich wieder auf und funkelte Barashkukor grimmig an.

»Bis zu meiner Rückkehr vertreten Sie mich hier als Oberkommandierender, Major. *Wegtreten!*«

Der Saal leerte sich mit verblüffender Schnelligkeit.

Ashnak verließ das Podium und kauerte sich neben den Leichnam des Orks, der sich seit der Entdeckung von Dagurashibanipals Hort bei den Marines befunden hatte. Er hob Marukkas schlaffe tote Hand hoch. Mehrere Augenblicke verharrte er in dieser Stellung.

Ashnak beugte sich vor, biss drei ihrer Finger an den Wurzeln ab und kaute sie mit großem Appetit, während er den Saal verließ.

* * *

Nachdem der Kriegselefant sich am überreifen und ungeernteten Korn des Tieflands gesättigt hatte, hielt er inne, um aus einer Quelle in den Ausläufern der Berge zu trinken.

Jenseits der Deckung aus Felsbrocken und Stechginstersträuchern war eiliges Schlurfen zu hören. Ein schwarz gefiederter Pfeil spross vor den Füßen des Tiers aus dem Boden.

»Hai!« Der Reiter schnallte seine beidhändige Axt los, die er auf dem Rücken trug, und schwang sie einhändig. »Kommt raus, ihr Ungeziefer und kämpft Mann gegen Mann!«

Das Tier ließ von dem kalten Wasser ab, hob den Rüssel und trompetete seinen Unmut in den bewölkten Himmel. Nicht weit von den Hinterbeinen des Tiers raschelten wieder Sträucher. Stahl blitzte. Der Kriegselefant schwang seinen Rüssel, schlang ihn um das Bein eines verborgenen Orks, brach es ab, wie ein Mensch ein Huhn auseinander brechen mochte, und schlug mit dem abgerissenen Bein auf den schreienden Ork ein, bis – nach einer überraschend langen Zeitspanne – jeglicher Lärm verstummte.

Der Wind wehte schrill durch die umgestürzten Steine des Felsturms.

»Kommt raus und kämpft, ihr jämmerlichen Feiglinge!«

Eine entschuldigende Stimme sagte: »Mächtiger Magier! Wir wollen nicht gegen den Besitzer dieser gewaltigen Bestie kämpfen.«

»Dann komm raus und stell dich dahin, wo ich dich sehen kann, Junge!«

Ein großer Ork in einem schwarzen Brustharnisch und mit einem zerlumpten, grünfleckigen Verband über dem linken Auge verließ seine Deckung. Eine noch größere Orkfrau in einem verbeulten Schuppenpanzer trat hinter ihrem Felsen vor. Zwei weitere gerüstete Orks tauchten auf, von denen einer noch eine Hellebarde mit großer Scharte in der Klinge trug. Drei weitere; zwei Bogenschützen; fünf; ein Dutzend …

Insgesamt waren es annähernd vierzig Orks, die aus der Deckung der überall verstreuten Felsbrocken traten. Der Kriegselefant hob den Rüssel und trompetete. Einer der kleineren Orks warf sich wieder in die Deckung eines Stechginsterstrauchs.

Der Ork im schwarzen Brustharnisch nahm Maß. Ein Barbar aus dem Norden saß hoch auf dem Hals des Elefanten. Mit nackten Armen und Beinen, unempfindlich gegen den Wind, der seine Wolfsfelltunika und die Wolfsfellleggings zerzauste. Das Kettenhemd des Barbaren funkelte und die Hörner an seinem Helm wirkten besonders spitz. Dicke blonde Zöpfe rahmten ein wettergegerbetes Gesicht ein, in dem durchdringende blaue Augen die Orks beobachteten.

Vorsichtig wollte der Ork wissen: »Dein Name, großer Herr über diese magische Bestie?«

»Ich heiße Blondwolf!«

Der Elefant schlang seinen Rüssel um den Reiter und setzte ihn auf den Boden.

Der Ork glotzte.

»Schau an«, sagte der Ork, »du bist kein Mensch.«

»Ich bin der Große Lord Blondwolf aus dem Heulfanggebirge!«, fauchte der Reiter. »Der mächtigste Barbarenkrieger der Finsternis und ihr Schweinepriester könnt mich ›Großer‹ nennen.«

»Du bist nicht so groß wie ein Mensch.« Der Ork schaute abwärts. »Du bist nicht so groß wie ein Zwerg. Du bist nicht mal so groß wie ein *Halbling*.«

Verengte blaue Augen fixierten den Ork aus einer Höhe von zwei Fuß und sieben Zoll über dem Boden. Der Barbar fauchte und plusterte sich auf. Sein Helm mit den Hörnern daran, die eine gute Armspanne nach rechts und links ragten, rutschte ihm über die Nase. Er schob ihn in den Nacken.

»*Was* hast du gesagt?«

Der Ork lachte schallend. »Du bist ziemlich klein für einen Barbaren, nicht?«

Der Barbar aus dem Norden klatschte in die Hände. Der Kriegselefant nahm den Rüssel von der improvisierten Sänfte auf seinem Rücken und stellte eine kleine, zweistufige Holzleiter vor seinem Herrn ab. Lord Blondwolf spie in die Hände, klappte die Leiter auseinander und baute sie vor dem großen Ork auf. Er zückte seine Axt, erklomm die Stufen und schwang die Waffe.

Die Klinge schepperte seitlich gegen den Helm des Orks. Der Ork wurde rückwärts geschleudert und riss dabei drei seiner Nestbrüder mit ins Gesträuch.

»Ich bin unterwegs, um der Finsternis nach unserer Niederlage *beizustehen*, verdammt!« Der Barbar aus dem Norden stieg die Leiter wieder herab und schwenkte seine Axt. »Wird euch *das* lehren, einen Krieger nicht zu beleidigen, ihr Rattenärsche?«

Der Ork schaute zögernd auf, während er sich den Schädel rieb. »Wohin reitest du, Gebieter?«

Der Barbar aus dem Norden warf den Kopf in den Nacken, sodass die Sehnen an seinem Hals wie Stricke hervortraten, und lachte aus vollem Hals. Da der Ork auf Händen und Knien hockte, konnte er ihm geradewegs in die Augen schauen. »Was geht dich das an, Warzengesicht?«

Die Orks betrachteten einander und berieten sich rasch und mit gedämpfter Stimme. Es kam zu Balgereien. Die gerüsteten und gepanzerten Orks betrachteten den Kriegselefanten und die unwirtlichen, pfadlosen Ausläufer der Berge.

»Edler Lord Blondwolf.« Der Ork schlug versuchsweise die Stirn auf den Boden und beobachtete den Barbar dabei aus einem aufwärts gerichteten Auge. »Wir bilden deine Finstere Ehrengarde, wenn du uns mit dir reiten lässt.«

4

Die Belagerungsarmee des Lichts rückte gerade rechtzeitig zum ersten Schnee an.

Die imposanten Felswände der Berge, die gewaltig und distanziert über dem Pass aufragten, überzogen sich mit Weiß. Schnee ließ die Umrisslinien der Zelte an den Hängen unterhalb Nin-Edins und außerhalb der Reichweite der Schusswaffen undeutlich werden. Schnee hüllte die Schanzwerke ein. Blaue und silberne Banner leuchteten durch die fallenden Flocken.

Major Barashkukor, Oberkommandierender (Teilzeit, Stellvertreter, unbezahlt) von Nin-Edin, starrte von der Brustwehr der Außenmauer herab.

»Das gefällt mir nicht, Sergeant. Es ist zu ruhig.«

WUMM!

Mit gequälter Miene befingerte Barashkukor die Spitze seines haarlosen Ohrs. »*Feuer einstellen!* Sergeant, was *ist* das?«

Sergeant Varimnak kaute geräuschvoll einen Kaugummi. Sie war eine ungeschlachte, schmucke, breitschultrige braune Orkfrau und trug ihren schwarzen Kampfdrillich eingerissen, dazu Pionierstiefel und einen stacheligen schwarzen Ledergurt anstelle des normalen Kampfkoppels. Ihre kurze Haarsichel war zu Stacheln gegelt und weiß gebleicht.

Der Bösemädelz-Sergeant verengte die Augen zu Schlitzen, nahm den Kaugummi aus dem Mund und klebte ihn unter eine der Zinnen. »Sieht so aus, als wollten sie mit uns verhandeln. Weiß der Geier, warum.«

Barashkukor wartete, doch vergeblich. Er holte tief Luft und füllte seine schmale Brust randvoll. »Das heißt, ›Weiß der Geier, warum, *Sir*‹, Sergeant!«

»Ja, Sir, Major, Sir!« Die untersetzte Orkfrau grinste.

Die Mitglieder von Varimnaks Trupp, der sich aus

den kleineren Orkfrauen zusammensetzte, machten in ihrem weiten, eingerissenen schwarzen Marine-Kampfdrillich einen beinah verlorenen Eindruck. Sie kauerten in der Deckung der Zinnen, zwei mit Schultergranatwerfern, drei mit M60-MG und eine mit einer ebenfalls von der Schulter abzufeuernden Boden-Luft-Rakete. Barashkukor begutachtete die stacheligen Haarsicheln, Narben und Tätowierungen der Bösemädelz – und ihm schwoll die Brust vor Stolz.

Er sprang auf und stellte sich unter Missachtung des dreißig Fuß tiefen Abgrunds vor seinen Kampfstiefeln in eine der vereisten Vertiefungen im Mauerwerk der Zinnen. »Yo, da unten!«

Die sich nähernde Gruppe hielt inne.

Ein Ritter in voller Rüstung neigte den Kopf und setzte seinen Helm ab. Sein Streitross stampfte mit den Vorderhufen. In der gepanzerten rechten Hand hielt er eine weiße Parlamentärsflagge. »Orks der Horde! Ich bin Amarynth, Befehlshaber des Lichts und sowohl Magier als auch Krieger. Hört meine Worte der Weisheit!«

Sergeant Varimnak schaute von ihrem Platz auf, wo sie mit gebeugten Säbelbeinen und einem AK47 in der Armbeuge kauerte.

»Wer ist eigentlich das Arschloch, Sir?«

»Irgendein beschissener Held.«

Barashkukor rückte den Schirm seiner grünen Feldmütze gerade und zog an seinem Gürtel, sodass er bequemer um seine schmalen Hüften lag.

»Sie da unten! Unbefugte Personen! Hiermit warne ich Sie vorschriftsgemäß, dass Sie eine feindselige Haltung einnehmen, die Marine-Basis Nin-Edin umzingeln, die Heimatbasis der 483sten Luftlandetruppen, und nach den Konventionen des Krieges bin ich daher berechtigt …«

Barashkukor hielt verblüfft inne, als der elfische Ritter von seinem Ross stieg und sich vor den Mauern Nin-Edins in den Schnee kniete.

»Lady des Lichts!«, betete der Elf laut. »Hört meinen Schwur! Steht mir heute bei, da ich im Namen des Guten kämpfe. Gebt mir die Kraft, dieses Ringen rasch zu beenden, sodass man noch nach vielen Generationen von uns singen und unser Ruhm sich mehren möge ...«

Der dunkelhäutige elfische Krieger strich sich die schwarzen Haare hinter die spitzen Ohren und runzelte die Stirn.

»... ach ja. Und auf dass umso weniger Krieger des Lichts sterben mögen. Gebt mir die Kraft von Stahl und Magie, damit ich diese Orks vollständig vom Angesicht dieser Welt fegen kann! Um ihnen den hässlichen Schädel vom unförmigen Leib zu schlagen und ihnen die Eingeweide herauszureißen! Um ihnen die Augen auszukratzen! Um ihnen die Fänge aus dem Maul und die Haut vom Gesicht zu reißen!«

Keuchend strich der Elf seine blau-silberne Tracht glatt, auf die zwei Halbmonde gestickt waren. Seine geriffelte Rüstung leuchtete cremefarben unter dem Himmel, aus dem beständig Schnee rieselte.

»Um ihnen den Blutadler in den erbärmlichen Kadaver zu schneiden«, schloss er, indem er sich erhob, »und ihre noch lebenden Überreste dem Feuer zu überantworten! Im Namen Eurer Barmherzigkeit, Lady, amen!«

Die Orks sahen einander an.

»Nun ja, Sir«, sagte Varimnak, »ich schätze, er war noch der diplomatischste, den sie als Verhandlungspartner für uns finden konnten.«

»Orks von Nin-Edin! Ergebt euch jetzt, dann schonen wir *vielleicht* euer erbärmliches Leben.« Der elfische Ritter stieg wieder in den Sattel und zügelte sein sich aufbäumendes Einhorn. Verkrustete Schneeflocken überzogen seine spitzen Ohren und hohen Wangenknochen. »Legt jetzt die Waffen nieder! Ihr Abschaum werdet sterben wie euer Gebieter, der Namenlose Nekromant, wenn ihr nicht ehrliche Wiedergutmachung für eure Verbrechen leistet. Es gibt viel zu tun, die Welt muss nach der Niederlage des Finsteren neu aufgebaut werden und es wäre nur angemessen, wenn ihr mitarbeiten würdet.«

»In die Sklaverei gehen, meinen Sie wohl!« Barashkukor drehte sich zu Varimnak um und stellte fest, dass sein Sergeant nicht mehr da war. Er fletschte seine kleinen Fänge zu einer finsteren Miene.

»Die reine Undankbarkeit, Sir«, beklagte sich ein MFC der Bösemädelz. »Nachdem wir die Schlacht auf dem Feld der Zerstörung erst dadurch für sie gewannen, dass wir uns verpissten …«

Der Bösemädelz-Marine zielte verstohlen mit dem Schulterwerfer.

»Nein!«, fauchte der Major. »Noch nicht. *Böser* Ork!«

Barashkukor ignorierte die empörte Gesandtschaft des Lichts, stieg von den Zinnen und schritt die Brustwehr entlang. Sergeant Varimnak trabte gerade wieder die Treppe vom Innenhof empor.

»Diese dämlichen Arschlöcher vom Licht wollen unter einer Parlamentärsflagge nicht angreifen«, grunzte sie. »Aber wie ich mir schon gedacht habe, hier ist jemand herumgeschlichen und hat nur auf eine gute Gelegenheit gewartet. Major, ich habe da etwas, das *müssen* Sie einfach sehen.«

Das zunehmend ungeduldiger werdende Geschrei des Lichts verlor sich, als Barashkukor dem Ork-Sergeant mit den gebleichten Haaren durch den Burghof und den Hügel empor ins eigentliche Lager folgte. Eine dünne Schneedecke, pudrig wie Sand, wogte und wallte in Wellen und stach ihm in die Augen. Die wieder aufgebauten Zinnen und kantigen Türme Nin-Edins starrten vor Drähten, Stacheln und Schüsseln.

»Erinnern Sie mich, Sergeant, dass ich mit Corporal

Ugarit ein ernstes Wörtchen über die neue Ausrüstung reden muss, die er ständig anbringt – *Verdammte Scheiße, wie ist* das *denn hier herein gekommen?*«

»Diese Gefangene, Sir? Hat sich eingeschlichen, während Sie am Haupttor waren.« Varimnak zeigte selbstzufrieden die Fänge. »Ich lasse die Trupps der Nachthut strafexerzieren, bis sie unfallen.«

Ein Trupp Orks umringte etwas und schwang dabei AK47s und SA80s. Barashkukor marschierte hin, drängte nach vorn und blieb abrupt stehen.

Auf dem hart gefrorenen Boden saß mit untergeschlagenen Beinen eine Elfe, die nackten Hände mit der Innenseite nach oben auf den Knien und sah lächelnd zu ihm auf.

»Noch ein Elf!«, äußerte Barashkukor gequält. »Lassen Sie die verantwortlichen Marines erschießen!«

»Klare Sache, Major, Sir.«

Barashkukor trat näher und schnauzte: »Auf die Beine!«

Dann starrte er die sechs Fuß große Elfe mit einigen bösen Vorahnungen an.

Ihre glänzenden braunen Haare waren vom Kinn abwärts um rote Stoffstreifen zu dünnen Zöpfchen geflochten und die ganze Haarpracht wurde von einem roten Stirnband zusammengehalten. Die Frisur ließ sowohl ihre spitzen Elfenohren erkennen als auch die tiefe Narbe, die vom Augenwinkel quer über die Wange zum Kinn verlief. Sie trug ein geschnürtes braunes Mieder aus Leder, eine gleichfalls geschnürte Lederhose und hohe Stiefel, da sie irgendeine Magie gegen die Kälte unempfindlich machen musste. Dunkle Wimpern flatterten über den goldenen Augen.

Sie trug Dolchscheiden, an Gürteln und Stiefeln sowie auf dem Rücken – aber keine Waffen.

»Sie ist offensichtlich ein Spion für das Licht, Sergeant. Warum lassen Sie sie nicht exekutieren?«

Die schlanke junge Elfe legte eine Hand auf ihr Mieder und zeigte auf ein silbernes Abzeichen. Die Insignien waren leicht zu erkennen.

»Presse«, sagte sie forsch. »Ich heiße Perdita del Verro. Ich bin Kriegsberichterstatterin – für den *Glücksritter*. Sie haben bestimmt schon vom *Glücksritter* gehört.«

»Vom Glücksritter!«, hauchte Barashkukor. »Mann! Das heißt, ich – na ja, ich lese ihn natürlich wegen der Anzeigen. Militärbedarf. Sehr nützlich. Sie … äh … sagten Sie eben, Sie *schreiben* dafür?«

»Ich bin die leitende Reporterin der Nachrichtenredaktion.« Perdita del Verro lächelte zu ihm hinunter. Sie zückte ein kleines Notizbuch und einen Bleistift. »Seit dem Letzten Gefecht war nicht viel los. Da konnte ich mir die Gelegenheit doch nicht entgehen lassen, Amarynth zu begleiten und Ihre Jungens zu interviewen. Nein, sparen Sie sich die Mühe mit den Waffen – ich habe die übliche magische Presse-Immunität. Also, Oberbefehlshaber … ›Barashkukor‹, nicht wahr? Wie buchstabiert man das?«

»Hatschi!«

Perdita del Verro lächelte den Ork strahlend an, während ein Ausdruck der Wärme in ihre goldenen Augen trat.

Alle Gedanken an das Verhandlungsgespräch mit den Belagerern waren vergessen. Major Barashkukor putzte sich die Nase und hielt mit verträumtem Blick in der Festung Nin-Edin nach etwas Ausschau, das interessant genug war, um die elfische Journalistin zu beeindrucken.

* * *

Weit von Sarderis, Herethlion und dem Meer entfernt, im Norden jenseits der Wildnis, die das Dämonenfeste-Gebirge durchdringt, liegt die Stadt mit den Vier Gattern. Die Stadt hat viel mehr Gatter und Tore als vier –

ihre Zahl geht in die Hunderte, wenn nicht in die Tausende –, von den ursprünglichen Toren aber sind nur noch vier übrig: Turmalin, Chrysoberyll, Lapislazuli und Onyx. Die ersten drei werden oft benutzt, das Letzte niemals.

Ashnaks Kommandotrupp wählte vernünftigerweise das Turmalintor als Eintrittspunkt aus. Schlösser und Riegel aufzubrechen, Wachen zu beseitigen, dem Sonnenuntergangsalarm auszuweichen und das Wächterhaus mit Fallen zu sichern, war kein größeres Risiko, als sechs Tage durch die Wildnis zu marschieren und sich am unfreundlichen Ende des Dämonenfeste-Gebirges in den Überlebenstechniken der Marines zu üben.

Nach vierundzwanzig Stunden eingehender Beobachtung in der Dachkammer eines verlassenen Gutshauses kaute Ashnak an seinen Krallen. Nach Sonnenuntergang hielt er sich das Nachtzielfernrohr seines M16 vor ein Auge und beobachtete, wie der Mensch in Kutte und Kapuze das Gelände des Sichtbaren Kollegs verließ.

»Da unten ist nicht mal ein Zwerg«, murmelte er Razitshakra zu. »Kein Halbling, kein Elf – und ganz sicher keiner von uns. Keine Rasse außer Menschen. Damit bleibt uns nur ein gewaltsames Eindringen.«

Ashnak betrachtete die hohen Mauern des Sichtbaren Kollegs im seltsam grünlichen Licht des Zielfernrohrs. Er senkte das Gewehr, da seine eigenen Augen ein wenig besser sahen. Die fünfzig Fuß hohe Außenmauer zog sich um ein parkähnliches Gelände mit spiralförmig geschnittenen Hecken und Gebäuden mit Kuppeldächern, Säulengängen und sehr un-klassizistischen Fensterschlitzen.

»Also schön, Marines. Wir gehen rein …«

Getarnt und im langsamen Leoparden-Kriechgang brauchten sie eine Stunde, um das offene Gelände zwischen den letzten Häusern und der Mauer des Sichtbaren Kollegs unbeobachtet zu überwinden. Die abendlichen Stadtgeräusche verloren sich. Ashnak spannte in der Deckung der Mauer seine breiten Hände und reckte den Hals, um nach oben zu schauen.

Der im letzten Viertel stehende Mond ging gerade über den Dächern auf. Sein schwaches Licht zeigte ihm Razitshakra und die anderen Marines, die ebenfalls an der Mauer kauerten. Ashnak ging lautlos zu Lugashaldim und zeigte auf die Mauer.

»Corporal, gehen Sie mir mal zur Hand.«

»Ich kann nicht, Sir.«

»Wie?«

»Meine Hand ist abgefallen, Sir.« Der untote Ork-Marine trat verlegen von einem Fuß auf den anderen. In seiner großen schwieligen rechten Hand hielt er die linke. »Ich flicke das, Sir, dauert keine Minute.«

Lugashaldim stopfte die Hand in eine seiner Taschen, löste mit der anderen sein Nähzeug vom Gürtel und starrte hilflos auf das Garn und die Nadeln. Einer der anderen untoten Marines murmelte irgendetwas, fädelte im schwachen Mondlicht einen Faden ein und machte sich daran, das widerspenstige Glied anzunähen.

»Seid ihr Muschis jetzt endlich fertig?«, zischte Ashnak. »Sind wir ein Elite-Kommandotrupp oder ein verdammtes Nähkränzchen?«

Die untoten Ork-Marines murmelten ein »Verzeihung, Sir«, bevor sie ihre Aufmerksamkeit wieder auf das Sichtbare Kolleg richteten.

»Ist zwangsläufig magisch gesichert«, flüsterte ein USS-Marine einem anderen zu.

Der schauderte. »Niemand hat irgendwas von *Magie* gesagt. Aber so läuft es eben im Marine-Korps. Immer werden wir in solche Einsätze geschickt. Niemand weiß, ob sie ungefährlich sind. Soviel wir wissen, könnte es hier sogar *Zauberer* geben. Und werden wir *gefragt*, ob wir …«

»Maul halten, verdammt!«, zischte Ashnak. »Marine Razitshakra, wie lauten Ihre Empfehlungen?«

Die schmuddelige Orkfrau nahm ihre Brille ab und starrte einige Minuten lang auf die Mauern, die das Sichtbare Kolleg umgaben. Sie fixierte die größte Kuppel.

»Wenn wir da reinkommen, finden wir sehr wahrscheinlich irgendwas. Es hat den richtigen Geruch.« Sie warf Ashnak einen verschämten Blick zu. »Ich bin eigentlich kein richtiger Magieschnüffler, ehrlich, Sir. Es ist nur so, dass ich manchmal sagen kann ...«

»Schon klar. Angriffsteam, das ist Ihr Ziel. Corporal Lugashaldim, bringen Sie Ihre Leute rein. Unterstützungsteam Razitshakra und ich selbst werden hier Wache halten. Wahren Sie Funkstille, bis Sie das Gelände gründlich auskundschaftet haben. Dann will ich wissen, was es dort gibt.« Ashnak nickte. »Also gut, es geht *los*.«

Die drei Marines holten Hammer und Kletterhaken aus ihren Sturmwesten und trieben die Haken bis auf Kopfhöhe in die Mauer, wobei sie den Lärm ihrer Hammerschläge dämpften. Lugashaldim stieg daran empor und schlug weiter oben mehr Haken ein. Die anderen beiden Marines folgten ihm. Langsam und beinah lautlos näherten sie sich der Oberkante der fünfzig Fuß hohen Mauer.

Razitshakra winselte leise.

Dergestalt gewarnt, warf Ashnak sich zu Boden und schützte den Nacken mit seinen schwieligen, verhornten Händen. Eine sengende Flamme aus blauem Licht zuckte durch sein Gesichtsfeld. Hitze verbrannte trotz der urbanen Tarnjacke seinen Rücken. Er hörte einen Schrei, der lauter wurde und dann abbrach, einen dumpfen Aufprall und danach zwei weitere markerschütternde Schläge, die den Boden erzittern ließen. Ein schauerliches Heulen hallte durch die Nacht.

Ashnak rappelte sich auf.

»Weg von hier, Marine!« Er schlug Razitshakra auf die Schulter. »Los, los, los! Corporal! Bewegung!«

Die Sirene jaulte. Lugashaldim lief an ihm vorbei und weg von der Mauer. Ashnak folgte ihm mit auf dem Kopfsteinpflaster hallenden Kampfstiefeln in die Sicherheit der dunklen Gassen. Danach liefen sie zehn Minuten leise und fast ebenso schnell weiter. Die Kommandoeinheit hielt inne und formierte sich neu.

»Magische … Abwehrvorrichtungen … *sehr* stark …« Razitshakra krümmte sich, während sich ihre Brust in schnellem Rhythmus hob und senkte. Ihre Ohren fielen von vertikal auf horizontal. »*So etwas* ist mir noch nie untergekommen, General! Ich hätte nie gedacht, dass sie über solche Mittel verfügen.«

Ashnak wandte sich an Lugashaldim. »Alles in Ordnung mit Ihnen und Ihren Männern, Corporal?«

»Ja, Sir!« Lugashaldim wischte sich Klumpen verkohlten Fleisches von Brust, Beinen und Gesicht. Seine langsam verwesenden Finger rauchten. Bei dem Sturz hatte er sich einen Teil des Hinterkopfs eingeschlagen. Die beiden anderen Marines waren in ähnlicher Verfassung.

»Untote Marines sind tatsächlich die besten Kommandotruppen«, stellte Ashnak fest. »Im Prinzip eine gute Entscheidung, muss ich sagen. Marine Razitshakra, wie beurteilen Sie die Aussichten, diese Abwehrvorrichtungen mit Sprengstoff zu überwinden?«

Die Orkfrau putzte deprimiert ihre Brille. Gesprungenes Glas fiel aus einer Fassung, wo sie sich die Brille infolge der magischen Angriffswucht angeschlagen hatte. »Als praktisch nicht vorhanden. Das ist eine Ringschleifen-Abwehrmaßnahme. Wenn es gelingt, eine auszuschalten, wird einfach die nächste aktiv. Ich hätte nie gedacht, dass eine Forschungsanlage … Wir können einpacken, General.«

Der Mond stieg höher. Viergatters Häuser glänzten im Laternenschein und Ashnak hörte Gerede und Gelächter aus fünf Straßen entfernten Salons. Orks auf Viergatters Straßen wirkten nicht gerade unverdächtig.

»Wir sind in einer Stadt. Ich war schon in Städten. *Ich* weiß, was wir brauchen …«

Die untoten Marines und Razitshakra starrten ihren kommandierenden Offizier an. Ashnaks Grinsen wurde breiter, sodass seine Fänge im Mondlicht glitzerten.

»General, Achtung!«

Seine gespitzten Ohren drehten sich und schnappten Schritte auf der Straße auf, die sich näherten. Von mehreren Personen: schlendernd, ohne Eile.

Unter Benutzung geräuschloser Handzeichen dirigierte Ashnak seine orkischen Kommandotruppen zum entfernten Ende der Gasse.

* * *

Perdita del Verro ordnete ihre glänzenden braunen Haare mit demselben kleinen Hokuspokus, der ihre kalten Wangen und Lippen rötete. Die Spitzen ihrer Ohren stachen vor Kälte. Ihre Augen glänzten und ihr Atem bildete deutlich sichtbare Wolken. Sie machte eine Kehrtwendung.

Ihre magische Übertragungstaube hockte mit starrem, leerem Blick aus silbernen Augen auf den Zinnen Nin-Edins. Perdita bedachte sie mit ihrem erotischsten Lächeln.

»Hier ist Perdita del Verro mit einem Bericht für *Sie*, die treuen Leser des *Glücksritter*. Tja, ich habe hier eigentlich unerwartet ziemliches Glück gehabt. Ich befinde mich in der Festung von Nin-Edin im Lager der Orks. Hier findet eine Belagerung statt, die bereits eine ganze Woche andauert. Es ist zweifellos eine Menge los – der Lichtmagier im Lager der Belagerer bevorzugt massive Zauber aus St. Baphomets Charten-Grimoire und seine elfischen Krieger haben ein Dutzend Versuche unternommen, die Mauern zu stürmen, außerdem sind wahrscheinlich Sappeure am Werk. Doch diese Garnison hält immer noch stand!«

Perdita fütterte die silbernen Augen des magischen Bild-und-Ton-Gedächtnisses der Taube mit ihrem Markenzeichen, einem schiefen Grinsen.

»Liebe Leser, dieses schändliche Lager hält den großen Lord Amarynth *perönlich* in dessen Bemühen auf, die letzten Überreste der Horde zu vernichten. Ich bin in der Erwartung hierher gekommen, seinen raschen und ruhmvollen Sieg vermelden zu können. Diese Ork-Krieger – oder Ork-*Marines*, wie dieser seltsame Stamm sich lieber bezeichnet – haben keinen Schwarzmagier bei sich, was diese Auseinandersetzung normalerweise rasch entschieden haben würde. Natürlich mögen Sie sich fragen, warum der *Glücksritter* Sie überhaupt mit diesem orkischen Abschaum belästigt …«

Die Elfe stemmte die Fäuste in ihre in Leder gehüllte Taille.

»Da wäre zunächst einmal ihr unorkischer Mut. Später werde ich Ihnen noch einige Berichte aus der Sicht der Orks nachreichen. Doch was noch wichtiger scheint, diesen Orks ist es gelungen, sich irgendwoher eine Vielzahl merkwürdiger, magischer Waffen zu beschaffen. Ein detaillierter Bericht darüber folgt – unmittelbar im Anschluss.«

Sie schnippte mit den Fingern. Die Augen der Taube färbten sich wieder schwarz und golden. Sie zitterte. Perdita hob den Vogel und wärmte dessen eiskalte Federn, dann warf sie ihn hoch in die Luft. Zunächst unsicher flatternd, schraubte die Taube sich in die Lüfte und flog ungehindert über die schneebedeckten Zelte des Lichts davon.

* * *

Major Barashkukor verließ seinen Schreibtisch – der vollständig mit Wachplänen, Proviantzuteilungen, Waffenaushändigungen, Lageplänen, Vorratslisten und Personalakten in vierfacher Ausfertigung übersät war – und betrachtete sein Spiegelbild im polierten Steinspiegel des Festungsbüros. Er setzte sorgsam eine dunkle Sonnenbrille auf, dann rückte er das Koppelhalfter zurecht, sodass die .44er Magnum bequemer saß, und zog ein Paar enge schwarze Lederhandschuhe über seine Krallenfinger.

Sein Adjutant hämmerte an die Tür. »Major! Sie ist da!«

Barashkukor setzte einen flachen schwarzen Hut auf, dessen breite Krempe auf beiden Seiten aufgerollt war. Das Hutband war mit einem kleinen Strauß Federn geschmückt. Nach einigem Nachdenken entfernte er widerstrebend das Kernstück des Schmucks – ein getrocknetes Elfenohr – und zog die Krempe tiefer in die Stirn. Sein mit einem Stetson behütetes Spiegelbild starrte ihn durch Ray-Bans an.

»Yo, die Marines!«, strahlte er und verließ den Turm.

Die Elfe wartete mit seinen untergebenen Offizieren auf der Brustwehr der Innenmauer mit Blick auf das zentrale Lager. Barashkukor ging mit forschem Schritt zu ihr, während sich sein lippenloser Mund zu einem geblendeten Grinsen verbreiterte. Er gab den vor den Schuppen der Forschungs- und Entwicklungsabteilung versammelten Marines ein Zeichen. »Beginnen Sie mit den Waffentests, Corporal!«

»Ja, Sir!« Corporal Ugarits zu große Stiefel knirschten durch den Schnee, während er vor seinem Vorgesetzten salutierte. Ein neues Licht leuchtete in seinen Schweinsäuglein.

»Erstens!«, verkündete Ugarit. »Das präzisionsgesteuerte, vollautomatische Katapult mit intelligentem Gefechtskopf. *Feuer!«*

WUMM!

Der große Ork am Katapult wuchtete einen massiven Holzhebel nach unten. Der Arm des Katapults zuckte nach oben und schleuderte einen großen Klumpen aus Stein und Metall in die Luft; fiel herunter, hob sich wieder und ein weiteres Geschoss sauste los. Noch eines; und noch eines …

Barashkukor stand auf der Brustwehr neben der Korrespondentin des *Glücksritter*, die kleinen Fäuste in die Hüften gestemmt, und verfolgte den Flug der Geschosse. Schnee fiel vom grauen Himmel und ein nasskalter Wind biss in seine Haut, wo sie entblößt war. Der kleine Ork grinste ungerührt, als das erste Geschoss eine träge Flugkurve beschrieb, die es weit über das feindliche Lager hinwegtragen würde.

Mitten im Flug irrte es plötzlich hierhin und dorthin und durchschlug dann die Decke eines von Sappeuren angelegten Tunnels. Entfernte Schreie hallten durch das Schneetreiben. Perdita blinzelte verblüfft. Barashkukor tätschelte den Arm der Elfe, während sich seine dürren, haarlosen Ohren aufrichteten.

»Spektakulär, nicht wahr? Wir haben eine überragende Forschungsabteilung, Ma'am. Was Amarynth uns entgegenwirft, können wir ihm mit gleicher Münze heimzahlen.«

»Zweitens«, rief Ugarit, »die repetierende Armbrust. Radargelenkte Bolzen, die Feuergeschwindigkeit liegt bei drei Bolzen pro Sekunde. *Feuer!*«

Ein Ork hielt eine klobige Armbrust hoch und zielte damit über die Brustwehr auf die feindlichen Zelte. Ein weiblicher Kanonier trat hinzu, drehte die Feldmütze auf ihrem Kopf um, sodass der Schirm nach hinten zeigte, blinzelte durch das Zielfernrohr und drückte ab.

TAKKATAKKATAKKATAKKA-WUMM!

Schwere Armbrustbolzen mit Stahlspitzen überbrückten die hundert Schritte zwischen der Festung und den ersten Zelten, zerrissen Leinwand, ließen Vorratszelte einstürzen und fegten als Querschläger durch die Zelte des Schmieds und des Barbiers. Bewaffnete Menschen und Elfen warfen sich in Deckung, während sich in der kalten Luft das nutzlose Flimmern eines Schutzzaubers bildete.

»Yo!« Ugarits schräg stehende Augen blitzten in einem überirdischen Schein. Der hoch gewachsene Corporal trug einen tief sitzenden Stahlhelm und eine schwere Flakjacke, die er um seinen mageren Leib gegurtet hatte. Barashkukor schaute von der Brustwehr auf den Ork hinab, der über einen Meter größer war als er selbst, und traf die Führerentscheidung, die Waffentests ungehindert fortsetzen zu lassen.

»Drittens – intelligente Nahkampfwaffen! Bereit zur Demonstration, Sir und Ma'am!«

Ugarit trippelte die Linie der im Hof wartenden Marines auf und ab und händigte Streitäxte und -hämmer mit vorstehenden Anhängseln, Zusätzen und Kabeln aus Metall aus.

»Handwaffen zum Benutzen und Vergessen! Beachten Sie, dass diese Waffen intelligenter sind als Sie, also schwingen Sie die Waffen einfach und lassen Sie sie den Rest erledigen. Nein, nein! Lassen Sie mich zunächst aus dem Weg gehen!«

Quiekend sprang der hoch gewachsene Corporal die Stufen der Treppe hinauf und suchte auf der schneebedeckten Brustwehr neben Barashkukor und der Elfe Zuflucht. Die Orks des Marine-Trupps im Hof spien in die verhornten Hände, ergriffen die unvertrauten Schäfte umgebauter Streitäxte und hoben sie.

KLATSCH!

Barashkukor zuckte zusammen. Der beiläufig geführte Hieb einer Streitaxt hackte einem Marine den Arm ab, fuhr mitten im Schwung herum, um eine andere Waffe zu parieren, änderte die Bewegungsrichtung um hundertachtzig Grad und schlug einen orkischen Schädel ein, beschrieb im Zeitraum von Millisekunden drei separate Kurven und zerrte den Besitzer der Waffe allein durch den Schwung der Schläge aus dem Kampfbereich.

Ein intelligenter Streithammer bohrte sich zwei Sekunden später in jenes Fleckchen schneebedeckter Erde, prallte ab und schlug erneut zu.

Der halbe Trupp zerrte die sichtlich unwilligen Waffen rückwärts. Eine untersetzte, stämmige Orkfrau kicherte und schwang ihre Streitaxt mit Karacho. Die Spitze am Ende spießte einen Corporal auf. Sie fluchte. Die Axtklinge wirbelte die Orkfrau im Kreis herum und Marines sprangen außer Reichweite. Die Streitaxt hob sich im Griff ihrer Besitzerin, hielt einen Augenblick lang in der Luft …

»*Aufhören!*«, bellte Barashkukor schrill.

Die Streitaxt drehte sich um, sauste zischend in kurzem Bogen herab und trennte der untersetzten Orkfrau den Kopf ab. Der Rumpf brach zusammen. Orkblut dampfte und zischte grünlich im Schnee.

Die Marines des Trupps schlugen einander – nachdem sie die Waffen zuerst vorsichtig niedergelegt hatten – auf den Rücken und machten sich daran, abgetrennte Glieder und die Leichen der Glücklosen einzusammeln. Der Truppführer trat nachdenklich vor den blutenden Orkschädel und hob den Kopf zur Brustwehr.

»Bitte um Erlaubnis, ein Orkball-Turnier abhalten zu dürfen, Major, Sir!«

Barashkukor schaute in die verkehrt herum starrenden Augen des abgetrennten Schädels. »Erst, wenn Sie dienstfrei haben, Marine.«

»Ach, das geht schon, Sir. Bei diesem Wetter hält sich der Ball ohnehin lange.« Der Marine First Class hob den abgetrennten Schädel an den Ohren auf, ging zum

Trupp zurück und beriet sich in gedämpftem Tonfall mit seinem Kameraden. »Wenn sie schon matschig sind, dauert das Spiel nicht so lange. Frisch und hart sind sie besser. Vielleicht können wir Eintrittskarten verkaufen …«

»Nein – ich will es gar nicht wissen.« Die Elfe setzte sich ein wenig plötzlich auf die schneebedeckte Brustwehr. *»Orkball?«*

»Manchmal wird das Spielgerät ausgelost«, sagte Barashkukor hilfreich. Er scharwenzelte in dem Bemühen um die hoch gewachsene schlanke Elfe herum, ihr aufzuhelfen, und wischte ihr den pappigen Schnee von der Lederhose. Er winkte seiner Forschungsabteilung zu. »Nicht gänzlich erfolgreich, Corporal Ugarit …«

»Nein, Sir. Und viertens«, sagte Ugarit mit fieberhaft umherirrenden Augen, »meine letzte hochmoderne Erfindung. Die persönliche Servorüstung. Das ist ein *Hammer* von einer Abwehrmaßnahme. Sollen sie jetzt nur versuchen, mich auszuschalten! Diese Erfindung werde ich persönlich vorführen, Major.«

Barashkukor nahm den offen stehenden Mund der Elfe zur Kenntnis. Offenbar war sie beeindruckt. Er drückte seine schmächtige Brust stolz heraus und verschränkte die Hände auf dem Rücken.

»Geben Sie gut Acht, Ma'am.«

Die Türen des Forschungsgebäudes flogen krachend auf. Eine Gruppe kräftig gebauter Orks rollte einen Holzkarren auf den Hof. Darauf lag etwas, das auf den ersten Blick die Statue eines Orks aus Metall und Glas oder womöglich auch eine ungewöhnlich dicke Vollrüstung zu sein schien.

»Ist das eine Rüstung?«, fragte Perdita del Verro. »In dem Fall ist mir das Ursprungsland völlig unbekannt …«

Ugarit hüpfte förmlich zu dem Anhänger und bedeutete den anderen Orks durch energisches Winken zurückzuweichen. Er öffnete Platten und Verkleidungen in dem Metallgehäuse und kletterte in das stählerne Exoskelett. Die Platten schlossen sich klickend.

Barashkukor rief: »Corporal?«

Das Exoskelett lag still. Ein schrilles Jaulen baute sich auf. Mehrere der mittlerweile auf der Brustwehr sprießenden Radar- und Satellitenschüsseln drehten sich. In seiner Vollrüstung richtete sich Ugarit auf.

Metallplatten und dickes Glas hüllten ihn von den dürren Ohren bis zu den Krallenfüßen ein. Die Rüstung jaulte, als die Servomechanismen ansprangen, stellte einen schweren Fuß auf den schneebedeckten Boden und erhob sich ruckartig. Wo Ugarits Gesicht zu sehen war, drückte es hämische Freude aus. Man konnte erkennen, wie seine Hände in den massiven Handschuhen aus Stahl und Glas Druckpolster betätigten.

Seine mechanisch verstärkte Stimme donnerte: *»Ich bin unüberwindlich! Ich fühle mich wie ein Gott! Jetzt kann mich niemand kriegen, Major, niemand!«*

Ugarit trat einen Schritt vor.

Der linke Fuß des Exoskeletts landete auf gestampftem Schnee und schlitterte nach vorn. Servomechanismen kreischten und Gyrostabilisatoren surrten, um die Belastung auszugleichen. Ugarits Gesicht, hoch über dem Boden und klein, war jetzt nicht mehr zu sehen, doch aus der Maschine drang ein Wehklagen. Das rechte Bein der Servorüstung machte einen weiteren Schritt vorwärts, landete auf weichem Eis und blieb stecken. Das linke Bein ruckte in dem Versuch, das andere zu befreien, hin und her. Funken sprühten aus allen Gelenken der Servorüstung. Das linke Bein schritt aus und die Rüstung beschrieb eine Vierteldrehung um das feststeckende rechte Bein.

»Hilfe!«

Ugarits Servorüstung schwankte, da sie sich nun immer schneller um die eigene Achse drehte. Mechanismen versagten. Funken stoben. Zwei Explosionen ließen widerlich dichte schwarze Rauchwolken aufsteigen.

»Aaaaahhhhh!«

»Volle Deckung!« Barashkukor warf sich flach auf den Boden. So schnell er auch war, die *Glücksritter*-Reporterin lag vor ihm. Ein solider lauter Knall ertönte. Einzelteile der Servorüstung flogen durch das Lager und prallten gegen Gebäude. Ein erstickender, beißender Qualm wallte durch die reglose, von Schneeflocken erfüllte Luft. Barashkukor vergrub das Gesicht in den Armen, während sich rings um ihn Bruchstücke zischend in den Schnee bohrten. Schneematsch weichte seine Kampfhose auf.

»WUMM!-rattattattat … klick …«

Tkk!

»Ist es jetzt wieder ungefährlich?«, flüsterte Perdita del Verro.

»Äh … Vielleicht. Ja. Natürlich!«

Ork-Marines erhoben sich aus dem Schneematsch, wischten sich grünen und braunen Kampfdrillich ab und kratzten sich am Kopf. Die Servorüstung war offenbar in der Hüfte auseinander gebrochen und die obere Hälfte hing jetzt verkehrt herum nach unten. Das Gebilde qualmte vor sich hin.

»Ohhhhh …«

Die Forschungs- und Entwicklungsabteilung (Marine-Basis Nin-Edin) kroch unter einem eingestürzten Schuppen hervor. Der Kampfdrillich dampfte und aus Rissen in dem tarnfarbenen Stoff tropfte grünes Blut. Ugarit wischte sich seine versengte Haarsichel aus dem rußgeschwärzten Gesicht, rappelte sich schwankend auf und ließ einen scheelen Salut auf eine Stelle mehrere Schritte links von Barashkukor los.

»Tut mir Leid, Sir«, entschuldigte sich der hoch gewachsene Ork benommen. »Damit muss ich wohl noch mal ins Planungsstadium zurück.«

Barashkukor hüstelte und rang sich ein schwaches Lächeln ab. Sein Nacken brannte vor Verlegenheit darüber, dass die Elfe Zeugin des Fehlschlags geworden war. »Wir haben genug Waffen, mit denen wir weitermachen können, Corporal. Lassen Sie den Rest sofort in Produktion gehen.«

»Sir, ja, Sir!« Ugarit glotzte starr auf eine nicht näher zu bestimmende Stelle. »Erlaubnis, mich krank melden zu dürfen, Sir?«

»Erlaubnis erteilt«, seufzte Barashkukor.

»Vielen Dank, Sir.« Der hoch gewachsene, magere Ork salutierte, schloss mit immer noch erhobener Hand die Augen, kippte nach vorn und fiel mit dem Gesicht voran in den Matsch.

Perditas Hand ruhte auf Barashkukors dünner, muskulöser Schulter. In der winterlichen Luft fühlte sie sich angenehm warm an. »Major, ich durchschaue, was Sie hier tun! Jede seltsame neue Waffe, die Sie den Belagerern entgegenschleudern können, hält sie – einen Tag oder einen halben Tag oder auch nur ein paar Stunden – durch schiere Überraschung auf. Es ist ein Krieg des Geistes. *Psychologische* Kriegsführung.«

Barashkukor stellte im Stillen die Weisheit seiner im Überschwang der ersten Begeisterung getroffenen Entscheidung in Frage, die Elfe in einigen von Dagurashibanipals diversen Kisten herumschnüffeln zu lassen.

Die Elfe fügte leise hinzu: »Aber die Atempause, die Sie auf diese Weise gewinnen, wird jedes Mal kürzer. Major, so können Sie nicht ewig weitermachen. Das ist eine ziemlich große Armee da draußen. Worauf warten Sie eigentlich?«

5

Die Morgendämmerung des achten Belagerungstags färbte den Himmel im Osten über den Gipfeln des Dämonenfeste-Gebirges zitronengelb.

Ein Katapult schnappte und surrte. Eine gelatineartige Kugel wurde vom Katapultarm auf eine ansteigende Flugbahn geschickt und traf Nin-Edins Mauern dicht unterhalb des äußeren Wächterhauses. Die klebrige Substanz blieb haften und brach in magische blaue und goldene Flammen aus, die vor dem Hintergrund des frisch gefallenen Schnees strahlend hell leuchteten.

Die zwergische Ingenieurin Kazra, die hüfthoch im Schnee stand, rieb sich die kleinen schwieligen Hände.

»Ah. Ich liebe den Geruch von Griechischem Feuer früh am Morgen …«

Eine weitere Ladung des magischen Feuers flog in Funken sprühender Linie über die weiße Landschaft. Auf der Mauer eilten, gerade noch sichtbar, Orks mit Sandeimern hin und her. Aus den Feuergruben der Rüstmeister flogen die Funken von Hämmern auf Stahl und ihr willkommenes Geklirr war Musik in ihren Ohren. Sie nahm einen tiefen Atemzug von der kalten Luft mit ihrem Dufthauch von Magie.

»Meine alte Freundin und Gefährtin.« Lord-Kommandant Amarynth legte seine braunen Finger auf die Schulter ihres gepolsterten Panzerhemds. »Mit Hilfe der Magie werden wir diese starrsinnigen Sünder heute ausradieren – *Lady des Lichts!*«

Die vergoldete Kugel auf der Spitze des Kommandozelts neigte sich und fiel, als die Mittelstange brach. Viele Quadratfuß schneenasser Zeltleinwand wallten. Ein unirdisches Kreischen ertönte. Menschen und Elfen rannten brüllend und schreiend durch zertrampelten

Schneematsch und versuchten dabei Einzelteile ihrer Rüstung anzulegen. Kazra schnallte ihre Streitaxt vom Rücken. Vor dem Himmel gut sichtbar entrollte sich eine Schlange.

»Ein Kriegselefant!«, schrie Kazra. Plötzlich bäumten sich Orks in schwarzem Brustharnisch vor ihr auf, die auf wilden Bergwölfen aus dem Chaos des angegriffenen Lagers geritten kamen, und sie schlug zu und verfehlte, schlug noch einmal zu und beulte einen Brustharnisch ein.

»Ho, die Zwerge!« Kazra hieb sich den Weg zu Amarynth frei, dessen blauer Umhang von seiner silbernen Rüstung abgefallen war. Der Elf kämpfte im ersten Licht des Morgens, das auf die niedriger gelegenen Berghänge fiel.

»Rache!«, brüllten die Orks auf den Wölfen. »Rache für den Samhain! Tötet ihre Offiziere!«

Amarynth gestikulierte beiläufig einen Zauber und stülpte sowohl bei den Wölfen als auch bei ihren Reitern das Innere nach außen.

Plötzlich konnte Kazra nur noch Zwerge, Menschen und Elfen sehen. Keine Orks, die nicht sich windende Massen von Gedärmen waren. Der Kriegselefant stampfte aus den Ruinen des Kommandozelts. Hoch auf ihm gestikulierte sein Reiter ebenso beiläufig wie Amarynth und die Bestie bäumte sich schwerfällig auf, um alles in ihrer Nähe zu zertrampeln.

Kazra holte aus, murmelte eine Beschwörung, warf ihre Streitaxt und traf den Reiter des Elefanten zielsicher am behelmten Kopf. Der Reiter fiel. Der Elefant, jetzt ohne Führung, stampfte den Hang in Richtung Nin-Edin empor – und die Krieger des Lichts sprangen eiligst aus dem Weg.

»Für die Finsternis!«

Bei diesem Ruf schritt Amarynth an ihr vorbei, das schlanke Schwert auf den Reiter des Elefanten gerichtet.

Der Reiter rappelte sich auf und funkelte dabei die ihn umzingelnden Bewaffneten aus grimmig blauen Augen an, die dicht unter einem verbeulten Helm mit Hörnern saßen und wie der Nordhimmel glitzerten. Kazra bahnte sich einen Weg in die vorderste Reihe der Menge und betrachtete ihn.

»Bisschen klein für einen Menschen, was?«, fragte die Zwergin.

Der winzige Barbar stand in den Überresten des Kommandozelts und hatte seine beidhändige Axt hoch über den Kopf erhoben, auf deren Klinge das Morgenlicht blitzte.

»Wer hat dich gefragt, du verdammter Winzling? Ich bin als Krieger für die beschissene Finsternis hier, um Nin-Edin zu entsetzen! Einzelkampf, Krieger gegen Krieger! Wer von euch flohstichigen, hurenböckigen, arschleckenden Ziegenfickern glaubt, dass er es mit mir aufnehmen kann?«

Kazra sah den schlanken, dunkelhäutigen Elf an. Amarynth begegnete ihrem Blick. Gleichzeitig sagten sie: »Wie *barbarisch.*«

Dabei schoben sie das Schwert in die Scheide und schnallten die Axt auf den Rücken, wandten sich an die fünfzig Bewaffneten, die sie umringten, und befahlen: »Schnappt ihn euch.«

Der Barbar aus dem Norden verschwand unter einem Haufen gerüsteter Leiber.

»Bereitet diesen Abschaum der Finsternis auf ein Verhör vor«, befahl Amarynth.

Kazra drehte sich um und blickte den Hang empor.

Einige wenige flüchtende Orks, die in ihrer gutturalen Sprache vor sich hin brüllten, trafen am Tor Nin-Edins ein. Bevor ihre eigenen Krieger die Mauern erreichen konnten, hatten die Verteidiger das Tor geöffnet und die flüchtigen Orks rannten in die Festung.

Da das Tor einmal geöffnet war und kein Ork den

Versuch machte, dies zu verhindern, stampfte der Kriegselefant ebenfalls hinein.

Das Tor schlug rasch wieder zu.

* * *

Zwölf Stunden später, am anderen Ende des Dämonenfeste-Gebirges, tauchten vier Gestalten aus einer Gasse in Viergatter auf.

Sie schwankten auf roten Schuhen mit hohen Absätzen. Aufgetürmte und gepuderte weiße Perücken thronten mehr schlecht als recht auf ihren Köpfen und sie hatten sich in die Falten schwarzer Seidenumhänge gehüllt, um die Risse in ihren Röcken zu verbergen. Ashnak gab alle Hoffnung auf, seinen Gehrock bis zum Kinn zuknöpfen zu können und rückte die Haltebändchen seiner schwarzen Dominomaske zurecht.

»Marines?«, zischte er.

»Ja, Sir!« Lugashaldim zog seinen Umhang über die muskulösen Schultern und stützte die Spitze seines Gehstocks aus Bernstein auf das Pflaster. Die beiden USS-Marines, die bei ihm standen, murmelten »Yo!« und machten sich wieder daran, ihre Spitzenrüschen zu ordnen und sich Seidenhandschuhe über ihre kräftigen Krallenhände zu streifen.

»Razitshakra!«

Der fünfte Ork trat aus der Gasseneinmündung und schüttelte dabei die gewaltigen Volants eines seidenen Brokatkleids aus. Razitshakra zog das Mieder des Ballkleids tiefer, bedeckte ihre granitfarbenen Brüste mit einem Spitzentuch und legte sich einen aquamarinfarbenen Umhang um die Schultern. Eine schwarze Samtmaske bedeckte den größten Teil ihrer Züge, sodass nur noch ein etwas vorspringendes Kinn zu sehen war. Ihre weiße, federgeschmückte Perücke saß ein wenig schief auf dem Kopf.

»Das wird reichen müssen«, sagte Ashnak entschlossen. »Vorwärts, Marines!«

Die fünf Perücken tragenden Orks trippelten geziert auf die Straße. Lugashaldim schwang seinen Gehstock recht stilvoll. Ashnak griff zu, entriss ihn dem USS-Marine, ließ ihn mit gleichermaßen stilvollem Schwung auf das Pflaster niedersausen und maraschierte mit wehendem Umhang voran.

»Sir!«, sprach Ashnak einen Passanten an, indem er sich ein Seidentaschentuch vor den breiten Mund hielt und sich ansonsten auf das verschwommene Mondlicht verließ. »Wir sind fremd in Viergatter und wegen der Feiern gekommen. Ich frage Euch, Sir, wo könnte man wohl ein wenig ... Zerstreuung und Vergnügen finden, wie es die Diebesgilde anbietet?«

Der Passant hob einen winzigen Samthut von einer hoch aufragenden Perücke und verbeugte sich. »Da müsst Ihr nach Klosterpark, werter Herr. Ihr wärt gut beraten, ein Schwert mitzunehmen, was Ihr, wie ich sehe, auch tut, aber dort werdet Ihr alles finden, wonach es Euch gelüstet.«

Ashnak verbeugte sich und verdrehte sich den Knöchel, da er die hochhackigen Schuhe der feinen Gesellschaft nicht gewöhnt war. Er murmelte ein gedämpftes Dankeschön und schlug die angegebene Richtung ein. Hier neigten sich die Häuser über den Straßen einander zu, was diese noch mehr verdunkelte, da nur noch das Licht der Fackelträger den Weg für Menschen, Elfen, Halblinge und Zwerge erleuchtete. Ashnaks Nachtsicht leistete ihm gute Dienste.

»Hier«, widersprach Razitshakra, »habe ich kein Schwert.«

Der vierte Ork-Marine fummelte am Flügelknauf des kleinen Schwerts an seinem Gürtel herum und knurrte: »Soll *das* etwa ein Schwert sein?«

Razitshakra steckte eines der dünnen Bücher aus dem

Drachenhort wieder in ihren Pelzmuff zurück. »Ich sehe nicht ein, warum männliche Orks ein Monopol auf Koerzitivkräfte haben sollten. Das ist ein politisch unvernünftiges Prinzip.«

»Wie bitte?«

»*Warum* habe ich kein Schwert?«

»Weil Sie eine Dame sind!«, fauchte Ashnak. »Ruhe jetzt, Marine. Hier muss es sein.«

Ein hoher Tempel stand einsam und verlassen zu ihrer Rechten. Die Straße verbreiterte sich zu einem Platz, auf dem es von Angehörigen aller Rassen wimmelte. Ashnaks breite Nüstern weiteten sich, als er seine Feinde witterte. Ein Elf in einer golden bestickten Brokatjacke schlenderte vorbei, in ein Gespräch mit einem zerlumpten Orangenhändler vertieft … Zwei Zwerge in Friesjacken und Schlapphüten murmelten etwas über Zinssätze und verschwanden dann durch die niedrige Tür einer zwergischen Taverne … Männliche und weibliche Menschen aßen an den Ständen fliegender Händler und tranken vor Dampfbädern und öffentlichen Badeanstalten …

»Da.« Ashnak nickte. Auf der Ecke, dem Tempel gegenüber, befand sich ein Kaffeehaus mit Fensterscheiben aus Flaschenglas. Im letzten Licht des untergehenden Mondes und im Schein neu aufflammender Fackeln auf dem Platz konnte er den Namen lesen: *Im Zeichen des Tanzenden Orks.*

Das mit groben Strichen gemalte Bild war das eines Orks, der mit wippenden Füßen an einer Schlinge baumelte.

Lugashaldim knurrte tief in der Brust. Ashnak, der plötzlich den Geruch der USS-Marines wahrnahm, wedelte mit einem Seidentaschentuch vor seiner maskierten Nase herum, ging zu dem Kaffeehaus und öffnete die Tür.

»Tretet beiseite!« Ein junger flachsbärtiger Zwerg mit

einer Fackel drängte Ashnak von der Tür weg. Er zögerte und rang ein wenig verzweifelt die Hände, da er zu der breitschultrigen maskierten Gestalt aufstarrte. »Nun ja, Ihr seid aber ein starker Bursche, was? Egal. Platz für Fräulein Betsy Sorglos! Platz für den Irren Kapitän Jack Montague! Macht Platz, sage ich!«

Ashnak trat zurück und Lugashaldim auf den Fuß. Er verbeugte sich, wobei er das Gleichgewicht diesmal schon viel besser hielt. Der Zwerg, noch ein Junge von kaum mehr als vierzig Jahren in zerfleddertem blauem Samt, gackerte und trat die Tür des Kaffeehauses auf. Eine Sänfte ächzte, als ihre Träger sie auf dem Boden absetzten, und Razitshakra und die beiden maskierten Ledernacken waren gezwungen, vor der Gestalt zurückzuweichen, die rittlings auf dem Dach der Sänfte hockte und ein Breitschwert wild hin und her schwang.

»Ho! Kleiner Cazey!«

Der Zwerg grinste und verneigte sich vor Ashnak. »Das bin ich, Sir. Laurence Casey, nicht zu Euren Diensten, sondern zu seinen.«

Der Mensch sprang ab und riss die Tür der Sänfte auf. »Mylady! Begleitet mich, bitte ich Euch!«

Der Zwerg füllte seine Lunge und brüllte durch die offene Tür: »Mein Herr, der Irre Jack Montague, der Graf von Ruxmünster! Sowie seine Mätresse, die äußerst fröhliche und muntere Betsy Sorglos! Macht Platz!«

Ashnak ließ den adeligen Rüpel und dessen Hure eintreten und folgte dann im Schutze ihres Lärms mit seinen Ork-Marines. In dem niedrigen Raum ballten sich Schwaden von Pfeifenkrautrauch und die Dämpfe aufgebrühten Kaffees. Ashnak verengte seine schräg stehenden Augen zu Schlitzen und sah sich um – hauptsächlich Menschen, Zwerge und Halblinge in Seidenhosen und Gehröcken. Manche lasen eine Zeitung, alle hatten eine Flasche mit Arrak oder Branntwein neben dem Ellbogen stehen. Das gelbe Lampenlicht glänzte auf den entblößten Brüsten der Huren. Der Raum hallte vom Lärm heiseren Gesangs wider.

Lugashaldim gluckste. Hinter der Dominomaske war es nicht zu sehen, doch Ashnak nahm an, dass der albinotische Ork grinste. »Das ist nicht schlecht, General. Ein Heim fern der Heimat, könnte man sagen.«

»Ruhe, Marine.« Ashnak zeigte auf einen Tisch, tippelte hin und nahm in einer der Nischen Platz. Die Eichenbank war nicht sonderlich bequem, doch die Trennwände schirmten ihn vor den weiteren Gästen ab. Die anderen vier setzten sich ebenfalls an den Tisch.

»Und was darf ich den Herren – und der *Dame* – bringen?«

Ashnak hob den Kopf und richtete den Blick gleich darauf nach unten. Ein winziges Halblingskind, das ihm kaum bis zum Knie reichte und ein ramponiertes Kleid sowie ein ebensolches Umhängetuch trug, leckte sich einen winzigen Finger und hielt erwartungsvoll einen Bleistift über ein Stück Papier.

»Bring mir die Zeitungen von heute«, bestellte Ashnak, »und euren besten Java-Kaffee, dazu eine Flasche Arrak. Einstweilen keine Tischdamen. Und eine Unterredung mit dem Besitzer, sobald er die Zeit erübrigen kann.«

Das Halblingskind neigte den Kopf und huschte davon. Der halb unter den Volants seines Spitzenhalstuchs vergrabene Lugashaldim sagte in erstauntem Tonfall: »Sie haben so etwas schon mal gemacht, General?«

Ashnak machte Anstalten, seine Handschuhe auszuziehen, besann sich dann aber eines Besseren. »Ich weiß, wie man sich in der feinen Gesellschaft benimmt.«

Der untersetzte und breitschultrige Lugashaldim lehnte sich aus der abgetrennten Nische und blinzelte durch den Mief in die Hinterzimmer. Schmierige Spielkarten wurden auf einen fleckigen Tisch geknallt. Huren in

Baumwollmiedern gingen mit berockten Menschen und Zwergen die Hintertreppe empor. Und der Irre Jack Montague hatte den Kopf im Busen von Betsy Sorglos vergraben.

Eine Stimme sagte: »Ziemlich neugierig, die Herren, was?«

Ashnak lehnte sich gegen die Eichentrennwand und nahm dadurch sein maskiertes Gesicht aus dem Lampenschein. Seine Perücke wackelte bedenklich. Durch die Augenschlitze der Samtmaske betrachtete der Ork einen breiten, schwarzhaarigen Menschen mit Lederschürze und Kniehose.

»Ihr seid der Wirt?«

»Ich bin Jan Tompkyns, ay. Und wer seid *Ihr*?«

Weißer Perückenpuder rieselte unter der Maske Ashnaks Stirn herunter und reizte seine breiten Nüstern. Unter dem Tisch wuchtete er die eingezwängten Füße aus den Pumps und streckte die langen Krallenzehen. Jeden Muskel angespannt und sprungbereit …

»*Ich* bin die Lady Razit … Rasvinniah«, sagte Ork-Marine Razitshakra in gelangweiltem Tonfall, während sie von dem kleinen Halblingsmädchen die Zeitung dieses Tages entgegennahm, sie aufschlug und über den Rand ihrer Brille hineinstarrte. »Herr Wirt, Ihr werdet schon von Rasvinniah, dem berühmten Blaustrumpf, gehört haben, und ihrem Zirkel Gebildeter. Wir sind gekommen, um uns das Klosterpark-Viertel und Euer reizendes Etablissement anzusehen.«

Ashnak schloss seine heruntergefallene Kinnlade gerade noch rechtzeitig, um nachdrücklich zu nicken, als Jan Tompkyns ihn ansah.

»Dann wäre die Dame vielleicht bereit, ein Gedicht zu verfassen, das dem Tanzenden Ork und seinen Kunden gewidmet ist?« Die Augen des Menschen verengten sich voller Argwohn. »Das Ihr noch heute Nacht jenen anderen Gebildeten dort drüben vorlesen werdet – meinen Reporterfreunden vom *Zuschauer*, meine ich.«

»Gewiss.« Razitshakra neigte den Kopf. Der Federschmuck auf ihrer Perücke fegte Spinnweben von der Decke.

»Dann wünsche ich Euch einen guten Abend und hoffe, es gefällt Euch in meinem Haus.« Der Wirt stapfte davon.

»Ein Gedicht?«, wollte Ashnak wissen. »Ein *Gedicht*?«

Mit verschnörkelten Bewegungen schwang Razitshakra den Bleistift des Barmädchens und kritzelte etwas auf die Rückseite eines der grob bedruckten Zeitungsblättchen. »Ich habe in letzter Zeit ein paar gute Bücher gelesen. Ein Marine sollte in allen Fähigkeiten voll ausgebildet sein, General.«

»Poesie! Für ein Unternehmen dieser Art müssten eigentlich drei Marines erforderlich sein«, knurrte Ashnak. »Einer, der lesen kann, einer der schreiben kann – und einer, der ein wachsames Auge auf diese beiden gefährlichen Subversiven hat.«

»Ich werde das Misstrauen des Wirts zerstreuen, Sir. Vertrauen Sie mir.« Razitshakra schob sich die Bleistiftspitze in die Nase und schnüffelte daran. »Und jetzt lassen Sie mich nachdenken …«

»Tanzt Ihr mit mir, Meister?« Eine Menschenfrau mit so spitzen Ohren, dass Ashnak sie für eine Halbelfe hielt, beugte sich über den Tisch und schob dabei die Brüste in das maskierte Gesicht des Orks. »Vorwärts! Der Blinde Dick spielt gleich auf seiner Fidel. Tanzt mit der Armen Meg oder geltet auf ewig als Feigling!«

Die Hand der Hure glitt unter den Tisch und betastete Ashnaks Schritt. Ihre Augen weiteten sich.

»Holla! Ihr *seid* ein großer Junge, was? Kommt mit mir nach oben, Meister. Nur zwei Silberschillinge. Dann machen wir unser Tänzchen im Liegen.«

Ashnak legte ihre Hand wieder auf den Tisch. Er versuchte seine Stimme höher und schriller klingen zu lassen, hatte dabei aber Probleme mit der vornehm-affektierten Aussprache. »Siehst du denn nicht, dass ich hier lediglich mit Freunden etwas trinken will? Ich lasse dich rufen, wenn ich dich brauche. Aber jetzt scher dich weg!«

Eine Pfeife ertönte und dann war der *Tanzende Ork* vom Gefidel einer Geige erfüllt. In einer Ecke wurde heiser ein ordinäres Lied angestimmt, aber kurz darauf wurde dieser Gesang von der Konkurrenz eines Dutzend Menschen übertönt, die von den Talenten einer gewissen verrufenen Bet Davies sangen. Ashnak trank einen Schluck Arrak, verzog das Gesicht und richtete seine Aufmerksamkeit auf die Tasse mit dampfendem Kaffee. Am Tisch herrschte Stille, die nur von Razitshakras eifrigem Gekritzel sowie von einem der anderen Marines durchbrochen wurde, der sich durch den dicken Stoff seines Gehrocks die Flohbisse kratzte. Trotz dieses Versuchs, sich ihrer Umgebung anzupassen, hatte Ashnak das sichere Gefühl, dass ihre Gruppe immer noch etwas unübersehbar Militärisches an sich hatte.

Seine schräg stehenden Augen verengten sich und suchten den Raum ab. Reichlich Gäste, die das Zeichen der Diebesgilde trugen, aber welchen sollte man ansprechen?

»Seid Ihr fertig, werte Dame?« Der schwarzhaarige Wirt, Jan Tompkyns, baute sich vor dem Tisch auf. Eine tuschelnde Schar Perücke tragender Menschen in fleckigen Samtjacken hing an seinen Ellbogen.

Razitshakra raschelte mit der Zeitung, betrachtete ihr Gekritzel, räusperte sich und verkündete bescheiden: »Ode an Jan Tompkyns' Wirtshaus«:

Seht ein Haus, für Damen wie Herr'n,
Wo Leute von Oben und Unten verkehr'n.

Die von Oben fallen – ins Bett zu den Metzen,
Die von Unten erhöht man – im Spiel beim
Einsetzen.
Die Stenze brüllen, ihre Kätzchen krallen,
»Achtung, Wache!«, hört man Tompkyns' Ruf
erschallen.
Der unkeusche Lärm lässt zwar erbeben das Dach,
Doch die Sangesbrüder unten machen noch mehr
Krach.
Und gar vielen Flaschen wird gezogen der Kork'
Bei den Lustbarkeiten im *Tanzenden Ork*.
Mögen die Heuchler laut schreien: »Verbrechen!«
Schuldig sind wir am Ende nur – die Zechen!

Ein Mensch mit Perücke klatschte in die Hände und die Übrigen applaudierten, mehr aus Erleichterung denn Anerkennung.

»Gut gemacht!«

»Ay, man kann nicht das Gegenteil behaupten. Wir stehen in Eurer Schuld, werte Dame.«

»Falls Ihr dazu neigen solltet, es zu veröffentlichen«, sagte ein ältlicher, pedantisch aussehender Mensch, der noch blieb und Razitshakra ansprach, während sich der Rest entfernte, »kann ich Euch vernünftige Bedingungen anbieten und die Anonymität, die einer Dame von Welt gebührt …«

»Ich …« Razitshakra hob ihren Fächer, um das Zusammenzucken ihres maskierten Gesichts zu verbergen. Ashnak, der sie unter dem Tisch gekniffen hatte, nickte dem Menschen leutselig zu.

»Das ist nur ein Zeitvertreib für sie, Sir.«

Es war gänzlich unnötig, ihm den verzierten Knauf seines Kurzschwerts zu zeigen. Bei Ashnaks mit Bassstimme vorgetragener Bemerkung verbeugte sich der Mensch und schloss sich eiligst seinen Kameraden auf der andern Seite des Kaffeehauses an. Ashnak holte

Luft, um etwas zu sagen, als der Wirt auftauchte und einen Krug mit Arrak und fünf Becher auf den Tisch stellte. Das Gesicht unter den buschigen schwarzen Augenbrauen hatte sich aufgeheitert.

»Willkommen, Sirs und Madam, willkommen. Ich muss mich für meinen Argwohn entschuldigen, doch wir hatten hier schon öfter maskierte Vertreter der Justiz auf der Suche nach dem Laster – und dann sind es meine Frau und ich, die aufs Rad gespannt und ausgepeitscht werden, weil wir ein unanständiges Haus führen. Bitte trinkt das auf Kosten des Hauses.«

Ashnak, der sich immer noch zurückgelehnt hatte, um dem unmittelbaren Lampenschein auszuweichen, sagte in vertraulichem Tonfall: »Wir sind keine Vertreter der Justiz, Sir, das versichere ich Euch. Tatsächlich sind wir das genaue Gegenteil. Ich habe gehört, dass die *Gilde* diese Taverne kennt, Herr Wirt. Um die Wahrheit zu sagen, wir wollen ein oder zwei Handlanger anwerben – Handlanger, die wissen, wie man etwas stiehlt, aber nicht von ihren Auftraggebern …«

Jan Tompkyns richtete sich auf und wischte sich die Hände an seiner Lderschürze ab. Groß für einen Menschen, hätte er Ashnak nur um einen halben Kopf überragt, wenn beide gestanden hätten. Und Ashnak kauerte sich in seinen Umhang, damit nicht auffiel, dass er dabei viermal so massig gebaut war wie der Wirt.

»Ah, Sir, jetzt verstehe ich … ja. Es ist Brauch in diesem Haus, gegen ein kleines Entgelt – meine Güte, vielen Dank, Sir, sehr freundlich – eine Empfehlung auszusprechen. Lasst mich nachdenken … Seht Ihr sie dort drüben?«

Ashnak nahm zur Kenntnis, dass einer seiner Seidenhandschuhe aufgeplatzt war, sodass man die granitfarbene Haut und den Krallenfinger unter dem Stoff sehen konnte. Er schob seine großen Hände in die Aufschläge seines Gehrocks und blinzelte durch den Dunst. Eine

Halblingsfrau saß allein in einer der Nischen gegenüber. Die Kapuze ihres dunkelroten Umhangs war hochgeschlagen, sodass ihr Gesicht im Schatten lag.

»Sie ist eine Diebin?«

»Was, Magda, Sir? Du meine Güte, Sir, nein! Aber sie ist die Mutter von zweien der raffiniertesten Diebe im ganzen Königreich – und ich bin sicher, wenn Ihr mit ihr redet, werdet ihr euch gewiss handelseinig.«

Ashnak nickte Razitshakra zu. »Schreibt eine kurze Nachricht für die Halblingsfrau Magda. Herr Wirt, ich würde es gern Euch überlassen, ihr die Nachricht zu bringen. Hier ist Silber.«

»Holla! Ich habe gewonnen!«

Der Irre Kapitän Jack Montague, Graf von Ruxmünster, verließ das hintere Spielzimmer auf den Schultern einer stämmigen Hure, der er dabei seine kurze Reitpeitsche zu schmecken gab. Sein Stiefel schwang herum, traf den Tisch und fegte Arrak und lauwarmen Kaffee in den Schoß Ashnaks und der anderen Ork-Marines.

»Fürwahr, jetzt seid ihr nass! Hab euch getauft, lichtscheues Gesindel!«

Lugashaldim erhob sich erzürnt, stand säbelbeinig in Seidenkniehosen da und wischte sich ab. Ashnak neigte sein von einer Perücke bedecktes Haupt. »Schon gut, Sir.«

»Fürwahr, ein feiger Hosenpisser!« Der Graf-Kapitän schwang sein Schwert über dem Kopf und traf eine der Lampen, dann galoppierte er auf seiner Hure durch den Raum, wobei er nach anderen Tischen trat und den Krügen und Schuhen auswich, die man nach ihm warf.

Razitshakra hörte auf zu schreiben. Ashnak nahm den Brief. Er las ihn nicht, da es für einen Gebildeten unüblich war, Geschriebenes Buchstabe für Buchstabe zu lesen und dabei die Lippen zu bewegen. Außerdem hatte Razitshakra ihre Befehle. Er faltete das Schriftstück und reichte es dem Wirt.

»Das sollt Ihr den Dieben dieser Halblingsfrau geben. Den Dieben persönlich. Könnt Ihr Euch das merken?«

»Den Dieben?« Jan Tompkyns schaute verwirrt drein. »Aber Ihr könntet jetzt mit Magda persönlich sprechen, Sir, nach Eurem Ermessen.«

»Nein.« Ashnak stand auf und trat aus der Nische, ohne sich noch die Mühe zu machen, seine Körperfülle und Schnelligkeit zu verbergen. Eine ganze Reihe von Gästen schaute zu ihnen herüber und er sah, wie sie von fünf kräftig gebauten angeblichen Menschen mit hängenden Schultern in Gehrock und Seidenkleid gemustert wurden, deren Züge hinter Dominomasken verborgen waren. Hinter sich hörte er die vier anderen Orks ihre Plätze verlassen. Er drückte dem Wirt den Brief in die Hand. »Ihr werdet es Euch merken, Sir, das verspreche ich Euch. Die Diebe *müssen* diesen Brief bekommen. Tut es.«

»Ja, Sir. Aber, Sir …«

Ashnak verpasste dem Menschen sehr beiläufig eine Ohrfeige, die ihm den Kiefer brach und das Bewusstsein raubte. Der Wirt fiel über Stühle und schlug auf den Boden. Ashnak begegnete Lugashaldims und Razitshakras Blicken. Er nickte.

»Jetzt.«

In Seidenstoff watend, krummbeinig und breitschultrig, trat Razitshakra auf ihrem Weg durch das Kaffeehaus Tische und Stühle sowie Kaffeetrinker über den Haufen. Lugashaldim schüttelte den Kopf und Perücke und Dominomaske flogen davon. Jemand keuchte und fluchte. In nicht mehr als fünfzehn Sekunden pflügten die beiden Orks durch den Raum, schnappten sich die Halblingsfrau, wickelten sie in einen Umhang und schlugen sich den Weg nach draußen frei, wobei sie noch einen der Türpfosten demolierten.

Etwa ein Dutzend der weniger betrunkenen Gäste griffen zum Schwert. Ashnak riss den Umhang von seinem Rücken und zog die verborgene Uzi-Maschinenpistole aus dem Halfter. Die beiden verbliebenen Ork-Marines ließen ebenfalls Umhang und Maske fallen und legten jeder ein M16 an. Ashnak entsicherte die MP, stellte den Wählhebel auf Automatik und gab eine Reihe von dreischüssigen Feuerstößen ab.

»*Aaaahhhhh!*«

Die beiden M16 eröffneten das Feuer. Ohrenbetäubender Lärm hallte durch das Kaffeehaus. Ashnak mähte den Irren Kapitän Jack und seine Hure nieder, dazu den flachshaarigen Zwerg sowie den Tisch mit *Zuschauer*-Reportern, und leerte den Rest des Magazins dann durch die Hintertür. Leiber zuckten, schwankten, wurden beim Aufstehen umgerissen. Das Halblingsmädchen wurde von der Wucht der Schüsse aufgehoben und förmlich über die rückwärtige Wand verschmiert.

Der massige Ork hieb auf den Magazinauswurf, ließ ein neues Magazin einrasten, schaltete auf Halbautomatik, um Munition zu sparen, schickte einen Feuerstoß durch den Raum und folgte den verbliebenen zwei Ork-Marines durch die demolierte Rückwand aus dem *Tanzenden Ork*. Blut von Menschen, Zwergen und Halblingen klebte an Wänden und war bis unter die Decke gespritzt. Menschen hielten sich Bäuche, aus denen durch verbrannte und zerrissene Gehröcke und Spitzenhemden Innereien glitten. Überall wurden Gesichter verhackstückt und Gliedmaßen zerschmettert und Knochenfetzen flogen wie Granatsplitter umher.

In weniger als dreißig Sekunden, in denen sie immer über Hüfthöhe zielten, um nicht versehentlich den bewusstlosen Tompkyns zu treffen, räumten die Orks das Haus und verschwanden in den Gassen rings um Klosterpark.

Als Jan Tompkyns schließlich unter großen Schmerzen wieder zu sich kam, dachte er zunächst nicht daran, den Brief zu lesen, sondern ließ sich von einem Bader den Kiefer richten, floh zwei Straßen weiter, bevor die Justiz zur Untersuchung des Raums voller blutender, stinkender Leichen in den *Tanzenden Ork* kam, und weinte dann hysterisch für annähernd vier Stunden.

Es war bereits weit nach Mitternacht, als Magdas Söhne ihn fanden.

»Unsere Mutter – sie ist nicht unter den Toten. Was ist *verdammt noch mal* passiert«, wollte der Ältere wissen.

Wegen seines verbundenen Kiefers konnte der Wirt nicht sprechen. Er hielt ihm den fleckigen Brief hin. Der ältere Sohn nahm ihn. Der Jüngere sah ihm über die Schulter und las mit.

Er war nicht unterschrieben.

Ihr Diebe:

Wir haben die Halblingsfrau Magda als Geisel genommen, um euren Gehorsam zu erzwingen. Tut, was euch nachfolgend aufgetragen wird, und ihr wird kein Leid geschehen. Weigert euch und sie wird sehr langsam getötet.

Stehlt aus dem Sichtbaren Kolleg jene Talismane, die das Funktionieren von Magie unterbinden, und zwar in so großer Zahl, wie ihr nur könnt. Schafft sie insgeheim in die belagerte Festung Nin-Edin. Dort könnt ihr eure Mutter abholen. Wenn ihr es nicht in eine belagerte Festung oder in das Sichtbare Kolleg schafft, seid ihr nicht die Diebe, für die man euch hält.

Uns würde das Ungelegenheiten bereiten, doch es ist immer möglich, an andere Diebe zu kommen. Wir halten es für weit schwieriger, an eine andere Mutter zu kommen.

Die Sache muss spätestens erledigt sein, wenn der Mond zu einem Viertel voll ist.

6

Der Krieg ist jetzt vorbei.

Geier kreisen in Höhen, aus denen das Dämonenfeste-Gebirge nur wie zerknitterter weißer Fels auf einer gekrümmten Erde wirkt. Der vergrößernde Blick der Vögel sieht alles:

Die Nordkönigreiche sind verheert und die nicht abgeernteten Felder verrotten in den Regenfällen des frühen Winters. Menschen und andere Rassen ducken sich in ihren Dörfern vor Hungersnot und Tod, während in Herethlion und Viergatter Lieder über Heldensiege gesungen werden. Geier meiden die Städte der Menschen. Die über die Mauern geworfenen Toten stinken nach Seuchen.

Der Krieg ist vorbei.

Die aufgegebenen Bollwerke der Finsternis sind jetzt so wüst und leer, dass nicht einmal die Geier dort noch etwas finden.

Und Geier folgen den Soldaten des Letzten Gefechts, die sich zu Flüchtlingsbanden von der Größe einer Kompanie zusammengetan haben, und warten, während diese Banden Festungen und Burgen einnehmen und eine Weile halten, bis sie sie wieder an ihre rechtmäßigen Besitzer oder (öfter) an größere marodierende Banden verlieren und den Geiern dabei so viel zu fressen zurücklassen, dass sie anschließend kaum noch fliegen können.

Der Krieg ist vorbei. Dies ist der Frieden.

Geier kreisen in Höhen, wo, wie auf dem Feld der Zerstörung tief unter ihnen, die einzigen Regeln diejenigen des Hungers sind.

* * *

Der unzeitige Novemberschnee färbte die Säulengänge von Viergatters Herrenhäusern und verwandelte sich auf den kopfsteingepflasterten Straßen in pfirsichfarbenen Matsch. Will Brandiman gab den Trägern seiner Sänfte ein Trinkgeld, stieg aus und schritt vorsichtig über die glatten Steinfliesen des Hofs vor dem Sichtbaren Kolleg.

Ein kleines Mädchen mit braunen Zöpfen warf einen Schneeball und traf Wills Dreispitz. Er knurrte: »Hör auf damit, Ned!«

Das Mädchen, ein wenig größer als Will, schob eine etwas raue Hand in einen Muff aus Kaninchenfell und raffte die Säume seines Kleids und Umhangs, bevor es über die Straße hüpfte. Aus der Nähe betrachtet, waren seine Haare ein wenig zu kurz für Zöpfe und die Brauen ein wenig zu buschig, während es rings um den Mund Falten gab, wie Achtjährige sie normalerweise noch nicht haben …

Der braunhaarige Halbling trat unter dem roten Samt seines Kleids von einem großen, behaarten Fuß auf den anderen. Er senkte sittsam den Kopf. »Sei gegrüßt, Bruder Will.«

»Bruder Ned.«

Sie betrachteten beide das Sichtbare Kolleg.

»Lass uns ein Feuer legen«, sagte Ned Brandiman. »Wenn alle rausgelaufen kommen, können wir *rein* …«

»Bei der Finsternis, Ned, das ist wohl deine Lösung für alles!«

»Es funktioniert«, sagte der ältere Halbling ein wenig beleidigt. »Hast du eine andere Idee? Ich beobachte das Kolleg jetzt seit zwei Stunden. Wir werden nicht reinkommen. Es überrascht mich nicht, dass die Orks es auch nicht geschafft haben. Die Magie trieft förmlich aus jedem einzelnen Stein.«

Will Brandiman hob den Kopf. Kalter Wind und Schneeflocken stachen ihm in die Augen. Die imposanten Mauern des Sichtbaren Kollegs gingen hier in eine von korinthischen Säulen gesäumte terrassenförmige Vorderfront und eine breite, von steinernen Greifen flankierte Doppeltür über. Uniformierte Söldner aus der Wildnis patrouillierten auf der Kolonnade vor den Türen.

Ned hockte sich hin und fing an, einen Schneemann zu bauen, während er mit hoher Fistelstimme ein Kinderlied trällerte. Die Blicke der Söldner huschten weiter. Will hörte auf, so zu tun, als suche er in seiner Börse nach Kupfermünzen.

Sie verließen angelegentlich den Hof und gingen zu einer Straßenverkäuferin, die heiße Maronen anbot, und dann verbrannten sie sich die Finger in dem Bemühen, die Kastanien zu schälen und das Innere zu essen, bevor sie die leeren Schalen fallen ließen.

Will schluckte nachdenklich. »Das Gelände wird bewacht. Magie und Stahl. Die Mauern sind unüberwindlich. Ich habe keine Lust, heute Nacht wiederzukommen, um das Schloss von *der* Tür zu knacken. Wahrscheinlich wird man in einen Hippogryph verwandelt, wenn man nicht den richtigen magischen Schlüssel besitzt.«

»Wir könnten Feuer legen …«

»Ned!«

»Das war nur ein Vorschlag.«

Will stampfte in den Schneematsch. Weder klirrte das Kettenhemd unter seinem Umhang noch der Brustgurt mit den Wurfmessern, den er über dem Wams trug, noch die Dolche in Gürtel und Stiefeln. Eine dünne Rolle Elfenseil um die Hüfte verlieh ihm das Aussehen eines fetten, wahrscheinlich zwergischen Kaufmanns (aber nicht seinen Füßen). Der Wind blies durch seine schwarzen Locken, die an den Schläfen silbern waren. Seine Augen verengten sich.

»Aber wir müssen an Mutter denken …«

»Ja.«

Die beiden Halblinge wechselten einen Blick.

»Wenn sie ihr etwas antun ...« Neds Miene verfinsterte sich.

Will sagte ingrimmig: »Ich würde gern noch etwas anderes aus dem Sichtbaren Kolleg mitnehmen. Genug experimentelle Magie, um Hackfleisch aus ihren Entführern zu machen!«

»Sinnlos. Jedenfalls, wenn wir Talismane für sie stehlen, die jegliche magische Wirkung aufheben. Ich glaube nicht, dass wir es wagen können, sie in der Beziehung zu betrügen.«

»Verdammte Scheiße.«

In der gedämpften Stille, die mit Schneefall einhergeht, stockte ihre Unterhaltung. Eine Kutsche kroch mit schlitternden Rädern vorbei, deren Percheronpferde sich alle Mühe gaben, sie über das vereiste Kopfsteinpflaster zu ziehen. Will nickte gedankenverloren. Er wischte sich Windtränen aus den faltigen Augenwinkeln.

»Die Festung Nin-Edin«, erklärte er, »kennen wir bereits. Da sitzen die Orks, die wir vor drei Monaten dazu gebracht haben, uns eine bewaffnete Eskorte für die Reise aus der Wildnis zur Verfügung zu stellen. Aller Wahrscheinlichkeit nach befinden sich da jetzt noch dieselben Orks ...«

»Auf keinen Fall!« Ned schüttelte nachdrücklich den Kopf. Ein rosa Band löste sich aus seinen Zöpfen. Mit flinken Fingern hob er es auf und flocht seine Haare neu, während er die Vorderseite des Sichtbaren Kollegs beobachtete. »Nach dem Letzten Gefecht? Es muss praktisch überall vagabundierende Orks geben!«

»Du weißt ja ohnehin gut Bescheid über das Letzte Gefecht«, sagte Will skeptisch.

»So gut wie du, würde ich sagen.« Sein Bruder bedachte ihn mit einem Blick, aus dem absoluter Zynismus sprach. »Nachdem du ja auf ganz beeindruckende Weise auf der Seite des Lichts gekämpft hast – wie du nicht müde wirst, den Glücksspielern, Schlägern und Huren von Viergatter zu erzählen.«

»Das hat nichts damit zu tun!«

Der Schnee fiel schneller aus einem tief hängenden Himmel und die Flocken sahen schwarz vor den Wolken und weiß vor dem Mauerwerk der Häuser und Säulengänge aus. Will streckte die Finger in bestickten Handschuhen. Es ist niemals klug, Hände zu kalt werden zu lassen, um zu handeln. Er beäugte das Lampenlicht, das durch die Kuppelfenster des Sichtbaren Kollegs fiel – die Fenster einer Kuppel, die nur im Flug zugänglich waren, wenn überhaupt.

»Es müssen dieselben Orks sein! In Guthranc haben sie ihre Anführer verloren, aber sie sind nicht alle massakriert worden, bei weitem nicht. Die Frage ist: Kennen sie uns?« Will schauderte im Wind. »Ich wünschte, Mutter würde nicht zu Fortuna beten. Das hat die seltsamsten Zufälle zur Folge.«

Ned Brandiman warf einen Schneeball nach der Maronenverkäuferin. Die ältliche Frau warf gut gelaunt einen Beutel mit heißen Maronen zurück. Sie widmete sich wieder ihrer Kasse, zählte weiter die Einnahmen und runzelte die Stirn.

Stiefel stampften und Waffenenden schlugen auf Steinfliesen, als die Söldner Wachablösung hatten. Will beäugte den geölten Glanz ihrer Hellebarden und die abgenutzten Griffe ihrer Schwerter und murmelte leise: »Nein, danke …«

»Vielleicht hättest du Mutter sagen sollen, dass wir immer noch das ganze Geld haben«, stellte Ned fest.

Will nickte trübsinnig. »Vielleicht hätte ich das tun sollen. Aber du weißt ja, wie sie ist, wenn es um Geld geht … Ich wollte sie nicht in Versuchung bringen.«

Der Schnee fiel stärker und sammelte sich in den Falten von Wills Umhang. Ned schob beide Hände in seinen Kaninchenfell-Muff.

»Also, wie sollen wir da reinkommen?«

»Du überhaupt nicht«, sagte Will. Er betrachtete das rote Samtkleid und grinste. »Du wirst dir im Schnee den Arsch abfrieren und abwarten, ob ich es schaffe, und wenn nicht, wirst du kommen und mich retten. Richtig, Bruder Ned?«

Ned Brandiman ächzte: »Richtig, Bruder Will. Also schön. Ich versuch's noch mal. Wie willst *du* ins Sichtbare Kolleg kommen?«

Will bürstete seinen Umhang ab und machte sich die Bewegungen zunutze, um unauffällig den Sitz seiner Wurfmesser, Dolche, verborgenen Giftnadeln und Totschläger zu überprüfen. Sein Gürtel beulte sich ein wenig aus. Er straffte die Schultern und starrte durch den fallenden Schnee auf die Stufen, Säulen und Wachen vor dem Sichtbaren Kolleg.

»In Fällen wie diesem«, sagte er, »stelle ich immer wieder fest, dass ein großzügiger Umgang mit enormen Geldsummen Wunder wirkt. Entschuldige mich.«

Vorsichtig – wegen des vereisten Untergrunds – überquerte er die Straße, ging die Stufen zu den Söldnern empor und holte unter seinem modischen Umhang einen Beutel mit Gold so dick wie eine Trollfaust hervor.

»Hier.« Er drückte ihn der Söldner-Hauptfrau in die Hand. Die Frau wollte ihn schon anschreien, doch das Gewicht des Beutels ließ sie nachdenklich innehalten. Sie öffnete den Beutel und dann versuchten ihre Augenbrauen, sich über den Haaransatz zu erheben.

»Der ist für Euch«, sagte Will, »und ein weiterer folgt, wenn ich wieder herauskomme. Ich will mit dem Leiter des Sichtbaren Kollegs sprechen, und zwar im Hinblick darauf, einige Käufe zu tätigen – eine große Menge, en gros.«

* * *

»Ich darf mich nicht länger von ihren teuflischen Maschinen ablenken lassen!«

Die Silhouette des Paladin-Magiers zeichnete sich vor den dahinrasenden schwarzen Wolken ab, die die Gipfel des Dämonenfeste-Gebirges verbargen. Ein grimmig kalter Wind ließ den weißen Überrock flattern, den er über der Rüstung trug, um die Reinheit seiner Absichten anzuzeigen, und brannte sich in ein dunkles Raubvogelgesicht. Amarynth zuckte nicht einmal mit der Wimper.

»Lady«, betete er, »jetzt schenkt mir Eure Gnade!«

Er starrte den Nin-Edin-Pass empor zur quadratischen, dunklen Festung, deren Umrisse von altem Schnee hervorgehoben wurden, deren Zitadelle und Innenmauern vor Waffen und Flaggen nur so strotzten und deren äußere, niedrigere Mauern (die Amarynth jetzt betrachtete) mit johlenden Orks bevölkert waren.

Ein braunhäutiger Ork stützte sich auf eine Vertiefung zwischen zwei Zinnen und skandierte:

»Ihr könnt keine Ork-Marines schlagen
solange wir unsere M16s haben!«

Amarynth hob seine dunklen Hände und sprach ein Wort.

»Ihr k…«

Die Orks hörten auf zu singen. In der jähen Stille war ein Wispern zu hören. Es hätte der Wind sein können. Das Geräusch wurde lauter, ein rauschendes Tosen und Schütteln.

Mörtel verwandelte sich in Staub und rieselte aus den Fugen zwischen den Steinen von Nin-Edins Außenmauer.

Flechten und Rost sprossen die feuchten Wände empor. Salpeter kroch wie Spinnenfäden über das berstende Mauerwerk. Binnen dreier Herzschläge *alterte* das Gestein.

Alterte, bröckelte und stürzte ein.

Der Äußerste der Türme des Haupttors rutschte zwei Schritte den Hang hinunter und neigte sich – und die Steinblöcke lösten sich aus dem festen Verbund, kullerten über den Hang und lösten sich in den Staub von Äonen auf, bevor sie unten ankommen konnten.

Der kalte Wind des Schneetreibens blies vom Pass herunter. Orks rannten, fielen mit den sich auflösenden Mauern, stürzten auf Schiefer, Erde und eine aufsteigende Wolke der Zersetzung, da die gesamte Außenmauer der alten Festung von Nin-Edin im Zeitraum von dreißig Herzschlägen einfach verschwand.

Die Wolkendecke brach auf.

Eine mit Spitzen, Stacheln und Hörnern gespickte Rüstung hüllte Amarynth ein – und jede einzelne Schuppe war von einer strahlenden Goldborte durchbohrt. Die Mächte der Luft beugten sich seiner Herrschaft und Sonnenlicht fiel auf den Pass. Er hob einen Arm und sein Panzerhandschuh ging in weiße Flammen auf.

»Amarynth Feuerhand!«, rief einer der elfischen Krieger und der Name wanderte durch die massierten Reihen im Lager des Lichts. Eine silberne Fanfare erscholl, hoch und klar, und hallte von Felswand zu Felswand, bis es den Anschein hatte, als wollten tausend Armeen in den Bergen ausrücken. Trotz des Gewichts seiner Vollrüstung sprang Amarynth in den Sattel seines mit einer Schabracke herausgeputzten Streiteinhorns.

»Mein Teil ist erledigt!«, rief er. »Krieger des Lichts, der nächste Ruhm gehört euch!«

Er blieb neben den zum Sturm ansetzenden Elfen, Zwergen und Menschen und lenkte sein gehörntes Reittier über die zerbröckelten Außenmauern. Böse Hexenfeuer flammten auf und knatterten von der Zitadelle und den Innenmauern Nin-Edins herab. Harsche orkische Stimmen brüllten Befehle.

Der Paladin ignorierte sie und starrte auf den Boden.

Zwischen den Trümmern lagen zuckende Bündel. Er stieg ab und kniete neben einem nieder. Der orkische Soldat sabberte schwächlich und richtete seine Augen auf ihn, die bereits vom grauen Star beeinträchtigt waren. Unter dem Einfluss des Alters waren die gewaltigen Muskeln verkümmert und die faltigen Hände zitterten altersschwach. Der sabbernde Mund versuchte Worte zu formen.

»Ihre Gnade ist tatsächlich über mich gekommen«, sagte Amarynth zufrieden.

Er stieg wieder auf und ritt ein paar Schritte durch die Trümmer und an Dutzenden von Orks vorbei, die an Altersschwäche gestorben waren.

»Stirb, du Arschloch!«

Mit gezogenem Schwert beugte Amarynth sich hinab. Ein Ork lag eingeklemmt unter einem Mauerblock. Offensichtlich zu weit vom Wirkungszentrum der Magie entfernt, um davon betroffen zu sein, schien dieser Ork noch jung. Er spie durch abgebrochene Hauer und warf mit seinem noch heilen Arm einen Stein.

»Armes Geschöpf!« Der Elf stieg ab und, sorgfältig darauf bedacht, den Fängen des Orks auszuweichen, legte er ihm eine im Panzerhandschuh steckende Hand auf die schweißnasse Stirn. »Bereust du deine Sünden?«

Der uniformierte Ork hustete. Er starrte auf die Hunderte von Elfen, Zwerge und Menschen, die den Hang emporstampften und von deren glänzenden Schwertern das Blut der gealterten Orks tropfte, die von den Trümmern der Außenmauern mitgerissen worden waren.

»Finsternis, ja! Ich bereue, Mann. Ich bereue! Nimm mich gefangen …«

Ein überwältigendes Mitgefühl stieg aus Amarynths Herz auf. Er bohrte seine Schwertklinge tief in den Hals des Orks. Die Augen des Orks erstarrten im Ausdruck äußerster Verblüffung, während grünes Blut sprudelte.

»Ich habe deine Seele gerettet, indem ich dich in eine

bessere Welt schickte, während du in einem Zustand der Gnade warst. Wer weiß, ob du als Kriegsgefangener nicht wieder auf deinen alten Pfad des Bösen zurückgekehrt wärst?«

Steinsplitter pfiffen durch die Luft. Amarynth wirkte einen angelegentlichen Waffen-versagen-Zauber gegen die feuernden Orks, die weiter oben auf dem Hang lagen. Die Orks – er war jetzt nah genug, um ihre wutverzerrten, hässlichen Züge, ihre buckligen Leiber und ihre schändliche Kleidung erkennen zu können – fluchten und warfen ihre nutzlosen Waffen fort.

Ein Ork brüllte mit Autorität in der Stimme: *»Rückzug unter gegenseitigem Feuerschutz!«*

Die merkwürdige Formel sagte Amarynth nichts, so kenntnisreich er auf dem Gebiet arkanen Wissens auch war. Er beobachtete, wie die Orks unter der Führung eines kleineren, hinkenden Orks in Schwarz flohen.

»Jetzt«, rief er. »Sie fliehen! Jetzt, *für das Licht!*«

Die Menschen-Infanterie jubelte und schlug mit ihren grünfleckigen Schwertern auf ihre bemalten Schilde. Sonnenstrahlen funkelten auf ihren Kettenhemden und Umhängen, als sie den Hang emporstürmten.

Einige Orks gingen in Deckung und schossen, während sich andere Orktrupps zurückzogen. Irgendwann warfen sich dann die fliehenden Orks in eine Deckung und fingen ihrerseits an zu schießen. Unbegreiflich. Der Paladin-Magier Amarynth wirkte Waffen-versagen-Zauber nach rechts und links, während er den Hügel emporritt, den unbedeckten Kopf der Kühle des Tages ausgesetzt.

Ein magerer Ork tanzte auf den Zinnen der Innenmauern umher. Er hatte Schaum vor dem Mund, als Amarynth zu ihm aufsah, und die Federn und Ketten, mit denen er geschmückt war, bebten und klirrten.

»Feuchte Träume, die Zeit ist vorbei –
Uns reicht schon ein einziger Elfenschrei!«

Die rotbärtige Zwergin Kazra war plötzlich neben ihm und stürmte an seiner Seite durch den blutigen Schneematsch. »Lord-Kommandant, sie schlucken den Köder nicht. Sie wollen die Innenmauer nicht verlassen und herauskommen, um gegen uns zu kämpfen!«

Ein schlanker elfischer Hauptmann der Bogenschützen trat vor und lächelte. »Unmöglich! Orks reagieren immer auf Schmähungen.«

»Tun sie das?« Kazra starrte auf die bewaffneten, uniformierten Orks, die die Zinnen säumten. »Heda, ihr Orks! *Ihr seid feiger Abschaum!*«

Ein ramponiert aussehender und blutender Ork mit einem albinotisch weißen Haarkamm brüllte: »Hast du irgendwas gesagt?«

»Ich glaube, ich verstehe ihre seltsame Sprache langsam, Lord-Kommandant«, sagte die Ingenieur-Magierin. Sie zeigte auf einen hoch gewachsenen Ork. »Deine Mutter trägt Kampfstiefel und pisst im Stehen!«

Ein Ausdruck der Verwirrung huschte über das Gesicht des Orks. »Tun das nicht alle Mütter?«

Das Gesicht der Zwergin rötete sich nicht nur wegen der eisigen Kälte. Nach einem Augenblick des Schweigens sang der elfische Bogenschütze mit seiner melodischen Stimme: »Alle Orks sind feiger Dreck! Es gibt keinen einzigen wahren Krieger unter euch!«

Reihen schweigender, regloser Orks säumten Nin-Edins Innenmauern. Amarynth sah keine Spur von den merkwürdigen Hexenwaffen. Stattdessen schwangen die Orks Äxte und Streitkolben, Schwerter und Morgensterne sowie Keulen und Speere.

Ein kleiner Ork in Schwarz beugte sich über die Brustwehr und begegnete Amarynths Blick.

»Wir haben da unten einen Haufen Leute verloren.« Seine Stimme klang guttural, als er auf die demolierten Außenmauern zeigte. »Wenn du uns haben willst, Elf, musst du schon kommen und uns holen!«

»Was ist nur los mit ihnen, Mylord?« Die Frustration verlieh der Stimme des elfischen Hauptmanns der Bogenschützen einen kieksigen Unterton. »Das sind Ork-Krieger. Eigentlich müssten sie vor Wut über unsere bloße Anwesenheit nach draußen stürmen! Jeder Stamm müsste versuchen, die anderen auszustechen, indem er sich hoffnungslos mitten ins dickste Getümmel von uns Elfen stürzt. Warum tun sie das nicht?«

»Was spielt das für eine Rolle?« Amarynth zuckte die Achseln. »Stürmt einfach die Innenmauern.«

Der Befehlshaber der Menschen-Infanterie trat näher und holte tief Luft. »Gebt diesen Befehl nicht, Mylord, ich bitte Euch. Ich glaube nicht, dass er befolgt würde.«

»Aber sie sind uns auf Gedeih und Verderb ausgeliefert!«

»Diese Orks sind nicht so wie die anderen, Mylord! Sie sind … sind sind unnatürlich! So liefen die Kämpfe gegen Orks noch nie ab. Orks fliehen. Orks sind dumm. *Diese* Orks …«

Die Zwergin Kazra, die an der Spitze ihrer Hellebardiere stand, grunzte: »Vielleicht haben sie Recht. Dies ist etwas unnatürlich Böses, das unser Begriffsvermögen übersteigt.«

Amarynth Feuerhand neigte für einen Augenblick den Kopf und hob ihn dann wieder. Die durch die Wolken scheinende Sonne wurde von seinem Harnisch in feurigen Punkten reflektiert. Er nahm einen tiefen Atemzug von der kalten Bergluft.

»Das ist doch nur Narretei.«

Amarynth gestikulierte beiläufig. Ein Geräusch, bei dem es sich um die Stimme der Erde persönlich zu handeln schien, erschütterte die Welt. Es löste eine Lawine auf den höher gelegenen Hängen des Passes aus.

Unter Einwirkung der Kräfte der Erde *bewegten* sich die Innenmauern von Nin-Edin. Orks heulten, als Mauern wankten. Das Innentor brach entzwei. Der steinerne

Torbogen barst von oben nach unten und die beiden Hälften blieben durch irgendeinen verrückten Zufall aufrecht stehen, sodass das Fallgitter zwar schief im Boden stecken blieb, doch auf beiden Seiten Platz zum Vorbeimarsch war.

»Ach, Lady«, betete Amarynth, »da ich in dem nun folgenden Gemetzel müde werden könnte, schickt mir bitte noch mehr von Eurer Gnade …«

PENG!

Das Donnerhallgeräusch des Schusses erschrak sein Streiteinhorn. Amarynth zügelte es. Er registrierte keine Schmerzen. Er schaute an sich herab. Unbeschadet.

»Mylord!«

Der Aufschrei des Hauptmanns der Bogenschützen ließ ihn dorthin schauen, wo er kniete. Die zwergische Ingenieur-Magierin Kazra lag auf dem Boden. Amarynth stieg von seinem Einhorn ab.

»Kazra, Waffenschwester, was tut Ihr da?«

Der elfische Bogenschütze drehte die Zwergin um. Der größte Teil ihres Gesichts und eine Seite des Kopfes fehlten. Blut, Gewebe und Knochensplitter glänzten und raubten ihren feuerroten Haaren den Glanz.

»Yo, die Scharfschützen!«

Unter Missachtung der Orks fiel Amarynth auf die Knie.

»Lord-Kommandant.« Der Befehlshaber der Menschen-Infanterie kauerte sich neben ihn. »Ein Heilmagier könnte … Ah. Nein.«

Amarynth fuhr sich über den Mund, wobei er sich an einer scharfen Kante seines Panzerhandschuhs schmerzhaft die Lippe aufriss, und schälte sich mühsam aus seiner Rüstung. Die Bergluft fiel kalt auf seine Haut.

Er hob Kazra auf. Was vom Kopf der Zwergin noch übrig war, fiel über seinen Arm nach hinten. Sie hatte keinen Mund oder Kiefer, der offen stehen konnte. Ihr Gewicht ließ ihn taumeln. Blut und Reste ihres Schweißes kühlten auf seinen Händen ab und die Kleinheit und Festigkeit ihres Körpers unter dem Kettenhemd ließ ihn den Mund aufreißen und wie ein Kind brüllen.

»Mylord!«, protestierte der Hauptmann der Bogenschützen.

Amarynth Feuerhand drehte sich um und ging den Hügel herab. Er stolperte, als seine Knie unter ihm nachgaben. Die Sonne schien ihm jetzt direkt in die Augen. Wasser lief ihm das Gesicht herunter, tropfte von seinem Kinn und durchnässte seinen Überrock. Obwohl nur ein Wunder helfen konnte, murmelte er beständig Heilzauber vor sich hin.

Die Zwergin bewegte sich in der Zeit, die er benötigte, um sie vom Hügel in sein Zelt zu bringen und dort auf sein üppig ausgestattetes Lager zu betten, nicht. Er setzte sich neben sie, beugte sich vor und hielt nach der Andeutung einer Bewegung oder eines Atemzugs, nach einem Anzeichen dafür Ausschau, dass er sich irrte und Kazra nur verwundet war.

Einige Zeit später, als selbst er begriff, dass die Zwergin tot war, erhob sich Amarynth Feuerhand steif von seinem Bett und verließ das Zelt.

Seine Unterführer erwarteten ihn draußen.

»Begrabt sie in Stein«, sagte der Elf. »Wozu war all das gut? Sie ist meine älteste Freundin gewesen. Ich werde nie wieder etwas zu ihr sagen. Nicht einmal Lebwohl.«

»Lord-Kommandant«, wagte sich der Hauptmann der Bogenschützen vor, »was ist mit der Festung?«

»Lasst mich allein.« Amarynth wandte sich wieder seinem Zelt zu. »Ich werde beten, bis ich in meinem Herzen die Kraft finde, den Orks Kazras Tod zu verzeihen. Dann werden wir Nin-Edin einnehmen und dem Erdboden gleichmachen.«

7

In den verheerten Landstrichen wimmelt es nicht nur von Deserteuren, sondern auch von Truppen des Lichts.

Aus der arktischen Sicherheit des Dämonenfeste-Gebirges vertrieben, schirmte Ashnak die Augen vor dem Winterwind ab. Seine breiten Nüstern blähten sich ob des Leichengestanks. Der USS-Marine vor ihm drehte sich um und kehrte den Daumen nach unten: *Feind gesichtet oder vermutet.*

»Das ist jetzt der zweite Kriegstrupp des Lichts, auf den wir binnen zwei Tagen stoßen. Offenbar räumen sie nach dem Letzten Gefecht immer noch auf. Lugashaldim, sagen Sie den Orks, dass sie jede Vorsicht walten lassen, sich aber trotzdem nach Kräften beeilen sollen.«

»Sir, ja, Sir!« Der untote Marine-Corporal, schwarz gekleidet und mit einem wuchtigen Kommandomesser in seiner verwesenden Hand, duckte sich und lief durch die Deckung eines abgebrannten Gehölzes von Obstbäumen zum Rest der Einheit.

»Sind Sie sicher, dass wir diesen Orks vertrauen können, Sir?«

Ashnak hörte auf, durch die Lücken zwischen den umgestürzten, verkohlten Baumstämmen zu schauen, und starrte die Orkfrau hinter ihm an. »Natürlich kann man ihnen nicht vertrauen, Marine Razitshakra. Schließlich sind es Orks!«

»Nein, Sir. Ich meine ideologisch, Sir.« Sie zerrte ein Taschenbuch aus einer Tasche ihres Kampfdrillichs und schwenkte es mit tintenbefleckter Hand. »Wenn wir die Speerspitze des Proletariats sein und die unterdrückenden Klassen massakrieren sollen – Elfen, Menschen, Halblinge, Zwerge, diese Art Abschaum eben –, müssen wir uns aller Orks *sicher* sein, Sir, oder nicht?«

Razitshakra rückte ihre randlose Brille zurecht und

bedachte Ashnak mit einem langen, durchdringenden Blick.

»Speerspitze *wovon*?« Ashnak nahm das eselsohrige Taschenbuch. »Das *was* Manifest? Ich habe Sie schon öfter vor dem Lesen gewarnt, Marine. Schreiben Sie sich das hinter die Ohren: Wir sind durch und durch – wie heißt das? – ideologisch korrekt.«

Razitshakra bedachte ihn mit einem wissenden Blick, einem Lächeln und einem absichtlich zackigen Gruß. »Sir, ja, *Sir*.«

»Und *das* können Sie sich auch von mir hinter die Ohren schreiben.«

Ashnak packte den weiblichen Ork-Marine am Kragen ihres Kampfdrillichs, wirbelte sie einmal um den Kopf und ließ los. Razitshakras untersetzter Körper flog ein kurzes Stück und prallte gegen einen Baum. Sie glitt zu Boden.

»Sie können so viele unterdrückte Massen befreien, wie Sie wollen«, grinste Ashnak, »vorausgesetzt Sie vergessen dabei nicht die orkische politische Ideologie. Und die lautet – *ich* habe hier das Sagen. Ich bin ein großer, zäher Hurensohn und Sie nehmen Befehle von mir entgegen. Wenn ich sage: *Springen Sie!*, dann sagen Sie nicht: *Ja, Sir!*, und Sie sagen auch nicht: *Wie hoch?* Sie sagen: *General, wann lande ich wieder auf dem Boden?* Haben Sie das verstanden?«

Razitshakra hangelte sich am Baumstamm empor und so wieder auf die Beine, während sie murmelte: »Ja, Sir, das sagte ich doch, Sir, nicht wahr, Sir?«

»Sie mögen sich der Schwerkraft widersetzen, aber mir widersetzen Sie sich nicht!« Er schlug Razitshakra auf den Rücken, als sie versuchte, ihre ramponierte randlose Brille zurechtzubiegen. Plötzlich wurde sein Griff fester. »Gehen Sie in Deckung! Ich höre noch mehr Reiter.«

Seine Einheit warf sich zu Boden. Die nächsten, mit

tief geducktem Kriechen verbrachten Minuten brachten Ashnak allein dorthin, wo er von der bewaldeten Kuppe den von vielen Menschen bevölkerten Landstrich einsehen konnte. Im Osten erhob sich das Dämonenfeste-Gebirge. Ein ganzer Trupp Orks würde mit Sicherheit nicht unbemerkt durchkommen. Ein einzelner Ork hingegen, der auf eigene Faust unterwegs war …

Ein einzelner Ork, allein unterwegs, konnte sich vielleicht in die Ausläufer des Gebirges schleichen, nach Norden abschwenken, das Gebirge an dessen Nordende umgehen und in den Finsteren Ländern des Ostens verschwinden. Die, wenngleich erobert, der Gesundheit eines Orks zweifellos zuträglicher waren, als eine Gebirgsfestung, die von den besten Magiern und Kriegern des Lichts umzingelt war.

Ashnak kroch auf den sehr einladenden Ziegenpfad, der zurück in die Berge führen würde.

Er schlängelte sich einen kleinen Hügel empor und glitt bäuchlings darüber hinweg.

»Waren wir irgendwohin unterwegs, Sir?«

Das durchdringende Flüstern kam von einem der untoten Ledernacken, die sich bei Lugashaldim und Razitshakra befanden. Die Orkfrau bedachte Ashnak mit einem sehr frostigen Blick. »Wie Sie schon sagten, Sir, wir sollten besser so schnell wie möglich nach Nin-Edin zurückkehren.«

Ashnak befingerte seine mit Messingkappen überzogenen Hauer. Ein Kriegstrupp wilder Orks wäre leicht zu überreden gewesen, nicht zur Festung zurückzukehren. Vorübergehend wünschte er sich einen Kriegstrupp wilder Orks, nicht Orks mit dem Funkeln des *Marine* in den Augen.

Lugashaldim krächzte: »Wir wollen doch nicht denken, Marukka könnte Recht gehabt haben, Sir, oder?«

Ein großer Ork ist schon zäh, doch ein Dutzend untoter Orks sind gemeinsam womöglich noch zäher.

Wenn es keine andere Möglichkeit gibt, hält ein Ork seine Versprechen.

»Natürlich gehen wir zurück, Soldat.« Ashnak grinste überschwänglich. »Ich habe nur den besten Weg auskundschaftet. Also gut, Marines. Vorwärts, *Marsch!*«

In einer von der Finsternis verbrannten und verheerten Gegend, die aber noch von unzähligen Menschen, Elfen und anderen feindseligen Rassen bewohnt war, suchten Ashnaks Kommandotruppen auf ihrem Weg nach Süden verzweifelt nach Möglichkeiten, sich zu verstecken.

* * *

Der fünfzehnte Tag der Belagerung dämmerte kalt und klar.

Arbeitstrupps der Menschen und Elfen benutzten Spitzhacken, um die Trümmer der Außenmauern von Nin-Edin gänzlich zu zerstören. Winterliches Licht überflutete den Hang. Wo zuvor nur Mauerwerk zu sehen gewesen war, tauchte jetzt der Gebirgspass auf. Der Geruch sich aufbauender Magie lag in der Luft und führte bei den Orks zu triefenden Augen und Nasen.

»Sie werden uns einfach überrollen!« Corporal Ugarit, der sich eine Flakjacke über seine Rüstung aus Stahl und Keramik gebunden hatte, starrte auf die demolierten Innenmauern der Festung und auf die Streitkräfte des Lichts hinter Erdwällen und Holzbarrikaden. »Bald ist es so weit! Ich werde sterben!«

Barashkukor packte den mageren Ork am Kragen, zog ihn zu sich herunter, bis sie sich platte Nase an platter Nase gegenüberstanden, und spie ihm ins Gesicht. »Seien Sie ein *Ork*, Ugarit! Wir werden diese Festung bis zum letzten Ork verteidigen – das heißt, bis zum letzten Ork, der kein Offizier ist.«

»Er hat Recht, Mann …« Sergeant Varimnak rauchte eine dünne Rolle Pfeifenkraut und die geschlitzten Pupillen ihrer Augen waren zu vertikalen Linien geschrumpft. Sie stand hinter Barashkukor, das AK47 auf dem Rücken und einen zerfledderten Streifen aus schwarzem Stoff um den rasierten Schädel geschlungen. »Kampf-Agaku, Mann! Fordern Sie die Artillerie an! Fordern Sie einen Luftangriff an!«

»Hören Sie denn nicht *zu*?« Der magere Ork-Corporal winselte. »Ab und zu hören diese Kerle da unten auf, ihre Fahnen zu schwenken und ihre Rüstungen zu polieren und dann begreifen sie, dass sie nur die simpelste Magie brauchen, um uns zu erledigen. Sie müssen dieses Arschloch Amarynth nur lange genug vorne an der Front haben, dann werden sie über diese Mauern schwappen wie eine Springflut!«

* * *

Und um Mitternacht:

Eine schneidende Stimme zischte aus der Dunkelheit: *»Losungswort Dagurashibanipal!«*

»Kann pass ...« Der orkische Wachposten, an dessen Nerven Furcht und Erleichterung zerrten, hob die Mündung seines SA80-Sturmgewehrs. Sein Finger krümmte sich unabsichtlich um den Abzug.

Ein Feuerstoß jagte in die Dunkelheit. Das Echo wurde von den Festungsmauern zurückgeworfen. Die Mündungsblitze zeichneten die Umrisse einer Gestalt nach, die von Kugeleinschlägen zurückgeworfen wurde. Sie drehte sich und fiel.

Der orkische Wachposten winselte und trat einen zögernden Schritt vor, um einen Blick auf den hingestreckten Leichnam zu werfen.

»Blödarsch!« Der Leichnam richtete sich auf. Er erhob sich. Corporal Lugashaldim funkelte den unglücklichen Wachposten an.

»Sir, Verzeihung, Sir! Versehentliche Magazinentladung, Sir!« Der Wachposten wand sich.

»Ich gebe Ihnen *versehentliche Magazinentladung*«, fauchte Lugashaldim. Die Kugeln hatten seinen schwarzen Kampfdrillich zerfetzt und ihm den größten Teil des Bauchs und des Unterleibs weggeschossen. Er unternahm einen vergeblichen Versuch, seine herausgleitenden Innereien wieder in die Bauchhöhle zu stopfen. Sie rutschten heraus.

»Scheiße!« Lugashaldim schob einige Hände voll glitschiger weißer Schlingen unter seine Rippen. Sie rutschten wieder heraus. Vor sich hin murmelnd packte er die Innereien mit seinen knorrigen Händen, riss sie mit dem Dickdarm kurzerhand heraus und warf das ganze Durcheinander über die Schulter. Es traf die Festungsmauer und fiel auf die Steinplatten.

»Sie kommen vors Militärgericht, Marine! Das gilt auch für Ihren Partner hier auf Wache. Wegen unerlaubten Verlassens seines Postens.«

Der zweite Posten, der gerade eine Rolle Pfeifenkraut im Wachhaus geraucht hatte, schaute verträumt nach draußen, sagte: »Scheiße, wir sind aufgeflogen!«, und verschwand wieder nach drinnen.

»Irgendwelche Probleme, Lugashaldim?«, wollte der Ork-General wissen, als er mit den übrigen untoten Marines aus der Dunkelheit jenseits der eingestürzten Mauern geschlendert kam.

»Nein, Sir, General Ashnak, Sir! Keines, was diese schwachsinnigen, strohköpfigen Abziehbilder von Marines nicht von jetzt an bis zu ihrem Todestag bereuen würden – und darüber hinaus.« Lugashaldim fletschte lange Zähne zu einem verkommenen Grinsen und schlug dem Posten auf die Schulter. »Sie wissen ja, was man sagt, Soldat. Kommt zu den Marines und seht was von der Welt – kommt zu den USS und seht was von der nächsten …«

Einige Augenblicke später tauchte ein schwitzender Barashkukor aus der Dunkelheit auf. Der orkische Major salutierte seinem vorgesetzten Offizier.

»Das Unternehmen, Sir?«, fragte er ängstlich. »War es ein Erfolg? Haben wir die Talismane, Sir?«

Ashnak wandte den wuchtigen Kopf und unterbrach seine Begutachtung der verwüsteten Festung. »Nun ja«, sagte er, »nicht ganz …«

* * *

Der Morgen brachte weißen Reif.

Will Brandiman gesellte sich in den Hügeln unterhalb von Nin-Edin wieder zu seinem Bruder. Er streifte den grau-grünen Tarnumhang von Kettenhemd und Helm, der ihn zu einem akzeptablen Abbild der Soldaten des Lichts gemacht hatte.

»Und?«, fragte Ned.

»Das frage ich dich.« Will zuckte die Achseln. »Du hast den Elf gesehen. Wenn wir zu ihm gehen und sagen: ›Wir müssen den Ring der Belagerer durchbrechen und in die Festung eindringen, weil sie unsere Mutter als Geisel halten‹, dann wird *er* sagen: ›Schlimm, Krieg ist die Hölle, keinen Handel mit den Truppen der Finsternis.‹ Oder täusche ich mich?«

Ned schüttelte den Kopf. »Nicht, wenn ich Elfen auch nur im Geringsten einschätzen kann.«

Beide Halblinge kehrten zu ihren Karren zurück, die sie ausreichend weit vom Lager des Lichts abgestellt hatten, sodass die Kundschafter des Lichts sie noch nicht entdeckt hatten – was unter Berücksichtigung der Neigung des Lagers, sich auf Nin-Edin selbst zu konzentrieren, nicht mehr als eine halbe Meile war. Will warf einen Blick zurück auf die quadratische, stark ramponierte Festung im Pass.

»Wir haben nicht mehr viel Zeit, Ned. Ich habe auf

dem Weg durch das Lager des Lichts die Augen offen gehalten. Wenn wir heute nicht in die Festung kommen, wird es keine Festung mehr *geben*.«

Ned Brandiman kratzte sich durch die fettigen braunen Haare. »Wir könnten die Zelte der Belagerer in Brand setzen.«

»Warum sollten wir den Orks noch zusätzliche Gefallen tun?«

»Oder wir könnten eine Söldnerarmee anwerben. Hier streunen massenhaft Soldaten umher.«

Will stemmte die Fäuste in die Taille. »Und die werben wir an, organisieren sie, bezahlen sie und schaffen sie hierher – und all das in den nächsten zwei Stunden, ja?«

»Die praktischen Vorschläge sind mir nicht gänzlich ausgegangen.«

Gekränkt dreinschauend, ging Ned zu einem der Karren und lud mit einiger Mühe eine Holzkiste ab. Er wuchtete sie auf den schneebedeckten Boden. Der eisige Wind zerzauste das lockige Haar an seinen Füßen.

»Ich wusste, wir würden einen Weg an den Belagerern vorbei nach Nin-Edin finden müssen, Bruder Will. Also habe ich Pläne gemacht.«

* * *

Der spätmorgendliche Wind fegte so kalt aus dem blauen Himmel, dass er selbst einen Ork schaudern lassen konnte.

Ashnak starrte durch das Fallgatter von Nin-Edins innerem Wächterhaus nach draußen. Der Mauerbogen über seinem Kopf war geborsten und auf der Südseite hingen die Steinblöcke einen ganzen Schritt tiefer.

»Ihr wollt also Bedingungen aushandeln.« Der Elf setzte seinen Helm ab und enthüllte raubvogelartige braune Gesichtszüge darunter. Er grinste höhnisch von seinem

Einhorn herab. »Habt ihr deshalb nach mir geschickt? Ich musste hier einen großen Verlust erleiden ... Dadurch, dass ich mit euch rede, erweise ich euch unendlich viel mehr Ehre, als ihr eigentlich verdient.«

Im mittlerweile eingenommenen Festungshof johlten Krieger des Lichts und schlugen Schwerter auf Schilde. Ashnaks Miene verfinsterte sich, da er Feuerkraft, Moral und Magie einzuschätzen versuchte ...

Er fletschte die Zähne zu einem Grinsen. »Sie hören besser gut zu, Sie spitzohriges Arschloch. In der Marine-Basis Nin-Edin halten sich nicht nur Orks auf!«

Er holte die Arme hinter dem Rücken hervor und hob eine Halblingsfrau, die er an den Schultern ihres roten Samtkleids hielt, hoch über den Kopf. Sie trat um sich, doch ihre nackten Fersen streiften nur wirkungslos seine aufgestellten Ohren – und die rudernden Fingernägel kratzten nicht einmal seine Haut an.

Amarynth Feuerhand keuchte: »Ein unschuldiger Halbling!«

Die Streitkräfte des Guten zischten. Ashnak ließ sie einen ausgiebigen Blick werfen, dann stellte er sie vor sich auf den Boden, seine Krallenhände auf ihren winzigen Schultern. »Das ist eine Kriegsgefangene, Kommandant. Ihre Sicherheit hängt einzig und allein von Ihrem Verhalten ab.«

»Ich ... ich verstehe nicht.«

Ashnak bleckte spitze, gebogene Fänge. »Ich könnte ein Militärtribunal einberufen und zu dem Schluss kommen, dass sie keine Kriegsgefangene ist. Sie könnte eine Spionin sein. Spione werden getötet und verspeist oder an Mauerhaken aufgehängt. *Denken Sie darüber nach, Elf.*«

Dem elfischen Kämpfer-Magier standen die Tränen in den Augen. Einen Augenblick lang war nur das schnaufende Atmen des Einhorns und das Flattern seiner indigofarbenen Schabracke im Wind zu hören.

»Wir … *Nein.* Nein! Wir können uns keiner Erpressung beugen. Wir können keine ganze Festung des Bösen für das Leben eines einzigen unschuldigen Geschöpfs verschonen«, verkündete Amarynth Feuerhand stolz. »Wir werden euch alle töten – die Lady wird sich der Ihren annehmen.«

Ashnak zuckte die Achseln. »Dann ist diese Halblingsfrau eine tote Halblingsfrau.«

Seine Hände griffen fester zu und schlossen sich um die kleinen, muskulösen Schultern der Halblingsfrau, da er sich darauf vorbereitete, ihr die Arme aus den Gelenken zu reißen.

Noch schneller als alle orkischen Reflexe tasteten gewandte Halblingsfinger nach der Vorderseite von Ashnaks Kampfdrillich, öffneten die Knöpfe und glitten hinein. Eine kleine Hand packte ihn fest an den Hoden. Scharfe Halblingsnägel zwickten die zarte Haut.

»Andererseits«, fügte Ashnak hastig hinzu, »bin ich keineswegs ein gänzlich unvernünftiger Ork …«

Die Nägel zogen sich unmerklich zurück.

Ashnak schaute nach unten. Die Halblingsfrau starrte geistesabwesend durch das Fallgatter nach draußen auf die Belagerungsarmee. Scheinbar lehnte sie sich an ihren Häscher und hatte dabei beide Hände auf dem Rücken. Eine kleine Hand umschloss sein Glied. Die andere zwickte seine Eier. Ashnak lockerte sehr vorsichtig seinen Griff um ihre Schultern, die etwas über Gürtelhöhe an seinem Bauch lehnten. Er schluckte schwer.

»Ich bin für Verhandlungen immer offen …«

Beide Hände hielten ihren festen kühlen Griff aufrecht.

Barashkukor keuchte hinter ihm: »Sir, haben Sie den Verstand verloren, Sir?«

Ashnak fauchte den Elf dramatisch an. »Ich werde Ihnen noch eine letzte Gelegenheit geben!«

»Und *ich* gebe euch eine Stunde Zeit, sie auszuliefern.

Danach, Ork, werdet ihr für *alle* eure Gräueltaten büßen.« Draußen vor dem Tor wendete der Elf sein Streiteinhorn und ritt zurück, den Hügel hinunter.

Die Kräfte des Lichts massierten sich in der Vorbereitung ihres Angriffs.

Kleine Hände fingen äußerst kundig an zu drücken und zu streicheln.

»Hmm … Major, ich … äh …« Ashnaks Hände fielen seitlich herab. Er murmelte leise: »Hör auf damit! Das ist ein Befehl!« und sah sich über die Schulter nach Barashkukor um.

»Hinhaltetaktik, Major. Wir müssen … müssen Zeit gewinnen. Sehen Sie mal nach, ob die Kundschafter Neuigkeiten haben. Wenn wir so lange aushalten können, bis die Talismane eintreffen – *urk!*«

Ashnak hustete. Die Schritte des abmarschierenden Barashkukors und der anderen Offiziere hallten unter dem Torbogen. Der kalte Wind zerzauste die kurzen Haare der Halblingsfrau.

Sie lehnte sich an ihn, die Hände immer noch hinter dem Rücken verborgen, und Halbling und Ork blieben noch eine ganze Weile unter dem Torbogen stehen und starrten durch das Fallgatter, ohne die Vorbereitungen der Krieger wirklich zur Kenntnis zu nehmen.

Plötzlich hallte der Weckruf einer Fanfare über die Schanzwerke des Lichts.

* * *

»*Mönche* wären schon schlimm genug gewesen!«, flüsterte Will Brandiman.

Die Straße schnitt umso tiefer in den Engpass, je näher man Nin-Edin kam. Die Mittagssonne fiel auf schwärzlichen Schneematsch und tiefe Wagenradfurchen. Der Planwagen ruckte und holperte. Er griff nach Ned und der Rückenlehne, um sich festzuhalten.

»Geduld, Schwester. Wir müssen Unannehmlichkeiten in Kauf nehmen, um armen Sündern Hilfe zu bringen.« Ned ließ die Wagenpeitsche mit unmädchenhafter Kraft auf die Hinterteile der Maultiere krachen. Will fragte sich kurz, ob das ein ererbtes Talent war.

»Vielleicht hätten wir das Lager wirklich in Brand setzen sollen …« Will zupfte sein Gewand zurecht, sodass es seine großen bestiefelten Füße verbarg. Die verblichene, rote, sehr schlichte Wolle kratzte an den Schultern und unter den Armen. Er zog seinen scharfkantigen Selbstkasteiungsgürtel enger. Ein Talisman der Lady des Lichts ruhte schwer auf seiner ausgepolsterten, aber immer noch recht flachen Brust.

»Ich verlasse mich auf deine Einschätzung seines Charakters.« Ned Brandiman strich mit dem Daumen die Kante seines Nonnenschleiers entlang, um sich zu vergewissern, dass keine borstigen Haare zu sehen waren. »Mir ist keine andere Möglichkeit eingefallen, wie wir sonst in die Festung gelangen könnten.«

Will Brandiman strich sich das bartlose Kinn. Er sah einen Rougefleck auf seiner Hand, als er sie herunternahm, und wischte sie energisch an seinem Gewand ab, während er die ramponierte Festung beständig anstarrte. Der Karren wurde langsamer, da die Hauptstraße jetzt steiler bergauf führte, und er hörte nun immer deutlicher Geschrei und Gehämmer aus dem Lager des Lichts, die gebellten Befehle und das Scheppern der Rüstungen, wenn Krieger sie anlegten.

»Wenn er ein so guter Magier ist«, sagte er unbehaglich, »wird er es wissen, oder nicht? Und was dann?«

»Ein guter Magier ist nicht notwendigerweise auch ein schlauer Magier – auch nicht«, dozierte Ned salbungsvoll, »besser darin, hinter die Dinge zu schauen, als jeder x-beliebige Elf. Du könntest ihm immer noch etwas vorsingen, Schwester. Elfen mögen Lieder.«

Während der schwer beladene Planwagen zwischen

Zelten und Schanzwerken ins Lager rollte, brummte Will leise eine Strophe vor sich hin, deren erste Zeilen zu lauten schienen: *Es war einmal ein Mädchen, fetter geht's nimmer, nur seine Habgier, die war noch viel schlimmer …* Im Vorbeifahren studierte er die Mienen der sich sammelnden Krieger – Elfen mit vergoldeten Bogen. Menschen in geschnürten Leggings mit bemalten Schilden, Zwerge mit Äxten und hastig geflochtenen Bärten, dazu ein paar Halblinge auf Botengängen für die Feldköche.

»Das sieht nach dem entscheidenden Angriff aus. Du hast Recht, Bruder. Schwester, meine ich. Wenn noch etwas getan werden kann, muss es jetzt getan werden. Und da ist er auch schon.« Will drückte Neds Schulter.

Die Wagenräder rutschten über den Schiefer, als Ned die Maultiere zügelte. Will stieg langsam und umständlich ab und folgte Ned auf dessen Weg zwischen Zeltleinen hindurch. Lord-Kommandant Amarynth Feuerhand stand mit einer Gruppe von Menschen und Zwergen vor einem übermäßig bestickten und irgendwie ramponiert aussehenden Kommandozelt und wandte bei der Annäherung der beiden Halblinge sein Raubvogelgesicht.

»Die Lady des Lichts grüßt Euch«, sagte Ned in makellosem Kontraalt, »durch ihre demütigen Dienerinnen, Schwester Hoffnung und Schwester Zutrauen.«

Will beobachtete seinen Bruder dabei, wie seine Hände die Schnalle seines Selbstkasteiungsgürtels umklammerten und er demütig den Kopf neigte. Er folgte seinem Beispiel. Ned richtete sich wieder auf, verschränkte die Finger, ließ den Blick aus seinen geweiteten Augen über die versammelten Krieger wandern und rief dann: »Herrlich! Die Kraft und den rechten Arm des Lichts und seine versammelten Helden zu sehen. Das rührt mein armes Herz. Alle Kleinen Schwestern der Selbstkasteiung werden für euch beten, seid dessen gewiss!«

Die Höflichkeit ließ Amarynth den Kopf neigen. Als Will sah, dass er Anstalten machte, sich seinen Kameraden wieder zuzuwenden und den Angriff zu befehlen, sagte Will mit hoher, zittriger Stimme: »Schwester, erkennst du ihn denn nicht? Das ist der mächtige elfische Krieger-Magier, über den in Herethlion und allen Städten des Südens so viel gesprochen wird. Es ist Lord Amarynth Feuerhand persönlich! Die Lady des Lichts hat uns zu Euch geführt, Mylord. Wir stehen tief in Ihrer Gnade.«

»Es soll nicht heißen, Amarynth Feuerhand hätte keine Achtung vor dem Alter.« Der Elf putzte seinen blauen Überrock heraus. »Sprecht, ehrwürdige Alte. Was hat die Lady des Lichts Ihrem heiligen Ritter zu sagen, bevor ich in die Schlacht reite?«

Das ist wirklich eine verdammt gute Frage! Will warf einen verstohlenen Blick auf Ned. Die Augen seines Bruders weiteten sich unmerklich. Also keine Hilfe von dort. Will holte unauffällig tief Luft.

»Wir sind weit gereist«, begann er, »und unter großen Entbehrungen haben wir Euch schließlich erreicht, obwohl in unserem Wagen eine einmalige Kost lagert. Keine leiblichen Genüsse, sondern geistige Nahrung – die Worte der Lady des Lichts, die über die Maßen sättigen und erfüllen.«

»Wir danken euch …«

»Dankt mir nicht zu früh.« Will hob eine behandschuhte Hand. Er ließ sie rasch wieder sinken, da seine Stummelfinger breit und unweiblich wirkten. »Die Lady des Lichts stellt Euch auf die Probe, Mylord. Sie weiß, dass Ihr in Ihren Diensten Großes leistet und ein gewaltiger Krieger vor Ihrem Chalcedonthron seid. Und dass Ihr Tausende und Abertausende erschlagen habt …«

Sehr selten, dachte Will, habe ich Grund, Mutter dafür zu danken, dass sie uns in die Obhut einer Klosterschule gegeben hat.

»… und dass Ihr ein Krieger und Magier seid, der seinesgleichen sucht. Sie stellt Eure Barmherzigkeit auf die Probe.«

Ned Brandiman klatschte in die Hände, richtete den Blick in den blauen Mittagshimmel und rief: »Ehre und Herrlichkeit!« Zwei oder drei Elfen aus der Gruppe am Zelt wiederholten seine Worte.

Amarynth Feuerhand kniete im aufgewühlten Sand nieder und brachte damit sein dunkles Gesicht auf gleiche Höhe wie Wills. Der senkte seine mit Tusche aufgebauschten Wimpern. Auf den schlanken, in Stahl gehüllten Knien des Elfs spiegelten sich die Zelte, Feuer und Waffen des Lagers als gewölbte Miniaturausgaben.

»Sprecht. Was trägt mir das Licht auf? Ich werde es tun.«

In der Öffentlichkeit gelingen solche Dinge immer am besten, frohlockte Will. Wenn es einen idealen Ort für theatralische Gesten gibt, muss es der hier vor seinem Kommandozelt unter den Augen seiner halben Armee sein.

»Ihr müsst uns über jenen Hügel schicken. Schwester Zutrauen und ich müssen allein und ohne bewaffnete Eskorte in die Festung gehen. Dort müssen wir den armen Sündern darin die Worte des Lichts bringen. Und Ihr müsst uns Zeit geben, um diese heilige Tat vollbringen zu können.«

Stille.

Will Brandiman hob das Gesicht und starrte dem dunklen Elf ins Gesicht. Augen mit schwarzen Wimpern verengten sich kurz und die Nasenflügel des Elfs blähten sich. Ein Gefühl der Übelkeit drohte, dem Halbling den Magen umzudrehen.

Amarynth rief bombastisch: »Heilige Schwestern ohne Schutz in ein Nest von Orks marschieren lassen? Nein! Nein, das kann nicht sein! Es soll nicht heißen, ich hätte zwei höchst heldenhafte Damen in den Tod ziehen lassen. Niemals! Wenn ihr sonst niemanden aus meiner Armee bei euch haben könnt, werde ich euch mit meinem treuen Schwert begleiten und euch ganz allein gegen ein ganzes Heer von Orks verteidigen.«

Vor Erleichterung fehlten Will die Worte. Ned Brandiman sprang rasch in die Bresche.

»Ihr müsst uns allein gehen lassen, Mylord. Es ist unsere Prüfung. *Unsere* Prüfung. Unser Zutrauen muss so groß sein, dass wir sogar die Zitadellen des Bösen betreten, um das Licht zu bringen, und nach diesem Zutrauen bin ich benannt worden. Ich muss meinem Namen entsprechend leben. Denn inwiefern wären wir sonst besser als jene, die in der Finsternis kriechen? Ihr könnt uns nicht abweisen, großer Elfenlord!«

Will, dessen Hand sich in sein Gewand gekrampft hatte, starrte geradewegs in das Gesicht des elfischen Kämpfer-Magiers. »Und ich bin nach der Hoffnung benannt, Mylord. Nach der heiligen Hoffnung, dass wir in den Seelen dieser armen Missetäter den Sieg gegen die Finsternis davontragen werden. Was spielt es für eine Rolle, wenn unsere Leiber verstümmelt, zerrissen, aufgeschlitzt, in Stücke geschnitten ...«

Er hörte einen leisen Bestürzungslaut von Ned.

»... oder sogar *gegessen* werden, solange wir unsere Seele in die Hände des Lichts legen? Wir werden gerufen. Ihr müsst uns gehen lassen.«

Amarynth sprang auf. Die Mittagssonne wurde von seiner spiegelblank polierten Rüstung und den auf seinen blauen Überrock gestickten silbernen Monden strahlend zurückgeworfen. Er gestikulierte mit einem Panzerhandschuh.

»Ihr habt ...« Amarynths Stimme brach. »Ihr habt großen Mut. Ich werde meinen Angriff auf die Mauern verschieben! Ich könnte mir wünschen, dass die Lady mich so beruft, wie Sie so offensichtlich euch berufen hat, wie schwer die Aufgabe auch sein würde. Bereitwillig würde ich mich um Ihretwillen quälen, auspeitschen, verbrennen und zerbrechen lassen. Ach, würfe Sie mich doch nackt in den Schnee, gedemütigt vor meinen Feinden, wenn das bedeutete, dass ich Ihr dienen dürfte! Ich würde mich Ihr verwundet, gepeinigt und blutend zu Füßen werfen …«

Der elfische Krieger-Magier brach hustend ab. Menschen und Zwerge schlugen applaudierend mit dem Schwert auf ihre Schilde. Will murmelte: »Erinnert mich irgendwann, dass ich Euch meiner Mutter vorstelle.«

»Was sagtet Ihr, gute Nonne?«, fragte Amarynth.

»Ich sagte: Das Licht ist uns allen eine Mutter und keine Mutter wird ihre Kinder dauerhaft zu Schaden kommen lassen.« Will bleckte die Zähne. Es ging für ein Lächeln durch.

Der Elf wischte sich die Tränen von seinen dunklen Wangen und schnippte mit den Fingern. Ein Adjutant lief in das Kommandozelt und kam Augenblicke später mit einer zusammengerollten Flagge wieder.

»Nehmt diese weiße Fahne. Sie ist ein anerkanntes Zeichen des Friedens. Das ist alles, was ich tun kann. Aber wisset, dass ihr mit Amarynth Feuerhands Segen geht – und mit seinem Bedauern.«

Zwei Hände ergriffen seine Schultern. Will fand sich als Empfänger feuchter Küsse wieder, zuerst auf eine rasierte Wange, dann auf die andere. Er nahm die zusammengerollte Fahne, verbeugte sich sprachlos und stolperte zu ihrem Planwagen zurück. Er hörte, wie Ned hinter ihm wohl formulierte Abschiedsworte hinzufügte, dann war sein Bruder neben ihm und stieg auf den Wagen.

»*Haai-yah!*«, flüsterte Ned Brandiman, indem er die Zügel gegen die Flanken der Maultiere knallen ließ.

»Sie haben sich nicht mal die Mühe gemacht, den Karren zu durchsuchen«, brummte Will leise. »Du hast diesen Haufen von Schriften ganz umsonst durch die

Gegend gefahren. Verdammt noch mal, wenn ich gewusst hätte, dass es *so* leicht wird …«

Ein Fanfarensignal hallte durch das Militärlager und wurde von den hohen Gebirgswänden zurückgeworfen. Sein Bruder drückte Will die Zügel in die Hand, zog die Handschuhe aus und zupfte an den Befestigungen der weißen Fahne. Bei der Arbeit schaute er immer wieder schräg nach oben.

Nin-Edins Außenhof war ein Durcheinander aus Schnee, Matsch, getrocknetem Blut, Schlamm, zertrampelten Leibern, zerbrochenen Waffen und weggeworfenen, verbeulten Rüstungsteilen. Keiner aus der belagerten Armee überquerte ihn, außer hinter neu und hastig aufgeschütteten Schanzen, hinter denen steife Ork-Gliedmaßen hervorlugten. Nin-Edins Innenmauern boten einen finsteren Anblick – vom magischen Feuer geschwärzt und von stumm beobachtenden Orks gesäumt.

»Das war der leichte Teil«, sagte Ned.

Will strich sein Gewand glatt, während er die Zügel einhändig hielt, und überprüfte den Sitz seiner Giftnadeln und Wurfpfeile sowie den des Kurzschwerts und der kleinen Behälter mit dem geheimen Sprengpulver der Zwerge. Der bitterkalte Wind trieb ihm Tränen in die Augen. Er grinste grimmig.

»Schwester, wo bleibt dein Zutrauen?«

8

Ashnak von den Ork-Marines stand im großen Saal der Zitadelle von Nin-Edin.

»Wenn sie angreifen, *können* wir ausbrechen.«

Barashkukor, der strammstand, berührte die Krempe seines schwarzen Stetsons. »Ja, Sir!«

»Ich will, dass *sämtliche* überzähligen Waffen aus den Waffenkammern geholt werden. Jeder einzelne Ork soll so viele Waffen tragen, wie er oder sie kann. Wenn wir Glück haben, beeinträchtigt ein Waffen-versagen-Zauber nur die Waffe, auf die er gewirkt wurde – die Marines sollen Ersatzwaffen tragen und eine nach der anderen benutzen. Das müsste als Überraschungsmoment reichen, um auszubrechen. Dann formieren wir uns neu und beziehen Stellung im ausgehöhlten Berg bei Dagurashibanipals Hort. Wir können Fallen stellen und Hinterhalte und Gefangene machen, und ich«, stellte Ashnak fest, »habe mich noch nie in meinem Leben geweigert, Elfen- oder Menschenfleisch zu essen. Und Zwerge sind nur sehnig, wenn das Fleisch nicht richtig geklopft wird.«

»Aber, Sir, die Höhlen können mit Magie ebenso leicht eingenommen werden wie die Festung.«

Ashnak knurrte tief aus der Brust. Barashkukor schluckte hörbar, fuhr aber dennoch fort.

»Sir, wir können nirgendwohin fliehen, Sir! Nicht ohne antimagische Kapazitäten, Sir. Vielleicht könnten wir doch noch rechtzeitig einen Schwarzmagier finden …«

Ashnak holte mit seiner Schmiedehammerfaust aus. Er wurde von einem Bösemädelz-Marine unterbrochen, die, ein AK47 locker über die Schulter geworfen, den Kopf mit der stacheligen Haarsichel zur Tür hereinstreckte. »Zwei nicht identifizierte Zivilisten nähern sich dem Haupttor aus östlicher Richtung! Es scheint sich um Halblinge zu handeln, Sir, in einem Vehikel. Sir, Varimnaks Trupp nimmt sie unter Beschuss, Sir!«

»Halblinge?« Barashkukor setzte sich sofort auf einen der Holzstühle im Saal.

»Halblinge!« Ashnak schlug sich mit der Faust in die Handfläche. Seine Augen strahlten. »Major, rufen Sie Ihre Orks zur Ordnung! Beenden Sie den Beschuss, neh-

men Sie die Zivilisten gefangen, bringen Sie sie in zehn Minuten in mein Büro und verständigen Sie Corporal Ugarit und Marine Razitshakra. *Bewegung, Marines!*«

Ashnak schritt durch die kalten, feuchten Steinkorridore Nin-Edins. Der Boden war mit altem Schnee verkrustet. Ork-Marines nahmen Haltung an, wenn er vorbeiging. Die beiden USS-Marines vor seiner Tür, die seine Ehrengarde bildeten, salutierten bedächtig mit den weniger leicht ablösbaren Gliedern.

Fünf Minuten später saß Ashnak in seinem Büro hinter einem riesigen Schreibtisch, kaute auf einer unangezündeten Zigarre herum und machte sich an Stapeln von Papierkram zu schaffen. Da er mit dem Rücken vor dem Fensterschlitz saß, war er eine schwarze Silhouette von immenser Körperfülle und nicht auszumachender Miene. Von Zeit zu Zeit glitzerte das Sonnenlicht auf einem seiner Fänge, wenn er den Kopf drehte.

Eine Hand klopfte an die Tür und Ashnak vergrub seine Aufmerksamkeit in einem Berg von Papier. »Herein!«

Den Blick auf die schwer zu entziffernde Schrift gerichtet, machte er sich nicht die Mühe aufzuschauen. Seine Ohren drehten sich ein wenig, da er zwei verschiedene Tritte hörte, einen schweren und einen leichten. Seine Nüstern blähten sich in der Witterung der Halblinge. Und in etwas Vertrautem …

»Sir, General Ashnak, Sir!« Barashkukors Cowboystiefelabsatz stampfte auf die Steinfliese. Seine Stimme bebte vor militärischer Begeisterung. »Gefangene anwesend, Sir! Melde gehorsamst, dass die andere Gefangene sich weigert, ihr Vehikel, das heißt, einen von Maultieren gezogenen Planwagen zu verlassen, und zwar mit der Drohung, Ladungen zwergischen Sprengpulvers explodieren zu lassen, die sich an Bord des Planwagens befinden sollen. Wir sind nicht in der Lage, diese Behauptung zu bestätigen oder zu widerlegen, ohne …«

Ashnak verdrehte die Augen. Major Barashkukor, der seine Ray-Bans auch innerhalb der Festung trug, richtete seine Bemerkungen an eine Stelle rechts neben Ashnaks Schreibtisch. Neben dem kleinen Ork stand eine berobte Halblingsfrau mit gesenktem Kopf. Ashnaks Nüstern blähten sich noch mehr und er runzelte die Stirn.

»Hhhrmmmnnn ... gewiss nicht.«

Die Halblingsfrau hob den Kopf.

»IHR?«

Ashnak schleuderte sofort Papierstapel in die Luft. Die wirbelnden Akten lenkten zwei panisch geworfene Wurfmesser ab. Bevor der Halbling mehr unternehmen konnte, sprang Ashnak auf und stieß den Schreibtisch mit dem Körper drei Schritte zurück. Er sprang, packte die Kleine Schwester der Selbstkasteiung an ihrem scharfkantigen Gurt und riss sie in die Höhe, bis sie auf Augenhöhe mit ihm war. Mit der Kante der freien Hand schlug er der Halblingsfrau auf jeden ihrer Arme.

Der von Nadeln gehaltene Nonnenschleier riss ab und fiel zu Boden. Darunter kamen lockige schwarze Haare mit weißen Strähnen zum Vorschein.

»Das ist ja ein Mann!«, rief Barashkukor. »Sir, ich *kenne* diesen Halbling, Sir!«

»Ich auch.« Ashnak festigte seinen Griff um den Gürtel des Halblings und starrte Will Brandiman in die weit aufgerissenen Augen. Beide Arme des Halblings hingen gelähmt oder gebrochen herab. Die verblichene rote Wollkutte rutschte hoch und enthüllte sehr große bestiefelte Füße. Ashnak knurrte und eine Ecke seiner Lippe hob sich über einen spitzen Fang.

»Dieb«, fauchte er, »wie geht es dir jetzt? Hat es dich reich gemacht, uns an Die Benannte zu verraten, an diese große Heldengestalt des Lichts, von der man jetzt schon so lange nichts mehr gehört hat? Hat *sie* auch darunter zu leiden gehabt, dass sie dir und deinem wieseligen Bruder vertraute?«

Er legte Will eine schwielige Hand über Mund und Nase, da er den wild um sich tretenden Halbling flach auf seinen Schreibtisch legte. Frohlockend knirschte Ashnak: »Hast du geglaubt, *ich* wäre auch tot? Arschloch, heute ist nicht dein Glückstag!«

Mit einer flinken Kralle schlitzte er Will Brandimans Gewand vom Hals bis zum Saum auf, riss es weg, zerbrach den Gürtel, warf ihn fort und pflückte dann Messer, Nadeln und kleine Waffen aus den Halteschlaufen an dem winzigen Körper. Barashkukor warf sie mit angeekelter Miene in den Papierkorb des Büros.

Als Will Brandiman sich windend und nackt auf dem Rücken lag, hob Ashnak kurz die Hand und schloss sie dann wieder um die Kehle des Halblings.

»Ich reiße dir das Herz aus der Brust und esse es roh«, versprach Ashnak, eine Hand drohend über der winzigen Brust, »und du wirst gerade noch lange genug leben, um es mit eigenen Augen zu sehen.«

»*... Talismane ...*«

Ashnak schlug den Halbling gereizt mit einem Viertel seiner Kraft. Der nackte Leib schlug gegen die Steinwand und glitt ein wenig blutend daran herab und zu Boden. Ashnak wartete, bis Will Brandiman sich gefasst hatte und wieder, wenn auch unsicher, auf den haarigen Füßen stand.

»Ihr seid Magdas Söhne.«

»Ja.«

»Ihr habt die Annulierungstalismane.«

»Ja.«

»Ein kurzes Gespräch. Das gefällt mir. Es zeugt von etwas Respekt.« Ashnak gluckste kehlig. Er setzte sich auf eine Ecke seines Schreibtischs, musterte den Halbling und schlug sich auf seinen tarnfarbenen Oberschenkel, als er sich an Guthranc erinnerte. »Ha!«

Will Brandiman wischte sich das blutige Gesicht an der Schulter ab. Beide Arme hingen nutzlos herab. Lippe und Wange schwollen bereits dunkel an. Der Halbling richtete sich zu seinen vollen drei Fuß und sechs Zoll auf und versuchte Würde zu vermitteln. »Der Handel, Ashnak. Ich will unsere Mutter sehen, lebendig und unbeschadet. Und ich will freies Geleit für mich und meinen Bruder.«

Major Barashkukor kicherte schrill. »Sohn, du hast dir eine ganze *Welt* voll Kummer eingehandelt ...«

Ashnak strahlte. Seine Hauer blitzten in der Wintersonne. Ohne ein Wort stand er auf, ergriff den Halbling an einem Bein und warf sich den kleinen Körper über die Schulter. Er schritt aus seinem Büro und durch die steinernen Korridore Nin-Edins. Barashkukor marschierte zackig an seinen Fersen.

»Sir, bitte um Erlaubnis, den anderen Halbling aus dem Vehikel zu entfernen, Sir.«

»Überlassen Sie das mir!«

Drei Etagen tiefer, wo der Nässe wegen Rinnsale über die vom Salpeter weißen Mauern liefen, blieb Ashnak vor einer massiv vergitterten Tür stehen. Er zog sie auf, warf den Halbling kopfüber in die unbeleuchtete Zelle dahinter, schlug die Tür zu und drehte den Schlüssel im Schloss. Im Fackellicht blieb er einige Sekunden so stehen und betrachtete den Schlüssel. Keine Ratten quiekten in den Zellen, was bedauerlich war. Alle waren schon vor Tagen aufgegessen worden.

Ashnak warf den Schlüssel in die vom Unrat überquellende Abwasserrinne, die parallel zum Gang verlief. Der kleine Metallgegenstand funkelte und versank dann in den Exkrementen. Sein Grinsen wurde breiter.

»Jetzt der andere«, versprach er.

Ashnak ignorierte die überraschend lauten Proteste, die durch die soeben verschlossene und vergitterte Zellentür drangen, verließ die unteren Stockwerke der Zitadelle erneut und betrat den Innenhof. Der blaue Himmel und das grelle Sonnenlicht ließen ihn blinzeln. Die

Trupps, die Wache hatten, säumten die Brustwehr, die Waffen auf die Schanzwerke des Feindes gerichtet. Die meisten dienstfreien Marines bildeten einen weiten Kreis um den von Maultieren gezogenen Planwagen, der gerade innerhalb des geborstenen Fallgatters stand.

Als sie ihren General sahen, sprangen die Ork-Marines auf und ab und schlugen ihre Waffen dabei auf den gefrorenen Erdboden und die Steinplatten. Ihr Jubel wurde von den Mauern der Zitadelle zurückgeworfen:

»Ash-nak! Ash-nak!«

»Kampf-Agaku!«

»Yo Ashnak!«

»Sind wir Marines?«

»WIR SIND MARINES, *SIR!*«

Er bahnte sich einen Weg bis in die vorderste Reihe der Marines, die den Karren umzingelten, und blieb stehen, die Fäuste in die Hüften gestemmt und auf seiner unangezündeten Zigarre herumkauend. Ein kurzer Rundumblick – und er hatte Ugarit und Razitshakra gesehen. Der technische Spezialist zitterte beständig, aus seinen breiten, behaarten Nasenlöchern lief Schleim und seine Blicke huschten um jede Ecke der Verteidigungsanlagen der Zitadelle. Kampfdrillich, Rüstung und Flakjacke waren mit Öl und weniger leicht identifizierbaren Substanzen verschmiert.

Mit Augen, die sich in der Sonne zu schmalen Schlitzen verengten beobachtete ihn Razitshakra, während ihr Bleistift eifrig über einem kleinen Notizbuch schwebte. Sie kritzelte hin und wieder Worte, wenn Ugarits Angstgemurmel klarer zu verstehen war: »Ideologische Instabilität … Un-orkische Gesinnung …«

Barashkukor beobachtete sie mit schlichter Bewunderung. Ashnak grollte kehlig. Alle wurden still. Er starrte den Karren an.

»Yo, Halbling! Frau Nonne!« Er hielt einen genau berechneten Augenblick inne. *»Ned Brandiman!«*

Der zerlumpte Vorhang hinter der Rücklehne wurde beiseite gerissen. Ashnak sah die zerzauste Gestalt eines männlichen Halblings in der roten Tracht einer der Kleinen Schwestern der Selbstkasteiung. Der braunhaarige Halbling, dessen Rocksaum bis zu den Knien aufgekrempelt war, sodass man seine behaarten Füße sehen konnte, saß rittlings auf einem Holzfass. In einer Hand hielt er eine gespannte schwere Armbrust auf dem Schoß, den Finger am Abzug. In der anderen Hand brannte eine Lunte, deren Zischen über den Lärm der Ork-Marines hinweg hörbar war.

Der Halbling erbleichte. Der Ork sah, wie die kleinen Lippen lautlos den Namen *Ashnak* bildeten. Er trat zwei Schritte vor die erste Reihe.

»Ein Handel!« Die Stimme des Halblings hallte schrill durch die Festung. »Meine Mutter und meinen Bruder für diese Talismane. Andernfalls sprenge ich sie vor deinen Augen in Stücke, Ork!«

»Ich kann mich noch gut an dich und dein zwergisches Sprengpulver erinnern – wenn es nach dir gegangen wäre, Bürschchen, läge ich jetzt unter einem halben Berg begraben!« Er ging langsam auf Ned Brandiman zu. Seine Kampfstiefel hallten laut auf den Steinplatten.

»Ich würde euch zweien durchaus zutrauen, *Bürschchen*, mit nicht mehr als leeren Kästen in diesem Wagen hierher zu kommen und zu versuchen, euch mit eurer Mutter wieder herauszumogeln – falls diese billige Hure tatsächlich eure Mutter ist.« Ashnak bemerkte das Knurren des Halblings und grinste. »Was habt ihr erwartet? Saublöde wilde Orks, *das* habt ihr erwartet. Und was findet ihr vor, Bürschchen? Ork-*Marines*. Und was noch? *Mich*.«

Die schwere Armbrust bewegte sich, da die Bolzenspitze Ashnak folgte. Der ging mit stetem Schritt immer weiter. In einem Wirbel hektischer Bewegungen schob der Halbling sich die knisternde Lunte zwischen die

Zähne, griff in ein Fass hinter sich und hielt eine Hand voll winziger Metallgegenstände hoch. Auf einem Draht aufgereiht, stießen sie mit leisem Klirren aneinander.

Razitshakra lief mit weit geblähten Nüstern über den Platz. »Das sind sie, General, Sir! Annulierungstalismane. Ich rieche, dass sie echt sind! Und – ich rieche auch zwergische Zauberei.«

Ned Brandiman lächelte um die Lunte herum, die er zwischen den Zähnen hielt. Er ließ die Hand voll Talismane fallen, nahm die Lunte aus dem Mund und sagte: »Du hörst besser auf sie, Großer.«

Ashnak, der jetzt nah genug war, um dem Maultier eine Hand auf den Hals zu legen, starrte dem vorn im Wagen sitzenden Ned Brandiman geradewegs in die Augen. Der Ork-Geruch ließ das Maultier unruhig werden. Ashnak schloss plötzlich seine Hand, riss dem Tier einen Fleischklumpen aus dem Hals, schob ihn in den Mund und kaute blutig. Die Orks johlten. Das Tier sank in die Knie und fiel innerhalb der Deichsel auf die Seite.

»Leg die Lunte hin!«, schnauzte Ashnak.

Er hielt dem Blick des Halblings stand und entdeckte in den braunen Augen eine tief verborgene Verzweiflung. Er tastete sich einen Schritt vorwärts.

Ned Brandiman rief: »Du stirbst mit mir, Ork!«

Die sich spannenden Muskeln des Halblings warnten Ashnak – und sein Ausruf verriet ihm die Sekunde, in der er handeln konnte. Beide Hände des Orks schlossen sich um die Vorderseite des Karrens, seine kraftvollen Arme zogen ihn vorwärts und seine Kiefer schlossen sich, nicht um Ned Brandimans Hand – der Halbling zog sie einen Sekundenbruchteil zu schnell zurück –, sondern um die brennende Lunte und löschte sie in einem Mund voller Schleim und Orkspeichel.

Mit einem wunden Gefühl im Mund spie Ashnak aus. Seine Krallenhand packte die schwere Armbrust gerade noch rechtzeitig, sodass der abgefeuerte Bolzen durch die Wagenplane in den Himmel flog. Er schloss die Hand und verbog den metallenen Schießmechanismus. Mit der anderen Hand fegte er den Halbling über die Ladeklappe nach draußen, wo er beißend und tretend unter einem Trupp Marines verschwand.

»Major, eskortieren Sie meinen Gefangenen zu den Zellen. *Lebendig*.« Ashnak steckte sich einen Finger in den Mund, tastete umher, berührte eine verbrannte Stelle und zuckte zusammen.

»Marine Razitshakra, geben Sie diese Anti-Thaumaturgie-Talismane aus Marine-Beständen an die Ledernacken aus! Corporal Ugarit, Ihre Tech-Orks werden Annulierungstalismane in jedes Waffengehäuse integrieren, das Sie finden können. Bewegt eure Ärsche, Marines!«

Ashnak sprang vom Wagen ab und marschierte ungerührt durch das hektische Durcheinander des Innenhofs. Die Sonne, die dabei war, nach Westen zu drehen, erregte einen schwachen Wärmefleck auf seinem Hinterkopf.

Raben mit breiten Schwingen kamen aus den Bergen geflogen und suchten den aufgewühlten Boden des Außenhofs heim und er starrte darüber hinweg auf das feindliche Lager – in dem Versuch, es kraft seiner Gedanken zu zwingen, auf die Vorteile eines Nacht- oder Morgenangriffs oder irgendeines Angriffs zu warten, solange er nicht in den nächsten kostbaren Stunden erfolgte.

* * *

»Der einzige Grund, warum wir noch leben, ist der, dass er uns einen schmerzhaften und langsamen Tod bereiten will.« Ned Brandiman schauderte. »Was dieser Ork unter einem schmerzhaften Tod versteht, darüber will ich gar nicht nachdenken.«

Will Brandiman gluckste, ein leises Geräusch, das in ein Schluchzen und dann in ein wildes Luftholen überging. Er starrte auf seine grünen und blauen Arme und dann mit feuchten Augen an die Decke.

»Warum musste es ausgerechnet *dieser* Hurensohn sein? Bei jedem anderen hätte es geklappt. Jedem anderen wäre mehr an den Talismanen gelegen gewesen als an uns. *Scheiße!*«

Die Fackeln im Gang vor den Zellen flackerten. Für Will roch die Luft nach Nacht. Doch noch war kein Angriff auf die Festung erfolgt. Er tastete sehr vorsichtig seine bloßen Arme und seinen nackten Körper ab und befingerte die Schnitte und Prellungen an seinen Beinen. Er drückte auf seine straff gespannte Bauchdecke und zuckte zusammen.

»Innere Blutung. Ich brauche einen Heilmagier. Du auch.«

Ned Brandiman grunzte. Es war ein schwaches Geräusch. Will betrachtete seinen Bruder im gelben Licht der brennenden Ölfackeln. Das braunhaarige Halblingsgesicht war mit Blut verkrustet, ein Auge war blau und zugeschwollen und mindestens drei Zähne blieben nur noch als abgebrochene Stummel übrig. Ebenfalls nackt, zitterte er in der Kälte des Verlieses. Will achtete darauf, ob das Zittern aufhörte, denn das wäre ein fatales Anzeichen für eine Unterkühlung gewesen.

»Du hast ... keine Dietriche behalten ...?« Ned hustete und schlang sich die zerschlagenen Arme um die nackte Brust, um die Schmerzen der krampfartigen Bewegung ein wenig einzudämmen. Sein Leib leuchtete weißlich in der düsteren Zelle.

Will zuckte auf der Seite liegend zusammen, als er sich an die unerbittlichen Ork-Finger erinnerte, die jede Körperöffnung durchsucht hatten. »Sie haben mir alle abgenommen. Wir hätten nicht ohne Rückendeckung kommen sollen.«

»Wem hätten wir vertrauen können?«

Will schnaubte ob dieser originellen Frage und verzog dann das Gesicht – wegen der Schmerzen, die das zur Folge hatte. Entschlossen erhob er sich zuerst auf die Knie, dann auf die Füße, und stolperte die paar Schritte zur Zellentür. Das Gitter darin befand sich zwei Fuß über seinem Kopf.

»Ich höre etwas!« Will bedeutete Ned zu schweigen. »Einer. Vielleicht zwei. Mach irgendein Geräusch, das sie in die Zelle lockt!«

Der ältere Halbling, der an der feuchten Wand lehnte, hob den Kopf und sah Will an. »Will … *warum?*«

Will ballte und streckte seine übel zugerichteten Hände. Atmete gleichmäßig und konzentrierte sich darauf, die Schmerzen und die beiden gebrochenen Finger zu ignorieren – und auch den Bruch von Handgelenk und Ellbogen. Denk jetzt an nichts außer an Flucht, nicht an Heilmagier oder Tempelheilungen, denk nur daran, dass man auch nackt noch Zähne, Nägel und Kraft hat. Man ist nicht waffenlos …

Ned fing wortlos an zu heulen. Bei dem Geräusch standen sogar Will die Haare zu Berge. Er baute sich an einer Seite der Zellentür auf.

Die Metallabdeckung über dem Gitter glitt zur Seite. Kurz war eine Orkhand zu sehen. Etwas Metallisches schepperte gegen die Gitterstäbe. Ein kleines Oval aus Metall fiel auf den Zellenboden, rollte über die Steinfliesen und blieb einen Schritt vor Ned liegen.

Bevor einer der Halblinge etwas sagen oder sich bewegen konnte, gab es einen dumpfen, in der Enge der Zelle beängstigend lauten Knall. Weißer Nebel stieg auf und wallte rasch in jede Ecke der Zelle. Will schnappte nach Luft, hustete, rieb sich mit den Fäusten die plötzlich tränenden Augen, krümmte sich und fing hilflos an zu würgen. Unter Schmerzen, durch Tränen und Krämpfe hindurch hörte er Ned wimmern, ein Schmerzgeheul, das immer wieder von Hustenanfällen unterbrochen wurde.

Irgendwann trat nach einer heftigen Auseinandersetzung zwischen verschiedenen Orkstimmen Stille ein, dann drehte sich ein Schlüssel im Schloss. Die Zellentür öffnete sich, schlug wieder zu. Und wurde wieder abgeschlossen. Die bestiefelten Schritte entfernten sich.

Drei Personen husteten, übergaben sich, lagen würgend auf dem feuchten Zellenboden.

Einige Zeit später flüsterte Will Brandiman mit noch immer zugeschwollenen Augen und brennender Lunge: »Ned?«

Sein Bruder ächzte.

Eine neue Stimme sagte: »Mein Sohn, bist du das?«

Will Brandiman weinte und die Laute waren nicht allzu weit von einem Lachen entfernt. Schließlich kroch er über die Steinplatten, bis er auf einen weichen Körper stieß. Eine Hand zerzauste seine Haare. Er ergriff sie. Nun, da sich der widerliche Nebel verzogen hatte, konnte er im Fackellicht, das durch das Gitter einfiel, die gelassenen Züge Magda Brandimans erkennen.

Er weinte eine Zeit lang in ihrem Schoß und danach stellten sie fest, dass Ned zu zittern aufgehört hatte, also nahmen sie ihn zwischen sich und rieben wieder Gefühl in seinen Körper – und die Unterkühlung heraus – und Magda wickelte ihren roten Samtumhang um ihre Söhne. Sie saßen zusammengekauert in der am wenigsten feuchten Ecke der Zelle, die Arme umeinander geschlungen. Mit kurz gemurmelten und geflüsterten Worten wurden Informationen über ihre Gefangennahme ausgetauscht.

»Ihr habt das Sichtbare Kolleg *bezahlt* …?« Magda Brandiman fehlten die Worte. Will spürte, wie sich ihr kleiner Körper verkrampfte. »Das muss ein Vermögen gekostet haben … ihr hättet mir mein eigenes Haus einrichten können … eine ganze Kette von Häusern … *ihr habt mir erzählt, ihr wärt arm!*«

Verlegen murmelte Will: »Mutter, du weißt doch, wie du bist, wenn es um Geld geht.«

»Meine *Söhne*!« Sie fing an zu weinen, leise Laute, mehr der Überraschung und Empörung denn des Kummers.

»Mutter, wir sind gekommen, um dich zu retten!« Ned hielt inne und sah sich in der düsteren, feuchten Zelle um. »Hör mal, mach dir keine Sorgen, wir lassen uns was einfallen.«

Die Halblingsfrau hob den Kopf. Ihre dunklen, kurz geschnittenen Haare standen hoch wie gesträubtes Katzenfell und die Falten um Augen und Mund traten deutlich hervor. Ihre Augen funkelten. »Dieser große *Ork* behandelt mich besser als meine eigenen Jungs! Und wer hat gesagt, dass ich gerettet werden muss? Wer hat euch *gebeten*, hierher zu kommen? Er und ich … Ach, ihr hättet getötet werden können!«

Sie weinte wieder, leise diesmal, und zog Will und Ned an ihren üppigen Busen – und keiner ihrer Söhne zuckte ob der Schmerzen ihrer Verletzungen auch nur mit der Wimper.

Die Luft roch jetzt nach tiefster Nacht.

Will brach das lange Schweigen.

»Ich glaube, ich sehe eine Möglichkeit. Es wird nicht leicht. Wir alle werden Dinge tun müssen, die uns nicht gefallen. Du am allermeisten, Mutter.«

Magda Brandimans Stimme klang ganz nüchtern. »Was muss ich tun?«

Unter Schmerzen, während ihn die Schwäche, die aus seinen inneren Blutungen resultierte, mit Furcht erfüllte, zwang Will einen Unterton der Zuversicht in seine Stimme.

»Es ist ganz einfach, Mutter. Hör auf, dich zu verstellen, leg deinen falschen Namen ab – tritt vor und sage, wer du wirklich bist.«

* * *

Ashnak stand auf der Brustwehr und warf einen Blick auf die winterlichen Sterne über Nin-Edin. Noch drei Stunden bis Tagesanbruch. Und plant das Licht auch einen Angriff vor Morgengrauen?

Plötzlich blähten sich seine breiten, behaarten Nüstern.

»Sir!«

Ashnak nahm den Gruß von einer verwesenden albinotischen Gestalt in schwarzem Kampfdrillich entgegen, die sich aus der Dunkelheit schälte. »Ja, Corporal?«

»Berichte von den Kundschaftern, Sir. Ein Spähtrupp ist zurückgekehrt«, verkündete Corporal Lugashaldim. »Sie melden, dass in der letzten Stunde Dutzende von Boten im feindlichen Lager eingetroffen sind.«

Ashnak wischte sich die haarigen Nüstern an seinem Ärmel ab, da auch seine Augen in der Nähe des USS-Marines tränten. »*Verstärkung*, verdammich! Sie erhalten Verstärkung.«

»Es kann nichts anderes sein, Sir. Wir glauben, dass sich noch mehr Truppen des Lichts in der näheren Umgebung aufhalten.« Der untote Marine grinste wesentlich breiter, als Ashnak es angenehm fand. »Ich schätze, sie wollten nicht, dass Amarynth Furzarsch den ganzen Ruhm, uns erledigt zu haben, allein einstreicht, Sir.«

»Gut gemacht, Marine. Halten Sie mich über alle weiteren Berichte auf dem Laufenden. Sie!« Er schnippte mit den Fingern nach seiner Adjutantin, deren Helm ihr über die Augen fiel, als sie vor ihm salutierte. »Schicken Sie die Gefangenen zum Verhör in mein Quartier. Fangen Sie mit der Frau an. Solange ich damit beschäftigt bin, sorgen Sie dafür, dass ich in regelmäßigen Abständen Lageberichte über die militärische Entwicklung bekomme.« Ashnak zeigte seine Fänge. »Sie wissen, wie sehr ich mich in ein Verhör knien kann.«

»Sir, ja, Sir!« Die Adjutantin verschwand im Laufschritt.

Ashnak eilte mit gebeugten Schultern durch die eisige Nacht. In der Zitadelle war es wegen der Feuchtigkeit des uralten Gesteins noch kälter. Die Gemächer und Korridore hallten vom typischen Geschrei sich vorbereitender Ork-Marines wider: Unteroffiziere stauchten ihre Ledernacken zusammen und Offiziere forderten lautstark Lageberichte und neuste Meldungen der Spähtrupps an. Während er an alledem vorbeimarschierte, brummte er etwas über die Last des Kommandierens und zog die Flakjacke enger über der muskulösen, haarlosen Brust zusammen.

Als er sich Nin-Edins höchstem Turm und seinem Kommandostand näherte, erregte ein Geräusch seine Aufmerksamkeit. Er blieb vor der geschlossenen Tür des Wachzimmers stehen, da er das Zischen einer Peitsche hörte.

»Aha. Beim Gefangenenverhör. Gut gemacht, Marines.« Vergnügt öffnete Ashnak die Tür und strahlte. »Möglicherweise ein *klein* wenig übereifrig ...«

Mit dem Gesicht zur Wand angekettet und bis auf die lederne Unterwäsche entkleidet, zuckte Perdita del Verro zusammen und bog den Rücken durch, als die Peitsche traf. Ashnak sah sie nur bruchstückhaft durch die sechs oder sieben Ledernacken, die einen Halbkreis um sie bildeten – allesamt weibliche Orks mit stachelig aufrecht stehenden weißen Haaren in etwas unorthodoxen Uniformen aus schwarzem Leder mit nietenbeschlagenen Gürteln und Armbändern.

Die Bösemädelz-Marines verhöhnten ihr hilfloses Opfer. Sergeant Varimnak schwang die schwere Peitsche mit aufgekrempelten Ärmeln und einem schwarzen Stirnband. »Nimm das, du Schlampe!«

»Gnade!«

Ashnak musste beim üblichen Anblick von Orks, denen Schmerzen zugefügt wurden, sentimental grinsen.

Ein kleiner Bösemädelz-Marine mit silbernen Steckern in den haarlosen Ohren, Nüstern und Nippeln, rammte Varimnak den Ellbogen in die Rippen. »Sie war jetzt *Jahre* dran, Sarge. Was ist mit uns anderen?«

Perdita del Verro drehte den Kopf, sodass ihr Kinn auf der striemigen, blutenden Schulter ruhte. »Du hast *aufgehört* ...«, beklagte sie sich.

»Nehmt sie runter«, befahl Varimnak. »He, Tukurash, geh da rauf. Ich mach Hamburger aus deinem hübschen Arsch! Es sei denn, unser Gast ...?«

Ashnak wurde Zeuge, wie die *Glücksritter*-Korrespondentin von der Steinbank kletterte und Varimnak schmerzerfüllt und breit angrinste. Die glänzenden Zöpfe der Elfe hatten sich halb gelöst und ihre roten Bänder waren schweißnass. Sie nahm Varimnaks schwarze Lederpeitsche.

»Nimm das, du Schlampe!« Die Elfe zog Tukurash die Peitschenspitze über den Rücken. Die Orkfrau winselte. Varimnak nickte bewundernd.

»*Sie* sollen die Gefangenen foltern!«, rief Ashnak beleidigt, »nicht die Gefangenen *Sie*, verdammich!«

Varimnak legte der Elfe einen muskulösen Arm um die schwitzenden Schultern. »Sie machen es auf Ihre Art, General. Wir machen es auf unsere.«

Ashnak öffnete den Mund, nach einigem Nachdenken aber schloss er ihn wieder und zog die Tür hinter sich zu, da er das Wachzimmer verließ. Kopfschüttelnd marschierte er durch den Turm zurück in seinen Kommandostand. Er riss sich so weit zusammen, dass er weitere Vorbereitungsmaßnahmen für den Angriff vor Morgengrauen anordnen, mit seinen Unterführern konferieren und grundsätzliche Strategien und Taktiken festlegen konnte, bevor er sein persönliches Büro betrat.

Die Halblingsfrau erwartete ihn in einem zerrissenen Kleid.

»Also, meine Gefangene …«

Ashnak nahm Magda Brandimans Hand und zog sie mit in sein Privatgemach. Er schloss die Tür. Sternenlicht erhellte den kahlen Raum und sein Feldbett.

Ihre Hand, winzig in seiner, fühlte sich heiß und trocken an. Ashnak setzte sich auf die Kante des Feldbetts und zog sie zwischen seine Oberschenkel. Sie befreite ihre Hand. Das Sternenlicht beleuchtete ihr spitzes Gesicht im Profil, glättete die Altersfältchen und verlieh ihren kurzen Haaren Glanz.

Sie umschloss das Gesicht des Orks mit den Händen und zog die Finger über seine rauen, verhornten Wangen. Nahm die Ohrläppchen zwischen Daumen und Zeigefinger und zwickte. Sie zog seinen Kopf nach vorn, küsste ihn auf die Mundwinkel und ließ ihre Zunge durch seine breiten, dünnen Lippen schnellen.

Ashnak gab ein Geräusch – halb Ächzen, halb Seufzen – von sich und ließ sich rückwärts aufs Bett sinken. Es quietschte. Magda Brandiman legte sich auf Brust und Bauch und murmelte dabei leise vor sich hin, da sie sich die Hände an Gürtel, Wasserflasche und Flakjacke stieß. Ungeduldig zog sie ihn aus, bis sie in einem Bett voller Militärausrüstung lagen, an der sie sich Knie und Ellbogen stießen.

Er legte seine Hände um ihren Körper, der so klein war, dass er ihre Taille mit Leichtigkeit umschließen konnte. Ihre Haut kräuselte sich unter seinen Fingern wie feinstes Sämischleder und die weichen Haare an ihren Füßen kitzelten seine Oberschenkel. Sie grunzte, zuerst, als sie sich aufrichtete, dann wieder, als sie sich langsam auf seine Erektion niederließ. Ganz allmählich nahm sie mehr von ihm in sich auf, als möglich erschien, und wiegte sich auf ihm, im Sternenlicht silbrig glänzend, die Augen halb geschlossen und mit einem Lächeln im Gesicht.

Diesmal hielt er sich ran, bis sich ihr Rücken durchbog und sie einen Schrei ausstieß – ein Geräusch, das ausreichend nach Schmerz klang und jeden Ork zufrieden stellen würde, der lauschen mochte. Ashnak ächzte und seine Händen hielten ihre Hüften nieder, während sein Körper aufwärts hämmerte. Und als er die Welt wieder wahrnahm, ließ er sich auf den Rücken zurücksinken und grinste so breit, dass sämtliche Hauer zu sehen waren.

Die Halblingsfrau durchwühlte seine Uniformtaschen und holte eine dünne Rolle Pfeifenkraut heraus.

Magda schlug einen Feuerstein an Nin-Edins Mauern, entzündete das Pfeifenkraut und nahm einen tiefen Zug. Der aufflackernde Schein beleuchtete ihr faltiges Gesicht.

»Ich hatte schon daran gedacht, mich zur Ruhe zu setzen.«

Ashnak äußerte einen leisen, nörgeligen Protestlaut.

»In die Geschäftsleitung zu gehen.« Sie blies eine Wolke Pfeifenrauch aus und kuschelte sich tiefer in Ashnaks stark riechende Armbeuge. Ihre Füße streiften seine Hüften. »Du könntest mir ein nettes kleines Geschäft einrichten. Ein paar Mädchen, ein paar Jungen – ein paar sagenhafte Bestien.«

Ashnak entknitterte die Spitzen seiner haarlosen Ohren und lächelte lüstern. »Im Augenblick habe ich andere Dinge im Kopf …«

Magda ignorierte ihn. »Ich sagte, ich *hatte* schon daran gedacht, mich zur Ruhe zu setzen. Aber jetzt sehe ich nur eine Möglichkeit, wie ich für die Sicherheit meiner Söhne sorgen kann.«

»Auf keinen Fall! Sie sind Hundefutter!«

Die Halblingsfrau ließ sich in die rauen Armeedecken sinken. Das rote Auge der Pfeifenkrautrolle schwoll an und erlosch. Draußen vor dem Fenster verdunkelte sich der Nachthimmel, da die Sterne von Wolken verdeckt wurden. Sie sagte nichts mehr.

Kühlender Schweiß machte Ashnaks Haut glitschig. »Halbling, erwartest du wirklich von mir …«

Magda sagte mit äußerster Zuversicht: »Du wirst die Schlacht morgen gewinnen.«

»Ich werde? Ich meine: Ich werde!«

»Aber was passiert danach, mein lieber Ork?«

Das Schweigen zog sich in die Länge.

»Was schlägst du also vor?«, brummte Ashnak schließlich.

Magda Brandiman wälzte sich katzenhaft herum und zog einen Finger über die Mitte von Ashnaks breiter, unbehaarter Brust.

»Das sage ich dir später.«

»Du tust *was*?«

Ashnak funkelte sie mit seiner orkischen Nachtsicht an. Die Halblingsfrau machte sich in dem zerwühlten Bett zu schaffen. Eine ihrer Hände ergriff sein Handgelenk. Da sie es nicht mit den Fingern umschließen konnte, knotete sie rasch seinen Hosengürtel darum und machte ihn dann am Bettpfosten fest.

»Au!«

Bei der Durchsuchung der übrigen militärischen Ausrüstung nach einem weiteren Ledergürtel schaute die Halblingsfrau dem Ork geradewegs in die Augen.

»Ich glaube nicht an unverzügliche Bedürfnisbefriedigung. Lass es mich dir zeigen. In einer kleinen Weile erzähle ich dir dann von meinem Plan.«

Sie fuhr sich mit der Zunge über die Unterlippe und lächelte.

»Es wird dir gefallen. Vertrau mir, es wird dir gefallen.«

9

Major Barashkukor blinzelte in die Dunkelheit der Vordämmerung.

Widerstrebend klappte er seine Ray-Bans zusammen und verstaute sie sorgfältig in einem Gürtelbeutel. »Also gut, ihr Orks. Überprüft eure Waffen.«

Peng!

Eine Orkfrau mit roter Haarsichel in Wüstenuniform starrte auf die rauchende Mündung ihrer Kalaschnikow. »Ich glaube, meines war geladen, Sir.«

»Ruhe!«, fauchte Barashkukor.

Der gerade erwachende Wind wehte Kälte von den Bergspitzen herunter. Nur die scharfen Augen der Orks waren in der Lage, im Osten die etwas hellere Verfärbung des Himmels auszumachen. Am Himmelsgewölbe standen immer noch die Sterne. Kein Vogel sang. Barashkukor hob den Kopf und blinzelte zu Nin-Edins magiegeschwärzten und ramponierten Innenmauern empor. Hunderte von Orks säumten die Zinnen und hielten die Sturmleitern bereit. Dutzende von Ork-Trupps ballten sich auf dem Innenhof und empfingen gerade letzte Anweisungen.

Barashkukor schüttelte ein weißes Seidentuch aus und band es sich wieder um den dünnen Hals. Die langen, haarlosen Ohren des kleinen Orks zitterten im Morgenwind und er zog seinen Stetson fest über sie. Er nahm seine Desert Eagle aus dem Gürtelhalfter, richtete die Mündung in den Himmel, hakte den schwarz behandschuhten Daumen der anderen Hand im Gürtel ein und duckte sich in die Deckung des geborstenen Tors.

Nichts rührte sich hinter den kaum dreißig Schritt entfernten feindlichen Schanzwerken.

»Wir müssen wachsam sein, Orks«, flüsterte Barashkukor. »Wir müssen mit den Füßen denken … Nicht Sie, Corporal.«

Corporal Lugashaldim von den USS schaute kurz von seinem Überlebensnähkästchen für Marines auf, murmelte »Ja, Sir!« und fuhr mit dem Einfädeln fort, um sich die Zehen seines linken Fußes anzunähen.

»Jetzt muss es jeden Moment so weit sein …«

»Sir!«

»Was ist denn?« Barashkukor riss sich vom Anblick der feindlichen Schanzwerke los. Sergeant Varimnak salutierte lässig. Sie nickte in Richtung des nächsten Orktrupps: frisch eingetroffene Flüchtlinge in Schuppenpanzer mit Streitäxten.

»Wir haben ein Problem, Sir.«

»Nicht *jetzt*, Sergeant!«

»'tschuldigung, Sir. Es geht um diese Flüchtlinge, die wir bei uns aufgenommen haben. Diese dämlichen Arschlöcher sagen, dass sie in keiner ersten Welle marschieren, Major.« Varimnak zuckte seine in Leder gehüllten Achseln. Sie schob ihren Kaugummi auf die andere Seite ihres wuchtigen Kiefers. »Schätze, wir haben sie noch nicht lange genug bei uns. Komische Sache, Major, sie scheinen nicht in der Lage zu sein, die Waffen zu bedienen, wenn sie sie das erste Mal in die Hand nehmen – wir müssen die dämlichen Hunde in Grund und Boden drillen, richtige Marines aus ihnen machen, *dann* schießen die Waffen auch. Schätze, das ist der Fluch des Drachen. Aber sie sagen, sie gehen nicht mit unterlegenen Waffen.«

Barashkukor schäumte und tippte mit der Spitze eines seiner gepunzten Cowboystiefel auf den kalten Boden. »Keine Sorge, Sergeant, *ich* regle das.«

Der kleine Ork marschierte forsch zu dem betreffenden Trupp Ork-Krieger, die sich im zunehmenden Dämmerlicht trostlos auf eine Sammlung veralteter Hieb- und Stichwaffen stützten.

»Neue Rekruten, Ach-*TUNG*! Wir haben euch hier Zuflucht gewährt – also könnt ihr ja wohl auch für uns kämpfen.«

Die Ork-Krieger murmelten aufsässig. Barashkukor funkelte sie an. »Ihr seid jetzt Marines – und das heißt: Ihr gehorcht Befehlen!«

»Wessen Befehlen?« Ein säbelbeiniger grauhäutiger Ork grinste und zeigte dabei einen Kiefer voller abgebrochener Fänge. Er überragte Barashkukor um einen ganzen Schritt oder sogar noch mehr. »*Deinen* Befehlen, du Zwerg?«

Der grauhäutige Ork knurrte drohend und hob seine Streitaxt.

Barashkukor umklammerte seine riesige Desert Eagle mit beiden Händen, richtete sich zu seinen vollen drei Fuß und sechs Zoll auf und stellte sich dem Anführer der Flüchtlinge.

»Eine falsche Bewegung«, verkündete Barashkukor, »und du bist Geschichte!«

Der hoch gewachsene Ork hielt inne und kratzte sich den Kopf. »Was is' *Geschichte*?«

Peng!

»Will sonst noch jemand eine akademische Ausbildung?«, wollte Barashkukor wissen.

Dreißig verschiedene Truppführer zischten: »Pssst!«

»Sie, Marine!«, flüsterte Barashkukor, indem er den Rauch von der Mündung seiner Pistole blies. »Räumen Sie die Schweinerei weg. Was den Rest von euch neuen Burschen betrifft, marsch, marsch zum Tor. Ihr geht mit den vordersten Einheiten!«

Mit einiger Befriedigung sah er die Flüchtlinge rennen. Er schaltete sein Funkgerät ein. »Vorderste Einheit Bravo an Oberkommando, vorderste Einheit an Oberkommando.«

General Ashnaks Stimme knisterte: *»Oberkommando an vorderste Einheit Bravo, Artilleriefeuer beginnt. In Bereitschaft bleiben. Over.«*

»Vorderste Einheit, Nachricht empfangen, bleiben in Bereitschaft.«

Ohne Vorwarnung riss die Vordämmerung auseinander – es war plötzlich taghell erleuchtet.

Rattattattatta-PENG!

Raketenstellungen auf den Mauern und Türmen eröffneten gleichzeitig das Feuer mit präzionsgelenkten Katapulten und Hitze suchenden Armbrüsten. Leuchtspurgeschosse zogen Streifen über den sich aufhellenden Himmel. Riesige Erdfontänen spritzten von den Schanzwerken in die Höhe. Feurige Blitze beleuchteten schlaglichtartig die Trümmerwüste des Außenlagers, Barashkukor schirmte die Augen mit seiner behandschuhten Hand ab. Seine kleinen Fänge funkelten in dem Lichtgewitter.

»Major!«

Er hörte Ugarits Ruf kaum. Als er sich umdrehte, sah er, wie der hoch gewachsene magere Ork sich wieder aufrichtete, nachdem er einer kleineren Orkfrau offenbar einen Harnisch aus Ledergurten angelegt hatte.

»Meine neueste militärische Entwicklung, Major!«

Die winzige Orkfrau, deren Säbelbeine sich noch mehr durchbogen, schnaufte unter dem Gewicht eines schweren Metallgehäuses, das jetzt auf ihren Rücken geschnallt war. Sie nahm die Brille, die Ugarit ihr reichte, zog sie über ihre weit auseinander und schräg stehenden Augen und wankte los.

Barashkukor rief: *»Was?«*

»Es ist ganz simpel, Major.«

Die Trupps im Innenhof wichen in geordneter Formation zurück und ließen irgendetwas durch. Barashkukor starrte auf einen riesigen schwarzen Berg.

Der Kriegselefant hielt scheppernd an.

Rüstung aus Kevlar und Stahl hüllte Gliedmaßen und Rumpf ein und Rüssel und Augen waren durch ein feines Metallgeflecht geschützt. Aus der Rüstung ragten

Stacheln sowie Flaggen mit Insignien von Marine-Einheiten, dazu der Rabe mit Sternen und Streifen.

Eine stählerne Elefantensänfte, aus der Drähte, Spindeln, Düsen, Schüsseln und gewaltige Batteriekonstruktionen sprossen, war auf dem Rücken des Tiers befestigt worden. In der Sänfte drängten sich Ork-Marines.

»Yo, Major!« Varimnak kletterte an dem Elefanten empor und setzte sich auf seinen Hals, sodass die Beine hinter dessen Ohren herabhingen. Sie zog eine mit Schafsfell gefütterte schwarze Lederjacke mit einer auf den Rücken gemalten Flagge der Marines an.

Barashkukor hustete und errötete, als Perdita del Verro mit typisch elfischer Lautlosigkeit aus der Dunkelheit auftauchte und den Kriegselefanten mit fassungslosem Staunen angaffte. »Ich halte es für besser, wenn Sie erklären, was Sie hier veranstalten, Corporal Ugarit.«

Ugarit gluckste und rieb sich die knorrigen Knöchel. Er strahlte die elfische Korrespondentin an. »Eine simple, ganz neu konstruierte Antischwerkraftvorrichtung, Sir und Ma'am. Das ist ihr Jungfernflug! Ich werde sie vorführen. Sergeant Varimnak, Ma'am! Alles fertig machen zum Abheben.«

Die Orkfrau mit den wasserstoffblonden Haaren nahm ihren Kaugummi aus dem Mund und klebte ihn unter das rechte Ohr des Elefanten. Sie zog eine Schutzbrille über die Augen, schloss den Reißverschluss ihrer Jacke und hielt eine Reitgerte aus Metall in die Höhe. Radarschüsseln auf den Mauern von Nin-Edin fingen an, sich zu drehen. Die Reitgerte strahlte infraspektrale Farben aus, die vor dem indigofarbenen Himmel der einsetzenden Morgendämmerung grell aufleuchteten. Sie wandte den Kopf zu den Orks, die auf beiden Seiten der Sänfte in einer Reihe saßen. »Startkontrolle eins! Bereitschaftsmeldung, Marines!«

»Trupp eins vollständig anwesend, Sergeant!«

»Trupp zwo anwesend und vollzählig!«

Sergeant Varimnak grinste und putzte sich die breite Nase, die in der wehenden kalten Luft lief. Das in ihren Helm eingebaute Funkgerät knisterte. Barashkukor hörte sie rufen: »Flug eins an Flugüberwachung. Yo! Wir sind startbereit, Mann!«

Ugarit sprang auf der Stelle hin und her und schlug dabei die Stiefelabsätze zusammen, während er in das Walkie-Talkie in seiner Hand sabberte. »Sie haben Starterlaubnis, Flug eins – los, los, los!«

Der Elefant hob den Rüssel und trompetete. Barashkukor hielt seinen Stetson mit beiden Händen fest. Perdita del Verro kritzelte eifrig in ihr Notizbuch. Pulverschnee wurde weggeweht, als der Kriegselefant mit den Ohren schlug und die Vorderbeine ein, zwei Zoll über den Boden hob. Der Boden unter Barashkukors Stiefeln bebte. Varimnak schwang die Reitgerte. Das Heulen eines paraelektrischen Hochspannungsfeldes schraubte sich in Höhen sogar jenseits des orkischen Hörvermögens.

»... sind gestartet!«, quäkte das Funkgerät.

Die Ohren des Kriegselefanten schlugen stark und rhythmisch. Wolken aus Staub und Schnee wallten durch die Festung. Barashkukor kniff die Augen zusammen. Das Tier bäumte sich auf.

Und erhob sich aus dem Staub und der Dunkelheit ins neue Licht des Tagesanbruchs. Die funkelnde Reitgerte tauchte auf, dann die große überfüllte Sänfte – und Varimnak, die mit ihren beschlagenen Stiefeln auf Stellen hinter den Ohren des Elefanten trat und damit die kybernetischen Flugsteuerungssysteme aktivierte. Eine warme Windbö schüttelte Barashkukor. Er reckte den Hals und schaute hoch und immer höher ...

In die glitzernden Entladungen eines paragravitationalen Feldes gehüllt, schlug der Kriegselefant mit den Ohren und stieg allmählich höher über die Festung.

Orks jubelten. Immer rascher an Höhe gewinnend, schafften die hängenden Beine des Kriegselefanten es knapp über die Festungsmauern von Nin-Edin, dann schraubte er sich höher in den Morgenhimmel.

Perdita del Verro hob ihr Patrizierkinn, und ihre glänzenden Zöpfe funkelten, als sie hauchte: »Jetzt habe ich wirklich *alles* gesehen ...«

Ihre goldenen Augen weiteten sich. »Welch ein Knüller! Welch ein Exklusivbericht!«

»Ich hab's geschafft! Ich bin endlich außer Gefahr!« Ugarit sprang auf und ab, wobei Schraubenschlüssel und Lötkolben aus den Taschen seiner Flakjacke fielen. »Die unbezwingbare Waffe! *Bomberstaffel eins ist unterwegs!*«

Barashkukor lief zum Tor. Er erreichte das Fallgatter einige Sekunden nach Perdita del Verro, klammerte sich an das eiskalte Metall der Gitterstäbe und starrte in den unendlichen Himmel über dem Gebirgspass. Die funkelnden Positionslichter des Kriegselefanten bildeten einen winzigen Fleck hoch über den feindlichen Stellungen.

»Varimnak an Basis, Mann. Beginnen mit der Einleitung des ersten strategischen Bombardierungsanflugs, over.«

»Sergeant, hier spricht Major Barashkukor. Experimentellen Bombardierungsanflug fortsetzen. Over.«

»Alles klar, Mann! Ende.«

Der Kriegselefant kreiste – beleuchtet vom Sonnenaufgang – hoch über dem Pass von Nin-Edin, während die Welt unter ihm noch im Dunkeln lag. Ein winziger Fleck fiel vom Rücken des Elefanten. Dann ein zweiter, ein dritter, ein vierter ...

Barashkukor setzte einen gepanzerten Feldstecher an und justierte die Schärfe. »Corporal Ugarit ...«

Der Feldstecher zeigte Barashkukor das Bild eines Ork-Marines, der sich an den Riemen seines Rucksacks festhielt, während er mit einem Gesicht, das sich im kalten Wind verzerrte, dem Erdboden entgegenstürzte. Die Masse der auf seinen Rücken geschnallten Bombe ließ ihn wie ein Stein fallen. Dann sah Barashkukor, wie der Ork an einer Leine zog. Ein kleiner Bremsfallschirm öffnete sich – nicht groß genug, um seinen Fall zu stoppen, aber ausreichend, um ihn abzubremsen.

Der Ork griff nach oben in die Halteleinen und lenkte durch unterschiedlichen Zug seinen Absturz in Richtung der Hauptzelte ihrer Belagerer.

»Da sehen Sie es, Sir!«, brüllte Ugarit triumphierend, als die erste Explosion durch die Kälte hallte und eine orange-schwarze Rauchwolke aufstieg. »Ins Ziel gelenkte Munition!«

Eine weitere Explosion ließ den Erdboden erzittern. Barashkukor umklammerte den Ellbogen der Elfe. Ihr Mund stand offen und ihre Augen leuchteten. Schwarze Asche und hölzerne Trümmerstücke regneten auf die verschneite Festung nieder.

»Ich muss Sie jetzt bitten, sich nach hinten zurückzuziehen, Ma'am.« Barashkukor schaltete sein Funkgerät ein. »Bravo an Oberkommando. Gehen jetzt rein, Sir.«

»Also gut, Marines, ab die Post!«

Der Artilleriebeschuss wurde eingestellt. Orkische Stimmen bellten Befehle. Das Scharren der Leitern hallte seltsam laut, als die Trupps über die Mauern gingen, auf der anderen Seite herunterkletterten und über den Außenhof ausschwärmten. Granaten explodierten, schwere Waffen krachten. Die Erde bebte.

Barashkukor lief hinter seinem Trupp her, quer über den Außenhof und die Mauerruinen hinweg und geradewegs ins Hauptlager des Feindes. Vor den vordersten Trupps, vor den schweren Waffen …

»*Ja-hah!*« Barashkukor schoss mit seiner Desert Eagle.

RATTATTATTA-ka-PENG!

»Bravo an Oberkommando, wiederhole, Bravo an Oberkommando, wir stoßen auf minimalsten Widerstand. Wir haben es geschafft, Sir! Wir haben sie vollkommen überrumpelt! Lassen Sie die Truppen zu mir vorrücken. Over.«

»Wilco, Bravo. Ende.«

Wolken verzogen sich. Das Sonnenlicht der Dämmerung fiel auf die Schanzwerke und das feindliche Lager.

Barashkukor senkte seine Pistole. Dann schob er sie wieder ins Halfter.

Die Sonne schien auf längst erloschene Lagerfeuer ohne Kochgeschirr, auf verlassene Zelte mit einigen wenigen davor verstreuten unbrauchbaren Waffen und auf ein ausgedehntes Muster von Kreisen, wo zuvor prächtig geschmückte Zelte gestanden hatten. Ihre Strahlen beleuchteten Haufen von Pferdedung, jedoch keine Pferde. Wagenradfurchen, aber keine Trosswagen. Löcher, wo Fahnenmasten gestanden hatten, allerdings keine Farben und Flaggen des Lichts.

Barashkukor glotzte. Er schob seinen Stetson in den Nacken. Ein langes Ohr knickte ein. Immer noch glotzend, erteilte er Varimnak über Funk Anweisung, mit dem gepanzerten Kriegselefanten das gesamte Lager des Lichts zu überfliegen.

»Nichts, Mann! Keine Krieger. Kein Überraschungshinterhalt. Keine Fallen oder Gruben. Nichts!«

Eine verirrte Granate von der Feuerwalze davor fiel zu kurz und Barashkukor flogen Splitter um die Ohren.

Barashkukor schaltete hektisch seinen Helmfunk ein und schrie: »Angriff abbrechen! Einheit Bravo an Oberkommando, Angriff abbrechen, wiederhole, *brechen Sie den Angriff ab!* Es gibt keine Feinde. Ich wiederhole: Es gibt keine Feinde. Schicken Sie Spähtrupps aus. Sir, sie sind *weg*, Sir!«

Der Lärm des Sperrfeuers verstummte.

»Oberkommando an Bravo.« Ashnaks Stimme kam laut und verzerrt aus dem Empfänger. *»Was soll das* heißen, *es gibt keine Feinde? Es muss eine Falle sein!«*

Die aufgehende Sonne schien jetzt voll auf den Einschnitt des Nin-Edin-Passes. In ihrem Licht schaute Barashkukor sich um und sah die in Trümmern liegende Festung und die Schwärme der Ork-Marines, die in Deckung gingen und den Außenhof hielten. Dann starrte er nach vorn auf die verlassenen Schanzwerke und das vollständig geräumte feindliche Lager.

»Es ist keine Falle. Kommen Sie her und sehen Sie es sich selbst an, Sir«, winselte Barashkukor. »Sie sind alle weg.«

10

Ashnak stützte einen verhornten Ellbogen auf die Seite seines Jeeps. Der tarnfarbene Ärmel war aufgerollt, sodass nackte Orkhaut auf dem in der morgendlichen Kälte eiskalten Metall lag.

»Jemand muss um Hilfe gerufen haben.« Ashnak schob die durchgekaute Rolle Pfeifenkraut auf die andere Seite seines breiten Mundes. »Und Amarynth Arschlecker hat den Befehl zum Abrücken bekommen. Elfenscheiße! Ausgerechnet jetzt, wo wir einen Kampf hätten brauchen können, um die neuen Marines in Form zu bringen.«

Da dies nicht nur Prahlerei war, nahm er den zackigen und offenbar bedauernden Gruß seines direkten Untergebenen mit Freuden zur Kenntnis. Major Barashkukor stand neben dem Jeep, die Daumen unter den Gürtel gehakt und die kleinen Füße weit gespreizt. In seinen Ray-Bans spiegelten sich Ashnaks mit Tarnfarbe verschmierte Züge wider.

»Sie müssen irgendwann nach Mitternacht heimlich abgerückt sein. Es tut mir Leid, Sir!«

»Das wird es erst noch«, versprach General Ashnak. »Und dasselbe gilt für meine Spähtrupps.«

Ashnak sprang vom Jeep ab und seine Stiefel knirschten auf dem zerstampften Schneematsch und den schwarzen Ascheresten des geräumten feindlichen Lagers. Orkische Marine-Trupps kämmten auf disziplinierte Weise die Hänge Nin-Edins durch. Er blinzelte in den messerscharfen Wind und die Morgensonne.

Im Osten gingen die Gebirgsausläufer in leeres Land über, das zu Sarderis gehörige Ackerland, das zu weit entfernt war, um es richtig sehen zu können. Die Hügel waren von einer weißen Schicht bedeckt und über ihnen wallte weißlicher Nebel, der den Sonnenaufgang verwischte. Hoch am Himmel kreisten Geier. Ashnak holte tief Luft, die kalt genug war, um einen Ork aus dem Nordland erfrieren zu lassen.

»Ich frage mich, welchen Vorsprung sie wohl haben.«

Barashkukor wirkte etwas nervös. »Da draußen ziehen immer noch ganze Armeen des Lichts umher, Sir.«

Ein USS-Marine kam den Hang emporgelaufen, blieb vor Ashnak stehen und salutierte knochig. Im Begriff, den Ork für das Angrinsen eines vorgesetzten Offiziers zurechtzuweisen, kam Ashnak zu dem Schluss, dass diese Auffassung, wenn es um Untote ging, möglicherweise auf einem Missverständnis beruhte.

»Was gibt es, Marine?«

»Sir, Meldung von Corporal Lugashaldims Sonderstaffel-Spähtrupp. Amarynths Hauptstreitmacht befindet sich sechs Stunden vor uns und nähert sich Sarderis. Sie ist bereit zum Kampf mit den Söldnertrupps, die in diesem Gebiet vagabundieren. Die USS meldet, dass wir sie nicht mehr einholen können, Sir.«

Ashnak nickte verdrossen. Der untote Ork-Marine fuhr fort:

»Sir, Corporal Lugashaldim meldet außerdem, dass der feindliche Tross nur *zwei* Stunden voraus ist, auf der Hauptstraße nach Sarderis. Er kommt nur sehr langsam voran. Und er ist bis auf einen Magier unbewacht.«

Diesmal war das Grinsen des Ork-Marines, untot oder nicht, nicht zu übersehen.

»Die ›Kriegskonventionen‹ des Lichts, Sir. Da ein Tross heilig ist, haben sie nur ein paar Armbrustschützen zurückgelassen, in Vor- und Nachhut. Wir könnten ihn in den Roten Rinnen abfangen, Sir. Wie lauten Ihre Befehle?«

»Sagen Sie Lugashaldim, wir sind unterwegs!« Ashnak schlug sich mit der Faust auf die Handfläche. »Major Barashkukor, trommeln Sie Ihre Züge zusammen und rücken Sie zu den Rinnen aus. Ich folge Ihnen mit meinen!«

»Sir, ja, Sir!«

Von der Aktivität wie elektrisiert, stiegen zwei Züge Ork-Marines auf Halbkettenfahrzeuge und in Jeeps. Ashnak schwang sich selbst strahlend in einen Jeep, Schulter an Schulter mit Varimnaks Bösemädelz, deren M16 und Granatwerfer nach oben zeigten. Sergeant Varimnaks bestiefelte Füße traten auf die Pedale und der Jeep röhrte schwankend und schaukelnd den Abhang hinunter.

»*Vorwärts, Marines!*«, bellte die wasserstoffblonde Orkfrau, als sie die sich formierende Fahrzeugkolonne überholte. Ashnak sah sie auf einen Knopf am Armaturenbrett drücken. Laute Musik hallte in die verschneite und sonst stille Morgendämmerung.

»Marine, geben Sie mir eine Waffe«, befahl er.

Eine ungeschlachte Orkfrau in Waldtarndrillich überreichte ihm stolz einen XM18-Granatwerfer. »Achtzehn Schuss in fünf Sekunden, Sir, Reichweite vierhundert Meter. Abwechselnd mit Rauch-, Leucht-, Tränengas-, Spreng- und Splittergranaten geladen.«

Ashnak überprüfte die Magazintrommel. Die Waffe roch wunderbar nach Fett, Metall und Wachs. »Okay, Marines, *hergehört*! Es gibt keinen Grund für eine heimliche Annäherung. Wir gehen gegen einen Tross vor, der sich mit der Geschwindigkeit des langsamsten Pferdegespanns bewegt, aber nirgendwo ankommen wird. Diese spitzohrigen Drecksäcke haben uns in Nin-Edin eingeschlossen – jetzt sind *wir* an der Reihe!«

»YAYYY *ASHNAK*!«

Kurze Zeit später erreichte der Jeep die Kuppe des Hügels über den Roten Rinnen. Die Straße, die die Gebirgsausläufer fast hinter sich und das Tiefland so gut wie erreicht hatte, teilte sich hier zwischen roten Sandsteinformationen in ein Dutzend schmale Feldwege.

Karren blockierten sämtliche Feldwege.

Ashnak nahm alles mit einem Blick auf: siebzig oder achtzig schwer beladene Wagen mit Zelten, Truhen, Kochgeschirr, Ersatzrüstungen, Seilen, Ambossen, Hämmern, Sägen, Flaschen, Bänken, Stühlen, Betten, Kerzen, Fahnenstangen, Heuballen – eben mit allem, was heldenhafte Krieger brauchen, aber nicht auf dem Rücken transportieren können.

Elfen – so jung, dass sie gerade erst laufen gelernt hatten – saßen auf den Wagen und sangen. Junge Menschen und Zwerge umschwärmten die Köpfe der Zugpferde und rangen mit den widerspenstigen Tieren. Ashnak entdeckte die Armbrustschützen. Er hob den XM18.

Wumm!

Zwei gerüstete Leiber wurden auseinander gerissen und über die Sandsteinmauern der Rinnen verspritzt.

»Zum Angriiiiiff!«, bellte Ashnak in sein auf offene Frequenz geschaltetes Helmfunkgerät, während er Varimnak auf den Rücken schlug. Der Jeep rollte über die Kuppe und hangabwärts, dem Ende der Wagenkolonne entgegen, hupend und mit laut plärrender Musik. Und über alles andere legten die Bösemädelz Speerfeuer:

Rattattattattattatta-PENG!

Die jungen Elfen, Zwerge und Menschen rannten in Panik durcheinander. Ashnak erhob sich, fand sicheren

Stand, legte den Grantwerfer an und schoss. Eine Panzerabwehrgranate wurde herausgehustet, flog in hohem Bogen und traf einen Karren, der Zelte transportierte. Fingernagelgroße Fetzen von Leinwand und Seil regneten auf die Rinnen herab.

Der Magier, ein Zwerg – so jung, dass ihm der Bart kaum unter den Gürtel reichte – hob seine Hände, in denen die Kräfte der Erde aufflammten. »Waffen versagen!«

Ashnak grinste und hielt den Atem an.

Ein Strahl aus Erdenergie hüllte den Jeep ein. Schriller Jubel erhob sich aus den jugendlichen Reihen des Lichts. Ashnak, der mit einer Hand sich selbst am Fahrzeug und in der anderen seinen XM18 hielt, schüttelte den Kopf. Der Talisman, der um seinen Hals hing, kribbelte.

Die grünen, blendenden Streifen vor seinen Augen verblassten, ohne Schaden anzurichten.

Der Motor des Jeeps röhrte, vollkommen intakt.

»Friss *das*!« Ashnak hob den XM18 und schoss, wobei er dem Zwerg geradewegs in die entsetzten Augen sah.

RUMMS!

Der Magier und die erdenergetische Aura verschwanden gemeinsam, da zähes Fleisch weniger auseinander gerissen, sondern eher verdampft wurde.

»Nahkampfwaffen!« Ashnak machte sich über den Helmfunk verständlich. »Keine Schusswaffen. Nahkampf!«

Die Ork-Marines jubelten.

Die Sonne stieg höher und fiel in die von Schneematsch bedeckten Roten Rinnen. Etwas mehr als einhundertfünfzig Elfen und Menschen – keiner davon mehr als Kind oder Jugendlicher und aus eben diesem Grund beim Tross – irrten umher, und ihr Geschrei hallte durch den Morgen. Ashnak sprang aus dem Jeep. Er fegte eine junge Elfe in grünem Kleid von den Beinen und klemmte sich das strampelnde und weinende Mädchen unter einen Arm. Mit der anderen Hand schwang er ein Kommandomesser, da er (wie alle Orks) seine Freude am Nahkampf hatte. Das tropfende Messer hob und senkte sich beständig, da er an einer Reihe der dicht gedrängt stehenden Wagen vorbeilief.

Eine ältere Elfe sprang von einem Sandsteingebilde und schwang schreiend einen Streitkolben. Ashnak fegte sie beiseite. Sie schlug auf den Boden und fiel wie ein Sack in sich zusammen. Etwa fünfzehn jugendliche Menschen und Zwerge – Kindshüter, nahm Ashnak an – rissen sich so weit zusammen, dass sie als Gruppe angreifen konnten.

Er betäubte das Elfenmädchen und ließ es zwischen seine Füße auf den Boden fallen, sodass er nicht nur sein Messer schwingen konnte, sondern auch die freie Klauenhand. Varimnak, die mit Bajonett und dem Kolben ihres Sturmgewehrs kämpfte, erreichte ihn, und sie stellten sich Rücken an Rücken.

Die meisten Jeeps waren jetzt leer und verstimmte Fahrer ließen die Motoren aufheulen. Die Ork-Trupps fielen über die Wagen her, rissen Bündel auseinander und Truhen auf und verstreuten Werkzeuge, Ausrüstung und Andenken der Armee des Lichts über den platt getrampelten rötlichen Schneematsch der Rinnen.

Nachdem die erste Welle des Tötens vorbei war, erhob sich lautes Elfengeschrei: Gefangene, die zum Zweck des Amüsements am Leben gehalten wurden.

Ashnak wälzte das halb bewusstlose Elfenmädchen auf den Rücken, legte Waffen- und Hosengurt ab und kniete sich hin.

Varimnak leckte mit rauer Zunge Blut vom Kolben ihres Sturmgewehrs. »He, Mann, wir haben sie erledigt! Den ganzen beschissenen Tross! Keine Überlebenden!«

Ein Ledernacken starrte auf einem der roten Sandsteinauswüchse in die tiefe Spalte auf der anderen Seite.

»Sarge«, rief die Orkfrau Varimnak zu, »wollen Sie was über Elfen wissen?«

»Und das wäre, Shakmash?«

»Sie sind unelastisch und prallen nicht ab.« Die Orkfrau zuckte die Achseln. »He, Sarge, kann ich mir den Rest in 'ner Tüte mitnehmen?«

Varimnak grinste.

Ashnak sah eine Bösemädelz-Marine vorbeilaufen, die eine halb bewusstlose Elfe am Knöchel hinter sich herzog. Der Schädel der Elfe schlug beständig gegen Felsen und Steine im Boden und hüpfte hin und her. Ein anderer Marine trug einen Zwerg mit durchschnittener Kehle auf der Schulter.

Aus den Rinnen hörte Ashnak schrilles Kreischen und die Schlachtbeilgeräusche zuschlagender Waffen.

»Hhnff!« Ashnak stemmte Ellbogen und Zehen sowie die blutverschmierten Handflächen in den eisigen Matsch. Ließ den Kopf hängen, während sein Leib zustieß und das Gesicht des Elfenmädchens von seinem Speichel triefte. »Gut. Meine Ledernacken brauchen Spaß. Postieren Sie Späher. Nur ... für den ... *hhnf!* ... Fall ...«

Er roch, wie Varimnak sich erneut eine der dünnen, schwarzen, seltsam riechenden Rollen aus Pfeifenkraut anzündete, für die sie eine Vorliebe hatte. Ihre Stimme über ihm stimmte zu. »Alles klar, Mann.«

Ashnak hörte auf, sich zu bewegen.

»Und geben Sie mir noch eine Elfe, Sergeant. Die hier ist aufgeplatzt.«

* * *

Die Mittagssonne drang nur schwach und in einigem Abstand in die Tiefen von Nin-Edins Verlies, aber sie reichte Will, um Perdita del Verro zu sehen.

»Natürlich bin ich auch eine schwache Heilmagierin«, bestätigte die Elfe. »In meinem Beruf ist das eine Notwendigkeit.«

»Was *ist* denn Euer Beruf, werte Frau Elfe?«, strahlte Will höflich.

»Kriegsberichterstatterin.«

Ned Brandiman ächzte und unternahm einen Versuch, seinen schmutzverkrusteten, nackten Körper mit zerschundenen Händen zu bedecken. Sein von den inneren Blutungen brettharter Bauch wurde weicher. »Kein Dreck. Eine magisch begabte Enthüllungsreporterin.«

Magda Brandimans Gesicht tauchte vor den Gitterstäben auf, da die Elfe sie wie ein Kind aufhob. Die Halblingsfrau war, nahm Will zur Kenntnis, in etwas gehüllt, das wie eine viel zu große Kampfjacke aussah.

»Jungs, *ich* glaube, wir können mit Frau del Verro ins Geschäft kommen.«

»In welche Sorte Geschäft?«, fragte Will.

Magda lächelte.

»Da wäre erstens«, sagte sie, »die Sache mit Perditas Tauben.«

* * *

Eine Faust hämmerte an seine Tür. »General Ashnak, Sir!«

Ashnak zerriss die Fesseln, die ihn an den Bettpfosten hielten, und richtete sich auf. Er küsste Magda Brandiman leidenschaftlich, schlüpfte eilig in seine Hose und stieß die Tür auf.

»Was *wollen* Sie, Major?«

Major Barashkukor legte die Ohren an, sodass sie völlig flach am Kopf lagen. Er setzte seine Ray-Bans ab, schob sie in eine Brusttasche, wand sich und presste die Augen fest zu. »Sir, es ist Zeit, Sir!«

Ashnak verpasste dem kleinen Ork eine Ohrfeige und Barashkukor flog gegen den Türrahmen aus Eichenholz, prallte ab und schüttelte seinen brummenden Schädel.

»Schlechtes Zeitgefühl, Marine. Und wenn ich sage: ›Marine‹, dann meine ich auch ›Marine‹.« Ashnak schloss die Tür hinter sich und schnallte Waffengurt und Pistolenhalfter um seinen muskulösen Körper. »Denn wenn Sie mich noch mal bei einem meiner Verhöre unterbrechen, Major, werden Sie zum gemeinen Marine degradiert und zu permanentem Latrinendienst verdonnert!«

»Sir, ja, Sir!« Barashkukor schluckte hörbar. »Aber es geht um einen der neuen Halblinge, Sir. Cornelius Scroop – der Kanzler von Graagryk. Er will ein paar Kissen.«

»Was soll das heißen – Kissen?«, wollte Ashnak wissen. »Das ist hier ein Armeelager, verflucht noch mal. Was glaubt er, wo ich hier *Kissen* hernehmen soll?«

Major Barashkukor hörte auf, die Beulen aus seinem Paradebarett zu quetschen. »Sir, beide Halblinge sagen, sie können nicht über den Konferenztisch blicken. Sie haben Recht, Sir. Sie können es nicht.«

Ashnak ächzte. Gefährlich ruhig sagte er: »Suchen Sie ein paar Decken. Falten Sie sie. Benutzen Sie diese als Kissen. Wegtreten.«

»Sir, ja, Sir!«

Barashkukor floh überstürzt.

»Ich bin von Idioten umgeben!« Ashnak marschierte die Turmtreppe herunter. Tech-Corporal Ugarit gesellte sich auf dem Weg zum Hauptsaal zu ihm.

»Magie!«, murmelte der magere Ork angewidert.

»Augenblickliche Translokalisationszauber, Corporal«, sagte Ashnak überschwänglich. »Komplexe, extrem teure Magie aus den Südkönigreichen. Sind alle eingetroffen, die ich für die Konferenz hier haben will?«

»Ja, General! Wegen des Einflusses der Annulierungstalismane musste ich den Transferpunkt außerhalb der Festung legen, aber alle sind da. Den ganzen Weg vom Südkontinent.«

Ashnak schritt durch die Türen des großen Saals. Kommissarin Razitshakra grüßte von ihrem Platz hinter einem Tisch. Sie riss ein kleines Stück Papier ab.

»Eine Eintrittskarte für den Orkball, Sir?«

»Ich habe schon eine!« Ashnak betrachtete den großen Saal. »Das ist Ihre Vorstellung von einer Konferenz auf höchster Ebene, richtig?«

Überall waren Flaggen der Marines an den Wänden des hellen, vom Krieg ramponierten Saals befestigt. Ein Trupp hatte Bettwäsche aus Marine-Beständen und einen Eimer Farbe in einem Khakiton geopfert. Auf dem daraus resultierenden Spruchband stand: ALLJÄHRLICHE MARINE-TANZVERANSTALTUNG VON NINEDIN. An einer am anderen Ende des Saals neben einem Podium errichteten Bar drängten sich Ork-Marines in Ausgehuniform. Über Ashnaks Kopf, zwischen den von Magie geschwärzten Säulen und Fensterschlitzen, setzte sich eine Glaskugel mit unzähligen Facetten in Bewegung und fing an, sich zu drehen. Bunte Lichtpunkte huschten über die dienstfreien Ledernacken.

»Eine Konferenz auf höchster Ebene sollte nicht verdächtig nach einer solchen aussehen, Sir«, merkte Kommissarin Razitshakra an. »Auf diese Weise geht sie in den allgemeinen Siegesfeierlichkeiten unter.«

Ashnak grinste.

Eine Stimme meldete sich, etwa in Höhe von Ashnaks Gürtelschnalle.

»Lord General, ich muss wirklich protestieren! Ihr könnt nicht erwarten, dass wir uns auf diese fettigen, schlecht riechenden Decken setzen. Ich verlange, dass Ihr uns entweder höhere Stühle oder einen niedrigeren Tisch zur Verfügung stellt, wie es sich für die Würde eines Halblings aus Graagryk geziemt!«

Ashnak sah zu Cornelius Scroop herab. Der Halbling aus der im Süden gelegenen Stadt Graagryk trug einen bis zum Boden reichenden Pelzumhang, auf dem seine

S-gliedrige goldene Amtskette ruhte, sowie eine Samtkappe auf den langen, frisierten roten Locken.

»Das sind Decken aus Marine-Beständen, Kanzler Cornelius, und Marines bekommen nur das Beste.«

»Sie sind *schmutzig*!«

»Ach, das würde ich nicht sagen. Vielleicht ungewaschen. Ach so, Ihr meint die *Decken*.«

»Im Süden werden die Dinge nicht so gehandhabt!«

Ashnak, der diese Litanei jetzt bereits seit einigen Stunden hörte, legte Scroop lediglich eine Krallenhand auf die Schulter und dirigierte den Halbling zu einer langen Tafel in der Nähe einer Wand. Corporal Ugarit ging scheppernd mit einem Tablett voller Biergläser zurück.

Acht Bösemädelz-Marines mit Major Barashkukor an ihrer Spitze marschierten zackig zu dem Podium am Ende des Saals. Der kleine Ork salutierte Ashnak und schnippte dann mit den Fingern. Ein Marine stellte eine große Kübelpflanze ab, die die Wandkarte verbarg. Die anderen packten aus, was Ashnak für Musikinstrumente unterschiedlichster Art hielt.

Barashkukor nahm in seiner gebürsteten und blank polierten braunen Galauniform, die von silbern verspiegelter Brille und Paradebarett gekrönt wurde, Haltung an. »Sir, Unterhaltungs-Sonderkommando anwesend und vollzählig, Sir!«

»Weitermachen, Major.«

Die Bösemädelz-Combo begann zu spielen, etwas mit viel Rhythmus und Leben. Marines eilten in die leer geräumte Mitte des Saals und tanzten begeistert Jitterbug.

Eine nüchtern gekleidete Halblingsfrau in Wams, Kniehose, Halbumhang aus schwarzer Seide und mit einem Schwert an der Seite saß bereits an der langen Tafel vor einem Teller und klimperte mit den Stiefelsporen. Sie nickte Ashnak fröhlich zu und bot dem gerüsteten Ugarit die Hand an.

»Simone Vanderghast. Hauptmann der Bürgerwehr von Graagryk.«

Ugarit inspizierte die kleine, schwielige Hand. »General, dieses Individuum sagt, dass es Zivilist ist, General.«

»Für diesen Abend ist es Marine ehrenhalber, Corporal, und Sie dürfen es *nicht* essen, haben Sie verstanden?«

Ugarit murmelte auf eine niedergeschlagene Art »Jawohl, General!« und schepperte davon, um den für die Bar zuständigen Proviantmeister zu suchen.

Ashnak setzte sich an den Kopf des Konferenztischs. »Also, meine Damen und Herren.«

Kanzler Scroop schnüffelte. »Diese Decke ist schmutzig. Dieser Krug wurde nicht gespült. Ich gebe zu, dass dies ein orkisches Lager ist und es gerade erst eine lange Belagerung hinter sich hat, aber nichtsdestoweniger stellt man doch gewisse Mindestanforderungen!«

Simone Vanderghast gluckste auf ihre derbe, soldatische Art. »Kommt, Kanzler, das sind Kriegszeiten, raue Zeiten, man muss das Beste daraus machen. *Du!* Man hat gerade eine Küchenschabe auf seinem Teller entdeckt. Nimm sie weg!«

Kommissarin Razitshakra entfernte das anstößige Insekt im Vorbeigehen und mit begierig funkelnden Augen.

»Wir Marines …« Ashnak schlürfte Bier und wischte sich den Hauermund mit dem Ärmel ab. »Wir Marines wollen mit Graagryk zu einer Geschäftsvereinbarung kommen.«

»Endlich kommen wir zur Sache!« Cornelius Scroop breitete die Hände aus, an deren Wurstfingern Ringe funkelten. »Es gibt da ein Problem. Bei allem gebührenden Respekt, General, aber schaut Euch doch um. Ihr seid Orks.«

Ashnak lehnte sich zurück. Sein Stuhl knarrte. Seine

muskelbepackte Körperfülle überlastete ihn beträchtlich und die Holzbeine bogen sich durch. Sein Blick wanderte durch den großen Saal und fiel auf die Ork-Marines an der Bar. Zwei Ledernacken mit hängenden Schultern veranstalteten gerade ein Wettrülpsen.

»Sie sollen nicht kotzen, wenn Sie das tun!«, rief Ashnak. »Wischen Sie das mit dem Bar-Ork auf und bestellen Sie sich noch was zu trinken. Und *Sie*, Ork, hören Sie auf, in der Nase zu popeln!«

»Ja, Sir!« Der dritte Ledernacken ging fröhlich dazu über, in der Nase des Orks neben ihm zu bohren.

Der Halbling aus dem Süden ächzte. »Niemand wird Euch genug vertrauen, um Geschäfte mit Euch zu machen, General. Und wenn bekannt würde, dass wir etwas mit Orks zu tun haben, würde niemand mehr mit *uns* Geschäfte machen.«

Die Musik brach plötzlich ab. Ashnak sah auf, als sich Major Barashkukor das Mikrofon schnappte. Es jaulte. Barashkukor strahlte in den Saal voller Orks und klopfte mit seinem Marschallstab auf den Boden, um die Kapelle zur Ordnung zu rufen.

»Und nun«, rief der kleine Ork, »ein Lied, das ich Quartiermeister Zaruk gewidmet habe. Wie ich höre, hat er von euch Orks eine Vielzahl von Anforderungen für diese tarnfarbenen Tücher bekommen, die man zusammenrollen und sich um den Kopf binden kann. Bedauerlicherweise haben wir davon keine mehr auf Lager.«

»Stimmt das?«, fragte ein Ledernacken vor dem Podium gedehnt.

»O ja.« Major Barashkukor hob seinen Marschallstab und begann mit seinem Lied. *»Ja, wir haben keine Tücher …«*

Ashnak, der den Mund geöffnet hatte, schloss ihn wieder und schüttelte den Kopf. Bewegung im Eingangsbereich weckte seine Aufmerksamkeit.

»Gestattet mir«, sagte er, »einen weiteren Teilnehmer an dieser Konferenz vorzustellen.«

Magda Brandiman rauschte mit heiterer Miene in den Saal. Sie trug ein bodenlanges Hofkleid, dem man nicht ansah, dass es aus aussortierter Fallschirmseide zusammengenäht worden war. Sie neigte den Kopf vor Ashnak und dessen Gästen.

»General, Kanzler Scroop. Hauptmann Vanderghast.«

»Darf ich vorstellen, Magda Brandiman.«

Mit äußerster Befriedigung sah Ashnak, wie die Halblinge Mund und Nase aufsperrten.

»Aber ...« Simone Vanderghast sprang auf und warf dabei den Stuhl mit den Decken darauf um. Sie starrte vom Boden empor, die bestiefelten Knöchel links und rechts der Schwertscheide, und ließ sich unter Schwierigkeiten auf die Knie nieder. *»Eure Hoheit!«*

Kanzler Scroop glitt langsam am Stuhl herunter, bis er die Steinfliesen unter seinen hohen Absätzen spürte. Da stand er und glotzte.

»Cornelius«, sagte Magda Brandiman sanft, »sind das Manieren?«

Scroop sank auf ein Knie. »Eure Hoheit ... seid Ihr es wirklich?«

Sie rieb sich wehmütig über ihre stoppelkurzen Haare, als sie sich an den Konferenztisch setzte und Scroop und Vanderghast zunächst auf dem Boden knien ließ.

»Ist es so lange her? Ich habe mir mit der Annahme, ich sei immer noch gut wieder zu erkennen, wohl nur geschmeichelt.« Sie wandte sich huldvoll an Ashnak. »Ich muss mich entschuldigen, Sir. Magda ist nicht mein richtiger Name. Zumindest nicht mein vollständiger. Ich bin Magdalene Amaryllis Judith Brechie van Nassau.«

»Magdalene van Nassau!«, hauchte Cornelius Scroop. »Die Herzogin von Graagryk!«

Mit einem schallenden Lachen heuchelte Ashnak Überraschung. »Graagryk! Nur geschrubbte Straßen und polierte Türschwellen. Kein Wunder, dass Ihr gegangen seid.«

Magda fixierte den Ork mit stählernem Blick. »Ich bin *gegangen*, Sir Ork, weil man mich für ungeeignet hielt, Herzogin zu sein. Glücklicherweise haben nicht alle meine Höflinge so gedacht. Deshalb bat ich Euch, Meister Scroop und Hauptmann Vanderghast zu dieser Konferenz einzuladen. Ach, es ist so lange her, dass ich jemanden aus meinem Volk gesehen habe!«

»Zehn Jahre oder noch länger.« Simone Vanderghast kletterte wieder auf ihren Stuhl, wobei sie Magda noch immer ganz benommen anstarrte. »Eure Hoheit, was habt Ihr in all diesen Jahren gemacht? Wie habt Ihr gelebt?«

»Für derartige Gespräche ist später noch genug Zeit«, sagte Magda glatt. »Nach unserer geschäftlichen Unterredung.«

»Bitte in die Kamera lächeln!«, flötete eine Stimme.

Ein Licht blitzte.

Perdita del Verro hatte ihre Tauben, wie Ashnak sah, gegen eine komplexere Späherausrüstung aus Dagurashibanipals Höhlen eingetauscht und hielt ein Teleobjektiv auf ihn gerichtet. Er zupfte seine Patronengurte sowie die vom Kampf fleckige Einsatzuniform zurecht, deren Ärmel er über die tätowierten Muskeln gekrempelt hatte, um seine Vorzüge zur Geltung zu bringen, und warf sich in die Brust.

»General, könnte ich bitte alle technischen Details in Bezug auf das neue orkische Waffenarsenal haben? Der *Glücksritter* würde gern die Exklusivrechte kaufen – für alle Einzelheiten hinsichtlich Gewicht, Kaliber, Schaftlänge, Magazinfüllung, Feuergeschwindigkeit …«

Ashnak beäugte Ugarit. Der Tech-Corporal zuckte verlegen die Achseln.

»Sie war interessiert, Lord General. Was hätte ich tun können?«

Jedes Mal, wenn Ashnak in die warmen goldenen Augen der Elfe schaute, ging ihm das Wort ›Elfengulasch‹ durch den Kopf, aber es ist niemals klug, die Presse zu brüskieren.

»Sie können Exklusivberichte über alle Details machen, die zur allgemeinen Veröffentlichung freigegeben werden«, sagte er spitz. »Wir werden *später* zu dieser Konferenz eine Stellungnahme abgeben.«

Die Elfe verließ widerstrebend den Tisch.

»Das«, sagte Ashnak, »bringt mich auf das Thema dieser Verhandlungen. Wir haben hier in Nin-Edin einen Sieg errungen. Aus diesem Grund feiern meine Orks. Aber ich denke voraus. Ich denke an die nächsten Jahre. Wie Ihr schon sagtet, Orks sind nicht sehr hoch angesehen.«

Cornelius Scroop, der sich gerade wieder auf die schmierige Decke setzte, schnaubte.

Ashnak fuhr fort. »Die Marines wollen eine Geschäftsvereinbarung mit Graagryk treffen. Wir haben ein Problem, das da lautet: Waffenproduktion.«

Vanderghast riss den Blick von Magda los und glotzte. *»Was?«*

»Wir verfügen über einen begrenzten Vorrat der neuen Waffen, die Ihr gesehen habt. Irgendwann in naher Zukunft werden wir mehr davon herstellen müssen. Aber Euch wird nicht entgangen sein, dass wir hier im Dämonenfeste-Gebirge sehr wenig Industrie haben – was auch der Grund dafür ist, warum mein Corporal Ugarit erheblich mehr *Entwicklung* von Experimentalwaffen betrieben hat als Herstellung. Wir brauchen einen Verbündeten, der über eine substantielle ökonomische Basis verfügt.«

Ashnak streckte die Finger und betrachtete die Krallen.

»Die ökonomische Seite des Problems ist ziemlich simpel. Es ist verdammt teuer, Waffen herzustellen, weil sie kompliziert sind – also müssen wir mehr herstellen, als wir selbst brauchen, schon allein deswegen, um den Preis auf einem halbwegs ökonomischen Niveau zu halten. Dann haben wir einen Überschuss zu verkaufen.«

Simone Vanderghast sah Cornelius Scroop an. Dann sahen beide Magda van Nassau an. Die war gerade dabei, sich eine lange, dünne Rolle Pfeifenkraut anzuzünden, und schaute nun auf. »Der General gehört nicht zu der Sorte von Orks, mit denen Ihr gewöhnlich zu tun habt, Kanzler. Versucht das nicht zu vergessen.«

»Eine der jüngeren, aber streng geheimen Entwicklungen hat zur Folge, dass die Ork-Marines von Streitkräften wie den von Amarynth geführten nichts Ernsthaftes mehr zu befürchten haben. Wir hätten wenig Probleme, nach Süden zu ziehen und ein Königreich oder Herzogtum zu übernehmen. Doch ich bin der Ansicht«, sagte Ashnak nachdenklich, »dass Krieg die Wirtschaft eines Landes ruiniert. Wir haben keine Zeit für einen Wiederaufbau, wenn wir in den nächsten Monaten einen anständigen Handel mit Waffen auf die Beine stellen wollen.«

Kanzler und Hauptmann glotzten und der Ausdruck benommener Schockiertheit wich einer Miene, die zu identifizieren Ashnak keine Mühe hatte: Gier.

»Das muss überdacht werden«, sagte Hauptmann Vanderghast.

»Lasst es Euch schmecken, während Ihr nachdenkt.« Ashnak schnippte mit den Fingern und Ugarits Kellner füllten die Teller auf. Die Halblinge machten sich mit Feuereifer über die traditionellen Gebirgsspezialitäten Amseln, Drosseln und Schnecken her.

Ashnak überlegte, wie ratsam es sein mochte, rohe Nahrung zu sich zu nehmen, und entschied sich dagegen. Selbst wenn es sich um tote rohe Nahrung handelte, war es vermutlich nicht sehr taktvoll.

»Ich überlasse meine verehrten Gäste der Besprechung dieser Angelegenheit.« Er strahlte Magda an. »Und frische alte Bekanntschaften auf.«

Ashnak schlängelte sich durch die Foxtrott tanzenden Ork-Marines auf der Tanzfläche zur Bar. Seine Ledernacken begrüßten ihn mit Geschrei und Gejohle. Die Holzdielen hallten im Rhythmus der stampfenden Kampfstiefel. Hexenballlichter blitzten. Die Bösemädelz bearbeiteten Tastatur, Saiten und Blasinstrument mit Feuereifer.

Perdita del Verro ging an ihm vorbei und wiegte sich dabei im Rhythmus irgendeiner uralten, zwar überlieferten, aber unhörbaren Musik ihres elfischen Bluts. Major Barashkukor fuhr auf dem Podium herum, ohne dabei mit seinem Marschallstab aus dem Takt zu geraten, richtete den Blick auf die Elfe und sang:

»Ja, Sir, das ist mein liebes Schatzilein
Nein, Sir, könnt' nicht nur vielleicht so sein …«

Ashnak fixierte Barashkukor mit strafendem Blick. Die Kapelle geriet aus dem Takt und verstummte in einer scheppernden Dissonanz. Die wogende Masse auf der Tanzfläche hielt inne und starrte ihren General beklommen an.

Barashkukor schluckte hörbar. Er klopfte mit seinem Stab auf den Rand des Podiums.

»Ta-ta, ta-*ta*-ta, TAH!«, murmelte er, und als die Musik wieder einsetzte, sang er:

»Sir, ja, *Sir!*, das ist mein liebes Schatzilein,
Sir, nein, Sir, könnt nicht nur vielleicht so sein,
Sir, ja, *Sir!*, mein liebes Schatzilein ist das jetzt …«

»Schon besser«, grunzte Ashnak, als er die Bar erreichte. »Aha. Da seid ihr ja.«

Will und Ned Brandiman trugen ihre gekürzten, geborgten Uniformhosen und -jacken einigermaßen würdevoll über ihren Schrammen, kniffen aber nach ihrem Aufenthalt in Nin-Edins Verlies wegen des grellen Lichts im Saal beständig die Augen zu winzigen Schlitzen zusammen.

»Ihr wolltet noch einen Schurken, der Lendenschurz trägt«, sagte Ned Brandiman, während er mit einem Ruck seines Kopfes eine Strähne widerspenstiger brauner Haare aus den Augen beförderte. Ashnak konnte sich nur mühsam beherrschen, ihn anzubrüllen, er solle sich die Haare schneiden lassen. »Wir haben einen für Euch.«

Ein Barbar aus dem Norden schaute zur Bar hoch, dessen Wolfsfell vom Schmutz des Kriegführens gereinigt worden war und dessen mit langen Hörnern geschmückter Helm wackelig auf seinem Hinterkopf balancierte. Er funkelte zu Ashnak auf und bellte: »Krieger des Nordens können nicht hinter Mauern leben! Unsere Ehre lebt mit uns unter dem Himmel, nicht mitten im Gestank von Elfen, Halblingen und Orks. Könnten wir nicht wenigstens *ein* verdammtes Fenster öffnen?«

»Ich werde sehen, was sich machen lässt«, versprach Ashnak, während er mit den Dreien zum Konferenztisch zurückkehrte.

»Lord Blondwolf«, stellte er vor, während der Barbar eine zweistufige Stehleiter erklomm und dann auf seinem Stuhl Platz nahm.

»Meine Söhne«, fügte Magda hinzu. »Wilhelm und Edvard van Nassau, die Prinzen von Graagryk.«

»Wir selbst ziehen es vor, uns als Abwehrstellungsanalytiker zu betrachten«, sagte Will mürrisch, während er sich mit einiger Vorsicht auf seinem Stuhl niederließ.

Simone Vanderghast sah von ihrem Teller auf und sagte scharfsinnig: »General, warum seid Ihr so erpicht darauf, Waffen der Marines aus den Händen zu geben? Wenn man bedenkt, welches Ansehen Orks allgemein genießen, wirkt das ziemlich tollkühn.«

»Das Gäas des Drachen auf diesen Waffen setzt gewisse Bedingungen voraus. Ausbildung, Herrschaften. *Übung.*« Ashnak gestikulierte überschwänglich, während er wieder Platz nahm. »Diese Waffen funktionieren einfach nicht, wenn die Besitzer nicht in ihrer Benutzung ausgebildet wurden. Also wird Folgendes passieren, Herrschaften, die Ork-Marines werden als Kadertruppen benutzt und zu denjenigen geschickt, die die überschüssigen Waffen kaufen, um deren Truppen in ihrer Benutzung auszubilden. Um Marines aus ihnen zu machen. Und – einmal ein Marine, immer ein Marine. Und damit *anderen* Marines treu ergeben.«

In der Nähe des Konferenztisches bildete sich eine Schlange von Ledernacken für das Büfett, das die Kellner auf der Bar anrichteten. Eine Orkfrau balancierte bei ihrer Rückkehr ein Glas, während sie sich über einen voll beladenen Pappteller hermachte. »Warum kriege ich immer die Portion mit dem Stiefel drin?«, beklagte sie sich.

Kanzler Scroop legte Messer und Gabel nieder. Er schluckte, ein wenig grün um die Nase. »Die Vorführung Eurer Feuerkraft vorhin war … interessant. Ebenso wie die Besichtigung von Corporal Ugarits Werkstätten. Aber … Wie könnte diese Vereinbarung überhaupt funktionieren? Wir können diese Waffen nicht einfach jedem verkaufen.«

Ashnak nickte Magda zu.

»Es ist nötig, überschüssige Waffen ganz legal zu verkaufen, um die Herstellung zu finanzieren.« Magda stützte ihre kleinen, muskulösen Arme auf die Tischplatte. »Ich sage legal, weil – wie wir alle wissen – der Hochkönig und sein Rat gegen alles einschreiten, was auch nur im Entferntesten halbseiden aussieht. Was die Marines in dieser Beziehung für Graagryk tun können, ist simpel. Sie können Endbenutzer-Zertifikate ausstellen, Zertifikate, die belegen, dass wir unsere Waffen an ein gutes, lichtfürchtiges Land verkauft haben, das sich gegen die Überreste der Horde zur Wehr setzen muss.«

Simone Vanderghast befingerte ihren Schwertknauf. »*Endbenutzer-Zertifikate.* Das gefällt mir.»

Ashnak trank sein Bier in einem Schluck, rülpste und wischte sich den breiten, lippenlosen Mund ab.

»Lord Blondwolf hier», grollte der Ork, »kommt vielleicht aus einem kleinen lichtfürchtigen Nordkönigreich, das sich gegen böse Nachbarn verteidigen muss?»

Magdas Augen tanzten. »Sie haben eine unruhige Grenze, ja.»

»Wahrscheinlich ein armes Königreich», spekulierte Cornelius Scroop. »Das sind die meisten im Norden – ein wenig Bergbau, wenn die Zwerge sich nicht schon alles unter den Nagel gerissen haben. Ein wenig Forstwirtschaft. Nicht viel für den Export.»

Er hielt inne.

»Ihr hättet die Ehre, einen Kredit aufnehmen zu können, Lord Wolf.»

Der Barbar aus dem Norden nahm sich eine Speise, steckte den Finger hinein, leckte daran und stellte fest: »Fischeier.» Dann fixierte er Ashnak mit seinen eisbleichen Augen.

»Ich werde euch verfluchten Orks meinen *Namen* leihen, wie die Dame es mir erklärt hat, und das ist alles, was ihr Söhne von Ziegenböcken von mir bekommen werdet! Ich würde eure Waffen nicht mal mit der Kneifzange anfassen. Für mich gibt's nur ehrliches Eisen! Auf die Ehre des Nordens!» Er leerte schlürfend einen Bierkrug. »Wir könnten sie uns ohnehin nicht leisten. Liefert sie, wohin ihr wollt, nur nicht an uns. Sie würden unsere Wirtschaft ruinieren. Aber wenn der Preis stimmt, könnt ihr unseren Namen benutzen.»

»Ah … ja.» Cornelius Scroop blinzelte Vanderghast zu.

Die Bösemädelz waren am Ende einer Nummer angelangt, verstummten schlagartig, ließen ihre Instrumente fallen und pflügten in Keilformation durch die verblüfften Tänzer in Richtung Bar. Major Barashkukor verließ das Podium und näherte sich einem Ecktisch, an dem Kommissarin Razitshakra saß, die den Schirm ihrer Feldmütze tief in die Augen gezogen hatte und sich verstohlen Notizen machte.

»Razzi...»

Die Kommissarin drehte ihm den Rücken zu. »Suspekter kleiner Schleimer! Fraternisiert mit Zivilisten. Noch dazu mit *elfischen* Zivilisten.»

Der Major schlenderte mit hängendem Kopf wieder zum Musikpodium und damit zu den zurückkehrenden Bösemädelz.

»Will nicht mehr mit mir reden, seit sie von diesem Kommandounternehmen zurückgekehrt ist«, murmelte er. »Ist nicht *meine* Schuld, dass ich nicht auf einem Kommandounternehmen war. Ich wäre *gerne* auf einem Kommandounternehmen gewesen. Frau del Verro weiß einen Soldaten zu schätzen, auch wenn sie eine Zivilistin ist ...«

Ein Leuchten trat in die Augen des kleinen Orks und er marschierte auf die Tanzfläche und tippte Perdita del Verros Tanzpartner auf den Rücken.

Sergeant Varimnak warf einen Blick über die Schulter. Sie machte eine Hand frei und fuhr sich auf soldatische Art und Weise mit den Fingern durch die wasserstoffblonde Haarsichel. »Trage nur meinen Teil zur Verbesserung der interrassischen Beziehungen bei, Sir.«

Perdita, die über einen Kopf größer war als ihre muskulöse, untersetzte Partnerin, lag in den Armen der Orkfrau und tanze mit halb geschlossenen Goldaugen.

»Dürfte ich um das ... äh ... das Vergnügen dieses Tanzes bitten?«, fragte Barashkukor die Elfe.

Sie ignorierte ihn.

Varimnak schaute träge nach unten. »Sir, mit Verlaub – verpissen Sie sich, Sir.«

Dergestalt stehen gelassen, trottete der Major niedergeschlagen zur Bar. Die Bösemädelz-Kapelle stimmte mit einer gewissen Schadenfreude »Er War Ihr Ork, aber Sie Tat Ihm Unrecht« an.

»General.« Cornelius Scroop beanspruchte wieder Ashnaks Aufmerksamkeit. »Dies verspricht durchaus, ein einträgliches Unternehmen zu werden, das ist wahr – ihr Orks werdet Waffen entwickeln und fertigen, scheinbar zu Eurer eigenen Verteidigung und für die Verteidigung gewisser kleinerer Königreiche, und wir finanzieren euch und stellen unsere Industrie zur Verfügung.«

Ashnak nickte. »Wir werden Waffen für alle Söldnertrupps und feindlichen Länder, auch in Übersee, herstellen, die dafür bezahlen. Sie müssen Marine-Ausbilder anwerben, um die Waffen benutzen zu können. Das ist Dagurashibanipals Preis, meine Damen und Herren, und die Moral dieser Geschichte lautet: Töte niemals unnötig einen Drachen. Sie können einem auch noch auf dem Friedhof das Leben schwer machen.«

»Aber«, fuhr Scroop stur fort, *»Ihr seid ein Ork.«*

Kommissarin Razitshakra drängte sich an der langen Tafel vorbei. Ashnak hörte sie murmeln, »Fraternisiert mit Zivilisten!«, da Sergeant Varimnak gerade die Tanzfläche mit der elfischen Journalistin auf dem Arm verließ.

Der Bösemädelz-Sergeant blieb stehen, grinste, polierte die Beschläge auf ihrem schwarzen Leder und warf ein: »He, Mann! Wie ich höre, haben *einige* von uns noch mehr getan als fraternisiert …«

Varimnaks Blick wanderte viel sagend über das Musikpodium.

Kommissarin Razitshakra stürmte davon.

Magda Brandiman glitt in einem Wirbel aus Seide zu Boden. »Ihr müsst mich kurz entschuldigen, Herrschaften. Ich gehe mir die Nase pudern.«

Ashnak grunzte geistesabwesend eine Bestätigung. Er stocherte in seinem enttäuschend reglosen Essen herum und funkelte Cornelius Scroop und Simone Vanderghast an. »Natürlich bin ich ein Ork!«

Tech-Corporal Ugarit starrte auf die Tanzfläche. »Die Tuba ist ein Musikinstrument, oder nicht, General?«

»*Was?* Ja, Corporal. Sie ist eines. Warum fragen Sie?«

»Es ist nur so, dass Major Barashkukor eine solche angezogen zu haben scheint.« Ugarit zeigte. »Sie können seine Stiefel aus dem Trichterende ragen sehen.«

Ashnaks Augenbraue hob sich, während er beobachtete, wie Kommissarin Razitshakra mit äußerst zufriedener Miene über die Tanzfläche zurückmarschiert kam.

»Orkische Hochstimmung. Siegesfeiern«, sagte er selbstsicher zu den beiden einflussreichen Halblingen. »Also, wie es bei uns so schön heißt …«

Einige Minuten später tauchte Magda Brandiman wieder im großen Saal auf. Sie tippte einem Ork auf die Schulter, der trübsinnig an der Bar stand.

Barashkukor sprang sechs Zoll in die Höhe und betrachtete die Halblingsfrau mit verstörtem Blick. »Ich bin's nicht gewesen! Ich habe nichts damit zu tun!«

»Ärger mit den Frauen, Soldat?«

Der arg mitgenommene orkische Major seufzte. Seine Schultern entspannten sich. »Klare Sache, Ma'am – Eure Hoheit, meine ich.«

»Neuigkeiten machen schnell die Runde.« Magda raffte ihre Seidenröcke zusammen, drehte sich um und betrachtete die Tanzfläche und den massigen Ork am Konferenztisch. Ihr Mundwinkel zuckte aufwärts.

Die Halblingsfrau bot dem Major ihren Arm an.

Barashkukor schaute nach rechts und links, dann über die Schulter und schließlich wieder auf Magdalene van Nassau. Er tippte sich mit einem mageren Finger auf die Brust. »Meint Ihr mich, Ma'am?«

»Ein wenig Eifersucht«, sagte Magda Brandiman, »hat noch nie jemandem geschadet.«

Barashkukor zog seine Jacke gerade, reckte seine kleine Nase in die Höhe, ergriff Magdas Hand und Taille und tanzte an einer perplexen Kommissarin und elfischen Journalistin vorbei. Die Bösemädelz-Kapelle spielte »Zum Tango Braucht Es Drei«.

Bei Magdas Rückkehr trommelte der General mit den Krallen auf den Tisch.

»Aber Ihr seid ein Ork!«, jammerte Kanzler Scroop im Tonfall eines Halblings, der die Gelegenheit zu einem Riesengewinn verstreichen sah. »Niemand wird *jemals* einem Ork trauen!«

Simone Vanderghast stimmte ihm zu. »Der Hochkönig hätte ein paar Tage später eine Armee in Graagryk!«

Corporal Ugarit kicherte – ein schriller, hoher Laut. »Sollen sie eine Armee schicken! Wir fürchten uns jetzt nicht mehr vor Magie, nicht einmal vor der Magie des Südens, nein, das tun wir nicht mehr. Sollen sie nur kommen, ich knöpfe sie mir vor, ich mach sie alle fertig …«

Ashnak hob die Faust und ließ sie auf Ugarits Kopf niedersausen. Der Kevlarhelm barst. Ugarit grinste dämlich, fiel vom Stuhl, wälzte sich über die Bodendielen auf die Seite und fing an zu schnarchen.

»An dem, was mein Corporal sagt, ist etwas Wahres«, bestätigte Ashnak. »Doch im Augenblick beinhaltet meine Strategie keinen Kampf mit dem Hochkönig und seinen vielen, vielen Verbündeten. Wie ich schon sagte, ich fordere friedlichen Handel.«

»Aber *wie*?«

Ashnak beäugte die beiden Halblinge. Sie waren nicht annähernd so überzeugt, wie sie es seiner Vorstellung nach an dieser Stelle hätten sein sollen. Seine Miene verfinsterte sich.

»Was das Wie betrifft«, sagte Magda Brandiman, »erstens bin ich eine anerkannte Südkönigreich-Herzogin. Magda Brandiman kann verschwinden und Magdalene van Nassau kann ohne den geringsten Makel an ihrer Reputation zurückkehren. Sie könnte die Orks und ihren General in Graagryk willkommen heißen …«

Ashnak strahlte und nickte.

»… aber natürlich würde das dem Hochkönig und seinem Rat mehr als genug Grund für Argwohn liefern. Also würde es nicht gelingen.«

Ashnak fiel die wuchtige Kinnlade herunter.

»Aber das war unser Plan!«, stotterte er.

»Das würde *allein* nicht funktionieren«, betonte Magda. »Aber ich habe die perfekte Antwort. Ich weiß, wie wir die Ork-Marines zu Graagryks vertrauenswürdigen Verbündeten machen können. Und eben dadurch auch zu den Verbündeten des Lichts und des Hochkönigs.«

»Und die wäre, Eure Hoheit?«, fragte Cornelius Scroop.

Simone Vanderghast sagte: »Eure Hoheit, die Stadt würde Eure Rückkehr begrüßen. Und wie wir sie begrüßen würden! Nur verstehe ich nicht, was Ihr gegen das politische Problem unternehmen könntet, dass Orks in den Südkönigreichen unerwünscht sind …«

»Ich kann die Ork-Marines gesellschaftsfähig machen«, sagte Magda Brandiman.

Sie stützte ihr winziges Kinn auf die Finger ihrer verschränkten Hände und begegnete Ashnaks gedankenverlorenem Blick. Sie lächelte.

»Ich kann den *General* der Ork-Marines gesellschaftsfähig machen«, sagte Herzogin Magdalene. »Ashnak, wollt Ihr mich heiraten?«

* * *

»*Nein!* Hör zu: Ich sage es dir jetzt zum letzten Mal! Ich werde es nicht tun!«

»Doch, du wirst.«

»So haben wir das nicht geplant! Nicht mal ansatzweise!«

»Ich weiß.«

»Verdammt noch mal, Halbling, ich werde dich *nicht* heiraten!«

»Doch, du wirst.«

»Ach, hau doch ab und stirb!«

»Wenn du das willst. Aber ich möchte es noch einmal von dir hören.«

»Ich werde *nicht* heiraten! Auf keinen Fall!«

»Keine Industrie. Kein Waffenhandel.«

»Ist mir egal!«

»Keine Magda Brandiman.«

»Und wenn schon!«

»Du wirst es tun. Wenn man erst mal in meinem Alter ist, kennt man sich mit solchen Dingen aus.«

»Und wie alt bist du eigentlich?«

»Sagen wir einfach, ich sehe nicht so aus, als hätte ich zwei Söhne Ende vierzig, oder?«

»Ich werde es nicht tun! Ich bin ein Marine und ich bin ein Ork. Und wenn ein Ork-Marine etwas sagt, meint er es auch so und ich sage es jetzt: Wir werden *nicht* heiraten!«

11

Vierhundert Meilen südlich des Dämonenfeste-Gebirges liegt das Herzogtum Graagryk im flachen Land, das an die Südküste des Binnenmeers grenzt. Schnee liegt makellos weiß auf Dächern und blattlosen Bäumen, wie es eigentlich sein sollte, und verklumpt nicht an den Stiefeln der graagryker Halblinge, die gerade zur großen Kathedrale der Stadt eilen.

An den Rändern der gefrorenen Salzwüsten blasen

Schlote Rauch aus – Rauch, den die Magie verschwinden lässt, kaum dass die Fabriken ihn erzeugt haben. Die warme Wintersonne scheint auf ein sauberes Land. Selbst der ärmsten Halblingshausfrau stehen Reinigungszauber zur Verfügung – und sogar die Pflastersteine auf den Straßen sind vom Matsch geräumt und glänzen wie poliert.

Barocke Hörner erschallen. Graagryks versammelte Einwohnerscharen verstummen beim Betreten der großen Halblings-Kathedrale – nach orkischen Maßstäben eine größere Kirche. Da die Bänke zu klein sind, um seine Körperfülle aufzunehmen, bleibt Ashnak, General der Ork-Marines, stehen.

»… aber ich muss nach der Zeremonie *umgehend* mit Euch reden!«, protestierte Kanzler-Magier Cornelius Scroop. »Die politische Lage wird langsam dringlich!«

Ashnak schaute auf die fließenden roten Zöpfe des Kanzler-Magiers von Graagryk und konnte schließlich ein Paar traurige Halblingsaugen ausmachen, die ihn aus üppigen Schichten von Herrenbekleidung betrachteten.

»Wir sprechen uns später, Dickerchen«, knurrte der Ork, indem er die Aufschläge seiner braunen Marine-Galauniform zurechtzupfte. Aus irgendeinem Grund schien der Kragen um seinen Stiernacken enger zu sitzen als sonst.

Die Stechpalmenverzierungen der Wintersonnenwende schmückten das Innere der weißen Kathedrale leuchtend grün und rot. Kerzen brannten in Haltern. Draußen vor den hohen, spitzen Fenstern leuchtete der Himmel in einem strahlenden winterlichen Blau.

»Ash-nak! *Ash-nak!* ASH-NAK!«

Ork-Marines, deren Stiefel mit magisch unbeflecktem Schnee verklumpt waren, bevölkerten die Bankreihen hinter Ashnak. Uniformierte, bewaffnete Ledernacken saßen in den Fensternischen, hingen an Kerzenleuchtern, standen auf den Sockeln von Säulen und Rückenlehnen der Bankreihen und saßen Hüfte an knochiger Hüfte auf der Kanzel. Sie skandierten:

»Genau weiß ich's nicht, aber so soll's wohl sein,
Die Orks sind tollkühn, böse und gemein!«

Wahrscheinlich waren viel weniger Marines als Halblinge anwesend. Es schien nur so, überlegte Ashnak, dass die Ork-Marines viel mehr Platz einnahmen.

Halblinge mit Schürzen und ganz gewöhnlichen Bürsten und Eimern eilten von den Seitenschiffen zum Mittelschiff und wieder zurück und schrubbten und wischten im Kielwasser der Orks ohne jede Aussicht auf Erfolg. Ashnak hob resigniert erst einen, dann den anderen Stiefel, als ein Mitglied der graagryker Putzkolonne unter ihnen wischte. Der Annulierungstalisman um seinen ledrigen Stiernacken kribbelte. Unterhalb seines Brustbeins geriet eine Atmung ins Flattern.

»Dringlich?«, fragte er.

Der Halblings-Kanzler wedelte mit den aus Spitzenmanschetten vorlugenden Händen. »Es heißt, dass Waffenbrüder der aufgelösten Armeen der Finsternis und des Lichts die Königreiche von Süden in Richtung Meer verheeren! Sie nehmen Ortschaften und Festungen ein, werden wieder daraus vertrieben und besetzen andere. Sie nehmen gute Bürger als Geisel und erpressen ein Lösegeld oder bringen ihre Gefangenen einfach so um. Es ist schrecklich!«

Ashnak hob überrascht seine buschigen Brauen. »Ist es das?«

Cornelius' rundliches Gesicht wurde spitzer. »Aus jedem Königreich im Umkreis von einigen Dutzend Meilen trudeln Waffenbestellungen ein – Verträge, die, wie sie zur Bedingung machen, erst *nach* dieser Zeremonie unterzeichnet werden dürfen.«

»Zivilisten!« Ashnak zeigte seine kariösen Fänge. »Keine Sorge. Euer Anteil entgeht Euch nicht …«

Major Barashkukor marschierte zackig vom Kathedraleneingang durch den Mittelgang. Der kleine Ork trug eine schwarze Paradeuniform, die gebürstet war und deren Gürtelschnalle glänzte. Sein dünner Haarkamm war gekämmt und lag feucht an seinem unförmigen Kopf an, und er trug einen neuen schwarzen Stetson.

»Yo, Sir!« Er salutierte und nahm seine verspiegelte Sonnenbrille ab. »Sie kommt, Sir!«

Ashnak schaute nach unten auf seine eigenen blank polierten schwarzen Stiefel, besorgt über deren un-orkisch makellose Pracht. »Der Ring?«

»Sir, ich habe ihn, Sir! Hier, Sir!« Barashkukor schlug sich leicht auf die oberste Tasche seiner schwarzen Uniformjacke. Seine dürren Krallenfinger tasteten durch den Stoff. Von jäher Panik erfüllt, fasste er hinein und holte mit einem Seufzer der Erleichterung einen kleinen Goldreif daraus hervor, der bis auf eine in die Innenseite eingravierte Inschrift ganz schlicht aussah.

»Einheitsgröße, haben sie gesagt. Schönes Stück, Sir.«

»Das will ich meinen. Ich hatte genug Schwierigkeiten, es zu beschaffen.«

»*Ash-nak! Ash-nak!*«

Der Jubel der Ork-Marines hallte bis unter das niedrige Kathedralendach, bis er plötzlich verstummte. Die Orgel schmetterte ein paar Akkorde eines Liedes, in dem Ashnak mit einigem Wohlwollen den Ork-Marine-Marsch erkannte. Ein Bösemädelz-Marine fiel mit einem Saxophon in den Lärm ein. Ashnak wandte den Kopf und schaute den Mittelgang entlang zurück.

Magda stand im Eingang vor dem Hintergrund aus leuchtend weißem Schnee, strahlend blauem Himmel und den Massen auf Graagryks großem Platz. Ihr Kleid aus Satin und weißer Spitze reichte hinunter bis in den von den Ork-Marine-Stiefeln gestampften Schneematsch. Eine Brautjungfer in einem rosa Reifrock aus Satin, deren braunes Haar zu einem Zopf geflochten und auf dem Kopf zu einer Krone aufgesteckt war, hielt die Schleppe und ging hinter Magda den Mittelgang entlang.

»Ähem.« Barashkukor flüsterte gedämpft. »Ist das nicht Ned Brandiman, der ihre Schleppe trägt? Sir, ich meine Edvard van Nassau, Sir.«

Ashnak nickte mit gewichtigem Nachdruck. »Ja, Major. Das ist er.«

»Ist das seine Rolle hier, Sir?«

Ashnak seufzte. »Ich glaube, es ist nicht seine *einzige* Rolle. Scroop hat noch etwas davon erwähnt, dass er ein Feuerwerk für die Feier danach veranstaltet …«

Magda schritt gesetzt durch die Reihen der Ork-Marines und der Bürger Graagryks, die alle so laut jubelten, dass die Orgelmusik übertönt wurde. Ein Schleier aus weißer Spitze und Diamanten bedeckte ihr zierliches Gesicht und die Haare an den Seiten, die heute lang, blond und gelockt waren. Schlichte weiße Seide umschloss ihre kleinen Brüste, umschmeichelte ihre schmalen Hüften und wand sich in Spitzen und Verzierungen um ihre winzigen, weiß bestiefelten Füße. Ashnak erkannte, dass es sich um Maulbeerseide aus dem Archipel handelte, von der bereits ein einziger Ballen ein Herzoghaus an den Bettelstab bringen kann.

Ein Halblingspriester mit kahl rasiertem Kopf trat auf die Stufen vor dem Altar, wobei sein purpurfarbenes Gewand über den Marmor wischte. »Bürger von Graagryk! Kaufleute, Milizen und erhabene Herzogin! Wir haben uns hier an diesem Tag der Wintersonnenwende zu einer feierlichen Zeremonie versammelt …«

Aus einem Winkel seines breiten Mundes murmelte Ashnak: »Sollte ich das wirklich tun?«

Barashkukor tätschelte auf väterliche Weise seinen Ellbogen. »Ja, Sir, das sollten Sie, Sir. Denken Sie daran, wie beliebt es Sie machen wird. Und uns. Und außerdem, Sir, ist sie …«

Ashnaks buschige Brauen senkten sich. »*Ja*, Major?«

Der kleine Ork breitete die Hände aus. »Die Jungs lieben sie, Sir. Sie … äh … war wie eine Mutter zu uns.«

Ashnak hatte keine Zeit mehr zu antworten. Magda Brandiman traf neben ihm ein, ihren Sohn im Schlepptau, und in der großen Kathedrale voller Orks, Bürger, Vagabunden, Städter, Wüstenbewohner, Kaufleute und Söldner wurde es still. Er schaute nach unten und dann noch tiefer nach unten und dann in die strahlend blauen Augen, die er durch den dünnen Schleier sehen konnte.

Magda Brandiman zwinkerte ihm zu.

Der Priester räusperte sich. »Wer ist der Brautführer?«

Will Brandiman nahm den Arm seiner Mutter. Er wirkte adrett, sauber, geschniegelt und gebürstet, die ergrauenden schwarzen Haare frisch geschnitten, und er hatte Wams und Hose gegen Jacke und Kniehose aus grünem Samt eingetauscht. Doch man sah immer noch Spuren der Prügel, die er bezogen hatte. Er betrachtete den massigen Ork-Marine mit einem Blick, der ganz offen verhieß, dass die Angelegenheit weder vergeben noch vergessen war. »Das bin ich.«

Wilhelm van Nassau betrachtete einen Moment lang die manikürte muskulöse Hand in der seinen, warf einen Blick hoch zu Ashnak und hielt dem Ork nicht sehr feierlich die Hand seiner Mutter hin. Ashnak nahm die kleine heiße Hand in seine eigene. Seine Granitfaust umschloss sie vollständig.

Der Priester hüstelte und rückte seine Halbmondbrille zurecht. »Wir haben uns hier aus diesem glücklichen Anlass versammelt, um diesen Ork und diese Halblingsfrau zu vermählen. Wenn jemand einen Grund nennen kann, warum diese Ehe nicht geschlossen werden sollte, möge er jetzt sprechen oder für immer schweigen.«

Ashnak warf einen Blick über seine breite Schulter. In der Kirche war es so still, dass man die Streifen eines

Sergeants hätte fallen hören. Gemeine Ork-Marines erwiderten den Blick, und eine ganze Reihe von ihnen grinste viel breiter, als ihm lieb war.

Die Stimme des Priesters hallte sonor durch die Kathedrale:

»Willst du, Ashnak von der Horde der Finsternis, General und Oberkommandierender der Ork-Marines und Verlobter der Herzogin dieser großen Stadt Graagryk, die Halblingsfrau Magdalene Amaryllis Judith Brechie van Nassau zu deinem dir rechtmäßig angetrauten Eheweib nehmen?«

Ashnak schaute gehetzt von einer Seite zur anderen. Der Schleppenträger der Braut gluckste in einem unerwartet tiefen Bariton. Will Brandiman verschränkte die Arme. An seinem Gürtel hingen viel mehr Geldbörsen, als mit seinem Wechsel in die Kleidung eines graagryker Prinzen erklärt werden konnte.

Der verträumt dreinschauende Major Barashkukor stieß seinen vorgesetzten Offizier in die Rippen. *»Sir!«*

»Ich denke schon«, knurrte Ashnak.

»Willst du, Magdalene Amaryllis Judith Brechie van Nassau, Herzogin von Graagryk, erbliche Inhaberin des Goldenen Pflastersteins und Sechshundertundsiebter Admiral des Binnenmeers, diesen … diesen *Ork-Marine* zu deinem dir rechtmäßig angetrauten Ehegatten nehmen?«

»Ich denke darüber nach«, sagte Magda. »Ach, na schön.«

»Hiermit erkläre ich euch zu Mann und Frau, zu Ork-Ehegatte und Halbling-Eheweib«, endete der Priester, »und möge die Lady eurer Seele gnädig sein!«

Mit einer kuriosen Zartheit streifte Ashnak den Ring über den größten Finger der Halblingsfrau. Nur Sekunden später, so kam es ihm vor, stand er bereits im Schnee und Matsch draußen vor Graagryks Kathedrale. Die dicht gedrängte Menge hinderte ihn am Weitergehen.

»Also, mein Schatz ...«

Glockengeläut übertönte seine Worte.

Das Eis wurde von den Gargylen der Kathedrale gesprengt, so heftig hallte das tiefe Läuten durch die ganze Stadt. Die Bürgerwehr, in Samt und Spitze angetreten, präsentierte die Hellebarden und sperrte den Platz vor der Kathedrale gegen den Druck der Menge ab, als die Kathedralentüren weit aufgestoßen wurden.

»*Was?*«, brüllte Magda.

»*Vielleicht haben wir* ... ICH SAGTE, VIELLEICHT HABEN WIR ...«

Magda bedeutete ihm, während des Glockengeläuts zu schweigen. Ein Dutzend Ork-Trupps stürmten im Laufschritt nach draußen in den Schnee, brüllten und johlten und warfen mit Schneebällen. Company Sergeant Varimnak, deren schwarze Lederuniform sich sehr dunkel vor dem Weiß abzeichnete, brüllte Befehle.

Die Ork-Marines stellten sich in zwei exakten Reihen rechts und links neben dem Kathedraleneingang auf, legten ihr AK47 an und feuerten einen Salut über die Köpfe der Menge. Halblinge, Menschen und die wenigen anwesenden Elfen schrien auf und duckten sich. Die Orks brüllten vor Lachen und zielten die nächsten Salutschüsse tiefer.

»Marines, *Ach-TUNG!*«

Neunzig bestiefelte Füße stampften in den Schnee, als die Ehrengarde Haltung annahm. Die Ork-Marines an den Kathedralentüren präsentierten Streitäxte, Streithämmer und M60s.

»Also los.« Die Halblingsfrau drückte seine Hand mit überraschend kräftigem Griff. Ashnak sah sie an und grinste.

»Yo!« Er hob sie auf, mit Hochzeitskleid, langer Schleppe und allem, und setzte sie auf seine Schultern.

Die Halblingsfrau, in ihrem durchweg weißen Hochzeitskleid aus Satin, Seide und Spitze prächtig anzuschauen, wandte ihr unverschleiertes Gesicht zum strahlend blauen Himmel. Sie strampelte die Beine aus den Röcken, sodass die bestiefelten Füße auf der tonnenförmigen Brust des Orks ruhten, riss Ashnak die Schirmmütze vom Kopf und winkte damit freudig der Menge.

Major Barashkukor plusterte seine kleine Brust auf und brüllte: »Ein dreifach kräftiges Hurra für Herzog Ashnak und Herzogin Magda! Hip, hip …«

»HURRA!«

RATTATTATTA-PENG!

Eine Salve aus automatischen Waffen prallte von der Vorderseite der Kathedrale ab und Kugeln jaulten als Querschläger davon. Steinsplitter pfiffen und ein Gargyl kippte um und fiel mit dumpfem, ersticktem Krach in eine Schneewehe. Ork-Marines, die aus Wasserflaschen tranken, die ganz offensichtlich kein Wasser enthielten, fingen heiser an zu singen und wild um sich zu schießen. Major Barashkukor strahlte sie zu Tränen gerührt an.

»Ich liebe Hochzeiten«, stellte er fest.

Magda Brandiman zappelte auf Ashnaks Schulter herum und warf ihren Brautstrauß aus Winterblumen in die Menge. Eine untersetzte Gestalt in rosa Seide stieß einen Städter aus dem Weg, fing den Strauß auf und bellte mit schroffer Stimme: »Ich bin der Nächste!«

»Deine Stiefsöhne«, sagte Magda gesetzt, »brauchen *wirklich* die Hand eines Vaters …«

»Stiefsöhne!«, ächzte Ashnak.

Magda streckte eine Hand aus, auf der die Adern hervorzutreten begannen. Sie nahm Ashnaks verhornte Hand in die ihre. Ihr Ring fing das Feuer der Sonne ein. Er kniff die schräg stehenden Augen zusammen, und seine Krallen bohrten sich in ihr teures Seidenmieder, als er sie zu sich herunterzog, sodass er ihr einen Kuss mitten auf die Lippen drücken konnte.

»Einen bösen Ork kann man nicht beherrschen.«

Der orkische Herzog betrachtete die Halblingstadt Graagryk und sah Magda van Nassau an. Er rülpste und grinste.

»Das Letze Gefecht mögen wir verloren haben – aber den Krieg haben wir eindeutig gewonnen!«

Drittes Buch

VERBRECHEN DES KRIEGES

PROLOG

Der amerikanische Marine trat durch die offene Tür in die Bar *Steinbock und Zirkel*, wobei er den Kopf einziehen musste.

Amy hinter der Bar nahm ihn zuerst nur als Schatten vor dem Licht wahr. Sie setzte ihr berufsmäßiges Lächeln auf. »Was darf's sein?«

»Whiskey. Bitte.«

Ein amerikanischer Akzent mit einem leichten mitteleuropäischen Einschlag. Dreißig, vielleicht fünfunddreißig, mit einem geschmeidig federnden Schritt. Amy las die braunen Namensschilder, die über die Brusttaschen der frisch gewaschenen und gebügelten ockerbraunen Tarnjacke genäht waren: *STRYKER* stand auf dem einen, *U.S. MARINES* auf dem anderen.

Sich des Aufsehens bewusst, das sein Erscheinen bei der Stammkundschaft des Pubs erregte, hatte sie Zeit, den untersetzten Amerikaner zu mustern und die Tarnfarben zu registrieren, deren Anblick wochenlange Fernsehübertragungen vom Golfkrieg zu etwas Vertrautem gemacht hatten. Dann endete das Dartspiel im Hinterzimmer und einer der älteren Männer aus der Wohnsiedlung sagte: »Was trinkst du, Kumpel? Habt da unten verflucht gute Arbeit geleistet. Das ist jedenfalls meine Meinung. Verdammt gute Arbeit. Also, was trinkst du?«

Der amerikanische Marine stützte die Ellbogen auf den polierten Tresen. Unter einer Feldmütze glitzerte sein fast bis auf die Kopfhaut abrasiertes Blondhaar in der Kneipenbeleuchtung.

»Whiskey«, wiederholte er ruhig.

»Gut für dich, Kumpel. Amy!«

»Ich bin hier.« Sie schenkte dem Marine ein und beobachtete ihn beim Trinken, während sie andere bediente. Er hatte Fältchen um die Augen, als habe er viel Zeit damit verbracht, in die arabische Sonne zu blinzeln. Sie erinnerte sich an Fernsehbilder von ähnlichen, mit siebzig Pfund schweren Rucksäcken bepackten Männern, die durch felsige, von Flugzeugen zerbombte und von Minen verseuchte Wüsten marschierten. Wegen der Tarnjacke konnte man nicht sehen, ob seine kräftigen Arme und Schultern gebräunt waren, doch sie nahm es an. Sie versuchte mehr Blickkontakt herzustellen.

»Wie war's denn so da draußen, Kumpel?«, beharrte ein alter Mann. »Ich hab's in der Glotze gesehen. Hast du auch 'n paar Kameltreiber weggeputzt?«

Der Amerikaner trank die Hälfte seines Whiskeys. Er stützte sich so auf den Tresen, dass er sowohl den Schankraum als auch die Tür überblicken konnte. Amy wartete fast mit angehaltenem Atem.

Das kurze Tosen von Tornado-Kampfflugzeugen auf dem Weg zurück zur RAF-Basis Chicksands ließ das Gebäude erzittern. Der Marine zuckte mit keiner Wimper. Die anderen Gäste wandten sich wieder ihren Unterhaltungen zu oder sahen sich die Bilder im Fernsehen an, das über der Bar lief. Die Jüngeren amüsierten sich mit den Videospielgeräten und Amy wischte sich nervös und ein wenig aufgeregt die Hände am Trockentuch ab. »Tut mir Leid. Wirklich.«

Der Amerikaner hob den Blick von seinem Glas.

»Keine Ursache, Ma'am.« Die ruhige, akzentbehaftete Stimme veränderte sich nicht.

Draußen vor dem großen Barfenster zückte Darren – irgendwo zwischen siebzehn und neunzehn Jahren alt und mit Pionierstiefeln, der zivilen Ausgabe einer Militär-Drillichhose sowie einem zerrissenen Megadeath-

T-Shirt bekleidet – sein gezähntes schwarzes Messer nach SAS-Kommando-Art (nachempfunden) und zog damit lange Rillen über die Karosserie des parkenden Militärjeeps der U.S. Army. Er ließ die Luft aus den Reifen, indem er die Messerspitze in die Ventile drückte und schlitzte dann das Gummi auf.

»Du bist im Arsch!« Der ältere Jugendliche, Mark, wischte sich über die von Akne entstellte Oberlippe. Er sprach schleppend. Er beugte sich zu tief über Darren und sein Atem war heiß und stank nach Bier. »Du bist *fett* im Arsch! Wenn er rauskommt.« Er machte Bewegungen und Geräusche, als lade er ein Gewehr durch. *»K-tschaa!«*

»Ich hab kein Schiss vor dem!« Darren putzte sich seine triefende Nase. Er warf wachsame Blicke auf die Bartür.

Zwei überfüllte verrostete Autos schleuderten mit viel aufgewirbeltem Kies, Geschrei und geworfenen Bierdosen auf den Parkplatz. Mark verpasste ihm einen Rippenstoß.

»*Jawoll!* Mike und Billy sind zurück!«

In diesem Augenblick verließ der amerikanische Marine den Pub. Darren maß ihn von den Kampfstiefeln bis zur Breite seiner Schultern. Die blassen Augen des Mannes huschten über ihn hinweg und registrierten seine Anwesenheit, maßen ihr aber keine Bedeutung bei.

»Scheiß Ledernacken!«, grunzte Darren.

Mark lehnte sich gegen Darren und hob streitlustig die Stimme. »Für wen, zum Teufel, hältst du dich?«

Amy, die gerade Gläser von den Tischen im Biergarten des Pubs abräumte, hatte kurz innegehalten und ließ den Blick über die Landschaft wandern, wie sie von dem kleinen Dorf aus sichtbar war. Dort, zwischen den welligen Dünen der englischen Küste, verriet eine Funkstation die Anwesenheit eines NATO-Bunkers. Und dort, auf dem Ackerland und hin zur stark patrouillierten Nordsee, waren die weißen Bälle von Kugelkopftransmittern zu sehen …

Sie fuhr herum, als auf dem Parkplatz Bremsen quietschten und gleich darauf das hohle Krachen knirschenden Metalls ertönte. Sie lief zur Mauer, wobei sie sich sehr wohl der Tatsache bewusst war, dass die Gäste des Pubs aus dem Fenster starrten und zur Tür des Pubs gingen.

Ein großer Ford Escort schleuderte jaulend über den Parkplatz, die verbeulte Haube in der Seite des Jeeps der U.S. Army. Ein anderer Wagen versperrte die Einfahrt. Zehn oder zwölf Jugendliche, die Amy aus der Wohnsiedlung kannte, sprangen aus den Wagen und bauten sich in einer Reihe zwischen dem verbeulten Wagen und der Pubtür auf, sodass sie dem Amerikaner den Weg zu seinem Jeep versperrten.

»Ey, du, du hast meine Karre gerammt!« Aggressiv und zum Bestreiten der offenkundigen Lüge herausfordernd, trat ein hoch gewachsener und breitschultriger junger Mann dem Amerikaner entgegen. »Ich hab nur da gestanden und du bist einfach auf mich draufgefahren. Schon richtig. Was willst du jetzt machen?«

Der Marine sagte gelassen und mit jenem kaum merklichen deutschen Akzent: »Losfahren.«

»Nein, wirst du nicht, Söhnchen. Nie im Leben!«

Sechs von den jungen Männern fingen an, mit Fäusten und flachen Händen auf den Jeep einzuschlagen und ihn lachend hin und her zu schaukeln. Amy schnippte mit den Fingern in Richtung ihres Barmanns, der durch das Pubfenster schaute, und formulierte lautlos mit den Lippen: *Polizei. Anrufen.* Der Barmann nickte und verschwand.

Da ihr der Rückweg in den Pub über den Parkplatz abgeschnitten war, blieb Amy, wo sie war, und beobachtete, wie der große amerikanische Soldat stehen blieb.

Er betrachtete die schreienden, lärmenden Jugendlichen mit müder Hinnahme.

»Ich will keinen Ärger«, stellte er fest.

Der Jeep kippte nicht um. Der dunkelhaarige Jugendliche, in dem sie jemanden namens Darren zu erkennen glaubte, bellte: »Verfluchte Kamelficker. Ihr haltet euch für so richtig brandheiß, was? Na, dann *komm* doch. *Mach* irgendwas. Oder bist du 'n Weichei?«

Die Augen des Marines fixierten eine Stelle irgendwo, weder weit weg noch ganz nah. Sein Blick war weder besonders kalt noch wütend oder überhaupt irgendetwas, aber Amy spürte plötzlich, wie sich ihr der Magen umdrehte, da sie jäh Angst bekam, nicht um diesen gelassenen Mann, sondern um die halb betrunkenen, gewalttätigen Kinder, die sich mit ihm anlegten. Der Amerikaner hatte sich mit ökonomischer Eleganz bewegt, ohne auch nur einen Funken Energie zu verschwenden. Und jetzt stand er einfach da, ohne irgendwem irgendwas beweisen zu müssen, und wartete einfach, bis ihre Stimmen verstummten.

»Wenn ich ihr wäre«, sagte er, »würde ich von hier verschwinden, bevor die Bullen auflaufen.«

»Weichei! Schwule Mistsau!« Der dunkelhaarige Jugendliche reckte den Mittelfinger in die Luft. »Fick dich, du Arschloch!«

Amy drehte ihr Handtuch zwischen ihren plötzlich kalten, klammen Händen. Sie machte gerade in dem Augenblick einen Schritt auf sie zu und flüsterte dabei »Aufhören«, als die Bande Jugendlicher gemeinsam vorrückte. Die Füße des Amerikaners bewegten sich. Seine Augen weiteten sich.

Ohne jede Vorwarnung drehte die Erde sich plötzlich seitwärts.

Hinter dem Amerikaner gerann die Luft und *öffnete sich.*

Amy fiel und schürfte sich die Fingerknöchel an der

Parkplatzmauer auf. Ihre Fingernägel brachen ab, als sie die Finger in das Mauerwerk grub und die Fersen in die Erde bohrte, um nicht über den Parkplatz zu den umherkollernden Jugendlichen und dem Amerikaner zu rutschen. Der Boden drehte sich nach oben und zur Seite, sodass es so aussah, als hänge sie am Kies und werde zu dem riesigen schwarzen Loch in der Luft gezogen, das sich in der Nähe des Haupteingangs der Bar aufgetan hatte.

Der Amerikaner verschwand darin.

»Neiiiiiinnnnn …!«

Schreie, Gebrüll, das Weinen eines jungen Mannes. Luft wurde abgesogen wie aus einer lecken Flugzeugkabine. Das Knirschen von Metall, als parkende Wagen über den Kies schlitterten und sich ineinander verkeilten. Das scharfe Knacken splitternden Holzes, als das Pubschild zerbrach und *quer* durch die Luft fiel …

Ihre blutigen Finger verloren den Halt an der Mauer. Amy schrie auf und stürzte der Leere entgegen.

Der Druck ließ nach. Sie stürzte in gleitendem Bogen zu Boden, sodass Kies über ihre Arme und Beine ratschte, bis ihr Kopf gegen die Stoßstange eines Wagens krachte. Die Leiber junger Männer, denen die Luft aus der Lunge gesogen worden war, lagen lang auf dem Asphalt – wie nach einer Schlacht.

Danach waren Polizeisirenen und die der Feuerwehr zu hören und Menschen kamen aus ihren Häusern auf die Dorfstraße – es gab Verhaftungen wegen ungebührlichen Verhaltens. Ein Polizeisergeant kam und legte Amy seine Jacke um, während die Sanitäter sie auf Schock hin untersuchten und ihr die Hände verbanden.

»Es war wie ein Loch!« Sie sah mit rot umrandeten Augen auf. Eine Kohle der Angst glühte darin, die nicht erlöschen wollte, sondern in Zukunft immer ein Funke in ihr bleiben würde. »Ein *Loch.* In der Luft. Als hätte sich eine Tür hinter ihm geöffnet. Ich hab's gesehen – er ist *gefallen*. Nach nirgendwohin. Es war gar kein Platz, aber er ist einfach verschwunden. Ich … ich habe gesehen, wie es da ausgesehen hat, wo er hingegangen ist. Ich habe die andere Seite gesehen. *Und da hat es überhaupt nicht so ausgesehen wie hier.*«

Das erzählte sie, bevor das Fernsehen und die Zeitungsreporter und die Militärpolizei eintrafen. Danach erzählte sie ihre Geschichte nur noch einmal, bis ein anderer ruhiger, gefährlicher Mann in Marine-Uniform ihr befahl, still zu sein und zuzugeben, sich das alles nur infolge einer Gehirnerschütterung eingebildet zu haben, dass es eine Halluzination gewesen sei, typisch weiblicher Unsinn … und ob sie bitte *richtige* Angaben zum Verbleib des vermissten Mannes machen könne, Sergeant John H. Stryker vom U.S. Marine Corps?

1

Die Sommersonne brennt auf das Finale der ersten Saison von Graagryks Orkball-Liga herunter.

Tribünen voller Halbling-Arbeiter sehen sich das Spiel an und johlen hemdsärmelig und mit zusammengeknoteten Taschentüchern auf dem Kopf zum Schutz vor der Sonne.

»Natürlich«, merkte Kanzler Cornelius Scroop angewidert an, »ist dieses Spiel nur ein Zuckerbrot für die Massen.«

»URP!« Der große Ork Ashnak, granithäutig und so groß und breit wie ein Mensch, überragte die Halblinge in der herzöglichen Loge um einiges, als er sich auf seinem Sitz räkelte. Er wühlte in dem Fresskorb neben seinem Sitz herum, angelte sich ein halbes Wildschwein und versenkte seine starken Kiefer darin.

»General!« Scroop wischte sich vorwurfsvoll Schweinefett von seiner höfischen Kleidung.

»Meister Cornelius, ich bin dieser Tage sehr wählerisch in Bezug auf mein Essen.« Ashnak rülpste und warf den abgenagten Knochen über die Schulter. »Wie es sich für den herzöglichen Gemahl ziemt, weigere ich mich, irgendetwas zu essen, das noch nicht aufgehört hat, sich zu bewegen.«

Draußen in der offenen Arena tauchten schwitzende Ork-Marines die Köpfe in Wasserfässer und eilten aufs Spielfeld zurück, wobei sie das Wasser von ihren spitzen Ohren schüttelten. Staubwolken erhoben sich in die unbewegte Luft.

Ashnak erhob sich schwerfällig auf die kampfbestiefelten Füße und furzte mit einem Krach – so laut wie eine Granatexplosion –, während seine Körperfülle die Loge in Schatten hüllte. *»VORWÄRTS, IHR ORKS!«*

Im Stadion ging es hoch her. Eine Brise brachte den fauligen Gestank des Binnenmeers. In der herzöglichen Loge schwitzten Graagryks angesehene Halblinge in ihrem besten Staat: bauschige Seidenkniehose und Schnallenschuhe, stählerne Halsberge und Rapier, lange frisierte Locken und da und dort eine samtene Gesichtsmaske. Unten auf den Tribünen kauften sich Halbling-Arbeiter Pasteten und Wein und tauschten Wettscheine.

»TOR!«

Der Staub legte sich langsam. Er enthüllte ein Dutzend Ledernacken, die jubelnd umhersprangen. Und dreizehn hoch gewachsene, schlanke Leiber, die reglos auf dem Rasen lagen.

Halbling-Helfer eilten herbei, um die Opfer aus der Mannschaft der Dunkelelfen abzutransportieren.

Eine Halblingmutter in der herzöglichen Loge hielt ihrem Kind die Augen zu und ereiferte sich in missbilligender Weise und mit einer Miene, als rieche sie etwas noch Widerwärtigeres als schwitzenden Ork.

»*Das* ist schon besser.« Der Tau auf dem Spielfeld war längst verdunstet. Selbst unter den strohgedeckten Tribünen wurde es siedend heiß. Ashnak holte eine Magnumflasche Champagner aus seinem Fresskorb und schüttete sich die Hälfte in den Schlund und die andere Hälfte über den Kopf. Klebrige Höflinge funkelten ihn an.

Die Halbling-Cheerleader auf der anderen Seite der Arena skandierten: »Graagryk vor! G-R-DOPPEL-A, G-R-Y-KA: *Graaaaaagryk!*«

Am diesseitigen Rand der Arena führte Sergeant Varimnak die orkischen Cheerleader, indem sie im Gras lag und Kaugummi kaute. Jede ihrer kleinen, stachelhaarigen Orkfrauen trug beschlagene Lederstiefel und ein Bustier aus ziseliertem Stahl und jonglierte mit Streitkolben und Morgensternen, als seien es Pompons. Merkwürdigerweise waren die Tribünenplätze hinter ihnen nicht besetzt.

Zwei, vier, sechs und acht,
Wer wird von uns kaltgemacht!
E-L, F-E-N: Heulsusen!

»Halbzeit!«, rief der Troll-Schiedsrichter auf dem Spielfeld. »Neue Spieler!«

Ein muskulöser Ork, der bis zur Hüfte nackt war und darunter eine Drillichhose und blank polierte Stiefel trug, kam zur herzöglichen Loge marschiert und salutierte Ashnak.

»General Ashnak, Sir. Weitere Ork-Marines der Horde melden sich zum Orkballspielen, *Sir*! Bitten um Erlaubnis, diese fellfüßigen Schweinehunde in den Rasen rammen zu dürfen, Sir.«

Ashnak erwiderte träge den Gruß. »Erlaubnis erteilt, Sergeant Major Guzrak. Weitermachen.«

»Sir, ja, *Sir!*«

Ein Stück weiter entfernt legte Sergeant Major Guzrak den Arm um die Schultern eines der massigeren Ork-Marines und sprach mit ihm auf väterliche Art und Weise. »Soldat, ich habe eine gute und eine schlechte Nachricht. Die gute Nachricht ist, Sie haben es in die Orkballmannschaft geschafft. Die schlechte ist – als Ball …«

Hauptmann Simone Vanderghast knallte eine volle Geldbörse auf den Boden. »Die setze ich darauf, dass Eure Marines gegen uns verlieren, General!«

Ashnak betrachtete das Geld des Bürgerwehr-Hauptmanns. »Schon richtig, als Nächstes ist die Heimmannschaft an der Reihe. Ich halte!«

Er spie in seine schwielige Handfläche und streckte sie aus. Die Halblingsfrau schaute sie an, schluckte, schloss die Augen und schüttelte zaghaft Ashnaks Hand. Dann wischte sie ihre Hand wiederholt an den hölzernen Seitenwänden der Loge ab.

Aus dem Tunnel am anderen Ende des Stadions ritten zwanzig Halblinge auf gepflegten Ponys in die Arena. Zaumzeug und Steigbügel blitzten in der Sonne.

Ashnak hob die Augenbrauen. »Sie sind beritten!«

Simone Vanderghast bemerkte ein wenig selbstgefällig: »Die Regeln sagen nichts darüber, auf welche Art man sich auf dem Spielfeld bewegen kann.«

Ein Pony wieherte.

Der Mannschaftskapitän der Halblinge stülpte sich einen beschirmten schwarzen Helm über die Locken, schwang seine Reitgerte und galoppierte zur Mittellinie des Spielfelds. Wie die anderen stämmigen fellfüßigen Reiter trug er eine weiße Kniehose, Reitstiefel und ein leuchtend rotes Wams, dazu einen Schläger mit langem Schaft auf dem Rücken.

»Man ist spielbereit!«, rief er.

Ein Raunen erhob sich auf den Tribünen.

Einer von Ashnaks Adjutanten, ein schwarzer Ork im

Rang eines Second Lieutenant, lehnte sich auf seinem Platz vor dem General zurück.

»Die kleinen Kerlchen knien sich wirklich in dieses Spiel, nicht wahr, Sir?«

»So scheint es«, grollte Ashnak.

»Ich schätze, eine Kalaschnikow ist wohl tatsächlich eine Schusswaffe«, sinnierte der schlaksige Ork-Lieutenant versonnen. »Jedenfalls ist es schade, dass wir sie nicht benutzen dürfen, Sir. Aber so ist es sportlich wohl fairer. Streitäxte und Streithämmer, tja, da werden wirklich Erinnerungen wach, Sir, nicht wahr?«

Sein Kopf mit den ziemlich weit abstehenden Ohren und der Feldmütze in Waldtarnfarben wackelte Ashnak vor der Nase herum. Die Sitzreihen hatten kaum Ork-Format. Ashnak packte die Ohren des Orks, stieß den Kopf des Lieutenants nach vorn gegen das Schutzgeländer und schaute über seinen nun daliegenden Adjutanten hinweg wieder aufs Spielfeld.

»So ist es besser, Chahkamnit.« Ashnak lehnte sich behaglich zurück. »Jetzt kann ich das Spiel sehen.«

»Oh, wirklich gut, Sir …«, flüsterte eine schwache Stimme.

Cornelius Scroop wedelte mit seinem gedruckten Programmblatt vor Chahkamnits kummervoller Orkmiene herum. Es trug jedoch nicht merklich zu seiner Wiederbelebung bei.

Der Troll-Schiedsrichter bürstete sich den Staub des Spielfelds von den Knien, ohne sich bücken zu müssen. Er zog sein Lendentuch zurecht und brüllte so laut, dass er auch noch in der hintersten Reihe des Stadions zu verstehen war:

»Letzte Hälfte! Hier noch einmal die *Regeln*. Das Ziel des Spiels besteht darin, den Orkkopf in den Eimer zu schaffen. Die Ork-Marines in *den* Eimer und die Halblinge in *den*. Das sind *alle* Regeln. Der neue Ball muss jeden Augenblick hier sein!«

Irgendwo hinter den Tribünen ertönte ein Schrei, das Zischen von Metall und ein klebriges Klatschen.

»Und jetzt …«

Die Ledernacken auf den unteren Tribünen jubelten, als ein Linienrichter mit dem neuen Ball kam, der eine grüne Tropfenspur hinterließ und dessen Hauer in der Sonne glänzten.

»… spielt!«

Der Troll-Schiedsrichter warf den abgeschlagenen Orkkopf in Richtung Spielfeldmitte, lief schwerfällig zu den Tribünen und hechtete über eine hölzerne Trennwand. Ein paar Sekunden später tauchte ein optisches Gerät mit Metall und Objektiven über der Begrenzung des Bunkers auf.

»Ich muss schon sagen, General«, warf Cornelius Scroop missbilligend ein, »der Schiedsrichter scheint das Spiel nicht sonderlich unter Kontrolle zu haben.«

»Unter Kontrolle?«, fragte Ashnak verständnislos.

Simone Vanderghast kicherte und zeigte auf den Kapitän der Halblinge, der seinen Schläger hob und den Orkschädel damit weit in die Hälfte der Ork-Marines beförderte. »Eure Mannschaft ist noch nicht einmal auf dem Spielfeld, General.«

HHHHHHHHHHHH*RRRRRRRRRMMMMMMM!!!!*

An der Spitze eines Trupps von fünfzehn Ledernacken ließ Sergeant Major Guzrak den Motor seiner Harley Davidson an und knatterte auf das Spielfeld. Seine Orks, die ihre Motorräder lässig mit einer Hand lenkten und in der anderen einen Poloschläger hielten, schwärmten aus. Die Sonne funkelte auf Schwertern und Streitkolben, die sie auf dem Rücken trugen.

»Aber«, protestierte Cornelius Scroop, »aber … aber …«

Guzrak ließ seine Harley im Halbkreis herumschleudern und salutierte.

»Ich muss schon sagen«, warf Second Lieutenant Chahkamnit benommen ein. »Der Sergeant Major hat ein Maskottchen am Lenker. Wie niedlich.«

Ashnaks Brauen senkten sich in einem gewaltigen Stirnrunzeln. Er starrte böse auf den rosa Stoffork, der Guzraks Harley Davidson schmückte. Der Marine-Sergeant geriet ins Schwitzen und trat nervös von einem Fuß auf den anderen.

»Das bringt Glück, Sir. Ehrlich, Sir.«

»Ich meine«, schnurrte Ashnak, »wir sollten besser gewinnen. Sie nicht auch?«

Schweiß lief über Guzraks grünes Gesicht. »Ja, Sir!«

Vom wolkenlosen Himmel brannte die Sonne herab. Halbling-Linienrichter spritzten mit Wasser, um den Staub in Grenzen zu halten. Die Menge brüllte und stimmte Sprechchöre an.

»Man hat den Ball!«, rief eine füllige Halblingsfrau in einer roten Jacke, indem sie sich von ihrem Pony herunterbeugte, um den Orkschädel nach vorn zu schlagen. »Man hat den … *urk!*«

Sergeant Major Guzrak verhakte seinen Schläger mit dem der Halblingsfrau, riss sie gekonnt aus dem Sattel und fuhr dem davonhüpfenden Orkschädel hinterher.

Die Halblingsfrau richtete sich benommen auf. »Man *hatte* den Ball …«

Simone Vanderghast holte sich einen steifen Hals, so oft und lange starrte sie zu Ashnak empor. »General, habt Ihr jemals in Erwägung gezogen, dieses Spiel anständig zu spielen?«

»Ja.«

Halblinge sprangen jubelnd auf, als vier der rot berockten Reiter zur Seitenlinie galoppierten, ihre Schläger wegwarfen, Kurzspeere aufhoben und zurückstürmten, um den Halbling mit dem Ball abzuschirmen. Ein Ork auf einem Motorrad kam einen Augenblick zu spät zum Stehen.

»Betreuerstab!«, bellte Sergeant Major Guzrak. »Wir

brauchen einen Leichensack! Abtransport eines Marine-Leichnams vorbereiten. Leichnam … Moment noch, Moment … Leichnam abtransportiert! Einwechslung vorbereiten.«

Die Halblingreiter galoppierten über das Spielfeld und einer schob seinen Speer zwischen die Radspeichen eines Motorrads. Die Harley überschlug sich. Die Fahrerin saß breitbeinig auf dem Boden und schüttelte den Kopf.

Die stämmige Halblingsfrau sprang von ihrem Pony ab, schwang sich auf das Motorrad und gab – den Schläger schwingend – Gas. »Man hat den Ball! Man *hat* den B…«

Die Orkfrau, die ihre Harley an die Halblingsfrau verloren hatte, nahm die Schulter herunter und rammte das Motorrad wie ein Stier. Die Halblingsfrau flog über den Lenker und fiel auf den Rasen. Die Orkfrau schwang das Motorrad gekonnt herum, stieg wieder auf und brauste los. Einen Streitkolben in der einen und den Schläger in der anderen Hand, fuhr sie auf die Halblinge los.

Der Kapitän der Halblinge klemmte sich den Schläger wie eine Lanze unter den Arm, das spitze Ende nach vorn gerichtet. Er drückte seinem Pony die Sporen in die tonnenförmigen Seiten und galoppierte der Orkfrau aus der anderen Richtung entgegen. »Waidmannsheil, sage ich!«

Klatsch!

»Das ist besser, als Bauern zu jagen, was?«, rief der rot berockte Halbling fröhlich über die Schulter zurück, als er davonritt.

Ashnak hörte ein tiefes Knurren durch die Ränge des Stadions wandern. In einigen Reihen wurden Buhrufe laut.

»Also, ist das zu fassen?«, rief Cornelius Scroop. »Wie können sie ihre eigene Mannschaft ausbuhen? Undankbarer *Plebs*.«

»*Ich* habe den Ball!«, kreischte die stämmige Halblingsfrau, die immer noch ohne Untersatz war und zu Fuß aus dem Getümmel kam. Der Ball tropfte grün auf ihren roten Rock. Sie schwenkte ihn triumphierend. Ashnak sah ihre verblüffte Miene, als zwanzig Halblinge zu Pferd und vierzehn Orks auf Harley Davidsons auf den Fleck, wo sie stand, zurasten.

Die daraus resultierende Staubwolke verdunkelte drei Viertel des Spielfelds. Der ob der Motorradabgase ein wenig blasse Kanzler Scroop wedelte mit der Hand vor seinem Gesicht herum.

»Wir haben den Ball, Sir!«, rief Guzrak, als er auf seinem ramponierten Motorrad aus dem Durcheinander auftauchte.

»*Wir* haben den Ball«, widersprach der aus der Staubwolke galoppierende Kapitän der Halblinge. »Wir haben den … äh …«

Der Halbling hielt einen unverwechselbar lockigen Kopf in die Höhe.

»Du meine Güte …«

»Das ist schon besser!«, begeisterte sich Ashnak. »*Vorwärts, ihr Orks!* Mein Geld ist mir sicher«, fügte er an die aschfahle Simone Vanderghast gerichtet hinzu und widmete sich dann wieder der Beobachtung des Spiels. Er kniff die Augen zum Schutz vor dem grellweißen Sonnenlicht zusammen und jubelte gemeinsam mit den Halbling-Arbeitern, die die Tribünen füllten.

Der Halbling-Kapitän galoppierte wütend zum Eingangstunnel und zügelte sein Pony.

»Du da!«, rief er. »Bring mir mein Reserve-Reittier!«

Eine riesige Gestalt schälte sich aus der Hitze und dem Staub.

»Ach, *was*!« Ashnak hieb mit der Faust auf die Armlehne seines Sitzes und das Holz splitterte. »Foul! Der Schiedsrichter muss blind sein! Zumindest«, fügte der

Ork-General hinzu, »wird er es bald sein. Chahkamnit, machen Sie eine entsprechende Notiz.«

Der schlaksige schwarze Ork, der nun ganz am Rande von Ashnaks Gesichtsfeld saß, murmelte: »Sehr nachsichtig von Ihnen, Sir. Sehr sportlich.«

Ashnak stützte den Ellbogen auf die Sitzlehne vor sich und Simone Vanderghast kicherte ihm ins Ohr, während der rot berockte Kapitän der Halblinge auf einem riesigen, zotteligen Kriegsmammut in die Arena ritt. Es trompetete und stampfte dem Marine-Ende des Spielfelds entgegen.

»Kein Grund zur Furcht, ihr Orks!« Sergeant Major Guzrak schwang sich von seiner Harley und stand zackig-bequem. »Ich habe eine unfehlbare Methode, mit derart niederträchtigen Kriegsgeräten umzugehen, die ich an der Ostfront gelernt habe. Ein anstürmendes Mammut wird niemals auf einen gefallenen Ork treten! Legt euch hin und stecht aufwärts, wenn er über euch hinwegstürmt!«

Der muskulöse Ork-Sergeant legte sich auf den Rasen, wälzte sich auf den Rücken und zückte sein Bajonett.

Platsch!

»Deswegen also hatten wir so viel Ärger an der Ostfront«, stellte ein berittener weiblicher Ork-Corporal fest. Sie hielt ihre Harley an, bückte sich und setzte etwas Winziges auf dem Boden ab, das in eine ebenso winzige Rüstung aus Kettengliedern gehüllt zu sein schien.

»Was ist das?«, rief Ashnak nach unten.

»Eine Kriegsmaus, Sir«, brüllte der Corporal über das verängstigte Trompeten des fliehenden Mammuts hinweg.

Ashnak sprang auf.

»Also gut, Marines! In Abwesenheit von Sergeant Major Guzrak – komme *ich* nach unten und übernehme die Mannschaft!«

Die Ork-Marines jubelten. Die Halblinge auf den Tribünen jubelten ebenfalls. Simone Vanderghast schnitt eine finstere Miene.

»Ehegatte und Gemahlin«, sagte eine neue Stimme.

Ashnak krempelte die Beine der Hose in urbaner Tarnfarbe hoch, die er in den hohen Schnürstiefeln trug. Er nahm die Schirmmütze ab, die zwischen seinen Ohren klemmte, sodass die Stammesnarben der Kampf-Agaku und verschiedene Tätowierungen der Marines zu sehen waren.

»Magda!«

Ashnak jauchzte, schob der Halblingsfrau eine Hand zwischen die Beine und hob sie in einem Wirbel schwarzer Lederröcke in die Höhe. Die Würdenträger der Stadt begleiteten dies mit Lauten der Missbilligung. Er nahm ihr Kinn in die Hand und drückte ihr einen feuchten Kuss mitten auf den Mund. Ihre Zunge sondierte pfeilschnell seine.

»Ich bin gerade von den Waffenfabriken zurückgekehrt.« Magdalene van Nassau, die Herzogin von Graagryk, nahm Platz und ordnete die Falten und Lagen eines hautengen, bis zum Boden reichenden Lederkleids neu. Ihre Hand fiel in den Schoß von Ashnaks Hose, packte zu und drückte kräftig. Als die versammelten Ratgeber daraufhin den Blick abwendeten, bewegte sich ihre Hand in der Zeichensprache der Diebe. Ashnak, der zunächst noch andere Dinge im Kopf hatte, entzifferte dann:

– Wichtige Neuigkeiten! Ich darf in der Öffentlichkeit nicht darüber reden. Selbst diese Zeichensprache wird vielleicht mitgelesen!

»Ich bin gleich bei dir, mein Schatz!« Ashnak setzte über die Trennwand der Loge hinweg, sprang auf das Spielfeld und lief dem Durcheinander aus Motorrädern, Ponys, Halblingen und Marines entgegen.

Magda murmelte orkische sexuelle Verirrungen in

fünfzehn verschiedenen Sprachen vor sich hin. Sie bedeutete ihrem ehemaligen Dienstmädchen und der jetzigen Hofdame Safire mit einem Fingerschnippen, ihr in der Sommerhitze Kühlung zuzufächeln. Sie applaudierte dem Spiel mit förmlichem Klatschen. Und wandte sich an Cornelius Scroop.

»Unsere Verkaufsvertreter im Ausland sind *extrem* erfolgreich … Ich bin mit dem Schatzmeister zurückgeritten. Er hat mir viele interessante Kleinigkeiten zugetragen – den Salpeterpreis in Shazmanar, Gerüchte von der Küste weiter oben im Norden, denen zufolge die Riesenkrake eine Gefahr für die Handelsschifffahrt darstellt, Königin Shulas Liebhaber … Aber ich sollte Euch nicht weiter mit Tratsch langweilen. *VORWÄRTS, IHR WAHNSINNSORKS!*«

Unten auf dem Spielfeld bestieg Ashnak eine Harley Davidson mit einer Reihe von Aufklebern auf dem Motorgehäuse, dessen Letzter den schräg durchgestrichenen Kopf eines Dunkelelfs zeigte. Er ließ den Motor an. Der bullernde Motorenlärm peitschte seine Ohren. Auf den Tribünen sprangen Reihen von Halblings-Arbeitern von ihren Sitzen auf und zehntausend weit aufgerissene Münder bildeten große *O*s.

»Der Halbling da.« Ashnak zeigte auf den schnellsten Reiter, einen kräftigen, fast vier Fuß großen, lockenköpfigen Burschen. »Terminierung mit allem Nachdruck!«

»Ja, Sir!« Der weibliche Corporal gab Gas, löste ihren Streitkolben aus dem Rückenhalfter, beschrieb einen Kreis, der sie hinter Pony und Reiter brachte, und schwang die Waffe.

Das reiterlose Pony galoppierte vom Feld.

Der Corporal warf einen zweiten Reiter von seinem Pferd und rammte dann mit Streitkolben in der einen und Streithammer in der anderen Hand die Überreste beider Halblinge in den Rasen.

»Etwas übertrieben, Corporal.« Von dem im Leerlauf

tuckernden Motorrad warf Ashnak einen Blick auf das, was noch übrig war.

»Na ja …« Der Corporal grinste. »Sie wissen ja, wie das ist, wenn der Mond so steht wie jetzt, Sir.«

Der Trupp orkischer Motorradfahrer bildete über die ganze Breite des Spielfelds eine Linie, Ashnak in der Mitte, und knatterte los. Fünf der Ponys bäumten sich auf und flohen mit ihren Reitern. Der Kapitän der Halblinge, dessen roter Rock mit Staub und Blut befleckt und der mittlerweile zu Fuß war, schwang wütend seinen Poloschläger.

»Man wird sich nicht von einem jämmerlichen Haufen Anfänger schlagen lassen!«

Von einer der Tribünen rief eine unbekannte Stimme: »Machst du Witze, Meister?«

Die Reihe der Motorradfahrer brach durch.

»YO, DIE MARINES!«

Ashnak quetschte den abgeschlagenen Orkschädel in den Eimer der gegnerischen Mannschaft. Die Halblinge auf den Tribünen sprangen auf und applaudierten mit lautem Geschrei. Zur Rechten Magdas hielt eine Mutter ihr Kind hoch, damit es das Spielfeld besser sehen konnte, und der Speichel flog aus ihrem Mund, als sie heulte: *»Sind das Marines?«*

Der Halblingknirps lispelte: »Das sind Mawines, Mama!«

Mit Federn geschmückte Hüte wurden in den sonnigen Himmel geworfen. Trommeln schlugen. Die Entsorgungstrupps rollten mit ihren Karren und Schaufeln auf das Spielfeld, während die Bösemädelz-Cheerleader an der Anzeigetafel das Endergebnis von 1:0 einstellten.

Die überlebenden Ledernacken warfen sich in die Brust und salutierten wie ein Mann, als Ashnak in die herzögliche Loge zurückkehrte. Magda beugte sich hinunter und reichte ihm ihre Hand zum Kuss.

»Ich muss mit dir reden!«, zischte sie.

Der Ork leckte den Schweiß von ihrer Handfläche. Er griff nach oben und steckte Vanderghasts Börse ein. »Schon klar ...«

»Ähem!« Ein breitschultriger weiblicher Ork-Marine kam zur Loge der Herzogin getrottet und hustete diskret – diskret für einen Ork. Sie trug grünen Tarndrillich, ihre Haarsichel war bis auf den vorschriftsmäßigen Viertelzoll abrasiert und ihre Stiefel glänzten. Magda schloss daraus, dass es sich nicht um ein Mitglied der Einsatztruppen, sondern um eines der Garnison handelte.

»Sir, bitte um Verzeihung, Sir! Nachricht aus der Kaserne. Sie werden dort umgehend gebraucht, Sir.«

Ashnak wischte sich Sputum vom Oberschenkel seiner Hose. »Ich bin beschäftigt! Sagen Sie Lugashaldim, er soll es selbst regeln. Oder ich reiße Ihnen den Kopf ab und dann können Sie ihm *den* anstelle einer Antwort bringen!«

»Sir, ja, Sir!« Ihre ledrige Stirn glänzte in der Hitze der Südkönigreiche und auf der grünen Haut standen Schweißperlen. »Bitte um Verzeihung, Sir, *nein*, Sir. *Sie* werden gebraucht, Sir.«

Ashnak küsste Magdas Hand. »Du wirst mich entschuldigen müssen, meine Kleine. Überreiche den Pokal der Orkball-Liga und verleihe die entsprechenden posthumen Orden.«

»Komm schnell zurück, Zuckertorte!« Magda blies ihm einen Kuss zu. Ihre winkenden Finger bewegten sich und signalisierten:

– Verdammt, Marine, ich muss sofort mit dir reden!

Vor dem Stadion starrte Ashnak seinen Corporal finster an. Die Orkfrau salutierte mehrmals rasch hintereinander und sah aus, als wollte sie das auch noch unendlich lange fortsetzen. Ashnak hob sie am Gürtel hoch und warf sie kopfüber gegen die Stadionmauer. Das Mauerwerk hielt.

»Reißen Sie sich zusammen!«, fauchte er.

Der Corporal rappelte sich schwankend auf. Sie machte Anstalten, wieder zu salutieren, besann sich dann aber eines Besseren. »Vertrauliche Nachricht für den General von Lieutenant Lugashaldim, Sir. Melde gehorsamst, in der Kaserne wartet ein Besucher auf den General.«

* * *

Zur selben Stunde, viertausend Meilen südwestlich von Graagryk und dem Binnenmeer auf der anderen Seite der gesamten ausgedehnten Zivilisation der Südkönigreiche und jenseits der Wüsten des Endlosen Sands betrat ein Ork-Marine das Podium auf dem Marktplatz von Gyzrathrani.

Zwei Marines flankierten ihn: ungeschlachte granithäutige Orks, die bis auf eine ockerbraune Drillichhose und Patronengurte mit halbzölligen Patronen quer über der muskulösen Brust nackt waren. Die äquatoriale Sonne von Gyzrathrani brannte auf ihre Kevlarhelme und M16s nieder.

Zwischen ihnen, drei Fuß und sechs Zoll groß und die spindeldürren Ohren unter einen schwarzen Stetson geklemmt, zupfte der Ork an seinen schwarzen Lederhandschuhen, schnippte das letzte Stäubchen Wüstensand von seiner schwarzen Paradeuniform und drückte sich eine Ray-Ban-Sonnenbrille fester auf die kleine Schnauze.

Er stieg auf eine Munitionskiste, die oben auf dem Podium stand.

»Meine Damen: guten Morgen!«

Er tippte mit einer ordentlich gestutzten Kralle gegen das Ständermikrofon auf dem Podium, das sofort aufjaulte. Das Geräusch hallte über die Palmen, gebrannten Ziegel und Bienenstock-Bauten von Gyzrathrani. Mehrere der versammelten Heerführerinnen – Menschenkriegerinnen mit gefiedertem Kopfschmuck und langen Gewändern – wichen zurück, die mit Quasten verzierten Speere erhoben, bis eine rief: »Das ist nur Magie!« Eine andere fügte hinzu: »Und nicht einmal besonders starke!«

Aus Fensterschlitzen in den hohen bienenstockartigen Häusern sahen die Augen von Gyzrathranis abgesonderten männlichen Menschen zu. Entferntes Kichern war gerade noch zu hören.

»Ich bin Ihr Marine-Vertreter, Major Barashkukor«, verkündete der kleine Ork. »Die Vorführung, die Sie verlangt haben, wird sogleich beginnen.«

Barashkukor warf hastig einen Blick auf seinen Trupp, der auf dem Pflaster unter dem Podium versammelt war. Unter dem offenen Armeelaster sammelte sich Mittagsschatten. Vom Boden stiegen Licht und Hitze auf. Die zwölf Ork-Marines in ockerbraunem Wüstentarndrillich luden rasch einen großen Haufen Kisten, Kästen und Stahlbehälter vom Laster ab.

»Wir hier von der Marine-Abteilung Verkauf und Kundendienst«, fuhr Major Barashkukor freundlich fort, »freuen uns, die Kriegerinnen von … von der schönen Stadt … von der wunderbaren Stadt …«

»Gyzrathrani!«, zischte der Corporal neben ihm.

»… Gyzrathrani zu einer unserer privaten Verkaufsvorführungen begrüßen zu dürfen. Also los, ihr Orks, Bewegung!«

Die beiden Corporals verließen das Podium und mischten sich unter die Menge. Die hoch gewachsenen, grell berobten und gelangweilten Kriegerinnen machten kaum Platz, um die Marines passieren zu lassen.

»Meine Assistenten«, fuhr der Major fort, während er an einem Ohr zog und es wie eine Haarlocke um seinen mageren Finger wickelte, »werden die verfügbaren Waffen vorführen. Aber lassen Sie mich Ihnen zunächst ein wenig über uns erzählen.«

Auf dem Platz hielt eine Gruppe von vier Orks je eine Kalaschnikow hoch über dem Kopf, dann folgte das gebogene Magazin, das alle vier zur gleichen Zeit in die Waffe rammten.

»Wir sind die Ork-Marine-Rüstungsgesellschaft.« Barashkukor warf sich stolz in die Brust. »Seit, ach, das müssen nun ... über sechs Monate sein, bieten die Ork-Marines jetzt kritischen, urteilsfähigen Kunden die am höchsten entwickelten Infanterie-, Panzer- und Luftwaffensysteme sowie alle damit verbundenen Dienstleistungen an. *Wir* begegnen Gefahren für *Ihre* Sicherheit!«

»Vollautomatisches – *Feuer!*«, rief der Ork-Corporal. Die vier Orks legten ihre Kalaschnikows an die ledrigen, muskulösen Schultern und drückten ab.

Rattattattattatta-PENG!

Ziegelsplitter flogen über den Platz und veranlassten Gyzrathranis Kriegerinnen, die Hände in die Höhe zu werfen und Schutzzauber zu murmeln. Schreie ertönten, als diese versagten. Die Kriegerinnen starrten auf die Krater in den Ziegelmauern ihrer bienenstockartigen Häuser.

»Unsere Reputation«, fuhr Major Barashkukor ungerührt fort, »beruht auf unserer originellen Produktpalette und einer überragenden Fertigungstechnik. Die Ork-Marines sind anerkanntermaßen tonangebend auf den Gebieten Anti-Terror, Sicherheit und Schutz sowie allgemeine Gesamtfeuerkraft.«

Die Ork-Marines machten sich in der Nähe des Lasters zu schaffen und tauchten mit Vorrichtungen auf den Schultern auf, die wie Stahlrohrbündel aussahen. Der Corporal ließ den Blick über den Platz schweifen und zeigte schließlich mit knorrigem Finger auf das höchste Bienenstockgebäude. »Ziel dreißig Meter, zehn Uhr, hoch, ein Schuss, Feuer!«

WUMMMM!

»Wir sind ganz besonders stolz« – Barashkukor schnippte geistesabwesend Ziegelstaub von den Manschetten seiner Uniformjacke – »auf unsere Raketensysteme für die Infanterie. Wir sind uns vollständig klar über die verschiedenen Bedürfnisse unserer Kunden. Unsere in Zusammenarbeit mit diversen Königreichen, Herzogtümern, Kriegstrupps, Imperien und unabhängigen Stadtstaaten gesammelte Erfahrung versetzt uns auf ideale Weise in die Lage, Sie über unsere mannigfaltigen Vollstreckungssysteme zu informieren.«

Die beiden Corporal-Veteranen unter dem Podium wechselten einen Blick, hauchten: »*Was* sagt er?«, und zuckten die Achseln.

Rauch und Staub legten sich über den Marktplatz und verhüllten den blauen Himmel. Die schmalen Straßen auf der Westseite waren jetzt durch einen Haufen Geröll blockiert, das lawinenartig von dem demolierten Gebäude bröckelte. Die Kriegerinnen Gyzranthranis, die sich zu den gestreiften Markisen und Palmen an den Seiten des Platzes zurückgezogen hatten, fingen an, mit den Füßen zu stampfen und rhythmische Wüstenmagie zu skandieren.

»Sollten Sie unsere Systeme kaufen«, fuhr der orkische Major fort, »werden diese zusammen mit Kadertruppen der Ork-Marines ausgeliefert, die Sie in ihrer Benutzung unterweisen, Ihnen Ratschläge in Bezug auf Taktik und Strategie geben, für eine untergeordnete Befehlsstruktur sorgen und …«

KA-WUMM!

»Wir sind außerdem stolz …« Barashkukor nahm seinen Hut und die Ray-Bans ab. Er begutachtete den Steinsplitter, der sich in den Stetson gebohrt hatte, zuckte die Achseln und setzte den Hut wieder auf. Er blinzelte in die hoch aufsteigende Säule aus schwarzem Rauch und orangefarbenen Flammen, die jetzt die östlichen Straßen von Gyzrathrani blockierte. »Außerdem sind wir stolz, möchte ich anmerken, auf unsere Panzerabwehrwaffen. Meine Damen, unsere Waffensysteme haben den Vorteil, dass sie gänzlich immun gegen feindselige Akte der Magie …«

Schreiend und mit erhobenem Speer stürmte eine Krieger-Magierin Gyzrathranis dem Podium entgegen. Mit verzerrtem Gesicht schrie sie mächtige Zauber und Flüche. Der orkische Corporal hob sein M16, seufzte und schoss ihr zwischen die Augen. Der Schwung trug sie weiter, bis sie gegen das zusammenklappbare Podium prallte, genau unter dem Spruchband, auf dem zu lesen war: *Ork-Marine-Rüstungsgesellschaft – Unser Geschäft Ist Das Töten.*

»Gänzlich immun gegen Magie … wo war ich stehen geblieben? Ach ja.« Barashkukor strahlte über den Platz in die allgemeine Richtung jener Kriegerinnen, die Deckung in Häusern genommen hatten. Er setzte die Lautstärke seines Mikrofons herauf.

»Unsere Waffen besitzen einen weiteren Vorteil gegenüber der Magie, meine Damen, nämlich insofern, dass Magie zwar zweifellos überlegen ist, aber Jahrzehnte der Ausbildung erfordert. Und unsere Waffen mögen zwar strategischer Magie auf planetarer Ebene unterlegen sein, können aber bereits nach dem üblichen zwölfwöchigen Marine-Ausbildungskursus eingesetzt werden. Ich bin sicher, Sie können die Vorteile erkennen, wenn es darum geht, einen kurz entschlossenen Feldzug zu führen oder auf einen unprovozierten Vergeltungsschlag zu reagieren.«

Der orkische Marine-Trupp wandte sich im Laufschritt einem kleinen Metallanhänger zu, auf dem ein spitz zulaufender Metallzylinder ruhte. Als sie das sahen, beschleunigten die berobten und Speere tragenden Kriegerinnen von Gyzrathrani ihre hektischen Beschwörungsgesänge.

»Das Gebäude *da*!«, rief der Corporal mit der Miene eines Orks, der Spaß an seiner Arbeit hat. »Weg damit!«

WUMMMMM!

»So wird's gemacht!«

Barashkukor hustete Ziegelstaub, der sich auf seine Bronchien gelegt hatte. In der anschließenden Stille krochen Kriegerinnen unter abgeknickten Palmen und hinter eingestürzten Mauern hervor, da ihnen nun jeglicher Fluchtweg durch eingestürzte Häuser im Norden des Platzes und das Marine-Podium im Süden versperrt war.

»Kriegerinnen von Gyzrathrani!« Barashkukor zeigte mit ausladender Geste auf die Kisten, die sich noch auf dem Laster befanden. »Nun, da wir Ihnen einen Teil unserer Spitzenprodukte vorgeführt haben, lassen Sie mich Ihnen einige der weniger kostspieligen gebrauchten Systeme vorstellen, die wir Ihnen anbieten können. Also, diesen Sonderposten M16-Sturmgewehre mit M203-Granatwerfer haben wir selbst von den Syannis zurückgekauft – wie Sie wissen, kämpft der Syannis-Stamm aus religiösen Gründen nur alle fünfundzwanzig Monate einen Monat lang, also kann ich wohl mit Recht behaupten, dass es sich bei diesem Sonderangebot um praktisch neuwertige Ware handelt ... Höre ich ein Gebot?«

Es wurde allgemein recht lebhaft geboten.

Später, als der Laster und die Begleitfahrzeuge zur nächsten Siedlung unterwegs waren, entspannte sich Major Barashkukor in seinem Befehlsfahrzeug, während sie nach Süden holperten. Die Stahlkassette quoll von Silberbarren und Kupferreifen über. Seine breiten Nüstern blähten sich ob des Geruchs nach heißem Metall und Öl – und er seufzte vor Vergnügen.

»Nur noch zwei Siedlungen. Schön, dass sich diese Dienstreise langsam ihrem Ende nähert«, sagte er. »Finden Sie nicht auch, Corporal?«

Ork-Corporal Uzkaddit, sein Fahrer, zuckte die mit Muskeln – wie mit Felsblöcken – bepackten Achseln und grinste. »Die Arbeit hat auch ihre guten Seiten, Sir.«

»Wohl wahr.« Der kleine Ork seufzte. »Aber ich vermisse doch die gute alte Kaserne zuhause in Graagryk ...«

* * *

Ashnak stürmte so schnell durch die Tür ins Vorzimmer seines Büros, dass die drei Marines in seinem Kielwasser vorübergehend nicht mehr mitkamen.

Plötzlich drang der süßliche Geruch nach verwesendem Fleisch in Ashnaks behaarte Nüstern. Seine ledrige Haut schauderte unter einer widerwärtigen Kälte. Mit einem feuchten Knarren erhob sich eine hoch gewachsene Gestalt von seinem Schreibtischstuhl.

Die verrottete Uniform mochte früher einmal einem Ork-Marine gehört haben. Die schwarze Hose und der Wollpullover mit den Epauletten waren weiß von Schimmel und hingen in Fetzen herunter. Albinotisches Fleisch, getrocknet und mumifiziert, klebte noch immer an der Skelettgestalt, die vor Ashnak stand. Zwei schleimweiße Augäpfel bewegten sich in ihren Höhlen. Die Sonne blitzte auf nackten Rippen und fleischlosen Armen, als der teilweise verweste Orkleichnam salutierte.

»Ssssir ...«

»Lieutenant Lugashaldim.« Ashnak ignorierte den Salut und packte seinen untoten Offizier vorn an seinem verrotteten Sonderstaffel-Pullover. »Wir haben einen Besucher, mit dem Sie nicht fertig werden, also lassen Sie mich aus dem verdammten Orkball*finale* holen, um die Sache zu regeln – Ihr Arsch wackelt, Soldat!«

Man ist immer schnell versucht, die Marines der Untoten Sonderstaffel wegen Unverschämtheit zusammenzustauchen.

»Sssir, die USS kann nichts gegen ihn ausrichten. Wir brauchen Sie hier!«

Ashnak ließ Lugashaldim los, zog seinen Gürtel hoch, der Mühe hatte, die enorme Leibesfülle zu umspannen, und zog seine Dienstpistole. Die Desert Eagle verschwand fast in seiner knorrigen Hand. Er schnippte mit den Fingern in Richtung seiner drei mit M16s bewaffneten Marines. »Die Tür, aufbrechen, *jetzt*.«

Der erste Marine ging rasch auf die entfernte Seite der Tür zu seinem Büro. Seine Partnerin schmiegte sich diesseits der Tür flach an die Wand, die Waffe erhoben. Auf ein Nicken der beiden anderen Marines trat der erste Ork die Tür auf und der dritte stürmte mit angelegtem M16 hinein und bellte mit heiserer Stimme: *»Keine Bewegung, Arschloch!«*

Ashnak drängte sich in sein Büro, die Pistole immer noch in der Hand. Die heiße Sonne Graagryks schien auf Wandkarten, teilweise auseinander genommene Waffen, Handbücher und Lehrbücher über Strategie, Kartentische, Feldtelefone, eine massive Schreibmaschine und den riesigen Schreibtisch aus Stein, der (unter nicht geringen Schwierigkeiten) über die vierhundert Meilen Gelände des so genannten Grats zwischen der Marine-Basis Nin-Edin im Dämonenfeste-Gebirge und Graagryk transportiert worden war.

Eine Gestalt saß hinter dem Schreibtisch.

»Soll ich den Wichser wegpusten, Sir?« Der Ork-Marine, der die Rolle des ersten Manns an der Tür übernommen hatte, hob sein M16 an die Schulter.

Die Temperatur im Raum sank. Es wurde so kalt, dass der Feuchtigkeitsfilm auf Ashnaks Augäpfeln gefror. Er lachte kehlig, schob ein Bein auf die Kante seines eigenen Schreibtischs, setzte sich, holte eine dicke Pfeifenkrautzigarre heraus und schob sie sich in einen Mundwinkel.

»Raus!«, knurrte er. »Lugashaldim, Sie auch. Bleiben Sie draußen auf Posten. Bewegung, ihr Schwachköpfe!«

»Sir, ja, Sir!«

Das Trappeln der Ork-Marine-Stiefel fand seinen Höhepunkt im Zuschlagen der Bürotür. Ashnak rutschte herum, bis er eine bequemere Sitzhaltung gefunden hatte, schlug mit einer Kralle gegen den Steinschreibtisch, um einen Funken zu erzeugen, und zog tief an der aufleuchtenden Zigarre.

Reif tropfte von den Fensterbänken, Schreibtischkanten und dem Stuhl, auf dem sich die sitzende Gestalt räkelte. Ashnak kniff seine länglichen Augen zum Schutz vor dem grellen Sonnenlicht, das durch das Fenster einfiel, zu schmalen Schlitzen zusammen.

»*Wir* waren beim Letzten Gefecht«, knurrte er. »Wo, zum *Henker*, warst *du*?«

Der Namenlose Nekromant lachte.

Er flezte sich auf dem mit Schnitzereien verzierten Stuhl, ein hoch gewachsener Mensch mit schwarzen Haaren, die am Nackenansatz von einem silbernen Reif zusammengehalten wurden. In der Schärpe, die sein langes Gewand zusammenhielt, steckte eine Flöte von der braunen Farbe alter Knochen und ungefähr der Länge eines Halblingsoberschenkels. Der Namenlose Nekromant fächelte sich träge mit einem Fächer Kühlung zu, dessen Streben den Glanz von Drachenknochen und dessen Bespannung die verdächtige Zartheit gegerbter Menschenhaut hatte.

»Mein Geschöpf wird unverschämt.« Seine Stimme erzeugte Echos in Ashnaks Schädelknochen und der Blick aus seinen grünen Augen bohrte sich in diejenigen des Orks. »Mein Geschöpf wird bestraft, es sei denn, er unterwirft sich und erweist mir den angemessenen Respekt.«

Sein Flickengewand aus feinem, vielfarbigem Leder war mit silbernem Faden genäht. Die Form der Flicken wirkte auf jemanden mit Grundkenntnissen in Anatomie nicht gerade beruhigend.

Ashnak nahm einen tiefen Zug von seinem Pfeifenkraut und blies den Rauch in Richtung des Namenlosen Nekromanten. Mit der freien Hand spannte er seine Desert Eagle.

»Respekt, am Arsch!«

Die raubvogelartigen Züge des Namenlosen Nekromanten spannten sich. Ein roter Funke brannte tief in seinen schwarzen Pupillen. »Dann wirst du den Zorn des Nekromanten spüren, Sklave. Ist das dein Wunsch?«

Ashnak fletschte seine messingüberzogenen Hauer. »Was soll ich tun, mit dem Kopf auf den Boden hämmern und um Gnade winseln? Die Verhältnisse hier haben sich *geändert*.«

Es wurde offensichtlich, dass der Namenlose Nekromant die zwölf Monate seit dem Letzten Gefecht an einem Ort verbracht hatte, der nicht so weit entfernt war, dass ihn Gerüchte über die Ork-Marines nicht erreicht hätten. Sein Kinn und sein fein gezeichnetes Gesicht hoben sich, als er schallend lachte.

»O ja, sehr gut. Wirklich sehr gut! Du musst mir verzeihen, wenn ich versuche, unsere Beziehung wieder auf ihre alten Grundlagen zu stellen. Aber ich denke gern an alte Zeiten zurück. Du nicht auch?«

»Kann ich nicht gerade behaupten«, grollte Ashnak. Er schob die Zigarre in den anderen Mundwinkel. »Verdammich, du hast die Ork-Marines beim Letzten Gefecht im Stich gelassen!«

»Aber meine Schwester, Die Benannte, ist nicht gegen euch ins Feld geritten.«

»Ich dachte, du würdest Gewänder aus grauweißer Haut tragen, wenn du je wieder auftauchen solltest – vielleicht mit Fransen aus blonden Haaren. Die Benannte hatte gegen dich doch von Anfang an nichts zu bestellen.« Ashnak hielt die Pistole ruhig auf die Brust des Namenlosen gerichtet.

»Du kannst dir die Mühe sparen – und die Munition.« Die Temperatur im Büro fiel weiter. Sonnenlicht glitzerte auf Eiszapfen, die von Aktenschränken und Ashnaks Stiefeln hingen. Aus dem Vorzimmer war das auf- und abschwellende Gejaul eines untoten Ork-Marine-Offiziers zu hören, der Schmerzen litt.

In Graagryk heulten die Hunde. Die Helligkeit des Mittags trübte sich und der Geruch nach frischem Frost lag plötzlich in den Straßen. Der Gestank nach Schlachthaus, sauer-süß und Schwindel erregend, kroch unter den Türen der Halblingshäuser durch und Finsternis verdunkelte die Sonne, ein Effekt, der auch noch in der Arena zu beobachten war, wo Herzogin Magda zum Himmel schaute und schauderte. In der Kaserne unterbrachen die Ork-Marines ihre jeweiligen Tätigkeiten und standen mit gespitzten Ohren und offenem Mund da, als die verführerischen Flötentöne einer uralten Sklaverei an ihre Ohren drangen.

Ashnak schüttelte seinen massigen Kopf und erhob sich schwerfällig vom Schreibtisch, die Füße weit gespreizt und die Pistole mit beiden Händen haltend. Der Marine-Hundemarkentalisman, der an der Kette um seinen Stiernacken hing, vibrierte, da er Zauberei annullierte. »Verpiss dich, Mann! Du hast hier nichts mehr verloren. Du bist Geschichte!«

»Also stimmt es tatsächlich.« Plötzlich erhöhte sich das Niveau der Magie in dem Raum. Der Namenlose Nekromant fügte glatt hinzu: »Jetzt werden wir eine bedeutende Kraft, der Grundstock für eine neue Horde der Finsternis. Mein Geschöpf Ashnak, kleiner Ork, kleiner Anführer, du warst ein guter Verwalter in meiner Abwesenheit. Und jetzt – bevor ich diesen albernen Talisman wie eine Zuckerstange zerbreche – *verneige dich und unterwirf dich mir!*«

WUMM!

Ashnaks Knie gaben nach. Er hielt sich mit einer Hand am Schreibtisch aufrecht. Die Desert Eagle hatte beim Schuss gebockt und aus der Wand hinter dem

Kopf des Namenlosen Nekromanten spritzte ein Regen aus Holz und Putz, da er das Ziel um einen Meter verfehlt hatte.

»Es verhält sich folgendermaßen.« Ashnaks Säbelbeine zitterten. Er hielt weiterhin die Schreibtischkante fest umklammert. »Meine Ork-Marines betreiben in puncto Waffenhandel und Marine-Ausbildung der Welt größtes Geschäftsunternehmen. Wenn du auch nur einen Finger gegen uns rührst, hast du sämtliche Königreiche von der Eiswüste des Nordens bis zur antarktischen Eiswüste am Hals. Wie gefällt dir *das*, du Leichen schändender, magerer kleiner Scheißer?«

Die Sonne trübte sich noch mehr. Die klamme Kälte lange begrabenen Fleisches kroch über Ashnaks ledrige Haut. Der Annullierungstalisman jaulte. Mit festem Griff legte er erneut die Pistole an.

Der Raum taute auf.

»Du kannst dich glücklich schätzen«, schnurrte der Namenlose Nekromant, »dass ich Sinn für Humor habe.«

Der schlanke Mensch klappte seinen Fächer zusammen und schob ihn in seine Schärpe, dann griff er sich in den Nacken, um sein hüftlanges, feines schwarzes Haar zu befreien und zu glätten, und es dann wieder mit dem Silberreif zusammenzufassen. Die Sommersonne wärmte das Büro. Nur der Geruch nach altem Tod war von der Kraft, die vor wenigen Augenblicken herrschte, noch übrig.

»Schöööön …« Ein wenig unsicher schritt der General um den Schreibtisch herum und ließ sich auf seinen Stuhl sinken. Er legte die schwere Pistole in seinen Schoß. Er schaute zu dem uralten, jugendlichen Zauberer auf und stocherte eine Fleischfaser hinter einem gesprungenen Fang hervor.

»Glücklich auch«, fügte der Namenlose Nekromant hinzu, während er seine Gewänder aus gegerbter Menschenhaut um seinen schlanken Körper glatt strich,

»dass mir dies alles nichts bedeutet. Es ist nur ein Spiel.«

»Ein Spiel.« Ashnak lehnte sich zurück, legte die Stiefel auf den Schreibtisch, zündete seine Pfeifenkrautzigarre wieder an und zog sich die Feldmütze in urbanen Tarnfarben tiefer in die Neandertaler-Stirn. »Für ein Spiel bist du den ganzen Weg von Finsternis-weiß-woher nach Graagryk gekommen. *Klaaaar.*«

Tief in den schwarzen Pupillen des Namenlosen Nekromanten funkelte Feuer. Die dünnen Lippen bleckten sich zu einem Lächeln.

»Nein«, korrigierte der Namenlose Nekromant. »Ich bin den ganzen Weg gekommen, um dir eine Nachricht von meinem Gebieter zu bringen – der dich sprechen will. Jetzt.«

Ashnak verschluckte sich am Zigarrenrauch und hustete. »Von *deinem* Gebieter?«

Der Namenlose Nekromant verschränkte die Arme. Wie er dastand, die Füße gespreizt, die zierliche, leicht gekrümmte Klinge aus dem fernen Osten in der Schärpe, hätte er irgendein x-beliebiger junger Menschenkrieger sein können, der auf der Seite der Finsternis kämpfte. Nur das Gesicht, nur die Augen, nur der starke Aasgestank verrieten ihn.

Er griff nach der Türklinke.

»Ach«, sagte der Namenlose Nekromant. »Hast du es denn noch nicht gehört? Der Fürst der Finsternis ist wieder da. Und diesmal ist Er wirklich stinksauer.«

2

Zur gleichen Stunde, aber sechstausend Meilen südöstlich von Graagryk, auf der anderen Seite des Kontinents, kauerte eine schwarze Orkfrau im Wald von Thyrion hinter einem Busch.

Trotz seiner scharfen Elfenaugen dauerte es mehrere Minuten, bis Gilmuriel sie entdeckte. Als er sie schließlich bemerkte, schlenderte der Elf über die Lichtung und baute sich vor ihr auf.

»Ich bin ganz und gar nicht überzeugt davon, dass es klappen wird.« Gilmuriel, elfischer Jagd-Lord und nun Marine-Lieutenant, schaute stirnrunzelnd auf seinen Sergeant herab. »Als der Waldkönig der Elfen diese Ausrüstung von euren Handelsvertretern gekauft hat, habe ich ihm *gesagt*, dass es falsch ist. Wir hätten den elfischen Bogen niemals aufgeben dürfen.«

Gilmuriels bisherige Erfahrungen mit Orks – schmutzige, primitive Kreaturen, die in Finsternis lebten – hatten ihn nicht auf eine Orkfrau vorbereiten können, die ihre Uniform mit Schlingpflanzen und Zweigen verzierte, indem sie sie in eigens für diesen Zweck angenähte Schlaufen schob. Braune und grüne Farbe verunstaltete ihre orkischen Züge. Sie hatte sich einen roten Stoffstreifen um die Stirn gebunden. Nur der Gestank nach Ork war vollkommen vertraut. Dies und die zusammengerollte Orkpeitsche, die an ihrem Gürtel hing.

Der Ork-Sergeant, die gerade ihr schlammverschmiertes M16-Sturmgewehr reinigte, sah von ihrer Tätigkeit auf und betrachtete träge die zwölf Elfen, die sich am Rand der Lichtung im Gebüsch räkelten und ihren Tarndrillich nur äußerst unwillig trugen. Wie üblich hatten sie Pflichten und Aufgaben – wie zum Beispiel das Reinigen der Waffen – Pflichten und Aufgaben sein lassen, da sich offenbar etwas Interessanteres ergeben hatte. Vier der kleinen weiblichen Elfen hatten mit einem Rundgesang begonnen. Der nominelle Marine First Class schrieb etwas auf die Rückseite seiner Geländekarte, vermutlich ein Gedicht.

»Marine Belluriel Sternharfe!«, knurrte die schwarze Orkfrau, während sie sich den Schweiß abwischte, der in ihrer viertelzölligen, unnatürlich weißen Haarsichel glitzerte. »Schaffen Sie diese Elfen in Deckung, verdammich!«

»Das ist doch nur ... wie haben Sie das genannt? Eine *Übung*.« Gilmuriel lächelte. »Wir werden uns so lange damit beschäftigen, wie sie uns unterhält.«

Dakashnit, fand er, war ein seltsamer Sergeant, auch für einen Ork. Wenn sie gerade nicht die widerstrebenden Zwangsverpflichteten des Elfenkönigs drillte, hatte sie die Angewohnheit, Pfeifenkraut aus ihrem ganz privaten Vorrat zu rauchen, wonach sie dazu neigte, einen mehrere tausend Schritte weit reichenden Blick zu entwickeln und bei jeder Gelegenheit zu sagen, »Nerv mich nicht, Mann«, auch wenn es im Umkreis von vielen Meilen gar keinen Mann oder Menschen gab.

»Sie haben den Oberbefehl über diese *Übung*«, erinnerte Gunnery Sergeant Dakashnit von den Ork-Marines Gilmuriel. »Wie lauten Ihre Befehle, L.t.?«

»Offensichtlich werden wir hier bis zur Rückkehr der Maschine warten, die uns zur Stadt der Bäume zurückfliegen wird.«

Ein schrappendes Geräusch drang aus dem Himmel durch das Dschungeldach. Gilmuriel trat auf die Lichtung. Ein verschwommenes Etwas tauchte über den Bäumen auf. Mit wirbelnden Rotoren und stampfenden Kolben schwebte der dampfgetriebene Chinook-Hubschrauber über der Lichtung, während aus jeder Nahtstelle Wasserdampf zischte.

Gilmuriels gebogene Brauen krümmten sich noch mehr, bis seine Stirn tiefe Runzeln aufwies. »Mir ist gleichgültig, was Sie sagen, Sergeant – das Ding wird das milchweiße Elfenross niemals verdrängen.«

»Nicht unbedingt einer von Ugarits erfolgreicheren Versuchen«, räumte die Orkfrau ein.

Die gewölbten Fenster des Hubschraubers glitzerten wie die Facettenaugen eines Rieseninsekts. Die Sonne fiel auf den olivfarbenen Rumpf und in den geöffneten Laderaum. Gilmuriel nahm seine Feldmütze ab, sodass seine spitzen Ohren enthüllt wurden, und winkte dem unsichtbaren Piloten zu. Das Sonnenlicht fiel auf seine hohen Wangenknochen und die schicken Zöpfchen, die seine zotteligen goldenen Haare schmückten.

Rattattattatta-PENG!

Eine Reihe von Kratern wurde über die Lichtung gestanzt und Erde spritzte hoch in die Luft. Gilmuriel warf sich flach auf den Boden und nahm die Arme über den Kopf. Er hörte die Schreie der anderen Elfen und das Rascheln von Gebüsch und das Brechen von Zweigen, da sie in ihrer Panik alles Wissen vergessen hatten und in den Dschungel flohen.

Mit tosenden Motoren sank der zweirotorige dampfgetriebene Hubschrauber auf die Landezone. Er setzte auf und kam zur Ruhe und der Lärm ließ nach, als die Motoren abgeschaltet wurden und die Rotorblätter ausdrehten. Kolben zischten. Der Geruch nach heißem Dampf und Kohle durchdrang die abendliche Dschungelhitze.

»Nur orkische gute Laune, Sir!« Sergeant Dakashnit schritt auf ihrem Weg zum Hubschrauber über Gilmuriel hinweg. Sie schwang sich hinein, wechselte ein paar unhörbare Worte mit dem Piloten und fing an, Säcke aus dem Laderaum der Flugmaschine zu werfen.

»Sie haben die Grundidee des Deckungnehmens begriffen«, rief sie. »Aber es funktioniert noch besser, wenn Sie sich hinter etwas werfen, Lieutenant.«

Gilmuriel stand auf und staubte sich ab. Seine hohen

Wangenknochen brannten rot. Leise fluchend brüllte er in den Dschungel und befahl seinem Trupp zurückzukehren. Sie glitten aus den Schatten des Waldes und gruppierten sich neu.

Dakashnit warf ihm einen der Säcke zu, einhändig. Als er ihn auffing, wurde ihm sämtliche Luft aus der Lunge gepresst. Es war ein Rucksack mit baumelnden Riemen – und was sich darin befand, war weich.

»Heute«, sagte der Ork-Sergeant, »werdet ihr elfischen Marines euren ersten Fallschirmsprung machen. Diejenigen von euch, die bis morgen überleben, machen einen *zweiten* Sprung. Für den unwahrscheinlichen Fall, dass am dritten Tag noch Mitglieder dieses Trupps übrig sind, werden wir eine Reihe von Sprüngen in unterschiedliches Gelände machen. Und nach der Landung werden wir in Deckung gehen und nicht mitten in der Landezone stehen bleiben, wo uns jeder sehen kann – nicht wahr, Sir?«

Gilmuriel legte die Hand an die Hüfte, in Gedanken bei seinem schlanken Elfenjagdmesser – doch er stieß lediglich auf seine Wasserflasche. Er schraubte den Deckel ab und trank lange. »Irgendwelche besonderen Anweisungen für uns bei diesem Sprung?«

Dakashnit nickte. »Sicher, L.t. Für den unglücklichen Fall, dass sich Ihr Schirm nicht öffnet, denken Sie immer an eins – nehmen Sie die richtige Notlandeposition der Marines ein. Strecken sie die Ellbogen heraus und schlagen Sie das rechte über das linke Bein.«

Gilmuriel runzelte die Stirn. Einige von den elfischen Marines deuteten vage ein Übereinanderschlagen der Beine an und hoben verwirrt die Ellbogen.

»Und warum sollten wir das tun, Gunnery Sergeant?«

Dakashnit zeigte bei ihrem Grinsen sämtliche Fänge und Hauer. »Damit wir Sie nach der Landung aus dem Boden schrauben können …«

Die Orkfrau zog ihre Peitsche aus dem Gürtel und ließ sie knallen.

»Also gut, ihr Elfen, ab in den Chopper, im Laufschritt, Bewegung! Los, los, los!«

Als er im Cockpit des Hubschraubers saß, streifte sich Lieutenant Gilmuriel den ungewohnten Kopfhörer über seine spitzen Elfenohren und starrte auf das unter seinen Füßen zurückweichende Dschungeldach. Mit glatt und präzise stampfenden Kolben schwenkte der Dampfhubschrauber herum und tuckerte in den riesigen orangefarbenen Sonnenuntergang.

»Reichlich Zeit für einen ersten Sprung.« Dakashnits Stimme kam knisternd über den Kopfhörer. Die uniformierte Orkfrau zeigte ihm einen knorrigen hochgereckten Daumen und ein breites Grinsen unter dem verspiegelten Visier ihres Flughelms. »Keine Ahnung, wie sich Elfen und Fallschirme vertragen, L.t. Vielleicht schaffen Sie es nicht alle. Aber, na ja, schließlich gibt es in jedem Kursus Aussteiger …«

»Sie mögen keine Elfen, oder, Ork – ich meine, Gunnery Sergeant?«

»Ich?« Die Orkfrau grinste und zuckte die Achseln, sodass die muskulösen Schultern beinah bis zu ihren gespitzten Ohren reichten. »Mann, ich *liebe* Elfen! Es geht nichts über gebratene, mit Fett übergossene Elfenkeule. Außer vielleicht Elfenbrust mit Paprikaschoten.«

Gilmuriel starrte die geifernde Kreatur entsetzt an. »Das ist unmöglich! Elfen können nicht gemeinsam mit *Orks* dienen! Ich werde den Lord der Waldelfen noch in dieser Nacht über meinen Rücktritt informieren!«

Ein geflöteter Chor der Unterstütung kam aus dem Laderaum des Hubschraubers.

Dakashnits Stimme antwortete über Helmfunk: »Von mir aus. Sagen wir einfach, dass ich schon bessere Marines gesehen habe als Ihren Haufen, L.t.«

Eine dritte Stimme knisterte im Helmempfänger, schwach und mit Unterbrechungen. Gilmuriel runzelte die Stirn. Der Ork-Pilot fummelte am Empfänger herum. Plötzlich griff Dakashnit über seine Schulter hinweg und schaltete das Signal ein.

»… an alle Einheiten! Sergeant Mondtraum an alle Einheiten! Wir liegen in Sektor Sieben Bravo unter Beschuss, wiederhole, Sektor Sieben Bravo. Das ist keine *Übung! Wir liegen unter Beschuss, keine Ziele auszumachen. Sergeant Mondtraum an alle Einheiten …«*

»Das Signal wird schwächer.« Dakashnit versuchte es noch ein paar Sekunden, doch ohne Erfolg. »Pilot, nehmen Sie Verbindung mit der Basis auf! Sagen Sie, dass wir den Kurs ändern und Sieben Bravo ansteuern – wenn Sie damit einverstanden sind, *Sir*.«

Sie schob das verspiegelte Sonnenvisier ihres Helms hoch. Ihre tief liegenden Schweinsäuglein funkelten auf eine Weise, die Gilmuriel beunruhigte. »Ich nehme an, Ihr Waldkönig würde keine ausgebildeten Truppen brauchen, wenn er nicht mit einem Krieg rechnete, was?«

»Tja, ich … Sergeant, vielleicht sollten wir nicht …«

»Wer käme sonst noch infrage, Mann? L.t., fragen Sie sich, wie *ich* mich wohl dabei fühle, mit *diesem* Haufen in den Kampf zu ziehen. Wir reden hier über eine allerletzte, verzweifelte Notfallmaßnahme!«

Der Lieutenant sah über die Schulter in den Laderaum des Dampfhubschraubers und betrachtete die Reihen widerstrebender uniformierter Elfen. Spitze, durch Tarncreme verdunkelte Ohren, langfingrige, musikalische Hände, fleckig vom Grün der Dschungelpflanzen, schlanke Leiber, die durch einen Gurt in einer Uniform gehalten wurden, die wie ein Sack an ihnen hing … Ihre asketischen Gesichter mit den hohen Wangenknochen erwiderten seinen Blick mit mürrischem Starren.

»Alles in allem«, stimmte Gilmuriel zu, »würde ich lieber singen.«

* * *

In Graagryk, in der Festung von Graagryks uraltem Adel, sieht man dem Mauerwerk sein Alter an. Wandteppiche, die Einhörner darstellen, bedecken die nackten Wände. Bärenfelle aus der sagenhaften antarktischen Eiswüste liegen auf den Steinplatten. Trotz des Sommers brennt ein Feuer im Kamin, um der Kälte des Raums die Schärfe zu nehmen.

Ashnak schritt zum Kamin, blieb mit weit gespreizten Säbelbeinen stehen und pisste in die Flammen. Er seufzte vor Wohlbehagen, knöpfte die Hose wieder zu und zog sein Koppel und die Patronengurte mit der Kaliber-7,62-Munition zurecht.

»Jeder kann sehen, warum du die Autorität des Finsteren brauchst.« Der massige Ork verschränkte seine Krallenhände auf dem Rücken. »Aber der Fürst der Finsternis ist am Samhain auf dem Feld der Zerstörung gestorben und irgendein Hochstapler wird niemanden zum Narren halten.«

»Der Narr bist *du*!«, schleuderte ihm der Namenlose Nekromant entgegen.

Ashnaks haarige Nüstern blähten sich. Kein Leichengestank. Der Namenlose Nekromant dämpfte seine Kraft – ob aus Respekt, konnte man nur vermuten.

»Der Ork ist hier«, verkündete der schwarzhaarige Mensch, nicht an Ashnak gewandt. Seine Hautgewänder umwallten seine Knöchel, als er zum großen Fensterbogen ging. Ashnak hatte die dort sitzende Gestalt wegen des Gegenlichts bis jetzt nicht bemerkt.

»*Das* ist es also!« Ashnak lachte schallend. Er stemmte seine gewaltigen Fäuste in die Hüften, warf den massigen Kopf in den Nacken und brüllte vor orkischem Gelächter. »*Das* hast du also mit ihr gemacht!«

Er schlich näher, sodass seine Kampfstiefel kein Geräusch auf den Steinplatten verursachten.

Eine Menschenfrau saß mit geneigtem Kopf auf dem Fensterstuhl, sodass das Licht auf ihr glattes, kurzes Blondhaar fiel. Die Hände in ihrem Schoß wirkten glatt, ihre Haut schwarz, grau und fischbauchweiß gescheckt. Sie trug keine Vollrüstung wie bei seiner letzten Begegnung mit ihr. Ein Kleid aus silbernen Kettengliedern – so fein, dass es wie Wasser floss – umschmeichelte ihre Formen und schimmerte bei jedem Atemzug, der ihre Brüste hob, in schwarzem Licht.

»Leider verloren«, bemerkte Ashnak. »Tja, werte Dame, das habt Ihr nun davon, dass Ihr einen Bastard wie den Namenlosen als Bruder habt.«

Sie neigte den Kopf. Das einfallende Licht beleuchtete ihr Gesicht. Die Wimpern ihrer länglichen Augen (die sich von innen nach außen nach *oben* neigten) lagen auf ihren buntscheckigen Wangen. Kleine Hauer zogen ihre Lippen nach oben und auseinander, sodass ein dünner Speichelfaden aus dem geöffneten Mundwinkel und über ihr vortretendes Kinn lief.

Ashnak hatte sie – als ein Mitglied der menschlichen Rasse – schon immer für orkmäßig hübsch gehalten.

»Also hast du den Geist Der Benannten zerstört. Na und? Sie ist immer noch nicht ...« Ashnak hatte den Kopf gewandt, um den Namenlosen anzusprechen, und als er einen Finger hob, um das Kinn der Frau anzuheben, erstarrte er plötzlich.

Die hässliche Menschenfrau erhob sich mit einer Grazie, wie Die Benannte sie nie besessen hatte. Lichtfunken blitzten auf ihrem Metallgewand, das im weichen Nachhall von Glocken zu läuten schien. Ein schweres Parfüm begleitete sie, als sie sich bewegte – die Kehle erfüllend, nach Moschus riechend und uralt. Sie hob den Kopf.

Ihre Augen waren ohne Iris, Pupille und Weiß. Als

die Wimpern sich hoben, blieb nur ein wesenloses Orange in ihren Augenhöhlen sichtbar. Und selbst im strahlenden Sonnenschein leuchteten sie besonders.

»Ork …«

Eine Wolke hob sich von Ashnaks Verstand. Bisher unbemerkte Gestalten von Halblingsdienern in Spitze und Leinen wurden für ihn sichtbar, da sie wie Schlafwandler erlesene herzögliche Nahrung und Getränke aus den Kellern der Festung brachten. Wachen dösten, während sie ihre Hellebarden präsentierten. Graagryks Festung lebte in einem Albtraum und war nicht einmal in der Lage, sich unruhig im Schlaf umherzuwälzen. Und die Stadt am Inselmeer nahm die Präsenz nicht wahr, die sich in ihrer Mitte verbarg, und setzte einfach ihr gewöhnliches Leben fort.

Den Ork überlief ein Schauder, als habe er soeben auf den Boden geschaut und festgestellt, dass er auf einer Mine mit Belastungszünder stand. *»Finsterer Fürst?«*

»Ja.« Sie streckte die Hand aus und ergriff seinen muskulösen Arm. Ihre Berührung ließ seine Haut wie altes Obst verschrumpeln.

Der Hundemarkentalisman an seinem Hals wurde so heiß, dass er dem Ork Schmerzen bereitete, um dann mit einem hohen, schrillen Ton zu bersten.

»Ich rufe dich, damit du Rechenschaft über dein Leben ablegst.« Sie hielt inne. »Nach der Niederlage am Samhain hätte keiner Meiner Horden-Befehlshaber am Leben bleiben dürfen. Aber du lebst noch. Welche Entschuldigung hast du dafür, kleiner Ork?«

Ashnak begegnete dem blinden, allsehenden Blick.

Der Namenlose Nakromant sagte: »Es schmerzt mich, dies zuzugeben, aber es war etwas Nützlicheres als Feigheit.« Er schenkte sich aus einer Karaffe mit gelbem Wein ein, die auf dem Tisch stand, und leerte erst einen winzigen Becher und dann einen zweiten. »Großer Fürst der Albtraumhaften Finsternis.«

Ashnak hatte den Namenlosen Nekromant noch nie zuvor ängstlich erlebt.

»Fürst!«, rief der massige Ork, indem er vor Ihr plötzlich auf den Steinplatten in die Knie sank, sich mit ausgestreckten Armen vorwärts warf und die Stirn auf den Boden schlug.

»Fürst. Ihr lebt! Die Finsternis sei gepriesen!«

Ein nackter Fuß senkte sich auf seinen entblößten Nacken. Er unterdrückte einen Schauder der Erleichterung und fuhr fort:

»Erhabener Fürst, wir hätten das Samhain-Gefecht beinah für Euch *gewonnen* – hätte ich die Unterstützung der Horden-Magier gehabt, so hätten wir das Blatt wenden können. Die Ork-Marines sind brandheiß! Und wir sind Eure treuen Diener. Diener, wie sie kein Fürst der Finsternis je hatte.«

»Das«, warf Sie mit Ihrer Kontraalt-Stimme ein, »kann ich durchaus glauben.«

Der Fuß (der nur nach orkischen Maßstäben klein war) hob sich aus seinem Nacken. Ashnak verdrehte die Augen so weit wie möglich nach oben, während er sich weiterhin vor Ihr erniedrigte. Er blinzelte hoffnungsvoll in Ihre Richtung und sah, dass sich Ihre speichelfeuchten Lippen zu einem Lächeln verzogen.

»Du hast Meinen Nekromanten eingeschüchtert und bist vor Mir zu Kreuze gekrochen.« Die Belustigung in Ihrer Stimme war nicht zu überhören. »Bewundernswert. Ich glaube, du hattest Pläne für seine Rückkehr. Vielleicht sogar für Meine. Aber nicht gemeinsam und nicht am selben Tag!«

Stille breitete sich aus.

Ashnak erhob sich umständlich und schlug sich den Staub von den Knien seiner Drillichhose. Er hob seine Feldmütze auf und rammte sie sich zwischen die Ohren. Die hypnotisierten Halbling-Diener machten auf ihrem Weg, mehr Wein zu servieren, einen Bogen um ihn – und als er sie sich genauer ansah, wies nicht das Geringste darauf hin, dass sie sich seiner Anwesenheit bewusst waren.

»Äh«, sagte der orkische General. »Ja. Nun. Ahem …«

Splitter des antimagischen Talismans des Sichtbaren Kollegs ragten aus der Haut auf seiner Brust. Er zog sie heraus und wischte sie weg. Als er schließlich seinen Finsteren Gebieter ansah, blinzelten ihn ganz kurz normale Augen mit grüner Iris an, bevor Ihr Blick wieder in der Farbe des Feuers brannte.

»Ja. Sie lebt in Mir. Ich gestatte Der Benannten mitzuerleben, was aus ihr geworden ist: der Paladin des Lichts, den Ich bewohne.«

Der Fürst der Finsternis trat Ashnak entgegen.

»Es war in einer Kirche, nicht wahr? In einem kleinen Tempel irgendwo im Norden – und du hast dich vor dem Paladin des Lichts erniedrigt und sie sagte: *Du brauchst von mir nur zu wissen, dass ich barmherzig bin*, und hat dich dann närrischerweise verschont. Ork, von Mir brauchst du nur zu wissen, dass Ich *nicht* barmherzig bin. Und auch nicht dumm. Ich bin der Fürst der Finsternis. Du hast Mich enttäuscht und dafür wirst du dich hier und jetzt verantworten!«

Schatten verharrten in den Ecken des Turmzimmers, die das Sonnenlicht nicht verjagen konnte. Nicht so sehr eine Anwesenheit von Finsternis, eher eine Abwesenheit von allem. Die Menschenfrau ging ein paar Schritte, bis sie wieder am Fenster stand und über die Halblingstadt auf das Binnenmeer schaute. Mächtige Gewitterwolken schoben sich vor die Sonne, Blitze zuckten und spalteten den Himmel in gezackte Splitter – und Hagel prasselte auf die sommerlichen Straßen nieder. Im matten Licht nur noch als Silhouette zu sehen, hob Sie träge einen gescheckten Finger.

»Großer Fürst!« Vernünftigerweise hielt Ashnak die Hände von seiner im Gürtel gehalfterten Pistole fern.

»Meine Streitmacht hat beinah Brigadestärke. Ich kann Rekruten ausbilden. Wenn der neue Krieg gegen das Licht beginnt, werdet Ihr die Ork-Marines brauchen.«

Der Namenlose Nekromant murmelte: »Verräter und Feiglinge!«, während er die leere Weinkaraffe abstellte.

»Die Treuen und die Tapferen haben sich auf dem Feld der Zerstörung nicht so besonders geschlagen«, stellte Ashnak trocken fest. Er trat einen Schritt vor und nahm dann zackig Haltung an, um sich gleich darauf ebenso zackig zu rühren. »Großer Fürst des Ebenholzfarbenen Abgrunds, setzt kein Vertrauen in seine Magie. Ihr braucht überlegene Feuerkraft. Magier *erobern* ein Gebiet, Marines *halten* es. Ihr braucht uns für den Feldzug zu dem Samhain.«

Der Fürst der Finsternis wandte den Kopf und betrachtete ihn über Ihre etwas zu breite Schulter. Die hoch gewachsene, grobe Gestalt Der Benannten trug das Metallgewand mit einem Anflug von Unbeholfenheit, die ihr der Fürst der Finsternis noch nicht vollständig hatte austreiben können. Manchmal bewegte sie sich immer noch so, als hätte sie lieber ein Schwert in der Hand gehabt als Magie. Eine rußige Finsternis lauerte in den Ecken von Ashnaks Gesichtsfeld. Als er sich an die Einsatzbesprechung vor dem Letzten Gefecht in der riesigen Festung des Fürsten der Finsternis im fernen Osten erinnerte, überfiel ihn eine Art orkischen Heimwehs.

»Ich erinnere mich noch«, sagte er wehmütig, »wie die Legionen der Horde durch das Finstere Land marschiert und über den Westen gekommen sind. Unsere Krieger haben die Erde bedeckt und unsere Finsteren Bestien die Lüfte und Ihr seid auf dem Rücken eines Eisdrachen in die Schlacht gegen die zahlenmäßig unterlegenen winzigen Kompanien des Lichts geritten ...«

Das orangefarbene Leuchten in Ihren Augen trübte sich ein wenig.

»Die Horde der Finsternis«, schloss Ashnak mit rauer werdender Bassbaritonstimme, »hat mächtig was auf die Schnauze bekommen. Großer Schwarzer Fürst, ich will nicht, dass das noch einmal passiert. Ihr braucht uns. Wir sind treu. Und wir mögen Euch einmal enttäuscht haben, aber wir werden es nie wieder tun.«

Sofort herrschte wieder die übliche sommerliche Kühle des Turmzimmers. In der Luft lag eine Art Melodie, als arbeiteten große, unsichtbare Maschinen, wie Ashnak sie noch aus der Zeit kannte, als er anstelle des Kampfdrillichs eine schwarze Stahlrüstung getragen hatte und seine Waffe die traditionelle Streitaxt der Kampf-Agaku gewesen war. Er nahm Haltung an und die Fersen seiner Stiefel knallten auf die Steinplatten.

»Erwarte Eure Befehle, Fürst!! Wann hebe ich die Truppen aus?«

Der Namenlose Nekromant kicherte.

Ashnaks Vision von einer Rückkehr der alten Zeiten verblasste gemeinsam mit dem Licht in Ihren Augen. Ihre Augäpfel sahen vorübergehend wie graues Glas aus und der Staub zerstörter Äonen wisperte auf keinem irdischen Wind an Ashnak vorbei. Dass der Tod so rasch nach ihm griff, ließ ihn unwillkürlich nach der Pistole an seinem Gürtel tasten, obwohl er auch ohne den Verlust seines Talismans an der Wirksamkeit einer automatischen Pistole gegen den Fürst der Nacht und der Stille gezweifelt hätte.

»Sei still.«

Nach einigen Minuten öffnete der Ork die Augen. Als er feststellte, dass er noch materiell vorhanden und unbeschadet war, schaute er zum Fürst der Finsternis. Die Menschenfrau saß jetzt wieder auf dem Fensterstuhl und ließ die bloßen Füße baumeln.

»Sei still und hör Mir zu«, sagte der Fürst der Finsternis. »Habe Ich dich hierher zu Mir bringen lassen, um Spielchen zu veranstalten? Ork, deine Schlägertruppe nützt mir nichts. Herrschaft durch Waffengewalt ist nutzlos in dieser Welt.«

Die fein gezeichneten Lippen des Namenlosen Nekromanten verzogen sich zu einem aristokratischen Lächeln.

Der Fürst der Finsternis fügte hinzu: »Dasselbe gilt für Magie.«

Ashnaks Blick wanderte zum Namenlosen Nekromanten, der Ashnak mit leicht geöffnetem Mund anstarrte.

»Was?«, sagte der orkische General.

Der Namenlose Nekromant fügte hinzu: »Pardon?«

Der Fürst der Finsternis richtete sich auf, allem Anschein nach eine Menschenfrau von verblüffender Hässlichkeit. Das Sonnenlicht hob Ihre scheckige grauweiße Haut hervor und wurde von Ihren glänzenden Haaren zurückgeworfen, konnte die Dunkelheit aber nicht vertreiben, die den Falten Ihres klirrenden Gewands anhaftete. Sie hob eine Hand und wischte Sich Speichel aus den Mundwinkeln.

»Ich bin zurückgekehrt. Meine Absichten sind ungetrübt. Ich *werde* herrschen.« Ihre unmenschlichen Augen leuchteten orange.

Zum zweiten Mal im Zeitraum einer halben Stunde spielte Ashnak mit seinem Leben. Er unterbrach Sie. »Aber Ihr sagtet doch …«

»Es wird keine militärischen Eroberungen geben«, verkündete Sie. »Ich habe entschieden, dass eine Eroberung mit den Armeen der Finsternis … nicht modern ist. Altmodisch. *Passee*.«

3

Und in eben dieser Stunde, zwölftausend Meilen südlich des Binnenmeers in der sagenhaften antarktischen Eiswüste, schritt Razitshakra durch die Reihen der Baracken des Ausbildungslagers in der Tundra. Schnee verkrustete den schweren Militärmantel der untersetzten Orkfrau, da sie säbelbeinig über den Harsch stapfte. Sie rückte Koppel, Pistolenhalfter und Stabgranaten zurecht und schaute auf, um festzustellen, ob die Rabenflagge mit den Sternen und Streifen der Marines noch stolz im Wind flatterte. Dem war so.

Die Ideologieklasse war vor ihrer Kommandobaracke angetreten und wartete vor dem Holztisch, der draußen im Schnee stand. Die Orkfrau setzte sich an den Tisch, stützte die Ellbogen auf das Holz und stützte ihr vorspringendes Kinn auf die Hände.

»Rekrut Balan Orktod«, schnurrte sie mit blitzenden Augen. »Sie mit Ihrem unglücklichen Zunamen – vielleicht wären Sie so nett, uns die Grundzüge der orkischen Marine-Ideologie zu nennen.«

Der Zwerg nahm steif Haltung ab, sodass sein gegabelter orangefarbener Bart beinah horizontal nach vorn stand. Wie der Rest des zwölfköpfigen Trupps zwergischer Rekruten trug er olivfarbenen Drillich, dessen Beine und Ärmel aufgekrempelt waren. Die orangefarbenen Zöpfe waren bis auf einen stoppelkurzen Flaum auf dem Kopf abrasiert. Er trug ein ziemlich ramponiertes Kalaschnikow-Sturmgewehr und einen Stahlhelm, von dem die spitzen Hörner gewaltsam entfernt worden waren.

»Ma'am, die politisch korrekte orkische Ideologie lautet wie folgt.« Balan Orktod zeigte auf die anderen Rekruten. »›Wenn Sie kleiner sind als ich, habe ich hier das Sagen. Wenn Sie größer sind als ich – haben Sie das

Sagen. Und wenn etwas schief gegangen ist, hat *er* das Sagen!‹«

»Sehr gut!« Die Unendliche Sonne funkelte auf Razitshakras rundem Drahtbrillengestell und dem Schirm ihrer Mütze. Ihre zur Seite gerichteten Ohren zuckten. Sie holte ein kleines Notizbuch aus einer Manteltasche und kritzelte ein paar Worte. »Erzählen Sie mir mehr über die Verantwortlichkeiten eines Befehlshabers.«

Der Zwerg dröhnte: »Der Befehlshaber hat immer Recht!«

»Und?«

»Der Befehlshaber hat *immer* Recht«, fügte Balan Orktod zackig hinzu. »Auch wenn er Unrecht hat.«

»Gut gemacht.« Razitshakra zeigte auf den nächsten Zwerg in der Reihe. »Sie. Owaine Elfenjägerin. Nennen Sie eine Prüfungsmethode, um festzustellen, ob ein Rekrut geeignet ist, Marine zu werden.«

Die Zwergin kratzte sich den gestutzten Bart. »Der Rekrut wird an einen …« Sie korrigierte sich hastig. »Der Rekrut *meldet sich freiwillig*, um sich an einen Säbelzahntiger binden und mit ihm in dessen Höhle einsperren zu lassen. Wenn der Rekrut wieder herauskommt, hat er bestanden. Wenn der Tiger herauskommt, ist er durchgefallen. Wenn er auf dem Säbelzahntiger reitend herauskommt, kann man ihn sofort zum Corporal befördern.«

»Ausgezeichnet.« Razitshakras un-orkisch goldene Augen leuchteten. »Und nun …«

»Kommissarin, Ma'am!« Schnee und Eis spritzten von den Hufen des zentaurischen Funkoffiziers, der herangaloppiert kam und Razitshakra das Funkgerät hinhielt. »Das ist der Alpha-Trupp. Kommissarin, das müssen Sie hören!«

»Das ist nicht die übliche Funkprozedur. Barzoi! Übernehmen Sie den zwergischen Trupp.« Razitshakra trat beiseite und in den Schatten der mit glänzendem Fell bedeckten Flanken des Zentauren. Das Knattern des entfernten Geschützfeuers war über die Funkverbindung deutlich zu hören. »Basislager an Alpha-Trupp – wer hat die Genehmigung für eine Übung mit echter Munition in dem Gebiet erteilt?«

Die Antwort kam knisternd herein: »Alpha-Trupp an Basislager, das ist keine Übung. Wiederhole, das ist *keine* Übung.« Ork-Corporal Zakkads schroffe Stimme bebte vor Dringlichkeit. »Ma'am, rufen Sie Alarmstufe Rot für Ihre Rekruten aus. Hier kommen Feinde aus den Mauern! Rasse nicht zu ermitteln. Waffen und genaue Anzahl unbekannt. Sie halten nicht an, um zu reden, sie greifen uns einfach nur an!«

»Zakkad!«, bellte Razitshakra sonor in die Sprechmuschel. »Verlieren Sie nicht die Nerven, Ork! Mit welchen Waffen haben Sie es zu tun?«

»Unbekannt, Ma'am. Könnte Magiekram sein – aber sie erzielen Wirkung! Ich bin mit einem Trupp Frischlinge hier draußen, Ma'am. Es ist fraglich, ob uns so etwas wie ein kämpfender Rückzug gelingt. Wir brauchen dringend Unterstützung ...«

In der Leitung zischte es. Sonst war kein Laut zu hören.

»Trupps Sierra und Foxtrot, verstärken Sie die Lagerbewachung«, brüllte die Kommissarin, während sie im Laufschritt durch das Lager eilte. »Barzoi, befehlen Sie der 483sten und dem Eisdrachen, Planquadrat 098-756 zu überfliegen! Tango-Zug, bereitmachen, Sie rücken mit mir aus. *Bewegung, Bewegung, Bewegung!*«

Die zyklopischen Ruinen einer uralten Stadt lagen halb begraben unter einem Gletscher zwei Meilen im Süden, im Planquadrat 098-756. Ihre Zinnen, Rampen und Türme waren längst verschwunden, sodass es nur noch ein Labyrinth aus geborstenen Steinmauern gab. Razitshakra hatte die Ruinen als Übungsgelände für Kämpfe in bebautem Gelände benutzt.

Die 483ste Luftlandedivision hob ab, um Luftunterstützung zu fliegen.

»Hai-yaaah, yo!«

»Hai-yahhh, *yo!*«

Geflügelte weiße Pferde hoben ab und wendeten in der Luft über den zerklüfteten Bergspitzen. Die gleißende antarktische Sonne schien durch die Schwingen der taktischen Pegasi und ließ die Wärme suchenden, selbst lenkenden Raketen unter jeder Schwinge aufleuchten.

»Hai-yah, yo!«

Die fliegenden Reiter jauchzten und brüllten. Reif glitzerte auf ihren Kettenhemden, die sich eng über ihre üppigen Brüste schmiegten, und auf breiten, ledernen Schwertgurten. Ihre langen Zöpfe hingen herunter. Fell-Leggings schützten die wohlgeformten Beine der Reiter. Pelzarmbänder wärmten den Puls über den sonst nackten Händen. Die gehörnten Stahlhelme funkelten im Endlosen Tag.

Eine Marine-Valkyrie zügelte ihr geflügeltes Pferd. »Rakete abgefeuert!«

WUMMMM!

Die Höllenfeuer-Rakete schlug mehrere Meilen entfernt in die Eiswüste ein und wirbelte Trümmer und Dampf auf.

»Verdammt noch mal!«, bellte Razitshakra über Funk. »Ich will Aufklärung, keine Feuerunterstützung! Da draußen sind auch welche von uns!«

Die Marine-Valkyrien lenkten ihre gefügelten Pferde in Richtung Ebene und rauschten durch den Himmel. Zwei Reiterinnen flogen ganz dicht aneinander vorbei und eine streckte die Hand aus, die Innenseite nach oben. Die andere klatschte die Hand mit ihrer eigenen ab und ließ mit klarer Sopranstimme das Erkennungssignal der Marines folgen:

»YO!«

»Keine Bewegung in Planquadrat 098-756 zu erkennen, Ma'am«, funkte eine Valkyrie zurück. »Auch sonst nichts, nicht das *Geringste* …«

Der vorsichtige Vorstoß zur letzten bekannten Position des Alpha-Trupps brauchte seine Zeit. Kommissarin Razitshakra knuffte, trat und biss, wo es erforderlich schien, um die grünen Rekruten ins Gefecht zu scheuchen. Die Ork-Kommissarin fluchte wortreich, während sie über die Weisheit nachdachte, einen Zug von Rekruten in einen Angriff zu führen (und tatsächlich zwei Drittel eines anderen Rekruten-Zugs zur Bewachung der Basis zurückzulassen).

»Wenn es Magie ist, habt ihr nichts zu befürchten!«, knurrte sie. »Und wenn es konventionelle Waffen sind, denkt daran, dass ihr jetzt *Marines* seid. Sind wir Marines?«

Die Mitglieder des Zwergen-Trupps, der äußerst taktisch zu den zyklopischen Ruinen vorrückte, die den Beginn der eigentlichen antarktischen Eiswüste markierten, murmelten sich etwas in den geflochtenen Bart.

»Ich sagte: *Sind wir Marines?*, ihr subversiven Elemente!« Razitshakra hob die Faust und ließ sie auf den Rücken eines zwergischen Ledernackens niedersausen. Der Zwerg fiel auf die Knie, rappelte sich schwankend wieder auf, als Razitshakra ihm einen Tritt verpasste, und marschierte widerwillig unter der Last eines siebzigpfündigen Infanterierucksacks weiter.

Der Zug fuhr entschlossen fort, die Frage der orkischen Kommissarin als rhetorisch zu behandeln.

»Nach diesem Einsatz wird eine Untersuchung stattfinden«, versprach Razitshakra. »Und jetzt sucht das Gelände ab. *Vorwärts!* Da drinnen sind vielleicht noch ein paar von euren Kameraden am Leben.«

Die zwergischen Rekruten rückten eher in einem konzentrierten Haufen vor als in Gruppen, die sich gegenseitig Feuerschutz gaben. Razitshakra, die mit dem Reservetrupp die Nachhut bildete, bellte Befehle. Kein Schuss, kein Zauber, kein feindseliges Geräusch durchbrach die Stille.

»Gelände klar!«, rief der zwergische Rekrut Balan Orktod.

»Das will ich Ihnen auch geraten haben, Marine. Umgebung sichern!«

Auf dem schneebedeckten Gletscher lagen überall reglose Bündel, aus denen Flüssigkeiten sickerten. Trotz der antarktischen Kälte stank das Gebiet. Razitshakras orkische Nüstern blähten sich und identifizierten Blut, Fäkalien und Urin von Zwergen und Orks. Alles stank nur nach Furcht und überhaupt nicht nach der Freude des Kampfes. Der Alpha-Trupp war der grünste und Dagurashibanipals Gäas am wenigsten ausgesetzt gewesen, also überraschte sie die Feststellung nicht besonders, dass aus den meisten Waffen kein einziger Schuss abgegeben worden war.

Im Schein der Endlosen Sonne schlich sie eine ganze Weile zwischen den Leichen umher, warf blutverkrustete, abgerissene zwergische Gliedmaßen zur Seite – und auch Köpfe, aus denen die Augen gesogen worden waren. Aus Richtung der Eiswüste kam Wind auf. Der am Himmel patrouillierende Eisdrache meldete keine Störungen irgendwelcher Art. Der Endlose Tag dauerte an.

Als sie ihn fand – seine toten Augen starrten zu ihr auf –, war Ork-Corporal Zakkad vom Ausbildungskader der Marines zweigeteilt. Arme, Kopf und Rumpf befanden sich in der Deckung einer alten Mauer, während Unterleib, Beine und Genitalien im Freien dahinter lagen.

Noch hielt eine knorrige Faust sein Gewehr und das leere Magazin umklammert. Fetzen seines Drillichs, mit gerinnendem grünem Blut verschmiert, lagen verstreut auf dem Boden. Blasse Innereien schrumpelten in der

Sonne. Den Rekruten rings um ihn nach zu urteilen hatte er versucht, sich durch die feindliche Stellung zu kämpfen. Das ist keine unfehlbare Technik, sondern lediglich die am wenigsten schlechte aller Optionen.

Die Annullierungstalismane an Leib und Waffe waren intakt.

Über den halben Leib gekauert, zwängte Razitshakra die mächtigen, niedrigen Kiefer auf. Fänge und Hauer des Ork-Corporals waren schwärzlich verfärbt. Ein schwarzer kegelförmiger Gegenstand steckte in seinem Hals, der Bissspuren aufwies, wo der Ork ihn abgebissen hatte. Razitshakra berührte ihn mit einer Kralle. Das resultierende Geräusch klang metallisch.

Nach einer Weile fing er an zu stinken.

Später, als sie wieder ins Ausbildungslager für arktische Kriegführung zurückgekehrt waren, näherte sich der zwergische Rekrut Kommissarin Razitshakra, die mit dem Funkgerät am Ohr dastand und sowohl den Funkoffizier als auch die Kommunikationsausrüstung verfluchte. Er zupfte am Ärmel ihres Mantels.

»*Bitte*, Kommissarin, Ma'am. Die Rekruten bitten um Erlaubnis, für die sofortige Verlegung packen zu dürfen.«

»Unfug!« Razitshakra schlug dem Zwerg mit der freien Hand auf den Rücken. »Ich habe dieses Ausbildungslager gerade offiziell in ›Camp Zakkad‹ umbenannt. Nach Zakkad, dem ersten Held der Ork-Marines! Corporal Barzoi, notieren Sie: Für Rekruten ist es Vorschrift, einen Beitrag für den Gedenkfonds zu leisten.«

Der zwergische Corporal salutierte. Die untersetzte Ork-Kommissarin baute sich vor ihm auf – mit Schultern, so breit wie fünf Zwerge.

»Corporal Barzoi, *Sie* werden in meiner Abwesenheit mit der Ausbildung der Rekruten fortfahren. Suchen Sie einen Piloten für den Eisdrachen. Ich fliege zurück.«

»Abwesenheit? Sie lassen uns im Stich!«, keuchte Rekrut Balan Orktod. »Sie treten den Rückzug an!«

Razitshakra knallte den Hörer des Feldtelefons so fest auf die Gabel, dass der zentaurische Funkoffizier schwankte. Die Orkfrau funkelte hoch zum Endlosen Himmel. Selbst wenn es eine Nacht gegeben hätte, wäre der Kommunikationssatellit nicht zu sehen gewesen.

»Ork-Marines treten niemals den Rückzug an!«, fauchte Kommissarin Razitshakra. »Ich fliege persönlich zurück, weil die Verbindung zum Marine-HQ Graagryk vollkommen unterbrochen zu sein scheint.«

* * *

»*Keine* militärische Eroberung?«

Ork-General Ashnak zeigte ungläubig, aber in einem Grinsen grimmiger Jovialität alle seine messingüberzogenen Hauer.

»Erhabener Fürst, wisst Ihr Bescheid über das, was sich im Laufe Eurer … unvermeidlichen Abwesenheit ereignet hat?«

Draußen trieb die Trägheit eines Albtraums durch Graagryks Straßen, trübte den Glanz der Reinigungsmagie auf dem Pflaster und vergiftete den Mittagsschlaf von Kindern und Eltern gleichermaßen. Das Pfeifen von Echsentieren wurde leiser, bis es hier in diesem alten Turmzimmer kaum noch zu hören war.

Ihre Stimme flüsterte: »Mein Diener, der Namenlose Nekromant, hat mich über deine neuen Waffen in Kenntnis gesetzt. Ich werde sie nicht benötigen.«

Ashnak marschierte orkisch-säbelbeinig den mit Wandteppichen behangenen Flur entlang, vollführte eine Kehrtwendung und marschierte wieder zurück zu dem in der Mitte durch einen Pfosten geteilten Fenster. Über ihm wanden sich die in die Säulen geschnitzten absonderlichen Vögel und Tiere und bezeugten der Menschenfrau, die mit dem Rücken zur Sonne saß, ihren Gehorsam.

»Der Süden hat soeben ein Jahr damit verbracht, die Flut der Überlebenden der Horde und ihrer eigenen Deserteure niederzuwerfen, die vom Feld der Zerstörung geflohen sind. Sie glauben, dass es jetzt vorbei ist. Sie glauben, dass nun Frieden herrscht.« Ashnak nahm Haltung an. »Erhabener Fürst, da Ihr der faktische Oberkommandierende der Überreste der Horde der Finsternis seid, lasst mich Euch offiziell davon in Kenntnis setzen, dass meine Truppen sich als im höchsten Grad magiebeständig erwiesen haben. Solltet Ihr die Ork-Marines gegen die Südkönigreiche ins Feld schicken – Mann, diese Kerle würden bis zur *Nasenspitze* in der Scheiße sitzen!«

Der Namenlose Nekromant stürzte einen weiteren Becher mit strohfarbenem Wein herunter und musterte Ashnak rotäugig.

»Erhabener Fürst, beachtet dieses Geschöpf gar nicht. Er hat seine Schlachten alle im Norden geschlagen. Magie«, sagte der Mensch mit undeutlicher Stimme, »ist proportional zur *Civitas* und erwächst aus ihr. Der Norden weist keine richtigen Städte auf. Daher ist seine Magie dünn und schwach. Die Städte des Südens sind groß und verfügen über eine mächtige Magie, wie … wie Hunde Flöhe haben. Ihr würdet zehntausend Krieger seiner Art brauchen – und er besitzt nicht einmal ein Zehntel von dem!«

Ashnak starrte mit seinen tief liegenden Ork-Augen erzürnt in die meergrünen, rotfleckigen Augen des Menschen. Sein massiger Leib überragte den Nekromanten um mehrere Zoll. Die Finger des Namenlosen fingen an, sich zu bewegen.

Die Stimme des Fürsten der Finsternis wisperte: *»Nein.«*

Der Nekromant rieb seine Fingerspitzen, als wolle er etwas soeben Begonnenes zerstreuen.

Ashnak drehte den massigen Kopf zum Fenster. »In strategischer Hinsicht ist das jetzt der perfekte Zeitpunkt für einen Angriff! Wir sollten sofort mobil machen …«

Die Schultern der Menschenfrau strafften sich. Schatten jagten sich über die ultrafeinen Kettenglieder ihres Kleids und dessen leises Klirren läutete wie die Glocken versunkener Städte. »Ich habe gesprochen. Es wird keine Weltherrschaft durch Finstere Armeen geben.«

Ashnak kratzte sich die gespitzten Ohren und setzte sich die Feldmütze fester auf den kahlen Kopf. »Wenn Ihr es sagt.«

Strähnen gelber Haare fielen über Ihre scheckige, schwarz-graue Wange. Gelbliche Wimpern klappten hoch und die Augäpfel unter den Lidern waren orangefarbenes Glas.

»Ich werde nach Ferenzien reisen, der größten aller Städte im Süden«, verkündete der Fürst der Nacht und der Stille. »Du, Ork Ashnak, wirst eine Reihe deiner *Marine*-Krieger auswählen, die meine Ehrengarde bilden sollen.«

Sie verstummte. Vielleicht lächelte Sie, doch die gelblichen Hauer verliehen Ihren Lippen derart vieldeutige Formen, dass Ashnak nicht sicher sein konnte. Die gelblichen Haare flogen, als Sie den Kopf schüttelte. Sanft. Sie fügte hinzu: »Du denkst, ganz plötzlich, wenn Ich eine Garde brauche, muss Ich auch verwundbar sein. Du fragst dich, ob Meine Niederlage am Samhain Mich geschwächt hat. Du überlegst, dass Ich ein Trugbild sein könnte, eine Vortäuschung, ein schwacher Abklatsch dessen, was Ich auf dem Höhepunkt Meiner Macht gewesen ist.«

»Der Gedanke ist mir nie gekommen«, sagte Ashnak.

»Ich wähle deine Krieger um der Ehre willen«, sagte Sie. »Denn Ich werde nicht ohne das Mir zustehende Zeremoniell und Gefolge nach Ferenzien gehen. Und es mag sein, dass Ich dich zu einem Meiner Generalmajore oder Feldmarschälle mache – dir einen Rang verleihe, der Meiner Stellung entspricht. Ork Ashnak, du denkst jetzt, dass Ich es nicht mit einer Eroberung durch Waffengewalt versuche, weil Ich eine sichere Niederlage befürchte. Daher glaubst du, Ich könnte überlistet, benutzt, manipuliert und zu einer Galionsfigur für deine Pläne gemacht werden.«

Ashnak warf einen flüchtigen Seitenblick auf Sie. Seine knorrigen Daumen waren ins Koppel eingehakt und zogen das Pistolenhalfter näher zu seiner Faust. Er bleckte die Fänge.

»Niemand legt die Ork-Marines aufs Kreuz«, knurrte er. »Nicht einmal der Fürst der Finsternis. Wenn Ihr die Marines zu Eurem Schutz wollt, hat das seinen Preis. Wir wollen *Eure* Unterstützung, wenn wir Ferenzien und die anderen Südkönigreiche angreifen. Andernfalls ist gar nichts möglich!«

Da es ein kalkulierter Bluff war, überraschte es Ashnak nicht völlig, als Sie mit dem Finger schnippte und er sich nicht mehr rühren konnte. In Hab-Acht-Stellung, die Hacken seiner Kampfstiefel zusammengeschlagen, die Augen geradeaus gerichtet, konnte er gerade noch sehen, wie der Namenlose Nekromant von seinem Tisch eine Peitsche aufhob, die aus irgendeiner sonderbaren, dubiosen Haut geknüpft war.

Ashnak gab barsch zu: »Erhabener Fürst, ich habe mich geirrt, als ich Euch für machtlos hielt.«

»Aber du wirst nicht aufhören, Mich auf die Probe zu stellen, fürchte Ich.«

Klick-Geräusche markierten die Schritte Ihrer nackten Füße auf den Steinplatten, als bestünden Ihre Fußsohlen manchmal aus Chitin. Ihre wehenden blonden Haare reichten Ashnak nur bis zum Kinn. Der Ork spannte die dicken Muskelpakete seiner Schultern. Es roch nach verdorbenem Obst. Seine Haut wurde weicher und die Farben des Verfalls jagten einander über ihre ledrige Oberfläche. Als er sich wieder entspannte, normalisierte sich alles.

»Keine Folter!« Ashnak ließ seinen Bassbariton rauer klingen. »Nicht, erhabener Fürst! Bitte nicht! Ich flehe Euch an! Nur das nicht!«

»Ich habe nicht die Absicht, darauf zurückzugreifen.« Der Fürst der Finsternis hob Ihr Gesicht. Ihre orangefarbenen Augen leuchteten trotz des Sonnenlichts deutlich sichtbar. »Ich weiß sehr wohl, was Orks in körperlicher Hinsicht alles ertragen können. Und Ich kenne eure allgemeine Widerstandskraft gegen jegliche Schmerzen.«

In den Winkeln seiner langen Augen sah Ashnak, wie der Namenlose Nekromant bedauernd das Gesicht verzog und die mit Metallstacheln gespickte Peitsche wieder auf den Tisch legte.

»Aber du musst Mich und Meine Macht kennen lernen.« Der Fürst der Nacht lächelte und wischte sich einen Speichelfaden von der Lippe. »Ich kann in deine Seele greifen, Ork.«

»Illusionen!«, höhnte der Ork.

Der Fürst der Finsternis rief: »Ich kann in dich hineinschauen! Ich weiß, was du einmal am meisten gefürchtet hast, was du jede Nacht in der Hierarchie der Gruben durchgemacht hast. Wie du Misshandlungen ausgeteilt und eingesteckt hast, um dein Recht, zu leben und erwachsen zu werden unter Beweis zu stellen. Ich weiß, was sich unerkannt in deinem Gedächtnis verbirgt. Und daraus kann Ich Seelenbilder erschaffen, Schmerzen, die schlimmer sind als die Abtrennung eines Arms oder Beins. *Ashnak, ich berühre deine Seele!*«

Der Körper des massigen Orks erstarrte – wurde von den Kampfstiefeln bis zu den Spitzen seiner Ohren stocksteif. Er verdrehte die Augen, sodass nur noch das Weiße zu sehen war. Steif wie ein Brett kippte der Ork hintenüber. Sein Schädel schlug mit derartiger Wucht auf den Boden, dass zwei Steinplatten splitterten. So, wie er bewusstlos dalag, konnte man erkennen, dass der General der Ork-Marines sich eingenässt hatte.

Der Namenlose Nekromant schritt bedachtsam über den hingestreckten Leib hinweg und schenkte sich noch etwas zu trinken ein, um den Vorgang bei seiner Rückkehr zu wiederholen, wobei er nur kurz innehielt, um dem Ork ins Gesicht zu speien.

»Du wirst dich Mir nicht noch einmal widersetzen«, versprach Sie. »Ashnak, du darfst aufwachen.«

Der Ork ächzte, richtete sich auf, öffnete den Mund und schloss ihn wieder. Er fuhr sich über das Gesicht, rieb sich den Hinterkopf und erhob sich dann schließlich. Während er seine schmutzige Drillichhose mit der Feldmütze abstaubte, betrachtete er den Fürst des Bösen mit dem Gebaren eines Mannes, der hereingelegt worden war.

»Mein Krieger-Ork Ashnak, gefällt dir, was Ich dir gezeigt habe?«

Ashnak sagte verständnislos: »Was?«

»Du erinnerst dich doch an den Schrecken aus deiner Vergangenheit?«

Ashnaks ledrige Stirn legte sich in Falten. Er schüttelte den Kopf. »Negativ, Ma'am.«

»Erstaunlich«, kommentierte der Fürst der Finsternis. »Raffinesse scheint an Orks vergeudet. Beim nächsten Mal werde Ich dich einfach töten. Und nun …«

Ihre Stimme, die weich aus jener befehlsgewohnten und daher eigentlich rauen Kehle kam, verschmolz mit der Luft dieses Sommernachmittags in Graagryk. Nichts rührte sich in dem Turmzimmer, während Sie sprach.

»… Ich habe kein Verlangen nach leichten Siegen. Ich bin des Krieges überdrüssig. Es gibt nicht unendlich viele neue Möglichkeiten des Blutvergießens. Ich könnte die Seelen jener Dummköpfe des Lichts nehmen und sie Mir einverleiben. Aber ich bin es Leid, Seelen aufzusaugen: Die kleinen Rassen dieser Welt wirken sich ermüdend auf das Herz aus. Jetzt gefällt es Mir, die Dinge anders zu handhaben.«

Ashnak verschluckte eine gemurmelte, herzhafte orkische Verwünschung, während ihn der Schauder eines uneingestandenen Schocks überlief. Er hob die Stimme wieder, sodass sie hörbar war. »Fürst … Wenn nicht mit Armeen … und auch nicht mit Seelenmagie … *wie* wollt Ihr dann erobern?«

Mit Haaren wie Sonnenlicht, während Ihr Metallkleid jegliche Dunkelheit in seinen Falten verbirgt, steht die hässliche Menschenfrau im Licht. Der gescheckte Flickenteppich Ihrer Haut lässt Sie förmlich mit der Helligkeit verschmelzen. Sie riecht nach toten Städten, die entsprechend parfümierten Staub in die Winde der Welt blasen.

»Diesmal«, sagt der Fürst der Finsternis, »würde es Mir, glaube ich, gefallen, eine demokratische Wahl zu gewinnen.«

Ashnak konnte sich nicht bewegen, weil seine Muskeln immer noch zitterten und bebten. Es bedurfte seiner ganzen Willenskraft, um sich aufrecht zu halten. Er wurde sich der Anwesenheit des Namenlosen Nekromanten erst dann wieder bewusst, als der schwarzhaarige Mensch vor den Fürst der Finsternis trat.

Gleichzeitig fragten Ork-General und Namenloser Nekromant: »Was ist eine ›demokratische Wahl‹?«

* * *

Stahlumringte Räder schlugen Funken auf dem Pflaster unter dem Torbogen des Kasernengeländes, als eine herzögliche Kutsche an den Ork-Marines auf Posten vorbeiratterte.

Lieutenant Lugashaldim von der Untoten Sonderstaffel sah Magdalene Amaryllis Judith Brechie van Nassau, Herzogin von Graagryk, in einem Gefolge aus Beratern, Kindermädchen, Vorreitern und Wachen aus der Kutsche steigen. Ihre kleinen Kinder liefen ihr um die Füße und spielten mit einem Rudel Wolfshunde, die doppelt so groß wie die Kinder selbst waren, und über ihr flatterten zahme rote und grüne Papageien. Magda schnippte mit den Fingern. Ihre oberste Hofdame, Safire, öffnete einen kleinen Sonnenschirm, um den Kopf der Herzogin nicht nur, überlegte Lugashaldim, vor der spätnachmittäglichen Sonne zu schützen, sondern auch vor den Vögeln.

»Ihr könnt die Kinder hier spielen lassen«, verkündete Magda mit klarer, tragender Stimme ihrem Tross. Sie winkte die orkischen Torwachen fort, die sich ihr im Laufschritt näherten. »Sie! Lugashaldim! *Sie* können mir meinen Ashnak holen. *Jetzt.*«

Hinter den der Stadt Graagryk zugewandten befestigten Mauern fiel Sonnenlicht in das HQ der Ork-Marines und beleuchtete Ziegelmauern, Schuppen voller Maschinenteile, leere Kasernen und verlassene Panzerfahrzeuge. Die dienstfreien Orks flezten sich im Gras der Anlage, tranken Graagryks erlesene Weine, brieten etwas von beunruhigenden Ausmaßen am Spieß und kopulierten nachdrücklich rings um die Feuerstelle und unter den Linden. Als sie einen sich nähernden untoten Ork-Lieutenant sahen, unternahmen sie eine gemeinschaftliche Anstrengung, Uniformen zuzuknöpfen und den gröbsten Müll außer Sicht zu schaffen.

»Ma'am.« Durch Lugashaldims mumifiziertes Fleisch und Knochengerüst schien die Sonne, als er vor der Halblingsfrau salutierte. »Ich fürchte, der gegenwärtige Aufenthaltsort von General Ashnak unterliegt strengster Geheimhaltung.«

Herzogin Magda verzog das Gesicht und antwortete fließend in der Marine-Sprache. »Ich bin seine *Frau*, Sie Trottel!«

Ihr Tross gibbelte. Der halb verweste Ork-Marine trat unbehaglich von einem Kampfstiefel auf den anderen. »Aber, Ma'am …«

»Er ist mein herzöglicher Gemahl und ich werde *jetzt gleich* mit ihm sprechen.«

Die zerfledderten Augenlider des untoten Offiziers flatterten ein paarmal über die geronnenen Augäpfel. Der nackte Knochen seines Schädels glänzte und er warf einen dürren Skelett-Schatten auf das Gras. Magdas Nüstern blähten sich.

»Ihr könnt ruhig die Hunde von der Leine lassen«, sagte sie zu ihrem Tross. »Ich glaube, sie müssen sich erleichtern.«

Ihre Diener gehorchten. Fünf Wolfshunde, zwei Papageien und die Kinder der Herzogin tollten über den Exerzierplatz. Ork-Marines sprangen auf und versuchten automatische Waffen vor zugreifenden Kinderhänden und Hundepisse zu bewahren. Freudiges Kindergeschrei übertönte die Befehle eines Ork-Sergeants. Ein Wolfshund stahl den Braten vom Spieß. Zwei Marines verfolgten ihn, während er das Fleisch knurrend davonschleifte.

Lugashaldim wischte sich Papageiendung von seiner halb verrotteten Uniform.

»Ich schätze, Sie können in seinem Büro warten, Ma'am«, gab der Lieutenant nach.

Ganz ruhig in dem Chaos aus Kindern, Hunden und Ork-Marines, die ihre Habseligkeiten zu retten versuchten, ohne dabei erwischt zu werden, einem der Eindringlinge Gewalt anzutun, sagte Magda: »Ich wünsche überhaupt nicht zu warten. Wenn ich warte, dann gleich hier.«

Lugashaldim ließ den Blick über den Kasernenhof wandern. Schlafsäle – lange Ziegelbaracken, die gerade hoch genug waren, um dort Halblinge unterzubringen – lagen in Trümmern. Marine-Ponchos waren zwischen den eingestürzten Mauern gespannt und darunter befanden sich die von Abfall und Müll übersäten und von Trümmern gehaltenen Geschwisterhöhlen, die so genannten *Ork-Nester*. Braune, schwarze, grüne und albinotische Glieder rührten sich frostig, als das Chaos sich ausbreitete, und er hörte das vertraute Grollen orkischen Schnarchens.

Herzogin Magda äußerte laut: »Die Zustände hier sind aber ganz anders als bei meinem lieben Ashnak daheim!«

»Verzeihung, Ma'am ...« Er hielt inne, als junge, gerade der Grube entwachsene Orks – von ihren orkischen Bruthütern verfolgt – kreischend und schnatternd an Magdas Gefolge vorbeiliefen. Magdas Blick folgte ihren kompakten, langarmigen Leibern, spitzen Ohren und rot funkelnden Augen unter buschigen Brauen. Die jungen Orks wurden an den mit Glassplittern gespickten Planken, die die ummauerten Gruben bedeckten, vorbei- und zurückgescheucht. Aus deren Tiefen hallte Grunzen, Geschrei, Kreischen und Jammern herauf.

»Ma'am, es tut mir aufrichtig Leid. Er hat uns weder von seinem Aufbruch noch von seinem Bestimmungsort noch von dem voraussichtlichen Zeitpunkt seiner Rückkehr in Kenntnis gesetzt.«

Herzogin Magda fluchte mit einer in den Bordellen von zwei Dutzend Königreichen erworbenen Wortgewandtheit. »Dann suchen Sie ihn! Vorwärts!«

Der untote Ork stand mit gebeugten Skelett-Schultern da – in dem Versuch, sie nicht zu sehr zu überragen. »Ma'am, wir wissen nicht, wo wir suchen sollen ...«

»Magda!«, bellte eine Stimme.

Ashnak marschierte durch das Kasernentor, die Feldmütze tief ins Gesicht gezogen und eine Pfeifenkrautzigarre im Mundwinkel. Sowohl er als auch seine Uniform erweckten einen irgendwie ramponierten Eindruck, obwohl sich so etwas bei Orks schwer feststellen lässt. Mit ein paar gezielten Fußtritten machte er einigen Marines Beine, die ihm zu langsam aus dem Weg gingen, und erwiderte dann lässig Lugashaldims Gruß. »Magda, meine Liebe …«

Galant beugte der große Ork sich herab, nahm ihre Hand zwischen zwei Finger, hob sie an die Lippen und küsste sie.

»Mein Gatte.« Magda richtete sich zu ihren vollen drei Fuß und zwei Zoll auf. Aus den Handschuhleder-volants rieselten Schaumflocken. Sie ordnete ihre Unterröcke ein wenig schicklicher. »Safire, du und die anderen, ihr könnt in der Kutsche auf mich warten.«

Sie griff nach oben und nahm Ashnaks muskulösen Arm. Inmitten der Panik einer Garnison, die erkannt hatte, dass sie soeben einer nicht angekündigten Inspektion unterzogen wurde, führte sie ihn in den scheckigen Schatten der Linden innerhalb des Kasernenhofs.

Der große Ork senkte den massigen Kopf und sah sie an. In seinen Augen gab es noch immer einen Restschatten der Finsternis. »Du hast die Kinder in die Kaserne gebracht?«

»Es ist an der Zeit, dass sie sehen, wo ihr Vater arbeitet. Ich wünsche nicht, dass sie in Unwissenheit gehalten werden. Ich selbst«, sagte Magda, »bin sehr oft uninformiert.«

Eine Ecke seiner Lippe hob sich in unfreiwilliger Belustigung über einen Hauer.

»Zum Beispiel hast du mir nie erzählt«, fuhr Magda in gemessenem Tonfall fort, »wie viele Nachkommen Orks auf einmal gebären. *Und* wie schnell sie wachsen. Da drüben laufen sechs von meinen kleinen Halborks herum – und einer von ihnen spricht bereits. Ich kann nur annehmen, dass die Kleine *diese Art* Sprache von ihrem Vater gelernt hat!«

Ashnak wich dem Ziegelstein aus, den ein heranstürmender herzöglicher Sprössling nach ihm warf.

»Wirklich, mein Schatz, die alten Bräuche sind immer die besten. Ach, die guten alten Zeiten in der Grube«, äußerte Ashnak nostalgisch. »Die Wettkämpfe im Scheißeschleudern … Mehrfach-Vergewaltigungen … Friss-den-Kleinsten … Die schönste Zeit im Leben, das ist die Grube. Erst die Grube macht einen richtigen *Ork* aus einem.«

Magda funkelte ihn an. »Sie mögen Halborks sein, aber ich lasse unsere Kinder nicht in irgendeiner Grube aufwachsen! Obwohl ich zugeben muss, dass ich mir lieber nicht ausmale, was sie mit den anderen Halblingskindern in der Kinderkrippe anstellen.«

Sie hob das umhertollende Kleinkind auf und setzte es auf ihre Hüfte. Der zur Hälfte orkische Halbling, der bereits so groß wie ein Zweijähriger war, strahlte und zeigte dabei die ersten Ansätze winziger Hauer. Magda strich ihm über den Schopf brauner Haare, die ihm in die vorspringende Stirn fielen.

»Mein Herzblatt, was habt ihr *diesmal* mit eurem Kindermädchen angestellt?«

»Rülps!«

»Siehst du?«, beklagte sich Magda. »Ich habe langsam Schwierigkeiten, Personal für die Betreuung der Kinder zu bekommen. Wie ich höre, machst du Geschäfte mit dem Fürsten der Finsternis.«

»Du …« Ashnak hielt inne, stemmte seine riesigen Fäuste in die Hüften und funkelte sie an. »Wo, zum Henker, hast du das gehört?«

»Mach keine Witze. Ich kenne dich.«

Magda wischte ihrem Kind mit dem Saum ihres seidenen Reifrocks den breiten Mund ab und setzte es auf den Boden. Es rannte sofort zu seinen Geschwistern, um ihnen dabei zu helfen, die dienstfreien Marines zu quälen. Anstatt den Sprösslingen ihres Generals Schaden zuzufügen – oder vielmehr, anstatt ihm hinterher solch einen Schaden erklären zu müssen –, sahen sich die hilflosen Ledernacken gezwungen, den Halbling-Ork-Mischlingen zu gestatten, ohne Rücksicht auf Verluste über militärische Ausrüstungsgegenstände und Marines zu klettern. Magda sah, wie ein Ork sich verstohlen rote und grüne Federn aus dem Mundwinkel zupfte.

»In letzter Zeit habe ich weder Wilhelm noch Edvard zu Gesicht bekommen«, warf sie zusammenhanglos ein. »Ich glaube, meine älteren Söhne sind aus Graagryk geflohen.«

»Gut!«, grunzte der massige Ork.

»Das ist keine Art, von seinen Stiefkindern zu sprechen, Ashnak! Ich will, dass wir alle eine große, glückliche Familie sind.«

Der Ork setzte sich ins Gras und klemmte ein Bein unter das andere. Er griff nach Magda und zog sie in seine starken Arme. Der durchdringende Moschusgeruch nach Ork drang ihr in die Nase. Die Herzogin kreischte. Als sie schließlich friedlich auf seinem Schoß saß und er sich gegen einen Lindenstamm lehnte, hörte sie ihn sagen:

»War das deine Neuigkeit beim Orkballspiel? Dass der Fürst der Finsternis wieder da ist?«

»Ich wollte dich auf jedes mögliche Zusammentreffen vorbereiten. In Graagryk ereignet sich nur wenig, was mich nichts angeht – meine Kontakte haben mir die Nachricht von Seiner Rückkehr überbracht. Warum ist Er in meine Stadt gekommen?«

»Warum?« Ashnaks Stimme vibrierte durch ihre Leiber, wo sie sich an ihn lehnte. »Weil Er ganz und gar vom Affen gebissen ist, darum! Er ist vollkommen neben der verdammten Spur!«

Der Ork-Marine stützte die Ellbogen auf die abgenutzten Knie seiner Tarnhose und schmiegte seinen massigen Kiefer an ihren Hals. Während er Lugashaldim dabei beobachtete, wie er sein Bestes tat, um das graagryker HQ zu disziplinieren, sagte der Ork: »Hast du je von etwas gehört, das *demokratische Wahl* heißt?«

Herzogin Magda, deren Erfahrungen sich über mehrere Kontinente und eine ganze Reihe von Rassen erstreckten, runzelte die Stirn. Die Krähenfüße rings um ihre Augen vertieften sich. »Nein. Was für ein Tier soll das sein?«

Ashnak hustete. Wäre er nicht der General der Ork-Marines gewesen, hätte sie vielleicht geglaubt, er sei verlegen.

»Ihre Schwarze Eminenz hat es mir erklärt. Offenbar handelt es sich um eine Methode, über ein Königreich zu herrschen. Man gibt jedem etwas, das *Stimme* genannt wird. Dann, wenn man die Herrschaft hat, geben die Leute diese *Stimme* ab, um zu entscheiden, ob sie gehorchen. Der Fürst der Nacht und des Schreckens sagt, sie geben diese *Stimme* außerdem ab, um zu entscheiden, wer Herrscher über das Königreich wird. Und das wird *demokratische Wahl* genannt.«

Magdalene Amaryllis Judith Brechie van Nassau dachte darüber nach. »›Gibt jedem eine Stimme.‹ Hat nicht jeder ohnehin eine Stimme? Und weshalb muss man seine Stimme dann wieder ›abgeben‹ …?«

Plötzlich löste sie sich aus Ashnaks Umarmung, sprang auf und bürstete ihr Kleid ab. Mit vor Erregung geröteten Wangen schnauzte sie: »Die ganze Sache ist doch lächerlich! Denk mal darüber nach, du dämlicher Ork. Wenn du *jedem* eine von diesen *Stimmen* gibst, was passiert dann? Dass jeder dreckige Bauer denkt, er hat ebenso viel Recht wie ich zu entscheiden, was das Beste für Graagryk ist! Das ist … das ist unmoralisch! Du meine Güte, *eine Herzogin könnte so eine demokratische Wahl sogar verlieren!*«

Sie marschierte rasch auf und ab und ihre Absätze

bohrten sich dabei tief in den laubbedeckten Boden. Über den Lärm und die Geschäftigkeit des orkischen HQs hinweg, das dabei war, eine Minimalordnung herzustellen, sagte sie: »Ihre Schwarze Eminenz muss völlig den Verstand verloren haben! Der Schlag, den Ihm der Samhain versetzt hat, muss Ihn in den Wahnsinn getrieben haben! Das ist keine Art, die Herrschaft der Finsternis herbeizuführen!«

»Die Information ist streng geheim«, sagte Ashnak düster. »Ich werde den Marines nichts über *Stimmen* erzählen. Das würde sie nur auf dumme Gedanken bringen.«

Halbling und Ork starrten einander für einige Minuten an. Ein Sergeant Major brüllte Befehle und Marine-Trupps eilten im Laufschritt in alle Richtungen, parkten die Truppentransporter in gerader Linie und entfernten die Leichen vom Übungsparcours. Der Sonnenuntergang färbte den Himmel über dem Binnenmeer lachsrosa und violett. Abend-Eidechsen zirpten.

Magda blinzelte in die tief stehende Sonne.

»Orks«, sagte sie. Als Ashnak daraufhin den Kopf hob, glänzten seine Zähne und Augen.

Magda fuhr fort: »Orks werden in den Südkönigreichen nur stillschweigend geduldet. Mein Lieber, du hast hier eine sehr kleine Truppe und ihre Anwesenheit hängt einzig und allein von eurer Fähigkeit ab, eine Waffenindustrie zu betreiben. Bei eingehenderer Überlegung könnte es durchaus etwas für sich haben, Seine Albtraumhafte Exzellenz auf seiner Seite zu haben.«

Der Ork-Marine erhob sich und seine Patronengurte bewegten sich im Spiel der Muskeln. Er nahm die Pfeifenkrautzigarre aus dem Mund, sah sie an und warf sie weg. Er setzte die Mütze ab und kratzte sich den kahlen, ledrigen Schädel.

»Er will in die Hauptstadt des Südens, um mit dem Rat des Lichts zu sprechen – über *demokratische Wahlen.*«

Der Ork bleckte ungläubig seine messingüberzogenen Hauer. »Warum Er glaubt, dass sie Ihn nicht mit jedem Fünkchen Lichtmagie empfangen, das sie haben, ist mir unverständlich.«

Ashnaks Bassbaritonstimme nahm einen anderen Tonfall an.

»Ich halte es für ein unakzeptables Risiko, dem Fürst der Finsternis nicht zu gehorchen. Er könnte jeden einzelnen Ork-Marine mit einem einzigen Fingerschnippen auslöschen ... Seine Befehle lauten, ich soll einen Zug mitbringen und Ihn in die Hauptstadt Ferenzien eskortieren. Morgen brechen wir auf.«

Magda trat vor, schlang die Arme um Ashnaks Hüften und vergrub das Gesicht in seinem Koppel und dem muskulösen Bauch. Krallenhände strichen sanft über ihre stoppelkurzen Haare.

Sie hörte, wie sich Schritte näherten, und rührte sich nicht. Eine knarrende Totenstimme sagte:

»General Ashnak, Sir. Die Satellitenverbindungen stehen wieder, Sir. Ich finde, Sie sollten sich wirklich die Lageberichte anhören, die wir hereinbekommen.«

4

Die Festung schmorte unter der äquatorialen Sonne im eigenen Saft.

»Verzeihung, Sir.« Eine höfliche orkische Stimme sprach in Barashkukors Ohr. »Der zweite Spähtrupp ist überfällig, Sir. Was sollen wir machen?«

In Friedenszeiten sind Spähtrupps nicht mehr als eine Angewohnheit. Insbesondere bei einer Abordnung von Handelsvertretern. Der Major stützte die mageren Ellbogen auf die Brustwehr der verlassenen Festung und starrte hinaus auf Sand und Felsen. Obwohl er Ray-Bans trug, reflektierte der immer wieder von Böen aufgewirbelte gelblichweiße Sand der Endlosen Wüste das Licht schmerzhaft grell. Es war erst eine Stunde nach Tagesanbruch und bereits glühend heiß.

»Rufen Sie über Funk das HQ. Melden Sie sie offiziell als vermisst.«

Der weibliche Marine First Class grüßte Barashkukor mit einer Hand, deren Krallen gestutzt waren. Ihre Uniform ließ Anzeichen erkennen, gebügelt worden zu sein, ihre Kampfstiefel glänzten, ihre Hauer waren geputzt. Von ihrem M16 war jedoch nichts zu sehen. Barashkukor betrachtete seinen Trupp von zwölf Handelsvertretern mit Verzweiflung.

»Sir«, fügte sie hinzu, »Corporal Uzkaddit ist *auch nicht* zurückgekommen. Was sollen wir tun, Sir?«

Unter allen anderen Umständen hätte Barashkukor gesagt: *Handeln wie Orks!* Da er in diesem Fall den Verdacht hatte, dass es sinnlos sein mochte, nahm er davon Abstand. Da er nur zwei kampferfahrene Veteranen in seiner Vertreter-Truppe hatte, war es *vielleicht* ein Fehler gewesen, sie beide auf Erkundung zu schicken …

»Wir *kämpfen* hier nicht mal gegen irgendwen«, winselte die große Orkfrau namens Arakingu. »Sir, wir sind hier doch nicht im Krieg, Sir, oder? Wir sind hier, um Sachen zu *verkaufen* …«

Seine Geduld schien erschöpft. Major Barashkukor kletterte auf die Stufe der Brustwehr, holte mit seiner schwarz behandschuhten Faust aus und schlug der Orkfrau mitten ins Gesicht. Als sie sich mit staubigem Drillich aufrappelte, lag eine Spur von Rot in ihren funkelnden Augen.

»Sie sind ein Marine, Ork! Mir ist völlig egal, ob Sie zur Reserve gehören oder nicht, Sie sind ein Marine!«

»Sir, ja, Sir!«

Der weibliche Reserve-Marine zog sich ans andere

Ende der Brustwehr zurück, um sich an der Funkausrüstung zu schaffen zu machen, während sie etwas von einem Schandfleck auf einer sonst erstklassigen Ork-Truppe murmelte. Major Barashkukor rückte seinen schwarzen Stetson zurecht, marschierte säbelbeinig in den Hof zurück und schritt seine Orks ab, die an den Schießscharten in den Mauern Wache hielten, um deren Waffen zu überprüfen und die Moral zu heben. Die Festung, wenig mehr als ein Quadrat von Mauern um einen winzigen Hof mit Brunnen, war so klein, dass Barashkukor sie mit fünf Schritten durchqueren konnte.

»Sir.« MFC Arakingu tauchte neben ihm auf. »Verzeihung, Sir, die Satellitenverbindung ist schon wieder unterbrochen.«

»Das reicht jetzt. Holen Sie Graagryk zurück«, sagte der kleine Ork-Major heftig. »Es ist mir gleich, wie sie es machen, aber *nehmen Sie Verbindung auf.* Melden Sie, dass wir hier Schwierigkeiten haben und unterbesetzt sind. Entweder sie schicken uns Verstärkung oder sie holen uns raus – ich will eine Luftbrücke, und zwar heute noch!«

Im gleichen Augenblick rief ein Marine von der Mauer: »Sir … es ist wieder da draußen, Sir!«

»Nennen Sie Entfernung und Richtung, Sie schniefender Haufen Orkscheiße!« Major Barashkukors schwarze Cowboystiefel schleuderten Sand in die Höhe, als er zur Mauer lief. Er blinzelte durch den Schlitz im Mauerwerk. »Wo ist es?«

Der Ledernacken rief sich mühsam ein paar Fakten seiner Grundausbildung ins Gedächtnis und murmelte: »Bei den Felsen in zwei Uhr, Sir. Bewegung. Anzahl der Feinde unbekannt.«

»Gut gemacht, Luzdrak.« Barashkukor schob seinen Stetson in den Nacken und wischte sich den Schweiß von der ledrigen Stirn. Seine langen dünnen Ohren schwankten und knickten in der Hitze ein. »Vergesst nicht, Orks, dass wir die Vorführungsmunition von den Lkws haben. Wir haben meilenweit die mit Abstand größte Feuerkraft. Behaltet die Nerven, dann machen wir Hundefutter aus diesem Wichser! Sind wir Marines?«

Der Marine-Major zeigte auf das Banner mit den Streifen und Sternen und dem Raben der Horde darüber, das tapfer am Flaggenmast der Festungsruine wehte. Die Vertreter grinsten, zeigten Hauer und Fänge und grollten mit einem gewissen blutdürstigen Glanz in den tief liegenden Augen: »Wir sind Marines!«

»Es spielt keine Rolle, ob sich da draußen *Hunderte* von Wüstenreitern befinden!«, begeisterte sich Major Barashkukor. »Wir haben die Feuerkraft. Und was noch wichtiger ist, wir sind ausgebildete und disziplinierte Soldaten.«

»O mein Gott!«, kreischte Luzdrak, während er Halt suchend den Arm seines vorgesetzten Offiziers umklammerte. *»Es ist schrecklich! Es ist da draußen! Es will uns holen!«*

Barashkukor schob den Ork aus dem Weg und kauerte sich vor den Mauerschlitz. Ein heißer Wind wehte. Als er in das Licht im Osten blinzelte, konnte er zwischen den hundert Meter weit entfernten Felsen Bewegung erkennen.

»Scheiße …«, krähte Luzdrak. »Ach, Scheiße, Mann, wir *sind* aber auch ein Haufen Pechvögel! Was *ist das* für ein Ding?«

»Keine Sorge, Marine. Ich bin vollständig vertraut mit den hier heimischen Lebensformen des Wüstengeländes …« Barashkukors Stimme verlor sich.

Körpersegmente aus Chitin zogen sich auf gegliederten schwarzen Beinen über die Felsen – und dann richteten sie sich auf. Die Wüstensonne beschien einen schwarzen Chitinpanzer.

Barashkukor bemerkte einen glänzenden, länglichen,

menschenähnlichen Körper mit krallenbewehrten Hinterbeinen von der anderthalbfachen Größe eines Orks. Ein Skorpionschwanz krümmte sich aufwärts und hing über dem länglichen, kegelförmigen Chitinschädel. Die ebenfalls krallenbewehrten Vorderbeine waren mit Stacheln besetzt. Am Unterleib hingen Trauben weicher, gummiartiger, schwarzer Gegenstände.

Der Ork glotzte. »Mann, der Wichser ist *groß*!«

Arakingu rief: »Sir, ich bin nach Graagryk durchgekommen!«

»Fordern Sie Luftunterstützung an. *Sofort!*« Barashkukor ließ in einem zufriedenen Grinsen kleine Fänge aufblitzen. »Das muss das Arschloch sein, das die Spähtrupps erledigt hat. Marine, ich will, dass Sie einen gezielten Schuss auf dieses Stück Scheiße abgeben – geben Sie ihm einen Grund, unsere Spur zu verlieren!«

Luzdrak hob sein AK47 und presste den Holzschaft an seine stämmige Schulter. Ein schräges Auge schloss sich beinah. Barashkukor spürte den Augenblick, als der Ork-Marine den Atem anhielt. Er drückte ab. Aus der Mündung zuckte ein feuriger Blitz.

PENG!

Gewappnet gegen den Lärm, als schlage einen Zoll von seinem Ohr entfernt ein Hammer auf Stahl, betrachtete Barashkukor die Felsen durch seinen Feldstecher. Die Insektenbestie stakste auf gegliederten Hinterbeinen ins Freie, während aus den glänzenden, harten Vorderbeinen scharfe Krallen ragten. Sie zuckte zusammen. Aus der weichen Unterseite ihres Leibs spritzte eine schwarze Flüssigkeit auf die Felsen.

Neben ihm jubelten Ork-Marines.

»Mal sehen, ob das Vieh Verstand genug hat, davor zu fliehen.« Barashkukor hielt den Feldstecher ganz ruhig. »Heilige *Scheiße*.«

Sieben weitere Kreaturen tauchten auf. Das erste Insektenungeheuer zögerte, ein glänzender schwarzer

Fleck vor den weißen Felsen und dem Sand, und sein segmentierter, röhrenförmiger Leib flimmerte in der Hitze. Die gegliederten Klauen verschwanden hinter dem Felsen. Als sie wieder in Sicht kamen, hing ein grünes, tropfendes Etwas zwischen ihnen.

Aus dem Ork-Leichnam tropfte dunkles Blut in den Sand. Kopf und Rumpf besaßen ein sonderbar angefressenes Aussehen. Beide Arme und ein Bein waren abgebissen worden. Der Unterkiefer, der aus den Gelenken gerissen worden war, schlackerte hin und her, als das Insekt den Leichnam durch die heiße Wüstenluft schwenkte. Plötzlich lag Aasgeruch im Wind. Uniformstoff, Patronengurte und verbogenes Metall, bei dem es sich um die Überreste eines M16-Sturmgewehrs handeln mochte, steckten im Brustkasten des toten Ork-Marines.

»Das ist Corporal Uzkaddit …«, hauchte Barashkukor. »Also gut! Trupp eins, Stellung halten. Trupp zwei, Rückzug zu den Lastern. Luzdrak, wenn Sie die Motoren hören, setzen Sie sich ab. Benutzen Sie Mörser. Wir ziehen uns kämpfend zurück. Arakingu, nennen Sie dem HQ unsere Position, sie sollen hier alles in Schutt und Asche legen, sobald wir abgerückt sind.«

»Ja, Sir.« Luzdraks Gesicht hatte eine sehr blasse graue Farbe angenommen. »Sir, was *sind* das für Dinger, Sir?«

»Das sagte ich schon. Nur hier beheimatete wilde Tiere«, sagte Major Barashkukor mit fester Stimme. »Also, Marines, wir setzen uns ab. Bewegung!«

Die Rufe der Ork-Marines hallten durch die sonst stille Wüste. Barashkukor bildete die Spitze des zu den Lastern laufenden Trupps, Funkoffizier Arakingu dicht hinter sich. Das M16 war eine angenehme Last in seinen Händen. In der Deckung hinter den Bedford-Lastern angelangt, duckte er sich tief, während die anderen beiden Orks seines Teams zu den Fahrerkabinen stürmten und in aller Eile die Motoren anließen.

»In den Laster!«, knurrte der kleine Ork.

In der Tür des Lasters warf Barashkukor einen Blick zurück auf die winzige Festung.

Das erste Insektenungeheuer, das die anderen hinter sich gelassen hatte, galoppierte auf gegliederten Klauenbeinen über die Felsen. Zwei Gliedmaßen hielt es ausgestreckt vor sich. Der dünne Schwanz ragte hoch über seinem Kopf auf und der Stachel an der Spitze funkelte in der Sonne. Der Körper blitzte metallisch. Ein dünnes Pfeifen ging von den rasselnden Beißzangen aus, von denen eine schwarze Substanz auf den Wüstenboden tropfte.

»Yo!« Als die Lkw-Motoren aufheulten, verließ Luzdraks Team seine Deckung und lief los.

»Feuer frei!« Barashkukor lehnte sich mit Arakingu aus einem Fenster des führenden Lasters und schoss. Das Metall der Waffe lag heiß in seinen ledrigen Händen. Kugeln prallten gegen den Chitinpanzer des Insekts, jaulten als Querschläger davon und hinterließen lediglich silberne Metallstreifen. Kein Schaden war zu erkennen. Er zwang sich, den Finger vom Abzug zu nehmen, zückte eine Granate, warf sie dem Insektenungeheuer – schon *so* nah? *so* groß? – entgegen und zog den Kopf ein.

In der Festung husteten Mörser.

WUUUMMM!

Schwarze Chitinpanzerbrocken kollerten zwischen den Felsen umher. Weiches Gewebe bespritzte den Laster. Barashkukor hob den Kopf und sah das Insektenwesen mit geifernden Beißzangen und einem fehlenden Vorderbein vor der Rückwand des Lasters aufragen.

Der Stumpf des fehlenden Vorderbeins zuckte und bildete sich neu. Und wuchs. *Schnell.*

»Treten Sie drauf!«, brüllte Barashkukor den Ork-Marine hinter dem Steuer des Lasters an. »Los, los, los!«

Die Räder des Lasters gruben sich tief in den Sand und trafen schließlich auf Fels. Das Fahrzeug machte einen Satz nach vorn und rollte los. Aus der Morgendämmerung hinter ihnen ertönten Schreie. Der Motor röhrte und dröhnte.

»Sir!« Arakingu hatte ihn am Uniformkragen gepackt und schüttelte ihn. »Sir, was ist mit Luzdrak und den anderen?«

Barashkukor versetzte ihr einen Faustschlag seitlich gegen den Kopf und schürfte sich dabei an ihrem Kevlarhelm die Knöchel auf. »Sehen Sie zu, dass Sie zum HQ durchkommen, Marine! Das ist Ihre Aufgabe.«

Der kleine Ork hielt sich am offenen Fenster des Lasters fest, der schwankend durch die Wüste holperte. Jetzt war kein Mörserfeuer mehr zu hören. Sonnenlicht blitzte auf glänzenden schwarzen Panzern. Das Knattern automatischen Feuers hallte durch die Wüste. Der zweite Laster hatte sich nicht bewegt. Der Motor lief nicht mehr.

»Eine Sache bringen sie einem bei der Offiziersausbildung bei.« Barashkukor sah seinen Funker mit hartem, gehetztem, traurigem Blick an. »Es ist egal, wenn es auch *keiner* aus den Mannschaften schafft, solange nur der Offizier durchkommt. Ich bin für alles verantwortlich. Ich muss durchkommen und Bericht erstatten. Marine, gehen Sie nach hinten auf die Ladefläche und werfen Sie Kisten nach draußen. Wir müssen leichter werden, damit wir schneller fahren können!«

Barashkukor schaute zurück. Die breitschultrigen Gestalten von Ork-Marines liefen versprengt durch die Wüste, gingen hinter Felsen in Deckung und schossen. Das hohle, wenig beeindruckende *Wack!* explodierender Granaten war zu hören. Aus der Rückseite des verreckten Lasters zuckte eine Flamme. Eine Panzerabwehrrakete traf eines der Insektenwesen.

WUUUMMM!

»Vertreterkolonne Alpha an HQ Graagryk!« Er setzte den Kopfhörer auf und überschrie das Dröhnen des

Motors, während er durch das Fenster nach hinten auf die rennenden Rieseninsekten schoss. Der Laster ruckte stark. »HQ, hören Sie mich? Bitte melden! Wir haben hier eine verdammte *Insektenplage*, Mann! Hören Sie …«

Die Vorderseite des Lasters hob sich in einem Winkel von fünfundvierzig Grad.

Durch die berstende Frontscheibe erhaschte der Ork einen flüchtigen Blick auf einen sich aufbäumenden schwarzen Panzer, geifernde Beißzangen und Facettenaugen.

Der Laster kippte.

Barashkukor öffnete die Augen und sah einen abgetrennten Orkfuß. Ganz grün vom Blut, bestiefelt, das schwarze Leder staubbedeckt. Der Fuß lag einen Meter von seinem Gesicht entfernt auf einem Felsen. Er wälzte sich herum und spürte, wie seine Haut von der Sonne brannte. Der Gestank nach Öl und Benzin ließ ihn würgen. Er roch auch Exkremente. Sein Blick wanderte seine zerfetzte, grünfleckige Uniformhose entlang. Ein eisiger Schock erfasste ihn. Er spürte nicht, was seine Augen sahen. Ein Stück Muskelgewebe war aus seinem Oberschenkel gesprengt worden. Das Loch war faustgroß und darin glänzte Knochen. Und der Fuß war offensichtlich auch seiner.

»Marine Arakingu …?«

Die Räder des Lasters drehten sich noch. Irgendetwas zischte.

Das Insekt türmte sich schwarz vor dem hellblauen Wüstenhimmel auf. Sein segmentierter Leib zuckte krampfartig und die Klauen der Vorderglieder fuhren unter den Leib und in die Traube gummiartiger schwarzer Organe, die dort zwischen den kräftigen Hinterbeinen hingen. Barashkukor bemerkte, dass einige Körpersegmente aus schwarzem Metall bestanden, nicht aus Chitin. Und zum Teil waren es auch keine Organe, sondern Geräte.

Zwischen ihm und der Festung bewegte sich nichts mehr außer den Insekten.

In seinem Rücken breitete sich ein Gefühl der Kälte aus. Der Ork hob wieder den Kopf. Ein Kalaschnikow-Sturmgewehr lag neben ihm, dessen Magazin noch an Ort und Stelle war. Das Schloss war mit nassem Blut verklebt. Arakingu lag zwei Meter entfernt auf dem Rücken. Der Helm war von ihrem kahlen Schädel gefallen und ein grüner Hirnklumpen hing heraus. Barashkukor tastete nach dem Gewehr.

Das Zischen kam aus dem Kopfhörer, der immer noch auf seinen langen, dünnen Ohren saß.

Der Schatten des Insekts fiel auf ihn.

»Hier spricht … Major Barashkukor … Ich rufe Graagryk. Over.«

»Graagryk hört. Ihr Signal ist sehr schwach, Major. Wie ist die Lage am Boden? Over.«

Das Insektenwesen wühlte mit den Klauen seiner Vorderbeine in den gummiartigen Organen unter seinem Körper herum. Sie kamen mit etwas Eckigem, Länglichem zum Vorschein. Barashkukor blinzelte mit sandverklebten Augen. Schaft, Schloss, Lauf …

Das Insektenwesen stand vor ihm und hielt die Nachbildung eines M16 aus Chitin und Metall in den Klauen. Der Ork starrte in schockiertem Staunen und mit heruntergefallener Kinnlade auf die fremdartigen Organe, die in der Lage sein mochten, Waffen nachzubilden. Benommen dachte er: *Aber sie hatten wohl auch Corporal Uzkaddit als Vorlage.*

Das Insektenwesen hob die Vorderglieder, richtete die organische Waffe auf die Wüste und drückte ab.

WUMM!

Steinsplitter jaulten als Querschläger davon.

»Graagryk ruft Barashkukor! Major, geben Sie mir einen Lagebericht, und zwar sofort!«

Eine andere Stimme. Ashnaks vertrautes Bassgrollen,

das im Rhythmus der schwankenden Satellitenverbindung an- und abschwoll. Barashkukors Mund weitete sich und er zeigte seine kleinen Fänge in einem müden Grinsen.

»General, ich empfange Sie … Fremdländische Feinde. Acht entdeckt. Keine magischen Kräfte. Beherrschen möglicherweise Chamäleon-Technologie …« Er atmete rau. »Irgendwelche Riesenkäfer, General. Sie sind uns letzte Nacht gefolgt und haben heute Morgen die Patrouillen ausgeschaltet. Wir konnten uns nicht mehr absetzen … Mann, die haben uns gerade mächtig in den Arsch getreten …!«

Die Mündung der organischen Waffe schwenkte nach unten, drehte sich, zielte auf Barashkukor.

Die Kälte in seinem Rücken, die seine Uniformjacke durchtränkte, war ausgelaufenes Benzin.

»Barashkukor, hören Sie mich? Wir haben das Ziel erfasst. Geschätzte Ankunftszeit der Bomber in fünfundzwanzig Minuten. Räumen Sie das Gebiet!« Und dann, im zunehmenden Knistern und Rauschen kaum noch zu verstehen: *»Barashkukor, Scheiße noch mal, schaffen Sie Ihren mageren kleinen Arsch von da weg!«*

Die von den Felsen der Endlosen Wüste aufsteigende Hitze ließ die Luft flimmern und das Benzin verdunsten. Stille lag über der Festung. Aus dieser Entfernung konnte Barashkukor das Kauen der Beißzangen über dem Knistern des Funkgeräts hören. Der Käfer hatte seine Zentaurenbeine gespreizt und stand jetzt genau über ihm. Barashkukor konnte nur die Arme bewegen.

Während er noch die Kälte des Benzins auf seinem mageren Rücken spürte und bevor der Schockzustand nachließ, sodass er den Schmerz der Amputation fühlen würde, nahm Major Barashkkukor die Kalaschnikow mit beiden Händen, richtete die Mündung auf den Bauch des Käfers, schnippte den Wahlhebel auf Vollautomatik und drückte ab.

»Setze mich ab, General!«

Der Mündungsblitz entzündete das vergossene Benzin.

* * *

Graagryks Militärflugplatz schwitzte unter der Mittsommersonne.

Ashnak legte wegen des von den Schwingen des Kaltdrachen erzeugten Luftzugs die spitzen Ohren an, als die Bestie abhob und mit beträchtlicher Geschwindigkeit nach Süden zurückflog.

»Wieder für den *Fürst der Finsternis* tätig?« Hinter den runden Gläsern ihrer Drahtgestellbrille kniff die frisch eingetroffene Kommissarin Razitshakra die Augen zusammen. »Aber, Sir – sind Sie sicher, dass Er ideologisch unbedenklich ist? Schließlich ist Er Zivilist.«

Der Ork-General antwortete nicht auf diese Unverschämtheit. Das Stadtleben kann einen Ork weich machen. Marine-Kommissarin Razitshakra beäugte den verheirateten Herzog Ashnak mit Argwohn, während er das Bruchstück einer schwarzen Substanz in dem Plastikumschlag untersuchte, den sie ihm überreichte.

»Ich frage mich, Sir«, wagte sie sich vor, »ob *das* irgendwas mit der letzten Meldung des verstorbenen Major Barashkukor zu tun hat?«

Ohne aufzuschauen, holte Ashnak geistesabwesend mit der Faust aus und schlug zu.

Die Kommissarin rappelte sich mühsam vom harten Boden auf und wischte sich ein grünes Rinnsal vom Kinn. Sie sprach lobend, wenn auch undeutlich. »Gut zu sehen, dass Sie immer noch ein Marine sind, General Ashnak!«

»Für Sie immer noch ›Feldmarschall Ashnak‹«, fauchte Ashnak.

Das durchdringende *schrapp-schrapp* eines Chinook ertönte. Der massige Ork schaute nach oben, als der

Transporthubschrauber aufsetzte. Jenseits des Flugplatzes leuchteten die Bonbonfarben der Stadt Graagryk, magisch gereinigt und ohne jede Spur vom Rauch aus den Schloten der Fabriken, die die Küste des Binnenmeers säumten. Außerdem kamen drei Truppentransporter quer über das Flugfeld gefahren.

Fünfzig Meter weiter setzte ein Hind auf, dessen Rotorblätter über seinen zwei Stummelflügeln mit den Raketenabschuss- und Geschützvorrichtungen die Luft verwirbelten.

Ashnak schaltete das Funkgerät in seinem Kevlarhelm ein: »Chahkamnit, ich werde wohl einen schnellen Sani-Hubschrauber brauchen. Auf mein Wort – an fünf Personen: *Passen Sie gut auf.*«

Die Zwillingsrotoren des Transporthubschraubers dröhnten und drückten das Gras platt. Ein Zug Ork-Marines verließ die Truppentransporter und eilte im Laufschritt über das Feld darauf zu.

Zwei Gestalten folgten ihnen etwas langsamer, und wo die beiden gingen, lag ein Schatten auf dem Gras. Graagryk stellte ihr Kommen und Gehen nicht infrage – konnte es nicht einmal bemerken außer als Ende eines Albtraums, an den man sich beim Erwachen nicht mehr erinnerte.

»Ich erwarte Ihren Bericht, wenn wir in Ferenzien landen, Kommissarin«, befahl Ashnak. »Ich werde ihn mir dort anhören.«

Die in ihrem dicken Mantel schwitzende Orkfrau starrte über den graagryker Flugplatz auf die sich nähernden Gestalten.

»Sir, ich kann die Anwesenheit nicht-orkischer Zivilisten an Bord eines Militärtransporters nicht gutheißen! In der gegenwärtigen Krise ist das nicht klug. Orks verplappern sich leicht ...«

Ashnaks Kopf fuhr herum und seine Zähne bleckten sich zu einem derart bedrohlichen Grinsen, dass die

Marine-Kommissarin zweimal salutierte und im Laufschritt zum Chinook eilte. Ashnak wartete, während die von den Rotoren des Hind verwirbelte Luft am Stoff seiner Tarnhose zerrte, den GI-Helm tief in die Stirn gezogen und die Pfeifenkraut-Zigarre im Mundwinkel. Die schwere Flakjacke ließ ihn schwitzen.

»Feldmarschall«, begrüßte der Namenlose Nekromant Ashnak seidenweich. Der schlanke, gut aussehende Mensch rümpfte in seinem asketischen Gesicht über den eigentümlich durchdringenden Geruch nach heißem Ork die Nase und fächelte sich mit seinem Fächer aus Menschenhaut Luft zu. »Ihr *seid* doch bereit, den Fürst der Finsternis nach Ferenzien zu bringen, hoffe ich?«

Die von einer Schärpe gehaltenen Ledergewänder des Nekromanten und seine hüftlangen schwarzen Haare flatterten. Das Metallkleid des Fürsten der Finsternis rührte sich nicht. Der Wind zerzauste nicht Ihr glänzendes gelbes Haar. Die Hitze erzeugte keinen Schweiß auf Ihrer scheckigen Haut.

»Wir gehen in Frieden nach Ferenzien«, sagte Sie unmissverständlich. »Ich werde keine Kämpfe dulden, Feldmarschall Ashnak. Weder dort noch hier. Mein Diener, der Namenlose Nekromant, wird als Mein Sachwalter hier bleiben. Deine Marines werden ihm gehorchen, wie sie Mir gehorchen würden.«

Ashnak salutierte. »Selbstverständlich, Erhabener Fürst, Ma'am. Natürlich.«

Sie kehrte dem Namenlosen Nekromanten den Rücken und ging zum Hind, barfuß auf Gras, das unter Ihren Füßen verdorrte. Ashnak folgte Ihr mit scheppernden Granaten und Magazinen am Koppel und dem über die Schulter geworfenen M16.

»Diplomatie, kleiner Ashnak. Frieden.« Ihre schräg aufwärts gerichteten, verschnupften Augenhöhlen leuchteten in einer gewissen feurigen Belustigung. Ihre kleinen Hauer hoben Ihre zurückgebogene Lippe und ein Speichelfaden lief über Ihr Kinn. Ohne sich die Mühe zu machen, den Speichel abzuwischen, sagte Sie: »Da ist noch eine Sache, bevor wir aufbrechen.«

Sie hob die Stimme nicht, übertönte aber dennoch den Motorenlärm des startenden Chinooks, während sie sich dem Hind näherten. Der Geruch nach heißem Metall und Öl lag in der Luft. Ashnak kaute auf seiner Zigarre und zog das Koppel strammer. In seinem Kopfhörer wisperte der Helmfunk.

»Ich glaube, deine Ork-Marines werden Meinem Geschöpf, dem Namenlosen, Umstände machen.«

»Nein, großer Schwarzer Fürst«, protestierte Ashnak.

»Ich werde ihn zu einem geeigneteren Befehlshaber für sie machen.« Ihre Augen lachten und blitzten für einen Moment grün auf: Der Paladin des Lichts zeigte sich panisch in ihrem Gesicht. Die Andeutung der gefangenen Seele verschwand rasch wieder. »Als dieser Leib noch anders war, hat er einmal gesagt: ›Er trägt meine Tugendhaftigkeit unverdient im Gesicht, wie ich die Hässlichkeit seiner Sünde auf meinem Körper trage.‹«

Der Fürst der Nacht und Stille breitete die Arme aus und blickte an Ihrem geliehenen Körper herab, als sie am Hind eintrafen. Sie schaute in den Bauch der Maschine und fragte: »Bin Ich nach den Begriffen der Menschen hässlich? Wahrscheinlich. Ashnak, man wird Mich in Ferenzien nicht auslachen.«

»Ich selbst halte Euch für eine besonders gut aussehende Frau, Erhabener Fürst«, sagte Ashnak galant. »Wir haben die Startfreigabe, also …«

»Bruder, nimm wieder deine Gestalt an!«

Sie hob Ihren leeren orangefarbenen Blick. Scheckiges Schwarz und Grau wich wie eine Flut zurück und hinterließ Haut in einem rosigen Cremeton. Weiche blonde Wimpern lagen auf weicheren Wangen. Ihre länglichen Augen standen jetzt gerade und unter geschwungenen

Brauen weiter auseinander und Ihre Lippen wölbten sich üppig und bronzefarben über kleinen, ebenmäßigen weißen Zähnen.

»Sehr schön, Ma'am«, sagte Ashnak wenig begeistert.

Ein schriller, zittriger, lang gezogener Schrei hallte von der anderen Seite des Flugplatzes herüber.

»Komm!« Der Fürst der Finsternis schlug Ashnak mit jener durch die Tugend verstärkten Kraft auf den Rücken, die den Ork bereits in jener kleinen Kirche in dem Dorf im Norden ins Wanken gebracht hatte. Ashnak sah hoch zur Kanzel aus kugelsicherem Glas und zu Lieutenant Chahkamnit.

»Startfreigabe!« Ashnak reichte dem Fürsten der Finsternis einen Helm samt Kopfhörer und half Ihr in den gepanzerten Rumpf der Maschine.

Sie stülpte sich den Helm über Ihre blonden Haare. Lieutenant Chahkamnit, der einen Blick in Ihre Richtung warf und in den vollen Genuss leuchtend orangefarbener Augenhöhlen kam, straffte sich zu stocksteifer Sitzhaltung auf dem Pilotensitz und begann die Startvorbereitungen mit einer Konzentration, aus der ihn nichts Geringeres als ein Beschuss durch Luft-Luft-Raketen gerissen haben würde.

»Ich übernehme die Geschütze.« Ashnak setzte sich hinter den schlaksigen schwarzen Ork-Lieutenant, der eine Bomberjacke, eine eng sitzende lederne Fliegermütze und eine Schutzbrille trug. Chahkamnit trat Pedale und betätigte Hebel und der Transporter hob mit ohrenbetäubendem Dröhnen ab.

»Mein Geschöpf Ashnak«, ertönte die Stimme des Schwarzen Fürsten über Helmfunk.

»Ja, Fürst der Finsternis?« Ashnak sah Graagryk unter sich auf die Größe von Spielzeughäusern schrumpfen. Regelmäßig angelegte und bestellte Felder bildeten pastellige Muster am Ufer des Binnenmeers. Der Hind schwenkte nach Süden.

»Ich werde keine *Störung meiner Friedensverhandlungen dulden. Es darf keine lokalen Konflikte an den Grenzen der Südkönigreiche geben. Was ist mit dem Major, der sich aus Gyzrathrani gemeldet hat?«*

Chahkamnit sah seinen vorgesetzten Offizier an, der stumm blieb.

»Nach allem, was wir zuletzt von ihm gehört haben, Erhabener, ist ihm ein wenig heiß unter dem Kragen geworden«, sendete der Second Lieutenant. *»Ziemlich üble Geschichte, ich muss schon sagen. Aber er war ein Marine – zumindest hat er sich mit einem lauten Knall verabschiedet.«*

Ashnak war von den soliden Vibrationen des Hubschrauberflugs erfüllt. Der massige Ork wartete, bis der Fürst der Finsternis entweder schlief oder (was wahrscheinlicher war) Sich in irgendeinen Trancezustand versetzt hatte. Dann schaltete er auf eine andere Wellenlänge.

»Lieutenant Chahkamnit, Sie haben den Fürst der Finsternis gehört. Keine Kämpfe in und um Ferenzien. Es gibt doch keine Einheiten der Ork-Marines, die Deserteuren, Söldnern und Banditen an den ferenzischen Grenzen Feuerunterstützung geben – oder doch? Besonders nicht dort, wo Ihre Eminenz landen wird. Sorgen Sie dafür, Chahkamnit.«

»O je, ich muss schon sagen, Sir! Wie soll ich das machen?«

»Nehmen Sie Verbindung mit unseren dortigen Bodentruppen auf und sagen Sie ihnen, sie sollen die Schlacht verlagern!«

»Eine Schlacht verlagern, Sir?«, wollte der Ork-Lieutenant wissen. *»Wie verlagert man eine* Schlacht?*«*

»Das ist mir gleich. Tun Sie's einfach!«

Chahkamnit funkte die Bodentruppen im Norden Ferenziens an. *»Also, Jungs«*, befahl er kummervoll. *»Schießt schneller …«*

Die gewölbte Glaskanzel reflektierte das Sonnenlicht. Ashnak klappte das Visier seines Flughelms über seine

Schweinsäuglein und dämpfte so das Licht. Als er erwachte, lag das Land unter ihm weitläufig da, viel weitläufiger als die mit Bergen durchsetzten Flecken fruchtbaren Landes in den Nordkönigreichen. Bewaldete Hügel erstreckten sich wellig bis zum weit entfernten Horizont, immer wieder aufgelockert durch Ackerstreifen, Weideland, auf Gipfeln errichtete Burgen und breite, träge fließende Flüsse. Eine sengende Sonne bleichte die Farbe aus dem reifenden Getreide.

Weiter im Süden erstreckten sich die Vororte Ferenziens bis zu den großen Seen.

»Ich muss schon sagen, Sir, Kontakt voraus – die Ferenzier müssen uns kommen gesehen haben. Ziemlich gut für sie, was?«

Ashnak ließ den Blick desillusioniert über den Himmel wandern. Die Punkte, die höher als der Hind kreisten, waren Geier. Etwas tiefer, auf gleicher Höhe mit dem Hubschrauber, flogen zwei Riesenadler Schleifen über den Zinnen und Türmen der gewaltigen Stadt.

»Bordschützen«, vergewisserte sich Ashnak.

»Yo, Sir!«

Die Stimme des Fürsten der Finsternis sagte: *»Ich beobachte sie jetzt seit einiger Zeit. Das sind zwei von Ferenziens mächtigsten Lichtmagiern.«*

Chahkamnit blinzelte in die Sonne. *»Tatsächlich, Ma'am? Woran erkennt Ihr das?«*

Der Fürst der Finsternis sagte: *»Die Geier sind – und waren immer – Meine Augen.«*

Ashnak zuckte zusammen.

Die sanfte Stimme in seinem Helm fuhr fort: *»Es ist wie in alten Zeiten, als Ich die Orks beobachtet habe. Ich fand es ziemlich spannend, die Belagerung der Bergfestung mit anzusehen. Und Ich kann euch nicht verdenken, Kriege begonnen zu haben, als ihr noch nicht wusstet, dass Ich überlebt habe, und ihr daher Meine Wünsche in der Angelegenheit auch nicht kennen konntet. Es hat Mich sehr belustigt, euch* *dabei zu beobachten, wie ihr versuchtet, im Verborgenen zu wirken. Doch der Spaß ist vorbei. Nichts darf dem, was Ich jetzt tue, in die Quere kommen.«*

Der orkische Feldmarschall brauchte zwei zittrige Versuche, bis er den Befehlshaber der Bodentruppen an der ferenzischen Grenze erreichte und ihn sowohl von seiner Autorität als auch von seinen Befehlen überzeugen konnte.

Die Lichtmagier kreisten über der Stadt.

»Rede mit ihnen, Ashnak«, gebot der Fürst der Finsternis. *»Ich werde mit Meiner Macht dafür sorgen, dass man dich hört.«*

Der Ork räusperte sich und spie zwischen seine Füße. Schleim bespritzte die Fußpedalen. Fünfhundert Fuß unter seinen Stiefeln warfen Ferenziens blau gedeckte Dächer klare, präzis abgegrenzte Nachmittagsschatten auf die Straßen.

»Hier spricht Feldmarschall Ashnak vom Oberkommando der Ork-Marines. Ich rufe die Lichtmagier.«

Dünne magische Stimmen wisperten in der heißen Kabine und vibrierten durch das talismangeschützte Metall. »Schändliche Kreatur der Finsternis! Deine widerliche Maschine kann unseren Großen Feind nicht vor unseren Augen verbergen. Ergib dich. Liefere Ihn an uns aus, dann verschonen wir dich vielleicht!«

Der Hind stoppte die Vorwärtsbewegung und hing dröhnend in der Luft.

Ashnak beugte sich vor, seine Krallenhände lagen flach auf den massigen Oberschenkeln und er schwitzte stinkend unter der Last von Flakjacke, Koppel und Waffen. Aber es war kein Angstschweiß.

»Nun ja«, bemerkte er fröhlich, *»ich habe hier 57-mm-Raketen, funkferngesteuerte Panzerabwehrraketen, 23-mm-Kanonen und ein elektrisch betriebenes Schnellfeuer-MG im Bug. Ich schätze, damit ließe sich das eine oder andere ganz nette Loch in eure kostbare Stadt schießen. Und ich würde*

auch nicht darauf wetten, dass diese mottenzerfressenen Adler schneller fliegen können als ein Kampfhubschrauber mit einem erstklassigen Piloten.«

Chahkamnit lief hellbraun an. *»Sehr anständig von Ihnen, Sir. Wissen Sie, ich selbst hätte das nie von mir gesagt.«*

Die Magierstimmen wurden schärfer und hallten durch den Metallrahmen des Hind. »Wir werden mit Freuden in dem Wissen sterben, dass wir die Geißel der Erde mit uns nehmen, den Fürst des Bösen, den Herrn der Finsternis persönlich!«

Die Adler änderten ihr Flugmuster und schlugen wild mit den Flügeln, um Höhe für ihren bevorstehenden Angriff zu gewinnen. Mit einigem Bedauern nahm Ashnak von weiteren Sticheleien Abstand.

»Der Fürst der Finsternis weilt tatsächlich persönlich bei uns, doch ich mache Sie hiermit in aller Form darauf aufmerksam, dass Er keinerlei Drohungen gegen Ihre Einrichtungen am Boden oder irgendwelche anderen Personen ausspricht. Sie bereiten einen grundlosen und vollkommen unprovozierten Angriff auf uns vor!«

Zunächst herrschte verwirrtes Schweigen, bis eine der Stimmen ein wenig gereizt sagte: »Wir können euch nicht ungehindert passieren lassen! Ihr habt den Fürst der Finsternis bei euch!«

Die zweite Magierstimme mischte sich sein. »Das ist ein Trick! Wenn der Fürst der Finsternis hier ist und nur so wenige Truppen bei sich hat, muss Er eine Armee vor uns verborgen haben, die jeden Augenblick gegen unsere Stadt vorgehen wird! Warum sollte Er sonst hierher zu uns kommen, wenn nicht aus dem Grund, einen furchtbaren Krieg gegen uns zu führen?«

»Eigentlich«, grollte Ashnak, *»will Er nur mit Ihnen reden.«*

Eine Pause trat ein.

»Reden?«, fragte die erste Stimme.

»*Reden!*«, schnaubte die zweite.

»Er *will reden*«, sagte Ashnak, »*aber ich hätte nichts dagegen, euch hohlköpfige Fliegerbubis vom Himmel zu holen, wenn ich müsste. Ich lande diese Kiste jetzt. Ihr könnt mit denjenigen reden, die in Ferenzien das Sagen haben. Wenn sie in fünfzehn Minuten nicht vor der Stadt sind, starte ich wieder und lege eure schöne Stadt in Schutt und Asche. Habe ich mich klar ausgedrückt?*«

In Ashnaks Kopfhörern seufzte der Fürst der Finsternis.

»*Diplomatie*«, erinnerte Sie ihn. »*Takt.*«

»*Extrem überschätzte Tugenden, Ma'am. Aha. Sie sind schon unterwegs. Chahkamnit, bringen Sie uns runter.*«

»*Roger, Sir. Leite Landung ein.*«

Ohne übermäßig feindselige Handlungen sank der Hind – eskortiert von einem der Adler mit den Riesenschwingen – schön wie eine der Schwerkraft trotzdende Maschine. Ein unruhiges gelbes Auge starrte mit unendlicher Belustigung und Müdigkeit darin in die Kanzel des Hind, da der Adler den Magier auf seinem gefiederten Rücken duldete.

Lieutenant Chahkamnit setzte den Hubschrauber in einer Bilderbuchlandung auf das harte Uferstück zwischen dem See und der Stadtmauer. Die Räder hatten kaum Bodenkontakt, als der Trupp Ork-Marines bereits aus der Maschine sprang, um die Umgebung zu sichern.

Chahkamnit nahm seine Fliegermütze ab und schaute nach draußen zum Chinook und zu zwei Trupps Ork-Marines, die bäuchlings in Deckung lagen, während der dritte Trupp sich formierte, um als Leibwache für den Fürst der Mitternacht zu fungieren.

»Ich frage mich, Sir, betrachtet der Fürst der Finsternis dies als feindliches Territorium? Ich war der Ansicht, wir würden uns eigentlich noch gar nicht im Krieg befinden.«

Ashnak zurrte den Kinnriemen seines Helms fest. »Das sind wir auch nicht, Sohn. Die Frage ist: Gibt es irgendeine Gegend, die Sie *nicht* als feindliches Territorium betrachtet? Und dann sind da noch die Ferenzier.«

»Ah. Ja, Sir, ich verstehe, was Sie meinen.«

Ashnak öffnete den Unterleibsgurt des Sitzes. Für eine Rasse gedacht, die gewiss nicht orkisch war, schnürte er noch viel mehr ab als nur seinen Blutkreislauf. Während er sich den Schritt massierte, murmelte der Feldmarschall: »Lassen Sie die Rotoren laufen!« – und stieg dann aus.

* * *

In den Wüsten Gyzrathranis, in den Dschungeln von Thyrion, in den Tundren der antarktischen Eiswüste – überall gibt es Bewegung einer Art, wie sie zuvor nicht existiert hat.

Und jetzt auch andernorts.

Die Tiere reagieren auf die Witterung wie auf einen Waldbrand.

Die magischsten Tiere fliehen zuerst.

* * *

Die zwergische Kapelle stimmte einen Walzer an. Die Barbaren-Schwertkämpferin – die man für diesen offiziellen ferenzischen Empfang unter dem Motto ›Helden des Letzten Gefechts‹ überredet hatte, ihre kurvenreichen Formen und den kettengepanzerten Lendenschurz zusätzlich zumindest mit einer Auswahl von Schärpen, Schals und Tüchern zu bedecken – hörte auf zu singen. Die Krieger-Gäste in Abendkleidung führten ihre Partner auf die Tanzfläche unter die magisch betriebenen Kristalllüster.

Oderic, der Hohezauberer Ferenziens, glitt durch die

Menge, die langen gelben Zähne zu einem offiziellen Willkommenslächeln gebleckt.

»Gandoran!« Oderic raffte seine Manschetten und schüttelte dem Helden von Grattal die Hand. Der hoch gewachsene blonde Krieger nickte unbehaglich und murmelte etwas Anerkennendes. Oderic fügte hinzu: »Varella wird sich Eurer annehmen. Nicht wahr, Madam Varella?«

Die Schwertkämpferin aus dem Dschungel, verschwitzt von ihrer Gesangseinlage, musterte Gandoran mit feurigem Blick und nahm strahlend seine Hand. Die Laune des Helden von Grattal besserte sich. Oderic verbeugte sich und zog sich zurück.

Das Licht des späten Sommerabends färbte den Himmel schmetterlingsflügelblau. Über der stampfenden Zwergenmusik erhob sich Stimmengewirr und das Klirren magisch aufgefüllter Weingläser. Oderic ging unter dem Licht der verzauberten Gaslampen weiter durch die Menge im Ballsaal, wobei er immer wieder für ein Wort hier oder ein Lächeln dort innehielt.

»Der Empfang ist bisher ein Erfolg«, sagte eine Stimme unter seinem Ellbogen.

Eine geäderte Hand hob sich, um das weiße Haar zurückzustreichen, das über Oderics Halstuch und die Schultern seiner Tweedjacke fiel. Der ältliche Zauberer strahlte. »Corinna Halbelfe!«

Ein Blick auf sie würde einem unmöglich verraten haben, dass sie eine der bedeutendsten Zauberer auf dem Feld der Zerstörung gewesen und nur von Oderic selbst übertroffen worden war. Hier im großen Versammlungssaal des Ferenzi-Palasts trugen die Adligen von Ferenzien formelle langschößige schwarze Jacken und steife hohe Kragen sowie die Schärpen ritterlicher Orden über der Brust. Die Frauen (mit Ausnahme einiger weniger, darunter auch eine Kämpferin, die weiterhin eine Vollrüstung trug und rotgesichtig und schwitzend allein neben einer Topfpalme stand) trugen Ballkleider aus Seide mit Mehrfach-Unterröcken und kostbaren Steinen im geflochtenen Haar.

Corinna Halbelfe wurde von einem lavendelfarbenen Kleid mit viel Spitze eingehüllt, das die drei Fuß ihrer Gestalt umschmeichelte und über die winzigen Schuhe bis auf den Boden fiel. Die Straußenfeder in ihrem Stirnreif war so groß, dass sie Oderic bis zur Schulter reichte.

»Wir haben drei Jahreszeiten mit der Ehrung dieser Helden gewartet«, bemerkte die halbelfische Halblingsfrau. »Eigentlich müsste es ein freudiges Ereignis sein, aber … ich habe eine schlimme Vorahnung, Magus Oderic.«

Oderic tastete in seinen Jackentaschen nach einer übel riechenden schwarzen Pfeife, holte sie heraus, entzündete sie mit einer winzigen Feuerkugel, die an einem seiner Daumen Gestalt annahm, und tat einen tiefen Zug. Corinna rümpfte ihre empfindliche Elfennase ob des Pfeifenkrautgestanks, der den berühmten Zauberer immer begleitete. Sie wich einen Schritt zurück.

»Hier sind jene, die beim Letzten Gefecht gegen die schändlichste Verderbnis gekämpft haben.« Oderic blies einen vollendeten Rauchring. »Ist es so verwunderlich, dass jene, die Pech berührt haben, ein wenig von seiner Beschmutzung riechen?«

Ihre kleinen goldenen Augen verengten sich unter ihren hellen Brauen. »Ihr spürt es auch!«

Oderic stützte sich auf seinen weißen Eichenstab und deutete auf den geschäftigen Saal.

»Hier sind die bedeutendsten Adligen Ferenziens versammelt – und wohlgemerkt, ein Lord in Ferenzien ist so viel wie ein König in einem kleineren Reich. Hier sind die Helden der letzten Samhain-Schlacht, Krieger und Magier aus der ganzen Bekannten Welt. Die Helden des größten Sieges, den die Welt je sehen wird.« Oderic gab das trockene Husten eines alten Mannes von sich. »Einige waren Monate unterwegs, um heute Abend hier sein zu können. Ich habe Hochkönig Magorian gesagt: Wenn wir diese Veranstaltung absagten, würden wir wie Narren aussehen und die anderen Königreiche ihr Zutrauen in die Wirtschaftskraft Ferenziens verlieren. Wenn es also etwas Böses *gibt* … müssen wir einfach darauf vorbereitet sein, damit fertig zu werden. Ich kann doch auf Euch zählen, Lady Corinna?«

Die halbelfische Halblingsfrau warf einen Blick auf den Baldachinthron am anderen Ende des Ballsaals. »Natürlich. Aber König Magorian …«

»Augenblick.« Oderic warf den Kopf in den Nacken und schnüffelte mit pferdeartigen Nüstern. »*Aha.* Ich fürchte, gnädige Frau, dass wir mit unseren Vorahnungen beide Recht hatten!«

Der Hohezauberer drehte sich um und ging so rasch wie möglich durch die Menge. Corinna Halbelfe hielt sich hinter ihm, sodass die Straußenfeder über ihren spitzen Ohren bedenklich wackelte. Der alte Zauberer, der sich mit seiner gelben Weste und den langen weißen Haaren auch bei dieser offiziellen Veranstaltung hervorhob, stützte sich schwer auf seinen weißen Eichenstab, da er sich der großen Doppeltür des Versammlungssaals näherte.

Bevor er sie erreichte, flog die Doppeltür auf.

Die Zwergenkapelle kam aus dem Takt und die Musik endete in einer abschließenden Folge von Tuba-Noten, als die Musiker zu spielen aufhörten. Die Tänzer verlangsamten ihre kreisenden Bewegungen. Köpfe drehten sich zur Tür. Gespräche sanken auf das Niveau schockierten Geflüsters. Und über die jähe Stille hinweg hörte Oderic eine flehentliche Stimme vom Baldachinthron:

»Was ist denn *jetzt* los? Keiner erzählt einem irgendwas. Wo ist Oderic? Wo ist mein Zauberer?«

»Hier, Hochkönig.« Oderics altehrwürdige Stimme

klang voll. Er machte sich nicht die Mühe, einen Blick auf den König zu werfen. Durch die offene Doppeltür kamen rot berockte Soldaten mit Paradehellebarden. Einer der Adlerreiter tauchte auf, eilte zu Oderic und flüsterte dem Zauberer hektisch ins Ohr. Oderics buschige Augenbrauen hoben sich. Weiteres Flüstern und die Züge des Zauberers nahmen einen vollkommen nichts sagenden Ausdruck an.

Oderic holte tief Luft und rief: »Meine Damen und Herren, ich muss darum bitten, dass sich niemand durch Gesehenes oder Gehörtes beunruhigen lässt …«

Untersetzte Gestalten tauchten in der Tür auf.

Oderic murmelte einen Schutzzauber, doch von seinen Fingerspitzen sprühten lediglich blaue Funken, als er auf den Magier zurückfiel.

»Meine Magie wirkt nicht gegen sie!«, flüsterte Corinna panisch.

»Meine auch nicht. Wartet«, riet Oderic mit zitternder Hand. »Ist Euch klar, was diese Schreckgestalten sein müssen, elfische Lady? Wir werden Zeuge einer neuen Legende des Bösen!«

Die untersetzten Gestalten marschierten in geschlossener Formation in den Saal. Ihre muskulösen braunen, grünen und schwarzen Gestalten entlarvten sie als Orks und die Hauer in ihren Mündern und die tief liegenden, funkelnden Augen waren den anwesenden Kriegerveteranen vertraut genug. Oderic hörte, wie in der Menge hinter ihm zu den Waffen gerufen wurde. Er hob eine gebieterische Hand.

»Wartet!«

Große Stiefel polterten laut über den Parkettfußboden. In müheloser Ordnung marschierten die uniformierten Orks in den Saal, hoben metallische Rohre an die Schulter und richteten jedes auf eine andere Stelle im Saal. Einer bellte etwas auf Orkisch.

»Das müssen jene merkwürdigen Krieger der Finsternis sein, von denen Amarynth Feuerhand gesprochen hat«, sagte Oderic laut. »Orks! Was habt ihr hier in Ferenzien zu suchen?«

Ein in der Tat sehr großer Ork stürmte durch die Tür. Seine gewieften, winzigen Augen überflogen den ferenzischen Adel und dessen Gäste.

»Keine Bewegung, Arschloch!«, knirschte der Ork.

Corinna Halbelfe hielt die Hände ruhig, die damit begonnen hatten, die Kräfte der Luft zu beschwören.

»Na schön! Das ist schon besser. Also, wo ist dieser Hochkönig Magorian?«

Hinter Oderic teilte sich das Meer der Gesichter. Hochkönig Kelyos Magorian, Fürst der Gefilde des Südens und des Nordens, Verteidiger gegen den Osten, hinkte am Arm eines jungen Knappen vorwärts.

Magorian, der sich in seiner roten, hermelinbesetzten Robe beinah verlor, blieb unter den funkelnden Strahlen der magischen Lüster und umringt vom Adel der größten Südkönigreiche stehen. Sein goldenes Haar schien so licht geworden, dass es praktisch unsichtbar war. Die Hände, die einst Zauberschwert und Schild geschwungen hatten, zitterten jetzt und auf den Handrücken traten die Adern hervor. Er betrachtete den Ork mit halb erblindeten Augen.

»Wie war das?«, quengelte er verdrießlich. »Aber es spielt keine Rolle. Wahrscheinlich das Übliche. Ihr betretet unseren Hof mit einer Demonstration der Gewalt: Schändliches Geschöpf, wir fürchten euch nicht!«

Neben Oderic flüsterte Corinna: »Aber Ihr, Zauberer. Ihr fürchtet etwas – und das sind nicht die Orks!«

Der Hochkönig wollte flehentlich wissen: »Dieses *Ding* verpestet die Luft von Ferenzien. Warum gestattet man ihm, zu bleiben?«

Einige der Krieger auf Besuch waren bereits zur Waffenkammer in der Garderobe unterwegs. Männer in Westen und Schärpen starrten grimmig und gaben Laute der Missbilligung von sich und Oderic hörte einen mit Orden behangenen General murmeln: »Verdammter grüner Abschaum!«

Der Ork schob den runden Helm auf seinem kahlen Kopf in den Nacken, kratzte sich hinter den Ohren und suchte Blickkontakt mit Oderic.

»Sie«, knirschte der Ork in der Verkehrssprache: »Zauberer. Der alte Knabe hat offenbar nicht mehr alle beisammen. Holen Sie jemanden, der weiter als bis fünf zählen kann, ohne die Finger zu benutzen, dann sage ich, was ich zu sagen habe.«

»Ich … äh … bin nicht vertraut mit Eurer Ausdrucksweise, mein Herr.« Oderic hielt den Blick seiner durchdringenden blauen Augen starr auf die untersetzte Kreatur gerichtet. Die Warnung des Adlermagiers klang ihm noch in den Ohren. Er stützte sich schwer auf seinen Stab. »Aber um Seiner Majestät die übertriebene Anstrengung zu ersparen, das Wort an … äh … einen *Ork* zu richten, wäre es vielleicht besser, wenn Ihr mit mir reden würdet. Ich bin Oderic, der Hohezauberer von Ferenzien.«

Mit überraschender Förmlichkeit tippte der massige Ork sich mit den Krallen der freien Hand an den Helm. »Ashnak. Feldmarschall der Horde und Kommandierender Offizier der Ork-Marines.«

Oderic hob die Stimme. »Der Saal wird jetzt geräumt – bis auf die Mitglieder des Hohen Rats!«

Der Hohezauberer legte die Hände auf den Knauf seines Stabs und die Knöchel traten weiß hervor, da er das Wiederaufleben des Bösen fürchtete, wo doch nur ein bescheidener alter Mann zwischen ihm und den Guten Völkern stand. Die Menge setzte sich in Richtung der Türen in Bewegung. Sämtliche Frauen in Abendkleidern trippelten dorthin, begleitet von Männern mit Schlachtorden auf den Revers ihrer Gala-Anzüge und hier und da mit den Schärpen ritterlicher Orden. Funktionäre, Handelsbarone und unbedeutendere Magier setzten sich widerstrebend in Bewegung. Jene, die sich nicht von der Stelle rührten, trugen prächtige Staatsgewänder, verzierte Halsbergen und Schmuckschwerter – ferenzische Männer mittleren Alters mit verschlossenen, gewieften Gesichtern.

Der Ork bellte ein unbekanntes Wort. Die anderen Orks hoben ihre Metallstöcke.

Rattattatta-PENG!

Oderic riss augenblicklich seinen Stab in die Höhe und wirkte einen Schutzschild, als die Kristalllüster im Raum zersplitterten. Frauen schrien. Die Menge wogte umher. Das leuchtend blaue Feuer des Schutzschilds wischte die Kristallsplitter beiseite, sodass sie keinen Schaden anrichteten.

Der Hohezauberer hatte gerade noch Zeit zu bemerken, dass Metallsplitter von der Magie nicht beeinträchtigt wurden.

»Ruhe!« Der Ork sprach nicht viel lauter, als im gewöhnlichen Plauderton, doch im großen Versammlungssaal wurde es still. Der Ork öffnete einen der vielen Beutel an seinem komplizierten Gürtel, entnahm ihm eine Pfeifenkrautzigarre und steckte sie sich zwischen die Hauer. Er sah Oderic an und zeigte mit dem Daumen auf die Krieger und Magier in Abendgewandung.

»Die Leute bleiben hier«, sagte der massige Ork. »Niemand verlässt den Saal. *Wir* haben keine Geheimnisse. Also, Zauberer, setzen Sie Ihren Arsch in Bewegung! Und hätten Sie vielleicht Feuer für mich?«

Oderic sorgte dafür, dass die Spitze der Zigarre des Orks rot aufflammte. »Nun? Was könntet Ihr uns zu sagen haben?«

Der Ork trat säbelbeinig weiter in den Saal und grinste, wie es nur ein Ork kann. »Als Militärattaché der Marines darf ich Ihnen vorstellen – den Tod des Imperiums, die Geißel der Menschheit, die Ketzerei der Elfenheit, Denjenigen Der Welten Verwüstet … den Fürsten der Finsternis aus dem Osten!«

Jemand schrie.

Ein Stimmengewirr erhob sich, das durch die verhangenen Wände gedämpft wurde. Corinnas elfisch-musikalische Stimme war klar zu vernehmen:

»Das kann nicht sein! Er ist tot. Ich war auf dem Feld der Zerstörung dabei, als wir Ihn erschlugen!« Die kleine Mischlingsfrau reckte sich in die Höhe, um Oderic zuzuflüstern: »War das die Warnung, die Euch überbracht wurde? Es kann nicht *sein*, sage ich Euch!«

»Bleibt ruhig«, gebot Oderic streng. »Natürlich wird es ein Hochstapler sein.«

Er sah, wie sich Corinnas elfisch goldene Augen weiteten. *»Nein …«*

Hohezauberer Oderic drehte sich zur Doppeltür um und seine letzte Hoffnung verflüchtigte sich.

Eine junge Frau stand dort, deren Statur man unter Menschen als hoch gewachsen beschreiben würde. Schatten hafteten Ihren blonden Haaren an, die Ihr bis zum Kinn reichten. Schatten suchten die Falten Ihres Kleids aus feinsten Metallringen heim. Ihr glattes Gesicht war so unbewegt wie Porzellan. Sie hob nicht den Kopf.

Oderic durchfuhr ein kalter Schauder.

Sie war von acht Ork-Marines umringt, deren grüne schwellende Muskeln im verbliebenen Kerzenlicht glänzten. Die Ohren auf ihren kahlen Schädeln waren gespitzt. Sie standen Schulter an Schulter. Der massige Ork, Ashnak, bellte das unverständliche Kommando: »Mündungen fächern!«, und die Ork-Krieger hoben augenblicklich ihre Metallstöcke, sodass sie von ihm fort zeigten. Stattdessen richteten sie sie auf die Menge der ferenzischen Adeligen.

»Odo, schickt sie weg!«, protestierte Magorian, während er am Ärmel des Zauberers zupfte. »In meinem königlichen Saal kann ich doch keine verdammten Speer werfenden Grünhäute aus Bingo-Bongo-Land dulden. Schafft Sie fort! Ich weiß nicht, wohin das noch führen soll. Grünhäute, die nicht mehr wissen, wo sie hingehören. Und wer ist diese verdammt prächtige Frau? Sicher ein flotter Käfer, aber für meinen königlichen Hof doch wohl kaum angemessen gekleidet.«

Der ältliche Zauberer schnauzte gereizt: »Das ist der Fürst der Finsternis, den wir für tot gehalten haben!«

»Tatsächlich?« Gelangweilt stützte Magorian sich wieder auf den Arm seines Knappen und humpelte zu seinem Baldachinthron zurück. »Bei der Schlacht von Mondherz war das noch ganz anders. Da haben wir sie in Massen niedergemäht. Ganze *Horden* Speer werfender Grünhäute …«

Bevor Oderic sie daran hindern konnte, trat Corinna Halbelfe aus der Menge. Sie funkelte zur hoch gewachsenen Gestalt der Menschenfrau empor: *»Stirb, schändliche Kreatur der Finsternis!«*

Alle Fenster im Versammlungssaal platzten nach innen. Ein Wind so eisig wie von den allerhöchsten Berggipfeln wehte herein. Oderic spürte, wie die Kräfte der Luft, die so gewaltig wie die Welt sind, in den Palast stürmten und unter ihrem Druck das Mauerwerk ächzte.

Corinna Halbelfe stand im Zentrum des Energiewirbels. Sie streckte eine Hand, die im ellbogenlangen Handschuh steckte, aus und zeigte mit dem Finger auf das Herz des Fürsten der Finsternis. Die andere Hand hielt die Unterröcke ihres Ballkleids fest. Holzaschebleiche Haare umflatterten ihr winziges Raubvogelgesicht. Auf Elfisch rief sie eine Beschwörungsformel – älter als die Gletscher. Die Kräfte der Luft erwarteten ihren Befehl.

Der Fürst der Finsternis sagte mit sanfter Stimme: »Nein, ich glaube nicht.«

Ein Fettfleck rauchte auf den Marmorfliesen des Königlichen Versammlungssaals von Ferenzien – mehr blieb von der Halblingsmagierin nicht übrig.

Der Fürst der Finsternis schritt mit nackten Füßen geziert darüber hinweg, während das Licht der verbliebenen Kerzen über Ihr Metallkleid glitt. Blitze aus schwarzem Licht zuckten. Sie hob das Kinn und die gestutzten Blondhaare schwangen hin und her.

»Eine Magier-Attentäterin. Das Licht ist in letzter Zeit recht heuchlerisch geworden. Aber egal. Es kann Mir nicht schaden. Tot gewesen zu sein, war, glaube ich, gut für Meine böse Magie.«

Oderic durchbrach die schockierte, beeindruckte Stille mit einem Fingerschnippen. Halblings-Diener in braunen Westen und mit aufgekrempelten Hemdsärmeln schoben sich mit Schrubbern und Tüchern durch die Menge und säuberten den Boden von Corinna Halbelfes Überresten.

»Beeilt euch«, wies er sie an, »aber seid pietätvoll.«

Ein Schauder tastete sich langsam über Oderics Rückgrat. Er spürte die Ungeduld des Fürsten der Finsternis. Als Veteran zahlreicher Schlachten ließ er sich dennoch Zeit, bis er sich zu Ihr umdrehte.

Vier Orks hatten sich dicht um den Fürst der Finsternis geschart und versperrten der Menge die Sicht auf Sie. Die anderen vier bildeten Pärchen, schulterten ihre schweren Metallstöcke, schoben sich durch befrackte Menschen, rissen die wenigen verbliebenen Wandbehänge und Spitzenvorhänge ab, sodass das nächtliche Ferenzien jenseits der Palastfenster sichtbar wurde, und schoben vergessene Champagnerflaschen in die unzähligen Taschen ihrer Uniformen. Der ferenzische Adel beklagte sich in präzisen, hysterischen Bemerkungen über die ›grünen Barbaren‹. Oderics eiserne Willenskraft verhinderte, dass sich derselbe Abscheu auf seinen Zügen widerspiegelte.

»Finsterer Gebieter.« Der massige Ork kniete förmlich nieder. »Die Königliche Versammlung Ferenziens hört Euch.«

Die vier Orks knieten ebenfalls bei Ihr nieder und behielten die Menge im Visier.

Formlose Finsternis sammelte sich in Ihren Augen. Die hoch gewachsene junge Frau hob den Kopf. Eine Trockenheit wie von uraltem Staub bildete sich in der Kehle der Versammelten – und denjenigen, die Ihr am nächsten waren, drückten sich Altersfalten ins Gesicht, die sie von diesem Tag an nie wieder verlieren sollten.

Sie legte die Hände federleicht auf die Schultern zweier vor ihr kniender Orks. Der versammelte Adel des Lichts schirmte die Augen vor Ihrer Dunkelheit ab. Ihre Stimme durchbrach die Stille.

»Ihr glaubtet Mich auf dem Feld der Zerstörung besiegt zu haben. Arme Krieger! Arme Magier! Stattdessen habt ihr Mich stärker gemacht. Denn Ich bin gestorben und lebe wieder – und was ist stärker als das, was den Tod überwinden kann? Nach dieser Schlacht habt ihr gedacht, ihr hieltet die Welt in den Händen. Ihr habt geglaubt, der Lauf der Welt hätte sich geändert.«

Und dann Gelächter, so leise, dass Oderic schauderte. Einen solch überragenden Sieg unter so großen Opfern gegen eine derart hoffnungslose Übermacht zu erringen und nun zu sehen, wie alles von vorn begann … In der Menge weinten Menschen.

»Wenn Ich es wünsche, bin Ich stark genug, euch die Welt abzunehmen. Wenn Ich es wünsche, wird es eine Schlacht geben, die wahrhaftig die Letzte ist, denn danach wird sich auf dieser reglosen Welt kein Mensch, kein Tier und kein Grashalm mehr rühren. Wenn Ich es wünsche, kann Ich das Herz und den Atem in eurer Brust anhalten, einfach dadurch, dass Ich es Mir wünsche. Falls Ich es wünsche.«

Oderic schwankte. Von den hier versammelten Helden des Lichts hielt nur er sich noch auf den Beinen. Dem alten Mann rann der Schweiß über das Gesicht.

»Es war nicht *vorgesehen*, dass Ihr hierher kommt und uns diesen Schmutz ins Gesicht schleudert«, schnauzte der Zauberer. Seine knochige Hand fuhr sich an die Kehle und seine Lippen wurden blau.

»War es das nicht?« Der Fürst der Finsternis schien ungerührt zu bleiben. »Aber Ich will diese Welt nicht für mich gewinnen, indem Ich sie zerstöre. Es wird unterhaltsamer für Mich, wenn sie heil bleibt. Und deshalb … werde Ich in diese Welt herabsteigen und zu euren Bedingungen in gleichberechtigtem Wettstreit um die demokratische Wahl für den Weltenthron gegen euch alle antreten.«

In der darauf erklingenden Stimme konnte Oderic die Verwirrung von vierhundertfünfzig Menschen förmlich *spüren*.

»›Demokratische Wahl‹?« Der Hohezauberer kam wieder zu Atem. »Diese Ketzerei! *Das* hätte ich vom Fürst der Finsternis erwarten sollen! Wer, würdet Ihr sagen, wäre denn qualifiziert einen Kandidaten auf den Weltenthron zu wählen?«

Mit einem uralten Lächeln auf den Lippen neigte der Fürst der Finsternis lediglich ein klein wenig den Kopf. Ihr massiger Ork erhob sich. Die Fäuste in die Hüften gestemmt, grinste er Oderic an.

»Wer qualifiziert ist? Dieselben, die im nächsten Letzten Gefecht angetreten wären! Und das sind *alle*, Gimpel. Jeder Einzelne, ob Mensch oder Elf, ob Hügelriese oder Halbling!«

Der Zauberer starrte den Ork missmutig an.

»Einige meiner besten Freunde sind Halblinge«, sagte Oderic, der über alle Maßen entsetzt war, »aber ernsthaft: *nein*. Wenn man einmal den Halblingen – so gute Leute sie auch sein mögen – eine Stimme im Rat der Weisen gibt, wird man uns als Nächstes auffordern, uns mit Trollen, Hexen und Werwölfen zu beraten ... und, das Licht bewahre uns davor, sogar mit Orks und Nekromanten! Das soll einfach nicht sein, sage ich!«

Die Halblings-Diener hielten in ihren Reinigungsarbeiten kurz inne, sahen einander an und murmelten: »Er hat Recht, dieser Zauberer da, oder nicht? Wir wissen, wo wir hingehören, ganz klar.«

Oderic endete seine Ausführungen: »Dem können wir niemals zustimmen! Ihr müsst durchgedreht sein!«

»Ich bin nicht durchgedreht.« Der Ork schob die Pfeifenkrautzigarre in den anderen Mundwinkel und blies einen schiefen Rauchring. »Sie würden mich nicht mögen, wenn ich wirklich durchdrehe. *Also schön, Leute, hergehört!* Ihr habt den Fürst der Finsternis gehört. So wird's gemacht!«

Oderic hob den Kopf und seine weißen Haare fielen wallend über den Tweedkragen. Er begegnete den Blicken anderer in der Menge – den Fürsten von Goistan, Lalgrenda und Istan. Von Shugbar, Vendivil, Kaanistad und Hurost. Alte Kameraden, die früher einmal sorglose Glücksritter oder fahrende Magier gewesen waren und die nun über Besitztümer herrschten, die ihnen in Ferenzien zur Belohnung für geleistete Dienste verliehen worden waren. Sie wurden in den Hüften langsam breiter und mochten mittlerweile mehr Gefallen an Politik als an Trinkgelagen und Questen finden. Doch er bemerkte Zustimmung in ihren Augen.

»Wahrscheinlich war unser Schicksal bereits besiegelt«, sagte Oderic, »als Ihr den Samhain überlebt habt. Ich bin ein alter, törichter Mann und ich hätte es mir denken müssen. Ich habe versagt. Aber dies bleibt mir noch – ich werde eher sterben, als auch nur einem Befehl des Fürsten der Finsternis zu gehorchen! Ich spreche für jeden der hier Anwesenden. Wir können ehrenvoll ins nächste Leben überwechseln. Tut Euer Möglichstes!«

Jubel hallte durch den verwüsteten Saal. Jene wenigen Menschen, die bis zu ihren Waffen in der Garderobe vorgedrungen waren, schmetterten Speer auf Schild und lockerten den steifen Gesellschaftskragen um den Hals.

Die langwimprigen Lider des Fürsten der Finsternis hoben sich. Ihre Augen leuchteten orange. Im Saal wurde es still. In einen Stolz gehüllt, so kalt wie die Fliesen, auf denen Corinna Halbelfe gestorben war, betrachtete der Fürst der Finsternis aus dem Osten Ihre alten Feinde. Oderic sah, dass Sie sich nicht länger zu Erklärungen herablassen und noch viel weniger bitten würde.

»Meine Herren …« Der Ork, Ashnak, trat ein paar Schritte vor. Er schob seinen kurzen Metallstock in ein Halfter an seinem Gürtel und streckte die offenen Hände aus.

Der Anblick eines Orks, der sich freiwillig entwaffnete, anstatt sich Axt schwingend und blutdurstig auf die wehrlose Menge zu stürzen, erregte die Aufmerksamkeit der versammelten Würdenträger, Botschafter und Minister.

»Herrschaften. Ich weiß, ich bin ein Ork«, sagte er barsch, »aber ich appelliere an Sie, mich anzuhören. Die meisten von Ihnen werden es bereits wissen – wir haben einen anderen Feind vor der Haustür. Einen schrecklichen Feind. Wir müssen uns vereinen, um ihn zu bekämpfen! Uns steht ein geopolitischer Konflikt bevor, der die Unterschiede zwischen Licht und Finsternis verblassen lässt. Ich versichere Ihnen, meine Damen und Herren, dass wir jetzt alle auf derselben Seite stehen.«

Neugieriges Stimmengewirr erhob sich im Saal. Der orkische Feldmarschall nahm seinen Helm ab und kratzte sich zwischen den Ohren. Plötzlich wirkte er seltsam verwundbar, wie er da zwischen dem Adel Ferenziens und dem stummen Fürst der Finsternis stand. Der Ork fuhr fort:

»Ich bin ein einfacher Soldat«, sagte Ashnak, »und ich habe das Licht immer als tapferen Gegner geachtet. Jetzt haben wir es mit einer Streitmacht zu tun, die bösartig, unaufhaltsam und schändlich ist. Menschen des Lichts, Ihre Tugenden sind wohlbekannt. Glauben Sie mir, wenn ich sage, dass sie Sie aufhalten und schwächen werden – im Angesicht eines Feindes, der nicht weiß, was Barmherzigkeit oder Gnade ist.«

»Was für ein Feind?«, wollte ein ferenzischer Edelmann wissen.

Die Menschen in Abendkleidung umklammerten ihre hastig geholten Waffen und drängelten sich in brüllenden Gruppen nach vorn. Orkische Krieger senkten ihre Feuerstöcke. Der massige Ork schlug den Feuerstock eines Ork-Kriegers weg, sodass er nach oben auf die Lüster zeigte.

»*Dieser* Feind!« Der massige Ork griff in einen großen, an seiner Jacke befestigten Beutel. Er nahm etwas heraus, hob den Arm und warf es auf den Boden. Es zerbrach. Leute zuckten zurück und drängten dann vorwärts.

»Erkennen Sie das wieder?« Der Ork bleckte messingüberzogene Hauer. »Haben Sie vielleicht kürzlich abgelegene Siedlungen verloren? Sind auf mysteriöse Weise Leute verschwunden? Werden Abenteurergruppen vermisst?«

Oderic zog die Hosenbeine hoch, bevor er sich auf die Knie niederließ, um sich genauer anzusehen, was sich in der durchsichtigen Hülle befand, die der Ork auf den Boden geworfen hatte. Als er die Chitin-Fragmente erkannte, musste er seinen Stab als Stütze benutzen, um sich wieder erheben zu können.

»Die … die Schwarze Klaue! Dieses Bruchstück ist echt«, gab der Hohezauberer mit brüchiger Stimme zu. »Die Magier des Lichts kämpfen insgeheim bereits seit *Tagen* gegen diese Bedrohung. Aber wir sind nicht stark genug, um sie zu besiegen!«

Der Ork grinste.

»Wenn die Guten nicht damit fertig werden, lassen Sie die Sache doch von den gemeinen Ork-Bastarden regeln! Wenn Sie meinen Finsteren Gebieter als Kriegsführer anerkennen – nur für die Dauer dieses Notfalls –, kann ich sämtliche Streitkräfte der Ork-Marines, Elitetruppen und Reserven, für Sie mobilisieren. Ohne Kriegsführer würde es nur Verwirrung und interne Streitereien geben, während diese Ungeheuer Ihre Dörfer und Städte verwüsten. Wir müssen diese Wahl abhalten, und zwar bald!«

Eine Stimme im hinteren Teil des verwüsteten Saals rief jubelnd: »Jawoll!«

»Lächerlich!«, knurrte eine fette Frau in Satin, während ein in Seide gehüllter Mann neben ihr protestierte: »Wie können wir ihnen vertrauen?«

Eine andere Stimme rief: »Es ist unsere einzige Möglichkeit!«

In dem großen Saal stritt der ferenzische Adel untereinander. Eine Reihe von ihnen versammelte sich um den Baldachinthron und belästigte den halb schlafenden Hochkönig Magorian. Und wie es bei Mischlings-Magiern eben so ist, sie mögen gesellschaftlich auch noch so akzeptiert scheinen, niemand protestierte jedoch offiziell gegen den Mord an Corinna Halbelfe. Hochzauberer Oderic spürte plötzlich die Last des Alters.

»Die Pläne des Bösen sind schlau«, flüsterte er, während er die wogenden Massen im Saal beobachtete: wie sie die seltsamen Ork-Krieger schlagartig vergessen hatten und ihnen den Rücken kehrten und wie sie in dem verwüsteten Festsaal die Anwesenheit der Inkarnation der Finsternis duldeten.

»Sie glauben, *Sie* hätten Probleme.« Der orkische Feldmarschall ließ seine Pfeifenkrautzigarre fallen und zermalmte sie unter einem schweren Stiefelabsatz. Seine tief liegenden Augen funkelten Oderic an.

»*Ich* habe zwei davon im Nacken. Nicht, dass *er* verglichen mit Ihr ins Gewicht fiele. Damit komme ich klar. Und Sie hat vielleicht einen leichten Dachschaden, aber bei Ihrem gibt es gar kein Dach mehr …«

Oderic bürstete Pfeifenkrautasche von seiner Tweedjacke und der Blick seiner durchdringenden blauen Augen wanderte zu Hochkönig Magorian. Ashnak und der Hohezauberer Oderic wechselten die Art von Blick, die sich zwischen den Dienern von Herren ergibt, die aus diesem oder jenem Grund ein wenig unberechenbar sind.

Ashnak fügte hinzu: »*Und* ich habe das Licht im Nacken und meine Marines werden irgendwo in der tiefsten Provinz verheizt. Ganz toll, oder?«

Die Notfallzauber aktivierten sich und die Lichter im Festsaal erneuerten sich. Die Wandbehänge setzten sich wieder zusammen, die Fenster wurden neu verglast und der Buffettisch frisch aufgefüllt. Halblings-Diener brachten den Damen ihre Fächer, Handschuhe und Zauberutensilien aus der Garderobe.

Oderic holte tief Luft. Vollkommen verunsichert brachte er hervor: »Sir Ork, habt Ihr einen Plan, wie wir diese ungeheure Bedrohung bekämpfen können?«

»Aber sicher.« Der Ork klopfte sich mit einem knorrigen Fingerknöchel gegen einen seiner messingüberzogenen Hauer. Seine Augen blitzten. »Aber die Pläne kommen später. Zuerst – müssen wir eine Wahl abhalten. Chahkamnit, wir sind hier fertig, holen Sie uns ab.«

Ein seltsames *Schrapp-schrapp-schrapp* ertönte vor den Fenstern. Hohezauberer Oderic trat vor, um festzustellen, welche teuflische Maschine draußen vor dem Palast niederging.

»Eine Wahl«, sann der Zauberer. »Wahlen können gewonnen werden, Sir Ork. Aber man kann sie auch verlieren. Welche Aussichten kann der Fürst des Bösen haben, Herz und Verstand der freien Völker des Südens zu gewinnen?«

5

Das Binnenmeer und der Westliche Ozean werden an der Stelle ihrer größten Annäherung durch einen schmalen Streifen Land namens Der Grat sowie die gleichnamige Gebirgskette an ihrer Vereinigung gehindert. Die Straße durch die prachtvollen Gipfel des Grats verläuft von Herethlion nach Süden und es gibt nur eine Siedlung von Bedeutung, wo man eine Reise unterbrechen oder auch eine Schlacht stattfinden lassen könnte.

Gegen Ende des Nachmittags umringte eine beträchtliche Menge in Wolljacken und Fellleggings einen Planwagen, der mitten auf dem Marktplatz von Grattal stand. Jene Bewohner der Ortschaft, die weder den Schlag der Trommeln noch das Klingeln der Glöckchen hörten, wurden rasch von ihren Nachbarn informiert und trafen kurz darauf außer Atem ein, um nur ja nichts zu verpassen. Ein großer Teil der buntscheckigen Bevölkerung, die in erster Linie aus armen Arbeitern und ältlichen Frauen bestand, tummelte sich auf dem Platz zwischen Rathaus und Taverne.

»Behalte das Rathaus im Auge«, flüsterte der Halbling Will Brandiman im Wagen. »Wir können die Ratsherren hier nicht brauchen.«

»Aber die sind reicher«, stellte Ned Brandiman fest.

»Vor allem sind sie klüger. Deswegen sind sie ja überhaupt erst reich geworden. Ich sage immer«, bemerkte Will, »dass es *leichter* ist, die Armen zu bestehlen.«

»Das ist die Mission des Heiligen!«, rief eine Zwergin, während sie sich die Reste ihres Tees aus dem Bart wischte.

»Meine Brüder!« Will Brandiman ließ die rückwärtige Klappe des Wagens herunter und trat auf die Plattform, die sie bildete. Über ihm war auf einem Banner zu lesen: *Mission des Lichts – Seelenrettung – die Verweigerung eines Kredits Erregt Oft Anstoß.*

Die versammelten Zwerge, Frostriesen, Halbelfen und Menschen von Grattal schauten zu ihm auf. Ein Frostriese grollte: »Amen!«

»Meine Schwestern!« Hochwürden William Brandiman streckte in einer gütigen, wohlmeinenden, alles umarmenden Geste die Arme aus und lächelte mit strahlend weißen Zähnen. Er trug ein bis obenhin zugeknöpftes schwarzes Wams, Kniehosen und dazu einen kleinen weißen Kragen ohne eine Spur von Spitze. Seine gefärbten schwarzen Haare waren aus der Stirn nach hinten gekämmt. Die Augen brannten auf die Menge nieder. »Ihr armen Sünder! Ich glaube tatsächlich, ihr *wisst gar nicht*, wie ihr leidet. Ich empfinde tiefes Mitleid für euch!«

Eine Halblingsfrau trat hinter dem Vorhang hervor, der den abgedeckten Teil des Wagens abtrennte. Sie raffte die Röcke ihrer roten Kutte. Gewand, Peitsche und Stachelgürtel der Nonne wiesen sie als eine der Kleinen Schwestern der Selbstkasteiung aus. Ein roter Nonnenschleier bedeckte ihre Haare und ließ lediglich ein rundliches Gesicht frei, das mit mehr Begeisterung als Geschick mit Lippenrot, Lidschatten und Wangenrouge geschminkt war.

»Bruder, Bruder«, rief Ned Brandiman mit voller Kontraaltstimme, während er seinen Schleier richtete. »Du hast diesen guten Leuten noch gar nicht gesagt, wer wir sind.«

Will strich sich die eingefetteten Haare mit den Fingern aus der Stirn und legte dann die Handflächen vor sich zusammen. »Richtig, Mutter Edwina, sehr richtig. So hört denn, ihr guten Leute von Grattal – denn trotz allem weiß ich sehr wohl, dass ihr *gute* Leute sein müsst! Hört, wer hier zu euch spricht. Ich bin Hochwürden William Aloysius Brandiman von der Mission des Heiligen. Meine Schwester ist die gute Äbtissin Edwina. Wir sind gekommen, um euch das Licht zu bringen!«

»Wir brauchen kein Licht«, warf ein etwas begriffsstutziger Bergtroll in der vordersten Reihe der Menge ein. »Die Sonne ist noch da.«

Eine ganze Reihe von Köpfen drehte sich nach Westen, um sich zu vergewissern, dass die Sonne in der Tat noch zu sehen war. Die Gipfel und hohen Felswände des Gratgebirges versperrten den Blick nach Norden und Süden.

»Ich meine das Licht der Tugend.« Hochwürden William Brandiman bleckte in einem strahlenden Lächeln die Zähne. »Ich meine das Licht, ohne das wir alle verloren sind!«

Mehrere Zwerge in Kettenhemden riefen aus der Menge: »Amen, Bruder!«

»Ach, ich fühle die Sünde!«, rief die gute Äbtissin Edwina. Sie zog ein Tamburin hinter ihrem Rücken hervor und schlug es zur Betonung ihrer Worte. »Ich fühle die Sünde!«

Tsching!

»Ich fühle das Elend der im Laster Versunkenen, die sich mühen, ihm zu entkommen, aber nicht wissen, in welche Richtung sie sich wenden sollen!«

Bumm!

Zwei oder drei Menschenfrauen in Wollkleidern klatschten mit dem Tamburin in die Hände.

»Ich höre die Stimmen von Seelen, die rufen: *Rettet mich! Rettet mich!* Sie rufen: *Rettet mich, bevor es zu spät ist!*«

Tsching! Bumm!

Ein liederlich aussehender Mensch wischte sich mit

dem Ärmel den Bart ab. »Wenn's schon zu spät ist, gehe ich wieder in die Taverne, bevor der alte Joss schließt.«

Ein Halbelf machte: »Psst!« – in seine Richtung.

»Ach, mein Sohn, das magst du dir wünschen.« Hochwürden Brandiman glitt geschmeidig über die kleine Plattform und strahlte auf den Menschen herab. »Aber deine Seele sagt: ›Diese Taverne ist ein Ort der Sünde und des Lasters, wo Menschen spielen und das ehrliche Geld verlieren, das sie mit ihrer Arbeit verdienen, wo die Getränke verwässert ausgeschenkt werden und die Schankdirnen üble Krankheiten haben und wo niemand sich zu beschweren wagt – aus Furcht vor gewaltsamer Antwort.‹«

Der Mann kratzte sich die verlausten Haare.

»Nein, tut sie nicht«, widersprach er.

Will runzelte die Stirn. Neben ihm zeigte Äbtissin Ned mit dramatischer Geste auf das Rathaus, wo eine Gruppe von Würdenträgern in pelzgefütterten Gewändern auf der Treppe stand und den Wagen beobachtete.

»Da ist der Pfuhl der Verdorbenheit, Bruder!«

Tsching!

»Da ist die Ursache des Elends. Welche Möglichkeit hat eine Seele, das Licht zu sehen, wenn die raffgierigen Ratsherren ledige Mütter auf die Straße werfen, weil die ihre Miete nicht zahlen können?«

Bumm!

»Wenn die Steuern, mit denen die Reparatur der Straßen, der Wiederaufbau eines Wirtshauses nach dem Krieg und die Speisung der Kinder der Armen bezahlt werden sollen …«

Tsching!

»… stattdessen in die Taschen der Schurken wandern, die starke Bauern aus Grattal ins Letzte Gefecht geschickt haben und selbst zuhause geblieben sind, um sich zu mästen und reich zu werden?«

Bumm-Tsching! Bumm!

Einer von den zerlumpt gekleideten Arbeitern winkte aus der hintersten Reihe und rief: »Nein, haben sie nicht. Sie sind auch in den Kampf gezogen wie wir anderen. Und was sind *Steuern*?«

Hochwürden William Brandiman schüttelte bekümmert den Kopf. »Ach, die Täuschungskraft der Finsternis! Wir hier von der Mission des Heiligen stellen das oft fest. Ihr guten Leute *wisst gar nicht*, wie sehr ihr uns braucht. Ihr wisst gar nicht, was das Licht für euer Leben tun kann.«

Tsching-Bumm!

Will warf Ned, der seine relativ großen und rauen Hände auf den Rücken legte und das Tamburin verstummen ließ, einen Blick zu.

»Zum Beispiel Ihr, Sir.« Hochwürden William Brandiman zeigte auf einen Halbelf, der mit verschränkten Armen ein wenig abseits stand. »Die Wunde, die Ihr da habt, Sir, die stammt von einer Waffe der Finsternis, habe ich Recht?«

Der Halbelf befingerte sein dunkles Kinn und ließ die Menge den unverheilten Schnitt sehen, aus dem eine farblose Flüssigkeit sickerte. Mit wohlklingender Stimme rief er: »Von einer orkischen Klinge, erlitten in der Schlacht von Sarderis.«

»Und Ihr – und Ihr – und Ihr, gute Frau!« Will zeigte der Reihe nach auf einen Menschen mit amputiertem Arm, einen anderen Bergtroll mit einer Augenklappe und eine Elfe auf Krücken. »Alles Wunden der Finsternis, wenn ich mich nicht irre? Ja! Ach, wie sehr ihr doch unsere Mission des Lichts braucht! Mögen Heilmagier auch scheitern und euch als hoffnungslose Fälle aufgegeben haben, ein Gebet an die Lady – von unserem Heiligen Meister – ist niemals vergebens!«

Ein einbeiniger Zwerg fing an zu weinen und rief: »Heilt uns arme Sünder!«

Tsching! Bumm-Tsching! Tsching!

Unter dem Deckmantel des enthusiastisch geschwungenen Tamburins murmelte die gute Äbtissin Edwina mit etwas tieferer Stimme als bei ihrer Ansprache an die Menge: »Ich dachte schon, wir würden nie den richtigen Ton treffen!«

Hochwürden strich sich die kurzen, eingefetteten Locken zurück. »Keine Angst, Bruder Ned. Sieh sie dir an. Das Kanonenfutter der Schlacht, wie es aussieht – ich *wusste* doch, dass das Aufgebot von Grattal unter den einfachen Leuten hier ausgehoben wurde.«

Will griff in den Wagen und zog eine Kiste heraus.

»Diese Reliquien und Andenken sind von unserem Meister gesegnet worden, dem Heiligen, der in der Gunst der Lady steht. Tritt vor, Bruder.« Will Brandiman winkte den Halbelf heran. »Mal sehen … Gebetsschals … Perlen … aha, das geheiligte Elixier des Heiligen. Es ist sehr selten und kostbar, Bruder, aber wir wollen doch mal sehen, was es für dich tun kann.«

Will nahm einen Lappen und befeuchtete ihn mit der Flüssigkeit aus der winzigen grünen Flasche, dann wischte er dem Halbelf damit übers Gesicht. Die nässende Narbe löste sich. Sie hinterließ, wie Will zu seiner Erleichterung feststellte, keine Spur von Neds Schminke. Ein Raunen lief durch die Menge.

Die Zwergin bellte: »Das ist ein Wunder!«

Bumm-Tsching!

Im Schutz des Herauszerrens einer weiteren Kiste knurrte Ned: »Glaubst du, dieser Mischling hält den Mund?«

Will verstaute die spezielle grüne Flasche hinten im abgedeckten Teil des Wagens. Bevor er sich wieder aufrichtete, murmelte er. »Der Halbelf verlässt Grattal in einer Stunde. Ich habe ihm gesagt, wir würden denselben Schwindel auch im nächsten Dorf abziehen. Das werden wir vielleicht auch tun, aber dann ist er nicht mehr bei uns. Ich vertraue niemals Schurken, die man zufällig in der Taverne trifft und die einem gerade recht kommen. Merk dir die Flasche und erinnere mich daran, später den Lappen zu verbrennen. Die Lösung enthält ein Kontaktgift.«

»Gut überlegt, Bruder!« Ned Brandiman trat vor und streckte die Hände in Richtung der Leute aus, die sich dicht um den Wagen geschart hatten. »Ihr guten Leute! Ach, wie es mir das Herz erwärmt, euch helfen zu können!«

Tsching-Bumm! Bumm-Tsching-BUMM!

Ned funkelte Will an, der noch einmal mit viel Nachdruck das Tamburin schwang. In einem hellen Kontraalt rief Ned: »Und ich weiß, dass *ihr* auch *uns* helfen wollt.«

Mehrere Leute in der Menge riefen »Wie?« und »Ja!«

»Ihr wisst alle, dass unser Heiliger Meister eine Gebetsmühle baut«, sagte Ned andächtig. »Wenn sie fertig ist, wird sie jeden Tag und jede Nacht Gebete von ihm zur Lady des Lichts schicken und dann können wir alle Wunden heilen, die die Finsternis im letzten Krieg verursacht hat, dann können wir jeden Einzelnen von euch retten, das können wir schaffen, jawohl, das können wir *schaffen*!«

Der Bergtroll in der ersten Reihe bellte: »Hallelujah!«

»O ja!« Ned wiegte sich hypnotisch hin und her. »Wenn ihr diese Gebetsteppiche – und Gebetsperlen – und Flaschen mit Elixier nehmt, spendet *großzügig*. Kein Betrag ist zu klein. Oder zu groß. Gebt uns euer Geld, damit die große Gebetsmühle gebaut werden kann! Gebt uns euer Geld für den Heiligen!«

»HALLELUJAH!«

Eine halbe Stunde später rollte der Missionswagen über den Grattalpass, da das vorgespannte Mantichora mit aller Kraft seines scharlachroten Löwen-Skorpion-Körpers zog. Will zählte Kupfer, Silber und hier und da sogar ein Goldstück in eine kleine Holzschatulle.

»Hallelujah!« Edvard Ragald Rupert Brechie van Nassau wickelte sich die Zügel um einen Knöchel, zog das Nonnengewand hoch und enthüllte behaarte Halblingsfüße. Er machte sich über einen Fresskorb her. Zwischen zwei Bissen gebratenem Bär und Drossel in Aspik warf er ein: »Dann wollen wir dem Heiligen mal die guten Neuigkeiten bringen.«

»Ungefähr zehn Prozent davon.« Wilhelm Hieronymous Cornelius Mikhail Brechie van Nassau schloss den Deckel der Holzschatulle und grinste seinen Bruder an. »Also. Wegen dieser *anderen* Idee, die wir besprochen haben …«

Kurz nach Morgengrauen des nächsten Tages, während die Berggeier in der wässrigen Luft pfiffen und schrien, ächzte der Missionswagen die gewundene Straße empor und durch den Torbogen der Missionszitadelle. Die Luft schmeckte den Halblingen dünn und ließ ihre Fingerspitzen und behaarten Zehen eiskalt werden. Will schob automatisch eine Hand in die Armbeuge, um die Muskeln warm und geschmeidig zu halten, und überprüfte gleichzeitig den Sitz eines schweren Wurfdolchs.

Der Heilige beobachtete ihre Ankunft von seinem Platz auf der Brustwehr der Zitadelle aus, wo der Bergwind über seinen rasierten Elfenschädel blies. Schließlich war es dort nicht kälter als für einen Lagerposten oder bei ritterlicher Nachtwache in einer Steinkapelle. Der hoch gewachsene Elf verschränkte die Finger seiner dunkelhäutigen Hände und bannte die militärischen Gedanken und die Panik, die mit ihnen einherging.

»Schickt sie in meine Zelle.« Er bedeutete den Priestern seiner Gefolgschaft zu gehorchen. Sie eilten augenblicklich davon. Die Mission des Lichts bewahrte in ihren priesterlichen Reihen eine soldatische Disziplin.

Der Elf zog die zerlumpte weiße Kutte enger um seinen dunkelhäutigen Leib. Die Kälte der Höhe biss in seine dünnen Finger und in die Spitzen seiner Ohren. Seine länglichen goldenen Augen füllten sich mit Tränen der Selbstkasteiung. Als er sich der Erleichterung nicht mehr verschließen konnte, ging er in die kalten Gänge des Klosters. Der schwarzhaarige Halblingpriester und seine reizlose (aber zweifellos gutherzige) Schwester und Äbtissin warteten bereits in der kahlen Zelle, die der Heilige bewohnte.

»Sir Paladin!« Hochwürden Brandiman kniete auf den nackten Steinplatten nieder. Seine Schwester knickste tief.

»Nennt mich nicht so! Das ist ein Titel der Schande!« Der Heilige fuhr sich mit einer feingliedrigen Hand an die Stirn. Die andere Hand zuckte. Er trug keine Waffen mehr, nicht einmal ein Messer. Doch manchmal suchten seine Hände ohne sein Wissen nach ritterlicher Ausrüstung.

Beschämt senkte der männliche Halbling den Blick. »Ich bitte um Vergebung, Heiliger. Eure Heiligkeit, es gibt Neuigkeiten. Schreckliche Neuigkeiten!«

Der Heilige ließ sich auf die nackten Bretter sinken, die als sein Bett dienten, während eine Hand an seiner Mönchskutte zupfte, wo das härene Hemd, das er darunter trug, seine braune Haut kratzte.

»Es *kann* keine Neuigkeit geben, die schrecklicher ist als die, dass der Fürst der Finsternis noch lebt.« Der Elf griff zum Peitschenständer, wählte eine kurze Lederpeitsche und fing an, sich geistesabwesend zu geißeln. »Und dass ich, wenn sie gegen Ihn reiten, nicht bei ihnen sein kann!«

Elfisches Blut spritzte auf das Gestein. Der Heilige starrte auf die Mauern der feuchten Zelle, als könne er durch sie bis zu den großen Königreichen des Südens schauen.

»Eine winzige Festung«, flüsterte er. »*Eine* Zitadelle, die ich nicht einnehmen konnte. Und so bin ich entehrt.« Die mageren, asketischen Züge des Elfs verzerrten sich, als die Augen fest zugepresst wurden. Schweiß lief ihm über das braune Gesicht. Die Peitsche sank in seiner Hand nach unten. »Als ich noch ein Schwert in der Hand hielt und meine Feinde nicht besiegen konnte, haben mich die Städte des Südens *ausgelacht*. Mein Name ist bei Nin-Edin zum Gespött geworden! Wie kann ich mit einer solchen Schande leben? Orks, Orks, *Orks* ...«

»Komisch, dass Ihr sie erwähnt.« Die Äbtissin mit der tiefen Stimme erhob sich auf ihre behaarten Füße. »Denn jene Orks sind wiederum die rechte Hand der Finsternis. Eure Heiligkeit, die Neuigkeit, die wir haben, lautet, dass eine schreckliche Aufgabe zu vollbringen ist und sich niemand findet, demütig und bescheiden genug, um sie zu erfüllen.«

Die eingefallenen goldenen Augen des Heiligen leuchteten auf. »Und was für eine Aufgabe wäre das, mein Kind? Und was ist mit den ... *ssss!* ... Orks?«

Hochwürden Brandiman sagte glatt: »Eure Heiligkeit haben gewiss von dem hinterhältigen, bösen Plan der Finsternis gehört: dass der Fürst des Bösen aus dem Osten sich weigert, zu den Waffen zu greifen, und die freie Welt vielmehr zu einem Wettstreit des *Wählens* herausgefordert hat.«

»Ja, davon habe ich gehört.« Die zierliche Hand des Elfs bewegte sich, als umklammere sie den Knauf einer Klinge. »Der Große Ketzer!«

»Genau«, fuhr der Halbling-Priester fort. »Jetzt muss die freie Welt ihren Kandidaten bestimmen – jemanden, der sich der absoluten Demütigung unterwirft, sich mit dem Fürst der Finsternis zu dessen Bedingungen zu messen. Diese Person, wer immer sie auch sein mag, muss die Schande ertragen, die Taten des Bösen zu verzeihen, indem sie sich mit ihm als gleichgestelltem Kandidaten für den Posten des Kriegführers in dem anstehenden Holocaust und anschließend auch für den Weltenthron aufstellen lässt.«

Die Äbtissin fügte hinzu: »Heiliger, wo kann eine solche Person gefunden werden, die in diesen Pfuhl herabsteigt und sich besudelt, damit der Fürst der Finsternis sich nicht unangefochten dieses hohe Amt aneignen kann?«

»Aber was ist mit den *Orks*?«, beharrte der Heilige.

Hochwüren Brandiman strich sich sein öliges Haar aus der Stirn. »Die Orks von Nin-Edin dienen wieder ihrem Finsteren Meister, Eure Heiligkeit. Sie führen, was sie Seine ›Wahlkampagne‹ nennen.«

»Jetzt verstehe ich!«

Ein Licht erstrahlte im Geist des Heiligen. Der Elf sprang auf. Er ergriff die Schultern seiner getreuen Halbling-Geistlichen und starrte in ihre vertrauensvollen Augen.

»Ich hatte eine Erleuchtung!«

Dem lachenden Elf liefen Tränen der Erleichterung über die hohen Wangenknochen.

»In meiner Qual spricht die Lady zu mir! Sie sagt, dass meine Schande und Demütigung um Ihretwillen stattgefunden habe und in Kürze vorbei sein werde. Nin-Edin war meine dunkle Nacht der Seele, doch nun, *nun* werde ich vielleicht Genugtuung bekommen. Orks, Orks! Schließt mit eurem Leben ab, denn meine Zeit der Sühne und Selbstkasteiung ist vorbei.«

»Ist sie das?«, fragte die Äbtissin.

»Ich werde kein Schwert tragen außer dem Schwert der Rechtschaffenheit und keine Rüstung außer der Rüstung des Lichts!«

Hochwürden Brandiman runzelte die Stirn. »Verzeiht, Eure Heiligkeit, aber ich verstehe nicht ganz.«

»Aha. Du fürchtest dich, weil du die Kraft der Lady in mir spürst. Habt keine Angst!«, rief der Elf. »Denn ich, dessen Name früher Amarynth, genannt Feuerhand, war, Sir Amarynth, der Paladin-Magier und Oberbefehlshaber der Armee des Lichts, bin wieder ich selbst.«

Er verschränkte die langen Finger über seiner zerfledderten Kutte und stellte sich im Geiste bereits die neuen Kutten vor, die er und seine Anhänger tragen würden: mit einem Schwert und dem silbernen Halbmond der Lady bestickt und vielleicht mit eingearbeitetem härenem Hemd.

Amarynth fuhr fort: »Sich auf die Stufe des Fürsten der Finsternis zu begeben, muss eine Schande sein. Aber ich höre die Lady des Lichts durch euch sprechen, Ihre demütigen Sprachrohre. Ich sehe ganz klar, dass es meine *Pflicht* ist, mich selbst für dieses Opfer anzubieten, um anderen die schreckliche Aufgabe zu ersparen – und um das Schwert der Rache über diese unreinen Orks zu bringen. Es ist meine Pflicht, mich zur Wahl zu stellen. Und wenn ich gewählt werde, ist es mein schreckliches Schicksal, als Herrscher der Freien Welt zu dienen.«

Er streckte eine Hand in die Höhe.

»Der Kreuzzug des Lichts beginnt!«

Priester und Äbtissin des Heiligen sahen einander einen Augenblick lang mit offenem Mund an, zweifellos von Ehrfurcht überwältigt.

* * *

Auf ihrem Weg nach Süden verzweigt sich die Straße von Grattal einmal, wenn sie auf das Nordufer des Binnenmeers stößt, aber zumindest ein Teil von ihr führt die Küste entlang durch ockerfarbenes Ackerland und Jagdreservate der Südkönigreiche, bis sie zur Hauptverkehrsader nach Graagryk wird.

Herzogin Magda Brandiman stieg die Trittleiter an ihrer Kutsche herab, streckte ihren Sonnenschirm aus und spannte ihn auf. Seine Spitze schirmte sie vor der sengenden Mittagssonne ab. In den Stoff verwobene

Zauber sorgten augenblicklich für Kühlung. Zwei ihrer Leibwächter sahen unter der Kutsche nach. Zwei weitere hielten sich im Hintergrund der hohen Fabrikziegelmauern.

Als sie Cornelius Scroop bei der Streikpostenkette bemerkte, machte Magda ihn auf sich aufmerksam. »Kanzler!«

Die magischen Absperrungen, die auf dem Industrieviertel lagen, hoben sich vorübergehend auf. Magda trat unter einen finsteren Himmel aus Schloten und schwarzem Rauch. Der Gestank nach Öl und Kohle drang in ihre sich blähenden Nüstern. Aber von den an sich üblichen Geräuschen – Hämmern, Schlagen, kreischendes Eisen, Sägen, ohrenbetäubendes Pfeifen – war nichts zu hören.

Ihr fetter Kanzler-Magier watschelte auf großen behaarten Füßen zu ihr. »Hoheit, die Streikpostenkette weigert sich, mich durchzulassen!«

Sein Gesicht über dem erschlafften Spitzenkragen leuchtete dunkelrot. Magda bedeutete ihm mit einem Wink zu schweigen, machte einen Bogen um seine üppige Leibesfülle und winkte einen der Arbeiter in der Kette heran.

Der Halbling-Arbeiter nahm seine flache braune Samtmütze ab und hielt sie in beiden Händen, als er sich ihr näherte. Schweiß hatte die Achseln seines kragenlosen Hemds durchnässt, obwohl die Ärmel hochgekrempelt waren und er keine Strümpfe unter der samtenen Kniebundhose trug.

»Ich will mit dem Vertrauensmann eurer Gewerkschaft reden«, befahl Magda.

»Ja, Ma'am.« Der Halbling zog nervös den Kopf ein. »Bert! Hierher, Bert! Sie will mit *dir* reden, Bert.«

Ein anderer Halbling trat aus der Traube der etwa fünfzig Halblinge, die sich rings um die Fabriktore versammelt hatten und ihre Transparente wegen der brütenden Hitze längst nicht mehr in die Höhe hielten. Die lockigen Haare an seinen Füßen waren grau und sein rundliches Gesicht wies einige Falten auf.

»Bert van der Klump, Eure Hoheit«, stellte er sich vor. »Offizieller Vertrauensmann der graagryker Zweigstelle der Genossenschaftlich-Sozialistischen Halblingsgewerkschaft. Schaut her, Eure Hoheit. In den Statuten det GSHG steht in Kapitel dreiundvierzig, Absatz siebenunddreißig, Paragraph zwölf, Abschnitt sieben, acht, zehn, dreizehn, fünfzehn und zwanzig, dass …«

Der Halbling hielt inne und rieb sich die Stirn.

»Na, was steht denn nun darin?«, fragte Magda neugierig.

»Ich hab's vergessen«, gestand Bert van der Klump. Sein Blick wanderte von der Herzogin zum Kanzler und wieder zur Herzogin, um dann auf die Lachfältchen rings um die Augen der Halblingsfrau zu reagieren: »Wirklich und wahrhaftig, Ma'am, ich glaube, es heißt: *Es wird auf Kapitel neun, Absatz vier, Paragraph zwölf, Abschnitt vierzehn oben verwiesen,* aber ich kann mich nicht mehr genau erinnern. Jedenfalls, Ma'am, im Kern geht es um Folgendes. Wir …«

Er winkte den Halblingen vor dem Fabriktor zu. Sie hoben ihre Spruchbänder, schwenkten sie und skandierten begeistert. Magda las: *Halblinge Vereinigt Euch! Ihr habt nichts zu verlieren als eure Ketten!* und *Herzögliche Herrschaft – Was Ist Zu Tun?*

»Wir streiken«, fuhr Bert fort, »Eure Hoheit, für ein größeres Stück vom Kuchen.«

»*Ungeheuerlich!*« Kanzler Scroop, der neben Magda stand, wischte sich mit einem durchnässten Taschentuch über die Stirn, da ihn seine Magie zusammen mit seiner Konzentration verlassen hatte. »Der Etat der Stadt ist ohnehin schon überbeansprucht! Wir haben kein Geld für raffgierige, verräterische, erpresserische, drückebergerische …«

»Ach, seid still«, sagte Magda Brandiman. »Meister van der Klump, was ist, wenn ich Eure Forderungen erfülle?«

Sie beschäftigte sich damit, ihre bis zum Ellbogen reichenden Spitzenhandschuhe zu glätten und die Unterröcke ihres Seidenkleids aufzubauschen. Der Halbling in Mütze und Kniehose schnippte mit den Fingern und er und ein Dutzend seiner Kollegen zogen sich zu einer knappen Beratung zurück. Nach kurzer Zeit war van der Klump wieder zurück und fragte schwitzend:

»Und wie würden die Bedingungen dieser Vereinbarung genau aussehen, Eure Hoheit?«

»Die Staatskasse gewährt allen Arbeitern zwei weitere Teepausen pro Stunde, dazu Backwaren frisch aus den besten Bäckereien der Stadt«, sagte Magda. Sie hielt inne, Bert van der Klumps Knopfaugen waren starr auf ihr Gesicht gerichtet. Sie fügte hinzu: »Und an Wochenendtagen *vier* anständige Mahlzeiten am Arbeitsplatz anstatt der gegenwärtigen drei. Was sagt Ihr dazu, Meister?«

»Bert Klump, du verkaufst uns doch wohl nicht an das herzöglich-orkische Konsortium«, brüllte eine Arbeiterin. »Wir haben unsere Prinzipien! Keine Geschäfte mit dem Klassenfeind … *urk*.«

Aus der Postenkette hinter ihr fiel ein Transparent auf den Kopf der Arbeiterin und sie setzte sich benommen aufs Pflaster. Der Halbling mit den gewaltigen Muskeln, der das Transparent trug, kommentierte das mit einem ernsten »Hoppla«.

Albert van der Klump wischte sich eiligst die Hand an der Sitzfläche seiner samtenen Hose ab und hielt sie der Herzogin hin. »Abgemacht, Ma'am!«

»Herzlichen Glückwunsch zu Eurer gewieften Verhandlungsführung.« Magda zeigte mit dem herzöglichen Daumen auf die Ziegelmauern der riesigen Waffenfabrik. »Und jetzt zurück an die Arbeit.«

Albert van der Klump setzte sich die Samtmütze auf seine ergrauenden Locken. »Arbeiter von Graagryk! Ein dreifach Hoch auf Herzogin Magdalene! Hipp hipp …«

»HURRA!«

Magda Brandiman machte kehrt und ging von den Fabriktoren zurück zu ihrer geschlossenen Kutsche, wobei sie den Applaus mit einem Winken ihrer spitzenbehandschuhten Hand entgegennahm.

Cornelius Scroop stolperte ihr nach. »Eure Hoheit, seid Ihr *wahnsinnig*? Dieser Abschaum weiß, dass in den Waffenfabriken Tag und Nacht pausenlos gearbeitet werden muss! Sie sind eine Gefahr. Sie unterminieren die Grundfesten der Halblingsgesellschaft! Sie werden nur noch mehr Forderungen stellen, bis die Staatskasse restlos leer ist. Und«, fügte er hinzu, »die Stadt kann sich keine *Backwaren* leisten. Nicht für schmutzige kleine Bauern-Empörkömmlinge.«

»Ach, hört schon auf damit«, protestierte die Herzogin. »Sollen Sie ruhig Kuchen essen.«

Cornelius Scroop schniefte in einem Heuschnupfen, den selbst Zaubersprüche nicht kurieren konnten.

»Kanzler, ich lasse Euch hier, um die praktischen Details auszuarbeiten.«

Zwei gut gebaute Halblinge in weiter Hose und Seidenwams, das die Ausbuchtung ihrer Pistolenhalfter nicht verbarg, flankierten die Herzogin auf dem Rückweg zu ihrer schwarz lackierten Kutsche. Sie nickte demjenigen zu, der die Tür aufhielt und sie hinein begleitete.

Professor Julia Orrin, die quer über dem Sitz lag und an einem Daumennagel kaute, hielt bei ihrem Einsteigen in ihrem Zeitvertreib, dem Würfeln, inne. Die Menschenfrau richtete sich auf und stieß sich den Kopf am Dach, als die Kutsche losfuhr. Sie schlug die Spitzenmanschetten um ihre Handgelenke zurück und versuchte die Hitze Graagryks ein wenig erträglicher zu machen, indem sie sich Luft zufächelte. Doch vergeblich. Ihr Gesicht blieb so puterrot wie ihr Kleid.

»Ich will verdammt sein, wenn es hier nicht so heiß ist wie im Höllenschlund! In Viergatter wird es nicht so heiß.« Sie betrachtete Magda und strich sich die gepuderten grauen Haare aus der feuchten Stirn. »Hoheit, seid Ihr *ganz* sicher, dass Ihr dort keine Verwandten habt? In Klosterpark gab es eine Halblingsfrau, die genauso ausgesehen hat wie Ihr. Natürlich könnt Ihr es nicht gewesen sein, weil sie eine Bordellwirtin ist, aber ich pflegte öfter ins Badehaus zu gehen …«

»Im letzten Jahr habe ich kurz die Taverne *Galgenbaum & Zapfhahn* mit dazugehörigem Badehaus in Klosterpark geführt, musste sie aber aufgeben, um meine Pflichten als Herzogin wahrzunehmen.«

Julia Orrins gepuderte Brauen hoben sich. »*Wirklich?*«

»Zur Kaserne, Fyodor«, befahl Magda, während sie ihre dunkle Brille absetzte. »Aber fahr dabei am Kutschengasthof vorbei. Professor Orrin wird heute noch in den Norden zurückkehren wollen.«

»Will ich das?« Julia Orrins Augen verengten sich zu schmalen Schlitzen. »Dann muss ich Euch warnen, Madam. Wir vom Sichtbaren Kolleg untersuchen eingehend unsere wirtschaftlichen Verbindungen mit Graagryk. Sehr eingehend sogar. Wir könnten es unwirtschaftlich finden, die Geschäftsbeziehungen mit Euch aufrecht zu erhalten.«

»Unwirtschaftlich oder lediglich peinlich?«

Die Mittagssonne warf den Schatten der schwarzen Kutsche auf die Straße. Ein Zauber verdunkelte die Fensterscheiben der Kutsche, um das Licht der prallen Sonne des Südens abzuhalten, und ein weiterer Zauber kühlte die Luft darin. Die Räder ratterten. Magda schaute durch das abgedunkelte Fenster auf ein Mitglied ihrer berittenen Eskorte, einen Halbling mit angelegtem Speer, der seine Echsenbestie durch Graagryks verlassene Straßen trieb.

»Es ist kein Vertrag mit Graagryk, Ma'am. Es ist ein Vertrag mit Orks. Es werden Fragen gestellt. Der Verwaltungsrat des Kollegs mag keine Grünhäute.«

»Das ist eine Bezeichnung, auf deren Benutzung in meiner Gegenwart ich nicht sehr viel Wert lege.« Magda betrachtete eisig die großen, durch die Anwendung von Magie vernarbten Hände, die im Schoß der Menschenfrau lagen. An einem Finger steckte ein Silberring mit einem Lapislazuli. »Ich erinnere mich noch aus dem *Galgenbaum & Zapfhahn* an Euch. Rattanstöcke und Mostrich, nicht wahr, Professor Orrin?«

Als sie die Miene der Menschenfrau sah, lächelte Magda.

»Glücklicherweise hat sich an meiner beruflichen Diskretion nichts geändert. Also. Das Sichtbare Kolleg verkauft seine Annullierungstalismane an die Ork-Marines und Ihr müsst Euch bewusst sein, dass es die Immunität gegen magische Angriffe ist, die durch sie auf die Marines und deren Waffen übertragen wird, was sie unbesiegbar macht. Ob es Euch gefällt oder nicht, Ihr verkauft Waffen an *Grünhäute*.«

Die Menschenfrau sagte steif: »Meine Kollegen und ich ziehen es vor, uns als Bestandteil der Verteidigungsindustrie zu betrachten.«

»Wohin fließt Graagryks Geld?«

Julia Orrin runzelte ob dieses Themenwechsels die Stirn. »Ich sehe zwar nicht, was Euch das angeht, Eure Hoheit, aber ich kann Euch verraten, dass es in die Forschung fließt. Ich selbst habe mich auf reine Forschung spezialisiert. Ich kann mit Stolz von mir behaupten, dass ich bezweifle, jemals einen Zauber mit irgendeinem praktischen Wert entwickelt zu haben. Ich besuche nicht gern Manufakturen und Fabriken. Wir haben keine *kommerziellen* Interessen.«

»Solange Ihr genug Geld habt, um die Vielzahl teurer Rohstoffe zu kaufen, die Ihr für Eure Forschungsprogramme benötigt.« Magda Brandiman entnahm ihrem Handtäschchen eine lange Elfenbeinspitze und drückte eine dünne Pfeifenkrautrolle hinein. Ihr anwesender Leibwächter schlug Stahl auf Feuerstein, bis ein Funke aufflammte. Magda inhalierte tief und blies eine Rauchwolke aus.

»Ich habe mich früher immer gefragt, warum Ihr das Gold, das Ihr benötigt, nicht selbst herstellt«, sagte die Herzogin nachdenklich, »da sehr wohl bekannt ist, dass es im Sichtbaren Kolleg mehr Alchimisten gibt als Huren in Klosterpark. Wahrscheinlich deshalb nicht, weil ein solcher Zufluss von Gold die Währung entwerten, die gesamte Wirtschaft destabilisieren und jeden Magier und König des Südens gegen Euch aufbringen würde, wenn Ihr es auch nur versuchtet. Sogar die Magie ist der Wirtschaft und dem Bruttosozialprodukt untergeordnet …«

»Wir leben im Norden«, sagte Julia Orrin missmutig. »Der Norden ist arm. Der Rat von Viergatter bewilligt nur wenige Mittel für uns. Das war schon immer so. Ohne Zuschüsse von außen könnten wir gar nicht überleben.«

Magda Brandiman nahm durch ihre Pfeifenkrautspitze einen tiefen Zug. »Ihr besitzt in den Ork-Marines eine dauerhafte und praktisch unerschöpfliche Einkommensquelle. Solange Ihr die magischen Annulierungstalismane weiterhin ausschließlich an uns verkauft, werden die Orks kaufen. Waffen sind eine Wachstumsbranche.«

Die Professor-Magierin wühlte in den geräumigen Taschen ihres Kleides, zückte ein silbernes Döschen, öffnete es und schnupfte eine Prise irgendeiner Substanz zuerst durch das rechte und dann durch das linke Nasenloch. »Das ist – *hatschii!* – im Wesentlichen korrekt,

Eure Hoheit. Es würde für uns viel zu lange dauern, die Talismane an Einzelkunden zu verkaufen. Und sie sind in jedem Fall eine höchst experimentelle Technologie. Wahrscheinlich unsicher. Zivilisten würden sie ohne *weitaus* gründlichere Testreihen gar nicht benutzen. Hat*schii!*«

Julia Orrin wischte sich die tränenden Augen trocken und fuhr fort: »Was alles gute Gründe dafür sind, warum dieser Handel zu riskant für das sichtbare Kolleg wird, um ihn noch weiter fortzusetzen. Sollte bekannt werden, dass wir uns mit Gr… mit Orks eingelassen haben, würde unser Ruf …«

Magda zog den Pfeifenkrautstummel aus ihrer Spitze, ließ ihn auf den Boden der Kutsche fallen und drückte ihn unter einem winzigen Absatz aus.

»Lasst mich Euch ein paar Fakten präsentieren, Frau Orrin. Für die Öffentlichkeit sind Hundemarken-Talismane normale Vorrichtungen zum Zweck des *Schutzes*. Es ist nicht bekannt, dass sie Magie *annullieren*. Wenn das bekannt *wäre*, würde es einen Skandal geben und man müsste hinsichtlich der Herkunft der Talismane Untersuchungen anstellen.«

»Hoheit!«, protestierte Julia Orrin.

Magda fuhr erbarmungslos fort. »Die Südkönigreiche können dem Sichtbaren Kolleg nichts anhaben. Sie wären dumm, es überhaupt zu versuchen. Doch im Angesicht eines öffentlichen Skandals – wenn man zum Beispiel Beweise dafür fände, dass Ihr verbotene Magie an Orks verkauft habt – könnten sie es meiner Ansicht nach ablehnen, Euch weiterhin magische Zutaten zu verkaufen, die Ihr für Eure Forschungsprogramme benötigt. Ich glaube wirklich, dass sie das tun könnten.«

Professor-Magierin Julia Orrin saß schwitzend und vollkommen still da.

»Und wenn Eure Nachschubquellen versiegen … nun, wie Ihr schon sagtet, Ihr seid ein reines Forschungsinstitut. Ihr stellt kein Produkt her. Jedenfalls keines, das Euren Bankrott verhindern könnte. Frau Professor, das Sichtbare Kolleg war von dem Tag an verloren, an dem Ihr das Geld meiner Söhne genommen und ihnen die Annullierungstalismane verkauft habt – ohne genau nachzuforschen, wem Ihr sie damit verkauftet.«

Herzogin Magdalene Amaryllis Judith Brechie van Nassau beugte sich vor und legte der Menschenfrau ihre winzige Hand aufs Knie.

»Beendet keinen Handel, der für uns beide vorteilhaft ist. Kümmert Euch nicht darum, dass Ihr experimentelle Magie an Orks verkauft. Eure Arbeit besteht darin, sich um die Forschung zu kümmern. Ich schlage vor«, sagte Magda, »dass Ihr nach Viergatter zurückkehrt und sie fortsetzt. Ich kümmere mich um die graagryker Seite des Geschäfts. Ich bin sicher, dass wir unseren Handel noch viele Jahre lang fortsetzen werden.«

Magda lehnte sich zurück und lächelte den Rücken der Menschenfrau an, als sie vor ihrem Gasthaus aus der Kutsche stieg.

Einige Augenblicke starrte sie noch in den Sommerhimmel.

»Du meine Güte«, murmelte sie schließlich, »konnte *ich* nicht die leichte Aufgabe bekommen und mich in den Königreichen herumtreiben und Wahlen organisieren? *Orks!*«

* * *

Jenseits von Graagryk führen die Straßen nach Süden weg vom Binnenmeer und ins Herz der großen und uralten Südkönigreiche.

Ashnak kaute auf dem Stummel einer erloschenen Zigarre herum und hob kurz den Kopf, als er einen Windklipper über die Dächer des Schlangentempels in Shazmanar segeln sah. In den großen Städten und Zivilisationen des Südens holpern keine Ochsenkarren über staubige Straßen. Der hölzerne Kiel des von Magie angetriebenen Schiffs streifte die Wipfel der Palmen, die im Dachgarten des Tempels wuchsen. Der Klipper setzte mehr Segel, um die Sonne einzuholen. Schon nach kurzer Zeit weit entfernt, segelte er nach Westen.

»Sehr hübsch«, bemerkte der oberste Schlangenpriester.

General Ashnak, der eine volle Gala-Uniform, bestehend aus brauner Jacke, Hose und spitzer Mütze trug, versicherte ihm: »Orks haben nichts gegen Schönheit. Wir sind sehr aufgeschlossen. Sie beleidigt uns nicht. Sehr.«

Der Ork starrte über den Platz auf die Zuckerstangensäulen, das breite Atrium und die Schlangenmuster-Mosaike des Tempels.

»Ich requiriere dieses Gebäude offiziell.« Ashnak rülpste. »Im Namen Ferenziens. Lieutenant Chahkamnit, merken Sie diesen Tempel als vorübergehendes Wahlkampfhauptquartier der Marines vor. Priester, lassen Sie die Bewohner wissen, dass heute Nachmittag gewählt wird, nach einer Rede Ihrer Finsteren Magnifizenz, des Herrschers über das Imperium des Bösen.«

»Sssicher …« Der bis auf den Lendenschurtz aus Kettengliedern nackte Priester zischelte Zustimmung und glitt zu dem ocker und rot bemalten Tempel davon. Für ein Mitglied der menschlichen Rasse schien seine Haut seltsam glänzend.

Der schwarze Ork-Lieutenant neben Ashnak strahlte. »Erstklassige Unterbringung, was, Sir? Nichts ist zu gut für Ihre Gnaden. Soll ich mich um die Mobilisierung der Orks kümmern, Sir?«

Ashnak knurrte: »Bringen Sie den Laden hier auf Vordermann, und zwar im Laufschritt, Lieutenant!«

»Absolut, Sir!« Lieutenant Chahkamnit salutierte. »Ich bin mehr als erfreut, behilflich sein zu dürfen. Hierher, Corporal Hikz, wenn Sie so nett wären!«

Gegen Mittag stand der General der Ork-Marines säbelbeinig im Dachgarten des Schlangentempels und betrachtete, was von Shazmanar zu sehen war. Die Shazmanarier drängelten sich auf dem Platz in der Stadtmitte und starrten mit Augen, die auch im sengenden Licht des Südens nicht blinzelten, auf die fünf geparkten Bedford-Laster und die zwei M113-Truppentransporter unter einer Palme. Unter Ashnak hallte das Getrappel von Kampfstiefeln und das Gebrüll orkischer Unteroffiziere durch den Tempel.

»General, Sir …«, krächzte eine Stimme.

Ashnak wandte seinen massigen Kopf. Die Mittagssonne schien auf einen skelettartigen Ork-Lieutenant, dessen verrottete schwarze Uniform und ebenso verrottetes Fleisch in der Hitze des Südens rasch mumifiziert wurden. Eine Hand, an deren Finger sich kein Fleisch mehr befand, salutierte. Nadelspitzen aus rotem Licht brannten in verwesten Augen und Höhlen.

»Sir, bitte um Verzeihung, Sir.« Lugashaldim nahm Haltung an. »Der Lieutenant bittet um die Erlaubnis des Generals, die untoten Marines zu einer neuen Einheit zusammenfassen zu dürfen.«

Ashnak pflückte einen Wedel von der nächsten Palme, biss versuchsweise darauf und spie ihn aus. Seine Gala-Uniformjacke spannte in den muskulösen Schultern.

»Und aus welchem Grund, Lieutenant?«

»Sir, wegen der Probleme des Untotseins, Sir. Wir sind magisch. Wir können keine Annullierungstalismane tragen.« Der Ork-Lieutenant machte die Art Bewegung, die bei einem lebendigen Ork gleichbedeutend mit tiefem Luftholen gewesen wäre. »Wir können auch keine durch Talismane geschützen Waffen benutzen, Sir. Wir müssen sie ohne die Annullierungstalismane benutzen. Das bedeutet, die Untote Sonderstaffel musste zwangsläufig clevere und intelligente Methoden der Aufklärung entwickeln. Sir, ich bitte für die Untoten um die Erlaubnis, eine Einheit zu gründen, die sowohl in militärischen *als auch* in zivilen Situationen clever und intelligent aufklärerisch tätig werden kann.«

Ashnaks buschige Augenbrauen hoben sich. »Erklären Sie das näher, Lieutenant.«

»Clevere Intelligente Aufklärung, Sir, so sollten wir uns meiner Ansicht nach nennen. Wir haben auch an neuen Technologien für unsere CIA-Elitetruppe gearbeitet.« Der Ork-Lieutenant streifte voller Begeisterung den Rucksack von seinen verrottenden Schultern und wühlte darin herum. »Hier, Sir.«

Eine Skeletthand hielt eine Miniatur-Armbrust, die fast gänzlich in Ashnaks Hand verschwand, als der massige Ork sie an sich nahm. Der untote Lieutenant hielt einen Armbrustbolzen und einen Kopfhörer in die Höhe.

»Setzen Sie den Kopfhörer auf, Sir. Genau so. Wenn ich jetzt diesen Armbrustbolzen zur anderen Seite des Dachs mitnehme … so, meine ich … normalerweise könnten Sie mich jetzt nicht hören, Sir, oder?«

Ashnak schaute durch Palmwedelzweige. Die Sonne brannte auf den Dachgarten. Nur ein leichter Aasgeruch verriet die Anwesenheit des Ork-Lieutenants. »Sehr clever, Lugashaldim.«

Lugashaldim bahnte sich den Rückweg durch die Pflanzen und tauchte neben dem Ork-General aus dem Dickicht auf. »Das ist ein Mikrofon, Sir, das in den Armbrustbolzen eingebaut ist. Wir können es aus großer Entfernung in eine Wand oder einen Raum schießen und dann *alles* mithören, was dort vorgeht!«

Ashnak stützte die Ellbogen auf die Brüstung des Dachgartens. Er zeigte auf ein Haus mit Fensterschlitzen auf der anderen Seite des großen Platzes von Shazmanar. »Zielen Sie auf das zweite Fenster von links, Lieutenant. Mal sehen, ob das Ding funktioniert.«

Der untote Ork nahm die Armbrust, legte rasch den

Bolzen ein, hob die Waffe vor einen milchig-blauen toten Augapfel, zielte und schoss. Der Bolzen traf.

»*Heilige Scheiße!*« Ashnak riss sich den Kopfhörer von den haarlosen, spitzen Ohren. »Sollten Sie so etwas noch mal ohne Vorwarnung machen, Marine, liegen Ihre Eier auf meinem Frühstücksteller!«

»Verzeihung, Sir. Habe nicht nachgedacht, Sir. Versuchen Sie es jetzt, Sir!«

Ashnak streifte zaghaft den Kopfhörer über und drehte am Lautstärkeregler. Seine ledrige Stirn runzelte sich. Als der untote Marine das sah, fummelte er hektisch am Funkempfänger in seinem Rucksack herum.

»Totes Rauschen«, sagte Ashnak. »Nicht mal eine offene Frequenz.«

»Nein, Sir«, gab Lugashaldim zu.

Die beiden Orks schauten vom Dachgarten auf das entfernte Fenster. Der winzige Fleck des Armbrustbolzens steckte eindeutig im Rahmen.

Ashnak fragte: »Ist ein *empfindlicher* Mechanismus, Ihr Mikrofon, nicht wahr?«

Lugashaldim betrachtete die Armbrust in seiner Skelethand. »Äh. Mhm. Nun ja …«

»Gehen Sie«, sagte Ashnak sehr leise, »und belästigen Sie mich nicht, Marine. Ich muss eine Wahl gewinnen.«

Draußen auf dem Platz hatte sich eine größere Menge versammelt und viele Leute starrten in den Himmel, da sie das entfernte *Schrapp-schrapp-schrapp* eines Apache-Kampfhubschraubers hörten. Ashnak machte kehrt und marschierte geradewegs in die glänzenden Knochen seines Lieutenants.

»Sir!« Lugashaldim hielt ihm einen schwarzen Kasten hin. »Da wäre noch das hier, Sir. Für den Fall des Sabotageversuchs einer oppositionellen Seite.«

Der Ork-General ballte eine Faust.

Sein untoter Lieutenant brabbelte: »Das ist eine Fernbedienung, General. Stellen Sie sich die Szene vor –

eines Morgens verlassen Sie Ihr vorübergehendes Wahlkampf-HQ, Ihr Fahrer lässt den Motor Ihres Truppentransporters an und *wumm!*, weil ein Sprengsatz darunter befestigt wurde. Ich traue dem Licht durchaus zu, dieses Sprengpulver der Zwerge zu benutzen. Die CIA wird sich auf Anti-Terror-Maßnahmen *spezialisieren*, General.«

Ashnak entspannte seine schinkengroße Faust und nahm den schwarzen Kasten. »Das Ding macht was genau, Lieutenant?«

»Es ist eine Fernbedienung, Sir. Der andere Sensor ist am Fahrzeug angebracht. Damit kann jede etwaige Vorrichtung aus einer Entfernung von bis zu einem Kilometer gesprengt werden. *Wumm!* Wir verlieren einen Truppentransporter – aber Sie sind in Sicherheit, General.«

Ashnaks große, haarige Nüstern blähten sich auf. »Hmmm …«

»Ich habe eine Testvorrichtung unter dem letzten Wagen anbringen lassen, Sir. Wenn Sie die Fernbedienung benutzen wollen, Sir …«

WUMMMMM!

Eine Säule aus schwarzem Rauch und orangenen Flammen erhob sich auf dem Platz. Die Fenster sämtlicher umliegender Häuser gingen zu Bruch. Über den Lärm der Schreie und der rennenden Füße hinweg kommentierte Ashnak: »Nicht gerade das, was ich *unauffällig* nennen würde, Lieutenant.«

»Aber effektiv, Sir. Wäre das ein Sprengsatz von Terroristen gewesen, wir Orks hätten dadurch nicht die geringsten Verluste erlitten.«

Unten auf dem Platz eilten Heiler-Magier aus der ganzen Stadt herbei und wurden Leiber – so verstümmelt, dass jede magische Hilfe zu spät kam – mit Umhängen und Gewändern zugedeckt.

»Ja«, stellte der Ork-General fest. »Sie haben Recht –

überhaupt keine orkischen Verluste. Das *gefällt* mir. Also gut, Lieutenant Lugashaldim. Bilden Sie Ihre Clevere Intelligente Aufklärungs-Eliteeinheit und halten Sie mich über Ihre diesbezüglichen Fortschritte auf dem Laufenden.«

»Ja, Sir, General, Sir!« Der untote Lieutenant entfernte sich mit glänzenden Kieferknochen. Ein Trupp kam ihm im Laufschritt entgegen und eilte zum freien Bereich des Dachgartens, wo sich die Ehrengarde unter Führung eines hageren grünen Orks, Corporal Hikz, formierte, während der Hubschrauber des Fürsten der Finsternis aufsetzte.

Dunkelheit haftete dem heißen Metall des Apache-Kampfhubschraubers an und trübte den grellen Sonnenschein des Südens. Zuerst stieg eine schlanke, in weiches Leder gehüllte Gestalt aus, die eine Weinflasche unter einen Arm geklemmt hatte.

Unter der Kapuze sah der Ork die grünen Augen im schwarz und grau gefleckten Gesicht eines Menschen funkeln. Die sabbernden Lippen wurden gebleckt, Speichel floss ungehindert herab und tropfte vom wuchtigen Kinn des Namenlosen Nekromanten. Die Vorderseite seines Gewands war feucht von Wein und Speichel.

»Asscchhhnak … Sieh, unser Gebieter.«

Die Finsternis verdichtete sich, quoll aus der Kanzel des AH 64 Apache und blieb hinter ihm in der Luft hängen.

»Hier entlang, Eure Schwarze Eminenz.« Während Ashnak die Finsternis ansprach, berührten seine Krallen die Goldtressen am Schirm seiner Mütze. Seine mit Orden geschmückte Jacke klirrte. »Alles ist vorbereitet.«

»Ich werde jetzt sprechen. Holt die Bewohner Shazmanars her.«

Ashnak ging durch die labyrinthartigen Gänge des Schlangentempels nach unten. Der Namenlose folgte, den unförmigen Kopf unter einer Kapuze verborgen. Sogar für seine orkischen Augen undurchdringlich, folgte die Finsternis ihnen auf dem Fuß.

»Es wird hoffentlich keine Pannen geben«, war die Stimme des Namenlosen Nekromanten undeutlich zu vernehmen.

»Hat Ihre Eminenz schlechte Laune? Verdammte Ochsentour von einem Kaff zum anderen.« Ashnak machte dem Personal des Marine-Wahlkampf-HQs derart nachdrücklich Feuer unter dem Arsch, dass die Orden und Bänder auf seiner uniformierten tonnenförmigen Brust hin und her hüpften. »Corporal, schaffen Sie die Menge auf den Platz und sorgen Sie dafür, dass die Leute das Maul halten! Sergeant, ich will, dass Mikrofon und Lautsprecher eingeschaltet werden, und zwar *sofort*. Setzt euren Hintern in Bewegung, ihr Orks. Los, *los*, LOS!«

Sehr wenige Minuten später stand die Menge aus schlangenäugigen männlichen und weiblichen Menschen vor Holzpfählen, die man vor ihrem Schlangentempel errichtet hatte. Schwarze Behänge hingen wie Girlanden von dem Gebilde herab, hier und da mit violettem Besatz geschmückt. Zwei Trupps Orks in schweren Stiefeln und einer ganzen Menge in den Händen standen in steifer Pose auf den Tempelstufen. An den Holzpfählen war ein Banner befestigt, mit der Aufschrift: WÄHLT DEN FÜRSTEN DER FINSTERNIS – IHR *WISST*, DASS ES VERNÜNFTIG IST.

Ein sehr großer Ork in einer engen braunen Uniform betrat die Marmortreppe und räusperte sich. Seine Stimme drang aus schwarzen Kästen an den Ecken des Platzes, sodass jeder Einzelne ihn klar und deutlich hören konnte, als er sprach:

»Einwohner von Shazmanar! Und jetzt bitte einen recht herzlichen Empfang für Ihren Kandidaten des Bösen – bei der bevorstehenden Wahl … *den Fürsten der Finsternis!*«

Der Ork ging die Stufen hinunter. Ein Schauder überlief die versammelte Bevölkerung Shazmanars. Vor dem Tempel stand jetzt eine schwarz gewandete Gestalt und keiner von ihnen hatte sie kommen sehen.

Die Gestalt hob bleiche Hände und schlug die Kapuze zurück. Das Material klirrte, als könne es Metall sein.

Das Besessensein zeigte mittlerweile Auswirkungen auf den Körper Der Benannten. Ihre vollen gelben Haare wirkten in der Sonne ausgebleicht und beinah weiß. Sepiablaue Schatten spukten in den Zügen ihres fein gezeichneten Gesichts umher. Der an sich schlaksige, feingliedrige Körper der Menschenfrau wirkte in den Falten der schwarzen Metallgewänder aufgeschwemmt.

Ihre Augen öffneten sich, da Ihre Lider sich hoben und ein orangenes Leuchten enthüllten.

»Hört Mich an, Bewohner von Shazmanar«, sagte Sie, »denn Ich bin gekommen, euch um eure Stimme zu bitten …«

Da er die Rede schon ein Dutzend Mal zuvor gehört hatte, setzte Ashnak von den Ork-Marines sich in eine ruhige Ecke hinter den Bedford-Lastern, zündete sich eine Pfeifenkrautzigarre an und zog sich die Mütze über die Augen. Das Lautsprechersystem trug ihm Ausschnitte der Rede zu:

»… und Mein Ziel wird sein, in jeder Stadt für eine Anzahl von Heiler-Magiern zu sorgen, die ihre Dienste kostenlos zur Verfügung stellen, weil sie von Meiner Zentralregierung bezahlt werden. Meine Regierung wird außerdem den Verbrechensbekämpfungs-Zauberern einen Lohn zahlen und dadurch Bestechung und Korruption verringern …«

Die Shazmanarier murmelten. Ashnak schnappte ein gezischtes »Irrssssinn …« auf.

»Ich glaube, Ihr fehlt es einfach an der Redegabe, Sir.« Lieutenant Chahkamnit betrachtete die stehende

Menge. »Liegt wohl daran, dass Sie das Befehlen gewöhnt ist. Zumindest lassen sie Sie nicht einfach stehen, Sir.«

»Das können sie auch nicht, Lieutenant. Ich habe den Geier-Trupp und den Turmfalke-Trupp an den Ausgängen des Platzes postiert.«

Die Lautsprecher knisterten: *»… und kostenloses Wohnen, dazu jede Woche eine finanzielle Unterstützung für jene, die das Ende ihres Arbeitslebens erreicht haben. Um Meine Regierung der Finsternis in die Lage zu versetzen, diese Wahlversprechen zu halten, werde Ich, wenn Ich eure Stimmen bekomme, ein System freiwilliger Beitragszahlungen in geringster Höhe einrichten, die jeder Einzelne zu leisten hat und die ›Steuern‹ genannt werden sollen …«*

Ein Shazmanarier rief: »Bösssse und verdorben!«

Ashnak gähnte ausgiebig, wobei er gelbliche Fänge und messingüberzogene Hauer entblößte und dann rülpste. Eine Eidechse huschte vorbei. Der Ork klemmte ihren Schwanz unter seinem Kampfstiefel ein, schob sich die Eidechse in den Mund und kaute zufrieden.

»… und da Ich Mich dem Prinzip der multikulturellen Gesellschaft verschrieben habe, werde Ich dafür sorgen, dass alle von uns – Schlangenmenschen, Orks, Untote, Hexen und Zauberer – im Wohlstand vereint leben …«

Jemand in der Menge buhte.

»Beobachten Sie die Menge. Sondern Sie die offensichtlichen Unruhestifter aus, Chahkamnit«, wies Ashnak an. »Die bringen Sie sie dann zu mir zum Verhör.«

»… und zum Schluss möchte Ich noch Folgendes hinzufügen: Wir haben es auf unserer Welt mit der größten Gefahr dieses Zeitalters zu tun. Wir alle stehen einem Feind gegenüber, den zu fürchten selbst die Finsternis zugeben kann, ohne Schaden zu nehmen. Doch wer wäre besser geeignet, mit Schändlichkeit fertig zu werden als das Imperium des Bösen? Ich wiederhole noch einmal: Im Falle Meiner Wahl werde ich

mit aller gebotenen Eile die Auslöschung dieser furchtbaren Kraft vom Antlitz dieser Welt vorantreiben …«

Ashnak drückte seine Zigarre aus. »Halten Sie sich bereit, Ihre Eminenz in den Apache zurückzubegleiten, Lieutenant. Ich erledige hier den Rest.«

Er erniedrigte sich vor dem Fürst der Finsternis, als Sie vorbeiging, wieder in undurchdringliche Dunkelheit und schlechte Laune gehüllt. Eine glockenartige Stimme sprach ihn aus der Düsternis an.

»Sag Mir, Mein Ork, kann Ich das hier nicht? Wenn Ich in alten Zeiten eine Rede vor der Horde der Finsternis gehalten habe, dann haben Mir immer alle treu zugejubelt. Worin liegt Mein Irrtum?«

Ashnak nahm Abstand davon, auf die Empfänglichkeit der Horde der Finsternis für Schwarze Magie (zumindest auf der Ebene des bescheidenen Fußsoldaten) hinzuweisen sowie auf die allgemeine Unratsamkeit, sich in der dem Fürsten der Finsternis eigenen Verwunschenen Redoute des Ostens unenthusiastisch zu geben.

»Es liegt nur daran, dass sie nicht an Euch gewöhnt sind, Erhabener Fürst«, sagte der Ork-General. »Sie erstarren förmlich vor Ehrfurcht.«

»Ah, ja. Das muss es sein.«

Der Namenlose Nekromant hielt sich an seinem aus dem Schädel eines Ork-Säuglings geschnitzten Weinpokal fest und folgte dem Fürst der Finsternis auf dem Fuß. Aus dem Schatten seiner Kapuze nuschelte er: »Vielleicht liegtsch an Euren Orksch, Erhabener. Sie haben einen schlechten Ruf in der Öffentlichkeit.«

»Ja«, sinnierte die Stimme des Fürsten der Finsternis. »Ich bin enttäuscht von dir, Ork. Ich hätte dich nicht zu Meinem Feldmarschall ernennen sollen. Betrachte dich als in deinen alten Rang als General zurückversetzt.«

»Ma'am.« Ashnak und der Namenlose funkelten einander an.

»Komm!«

Der Fürst der Finsternis rauschte davon. Nachdem er ein paar Minuten gewartet hatte, bis sich der übliche Tumult ein wenig gelegt hatte, kehrte Ashnak auf die Tempelstufen zurück.

»Also gut! Jetzt hört gut zu, Einwohner von Shazmanar. Ihr alle wisst, wie diese ›Wahl‹ hier abläuft. Gestern habt ihr das Licht gehört. Gerade erlebtet ihr die Finsternis. Und jetzt werdet ihr *abstimmen*. Und ihr werdet es richtig machen. Oder nicht? Also, Lieutenant, lassen Sie sie in Reihen antreten.«

Die Nachmittagssonne brannte auf Shazmanars Zuckerstangen-Architektur und fließende Palmen nieder. Die Schlangenmenschen zischten in ihren Ketten-Lendenschürzen, als Ork-Marines mit Sturmgewehren auf den stämmigen Schultern sie in lange Reihen einteilten, die sich über die ganze Länge des Platzes zogen. Ein Trupp Ledernacken lief mit Pappkartons voller vervielfältigter Blätter herum, die sie großzügig verteilten.

»Das hier« – Ashnak schwenkte eines der Blätter über dem Kopf hin und her – »wird *Wahlzettel* genannt. Darauf ist ›Licht‹ und ›Finsternis‹ geschrieben. Macht euer Zeichen neben das, wofür ihr stimmen wollt. Wenn ihr nicht lesen könnt, werden euch meine Orks helfen. Dann faltet ihr den Zettel einmal und schiebt ihn durch einen der Schlitze in den versiegelten Wahlurnen hier. Dann zählen wir die Stimmen aus. Haben das alle verstanden?«

Ashnak schritt die Stufen herunter auf den Platz und bahnte sich einen Weg zu den Marines, die die Pappkartons mit den Wahlurnen bewachten. Lieutenant Chahkamnit saß mit einem Karton Wahlzettel neben sich da, kreuzte auf jedem das Kästchen für ›Finsternis‹ an und schob einen ausgefüllten Wahlzettel nach dem anderen in die versiegelten Wahlurnen.

»Gut gemacht«, bemerkte der Ork-General. Er streckte einen muskulösen Arm aus, hielt so einen Schlangenmenschen davon ab, sich den Urnen zu nähern, und nahm dem erschrockenen Shazmanarier den Wahlzettel aus der Hand.

»Dassssoll doch eine geheime Wahl sssein!«, protestierte der Schlangenmensch.

Ashnak faltete den Zettel auseinander und runzelte beim Lesen die Stirn. »›Der Kandidat, den ich wählen möchte, ist der Kandidat des Lichts‹ …«

Die Hand des Orks schoss vor, packte den Schlangenmenschen am Hals, hob ihn hoch und warf ihn über die Menge hinweg. Ein gezischter Schrei war zu hören, der plötzlich abbrach, als ein dumpfer Krach ertönte.

»Falsch!«, wies Ashnak den Shazmanarier zurecht, während der Schlangenmensch sich benommen aufrappelte. »Und jetzt versuch's noch mal, du erbärmlicher Wicht, und mach's diesmal *richtig*.«

Die Menge zischte und murmelte. Irgendwo ertönte das *Snk!* des Durchladens eines Sturmgewehrs. Die Shazmanarier setzten sich einmütig in Bewegung und näherten sich im Gleichschritt den Wahlurnen.

Unter dem funkelnden Blick Ashnaks, des Oberbefehlshabers der Ork-Marines, fuhr die Stadt Shazmanar mit ihrer Stimmenabgabe für die Große Wahl des zukünftigen Inhabers des Weltenthrons fort.

6

Je weiter man nach Südosten kommt, desto dünner wird das Straßennetz, bis schließlich auch die letzte Straße endet und man einen halben Kontinent vom Binnenmeer entfernt in den elfischen Regenwäldern von Thyrion in der äquatorialen Sonne brät.

Im Heck des dahinrasenden Landungsboots beendete

Marine Elendylis Goldfeuer das erhabene Zupfen ihrer Harfe und ließ drei traurig hallende Akkordfolgen erschallen. Marine Illurian Flinkbogen fiel mit einem stampfenden Rhythmus ein und fügte ein treibendes Gitarrenriff hinzu. Die elfische Musik nahm Fahrt auf, während das Landungsboot auf dem schäumenden braunen Wasser wie verrückt hin und her schaukelte.

»Bewegen Sie Ihren Arsch, L.t.!«, bellte Gunnery Sergeant Dakashnit über den Lärm hinweg. »Machen Sie sich fertig! Was ist bloß mit euch Elfen los? Wollt ihr *ewig* leben?«

»Komisch, dass Sie das sagen«, bemerkte Lieutenant Gilmuriel Jagdlord.

Die Mitglieder des Sternenlicht-Trupps, dem letzten aus Gilmuriels Zug, der zu seiner Landezone kam, und der Kommandogruppe, die er ausgewählt hatte, lagen zwischen den Haufen ihrer Ausrüstung im Bauch des Landungsboots und wechselten lakonische Bemerkungen, während sie sich fertig machten. Die Drillich-Uniformen der elfischen Marines waren mit Perlen und Reifen geschmückt, deren Wirkung jedoch von abgenutzten und verdreckten Waffen und Ausrüstungsgegenständen beeinträchtigt wurde. Die Marines Dyraddin Baumwächter und Belluriel Sternenharfe trugen jeweils einen zerlumpten Seidenschal als Stirnband, die Marines Goldfeuer und Flinkbogen eine randlose Brille mit runden, geschwärzten Gläsern. Eine seltsame Sigille – ein Kreis mit einer stilisierten dreizehigen Vogelklaue darin – prangte auf ihren Helmen. Corporal Silthanis Schwarzrose rauchte eine Rolle von Dakashnits Pfeifenkraut.

»Jedenfalls haben Sie aus diesen Elfen Marines gemacht, Sergeant«, seufzte Gilmuriel mit sehr widerwilliger Bewunderung. Er schob seinen Helm in den Nacken und kratzte sich die spitzen Ohren. »Also – das HQ sagt, dass wir frühestens in fünf Tagen mit Verstärkung rechnen können.«

»Wir kriegen keine Hilfe, bevor die Wahl nicht vorbei ist.« Dakashnit richtete sich auf und schüttelte Schaum von ihrem Rasierer, da sie sich den Kamm auf reguläre Marine-Länge gestutzt hatte. Sie schüttete das Seifenwasser aus ihrem Helm in den Fluss. Dann erleichterte sich die Orkfrau in den Helm, kippte den Inhalt erneut über die Bootsreling, um dann ihre Feldverpflegung hineinzufüllen. Kauend fügte sie hinzu: »Lieutenant, wir werden immer von den Politikern verarscht.«

Der ungeschlachte orkische Ledernacken am Ruder des Landungsboots murmelte: »Heulsusen! Haben keinen Wert als Marines! Wir Orks müssen mal wieder die ganze Arbeit machen.«

Mit massivem Sarkasmus flötete Gilmuriel: »Ein paar hundert Orks reichen dann wohl, um den Vormarsch der Käfer zu stoppen.«

Der Ledernacken sagte stolz: »Wir sind Kadertruppen. Die Besten der Marines. Na schön, wir tauchen hier nicht in Massen auf – sind wir eben die grüne Auffanglinie.«

Dakashnit beugte sich vor. »Marine, das sind vielleicht Heulsusen – aber es sind *meine* Heulsusen. Also darf ich um etwas *Respekt* bitten.«

»Äh … ja … Sir … Sergeant, Ma'am!« Der Ork steuerte das kraftvolle Boot ans Ufer. »Hier ist Ihre Landezone.«

Motoren schrappten über ihnen: Hubschrauberunterstützung. Die Nase des Bootes lief auf den Strand. Der aus acht Elfen bestehende Trupp sprang über die Reling in den Uferschlamm, in dem es von Egeln wimmelte, und stakste an Land. Gilmuriel hielt nicht inne, um zu beobachten, wie der Rest vom Expeditionskorps des Waldkönigs ins Wasser sprang. Der Elf hatte die feingliedrigen Finger fest um den Kolben seiner automatischen Pistole geschlossen und lief so schnell wie möglich über das freie Gelände und in die Deckung des Dschungels.

Dakashnit kauerte im Schatten eines Wedel tragenden Baums und die anderen Elfen scharten sich um sie. Aradmel Lichtklinge murmelte: »Wir wissen nicht einmal, was dieser ›Feind‹ ist, Sergeant.«

»*Was* er ist, ist gar nicht so wichtig«, antwortete Dakashnit. Die scheckige Mischung aus Licht und Schatten verbarg sie auch noch, als Gilmuriel wusste, wo er die Orkfrau zu suchen hatte. »Diese Käfer haben Mondtraums Trupp abgeschlachtet, also wissen wir, dass sie feindselig sind. Jetzt brauchen wir nur noch zu wissen, *wo* sie sind ...«

Zwei Jungspunde – Dyraddin Baumwächter und Belluriel Sternenharfe, beide nicht älter als drei Jahrhunderte, soviel Gilmuriel wusste – verloren das Interesse an ihrer Mission und begannen mit einer Diskussion über elfische Ahnentafeln und die Versunkenen Länder in Übersee. Gilmuriel ohrfeigte sie.

»Bei den Marines gibt es einen Ausdruck für diese Formation«, schnauzte er. »*Gluckenarsch.* Wenn ihr so zusammengluckt – sind wir im Arsch! Der Feind kann uns alle mit einem Feuerstoß erledigen. Und jetzt wollen wir uns formieren, damit wir eine Marschordnung bilden können.«

Von den Baumwedeln Thyrions tropfte es nass und feuchter Dampf stieg auf. Gilmuriel holte tief Luft und roch das verrottete Laub, Tierlosung und das Alter der riesigen Bäume. Seine elfischen Instinkte schrien ihm förmlich zu, dass hier im Regenwald etwas nicht stimmte. Es roch nach bösartiger Bestie, zusätzlich zu dem Geruch nach Ork. Und nach Metall, zusätzlich zu dem Geruch ihrer eigenen Waffen.

Die letzten Sonnenstrahlen, die durch das dichte Laubdach fielen, beleuchteten Gilmuriels blonde Haare und sein waldtarnfarbenes Halstuch. Niedergedrückt von der Last seiner Ausrüstung kauerte er sich neben die schwarzhaarige Funk-Elfe.

»Jetzt hört mir gut zu, ihr Elfen! Dies ist unser erster richtiger Kampfeinsatz. Wir sollen vor Morgengrauen auf Hügel 300 in Stellung gehen und uns dort mit dem Rest der Kompanie eingraben. Der Tagesanbruch wird das Signal zum Angriff auf den Feind sein. Wir werden die Käfer am weiteren Vormarsch auf die Stadt der Bäume hindern.«

Die feuchten Dämpfe des Thyrionwaldes kräuselten sich. Das Entsichern und Durchladen der M16s klang unter der Hitzedunstglocke und vor dem allgegenwärtigen Gesumme und Gebrumme der Insekten gedämpft.

»Ihr glaubt vielleicht, der Waldkönig habe uns ausgeschickt, um eine Stellung zu halten, die keine Streitmacht halten kann, um unser Leben zu geben in der Hoffnung, damit Zeit für die übrigen freien Völker zu gewinnen. Wenn ja, schön und gut. Das lange Leben eines Elfs wird nicht leichtfertig geopfert, sondern nur dann, wenn die Sache ein solches Opfer rechtfertigt.«

Dakashnit gab ein Bariton-Glucksen von sich. Sie lag in einem Gebüsch auf dem Rücken, die stämmigen Säbelbeine gespreizt, und kratzte sich durch den zerfledderten Kampfdrillich hindurch im Schritt. Thyrions Insektenpopulation fiel über ihre schwarze Haut her. Den wenigen, denen es gelang, sie zu durchstechen oder zu durchbeißen, fielen vergiftet und tot zu Boden.

»Scheiß auf den Kampf bis zum letzten Mann!« Die Tarnfarbe bildete unregelmäßige Streifen auf den zerfurchten, grinsenden Zügen des Sergeants. »Lieutenant, wenn es zu heiß wird, setzen wir uns ab. Wir sind Berufssoldaten – wir werden fürs Weglaufen *bezahlt*.«

Dakashnit kam trotz der Last ihrer Munitionsgurte, Granaten und dem Allzweck-MG mit Gurtzuführung, das auf einer breiten Schulter lag, vollkommen lautlos auf die Beine.

»Wiederholungslektion. Grundsätzliche Marine-Technik für das Melden einer feindlichen Sichtung. Wenn man *einen* Feind sieht …« Dakashnit hob einen Finger, der in einer scharfen Kralle endete. »Hebt man *einen* Finger. Das bedeutet, man hat *zwei* Feinde gesichtet. Das sind *drei*.«

Die Orkfrau hielt vier Krallenfinger hoch.

»Das sind *viele*.«

Silthanis Schwarzrose nickte ernst. Sergeant Dakashnit wandte sich an ihn. »Corporal, wie viele Feinde sind *das*?«

Der hoch gewachsene, mollige Elf betrachtete die vollständig erhobene Hand des Sergeants.

»Keine Ahnung, Sarge«, gestand er.

»Das«, sagte Dakashnit, »sind *zu viele*. Also. Die Käfer marschieren nach Westen und auf die Gegenden mit der höchsten Bevölkerungsdichte zu. Machen wir ihnen also das Leben so schwer wie möglich!«

Mit Rucksäcken, Wasserflaschen, Reservemagazinen, Klappspaten zum Eingraben und allem anderen bestückt, was sie als nützlich erachteten, grinsten die acht hoch gewachsenen Elfen mit ihrem zierlichen Knochenbau ihren Sergeant an. *»Yo!«*

»Und jetzt hört gut zu«, wiederholte Dakashnit in einem Tonfall, der für einen Ork freundlich war. »Hier draußen sind wir aufeinander angewiesen. Wenn einer Scheiße baut, kostet das einem anderen das Leben. Habt ihr mich verstanden? Ihr müsst eurem Kumpel den Rücken freihalten. Und euer Kumpel tut dasselbe für euch. Wenn einer von euch den Löffel abgibt, meldet ihr das dem L.t. oder mir und *wartet nicht damit*. Und jetzt will ich kein Gequatsche mehr darüber hören, wie wir edel unser Leben lassen. Wir sind Marines! Was werden wir tun?«

»Dem Feind in den Arsch treten, Sergeant!«, kiekste die winzige Funkerin Byrna Seidenhaar.

Dakashnit strahlte. »Das höre ich gern. Haltet den Kopf unten und die Augen offen. Und vergesst nicht – eine harmlose Brustwunde ist die Art der Natur, einem mitzuteilen, sich besser aus einem Feuergefecht herauszuhalten …«

Mehrere Stunden taktischen Nachtmarsches durch eine andere Gegend des Thyrionwalds – die genauso aussah wie alle anderen Gegenden des Thyrionwalds – brachten sie in Schlagdistanz zu ihrem Etappenziel. Gilmuriel blieb am Rande einer Lichtung stehen und las die Karte mit seinem elfischen Sehvermögen im Licht der Sterne.

Aradmel Lichtklinge begann mit einer Lobeshymne auf die Sterne und brach dann jäh ab, als sie sich die Hand vor den Mund hielt.

Dakashnit, deren Nachtlicht ebenso gut wie die elfische war, schaute Gilmuriel über die Schulter. »Ich glaube nicht, dass wir hier richtig sind, L.t.«

»Wir brauchen keine Karten!« Gilmuriel faltete seine zusammen und schob sie zurück in die Kartenmappe. »Wir sind Elfen im uralten Wald unserer Ahnen. *Hier* entlang.«

Nach weiteren anderthalb Stunden zunehmend langsameren Marschierens war Gilmuriel drauf und dran, auf alle elfischen Instinkte zu pfeifen und neuerlich die Karte zu Rate zu ziehen, als das Sternenlicht gerade auf einen ausgeprägten Hügel mit hohen Goldbäumen fiel.

»Tja, wer hätte das gedacht?«, hauchte Sergeant Dakashnit. »Also gut, ihr Elfen, dann lasst mal sehen, wie leise ihr euch eingraben könnt.«

»Wir sind Elfen«, widersprach Gilmuriel. »Wir werden uns auf die Bäume verlegen.«

»Mann, von mir aus könnt ihr euch auch aufs Saufen verlegen!«, zischte die untersetzte Orkfrau. »Aber wir sind Teil eines Kompanieangriffs, der wiederum Teil eines Brigadeangriffs ist, was wiederum bedeutet, dass wir tun, *was* man uns sagt, *wann* man es uns sagt – und man hat uns gesagt, dass wir uns eingraben und nicht in den Bäumen nisten sollen wie die verdammten Vögel!«

Lieutenant Gilmuriels Augen leuchteten in der Dunkelheit des Waldes golden. »Ich habe nicht um einen Streit gebeten, Sergeant. *Ich habe Ihnen einen Befehl erteilt!*«

Das Morgengrauen brachte das Gezwitscher und Geträller von zehntausend Vögeln, bevor das erste Licht am Himmel zu sehen war. Die Nacht hatte den Boden unterhalb des Kamms abgekühlt. Jetzt begann es wieder nach Fäulnis und verwesendem Fleisch zu riechen. Thyrions Bäume sind stark und weit verzweigt. Die acht paarweise in den Ästen hockenden Elfen verzehrten ihr Fladenbrot-Frühstück mit einer gewissen Professionalität: Vier Elfen aßen, die vier anderen kümmerten sich um Funkgerät, Ausrüstung und Wachdienst.

Eine Kralle klopfte auf eine Waffe. Gilmuriel schaute sofort in die Richtung des Geräuschs.

Sergeant Dakashnit lag bäuchlings auf dem Ende eines Asts und blickte durch das etwas dünnere Laub auf der Ostseite des Baums. Sie tippte sich auf die Schulter und dann an den Kopf. Gilmuriel gesellte sich leichtfüßig zu ihr und kauerte sich neben sie.

Das Morgengrauen erhellte die Senke unterhalb des Hügels.

»Ich rieche etwas, das mir nicht gefällt, L.t.«

Gilmuriels Blick strich über den Hügel auf der anderen Seite der Senke – auf der Suche nach Rauch oder einem anderen Zeichen dafür, dass der Feind dort lagerte, wo der orkische Militärische Nachrichtendienst ihn gemeldet hatte.

Der aufsteigende Morgendunst trieb ungestört dahin.

Als die Sonne warm in sein Gesicht schien, spie Gilmuriel aus. »Der Hügel da ist so kahl wie der Hintern eines Zwergs. Da gibt es keine Käfer.«

Dakashnit zeigte wortlos nach unten.

Die erwarteten Rauchsäulen des Elfischen Expeditionskorps säumten den Hügel, den sie gegenwärtig besetzt hielten. Gilmuriel roch Lagerfeuer und gebratenes Fleisch. Seine scharfen Augen machten Unterstände, Gräben und Tarnnetze aus …

»Mutter der Wälder …«, hauchte der elfische Lieutenant. »*Scheiße!*«

Die Morgensonne funkelte auf den glänzend klebrigen und tropfenden schwarzen Panzern der Käfer.

In jedem Unterstand, in jeder Stellung …

»Da lagern schon Käfer«, flüsterte Sergeant Dakashnit. »Aber auf *diesem* Hügel! Wir sind von einer ganzen Kompanie umgeben, nur leider nicht von unserer eigenen. L.t., das war das letzte Mal, dass ich elfischen Instinkten mehr vertraut habe als einer Landkarte.«

»Das war das letzte Mal, dass *ich* dem Militärischen Nachrichtendienst vertraut habe!«

Mit klopfendem Herzen beobachtete Gilmuriel die skorpionschwänzigen Insektenwesen, wie sie sich kaum zwanzig Fuß von der Öffnung im Goldbaum in ihren Unterständen tummelten. Die Wedel der Waldpflanzen schreckten vor der Berührung mit den schwarzblauen Panzern zurück und verdorrten, wenn ein Käfer sie beiseite wischte.

»Ich will Feuerunterstützung!«, flüsterte Lieutenant Gilmuriel. »Ich will Panzer, Mörser, Artillerie und Luftangriffe!«

»All das befindet sich meilenweit hinter uns, L.t., und zwar am ursprünglichen Sammelpunkt. Wenigstens *hoffe* ich das. Scheiße, sehen Sie sich das an!«

Ein besonders großes Exemplar von einem Käfer, gute acht Fuß hoch, stand genau unter dem Baum, auf dem der Trupp hockte. Das Licht der Morgensonne fiel in Streifen auf seinen tropfenden Kiefer, das kraftvolle Exoskelett und die Facettenaugen. Auf diese geringe Entfernung konnte Gilmuriel die Riemen seines Tragegeschirrs und die daran hängenden Beutel und Päckchen erkennen.

»HHHRRRASCHHHHH!«

Zwanzig Käfer strömten aus dem nächsten Unterstand. Gilmuriel sah, wie Klauen seltsam aussehende Waffen mit langem Lauf justierten, Halteriemen und Magazine zurechtrückten und Ausrüstung verstauten. Die sieben Fuß großen Insektenwesen wackelten auf den freien Platz unter dem Baum und bildeten eine auseinander gezogene Reihe vor dem größeren Käfer.

»HRASCHHH-SKRRRACKKK!«

In die Reihe kam Ordnung. Käfer strafften sich auf ihren krallenbewehrten Hinterbeinen. Gilmuriel begutachtete die Reihe gepanzerter Köpfe unter ihm. Jedes Augen-Quartett war geradeaus gerichtet. Jedes Paar baumelnder Skelettarme hing genau neben dem eingefallenen Brustkorb.

Das große Insektenwesen zischte, während ihm Schleim von den Kiefern tropfte. Jeder Käfer erstarrte zu völliger Reglosigkeit. Der große Käfer marschierte die Reihe auf und ab und knurrte dabei zischelnd. Vor einem Käfer blieb er stehen, um einen Gurt zurechtzurücken, vor einem anderen, um mit einem lockeren Nackengeschirr zu klimpern, und vor einem weiteren – während sich das Zischen zu einer furiosen Lautstärke steigerte –, um Skelettarme zu schwenken und Schleim zu spucken.

Der große Käfer wühlte mit seinen Klauen in seinem weichen Unterleib herum. Mit einer Waffe kamen sie wieder hervor. Der Käfer knallte die Exoskelett-Hacken zusammen, während sein Skorpionschwanz in angestrengt wirkendem Winkel über dem Kopf schwebte.

»SKAHHHH-SRISCHHHH-*KAAAH!*«

Die Käfer machten eine zackige Wendung nach Osten und trabten in das Lager der Insektenwesen. Gilmuriel und der orkische Gunnery Sergeant starrten aus einer Höhe von fünfzig Fuß herab.

»Wissen Sie, L.t.« Dakashnit kratzte sich am Kopf. »Das sieht irgendwie *vertraut* aus ...«

Gilmuriel schüttelte sich und kehrte zum Hauptstamm des Goldbaums zurück, wo er dem Sternenlicht-Trupp bedeutete, sich ihm anzuschließen.

Aradmel Lichtklinge kicherte leise. »He, Sir – sagen Sie dem Sergeant, sie soll in die Unterstände der Käfer scheißen, Sir – das wird ›verbrannte Erde‹ genannt!«

Dakashnit ignorierte sie ganz untypischerweise. »L.t., die Käfer haben hier alles abgeriegelt. Wir gehen nirgendwohin.«

»Bewegen Sie sich mit der schattenhaften Lautlosigkeit unserer uralten Rasse«, befahl Lieutenant Gilmuriel. Er zeigte auf die anderen Goldbäume in der Nähe und auf die dicken Äste, die sich wie Wege hoch oben über dem Waldboden erstreckten. »Wir müssen nicht nach unten klettern. Wir sind Elfen, Sergeant, und wir verschwinden von hier!«

Eine lange Stunde später verließen die elfischen Marines die Bäume und kehrten auf den Erdboden zurück.

»Sie übernehmen die Spitze, Sergeant«, sagte Gilmuriel.

Von der Orkfrau kam nichts weiter als ein leises »Yo!«, und als Gilmuriel hinschaute, glitt sie gerade in die Schatten des Regenwalds und war schon einen Augenblick später nicht mehr zu sehen. Er führte die Rekruten über einen kaum auszumachenden Pfad, die Ohren gespitzt und alle elfischen Instinkte aufs Äußerste angespannt.

Rattattatta-Peng!

Blattwerk raschelte. Gilmuriel hörte eine Folge dumpfer Schläge. Er schaute sich kurz um und sah, dass er allein auf dem Pfad stand. Sämtliche elfischen Marines hatten sich in die Büsche geschlagen und nur die wackelnden Blätter zeigten an, wo sie den Pfad verlassen hatten.

Gilmuriel zog rasch den Kopf ein und glitt neben Corporal Silthanis Schwarzrose in Deckung. »Wecken Sie Ihre Elfen auf, Marine! Es wird ernst! Unser erstes Feuergefecht!«

»Das weiß ich, Sir.« Der Elf mit dem zu großen GI-Helm, auf den ZUM SINGEN GEBOREN gemalt war, sah seinen Lieutenant an. »Lord Gilmuriel, lasst uns umkehren. Ruft den Hubschrauber und lasst uns heimkehren!«

Der Busch, unter dem Silthanis Schwarzrose kauerte, schüttelte sich und wurde zu Ork-Sergeant Dakashnit, deren Tarndrillich überall mit Baumwedeln und Binsen verkleidet war. Ihre Schweinsäuglein funkelten unter dem Rand ihres Kevlarhelms.

»Ich werde einen Spähtrupp dorthin führen, L.t.«, erbot sich Dakashnit enthusiastisch. »Yo!«

Beim Geräusch echten Geschützfeuers drehte sich Gilmuriel der Magen um.

»Nein, Ork. Wir kehren zur Kompanie zurück. Oder noch besser, zur Stadt der Bäume. Byrna Seidenhaar, ruf den Hubschrauber.«

Kein Laub raschelte, als das Allzweck-MG der Orkfrau nach oben schwang und sich auf Gilmuriel richtete. »Gehen Sie da runter und schießen Sie auf die Feinde, L.t. Der Feind könnte sie verfehlen. Ich nicht.«

Gilmuriel funkelte Dakashnit mit der Arroganz von fünfzig hochelfischen Ahnen-Generation an. Die Orkfrau, die den Kopf beinah zwischen die Schultern eingezogen hatte, zeigte ihm einen gelblichen Hauer.

»Da unten sind elfische Rekruten, L.t. Ich habe sie gerade gesehen. *Marines* lassen ihresgleichen nicht im Stich, selbst wenn sie einen unnützen Haufen Heulsusen abgeben. Was werden Ihre Leute da unten mit den Käfern anstellen, L.t. – ihnen etwas *vorsingen*?«

Ein unerwartetes Lächeln huschte über die fein geschnittenen raubvogelartigen Züge des Elfs. Er hob einen Finger, der immer noch Schwielen vom Zupfen der Harfensaiten aufwies, und schob den MG-Lauf zur Seite. Dakashnit nahm zur Kenntnis, dass er jetzt direkt auf Byrna Seidenhaar zeigte. Sie nahm an, dass das nur ein Zufall war, und hob den Lauf etwas an, sodass er himmelwärts zeigte.

Rattattatta-PENG!

»Wenn dort noch andere Waldelfen in der Patsche sitzen, müssen wir ihnen natürlich zu Hilfe eilen. Nun gut. Gunnery Sergeant, legen Sie die Marschordnung für die Rekruten fest.«

»Na *schön*! Die Marines Illurian Flinkbogen und Aradmel Lichtklinge bilden die Nachhut. Wenn irgendwas hinter uns auftaucht, will ich es erfahren. Die Marines Dyraddin Baumwächter und Elendylis Goldfeuer übernehmen die Spitze. Die anderen halten fünf Meter Abstand nach vorn und hinten, rücken nicht weiter auf, achten auf ihre Kameraden, achten auf Handzeichen und halten die verdammten goldenen Augen nach dem Feind offen!«

Gilmuriel nahm seinen Platz etwa in der Mitte der Marschkolonne ein. Sehr un-elfischer Schweiß rann ihm zwischen den eckigen Schulterblättern den Rücken hinunter und durchnässte den rauen Stoff seines Kampfdrillichs.

Der Ork-Sergeant tauchte wieder auf, indem sie sich zu einem Busch verwandelte, der Gilmuriel nicht aufgefallen war. »L.t., führen Sie sie zur Kuppe des Hügels, dann können wir aus dieser Senke eine Todeszone machen.«

Rattattatta-PENG!

Zerfetzte Blattreste spritzten in Gilmuriels mit Tarnfarbe bemalte Züge. Ein Stück Holz, aus dem der Saft tropfte, traf ihn in den Magen und er setzte sich schwer auf den Hosenboden. Kugeln pfiffen über ihn hinweg. Herumrollend und kriechend schaffte er es, hinter einem moosbewachsenen Felsen in Deckung zu gehen.

WUMM!

»Anzahl und Entfernung!«, bellte Dakashnit, die hinter einem anderen Felsen lag. »Los, ihr schwachsinnigen, hohlköpfigen Marines! Habe ich euch denn gar nichts beigebracht? Hat jemand gesehen, woher das kam?«

»Von da drüben«, jammerte eine schrille, zitternde elfische Stimme. Belluriel Sternenharfe.

»Wo drüben?«

»*Da* drüben!«

»*Wo* drüben? – ach, *Scheiße*«, fluchte der Ork-Sergeant. »Genau diese Situation soll eure Ausbildung verhindern, Marines. Die Richtung wird als *Uhrzeit* – bezogen auf die Marschrichtung – angegeben!«

Belluriel Sternenharfe klang sehr nachdenklich, als sie fragte: »Was bedeutet für ein Mitglied der Elfenrasse schon Zeit?«

Gilmuriel rief: »Vier Uhr, Sergeant.«

Den Rücken flach an einen Felsen gepresst und zitternd, sah er sich dem Rest des Trupps gegenüber. Die Elfen lagen mit dem Gesicht nach unten in einer Traube im Laub des Waldbodens und wühlten mit den Fingernägeln im Dreck. Nur Corporal Silthanis Schwarzrose war in eine vernünftige Deckung gegangen. Der hoch gewachsene, dunkelhäutige Elf kauerte hinter einem umgestürzten Baum.

»Zum ersten Mal unter Beschuss«, seufzte der Ork-Sergeant. »Verdammte *Heulsusen*.«

WUMM! Rattattatta-PENG!

Die Orkfrau sprang aus ihrer Deckung, rannte tief geduckt zur Traube der Elfen, packte zwei am Kragen ihrer schweißnassen Kampfjacken und schleifte sie zu den Felsen. *»Bewegt eure Ärsche, sonst seid ihr erledigt!«*

Dakashnit warf Byrna Seidenhaar und den ehemaligen Heiler-Magier Rabenharfe den Weißen in die Deckung eines Granitblocks. Sie nahm den Kopf tief herunter und rannte über das freie Feld zu den Rekruten. Gilmuriel sah sie zusammenzucken, stolpern und dann noch tiefer geduckt weiterlaufen.

RATTATTATTATTATTATT!

Adrenalin peitschte ihn auf. Er zog seine Pistole, zuckte ob des Gefühl des kalten Eisens in der Hand zusammen und schob die Waffe wieder ins Halfter. Rannte über das freie Feld der Todeszone – Mündungsblitze rechts von der Marschlinie: Entfernung dreißig Meter – und zerrte Aradmel Lichtklinge hoch.

»Schaffen Sie Ihren Kameraden zu den Felsen!«

Die Elfe starrte ihn mit glasigen Augen an. Gilmuriel verpasste ihr mit dem Handrücken eine Ohrfeige und sog an den abgeschürften Handknöcheln, die solche Gewaltausbrüche nicht gewöhnt waren. Marine Aradmel Lichtklinge lief allein zu den Felsen. Der Lieutenant packte Marine Illurian Flinkbogen unter den Achseln und schleifte sie mit über den Boden holpernden Stiefelabsätzen zu dem Granitblock.

RATTA-PENG!

»Scheiße, Mann!« Der Ork-Sergeant sprang neben ihm in die Deckung des Felsens und ging in die Hocke, die stämmige Schulter an den moosbedeckten Granit gelehnt. Sie trug keinen Helm mehr – er lag im Freien, sah Gilmuriel, mit einem silbrig glänzenden Streifen blanken Metalls quer darüber – und Schweißtropfen glitzerten in ihrem gebleichten Stoppelkamm. »Das haben Sie *gut* gemacht, L.t.«

Der Elf lief ob ihres Lobs zartrosa an.

Während Dakashnit sich das rote Schweißband emsig um ihre blutverschmierte Stirn wickelte, sagte sie ruhig:

»Wir müssen uns durch die feindlichen Stellungen kämpfen. *Zügig*, L.t. Fordern Sie Artillerieunterstützung für uns an.«

»Byrna Seidenhaar!« Gilmuriel gab seiner Funkerin, die fünf Meter entfernt hinter einem Felsen kauerte, Zeichen. Die winzige schwarzhaarige Elfe zitterte und weinte – und im Schritt ihrer Drillichhose breitete sich ein dunkler Fleck aus. »*Marine* Byrna! Wecken Sie die Artillerie-Abteilung auf und fordern Sie Feuerunterstützung für diese Position an – in fünf Minuten ab ... *jetzt!*«

Zitternd, sodass ihre Finger kaum das Funkgerät bedienen konnten, gehorchte die Elfe. Lieutenant Gilmuriel lehnte sich zurück, spannte die Oberschenkel an und stemmte sich sachte hoch, um über den Granitblock zu schauen. Nur seine blonden Haare, die Augen und die Spitzen seiner Ohren waren zu sehen. »Fertig machen zum Vorrücken ...«

Ka-WUMM!

»... was war das?«

»Ein Mörser, dem Geräusch nach. Schätze, wir werden in Basis Charlie Nachschub fassen«, spekulierte Dakashnit. »Erinnern Sie mich, dass ich euch Leute mit Mörsern eindecke. He, Heulsusen! *Käferfutter!* Aufwachen. Das ist der beschissene Feind da drüben. Das Feuer erwidern!«

Rattattattattattatta-PENG!

»Yo, Mann! *Ich seh dich, du verdammter Hurensohn!*«

Die Orkfrau reckte sich in die Höhe, das Allzweck-MG in ihren Krallenhänden, und feuerte aus der Hüfte. Der Lärm presste Gilmuriel sämtliche Luft aus der Lunge. Er füllte sie wieder, um zu brüllen: »Gebt dem Sarge Feuerschutz, ihr erbärmlichen spitzohrigen Bastarde, sonst erschieße ich euch persönlich!«

»Sie machen Fortschritte, L.t.!« Sergeant Dakashnit ließ sich wieder neben Gilmuriel in Deckung fallen. »Jetzt hört mal zu, ihr Elfen – das da sind die Käfer, die Baradakas Trupp erledigt haben! Feuerteam Eins, gebt ihnen Zunder. Feuerteam Zwo, im Feuerschutz vorrücken. *Los!*«

Im Schutz einer uneinheitlichen Feuerwand von Silthanis und dem halben Trupp rannte Gilmuriel tief geduckt zu einem anderen Granitblock. Ein Blick über die Schulter zeigte ihm einen Feind, der von links nach rechts rannte und eine Deckung ereichte …

Der Anblick des schwarzen Chitinpanzers, von dem irgendwelche Körpersekrete tropften, und der der halb humanoiden Gestalt mit dem hoch erhobenen Skorpionschwanz gehörte, die im scheckig einfallenden Sonnenlicht blauschwarz und silbrig glänzte, der Waffenlärm – all das verschwor sich, um Gilmuriel den Magen umzudrehen. Der Elf beugte sich vor und übergab sich. »Wir sind verdammt noch mal tot!«

»Wir müssen uns durchkämpfen«, bellte Dakashnit, »sonst werden wir von unseren eigenen beschissenen Mörsern unter Beschuss genommen – was zum Henker ist denn *das*?«

»*Magie!* Nein«, korrigierte sich Gilmuriel, dessen elfische Insinkte aufschrien. »Nein, ist es nicht …«

Auf der anderen Seite der laubbedeckten Todeszone der Käfer verbog sich die mit Licht und Schatten gestreifte Luft und *öffnete* sich irgendwie. Eine dunkle Silhouette wurde darin sichtbar. Zu untersetzt für einen Elf, zu groß für einen Ork. Die Gestalt eines Menschen, in schwarzes Feuer gehüllt.

Der Elf flüsterte: »Es riecht weder gut noch böse!«

Dakashnit wechselte hastig das Magazin. »Sehen Sie sich die verfluchten Käfer an, L.t. Die Sache hat sie kalt erwischt. Sie haben auch nicht die leiseste Ahnung, was das ist!«

Die Luft faltete sich zusammen, nahm grüne Schatten und Sonnenlicht in sich auf und wurde zu einem wirbelnden Strudel aus goldenem Licht. Die menschliche Silhouette bewegte sich plötzlich.

»Mutter der Wälder, beschütze uns!« Gilmuriel starrte mit offenem Mund. Die dreidimensionale Gestalt eines Menschen verließ den Strudel rückwärts und mit einem Gesicht, das dem elfischen Lieutenant zugewandt war, als weiche er vor etwas zurück, das nicht der Thyrionwald war.

»Heilige Scheiße!« Dakashnit richtete sich halb auf.

Auf beiden Seiten verstummten die Waffen.

Die Augen der Orkfrau funkelten und sie zeigte alle Hauer in einem breiten Grinsen. »Wissen Sie, was das ist?«

Der Mensch stand ganz still, seine polierten braunen Kampfstiefel zermalmten die Blätter unter seinen Füßen mit unbestreitbarer Solidität. Er war fast so groß wie ein Elf, aber breit in den Schultern und sehr muskulös. Gilmuriel ließ den Blick über den Körper des Menschen wandern – ockerbrauner Tarndrillich; Koppel mit Beuteln und Pistole; Kommandomesser; gummiumrandete Hundemarke an einer Silberkette –, bis er das Gesicht erreichte. Vom Sonnenlicht scheckige, regelmäßige, breite Züge, kräftige Kinnlinie und blonde, glitzernde Stoppelhaare. Der Blick der durchdringenden blauen Augen des Menschen begegnete seinem.

»Was ist das?«, murmelte der Elf.

»Das ist ein *echter* Marine!« Gunnery Sergeant Dakashnit winkte mit ihrem Allzweck-MG. »Lassen Sie einfach seine Aura auf sich wirken! So etwas habe ich nicht mehr gespürt, seit ich in Dagurashibanipals Höhlen war – ich weiß nicht, woher er stammt und wie zum Henker er hierher kommt, aber das ist ein *richtiger* Marine. Die beste Tötungsmaschine, die der Mensch je ersonnen hat. Die Elite. Das Allerbeste.«

Die Orkfrau reckte sich gerade in die Höhe, so gerade, wie Orks es eben können, nahm ihr MG und warf es dem Menschen zu. Geschmeidig, wie infolge langer Übung, hob der Mensch die Hände und fing das Allzweck-MG auf.

Dakashnit rief: »Yo, Mann! Feinde dreißig Meter hinter dir! Zum Angriff!«

Der schneidig uniformierte Mensch wendete langsam den Kopf. Keine Eile. Kein Zögern.

Neunzig Fuß entfernt wackelten die Käfer mit dem Kopf, als habe sie das Erscheinen des Strudels vollkommen verwirrt, während sie langsam aus ihrer leichten Deckung auftauchten. Thyrions grüne Wedel streichelten klebrige schwarze Panzer, Hörner und krallenbewehrte Vorderglieder. Die schlanken Skorpionschwänze krümmten sich aufwärts. Schatten legten sich auf die Gürtel und Rucksäcke sowie auf ihre segmentierten Oberkörper und ließen das schwarze Metall ihrer Waffen funkeln. Ein Käfer öffnete die riesigen Kiefer zu einer klebrigen, schleimtriefenden, gähnenden Höhle. Gilmuriel schauderte.

»Feindliche Ziele!«, rief die Orkfrau dem neu aufgetauchten Mensch zu. »Schalte sie aus, Marine!«

Die Hände des Menschen öffneten sich.

Das MG fiel unbeachtet auf den Dschungelboden.

Der uniformierte Mensch öffnete den Mund.

»*Aaaaaaaaaaaaaahhhhhhhhhhhhh!*«

Ein großer Kampfstiefel traf Gilmuriel und warf den Elf um, als der Mensch an ihm vorbeirannte. Der Mensch lief mit Höchstgeschwindigkeit und aus Leibeskräften brüllend, die Augen im Schock weit aufgerissen, der Mund ein Karo der Angst.

»Was …?«, hauchte Dakashnit. »*Was ist los?*«

»Scheiß drauf!«, flötete Gilmuriel, während er sich aufrappelte und seinem Trupp Zeichen gab, ohne die völlig verblüffte Orkfrau zu beachten. Er zeigte auf den flüchtenden Menschen. »Ihr Elfen – stellt keine Fragen – folgt diesem Marine!«

* * *

Es gibt keine nach Osten führenden Straßen.

Die Verwunschene Redoute tötet das Land rings um ihre Bastionen. Die toten Schatten jener grimmen Türme und der fensterlosen hohen Mauern mit ihren Höfen, in die die Sonne niemals scheint, verwüstet die Äcker im Umkreis von vielen Meilen. Die Redoute selbst ist groß genug, um ihren eigenen Regenschatten zu erzeugen, sodass man sich ihr von Westen durch eine Landschaft aus rissigem Boden, welkem Moos und kalter Einöde nähert. Wenn man von Osten auf sie zukommt ... aber wer weiß schon, welche Schlammwüsten und Gewitter im Osten der Verwunschenen Redoute lauern? Nur die Sklaven des Fürsten der Finsternis sind dort unterwegs – und die sind zum größten Teil außerordentlich verschwiegen.

»*Ich* kann nur sagen«, bemerkte Ned Brandiman missmutig, »dass es das Mantichora ängstigt.«

Das Zugtier des Wagens plusterte sein Löwenfell auf, der gestutzte Skorpionschwanz zuckte und die menschlichen Züge ließen Bestürzung erkennen. Ned warf dem Tier einen Bissen gebratene Kröte zu.

»Habt keine Furcht!«, rief Amarynth Feuerhand, der neben dem Wagen schritt. Seine weiße Kutte verfing sich in einem Dornenbusch. Dornen stachen in die dunkle Haut des Elfs. Mit leuchtenden Augen rief der Heilige: »Dies ist der ideale Ort, um den Kreuzzug des Lichts zu beginnen!«

Ned murmelte: »Ideal, an meinem behaarten linken Fuß!«

»Mutter Edwina!«, wies Will Brandiman ihn zurecht. »Der Heilige wird von der Lady des Lichts geleitet. Wenn er sagt, dass wir mit der Wahlkampagne für das Licht mitten in dieser Einöde beginnen sollen, in der Feste des Fürsten der Finsternis – wir, das heißt eine Gesellschaft von kaum zwei Dutzend Personen auf einer gefährlichen Reise weit weg vom reichen, behaglichen

Süden und seinen überreichlichen Vorräten an *Nahrungsmitteln* zum Beispiel –, dann werden wir auch genau das tun.«

»Amen!«, fauchte die gute Äbtissin Edwina.

Der Heilige Paladin Amarynth schritt ungerührt durch das schwarze Land. Das zottige Gewirr seiner schwarzen Haare flatterte hinter seinen spitzen Ohren im Wind und der Stab in seiner Hand leuchtete so weiß wie seine zerfledderte Mönchskutte. Der Elf drehte sich zu den Wagen der Mission des Lichts um und seine schlanke Gestalt zeichnete sich deutlich vor den Bastionen, frei schwebenden Stützpfeilern, Mauern, Balkonen, Zinnen, Türmen, Auswüchsen und dem schieren Mauerwerk der Verwunschenen Redoute ab.

»Weiter!«, rief der Elf. »Immer weiter!«

Winzige Gestalten eilten über die Wehrgänge der Redoute und in den Schatten des riesigen Westtors. Neds Weitsicht entdeckte Orks, deren kleinere Vettern, die Kobolde, Riesenwölfe, die die Orks in der Schlacht als Reittiere benutzen, und die lederhäutigen, fliegenden, reißzahnbewehrten Reittiere, die im Westen keinen Namen hatten.

»Wunderbar!« Ned warf einen Blick zurück.

Hinter dem Wagen der Mission des Lichts trotteten ein Dutzend Mitglieder des Heiligen Ordens der Geißelnden Ritter den trostlosen Pfad entlang. Jeder hob eine Peitsche mit Schnüren aus Metall und ließ sie auf den Rücken des Elfs oder der Elfe vor ihm krachen. In regelmäßigen Abständen verließen die jeweiligen Anführer einer Kolonne ihren Platz und schlossen sich hinten als Letzter wieder an. Der Missionswagen wurde schon vierzig Meilen weit von Geiern verfolgt, die der Blutgeruch anlockte.

»Weißt du, was ich glaube?«, bemerkte Ned, indem er sich unter dem Saum seiner Nonnentracht die behaarten nackten Füße kratzte. »*Ich* glaube, wir hätten zurückkehren, das Wirtshaus *Zu den Sechzehn Verschiedenen Wonnen* und *auch* diese Wäscherei niederbrennen und *dann* Graagryk ein für allemal verlassen sollen.«

Sein Bruder zückte einen Kamm aus Ebenholz und kämmte sich seine durch einen Zauber gefärbten Haare aus der Stirn.

»Tavernen, aus denen wir rausgeworfen wurden, kannst du andauernd niederbrennen. Aber wie oft hat ein Halbling schon Gelegenheit, die Verwunschene Redoute zu betreten?«

Ned ging die Frage durch den Kopf: »Wie oft *sucht* ein Halbling schon die Gelegenheit, die Verwunschene Redoute zu betreten?« Aber der Gedanke an Ebenholzschnitzereien, pechschwarze Steine, kohlschwarze Pelze und schwarze Diamanten – die zweifellos nicht besonders geschützt waren, wenn man davon absah, dass sie sich in der von Orks heimgesuchten, mit bösen Zaubern belegten Festung des Fürsten der Finsternis im Herzen der trostlosesten Einöde überhaupt befanden – ließ die Augen in seinem pausbäckigen Gesicht leuchten.

»Nimm die Zügel«, wies Ned Will an, indem er seinem Bruder das Zaumzeug des Mantichoras in die Hand drückte und sich daran machte, seine Augen und Lippen neu zu schminken. Als der Missionswagen schließlich in einen der Außenhöfe der Redoute rollte, hatte er die schlimmsten Spuren der Reise verwischt und sich den Dreck aus seiner roten Kutte gebürstet.

Kobolde schlurften in immer größerer Anzahl aus den Schatten. Das Licht verlieh ihren Augen einen rötlichen Schein. Die größeren Orks trieben sie mit Streitäxten und gezähnten schwarzen Schwertern wieder zurück. Ned schnippte mit den Fingern nach einem Wolf, der den Halbling in der Schulterhöhe um einige Handspannen überragte.

»Gutes Hundchen!«

»HRRRAAAGGGH ...«

»Edwina, hör auf, das arme Tier zu necken.« Sein Bruder, dessen Zähne in der Düsternis des Vorhofs weißlich glänzten, schritt an Ned vorbei und wandte sich an einen ungeschlachten Ork in einem beschlagenen Lederwams und mit einem schwarzen Stahlhelm auf dem Kopf – offensichtlich einer von den Kampf-Agaku. »Einen schönen guten Tag, Sir. Gestattet mir, mich vorzustellen: Ich bin der Wahlkampfmanager des Heiligen Paladin-Magiers Amarynth, Eures Licht-Kandidaten bei der bevorstehenden Wahl für den Weltthron.«

Der schwarz gekleidete Ork trat von einem Krallenfuß auf den anderen und kratzte sich mit dem Stachel seiner Streitaxt zwischen den spitzen, haarlosen Ohren. »Nun ... wir sind hier schon seit Generationen Anhänger der Finsternis. Ich will ja nicht unhöflich sein, aber, na ja, hat nicht viel Sinn, dass Ihr Euch herbemüht habt, oder?«

Ned hob das Kinn. Vertraut mit der Architektur der Menschen und Halblinge, war er durchaus an hohe Mauern gewöhnt, doch das steil in die Höhe ragende Mauerwerk rings um diesen Vorhof der Redoute verlor sich viel zu hoch über seinem Kopf im Nebel. Es tropfte vor Nässe und der Gestank nach Exkrementen und die Schreie der Eingekerkerten hallten durch vergitterte Fensterschlitze.

»Mein Sohn.« Ned löste die Peitsche von seinem stachligen Gürtel und ließ sie knallen. Das Geräusch hallte über die Köpfe der versammelten Vertreter der Finsternis. Orks zuckten reflexhaft. Er strahlte den Agaku an. »Ich weiß, dass Ihr eine arme alte Frau – die in der Magierkunst der Kleinen Schwestern der Selbstkasteiung geübt ist – nicht enttäuschen und unserem Kandidaten zuhören werdet. Nicht wahr?«

Der Ork schlich umher und trat dabei mit seinen Krallenfüßen Knochen über die schwarzen Pflastersteine. »Ruhe! Wenn irgendjemand auch nur laut atmet, schicke ich seinen erbärmlichen Kadaver in die Grube! Schattenwölfe, ihr habt freie Hand, mit Ausnahme des Elfs jeden anzufallen, der spricht, sei es Fledermaus, Kobold, Goblin oder Ork!«

Edwina lächelte lieblich. »Recht vielen Dank.«

»Gut gemacht, meine guten und treuen Diener!«, rief der Heilige, indem er seinen beiden Halblingen je eine langfingrige Hand auf den Kopf legte. In der jäh einsetzenden Stille ging der Heilige über den Hof und baute sich auf den zyklopischen Stufen des nächsten Turmaufgangs auf. Sein Blick wanderte über die Knopfaugen, roten Pupillen, Schnauzen und zuckenden Krallen seines Publikums.

»Abschaum der Verwunschenen Redoute!«, sang der Elf melodiös. »Fragt ihr euch, warum wir keine Furcht haben, da wir hier im Herzen der Zitadelle der Finsternis vor euch stehen? Das liegt daran, dass ihr noch nicht wisst, wer wir sind. Wir sind Amarynth, der früher einmal ein sterblicher elfischer Paladin war, den ihr nun aber als den Heiligen, den Allerheiligsten kennen lernt. Wir sind der Sohn der Lady selbst!«

Ned verließ den Missionswagen – Amarynth ließ sich nicht mehr unterbrechen, sobald er einmal damit begonnen hatte, von sich in der Mehrzahl zu reden – und gesellte sich zu seinem Bruder auf der anderen Seite einer verschlossenen Hintertür im Innern der Verwunschenen Redoute. Schwarze Fackeln brannten in Pechpfannen an den Wänden, Salpeter überzog das Mauerwerk wie Spinnennetze und das asthmatische Husten eines orkischen Wachpostens hallte von weiter oben herab.

»Im Keller, würde ich meinen«, sagte Ned.

Sein Bruder nickte. »Wenn es Menschen wären, würde ich sagen, im höchsten Turm. Orks und Fürsten der Finsternis denken jedoch in unterirdischen Bahnen. Hast du deine Sachen?«

Ned lachte schallend. In dem Nonnengewand ließen sich Wurfdolche, Giftnadeln, Panzerhandschuhe (zum Austesten von Fallen) und Dietriche leichter verbergen als in Wams und Hose. Schlitze unter den Armen ermöglichten den mühelosen Zugriff darauf.

»Verziehen wir uns in den Schatten«, sagte Ned.

Das jähe Getrappel von Schritten unterbrach sie. Von nackten, harten Füßen. Fackellicht schien zuerst aus dem Gang zu ihrer Linken, dann aus dem zu ihrer Rechten. Sechs oder sieben Orks drängten sich in das kleine Vorzimmer des Turmeingangs.

»Ah«, rief Ned. »Mein guter Bruder William, hier sind noch mehr Seelen, die das Wort unserer Mission hören müssen.«

Der führende Ork knurrte: »Oh, wir haben ihn gehört. Euer Elf verspricht den großen letzten Kreuzzug gegen die Mächte des Bösen. Er sagt, er wird noch eine Armee des Lichts gegen die Horde der Finsternis führen.«

Ned sah, wie sein Bruder kurz die Augen fest schloss, um sie dann mit einem freundlichen Lächeln wieder zu öffnen.

»Vielleicht kann ich die Herren dafür gewinnen«, sagte Will Brandiman, »eine kleine Spende für den Bau der Heiligen Gebetsmühle der Mission des Lichts zu leisten? Also, ihr seid Kampf-Orks, das sieht man, und der Sinn der Gebetsmühle besteht darin, alle in der Schlacht erlittenen Wunden zu heilen – unabhängig davon, auf welcher Seite der Verwundete gekämpft hat.«

»Das wäre nicht richtig«, protestierte der führende Ork.

Hochwürden Brandiman und die gute Äbtissin Edwina wechselten einen Blick. Keiner profitierte davon.

»Natürlich, wenn ihr nichts für die Gebetsmühle des Heiligen spenden *wollt*«, schleimte Will. »Solltet ihr *so* arm sein, dass ihr euch kein Kupferstück, keinen Knopf, keine Scherbe, keinen Knochen leisten könnt … na ja, dann könnt ihr diese … äh … *diese* Gebetsperlen auch umsonst haben. Aber forscht in euren Herzen, meine orkischen Brüder, und seht nach, ob *ihr* es euch erlauben könnt, der Welt die Segnungen der Heiligen Gebetsmühle unseres Sohns des Lichts vorzuenthalten (denn dann seid ihr für eben dies Vorenthalten verantwortlich).«

Die buschigen Brauen des Orks senkten sich. Er sah aus, als trüge er Agaku-Blut in sich. Ned überlegte: ein Prachtexemplar der orkischen Rasse, gut sechs Fuß groß, mit extrem muskulösen Schultern, das nur ein Lendentuch über seiner ledrigen grünen Haut trug.

»Er ist ein Kriegshetzer«, behauptete der Ork anklagend. »Euer Heiliger, meine ich. Er wirbt für einen Krieg, der nur den Interessen der Oberbefehlshaber des Lichts und der Finsternis dient und nicht dem gemeinen Ork in der Grube.«

Ned gaffte den Ork an. Die Gruppe der anderen fünf oder sechs Orks drängte sich näher. Manche hatten braune, andere graue Haut, alle trugen irgendeinen Fetzen Kettenhemd, einen alten Brustharnisch oder eine mit Nägeln beschlagene wattierte Weste. Gespitzte Ohren wurden angelegt und Hauer und Krallen glitzerten.

»Ich bin sicher, Ihr Herren habt Euren Standpunkt«, sagte Ned ein wenig atemlos.

Der führende Ork baute sich vor Will Brandiman auf und tippte Will mit dem Zeigefinger zwischen zwei Wamsknöpfen vor die Brust.

»Ich bin ein offizieller Vertreter, meine Wenigkeit. Ich vertrete die Orkische Pazifistische Bewegung.« Der Ork gestikulierte mit einer Krallenhand. »Wir hier, wir sind eine OPB-Protestkundgebung. Wir protestieren dagegen, dass Euer Paladin hierher kommt und uns sagt, dass wir kämpfen sollen. *Er* zieht garantiert nicht mit den Fußsoldaten ins Feld, oder?«

Die anderen Orks schüttelten einträchtig den Kopf. Ihr Anführer fuhr fort:

»*Er* muss keine Streitaxt über Berg und Tal und aus diesem wunderbar schäbigen Land schleppen und nach Süden ziehen, wo es *grün* ist. *Er* muss sich nicht von irgendeinem schießgeilen Armbrustelf die Eier wegballern lassen. Doch nicht euer Paladin! *Er* muss nicht irgendeinen armen Tropf des Lichts in Fetzen hauen, nur weil er zur falschen Zeit am falschen Ort ist und es heißt: du oder er.«

Hinter dem großen Ork starteten dessen Kameraden einen gutturalen Sprechchor: »Niemals, Licht! Wir gehen nicht! Kämpfen, nein …«

»*GRAZHDNAG!*«, unterbrach der Ruf eines Orks von draußen. »Schaff deinen dreckigen, wurmzerfressenen Haufen hierher oder ich lasse euch bei lebendigem Leib die Haut abziehen!«

Der führende Ork, Grazhdnag, duckte sich. Seine Gefolgsleute winselten. Sie stahlen sich an den Halblingen vorbei (wobei sie Will Brandimans ausgestreckte Hand ignorierten, die immer noch eine Kette mit Missionsperlen hielt) und schlichen hinaus auf den Hof, wo gleich darauf die Geräusche kräftiger Hiebe ertönten.

»*Ich werde euch lehren, ihr faulen Säcke …!*«

Ned und Will lauschten kurz der Stimme des Agaku, grinsten und trennten sich, um in der verfügbaren Zeit mehr Kellerräume der Verwunschenen Redoute durchsuchen zu können.

Auf dem fünften Rückmarsch – mittlerweile war man wählerisch, weil das Fach unter dem falschen Boden jetzt fast bis obenhin mit tragbaren Gegenständen aus der Schatzkammer der Redoute gefüllt war – erklomm Ned Brandiman eine schmale, steinerne Wendeltreppe. Er stieg sie immer weiter empor, bis seine Wadenmuskeln schmerzten. Endlich hörte er – durch immer noch unsichtbare Fenster – die Stimme Amarynths, die sich zum Schluss seiner Rede hob. Mittlerweile hatte Ned herausgefunden, dass der Vorhof, in dem der Heilige seine Rede hielt, nicht mehr als ein winziges Anhängsel der riesigen Atrien, Gruben, Amphitheater und Luftschächte war, die die Masse der Verwunschenen Redoute durchzogen.

Er erreichte das Ende der Treppe und betrat einen Korridor. Hier gab es Fackeln und somit auch verbergende Schatten – und an die hielt er sich instinktiv.

Hinter ihm schlug ein Fallgatter zu. Ned sprang vorwärts und so wurde ihm nur etwas Haut von der nackten Ferse abgeschürft. Er erstarrte und lauschte, überprüfte den Mechanismus der Falle, stellte fest, dass er zwar uralt, aber gut geölt war. Er kam zu dem Schluss, dies habe ihn nur von den Kellern abgeschnitten, die er bereits geplündert hatte, und ging weiter.

Laute Schritte hallten vor ihm durch den Korridor.

Ein sich nähernder Schatten tanzte auf den Wänden. Das Licht aus den schwarzen Pechpfannen verzerrte den Schatten, der größer und immer größer wurde, *viel* größer als ein Halbling …

»Gute Güte«, stellte Ned Brandiman fest, »die Presse kommt wirklich überallhin.«

Eine Elfe, die durch die Schatten des schwarzen Mauerwerks im Innern der Verwunschenen Redoute wanderte, blieb stehen und glotzte.

Bei Neds letzter Begegnung mit der Elfe hatte sie dieselbe Kleidung getragen wie jetzt: ein ledernes Mieder und eine an den Beinen geschnürte Lederhose, dazu hohe Stiefel und einen Umhang. Ihre dunklen Zöpfe waren mit einem Stück roten Stoffs um die Stirn gebunden. Auf einem Schild, das mit einer Nadel über der Wölbung einer Brust an ihrer Weste befestigt war, stand jetzt ›Glücksritter‹.

Perdita del Verro betrachtete Ned Brandiman mit Argwohn. »Kenne ich Euch nicht, gute Frau?«

Ned war bei ihrer letzten Begegnung splitternackt gewesen und daher wusste die Elfe nicht, dass er im Besitz der roten Tracht einer Kleinen Schwester der Selbstkasteiung war. Er zog seine Finger durch einen Schlitz im Stoff vom Griff eines seiner Wurfdolche zurück und verlieh seiner Stimme einen höheren, melodiösen Klang. »Ich bezweifle, dass wir uns schon einmal begegnet sind, mein Kind, aber wir sind alle Schwestern im Licht.«

»Ich muss Euch in Begleitung des Heiligen gesehen haben.« Die Augen der Elfe verengten sich und ihr Stirnrunzeln betonte die alte Narbe auf ihrer linken Wange. »Ich würde gern ein Interview mit ihm führen – ihn aus der Nähe erleben. Mein Eindruck ist, dass der Kandidat des Lichts bei dieser Wahl so viel gute Presse braucht, wie er nur bekommen kann.«

Ned führte sie aus dem Turm und hinaus in den Hof. Er trat mit seinem behaarten Fuß hinten gegen den Missionswagen. »Eure Heiligkeit, eine Elfe von der Presse ist hier, um ein Interview mit Euch zu führen. Würde Euch das passen?«

Amarynth, der vornübergebeugt stand und mit beiden Händen den hölzernen Aufbau des Wagens umklammerte, schaute gereizt auf und bedeutete dem anwesenden Ritter-Priester, mit der Geißelung seines Rückens aufzuhören.

»Ach … na gut.« Der Heilige streifte seine Mönchskutte über und schob die Arme in die Ärmel, dann sah er die Elfe an.

»Lord *Amarynth*? Paladin, Ihr *seid* es tatsächlich! *Beim Licht!*« Die Elfe blinzelte. »Eure Wahlkampfrede – ich war zu weit entfernt, um …«

Der dunkle Elf stellte majestätisch fest: »Wir waren Amarynth, genannt Feuerhand, und sind jetzt der Sohn der Lady auf Erden.«

»Amarynth der Paladin-Magier! Ihr habt die Truppen des Lichts bei Nin-Edin befehligt!«

Ned Brandiman zog den Kopf ein. Die erwartete Explosion blieb aus. Ned, der niemals von einer früheren freundlich verlaufenen Begegnung Rückschlüsse auf die Wahrscheinlichkeit eines dauerhaften Bündnisses zog, gratulierte sich zu seiner Vorsicht, als sich Perdita del Verros Miene verfinsterte und sie fortfuhr:

»Heiliger, ich bin sehr froh, dass wir uns wieder begegnet sind. Ich bin von diesem Abschaum in Nin-Edin und ihren kriminellen Verbündeten gewaltig hereingelegt worden. Als ich herausgefunden hatte, was sie in den Bergen nach der Belagerung angestellt …«

»Nach der Belagerung?« Amarynth klang überrascht.

Die Elfe hob eine Augenbraue und verzerrte dadurch die Raufnarbe auf ihrer Wange. Ihre Stimme hallte klar über den Hof der Verwunschenen Redoute. »Das wisst Ihr nicht, Herr Ritter? Mutter der Bäume! Solange vor der Wahl noch Zeit ist … Ich weiß etwas über die Orks von Nin-Edin, das auch *Ihr* wissen solltet.«

7

Der siebte Tag vor der endgültigen Wahl für den Weltenthron dämmerte hell und klar.

Das frühsommerliche Licht fiel auf die Masten der in Port Mirandus festgemachten Schiffe. Tiere, Menschen und Ungeheuer warfen lange Schatten, während sie darauf verladen wurden, um mit der Morgenflut auslaufen zu können. Rufe und das Ächzen der Taue hallten die Reihen der Lagerhäuser am Kai entlang und lederflüglige Vampirmöwen kreischten bei ihrem Flug über die Mündung des Flusses Faex, der hier in den Westlichen Ozean fließt. Dunst, der einen warmen Tag verhieß, trieb über den schwappenden, stinkenden Wellen des Hafenbeckens.

»Die Befehle desch Fürschten der Finschternisch sind eindeutig«, nuschelte der Namenlose Nekromant affektiert im Schutz seiner Kapuze. »Esch darf keine Verschtärkung nach Thyrion oder sonschtwohin geschickt werden.«

»Scheiß drauf, Mann, meine Marines werden da draußen massakriert!«

Ashnak, Oberbefehlshaber der Ork-Marines, spie über die Seite seiner Barke. Ein unglücklicher Hafenfisch trieb bäuchlings an die Oberfläche. »Wir können jederzeit Unterstützung schicken, wenn Sie uns lässt!«

Eine behandschuhte Hand fuhr zur Kapuze und kam speichelglänzend wieder daraus hervor. »Welch ein interesschanter Zufall – wenn man bedenkt, dasch die logischtische Planung für dasch Verlegen einer Armee einige Zeit dauert. Bereit zum Ausrücken, nicht wahr, Ork? Ich frage mich, wasch für Pläne du vor Ihrer Rückkehr verfolgt hast.«

Ashnak wich dem Thema aus. »Ich weiß nur, dass da unten ein verdammt heißer Kampf tobt und Sie mich – meine Orks, meine ich – nicht daran teilnehmen lässt …!«

»Natürlich nicht. Solange die Käfer auf die Grenschen der Südkönigreiche vorrücken, üben sie Druck ausch, bei der Wahl für Ihre Finschtere Magnifischensch schu schtimmen … Ork, du wirscht erscht kämpfen, wenn die Wahl gewonnen ist, und deine Fussssssoldaten müssen sich ansch Schterben gewöhnen, solange sie warten.« Der Namenlose Nekromant lachte betrunken. »Isch gansch so wie in alten Sssseiten – Orksch schind zum Verheizen.«

Der Namenlose hinkte zu den Seidenbaldachinen im Heck der Barke.

»Du mich auch, Arschloch«, knirschte Ashnak.

Luft peitschte das Wasser über der großen Flotte der Flussbarken. Das *Schrapp-schrapp-schrapp* eines sich nähernden Apache-Kampfhubschraubers erregte keine Neugier. Die Hafenarbeiter von Port Mirandus sind Wunder gewöhnt.

»Halten Sie die Kiste ruhig!«, bellte Ashnak in sein Helmmikrofon.

»Ja, sicher, Sir, trauen Sie einem Kerl etwas zu. Ich tue hier mein … Bestes. Sehen Sie! Da haben Sie's, Sir.«

Lieutenant Chakamnits Stimme in Ashnaks Helmempfänger verstummte, als die stählerne Kiste, die der Pilot absetzte, das Deck der Flussbarke berührte. Der Apache blieb darüber schweben, während zwei Matrosen die Ladung losmachten, und stieg dann wieder in die Höhe, während die Winde aufgerollt wurde und die Rotoren das Wasser schaumig peitschten.

»Stellen Sie die verdammte Kiste auf einer unserer Luftunterstützungsbarken ab«, befahl Ashnak, *»und schaffen Sie Ihren Arsch hierher, Chahkamnit! Dieser ganze Wander-Wahlzirkus hätte schon vor vier Stunden ablegen sollen!«*

»Absolut, Sir. Wie Sie meinen.«

Ashnak schaltete den Helmfunk aus. Marine-Kommissarin Razitshakra stand neben ihm auf dem Deck der Flussbarke, den olivfarbenen Militärmantel in der Hitze des Südens nicht geschlossen und die spitze Dienstmütze bis zur Nase – mit der randlosen Brille darauf – heruntergezogen.

»Bereiten Sie sich auf das Verhör des Gefangenen vor!«, bellte Ashnak, indem er auf die Kiste zeigte.

»Sir, ja, Sir!« Kommissarin Razitshakra zog mit bloßen Händen die Haltezapfen der Stahlkiste aus den Verschlüssen. Die Vorderseite der Kiste fiel herab. »Es ist schon viel zu lange her, seit wir zum letzten Mal eine schöne ehrliche Gefangenenfolter nur so zum Spaß hatten, Sir.«

Eine große Gestalt kauerte in der engen Kiste. Sie trug

mit Exkrementen befleckten Wüsten-Tarndrillich. Ashnak kaute heftiger auf seiner Zigarre und betrachtete den breitschultrigen, großen und stabil gebauten Menschen, der nach Tagen der Gefangenschaft verdreckt war und dessen Bartstoppeln genauso blond auf dem Kinn sprossten wie die kurzen Haare auf dem Kopf.

»Auf die *Beine*, Marine!«, fauchte Ashnak.

Der Mensch rieb sich die tränenden Augen. »Mein Name, Rang und Dienstnummer lauten Sergeant John H. Stryker – *heiliger Jesus, es ist immer noch alles so verdammt wirklich!*«

»Er spricht die Sprache der Marines«, stellte Kommissarin Razitshakra fest.

Der Mensch starrte aus der Stahlkiste nach draußen. »Das hier *kann gar nicht* wirklich sein, Mann. Ich verspreche, dass ich nie wieder Shit rauche! Ich habe eine Frau und Kinder zu Hause.«

»Er ist echt. Dieselbe Aura wie Dagurashibanipals Hort, General.«

Stryker zwang seinen Körper, sich zu erheben, und richtete sich zum ersten Mal nach sechs Tagen Gefangenschaft in einer einen Kubikmeter großen Stahlkiste auf. Schwankend, verdreckt, auf den Beinen fühlte er die warme stinkende Hafenbrise über sein Gesicht wehen. Die Haut um seine Augen zuckte und seine Augenlider öffneten sich wieder.

Ein humanoides *Ding* stand vor ihm. Acht Fuß groß und muskulös wie ein Berg. Reißzähne wie ein Raubtier, Lederhaut, flink wie eine Katze und das beängstigende Funkeln hoher Intelligenz in den Schweinsäuglein. Obwohl die Schultern vorgebeugt waren und die langen Arme baumelten, starrte das Wesen Stryker aus gleicher Höhe in die Augen.

Und aus dem zusätzlich von Hauern entstellten Albtraum von einem Gesicht ragte eine Zigarre.

Es trug …

Stryker gluckste tief. Mit seinem deutsch-amerikanischen Akzent sagte er: »Ihr Jungs könnt mich nicht verarschen! Entweder das war der beste Shit, den ich je gekauft habe, oder ihr Typen dreht irgendeinen bescheuerten Film. Aber ich warne euch – ihr hättet euch nicht mit dem Korps anlegen sollen.«

Ashnak nahm einen tiefen Zug und blies Stryker den seltsam riechenden Rauch seiner Zigarre ins Gesicht. »Wir *sind* das Korps. Was bist *du*?«

»Bitte!« Strykers Stoppelkinn zuckte. Sein Gesicht verzerrte sich und aus seinen Augen rann Wasser. Er setzte sich auf das Deck, als habe man ihm die Achillessehnen durchschnitten. »Tut mir nicht weh!«

»Reißen Sie sich zusammen, Mann!«, knurrte Razitshakra. »Sie sind ein Marine! Entehren Sie Ihre Uniform nicht!«

»Was ist los mit Ihnen, Sohn?«, fragte Ashnak, indem er den jetzt schluchzenden Stryker mit der Stiefelspitze anstieß. »Man könnte meinen, Sie hätten noch nie im Leben einen Ork gesehen.«

Der Mensch hob das fleckige Gesicht. »Einen *was*?«

Razitshakras Peitsche zerfetzte Strykers Kampfjacke und schnitt eine Furche in seinen Rücken. Er schrie aus vollem Halse und riss die Hand hoch, sodass sich die Peitsche mit den Metallschnüren um seine Hand wickelte und seine Knöchel blutig schürfte. Er hielt die Schnüre fest.

»Um Gottes Willen, das könnt ihr nicht machen!«

Razitshakra zog versuchsweise am Knauf der Peitsche und zerrte den Menschen ohne Mühe über das Deck.

»Die traditionellen Methoden sind die besten«, sagte sie nachdenklich. »Das ist die Lebensart des Orks. Gefangene zu foltern. Ich ziehe ihm die Haut ab und dann, wenn er gehäutet ist, wird er reden.«

»Ich rede, ich rede *sofort*!« Stryker kroch über das

Deck der Barke. »He, fragt mich einfach – ich sage euch – *Ihnen* – alles, was Sie wissen wollen! Das ist mir alles viel zu verdammt verrückt. Ich bin noch nie in einem Kampfeinsatz gewesen, geschweige denn einem harten Verhör unterzogen worden.«

»Noch nie in einem Kampfeinsatz gewesen?« Ashnaks buschige Brauen hoben sich voller Erstaunen. »Aber Sie sind ein Marine! Aha. Ich weiß, wie es gewesen sein muss – Sie sind ein frisch ausgebildeter Elitesoldat und haben zufällig einen Weg von Ihrer Welt hierher entdeckt und Ihre vorgesetzten Offiziere haben Sie auf Spähtrupp geschickt. Kommt andauernd vor. Richtig?«

»Teufel, nein!« Sergeant John H. Stryker wischte sich den Schweiß ab, der in Strömen über seine starken, regelmäßigen Züge lief, während er rücklings auf dem Deck lag. »Ich hatte seit zwanzig Jahren keine Waffe mehr in der Hand – und damals war ich in der Grundausbildung. Ich sitze in der *Schreibstube* und bearbeite Ausrüstungs- und Personalanforderungen. Eine Bande jugendlicher Arschlöcher hat mich angegriffen. Sie haben meinen Jeep verschrottet und wollten dasselbe mit mir machen. Ich wollte nichts wie weg und dann ist irgendwas *passiert* …«

»Sie sind vor einer Schlägerei weggelaufen?« Die orkische Kommissarin schüttelte sich.

»Scheiße, da waren Dutzende von diesen kleinen Wichsern. Soviel ich weiß, hatten ein paar von ihnen sogar Messer. *Natürlich* wollte ich weg! Hören Sie«, protestierte die Tenorstimme des Menschen flehentlich, »bisher bin ich entführt und im beschissenen *Dschungel* abgesetzt worden, um Gottes willen, und habe Sachen gesehen, wie man sie sonst nur auf einem Trip sieht. Wenn ich nicht zur Basis zurückkehre, wird man sagen, ich hätte mich unerlaubt von der Truppe entfernt, und dann geht's mir an den *Kragen*. Und da ist noch die Ladung Ersatzteile für die Tornados, die ich unbedingt abschicken muss.«

»Hilfstruppen«, kommentierte Razitshakra. »Schreibtischhengst.«

Ashnak fauchte: »Wir haben den ersten wirklichen Beweis dafür, dass es eine Welt gibt, wo Dagurashibanipals Marines existieren! Und wo es diese Waffensysteme gibt, von denen wir nur träumen können. Eine Welt voller Helden! Und was kriegen wir? *So etwas.*«

Lederflüglige Vögel schnatterten und meckerten über der Flussmündung. Razitshakra zog ihre Desert Eagle aus dem Halfter, spannte sie und hielt Stryker die kalte Metallmündung ans Ohr. »Ich sage, wir legen ihn um, General, jetzt sofort. Er ist nutzlos.«

»Ach, warum nicht – *Scheiße!*«

Eine Gestalt im Umhang – und in Begleitung einer Leibwache – kam über die Landungsplanke.

Ashnak nahm zackig Haltung an und entbot einen vollendeten Parade-Gruß. Der Mensch sog an den blutigen Knöcheln seiner Faust und unterdrückte ein schrilles Giggeln.

Razitshakra hielt die Mündung der Desert Eagle weiterhin auf seinen Kopf gerichtet. Der Mensch zuckte jedes Mal zusammen, wenn der dunkle Kreis seinen Bewegungen folgte.

»Haben deine Marines jetzt Zuwachs aus den Reihen der Menschen bekommen, mein Ashnak?«, fragte die Gestalt mit dem Kapuzenumhang den Ork-General.

»Ja, in der Tat«, knurrte Ashnak. »Genau das versuche ich gerade selbst herauszufinden, Eure Finstere Magnifizenz, wie scharfsichtig von Euch. Ich halte ihn für einen Marine aus Dagurashibanipals Sammlung. Einer meiner Unteroffiziere in Thyrion hat ihn gefunden. Sie sagte, er wäre praktisch beim ersten Anblick des Feindes vollkommen zusammengebrochen.«

Razitshakra murmelte: »*Definitiv* ideologisch unzuverlässig!«

Die Gestalt mit dem Umhang hob ihre blassen Hände und schob die Kapuze zurück. An dieser Stelle begriff Sergeant John H. Stryker vom U.S. Marine Corps, dass er wirklich die Fantasy-Schundromane für $4,95 hätte lesen sollen, die immer in der Messe herumlagen. Oder sich zumindest mehr Videos hätte ansehen sollen. Aus Krimis und Detektivgeschichten kann man keine Überlebensregeln für Situationen ableiten, in denen Orks M16s tragen. Oder Frauen leuchtende neon-orangefarbene Augen haben.

Die Luft wurde schmutziger, als habe sich eine Wolke vor die aufgehende Sonne geschoben. Nur Sie leuchtete. Ihr hageres Gesicht wies Schatten vom blassesten Blau unter hohlen Wangen und tiefen Augenhöhlen auf. Ein üppiger Schopf weißblonder Haare fiel von Ihrer glatten Stirn. In schwere schwarze Gewänder gehüllt, wirkte Sie sehr zerbrechlich. Sie betrachtete Stryker, der immer noch auf dem Deck der Barke lag.

Ihre Stimme, die wie Glocken klang, sagte: »Kurios und interessant.«

»Ja, Erhabener Fürst.« Ashnak zeigte auf die Barken-Flotte, auf die Ledernacken, die sie bemannten, und auf die Konfusion, die auf den meisten Schiffen nicht zu übersehen war. »Er scheint ein Logistik-Experte zu sein, Ma'am. Ich dachte, wir könnten mal sehen, was er drauf hat. Oder wir könnten mal sehen, wie er schmeckt.«

»Nein!« Wie als verwirrten Nachgedanken fügte Sergeant Stryker hinzu: »Sir!«

Der Fürst der Finsternis sagte: »Du darfst Mich nach unten begleiten, Mein Ashnak. Bring den da mit.«

Ashnak salutierte, gab der Kommissarin ein Zeichen und machte sich auf den Weg in die Tiefen der Flussbarke. Unter dem Bug summten Kabel, die über Haken und Ladebäume mit einem tragbaren Generator verbunden waren. Ein stechender Geruch lag in der Luft. Ashnak ging weiter zu den Laborbänken.

»Was haben Sie hier, Techniker?«

Hinter Ashnak winselte der Mensch. Der Ork bedachte Razitshakra, die dem Menschen fest die Hand auf den Mund legte, mit einem wütenden Blick. Der Mensch starrte mit Augen, die ihm fast aus dem Kopf quollen – soweit Ashnak das erkennen konnte – Tech-Captain Ugarit an.

»Sir, General Ashnak, Sir! Sehen Sie sich diese Babys an!« Grüner Speichel lief über Ugarits Kinn. In den Laborkitteltaschen des mageren Orks klimperten Skalpelle, als er auf der Stelle tanzte und sein Kopf zwischen Ashnak und der stummen Gestalt des Fürsten der Finsternis hin und her wackelte.

Ashnak nahm an, dass Ugarits Gepflogenheit, seine spitzen Ohren mit Federn und Bolzen zu durchbohren, möglicherweise ein wenig erschreckend sein konnte, wenn man den Anblick nicht gewöhnt war. Der hoch gewachsene magere Ork wischte sich die Hände an seinem blutverschmierten Kittel ab, während Augen und Fänge im Licht nackter Glühbirnen funkelten, giggelte und salutierte. Als er zur Seite trat, sah Ashnak den sezierten Panzer eines Käfers auf dem improvisierten Labortisch liegen. Klebrige Flüssigkeiten rannen auf das Deck.

Der Mensch wimmerte durch Razitshakras dämpfende Hand.

»Säure als Blut!«, begeisterte sich Ugarit. »Regeneration von Körperteilen! *Winzige* Gehirne! Das sind perfekte Mordmaschinen, Eure Finstere Magnifizenz, perfekt. Ach, ich *beneide* sie ja so …«

Der magere Ork sabberte wieder. Ashnak zweifelte vorübergehend an der Klugheit der Entscheidung, Captain Ugarit von der technischen Entwicklung in die biologische Forschung versetzt zu haben.

»Das«, der Fürst der Finsternis zeigte auf eine Stelle, »ist kein Fleisch …«

Ugarit griff mit dick behandschuhter Hand in die Schweinerei auf dem Labortisch und holte etwas heraus, das für Ashnak wie ein Stahlmechanismus aussah.

»Sie sondern Me-muh-uhn-uhn-uhn …!«

Ashnak trat vor und schlug Ugarit fest ins Gesicht. Der Kopf des Orks prallte gegen einen Ladebaum. Ein idiotisches Grinsen breitete sich über seine mageren grünen Züge aus.

»Sie sondern *Metall* ab«, wiederholte er ein wenig ruhiger. »Sie ersetzen Körperteile damit. O Große Gebieterin, ich glaube, sie können ihre Waffen züchten. Ich glaube, sie können *unsere* Waffen züchten, jetzt, da sie einige erbeutet haben, die sie kopieren können. Gebieterin, stellt Euch vor, ich könnte ihren Züchtungsmechanismus für uns nutzbar machen, *dann könnten wir unsere eigenen Waffen züchten!*«

Ugarit tastete hinter sich und legte eifrige behandschuhte Klauen auf den klebrigen Panzer des Käfers.

»Ich wollte *schon immer* kybernetische Forschung betreiben«, murmelte der magere Ork verträumt. »Teile verpflanzen. Sachen einsetzen. Dieser organische Mechanismus ist so viel simpler. Cyber-mechanisch. Das ist es. Cyber-mechanische Waffensysteme …«

Ashnak sah den Fürst der Finsternis an. Dessen Kapuze drehte sich etwa in Ashnaks Richtung. Sie legte Ihre Hand auf Ugarits geneigten Kopf. Der Klang Ihrer Stimme ließ die kleinen Nager aus dem Laderaum huschen, Spinnen von den Ladebäumen krabbeln und Schatten um die Füße des Orks wirbeln:

»Er ist sehr einfallsreich, Mein Ugarit, nicht wahr? Vielleicht sollten Wir deinen gefangenen Marine auseinander nehmen lassen. Vielleicht lernen wir dadurch etwas.«

Ashnak ignorierte das Schniefen des Menschen hinter sich.

»Gute Idee, Erhabener Fürst«, sagte er strahlend. »Das Ding ist ohnehin eine Schande für die Marines.«

»Hören Sie«, protestierte Sergeant John H. Stryker. »Ich habe ein paar Videos gesehen, ich weiß noch, wie das funktionieren soll! Ich komme hierher, Sie bilden mich aus, Sie machen mich zu einem Krieger, ich mache Ihre Feinde fertig. Den ganzen Quatsch. Sir, ich habe diese Viecher *kämpfen* sehen. Das klappt nie, Sir.«

»Verdammt richtig«, schnaufte Ashnak. »Ich selbst hätte Sie lieber für mich. Mit Knoblauchsoße. Sehr lecker, Mensch mit Knoblauch. Erhabener Fürst, es wäre eine reine Verschwendung guten Fleisches, ihn dem Captain zu überlassen.« Seine Miene hellte sich auf. »Es sei denn, wir bekommen das, was hinterher noch von ihm übrig ist?«

Finsternis hing und tropfte von der Unterseite des Barkendecks, die elektrischen Glühbirnen gebahren sepiafarbene und blaue Schatten und ein beständiges Rascheln unsichtbarer Huldigungen war rings um die berobten, nackten Füße des Fürsten der Finsternis zu hören.

Stryker brabbelte: »Sie sind der ranghöchste Offizier hier, richtig, Ma'am?«

Ihre schmalen Lippen zuckten in den Mundwinkeln.

Der Mensch stotterte weiter. »Und Sie haben hier eine Konfliktsituation? Und eine Präsidentschaftswahl? Das bedarf einiger Planung. Ich kann planen! Ich bin brandheiß, Ma'am. Ich kann auf jeden Fall dafür sorgen, dass Sie und alle anderen Einheiten dorthin gelangen, wohin sie sollen und wann sie sollen. *Wirklich*, Ma'am.«

»Der Mensch ist intelligent genug zu lauschen. Nun ja.« Der Fürst der Finsternis wickelte Ihre dicken schwarzen Gewänder enger um Ihren Körper. Der Geruch nach Gewürzen in dem Laderaum wich einem stärkeren. »Man *könnte* das Sezieren auch verschieben, nehme ich an …«

»Ja, Erhabener Fürst.« Ashnak ignorierte innerlich grollend seinen knurrenden Magen.

Das Herz des Bösen schüttelte sich die bleichen Haare, die auf den dicken Gewändern denen eines Kindes ähnelten, aus dem Gesicht, und Sie lächelte, hielt eine Ihrer langgliedrigen Hände vor sich und drehte sie hin und her, da Sie sie betrachtete.

»Es ist merkwürdig«, sagte Sie, »nach so vielen Äonen wieder in einem weiblichen Körper zu wohnen.«

Die elektrischen Glühbirnen im Laderaum beleuchteten Ihre geschwungenen Braunen, die zierlichen, winzigen Ohren und den wohlgeformten Mund.

»Es muss viele Dinge geben, die sich mit einem weiblichen Körper anstellen lassen«, sagte der Fürst der Finsternis. Ihr spekulativer Blick fiel auf General Ashnak, der Haltung annahm und entsetzt die Augen geradeaus richtete, glitt dann weiter zu Biotech-Captain Ugarit, der giggelte, und zu Razitshakra (die blind und taub für alles andere bei sich Gesänge aus der Lebensart des Orks rezitierte) und blieb schließlich auf John H. Stryker haften. Sie lächelte.

»Lasst diesen Jungen waschen«, befahl Sie, »und schickt ihn in Meine Kabine.«

»Ja, Erhabener Fürst!« Ashnak hielt den Kopf gebeugt, bis Sie den Laderaum verlassen hatte und zu Ihren Gemächern unterwegs war. »Kommissarin Razitshakra, Sie haben den Fürst der Finsternis gehört. Während Sie die Wünsche Ihrer Finsteren Magnifizenz in die Tat umsetzen, verhören Sie diesen Menschen sorgfältig. Sie dürfen ihm Schmerzen zufügen, aber keinen bleibenden Schaden. Wegtreten!«

Biotech-Captain Ugarit folgte Ashnak zurück auf Deck. Ashnaks verzweifelter Blick begutachtete die Barken-Flotte der Ork-Marines, die immer noch nicht bereit war, abzulegen und flussaufwärts zu fahren – flussaufwärts durch alle Ortschaften und Städte und Hauptstädte der Südkönigreiche auf den letzten und schwierigsten Etappen der Wahlkampagne des Fürsten der Finsternis. Und es blieben nur noch sieben Tage …

»Sir«, bettelte Ugarit, »darf ich ihn haben, Sir? Nur ein winziges Stück, Sir?«

»Tja, wahrscheinlich würde Sie einen Zeh oder Finger oder auch eines der unbedeutenderen Organe wohl nicht vermissen«, überlegte Ashnak. »Auf der anderen Seite können wir …«

»General, was ist das?« Ugarit, dessen schmutziger weißer Laborkittel im Wind um seine Knöchel flatterte, kicherte plötzlich, wieherte dann und – zeigte.

»Unterbrechen Sie *mich* nicht, Sie armseliger Ersatz für einen Ork-Ma…« Ashnak hielt sprachlos inne. »Bei allen Gruben!«

Eine Staubwolke erhob sich über dem Ufer des Faex. Deltaschlamm, im Sommer knochentrocken, wurde hoch in den Himmel geschleudert. Ashnak folgte dem Staubwirbel bis zu seinem Ursprung und entdeckte einen schwarzen Fleck, der sich der vertäuten Flotte mit hoher Geschwindigkeit näherte.

»Das ist ein Panzerfahrzeug.« Ashnak blähte die Nüstern, konnte aber keinerlei Magie riechen. »Das ist eines von *unseren* Panzerfahrzeugen.«

Ugarit holte aus einer Tasche seines Laborkittels ein Miniatur-Funkgerät, hielt es an sein mageres Ohr und schüttelte es. »Sir, sie können es nicht dazu bringen, sich zu identifizieren, General, Sir!«

Ashnak sprang über die Achterdeckreling und landete schwer und breitbeinig auf dem unteren Deck. Er ging zur kai-seitigen Barkenreling. »Postenkette!«

Ein ratterndes Knirschen ließ Himmel und Erde erzittern. Die Staubwolke, die durch schwarze Abgase verdichtet wurde, änderte die Richtung und steuerte dem

Fluss entgegen. Mit seiner Höchstgeschwindigkeit von 30 Stundenmeilen näherte sich schwankend und wegen des unebenen Geländes mit auf und ab wippendem Geschützrohr ein T54-Kampfpanzer.

Bevor Ashnak eine Warnung über Funk durchgeben konnte und während Ork-Marines dem Panzer aus dem Weg und ins Wasser sprangen, schoss der die Uferböschung hinunter auf den Holzsteg vor der Barke, wobei er mit seinen Ketten einen Sprühregen von Holzbohlen aufwirbelte, und kam drei Fuß vor Ashnak und der Barkenreling zitternd zum Stehen.

Die Holzpfähle des Kais ächzten, knirschten und sackten mit jähem Ruck zwei Meter durch.

Ashnak betrachtete die Ufer des Faex. Hafenarbeiter verließen Hals über Kopf den hölzernen Kai, der auf seiner gesamten Länge bedenklich schwankte. Ork-Marines, die ins Wasser gesprungen waren, schwammen in voller Ausrüstung zu ihren Barken zurück. Ängstliche Meldungen von weiter entfernten Schiffen der Flotte blockierten die Funkfrequenzen.

»Sorgen Sie für Artillerieunterstützung!«

»Ja, Sir!«, quiekte Ugarit.

Ashnak stützte seinen verhornten Ellbogen auf die Barkenreling und sein massiges Kinn auf die Hand. Die stählerne Luke des T54 klappte auf. Ashnak hob seine freie Hand, die eine .44er Magnum, seine Offizierspistole, hielt.

Eine kleine Gestalt stand im Turmluk des T54-Kampfpanzers. Die Holzpfeiler und Stützen des Kais ächzten, brachen und sanken einen weiteren Fuß ab und die Nase des Panzers neigte sich den wirbelnden schwarzen Fluten des Faex entgegen. Die Gestalt ignorierte das. Sie salutierte zackig und stieß einen Freudenruf aus.

»Sir, General Ashnak, Sir!«

Ashnak verengte argwöhnisch seine tief liegenden, schräg stehenden Augen.

Die behelmte Gestalt, die nur von der Taille aufwärts zu sehen war, salutierte wieder und überschrie mit schriller Stimme das Gekreisch der Seevögel: »Sir, General Ashnak, *Sir*. Major Barashkukor meldet sich zurück zum Dienst, Sir!«

Ashnaks Miene, die besagte: ›Mich kannst du Schwachkopf nicht zum Narren halten, ich bin ein Marine‹, war plötzlich wie weggewischt. »*Was?!*«

»Sir, ich bin es, Sir. Ehrlich, Sir!«

Der Ork, der in der Luke des T54 stand, nahm seinen Helm ab. Lange haarlose Ohren sprangen vorübergehend in die Höhe, um dann in der Hitze wieder in sich zusammenzusinken. Ein Grinsen breitete sich über nur allzu vertraute Züge aus.

Ashnak glotzte.

Der kleine Ork trug die Überreste einer Wüsten-Tarnjacke und nur einen Handschuh. Seine andere Hand schien samt Arm mit glänzendem Silber überzogen zu sein – nein, sie *bestanden* aus silbernem Metall. Und ein Auge …

Das rechte Auge des kleinen Orks war einer Metallfassung mit Teleobjektiv gewichen, das surrte, wenn sich die Brennweite veränderte, und in der Morgensonne von Port Mirandus glitzerte.

Mit dem Daumen spannte Ashnak die Pistole in seiner Hand. »Für mich siehst du jedenfalls nicht wie ein Ork aus, mein Junge.«

Das Cyborg-Gesicht des kleinen Orks wurde heller. Beide Ohren richteten sich auf. »Sir, der Major kann dem General alles erklären, Sir!«

»Das solltest du dann auch besser tun!«

Während Ashnak auf die Gestalt im Panzer zielte, ächzte der Steg wiederum und gab noch mehr nach. Das Heck des Panzers sank um einen Meter. Ashnak überragte den Panzer jetzt und die Kanone drehte sich, sodass sie genau auf den Kopf des massigen Orks zielte.

»Und richten Sie das Ding nicht auf mich, Sie dämlicher Ersatz für einen Marine!«

»Sir, ja, Sir!«, rief Barashkukor fröhlich. Am Bord-MG des Panzers hievte er sich höher aus der Luke. »Sir, es war ein furchtbares Erlebnis, Sir.« Der kleine Ork beobachtete Ashnak aus dem Winkel seines einen normalen Auges. »Wäre schon einen Orden wert, Sir, meinen Sie nicht?«

»Fangen Sie endlich an!«

»Ja, Sir! Also, es war folgendermaßen, Sir. Bei dem Versuch, mich zu opfern und dabei den feindlichen Käfer mitzunehmen, hatte ich leider nicht bedacht, dass Benzin verdunstet.« Der kleine Ork, trotz der Veränderungen unverkennbar Barashkukor, seufzte versonnen. »Es gab eine Stichflamme, Sir, nicht viel mehr. Also rechnete ich damit, dass sie mich in Stücke reißen würden wie meinen Corporal, aber ich nehme an, dass sie mit dem Corporal geübt hatten und ihnen dadurch ein paar Ideen gekommen waren, Sir, jedenfalls haben sie mich mehr oder weniger wieder zusammengeflickt. Nicht völlig korrekt, muss ich sagen, aber ich glaube, ich war so etwas wie ein Experiment …«

Der Panzer sackte um weitere sechs Fuß ab. Die schwarzen Fluten des Faex umspülten die Ketten, die nur noch von den allerletzten Bohlen des einstürzenden Stegs gehalten wurden.

»Nun, Sir«, fuhr der Ork ungestört fort, während er zu Ashnak emporstarrte, »danach war es meine Pflicht als Marine, zu entkommen, also ließ ich noch etwas an mir herumstochern, und als sie das Interesse an mir verloren – na ja, ich glaube, es war eher so, dass sie mich für das Mittagessen beiseite gelegt hatten –, tarnte ich mich und verbarg mich in der Wüste. Um die Wahrheit zu sagen, Sir, ich glaube, sie können nicht besonders gut riechen und sie haben auch keine Magie, also fanden sie mich nicht. Ich habe mich dann bis nach Gyzrathrani durchgeschlagen. Über Funk war kein Durchkommen und die Bewohner von Gyzrathrani waren nicht sehr kooperativ, also sagte ich ihnen, ihr OT64 hätte eine Probefahrt nötig …«

Ashnak beugte sich über die Barkenreling und schaute nach unten.

»*Das* ist kein OT64-Truppentransporter.«

»Nein, Sir. Melde gehorsamst, der OT64 ist siebzig Meilen nördlich von Gyzrathrani verreckt. Ich habe dann ein anderes Transportmittel requiriert.« Der kleine Ork lief dunkel an. »Ein Kamel, Sir, so hat man es wohl genannt. Ein hinterhältiges spuckendes Viehzeug. Damit bin ich bis zum Rand der Endlosen Wüste gekommen. Die verdammten Biester schmecken auch nicht besonders, Sir. Dann bin ich auf eine Abordnung Gargyl-Marines gestoßen und konnte ihr taktisches Luftgeschwader dazu bewegen, mich nach Aztechien zu bringen. Ich konnte Sie nicht über Funk erreichen, Sir, die Funker schienen mir nicht zu glauben, wer ich war. Also habe ich mir das Motorrad eines Kradmelders ausgeborgt.«

Barashkukor kramte in den Taschen der zerfledderten Kampfjacke herum.

»Ich glaube, ich habe die Depeschen sogar noch irgendwo hier, Sir. Jedenfalls ist das Motorrad dann zweihundert Meilen weiter südlich unweit des Hochgebirges verreckt. Tja, Sir, die dortige Garnison wollte mich auch nicht zu Ihnen durchstellen – sie sagten, ich sei ein Hochstapler oder irgendein *Ungeheuer*.«

Der kleine Ork machte einen gekränkten Eindruck.

»Ist nicht meine Schuld, wenn die Käfer mich mit Metall zusammengeflickt haben. Es *funktioniert*, Sir. Nun ja. Meistens.«

Ein frischer Wind wehte über die Mündung des Faex und brachte den heimeligen Geruch nach Vampirvögeldung, Oger-Feuerstellen und schwitzenden Orks mit sich. Ashnak hob eine buschige Augenbraue.

»Ich bin ein vernünftiger Ork, Barashkukor. Ich weiß einfach, dass es einen guten Grund gibt, warum Sie hier in einem meiner Panzer auftauchen und ihn irreparabel beschädigen. Ich weiß es einfach. Also erzählen Sie Ihrem alten General – Sie haben sich den Panzer von der Hochgebirgs-Garnison ausgeborgt?«

Barashkukor salutierte wieder, traf dabei mit den Stahlfingern seiner rechten Hand das Ohr und zuckte vor Schmerzen zusammen.

»Nicht direkt, Sir. Ich habe mir einen Cobra-Kampfhubschrauber von dort ausgeborgt. Aber Sie wissen ja, wie es bei mir um das Fliegen bestellt ist, General. Der Hubschrauber … er … er hat irgendwie ein extrem reduziertes Flugpotenzial entwickelt, Sir.«

»Er ist abgestürzt.« Ashnak hielt sich die freie Hand vor die Augen. Nachdenklich wog er die Pistole, die er immer noch in der Hand hielt. »Und dann haben Sie den Panzer genommen.«

»Nein, Sir.« Barashkukor schluckte hörbar. »Dann habe ich ein militärisches Luftkissenboot requiriert, Sir, und bin damit der Küste des Westlichen Ozeans in Richtung Port Mirandus gefolgt. Es ist, naja, gesunken, Sir. Ich habe nichts damit angestellt, Sir, ehrlich nicht! Ich glaube, diese Dinger haben einen Konstruktionsfehler.«

»Wie weit sind Sie gekommen, Marine?«

»Bis Lalgrenda, Sir.«

»*Dann* war der Panzer an der Reihe?«

»Nein, Sir. Wieder ein Truppentransporter von Lalgrenda nach Kaanistad. Bei dem ist der Motor ausgebrannt. Dann habe ich mir ein Stabsfahrzeug ausgeborgt. Das war erstklassig.« Barashkukors Auge funkelte und seine Linse surrte. »Ein Rolls Royce Silver Shadow mit gepanzerter Karosserie, Sir. Ein tadelloses Fahrzeug. Fuhr wie ein Traum.«

»Das«, sagte Ashnak, indem er auf den T54-Kampfpanzer zeigte, dessen dreckverkrustete Seiten mittlerweile zur Hälfte im Wasser verschwunden waren, »ist kein Stabsfahrzeug.«

Barashkukor legte eine behandschuhte und eine stählerne Hand auf den Lukenrand. Er betrachtete den Panzer sehr nachdenklich.

»Kein Stabsfahrzeug, Sir, nein, Sir. Die Vierzehnte Troll-Panzerdivision in Vendivil wollte mir meine Identität auch nicht glauben, Sir, also haben sie den Stabswagen beschossen. Aber ich konnte noch rechtzeitig abspringen. Und *da* bin ich zu dem Schluss gekommen, dass ich einen Panzer brauchen würde, um es bis zu Ihnen zu schaffen, General Ashnak, Sir, und habe dann diesen Panzer aus ihrem Fahrzeugbestand requiriert. Inoffiziell. Immerhin habe ich ihnen eine Quittung dagelassen.«

Der kleine Ork holte tief Luft und bereute es sofort, als er husten musste. Der von der Sonne erwärmte Faex fing an zu stinken.

»Ich habe einen Haufen grundlegender Informationen für Sie, Sir, über die Käfer, Sir! Darum musste ich einfach zu Ihnen zurückkehren, General.« Der bis zur Hüfte in der Luke des sinkenden T54 stehende Ork-Major warf sich in die Brust und in dem starr auf Ashnak gerichteten Blick seines einen normalen Auges leuchtete Heldenverehrung. »Sir, habe ich genug Initiative an den Tag gelegt, Sir?«

Der T54-Kampfpanzer ruckte und versank noch tiefer in den öligen Fluten.

»Ich habe mein *Bestes* gegeben, Sir«, protestierte der Ork-Major.

Ashnak entspannte vorsichtig den Hammer seiner Pistole und schob sie wieder ins Gürtelhalfter. Er stützte beide Hände auf die Reling der Barke und beugte sich vor.

»Gepanzertes Unterseebot evakuieren!«

»Sir, ja, *Sir!*« Der kleine Ork kletterte aus der Luke.

An einem mageren Bein klebte eine zerfledderte wüstentarnfarbene Drillichhose, die an einem Knöchel aufgekrempelt war. Er trug nur einen Kampfstiefel. Sein anderes Bein glänzte hell in der Sonne, vom Oberschenkel bis zum Fuß. Ashnak starrte auf die stählernen Knochen, Sehnen, Rollen und Lamellen.

»Ich bin sofort …« *surr-klick!* »… sofort bei Ihnen, General Ashnak, Sir!«

Der kleine Ork stemmte sich aus der Luke, sodass sein magerer Hintern in den Himmel zeigte, dann richtete er sich auf, nahm seinen Helm, drückte ihn sich über die langen Ohren und balancierte über die Karosserie des T54, während der Panzer bebte, ruckte und – vom Kreischen splitternden Holzes begleitet – unter die Wasseroberfläche sank. Barashkukor spannte die Muskeln seiner kleinen Beine und sprang.

Sein normales Ork-Bein drückte sich kraftlos ab. Barashkukors Cyborg-Bein, nahm Ashnak mit einigem Interesse zur Kenntnis, spannte sich wie eine Feder und schnellte förmlich in die Höhe.

Der kleine Ork wurde hoch und zur Seite katapultiert.

»HIIAAAAAAHHHH!«

Barashkukor prallte zwei Fuß unter Ashnak gegen die Wandung der Barke. Der große Ork reckte sich nach unten, packte den kleinen Ork-Marine am Hosenboden und zog ihn über die Reling. Er ließ Barashkukor aufs Deck fallen.

»Grüßen Sie, wenn Sie einen Offizier sehen!«, donnerte Ashnak.

Barashkukors Helm rollte in kleinen Kreisen über das Deck der Barke. Im Luftzug des Gebrülls legten sich die Ohren des kleinen Orks an. In aller Eile und beständig surrend und klickend rappelte Barashkukor sich auf, unternahm einen vergeblichen Versuch, seine Uniform und den Kampfstiefel herauszuputzen, und salutierte: »Sir!«

Der Cyborg-Ork schwankte beim Aufrechtstehen, als sei ihm schwindlig.

Biotechniker Ugarit wischte sich an seinem weißen Laborkittel die Hände ab und tastete sich mit glänzenden Augen näher, während er Metall-Bein, -Arm und -Auge des Ork-Offiziers betrachtete. »Darf ich, General? Kann ich ihn haben? *Bitte*, kann ich?«

»Sir!« Barashkukors rechtes Auge surrte beim Fokussieren. Er rückte von dem mageren Ork-Techniker ab.

»Nun, nun, nun ...«, gurrte Ashnak beschwichtigend, während er die Hand ausstreckte.

Der massige Ork hakte eine Kralle in Barashkukors Kragen und hob ihn drei Fuß hoch in die Luft. Er ließ den kleinen Ork in der heißen Luft des Südens baumeln und drehte ihn hin und her, inspizierte ihn von oben bis unten, hielt ihn auf Armeslänge weg von sich und ließ ihn schließlich wieder aufs Deck fallen.

Unfähig, sich zu beherrschen, zeigte Ashnak sämtliche Fänge und messingüberzogenen Hauer in einem strahlenden Grinsen.

»Willkommen an Bord, Barashkukor! Willkommen zurück! Mit dem Fürst der Finsternis auf der einen und den Käfern auf der anderen Seite – kommen Sie gerade richtig für den ganzen Spaß.«

* * *

Nordöstlich von Port Mirandus, ein ganzes Stück den Faex aufwärts, war der Königliche Saal von Ferenzien gerammelt voll, in erster Linie mit Menschen – was bedeutete, dass jeder Ellbogen auf Gesichtshöhe hing, und zweimal hätte Will Brandiman sich beinah ein Auge am ungeschützten Knauf eines Rapiers ausgestochen. Er zwängte sich an gerüsteten Hüften, Oberschenkelschützern, den Stulpen hoher Stiefel und an den gehörnten Helmen einer Zwergengruppe vorbei.

Vor ihm glättete eine Elfe die Aufschläge ihrer militärisch geschnittenen zivilen Jacke, fasste sich an die braunen Haare, um sich zu vergewissern, dass ihre glänzenden Zöpfe hinter den spitzen Ohren herabfielen, und wandte sich dann einer Vorrichtung auf einem Stativ zu.

»Aus Ferenzien, der Hauptstadt des Südens, begrüßt Sie Perdita del Verro, Ihre Korrespondentin der *WFTV-Nachrichten*, zur Berichterstattung über das Eintreffen des Licht-Kandidaten bei der bevorstehenden Wahl, des Heiligen Paladins Amarynth Göttinnen-Sohn. Angesichts von nur noch sechs verbleibenden Tagen bis zur Wahl und der in Aussicht gestellten unmittelbar bevorstehenden Enthüllung skandalöser Vorfälle steigt die Spannung hier stetig …«

Will Brandiman strich sich die glänzenden schwarzen Locken zurück (aus denen das Grau wiederum mit einem Färbezauber entfernt worden war), rückte seinen schlichten weißen Kragen und das zugeknöpfte Wams zurecht und lächelte im Vorbeigehen direkt in die Kameralinse. Wie auf allen anderen Aufzeichnungsgeräten war auch dieses mit dem Stempel ›Hergestellt in Graagryk‹ versehen.

»›Kinematografisches Theater‹«, murmelte er, »›um allen Bürgern der Südkönigreiche Bilder und Nachrichten zu bringen.‹ Ich frage mich, ob ich Mutter dafür interessieren könnte, Sendungen der Guten Äbtissin Edwina und Hochwürden William zu übertragen, in denen sie für die Heilige Gebetsmühle sammeln …«

Er erreichte seinen Aussichtspunkt auf der Treppe zur ersten Galerie.

»Ich weiß nicht, wie es für dich ist«, flüsterte eine schroffe Kontraalt-Stimme in sein Ohr, »aber ich komme mir vor wie ein junger Halbling in einer Schokoladenfabrik!«

Ned Brandimans rotes Nonnengewand beulte sich stärker aus, als Will es in Erinnerung hatte, besonders um die Hüften. Er hatte den Verdacht, wenn er seinen Bruder aufhob und schüttelte, würde der Halbling unter dem Nonnenschleier klimpern und klirren.

»Ich dachte, wir wären uns einig, was die Geldbörsen betrifft«, wies Will ihn zurecht. »Hier geht es um eine viel fettere Beute.«

Neds gepudertes und geschminktes Gesicht legte sich in Lachfältchen. Eine braune Locke stahl sich unter den Rand des Nonnenschleiers durch und er schob sie zurück. »Bruder, sei vernünftig. *Wir haben die Verwunschene Redoute ausgeraubt.* Danach gibt es keine Herausforderungen mehr! Sogar der Diebstahl von Magorians Kronjuwelen wäre so gewichtig, als nähmen wir Kindern ihre Süßigkeiten weg.«

»Mir gefällt an dieser Sache so gut«, stellte William fest, ohne auf den Einwurf seines Bruders zu reagieren, »dass dieser Ork-Bastard glaubt, sein einziges Problem seien die Wahlaussichten des Fürsten der Finsternis. Und die Käfer.« Er rieb sich die kleinen schwieligen Hände. »Wenn der wüsste!«

Ein schrilles Geplärr silberner Fanfaren ließ den Saal erzittern. Schmutz rieselte von den gothischen Deckenwölbungen. Der Königliche Saal wurde nur für Anlässe zugänglich gemacht und entstaubt, die ein extremes Zeremoniell erforderten. Will erinnerte sich noch an seinen letzten Besuch hier (anlässlich der Krönung von Hochkönig Magorian, die in Bezug auf Geldbörsen ebenfalls recht einträglich gewesen war), während er hinter spitz zulaufenden Fenstern schwitzte, die sich nicht öffnen ließen, und hinter riesigen Eichentüren, die gegenwärtig geschlossen waren.

»Heil Amarynth! Hand des Feuers, Göttinnen-Sohn!«

Die große Doppeltür flog auf, untermalt von weiterem Fanfarengeplärr. Von der ersten Galerie beobachtete Will, wie die ferenzischen Adligen, die sich in ihrer uralten, aber traditionell förmlichen Garderobe – bestehend aus Wams und hautenger Hose, Pelzumhang, Pelerine und dazugehörigem Hut – sichtlich unwohl fühlten: *Nichts* von alledem schien für den Hochsommer im Süden übermäßig geeignet zu sein. Er sah, wie die Adligen den Kopf zunächst der kühlen Brise, die durch den Saal wehte, zuwandten, und erst dann Amarynth Feuerhand.

»Wie du weißt, geht es mir nicht um weltlichen Profit, Mutter Edwina«, stellte Will ruhig fest. »Hier lässt sich ein befriedigenderer spiritueller Gewinn erzielen.«

Neds gezupfte Augenbrauen hoben sich. »*So* nennst du das?«

»Vertrau mir«, sagte Will blasiert. »Und bleib weiter auf Draht, Bruder.«

Stäubchen glitzerten in den vorschriftsmäßigen Sonnenstrahlen, die den Thron am anderen Ende des Saals unter dem Rosenfenster beleuchteten und von König Magorians goldener Rüstung (die Ned Brandiman aus der Nähe als lediglich vergoldet durchschaut hatte) sowie von den fließenden weißen Locken des Hohezauberers Oderic reflektiert wurden.

Ein rhythmischer Schritt ließ den Granitboden des Königssaals erbeben.

Zwölf Geißelnde Ritter in voller Schuppenrüstung schepperten durch die Doppeltür und weiter in Richtung Thron. Irgendwo mitten zwischen ihren Bannern und Straußenfedern konnte Will den dunkelhäutigen Heiligen Elf-Paladin erkennen. Er verbeugte sich so tief wie die anderen versammelten Adligen, falls Amarynth gerade seinen Priester und seine Äbtissin im Blick hatte, und murmelte Ned mit tief gebeugtem Haupt zu: »Ist sie da?«

»Unter einem der Ritterumhänge. Unser Heiliger würde sich niemals einen dramatischen Auftritt entgehen lassen.«

»O ihr bedeutenden Adligen Ferenziens!«, rief der Elf und seine hohe Stimme ließ den gesamten Königssaal vollkommen verstummen. »Hochkönig des Südens, Magorian von glorreichem Ruhm!«

»Hmm, was?« Der Hochkönig richtete sich auf und kratzte sich am lichter werdenden Kopf.

Hohezauberer Oderic tätschelte beruhigend seinen Arm und trat auf die Marmorfliesen vor dem Thron. »Großer Amarynth, Eure Rückkehr in den Rat der Weisen ist höchst willkommen.«

»Aber ich bringe grimmige Neuigkeiten«, erwiderte Amarynth wie auswendig gelernt. Will Brandiman, der einen Großteil der vergangenen drei Tage damit verbracht hatte, den Auftritt mit ihm zu proben, bewegte die Lippen zu den nächsten Worten des Elfs: *Ein schlimmes Verbrechen wurde begangen …*

»Ein schlimmes, mörderisches, gottloses, schändliches Verbrechen wurde begangen!«, rief Amarynth.

»Immer dieses Improvisieren«, murmelte Will.

Er nahm zur Kenntnis, dass die schwitzende, dürstende versammelte Menge, die bisher davon ausgegangen war, sich lediglich zur offiziellen Begrüßung des Licht-Kandidaten in der großen und ehrenwerten Stadt Ferenzien zu befinden, dem Juwel des Südens und so weiter und so fort, aufmerkte und gespannt die Ohren spitzte.

Der Elf verbeugte sich tief vor dem Thron und ging dorthin, wo ein anderer Sonnenstrahl den viel benutzten Granitboden erleuchtete. Das Licht fiel auf seine spitzen braunen Ohren, die glänzenden schwarzen Haare, die jetzt von einer silbernen Spange gebändigt wurden, die schlichte weiße Kutte (aus Archipel-Seide) und den Elfenbeinstab.

»Hört einen bescheidenen Pilger!«, erbat Amarynth.

Will Brandiman begegnete dem Blick des Heiligen und nickte aufmunternd.

»Ohne weitere Vorrede«, rief der ehemalige Paladin, »Hochkönig Magorian, muss ich Euch ein schlimmes und verabscheuungswürdiges Verbrechen zur Kenntnis bringen. Mylords, der andere Kandidat bei dieser ketzerischen Wahl …«

Amarynths braune Nüstern blähten sich. Seine hohen Wangenknochen nahmen einen Bronzeton an und er japste.

»Diese Blasphemie! Dass *Er*, die Verkörperung des Bösen, es wagt, in weiblicher Gestalt aufzutreten, um so meine Mutter – die Göttin – zu verspotten, die Lady des Lichts! Blasphemisches Possenspiel!«

Will Brandiman füllte seine Brust und sang volltönend: *»Amen!«* Mehrere der versammelten Geißelnden Ritter und eine ganze Reihe der ferenzischen Adeligen taten es ihm nach. Und wie Will vorausgesehen hatte, veranlasste der Klang einer vertrauten Stimme Amarynth, sich wieder an sein Manuskript zu halten.

»Mylord Hochkönig, ich bringe Euch ein Verbrechen wider Frieden und Menschlichkeit zur Kenntnis, für das der Übeltäter festgenommen und vor Gericht gestellt werden muss.«

Die Augen des Elfs blitzten, als er sich die wehenden Haare aus dem Gesicht strich.

»Als ich noch ein Elf des Krieges war, habe ich einmal in der Wildnis eine Festung belagert, Nin-Edin im Norden. Die damit verbundene Geschichte ist allgemein bekannt. Der orkische Abschaum in dieser Festung hielt durch irgendeine Teufelei stand, bis meine Armee und ich abberufen wurden.«

Ein oder zwei von den jüngeren, modischer gekleideten Menschen lächelten. Die vierschrötigeren, Halsberge tragenden alten Feldzugs-Veteranen verzogen keine Miene.

»Wir marschierten«, fuhr Amarynth fort, »sofort los, um Sarderis zu entsetzen. Mit Infanterie und Kavallerie fielen wir über die Reste der Bösen Horde her und befreiten die Stadt. Zu diesem Zweck hatten wir einen Gewaltmarsch unternommen und die Strecke von Nin-Edin nach Sarderis in nie erreichter Zeit zurückgelegt. Und – unser Tross folgte uns. Folgte uns weitaus langsamer und lediglich von unserem jüngsten Magier begleitet, denn wie Ihr alle wisst, gilt ein Tross unter den Konventionen des Krieges als heilig und unantastbar.«

Im Königssaal wurde es lebendig und geradezu elektrisch vor Spannung und Aufmerksamkeit. Will begegnete Neds Blick und die Gute Äbtissin grinste. Dann rissen die beiden Halblinge auf der Galerie ihre Mienen zu einem Ausdruck rechtschaffener Empörung zusammen.

Amarynth Feuerhand sank schneidig auf ein Knie. Will nahm an, dass er sich noch nicht daran gewöhnt hatte, keine Rüstung mehr zu tragen. Er sah, wie der dunkelhäutige Elf zusammenzuckte.

»Großer König«, flötete Amarynth, »es ist weit und breit bekannt, dass der Tross der Armee des Lichts an jenem Tag in den Roten Rinnen abgeschlachtet und ausgelöscht wurde. Es ist bekannt und doch weiß niemand, wie das vor sich gegangen ist. Waren es Deserteure aus der Horde, streunende Bestien und Ungeheuer oder sogar Verstärkungen für den orkischen Abschaum? Weil alle ausgelöscht wurden – und keiner von ihnen, Mylords, war älter als fünfzehn Jahre – weil also all diese *Kinder* ausgelöscht wurden, gab es keine Möglichkeit, es in Erfahrung zu bringen.«

Amarynth machte eine kurze Pause.

»Doch nun gibt es eine!«

Fast ohne die Lippen zu bewegen, murmelte Ned Brandiman: »Wir lassen keinen Theatertrick aus, Will, was?«

»Wenn er gelingt, mach ihn nicht schlecht.«

Amarynth holte tief Luft und kreischte melodisch.

»Die Gräueltat wurde von dem orkischen Abschaum aus Nin-Edin persönlich begangen!«

Im Königssaal hallten die Stimmen durcheinander, ein oder zwei zu größerer Lautstärke erhoben, die zu etwa gleichen Teilen Antworten, Gerechtigkeit und Vergeltung forderten. Der Kopf von Hochkönig Magorian fiel auf eine Seite und der Monarch fing leise an zu schnarchen.

Mit wehendem grauem Umhang trat Oderic vor. »Das ist eine sehr ernste Anschuldigung, Lord Amarynth. Welchen Beweis habt Ihr, dass sie stimmt?«

»Ihr fragt *uns* nach einem Beweis?« Das Gesicht des Elfs verzerrte sich. »Uns, der wir der Sohn der Lady auf Erden sind?«

»Ich wusste, er würde an irgendeiner Stelle überschnappen ...« Will Brandiman rieb sich die Augen mit den Knöcheln seiner Hände. Er seufzte. Er wollte schon die Galerie verlassen und zu Amarynth nach unten gehen, als einer der Geißelnden Ritter vortrat und enthüllte, was sein Seidenumhang verborgen hatte.

Mit gedämpfter Stimme, die in der jähen Stille dennoch deutlich zu vernehmen war, sagte der Ritter: »Hohezauberer Oderic, hier ist Euer Beweis.«

Auf seinen Stab gestützt trat der Magier vor. Will hörte ein äußerst zufrieden stellendes Ächzen von den versammelten Edelleuten Ferenziens.

Der Geißelnde Ritter hatte seine stählernen Armschützer nicht angelegt, um dem Mädchen in seinen Armen keine Schmerzen zu verursachen. Er hielt ein Menschenkind von höchstens neun oder zehn Jahren. Sein Schädel schien geschwollen, die Augen waren riesig und die Oberarme unter dem Hemd hätte man mit Daumen und Zeigefinger umschließen können. Das Mädchen hatte den Kopf teilnahmslos an seinen Brustharnisch gelehnt.

Eine Narbe verlief quer über sein Gesicht und über eine entstellte Augenhöhle, aus der eine gelbliche Flüssigkeit sickerte. Irgendwann waren seine Haare einmal rot gewesen, doch man hatte sie abrasiert, sodass die Fortsetzung der Narbe auf dem Schädel hatte genäht werden können, und jetzt wuchs das Haar stellenweise nach.

Alle Knochen traten so deutlich hervor wie das Brustbein eines Vogels.

»Seht!« Amarynth Feuerhand hielt das Menschenkind groteskerweise an einem Bein. Er hob das dünne Glied. In der Kniekehle war eine grellrote und schwarze Narbe zu sehen, wo man ihm die Sehnen durchgeschnitten hatte.

»Sie haben ihr die Jungfräulichkeit geraubt.« Der Elf hob das Kinn des Mädchens. »Kyrial, sprich. Sag, was du mir erzählt hast.«

Das Gesicht des Kindes verzerrte sich. Tränen strömten aus seinem einen Auge.

»Die Orks haben ihr beigewohnt«, sagte Amarynth in das entsetzte Schweigen hinein, »wie sie allen beigewohnt haben: Gefangenen und jenen, die sie beim ersten Angriff getötet hatten. Kyrial, Elfen-Freundin, sprich. Sag, wie du ihnen entwischt bist.«

Das Menschenkind fing sichtlich an zu zittern. Es trug ein graues Hemd, unter dem der Körper nur aus Haut und Knochen zu bestehen schien. Hände und Füße wirkten ungewöhnlich groß. Es wimmerte.

»Sag es«, beharrte Amarynth.

»… versteckt …«

Die Stimme des Kindes klang hässlich, dissonant. Der weißhaarige Zauberer näherte sich mit freundlicher Miene.

»Sprich, meine Liebe. Wo hast du dich versteckt?« Oderic runzelte die Stirn. »Du weißt, dass du es uns sagen musst.«

Das Kind kuschelte sich an den metallenen Brustharnisch des Ritters.

»Wo?«, fragte Oderic.

Der geißelnde Ritter zog Kyrials Kopf an seine Schulter, wo der Umhang die Rüstung ein wenig polsterte. Besänftigend flüsterte er ihr etwas zu und hob dann den Kopf. »Mylords, sie hat sich in einem Haufen hingemetzelter Leiber verborgen, die meisten davon Kameraden, mit denen sie aufwuchs, und ist für tot gehalten worden. Es gab niemanden, der sie hätte retten können. So hat sie drei Nächte gelegen.«

Amarynth sagte: »Einhundertundfünfzig Kinder und Jugendliche befanden sich bei meinem Tross. Alle sind abgeschlachtet worden. Zuerst geschändet, dann ermordet. Wir hatten gedacht, es gäbe keine Überlebenden. Aber jetzt haben wir Kyrial, die unter Eid bezeugen kann, wer für die Gräueltat in den Roten Rinnen verantwortlich ist. Und wer sich für dieses Verbrechen wider die Konventionen des Krieges zu verantworten hat.«

Will genoss die Stille im Königssaal von Ferenzien und konnte den allgemeinen Schauder des Entsetzens sehr gut nachempfinden.

Oderic, dem eine Träne über das faltige Gesicht lief, legte dem Menschenkind kurz eine Hand auf den Kopf. Im Augenwinkel nahm Will eine Bewegung wahr. Perdita del Verro kam mit einer Handkamera für eine zusätzliche Nahaufnahme die Galerie auf der anderen Seite herunter.

Oderic sagte: »Arme Unschuldige! Lord Amarynth, wie kommt es, dass sie bei Euch ist?«

Der Heilige wandte sich an seinen Geißelnden Ritter.

Dergestalt aufgefordert, sagte der elfische Ritter: »Sie wurde umherirrend gefunden, Mylords, und zwar vor vielen Monaten von einer Zwergenfamilie. Die hat sich in den Bergen um sie gekümmert. Sie konnte nicht sprechen. Erst, als ich ihr zufällig begegnete, hat sie wieder gesprochen und ›Rote Rinnen‹ gesagt. Seitdem jedoch verweigert sie jede Nahrung und hungert sich zu Tode.«

Bei der Erwähnung der Roten Rinnen fing das Kind an zu weinen.

»Sie wird ein Mündel Ferenziens«, verkündete Hohezauberer Oderic. »Wir werden uns um das arme Kind kümmern. Doch, Mylord Amarynth, ich glaube, Ihr habt vollkommen Recht. Die beste Kur wird darin bestehen, den bösen Abschaum, der für diese Tat verantwortlich ist, seiner gerechten Strafe zuzuführen!«

Will flüsterte: »Ja*woll*!«

»Aber Ihr habt noch nicht alles gehört«, sagte der Heilige, Amarynth. »Geliebtes Kind, sag, was noch zu sagen bleibt.«

Der Kopf des vernarbten Kindes rollte schlaff hin und her.

»Der Name«, soufflierte Amarynth. »Du hast gehört, wie die Orks einen Namen gerufen haben, Elfen-Freundin. Sprich ihn jetzt aus. Du hast gehört, wie sie den Namen ihres Anführers gerufen haben. Nenn uns jetzt diesen Namen. *Sprich.*«

»Ashnak.« Ein hässlicher, schwacher, aber unmissverständlicher Laut. »Ashnak.«

Mit grimmiger Befriedigung begegnete Amarynth dem schockierten Blick des Hohezauberers. Triumphierend sagte er: »Ashnak. Der ›General‹ der Orks. Derselbe schmutzige Ashnak, der zum Handlanger des Fürsten der Finsternis wurde – und der jetzt bei der Wahl zum Weltenthron Sein Wahlkampfleiter ist.«

Tumult. Jeder Mensch auf der Galerie wandte sich an seinen Nachbarn und brüllte, jeder Mensch im Königssaal schrie nach augenblicklicher Gerechtigkeit, nach augenblicklicher Vergeltung.

»Sieh zu, wie du *da* wieder rauskommst«, frohlockte Will Brandiman. »Er mag unser Stiefvater sein, aber ich habe das Verlies von Nin-Edin nicht vergessen.«

»Nein«, stimmte Ned Brandiman ihm zu. »Nein, Will. Ich auch nicht. Bruder, ihm hätte klar sein müssen, dass wir gefährliche Feinde sind.«

Die Tafelmeister und Offiziere versuchten vergeblich, die Ordnung im Königssaal von Ferenzien wieder herzustellen. Hochkönig Magorian richtete sich auf und blinzelte. Oderic, der Hohezauberer, klopfte mit seinem Zauberstab auf den Granitboden.

»Mylords und Könige des Südens! Handelt nicht vorschnell!«

Die weißen Haare des Zauberers leuchteten in einem Sonnenstrahl, der aus den gothischen Höhen des Saals schräg herabfiel. Er legte dem vernarbten Kind, das in den Armen des Ritters weinte, behutsam eine Hand auf die Schulter. »Mylords, im Angesicht dieses Kindes hier ist es schwierig, aber wir dürfen nicht vorschnell handeln. Wir müssen uns vor Torheit hüten – vor der Verurteilung ohne Beweis.«

Oderic schüttelte weise den Kopf.

»Und deshalb sage ich Folgendes zu euch: Wir können vom Bösen jetzt zu Recht verlangen, dass sofort – noch *vor* der Wahl – ein Tribunal abgehalten wird. Ein anständiges und gerechtes Tribunal, um die Wahrheit über die in den Roten Rinnen verübte Gräueltat herauszufinden und den wahren Schuldigen seiner gerechten Strafe zuzuführen. Wir verlangen die sofortige Festnahme und Inhaftierung des Ork-Generals Ashnak, um ihm als Kriegsverbrecher den Prozess zu machen!«

8

Die Abendsonne schien gleichmäßig und golden auf den von Halblingen bewohnten Außenbezirk Ferenziens. Ein massiger Ork in urbaner Tarnuniform und mit einer Feldmütze zwischen den spitzen Ohren betrachtete mit mürrischer Abneigung die runden, bunt bemalten Hauseingänge, die wimmelnde Bevölkerung mit den behaarten Füßen und die Plakate an sämtlichen Stämmen der riesigen Eichen auf dem Marktplatz. Auf allen Plakaten stand ohne Ausnahme: »Stimmt für das Licht!«

»Nur noch vier Tage bis zur Wahl, Sir«, erinnerte Barashkukor seinen vorgesetzten Ork. »Danach muss Sie uns doch gegen die Käfer kämpfen lassen, Sir?«

Der General der Ork-Marines warf einen Blick auf den kleinen Ork. Barashkukors Brust schien in seiner tipptopp gebügelten grünen Uniform vor Stolz geschwellt. Seine polierten Cyborg-Glieder glänzten. Sein Cyborg-Auge surrte.

»Das ist immer noch nicht die wahre Lebensart des Orks! All diese Wahlen und friedlichen Kämpfe. Das ist einfach nicht *orkisch*. Wir müssten im Feld sein und gegen die Käfer kämpfen!« Marine-Kommissarin Razitshakra nahm ihre stahlgeränderte Brille ab, putzte sie und setzte sie wieder auf.

Die drei Orks in grüner Tarnuniform standen mit gehalfterter Pistole und geschultertem Sturmgewehr auf der Hauptstraße des Halblingbezirks. Die Straße war mit Karren und Einspännern voller Halblinge verstopft, die vor dem Vorstoß der Käfer in die Ostkönigreiche geflüchtet waren.

»Bitte um Verzeihung, General.« Barashkukor nahm eine noch zackigere Haltung ein. »Die Kommissarin hat Recht, Sir. Ich weiß nicht mehr, wann meine Marines den letzten richtigen Einsatz hatten, Sir.«

Ashnaks Bassbaritonstimme knirschte: »Wollen Sie mein Unrteilsvermögen anzweifeln, *Lieutenant?*«

Der kleine Ork wurde um einige Schattierungen blasser. »Sir, nein, Sir! Würde mir nicht im Traum einfallen. Wünschte nur, Sie würden uns wieder in Kampfeinsätze schicken. Die Orks, die in Thyrion, Gyzrathrani und Shazmanar kämpfen, können die Käfer nicht ewig zurückhalten. Sie brauchen uns, Sir!«

»Was wir tun werden«, fauchte der massige Ork-General, »ist, die Wahl so schnell wie möglich zu gewinnen.«

»Wie können wir das erreichen, Sir?«

Ashnaks Augen funkelten. »Ich habe vielleicht einen gefährlichen Auftrag für Sie persönlich, Major. Nur für Freiwillige. Ich *kann* doch darauf bauen, dass Sie sich freiwillig melden?«

»Äh …« Barashkukor schluckte hörbar. »Ja, Sir! Sie können sich auf mich verlassen. Äh. Wie gefährlich *genau*, Sir?«

Razitshakra nickte besonnen. »Ah, der wahre orkische Geist. Ich wünschte nur, ich könnte mich Ihnen anschließen, Major Barashkukor, doch meine politischen Pflichten halten mich von der Schlacht ab.«

Barashkukor sah seinen General an. Das zerfurchte Gesicht des massigen Orks verzog sich zu einem boshaften Grinsen. Barashkukor kicherte.

»Ersatzweise«, sagte Ashnak, indem er Kommissarin Razitshakra eine extrem schwere Hand auf die Schulter legte, »habe ich vielleicht auch einen Auftrag für *Sie*. Barashkukor, wo ist dieser Halbling?«

»Hier drüben, Sir.« Der kleine Ork ging zu dem Truppentransporter zurück, der zwischen einem Planwagen und einem Lieferkarren stand. Zerlumpte Halblinge, deren Habseligkeiten auf jeder Straße aus dem Osten und Süden Ferenziens verstreut lagen, wichen zur Seite, um ihm Platz zu machen. Winzige Dampfstrahlen zischten aus dem Kniegelenk seines künstlichen Beins und ein *Surr-Klick!*-Geräusch folgte ihm über die Straße.

Er hörte Ashnak hinter sich sagen: »Ich glaube, Sie werden feststellen, dass dieser Auftrag im Einklang mit Ihren politischen Pflichten steht, Kommissarin. Weil es sich um eine Frage der Ideologie handelt.«

»Ich bin Ihr Ork, Sir!« Razitshakra nahm Haltung an und die Augen hinter ihrer Brille glänzten. »Vertrauen Sie mir, Sir, ich kenne mich mit orkischer Ideologie aus. Wenn das eine Grundvoraussetzung für den Auftrag ist, kann ich ihn erfüllen! Ich kann die Lebensart des Orks fördern …«

»Das können Sie gewiss«, seufzte Ashnak.

Barashkukor klickte sich zurück über die staubige Straße, die Stahlhand fest auf der Schulter eines fetten Halblings mit behaarten Füßen. Der Halbling wischte sich die schweißnassen angeklatschten Locken aus der feuchten Stirn.

»Vergiss nicht«, zeigte Major Barashkukor mit dem organischen Daumen seiner freien Hand auf den Truppentransporter, »dass der Rest deiner Brut, naja, Familie, bis zu deiner Rückkehr da drinnen bleibt. Ihre Gesundheit hängt von deinem Wohlverhalten ab.«

»Tut mir nichts, Sir«, flehte der Halbling. Seine braunen Augen betrachteten forschend das abstoßende Gesicht des orkischen Generals. »Ich war schon immer ein heimlicher Anhänger der Finsternis, ehrlich, Kommandant.«

»Tut mir Leid, das zu hören.« Der massige Ork runzelte die Stirn. »Vielleicht kannst du uns doch nicht von Nutzen sein. Major Barashkukor, benachrichtigen Sie den Koch, dass er für heute Abend eine Knoblauch-Kräutersoße für gebratenen Halbling vorbereiten soll.«

»Ich wollte sagen: *Ich habe so getan*, als wäre ich für die Finsternis«, japste der Halbling. »In Wirklichkeit bin ich ein Stammwähler des Lichts. Gibt keinen zuverlässigeren.«

»Dann hast du jetzt Gelegenheit, es zu beweisen.« General Ashnak deutete mit einem Kopfnicken auf das Rathaus ein Stück weiter die Straße entlang. Die meisten Halblinge, deren Massen noch durch die Flüchtlinge Zuwachs bekommen hatten, waren darin verschwunden. Eine weit auseinander gezogene Reihe draußen abgestellter zotteliger Ponys und wackliger Karren gab den Hinweis, dass gerade eine Stadtversammlung im Gange war. »Der Major hat dir gesagt, welche Nachricht du überbringen sollst?«

»O ja, Kommandant.« Der Halbling plusterte sich auf, sodass sein fleckiges Wams verrutschte und schief saß. »Ihr könnt Euch auf Alfred Angersüß verlassen. Ich gehe in die Stadtversammlung und sage ihnen: ›Das hier ist von der Halbling-Volksfront.‹ Dann rufe ich: ›Lang lebe Amarynth Feuerhand!‹ und gehe. Ich muss schon sagen, ich find's mächtig nett von Euch, dem Licht Päckchen zu schenken, wenn man bedenkt, dass Ihr doch auf der anderen Seite steht und das alles, Sir.«

»Denk dir nichts dabei. Wir mögen an das Böse glauben«, sagte der Ork-General tugendhaft, »aber das heißt nicht, dass wir nicht ehrenwert sind. Auf unsere Art. Kommissarin Razitshakra, Sie werden Meister Angersüß zum Rathaus begleiten. Ich vermute, was er abzuliefern hat, ist für einen Halbling ziemlich schwer.«

Razitshakra schlug die Hacken zusammen. Sie musterte den General der Ork-Marines mit finsterem Blick. »Ja, Sir! Natürlich, Sir. Sir, warum helfen wir dem Licht bei seiner Wahlkampagne?«

Der massige Ork schloss die Krallen um die Schulter der Kommissarin.

»Steht in der Lebensart des Orks nicht auch etwas über das Anzweifeln der Entscheidungen seines Generals?«, schnurrte er. »Denn wenn nicht, Marine, schlage ich vor, Sie fügen etwas ein. *Sofort!*«

Razitshakra legte ihre spitzen Ohren an. Sie rückte ihre Feldmütze zurecht. »Sir, ja, Sir!«

Barashkukor surrte und klickte zum Truppentransporter, wobei er nur einmal innehielt, um mit einem Hammer, den er zu diesem Zweck einem Beutel an seinem Koppel entnahm, auf sein Stahlknie zu schlagen. Er schwankte wieder zurück, wobei seine mageren Beine unter der Last einer Munitionskiste beinah nachgaben. Er setzte sie hart ab, hob den Kopf und hielt nach seinem General Ausschau.

Von der anderen Straßenseite rief Ashnak: »Sie können das Paket jetzt absetzen, Major. Kommissarin Razitshakra, tragen Sie es für Meister Angersüß.«

Razitshakras »Ja, Sir!« hallte über die Straße, während Barashkukor sich zu Ashnak gesellte.

Der große und der kleine Ork marschierten forsch zu ihrem Truppentransporter. Barashkukors Cyborg-Auge surrte, wurde auf einem Stahlarm mit Mehrfachgelenk ausgefahren und ermöglichte ihm somit den Blick nach hinten. Halblings-Beamte an der Tür des Rathauses sprachen gerade mit der orkischen Marine-Kommissarin und Alfred Angersüß. Barashkukor fuhr sein Auge ein, beschleunigte seinen Schritt und stieg rasch und geschickt hinter Ashnak in den Truppentransporter. Er zeigte der in einer Ecke kauernden Halblingsfrau mit ihren vier Kindern die Fänge.

»Soll ich die Kräuter-Knoblauchsoße trotzdem bestellen, Sir?«

Der massige Ork blickte schockiert drein. »Natürlich nicht. Wofür halten Sie mich, Major?«

»Verzeihung, Sir.« Barashkur ließ den Kopf hängen. Er sah seinen General mir zerknirschter Miene an. »Ich hätte daran denken müssen – für junges Halblingsfleisch empfiehlt sich Cayennepfeffer und Steinsalz.«

Ashnaks finsterer Blick wich einem erfreuten Lächeln.

Barashkukor fuhr sein Cyborg-Auge durch die Luke des Truppentransporters aus.

»Einsatztrupp betritt jetzt das Rathaus, Sir.«

»… achtundfünfzig, neunundfünfzig, sechzig.« Ashnak drückte einen Knopf an einem Gerät, das an seinem Koppel hing.

KA-WUMM!!!

Die Halblingsmutter und ihre Kinder schrien auf. Ein paar Augenblicke lang regnete es Trümmer auf den Truppentransporter.

»Splitterbombe«, erklärte Ashnak.

Barashkukor, der sein Auge gerade noch rechtzeitig eingezogen hatte, rammte sich seinen GI-Helm über die langen Ohren und streckte den Kopf nach draußen. Der lange, muskulöse Arm seines Generals beförderte ihn in die Höhe und in die Abendsonne.

Rauchschwaden trieben durch die Straße. Halblinge und der eine oder andere Zwerg rannten voller Panik umher. Ziegelsteine, Holz und Glassplitter lagen auf den Pflastersteinen und hatten sich in die runden, bemalten Türen der Halblingshöhlen gebohrt. Heiler-Magier machten sich in und um dem rauchenden Haufen aus Ziegeln und Mörtel zu schaffen, der noch vom Rathaus übrig war. Ihre weißen Gewänder waren rot verschmiert.

»Also wenn sie *das* nicht überzeugt, für Ihre Magnifizenz zu stimmen«, sagte der orkische General Ashnak, »dann bin ich ein Halb-Elf.«

Barashkukor richtete sich auf und klopfte sich den Staub von der Uniformhose. Er nickte forsch. »Sehr clever, Sir. Wenn sie Amarynth und dem Licht die Schuld geben, werden sie für unsere Seite stimmen. Und wenn sie glauben, dass es die Finsternis war, werden sie auch für uns stimmen, damit so etwas nicht noch mal vorkommt. Sir, sehr gut, Sir!«

»Ein weiterer Vorteil ist …« Die Stimme des massigen Orks verlor sich.

Eine versengte, kohlschwarze Gestalt schwankte die Straße entlang und dem Truppentransporter entgegen. Grüne Haut rauchte, ein langer olivgrüner Uniformmantel hing in schwelenden Fetzen herab und eine randlose Brille baumelte verbogen an einem spitzen Ohr.

Politkommissarin Razitshakra schwankte auf ihren Säbelbeinen, als sie Ashnak salutierte, dessen Körperfülle die Luke des Truppentransporters ausfüllte.

»Wahrhaft orkisch, Sir!«, begeisterte sie sich. »Das nenne ich politisch korrekt! Kann ich den nächsten Auftrag auch übernehmen, Sir?«

»Wasch für ein Zufall«, bemerkte eine Stimme.

Barashkukor drehte sich um und sah zu seiner Verblüffung eine Gestalt, deren Gesicht unter der Kapuze einer Flickenteppich-Lederrobe verborgen war. Die Gestalt wurde von einem Dutzend Hellebarden tragender ferenzischer Gardisten in gestreifter Hose begleitet. Sie griff sich langsam an den Kopf und schob die Kapuze in den Nacken.

Das durch den Explosionsstaub immer noch ein wenig gedämpft einfallende Sonnenlicht beschien graue, schwarze und fischbauchweiße Haut. Zottelige schwarze Haare rahmten ein Gesicht ein, das nach orkischen Maßstäben beinah angenehm anzusehen war. Barashkukor hatte einige Mühe, in dieser Gestalt den Namenlosen Nekromanten zu erkennen.

»Sir«, grüßte der kleine Ork, der zwar verblüfft schien, ihm aber dennoch den Respekt des Soldaten vor einem ehemaligen Arbeitgeber zollte.

»General Ashnak!«, rief der Namenlose Nekromant, indem er rings um die Hauer, die seinen Mund verzerrten, sabberte. »Man beschuldigt Euch Verbr-*hick*-en wider Fried-*hick* und Menschl-*hick*-eit!«

Der massige Ork runzelte die Stirn. »Wessen beschuldigt man mich?«

»Verbrechen wider Frieden und Menschlichkeit«, entzifferte Major Barashkukor hilfsbereit. Er sah, wie sein kommandierender Offizier basaltfarben anlief.

»Vielen Dank«, sagte Ashnak barsch.

»Daschsch eine Anklag-*hick*, keine Belob-*hick*-ung!«, stotterte der Namenlose Nekromant. »Ihr steht unter Arr-*hick*-t!«

Barashkukor befingerte die Pistole in seinem Gürtelhalfter und sah zuerst Razitshakra fragend an, die versengt und scheeläugig hin und her schwankte, und dann Ashnak. Die Hand des massigen Orks lag auf dem auf der Luke montierten Maschinengewehr des Truppentransporters.

»Ich kann nicht gerade behaupten, dass mich die magische Feuerkraft dieser Tage beeindruckt«, sagte der orkische General schleppend. »Nicht einmal die des Namenlosen Nekromanten.«

Das entstellte Gesicht verzog sich. Es dauerte ein paar Sekunden, bis Barashkukor sich darüber klar war, dass dieses orkmäßig gut aussehende Mitglied der menschlichen Rasse lächelte.

»Aber nicht i-*hick* binsch, der Euch unter Arr-*hick*-t schtellt«, sagte er. »Ich handele i-*hick* Auftrag einesch anderen.«

»Im Auftrag des Lichts?« Ashnaks Oberlippe gab den Blick auf seine Fänge frei, als er die ferenzischen Gardisten anknurrte.

Barashkukor rückte die Mütze zwischen seinen hängenden Ohren zurecht. Sein stählernes Blein klickte und sonderte einen Dampfstrahl ab, als er vortrat und sich zwischen dem Truppentransporter und der ferenzischen Eskorte des Namenlosen Nekromanten aufbaute.

»Die Ork-Marines unterstehen nicht der Militärgerichtsbarkeit der Anhänger des Lichts«, verkündete Barashkukor mit pedantischer Förmlichkeit, während er sein Pistolenhalfter öffnete.

»Aber ich schpr-*hick*-e nicht für dasch Licht«, sagte der Mensch undeutlich.

Hinter Barashkukor ließ Ashnak ein gutturales Hüsteln hören. »Wer versucht dann also, mich unter Arrest zu stellen, wenn nicht das Licht?«

Der Namenlose Nekromant zog seine Hautrobe fester um seinen buckligen Leib zusammen und schniefte ein wenig vor Triumph.

»Gute Güte«, sagte er, »General Ash-*hick*, Ihr werdet jetzt unter Arr-*hick*-t geschtellt kraft der Autorit-*hick* desch Fürschten der Finschtern-*hick* persönlich.«

* * *

Die Stille des evakuierten Gebiets herrschte auch in den Wurzel-Tunneln unter der Stadt der Bäume. Lieutenant Gilmuriel Jagdlord bedeutete Feuerteam Eins des Sternenlicht-Trupps anzuhalten.

»Vierzehn!«, rief er mit vor Erschöpfung piepsiger Stimme.

»Neun!«

Der Anruf musste eine Zahl über zehn sein, die korrekte Antwort eine Zahl unter zehn und der blonde Elf seufzte vor Erleichterung und ging weiter den Gang entlang.

In die dicken Wurzeln äonenalter Bäume gehauen, glänzten die polierten Tunnelwände in der Beinah-Dunkelheit golden. Holzmaserung beschrieb Wirbel, Kreise und Wellenlinien. Schwaches Licht drang unter dem kreisrunden Tunnelboden durch, auf dem dünnere Wurzeln gezüchtet und zu Laufstegen getrimmt worden waren. Das durchlöcherte Holz war so alt, dass es unter Gilmuriels Stiefeln metallisch hart klang.

»Yo, Lieutenant!« Ein hagerer, hoch gewachsener grünhäutiger Ork mit Corporal-Streifen auf dem Ärmel trat

Gilmuriel entgegen. Ihm folgten mehrere Ork-Marines in Mechaniker-Overalls.

»Corporal Hikz, Ihre Patrouille ist überfällig.«

»Verzeihung, Sir.« Der hagere Corporal salutierte. »Sir, nicht viel zu melden, Sir. Alle Heul ... alle Einwohner haben die Stadt geräumt. Sie ist praktisch verlassen.«

»Praktisch?«

»Letzte Nacht haben wir ein kleines Menschenkind gefunden, Sir.« Orc-Corporal Hikz deutete auf das Wurzelgeflecht des Gangbodens. »Unter diesen Gittern. Die Kleine war ein mutiges, kleines gelbhaariges Ding, Sir. Offensichtlich wollte sie sich vor den Käfern verstecken.«

Gilmuriel musterte die fünf oder sechs Orks hinter Hikz. »Und was haben Sie und Ihre Orks mit dem Menschenkind gemacht, Corporal?«

»Wir haben es gegessen, Sir.«

»Was!«

»Und geschmeckt hat es auch, vielen Dank, Sir.«

»Gut gemacht!« Sergeant Dakashnit tauchte lautlos aus einem Seitengang vor ihnen auf und zeigte sämtliche Hauer in einem breiten Grinsen. Während Gilmuriel sich verspätet umdrehte, hinkte Feuerteam Zwo des Sternenlicht-Trupps in Sicht.

»Haben versucht, das Funkgerät auf Höhe der Baumwipfel zu schaffen.« Dakashnit zeigte mit knorrigem Daumen auf Marine-Funkerin Seidenhaar. »Wir können weder den Rest des Zuges noch die Kompanie erreichen. Alle Basen östlich des Flusses sind überrannt worden. Haben Käfer mindestens in Bataillonsstärke gesehen – sie haben die Stadtgrenze passiert und nähern sich dieser Position. *Schnell.*« Die Orkfrau nahm den Helm ab und fuhr sich über den kahl rasierten Kopf. »Bei den Marines nennen wir das hier ein von Zielen gesättigtes Milieu.«

Gilmuriel runzelte die Stirn. »Ein von Zielen gesättigtes Milieu, Sergeant?«

Corporal Hikz sagte: »Überwältigende Feindkräfte, Sir!«

Sssssssssszacckkkk!

Gilmuriel spitze die Ohren, als er den Geschützlärm hörte. Er sah sich rasch um.

»Der Seitengang führt zu den Vorratsräumen«, sagte er forsch. »In dieser Richtung liegt der Pflanzenraum. Ich nehme an, dass der zu ihren Angriffszielen gehört. Corporal Hikz, ich glaube, es ist an der Zeit, dass Sie Ihre Experimentalwaffen hier in Stellung bringen. Der Rest des Trupps wird einen Hinterhalt aus den Vorratsräumen legen.«

Allem Anschein nach erstaunt über seine Entschlossenheit salutierte Gunnery Sergeant Dakashnit. »Corporal Schwarzrose, erkunden Sie die Vorratsräume und Zugangstunnel.« Sie hielt inne. »Corporal Hikz – das sind nicht zufällig Tech-Captain *Ugarit*s Experimentalwaffen, oder?«

»Doch«, sagte Hikz lakonisch.

HHHSSSSSSSH-*ZK*-WUMM!

Vor dem Hintergrundlärm, den Hikz' Ork-Mechaniker beim Aufbrechen ihrer Kisten und der raschen Montage irgendwelcher Gerätschaften sowie der Rest des Trupps beim Auskundschaften der umliegenden Tunnel verursachten, hörte Lieutenant Gilmuriel Jagdlord die unverständlichen Waffen der Käfer schießen.

»Beeilung!«, flötete er. »Hikz, was *sind* das für neue Waffen?«

Der hagere Corporal tauchte mit einem Schraubenschlüssel in der Hand unter einem stämmigen Stahlstativ auf. »Tech-Captain Ugarit nennt es *intelligentes Waffensystem*. Im Grunde ein schweres MG, Sir. Marine Karakingat!«

Hikz rappelte sich auf und sorgte mit einigen gut gezielten Tritten dafür, dass ihm die großen Mechaniker-Orks Platz machten. Ein wesentlich kleinerer Ork mit einer wüstentarnfarbenen Feldmütze schwankte aus der Richtung des Pflanzenraums den Tunnel entlang. Er war über und über mit schweren Munitionsgurten behangen, die er sich um den dünnen Hals, über Arme und Ellbogen und sogar um die Hüfte geschlungen hatte – und die dennoch über den Boden schleiften.

»Sir, intelligente Muni, Sir!« Karakingat salutierte und ließ die Gurte vor Gilmuriels Füßen auf den Holzgitterboden fallen.

Gilmuriel kauerte sich nieder. Die Munitionsgurte glänzten golden in dem wenigen Licht, das elfische Augen zum Sehen brauchen.

»Das MG.« Hikz setzte das schwere Maschinengewehr auf das Stativ. Es stank nach Öl. »Es hat *Lasersensoren*, Sir, so nennt der Tech-Captain die Dinger. Es nimmt alles aufs Korn, was ihm vor den Lauf kommt, und pustet es weg. Ganz allein – es braucht keinen Schützen. Es wird *intelligentes MG* genannt, Sir. Das ist die Muni dafür. Die kann ein Ziel aufs Korn nehmen, *nachdem* sie abgefeuert wurde, Sir. Karakingat, holen Sie den Rest auch noch!«

Die Munition kam Gilmuriel klobiger vor als die gewohnte. In einem kleinen Fenster auf jeder einzelnen Patrone blinkten auf einer Flüssigkristallanzeige Zielberechnungen.

Die Anzeige blinkte und wechselte von Zahlen zu Buchstaben.

… 46-453-56 … SIR, FEUERN SIE MICH *JETZT* AUF DIE BASTARDE AB, SIR … 647-3 …

»Intelligente Muni«, kommentierte der elfische Lieutenant.

Er warf einen Blick in den Gang. Von irgendwo weit über ihnen, aus den Nebengebäuden, die an Stämmen zweihundert Fuß über dem Waldboden angebracht waren, hallten Schüsse herunter. Die Käfer würden gerade in die riesigen Goldbaumstämme eindringen, deren Kammern und Grotten schon seit dem Zurückweichen des Meeres vor unvordenklichen Zeiten eine Stadt bildeten.

»Laden Sie die Waffe!«, befahl er.

»Ja, Sir!« Der orkische Corporal legte einen Gurt in das schwere MG ein und verankerte den nächsten in der automatischen Zuführung. »Marine Karakingat, fertig machen zur Waffenerprobung!«

»Sir, ja, Sir!« Der kleine Ork spitzte die Ohren, krempelte die Ärmel seiner Kampfjacke hoch und begann damit, Abzüge, Bolzen und Schlitten hin und her zu bewegen.

»Kontrollliste vollzählig, Sir!« Marine Karakingat schaute in die Mündungen der Mehrfachläufe. »Feuerbereit …«

Rattattatta-PENG!

»Aaahhhh!« Karakingat verschwand. Grüne Kleckse spritzten bis ans andere Ende des Wurzelgangs.

»Er wurde gefeuert«, kommentierte einer der großen Ork-Mechaniker.

»Ach …«, seufzte Corporal Hikz. »Wir werden nie wieder einen Ork seines Kalibers finden.«

Hikz' Stirn legte sich über den buschigen Brauen in Falten, als er den zweiten Munitionsgürtel in seinen Händen musterte. »Sir …«

Gilmuriel warf einen Blick über die uniformierte Schulter des Orks. Über die Anzeigen der nächsten Patronen tickerte:

… 08-97-6 … ZUM TEUFEL MIT DER PFLICHT WIR GEHEN NICHT … WE SHALL OVERCOME WE SHALL OVERCO-OME …

»Noch intelligentere Munition«, kommentierte der Elf. »Tun Sie, was Sie können, Corporal. Sergeant! Steht die Todeszone?«

»Wir können aus diesem Gang eine Todeszone machen, Lieutenant, und uns durch die Vorratsräume zu den Wasserpumpen zurückziehen.«

»Dann ab dafür!«

HHHHSSSSSSH-ZK-WUMM!

»Kontakt!«

Holzsplitter flogen umher. Ein Tunnel aus strahlendem Leuchten öffnete sich, als sei die Welt auseinander gebrochen, um die Sonne einzulassen. Bläulich weiß brannte sie sich durch den Gang und schlug ein.

WUMM!

»Ziele in zwölf Uhr, fünfzig Meter tiefer den Gang entlang!«

»Erkannt!«

»Erkannt!«

»Erkannt!«

»Wie viele?«

»Über dreißig!«

»Absetzen unter gegenseitigem Feuerschutz!«

»Granate!«

WUMM!

»Kontakt in *sechs* Uhr! Dreißig Meter. *Sie sind hinter uns!*«

»Sammelpunkt ansteuern! Los, los, los!«

»Ein Elf gefallen!«

»Mutter der Wälder, *tragt* ihn! Abrücken! Los, los, *los!*«

WUMM-WUMM-WUMM-WUMM-WUMM!

»Über fünfzig Feinde gesichtet!«

»Team Zwo, absetzen!«

»Aaaaahhhhh!«

»Los los LOS!«

Lieutenant Gilmuriel rannte durch einen Seitengang, während die Mündungsblitze der Waffen die knorrigen Wände und löchrigen Bodengitter beleuchteten. Das tiefe Knattern des intelligenten MGs hämmerte in seinen Ohren. Elfen liefen vorbei und warfen sich in den Schutz abzweigender Gänge, warteten, bis das nächste Team vorbeigerannt war, und gaben dann Feuerschutz.

Gilmuriel warf sich in die Deckung der Türen zum Pflanzenraum. Elfische Kampfstiefel polterten an ihm vorbei. Der kauernde Elf, hinter dessen spitzen Ohren ein schweißfleckiges waldtarnfarbenes Halstuch zusammengebunden war, umklammerte seine automatische Pistole und starrte zurück in den von Rauch erfüllten Gang. Sein Trupp Elfen-Marines schmiegte sich in die spärliche Deckung einiger Wandnischen. Orks in Overalls und Uniformen schälten sich aus den Qualmwolken.

Die gewaltige Körperfülle von Ork-Sergeant Dakashnit quetschte sich neben Gilmuriel an die Wand. Ihr M16 stank nach heißem Metall. Ausgeworfene Magazine schepperten über Holzgitter. Sie schaute nach links und rechts den Gang entlang und dann auf den mit Holztüren versiegelten Pflanzenraum neben sich.

»Wenn wir diese Türen schließen, Lieutenant, werden sie halten?«

»Nicht gegen diese Waffen. Was *sind* das für welche?«

»Weiß der Geier, Lieutenant!«

WUMM-WUMM-WUMM-WUMM …

Das hämmernde Knattern des intelligenten MGs brach jäh ab. Gilmuriel blickte in den Qualm. Die Strahlen der Taschenlampen schnitten durch den Rauch und blendeten ihn, bis seine elfischen Augen sich angepasst hatten.

Die Strahlen wackelten hin und her, überkreuzten sich, tasteten sich dem Pflanzenraum entgegen. Das Zischen scharfer Befehle hallte durch den Gang. Das erste Glitzern eines blau-schwarzen Panzers ließ Gilmuriel seine Pistole hochreißen. Dakashnits große Krallenhand schloss sich um seinen Arm.

»L.t.« Die Miene der Orkfrau wirkte seltsam. »Sehen

Sie sich das an. Das ist ein Vorstoß wie aus dem Lehrbuch …«

Gilmuriel schaute den von Holzwänden umgebenen Gang entlang auf die zwölf oder fünfzehn taktisch vorrückenden Insektenwesen, wie sie knollenläufige Waffen bereithielten und ihr hartes Exoskelett in jede verfügbare Deckung schmiegten. Rasche Befehle flogen zwischen ihnen hin und her. Sie überbrückten die hundert Meter freien Ganges mit beängstigender Schnelligekeit.

Der elfische Lieutenant schüttelte die orkische Hand ab. »Sergeant, reißen Sie sich zusammen! Diese Käfer sind Geschichte!«

Dakashnit protestierte: »Aber sehen Sie doch, L.t., sie sind nicht anders als *wir*. Es sind Soldaten.«

Gilmuriel bleckte die Zähne zu einem irren Grinsen, während er mit seiner Pistole zielte. »Gut, dann sind sie eben *Militärgeschichte*!«

WUMM!

Dünne Strahlen legten sich über die Holzdecke und schnitten in die Laufgitter, die über ihre gesamte Länge zu zischen anfingen und elektrisch-blaue Funken sprühten. Ein weiteres Dutzend Feinde tauchte aus dem Rauch der langsam schwelenden Goldbaumwurzeln auf.

»Absetzen!«, bellte Gilmuriel. *»LOS!«*

WUMM! WUMM!

Granaten deckten ihre Flucht. Am nächsten Sammelpunkt sank Gilmuriel keuchend gegen die Wand einer Kreuzung von sechs Gängen. Die Marines Aradmel Lichtklinge und Rabenharfe der Weiße kamen mit einer sich windenden, schreienden Elfe zwischen sich angerannt und legten sie auf den Boden. Der Lieutenant schritt über ein paar Trümmer und starrte auf Byrna Seidenhaar. Ein Lichtstrahl hatte sie direkt an der Wange erwischt und Blasen auf ihrer dunklen Haut geworfen.

Ein anderer Schuss hatte sie seitlich am Bauch getroffen, nicht tief genug, um sie zu durchschneiden, aber doch so tief, dass das Bauchfell irreparabel durchtrennt worden war.

Die verwundete Elfe krümmte sich und Fleischklumpen rutschten ihr durch die glitschigen Finger, da sie versuchte, ihre Eingeweide in der Bauchhöhle zu halten. Ihre Uniform war klatschnass vor Blut.

»Scheiße!«, stöhnte Aradmel Lichtklinge. »Ach, Scheiße, Mann, ich hab ihr noch *gesagt*, sie soll durchlaufen.«

»Lichtklinge!«, schnauzte Gilmuriel. »Sofort auf Posten in den Gang!«

Marine Rabenharfe der Weiße kniete neben Byrna nieder und tastete nach der Hundemarke, die durch den Schuss mit ihrem Hals verschweißt worden war. »Ich war früher Heiler-Magier …«

»Magie funktioniert bei Marines nicht.« Gilmuriel zauberte ein neues Wort aus seinem beständig zunehmenden Marine-Vokabular, das er über die Schulter an Dakashnit richtete: *»Sanitäter!«*

Die Orkfrau sah ihn verständnislos an. »Was ist ein ›Sanitäter‹?«

»Bitte!«, schrie Byrna Seidenhaar. *»Bitte!«*

Gilmuriels Hand war von den aus ihrem Leib quellenden Darmschlingen glitschig geworden. Er wischte sich die Finger an den Hosenbeinen ab und zog seine automatische Pistole. Mit einer Hand drehte er ihren Kopf weg. Er hielt ihr die Mündung seiner Waffe an den Nackenansatz und drückte ab. Ein Haufen Blut und Knochen wurde zwischen Augen und Scheitel aus dem Schädel gesprengt und bespritzte die Wand des Ganges mit rotem Gewebe. Byrnas Körper entspannte sich.

»Marine Sternenharfe.« Gilmuriel schluckte Galle herunter. »Sie übernehmen das Funkgerät.«

»Ja, Sir.« Belluriels langfingrige Musikerhände zitterten, als er Byrna die Ausrüstung abnahm.

»Feinde gesichtet?« Dakashnit bedrängte den Trupp. »Sagt schon, ihr Arschlöcher! Den Rest von euch bringe ich hier lebend raus, und wenn ich dabei selbst draufgehe. Also: Feinde gesichtet?«

»Keine Feinde gesichtet.«

»Keine Feinde gesichtet.«

»Keine Feinde gesichtet!«

Achtzehn Stunden später durchsuchten Lieutenant Gilmuriel und der elfische Marine-Trupp die Wurzeltunnel von oben bis unten. Mit angespannten Nerven, gespitzten Ohren und schweißnassen Händen am Gewehr.

»Wenn es einen Hinterhalt gäbe, hätten wir die Todeszone längst erreicht«, dachte Dakashnit laut. »L.t., ich glaube, die Käfer haben das Gebiet durchkämmt – und damit *Schluss*. Sie haben die Stadt gar nicht besetzt. Sie sind verschwunden.«

»Und haben feindliche Truppen in ihrem Rücken zurückgelassen?«

»Genau.« Die Orkfrau sah Marine Sternenharfe nachdenklich an. »Sehen Sie mal, ob Sie jetzt zum HQ durchkommen, L.t. Schicken Sie eine Nachricht.«

»Mit welcher Botschaft?« Gilmuriel Jagdlord stand müde, schmutzig und mit Schmerzen in der Stadt der Elfischen Fürsten. Über ihm tasteten riesige Blätterdächer nach der Sonne. Durch den Kapillareffekt wurde Flüssigkeit aus den Wurzeln gesogen. Doch die gewundenen Kammern und hohen Plattformen der Stadt der Bäume lagen verlassen und blutverschmiert da und beherbergten nur noch Leichen und die kreisenden Aasadler. Ein beharrlicher Brandgeruch stach ihm in die Augen: die langsamen Feuer, die, einmal in Gang gekommen, über Dekaden schwelen würden, bevor die Stadt schließlich völlig niedergebrannt sein würde.

»Sie halten das Gebiet nicht«, sagte Dakashnit.

»Sie halten *dieses* Gebiet nicht, Gunnery Sergeant …«

Ohne sich umzudrehen, sagte Gilmuriel zu Belluriel Sternenharfe. »Rufen Sie das HQ, Marine. Raten Sie ihnen, den Vormarsch der Käfer genau zu verfolgen – im Zweifelsfall sollen sie sich der Satellitenüberwachung bedienen, um ganz genau herauszufinden, wo sie sich befinden. Informieren Sie das HQ: Die Möglichkeit besteht, dass die Käfer ein ganz bestimmtes Ziel haben, auf das sie vorrücken.«

9

»Gewisse Unregelmäßigkeiten, was dein Verhalten im letzten Krieg betrifft, sind ans Licht gekommen«, stellte der Fürst der Finsternis fest. »*Und* in Bezug auf deine Handhabung Meiner Wahlkampagne.«

»Muss irgendein Fehler sein, Ma'am.« Ashnak verlagerte sein beachtliches Gewicht von einem mittlerweile unbestiefelten Fuß auf den anderen. Die Ketten an seinen Hand- und Fußgelenken klirrten.

Die schwarze Leinwand des Nachtpavillions des Fürsten der Finsternis flatterte im Nachtwind. Gestickte silberne Sigillen des Bösen glitzerten im elektrischen Licht. Der Außengenerator summte.

»Und Ich bilde mir nichts ein, was die Stärke dieser Ketten angeht«, fügte der Herr der Albträume hinzu.

Ashnak trug die Ketten mehr aus einem Gefühl des Angemessenseins, nicht so sehr aufgrund eines Zwangs. Sein Handgemenge mit den ferenzischen Gardisten war ebenfalls nur Ausdruck eines Bestrebens, die Formen zu wahren, und hatte keine größeren Auswirkungen gehabt als einige unbedeutendere Verstümmelungen.

»Ja, Sir, Ma'am!« Er stampfte mit den nackten Fersen auf die Felle und Teppiche, die zuhauf im Nachtpavillion lagen. Seine Uniformhose rutschte an den Hüften einen Zoll tiefer, da Gürtel und Koppel konfisziert worden waren. Das elektrische Licht glänzte auf seinem kahlen Schädel. »Ich habe nicht vor zu fliehen, Erhabener. Kein Grund zur Beunruhigung. Ich bin unschuldig.«

Der Fürst der Finsternis lachte, ein leises Geräusch, das die Nachtinsekten tötete, die die Lampen umschwirrten. Sie thronte auf einem Stuhl aus Basalt, in den subtile Darstellungen aller Kreaturen eingemeißelt waren, die gleiten, kriechen und stechen. Ihr steinerner Schreibtisch war mit Massen von Papierkram bedeckt. Ihr Gesicht wies violette Schatten auf und war wunderschön und Unheil verkündend.

»Es bleiben nur noch zwei Tage bis zur endgültigen Auszählung der Stimmen ...«, sagte Sie. »Ah. Bruder.«

Einer der Wachposten draußen – kein Ork-Marine, nahm Ashnak zur Kenntnis – hielt den Zelteingang auf und die Gestalt des Namenlosen Nekromanten, der eine Kapuze trug, trat ein. Oderic, der Hohezauberer von Ferenzien, folgte ihm auf seinen Stab gestützt und in eine Wolke aus blauem Pfeifenkrautrauch gehüllt.

Der Wind blies kühl durch das Lager des Bösen, das am Rande des Königlichen Viertels von Ferenzien aufgeschlagen war.

»Orks!« Hohezauberer Oderic starrte Ashnak an, während er seine Pfeife an der Kante des Schreibtisches Ihrer Magnifizenz ausklopfte. Ohne auf eine Erlaubnis zu warten, nahm er auf einem der Plüschsessel Platz. »Dieser Vorfall beweist nur wieder, was ich schon immer über sie gesagt habe. Orks sind ja, darf ich wohl behaupten, in ihren angestammten Ländern im Osten ganz schön und gut, aber würdet Ihr wollen, dass Eure Tochter einen davon heiratet?«

Zwischen dem Namenlosen Nekromanten und dem

Fürst der Finsternis fand ein Blickkontakt statt, den der Weißmagier nicht zu bemerken schien.

Ashnak richtete sich so gerade auf, wie es jemandem mit der gebeugten Gestalt eines Orks eben möglich war, und bellte volltönend: »Ich verlange einen Prozess, um meinen guten Namen reinzuwaschen!«

Der weißhaarige Zauberer lachte schallend.

»Du musst wissen, Ork Ashnak«, sagte der Fürst der Finsternis, »dass es hier nicht um *deinen* guten Namen geht, sondern um *Meinen*. Du warst einer Meiner Horden-Befehlshaber. Ich kann Mir Meine Reputation nicht durch Gräueltaten verderben lassen, die du ohne Meinen Befehl begangen haben könntest.«

Darauf gab es keine direkte Antwort, die nicht zur Folge gehabt hätte, dass Ashnaks Kopf noch vor Morgengrauen auf einer Pike gelandet wäre. Ashnak entschied sich dafür, unter vielfachem Kettengerassel auf die Knie zu fallen. Der Aufprall seiner Körperfülle ließ das Tintenfass auf dem Steintisch erbeben. Er hob seine mit Ketten gefesselten Hände zu einer angemessen flehentlichen Pose.

»Lieber stürze ich mich in mein eigenes Schwert, als Schande über meine Gebieterin zu bringen! Aber«, fügte Ashnak hastig hinzu, als er das Funkeln im Auge des Namenlosen sah, »das würde Euren Namen nicht vom Vorwurf der Wahlfälschung reinwaschen, Erhabener. Das ist nur dadurch möglich, dass man mich so schnell wie möglich vor Gericht stellt und so meine Unschuld bewiesen wird. Ma'am, Ihr werdet die Ork-Marines sehr bald brauchen, da die Käfer bereits südlich des Faex gesichtet wurden.«

»In dieser Beziehung brauchen Wir Uns keine Sorgen zu machen«, sagte der Fürst der Finsternis. »Mein Bruder der Namenlose, du hast einige Erfahrung mit diesen orkischen Soldaten. Hiermit verleihe ich dir die Autorität Meines Namens. Übernimm als ihr General den Befehl über sie.«

Ashnak kam mit der Schnelligkeit und Kraft eines großen Orks auf die Beine, die Hände zu schinkengroßen Fäusten geballt und die Kette zwischen ihnen straff gespannt. Vor Empörung glitt er in die Tenor-Stimmlage: *»Nein!«*

»Ork Ashnak, du wirst dich Mir nicht widersetzen!«

Ashnaks Atmung verlangsamte sich. Seine granitfarbene Haut kräuselte sich und seine Muskeln entspannten sich. Er ließ die Fäuste hängen. »Ma'am – ich denke an meine Orks. Der Namenlose Nekromant hat keine Erfahrung in einem Kampf nach Art der Marines! Er wird meine Jungens in den Tod schicken.«

Der Namenlose Nekromant versprühte Speichel im Pavillion der Finsternis. »Wozu taugen Orksch denn? Zu Kanonenfutter! Du maßt dir jetsch schon vielssu lange eine Stellung an, die dir nicht zuschteht!«

Der Fürst der Finsternis sagte: »Magier Oderic von Ferenzien, du siehst, dass ich gewillt bin, Meinen Diener Ashnak hier der Gerichtsbarkeit des Lichts zu übergeben.«

Der Zauberer unterbrach die Suche nach Pfeifenkraut in den Taschen seiner Tweed-Robe. »Hochkönig Magorian hat beschlossen, meine bescheidene Person als Richter zu bestimmen. Ich habe die Verhandlung für den fünften Tag nach Neumond angesetzt. Bis dahin sind es von heute an noch zehn Tage.«

Der Namenlose Nekromant sprach aus der Dunkelheit seiner Kapuze. »Daschisch unakscheptabel, Magier des Lichts. Der Prosssess musss jetsch schtattfinden, *vor* der Wahl für den Weltenthron. Meine Gebieterin, der Fürst der Finschternisch verlangt es – als Euer Kriegschführer.«

Damit es keinen Zweifel an der Bedeutung seiner Worte geben konnte, wartete der Namenlose Nekromant obligatorische zwei Herzschläge, bevor er hinzufügte: »Die Marinsch sind noch nicht vollständig mobilisiert. Es wäre äusserss bedauerlich, wenn sie für den Kampf gegen die Eindringlinge nicht zur Verfügung stünden.«

Ashnak begegnete dem wesenlosen orangefarbenen Auge des Fürsten der Finsternis mit einem Blick, der Bände sprach, in erster Linie über die mangelnde Raffinesse des Namenlosen Nekromanten.

»Lass die Verhandlung morgen stattfinden«, schlug der Fürst der Finsternis vor.

»Ach, nun gut. Wenn Ihr darauf besteht.« Mit einem Schnippen seiner gelb verfärbten Finger zauberte Oderic Pfeifenkraut und ein brennendes Streichholz herbei. Er zündete seine Pfeife an. »Sagen wir, um – *hkkk! hkkkhkkkk! kah!* – zehn Uhr im Gericht?«

Ashnak, der nicht den geringsten Zweifel hatte, wie das Urteil des Lichts ausfallen würde, ging eine Reihe von Möglichkeiten durch und schloss widerstrebend alle aus, die physische Zerstörungen enthielten. Er ließ die massigen Schultern hängen. »Soll ich bis dahin in Militärgewahrsam gehalten werden, Ma'am?«

»Damit deine Marines morgen deine bedauerliche Flucht melden? Ich glaube nicht …« Der Fürst der Nacht und der Stille hielt inne, den zierlichen Kopf leicht zur Seite geneigt, als lausche Sie. »Sie sollen eintreten.«

Der Vorhang vor dem Eingang des Nachtpavillions wurde wiederum mit geflochtenen Silberkordeln hochgezogen. Der Wind trug Ashnak die von einem starken Verwesungsgeruch überlagerte Witterung von Trollfleisch und Metall – der Wachposten – zu und darüber hinaus eine sehr vertraute Halbling-Witterung.

Magda Brandiman marschierte über die Felle und legte einen Arm voll Zeitungen auf den Steintisch. »Das jüngste Extrablatt des *Glücksritter* zur bevorstehenden Wahl, Finstere Lady. Frisch aus der Presse. Außerdem bringe ich Nachrichten, die so neu sind, dass sie es nicht mehr in diese Ausgabe geschafft haben.«

Aus irgendeinem Grund, den Ashnak sich nicht vorstellen konnte, funkelten der Fürst der Finsternis und die Halblingsfrau einander einen Augenblick lang an. Magdas stoppelkurze Haare richteten sich unter der Elektrizität wie das Fell einer Katze auf. Der Fürst der Finsternis lehnte sich zurück, sodass Ihre bleichen Haare und das überschattete Gesicht von Ihren schwarzen Gewändern eingerahmt wurden.

»Wir wussten gar nicht, dass du dich so für Zeitungen interessierst.«

»Graagryk brauchte eine neue Zeitung, die im ganzen Reich verbreitet ist«, sagte die Herzogin, »also habe ich eine erworben. Erst kürzlich.«

Die Halblingsfrau sah aus, als sei sie von einer gesellschaftlichen Veranstaltung zur Druckerei und von dort direkt zum Finsteren Pavillion gekommen. Unter den Ärmeln ihres schwarzen Kleids waren die Arme mit Druckerschwärze verschmiert und ihr diamantener Stirnreif schien zurückgeschoben worden, um Platz für grünen Lidschatten zu machen.

»Und das ist eine meiner Quellen beim Militär«, sagte Magda forsch. »Lieutenant Lugashaldim von der Cleveren Intelligenten Aufklärung.«

Der untote Ork trug eine dunkle Brille, ein schwarzes Barett auf der Seite seines fleischlosen Schädels und eine ärmellose schwarze Weste, die offenbar nur aus Beuteln und Taschen bestand. »Fürst der Finsternis, Ma'am! General Ashnak, Sir!«

»Ich möchte nicht bei Euren Privatgesprächen stören.« Weißmagier Oderic hievte sich mit spürbarem Widerstreben aus seinem Sessel.

Der Fürst der Finsternis sagte: »Wir haben in dieser Angelegenheit nichts zu verbergen. Herzogin von Graagryk, du darfst sprechen.«

»Lugashaldim«, gab die Halblingsfrau die Aufforderung weiter. Magda stand auf einem Bein und stützte sich kurz mit einer Hand an Ashnaks Hüfte ab, während sie sich die Sohle eines behaarten Fußes kratzte. Ihre andere Hand schrieb auf seiner Hüfte in Zeichensprache:

– Pass auf. Warte ab.

»Lieutenant Lugashaldim, Sie können das hier als Einsatzbesprechung betrachten«, sagte Ashnak.

»In Ordnung Sir.« Der USS-Ork schlug die Hacken seiner verrotteten Stiefel zusammen. »Kürzlich hat die CIA Kenntnis davon bekommen, dass im Zuge der gegenwärtigen Wahl eine Verleumdungskampagne gegen den General geführt wird. Wir haben diese Angelegenheit gründlichst untersucht und ich kann jetzt bekannt geben, dass sie jeglicher Grundlage entbehrt.«

Hohezauberer Oderic grunzte sarkastisch. »Und die Beweise, widerwärtige untote Kreatur? Was ist damit?«

Lugashaldims Blick blieb weiterhin starr auf den Fürst der Finsternis gerichtet. »Ma'am, Licht-Kandidat Amarynth hat *keine* stichhaltigen Beweise gegen General Ashnak – die angebliche schriftliche Aussage der Zeugin Kyrial ist unauffindbar. Das Menschenkind selbst scheint verschwunden. Was den Halbling Angersüß und dessen Familie betrifft, so konnten bisher weder sie noch ihre Erben ausfindig gemacht werden. Lord Amarynth hat niemanden, der bereit wäre, vorzutreten und auszusagen, Ma'am.«

Ashnak, der eine ungefähre Vorstellung hatte, warum keine Schriftstücke gefunden werden konnten und wohin die Zeugen verschwunden sein mochten, grinste.

»Aber da wäre noch die edle Elfe, Perdita del Verro«, protestierte Oderic.

»Zu meinem Bedauern«, sagte Magda Brandiman, »habe ich nach Graagryks Erwerb des *Glücksritter* die Entdeckung gemacht, dass die ehemaligen Besitzer der Zeitung Frau del Verro damit beauftragt haben, über die Guerillakriege in den Versunkenen Ländern fünftausend Meilen im Westen zu berichten. Noch viel bedauerlicher ist, dass wir für die Dauer ihrer zweijährigen Schiffsreise dorthin keine Verbindung mit ihr aufnehmen können. Sie könnte sich überall auf dem Westlichen Ozean befinden. Ich fürchte, es wird ihr nicht möglich sein, rechtzeitig zum Prozess zurückzukehren.«

»Wie bedauerlich«, bemerkte der Fürst der Finsternis trocken.

Ashnak bohrte in der Nase, um ein breites Grinsen zu verbergen.

»Aber«, fügte der Fürst der Finsternis hinzu, »Ich fürchte, ich kann nicht vom Licht erwarten, uns einfach zu glauben, dass es keine Beweise gibt.«

Magdas Hand glitt in diejenige Ashnaks und packte seine knorrigen Finger. Er schaute auf ihren Kopf und zog sie für einen Augenblick an sich. Zwischen ihren Leibern bewegten sich auch ihre Finger wieder:

– Gib die Hoffnung nicht auf!

»Dann seid Ihr immer noch mit einem Prozess einverstanden?« Oderic klang überrascht.

Der Fürst Toter Äonen klappte lange Wimpern über leuchtende Augen und saß dabei so reglos wie ein Bildnis in den Hallen Jener Die Schlafen.

Die Kapuze des Namenlosen Nekromanten wandte sich in Oderics Richtung. »Wie Sie geschprochen hat, so soll es sein!«

»Nun denn. Du meine Güte.« Der immer noch stehende Oderic blies eine Folge von Rauchringen, von denen jeder Einzelne farblich ein wenig höher im Spektrum lag als sein Vorgänger. »Ich werde die Geschworenen über die Terminänderung für den Prozess in Kenntnis setzen. Nein, nein, macht Euch keine Umstände. Ich finde den Weg nach draußen.«

Als der gutturale Anruf des trollischen Wachpostens verhallt war, humpelte der Namenlose Nekromant ein paar Schritte vom Steintisch weg und sagte: »Untoter

Ork, du stehst jetzt unter *meinem* Befehl. Du wirst mich begleiten und mir alles erzählen, was du weißt. Eure Hoheit von Graagryk, gute Nacht.«

Der Nekromant hielt demonstrativ den Zeltvorhang auf. Magda machte einen sehr förmlichen Knicks vor dem Fürst der Finsternis und trat hinaus, ohne sich noch einmal umzudrehen. Lugashaldim folgte ihr nach einem Rat suchenden Blick auf Ashnak.

»Und nimm diesen albernen Talischman ab!« Der Namenlose Nekromant zeigte auf die Hundemarke, die an einer Kette um Ashnaks Stiernacken hing. »Fürst der Finschternisch, ich bin gleich wieder da und hole den gefangenen Ork.«

Ashnak testete nachdenklich die Ketten zwischen seinen Handschellen. Das Metall ächzte. Angehörige der Irregulären Trolle sind stärker als gewöhnliche Orks, aber nicht stärker als die großen. Das Königliche Viertel Ferenziens ist nicht so weit vom Militärlager der Ork-Marines entfernt.

»Ich würde dich finden«, flüsterte eine Stimme so trocken wie die leeren Chitinhüllen toter Bienen. Wimpern hoben sich und der Fürst der Finsternis beobachtete ihn wieder von Ihrem großen Basaltthron.

Aber auch der Finstere Pavillion ist nicht so weit vom orkischen Marine-Lager entfernt, was die Schlagkraft des Fürsten der Nacht und Stille betrifft.

»Da Ich Mich zu diesem Spiel bereit erklärt habe, werde Ich es jetzt auch nicht verlieren. Wenn es Mir beliebt, dass du geopfert wirst, um Meinen Namen in den Augen der Narren zu verschönern, dann soll es so sein. Du gehörst Mir, kleiner Ork.«

Die schwarzen Gewänder raschelten wie Blätter und eine blasse Hand, auf der die Schwertschwielen längst verheilt waren, wurde ausgestreckt.

Durch das Anspannen seiner Muskeln sprengte er die Ketten um seine Handgelenke. Er griff sich an den Hals, zerriss die Kette seiner Marine-Hundemarke und legte den Annullierungstalisman unter Ihren unnachgiebigen Blicken auf den Steintisch.

* * *

In derselben Nacht pfiff der Wind, der an den Spannschnüren des Nachtpavillions zerrte, durch den Bahnhof von Ferenzien.

Hochwürden Will Brandiman schob sein Funkgerät aus Marinebeständen in sein Wams zurück und lehnte sich aus dem Fenster des von Dampfkraft angetriebenen Zuges. »Da sind sie, Ned – absolut pünktlich.«

Sein Bruder streckte seinen immer noch von einer Nonnenhaube bedeckten Kopf durch das Fenster, während der Zug zischend, keuchend und quietschend auf dem Bahnsteig für die aus dem Süden ankommenden Züge zum Stillstand kam. Unter dem hohen Glasdach des Bahnhofs roch es nach Dampf, Schmutz und Imbissständen. Eine Menge bunt gekleideter Halblinge, Elfen, Zwerge und Menschen hatte sich auf dem Bahnsteig versammelt, der von spritzenden Petroleumlampen erleuchtet wurde. Auf ihren wehenden Bannern stand: *»WÄHLT DAS LICHT, WÄHLT AMARYNTH!«* und *»AMARYNTH AUF DEN WELTENTHRON!«*

»Das sind über fünfhundert«, staunte Ned. »Nur auf dem Bahnsteig. Gehören alle davon zu Mutters gemieteter Menge?«

Will tippte auf das Funkgerät. »Das sagt sie jedenfalls. Ein Publikum für uns.«

Die beiden Halblinge sahen einander an, während im ganzen Wahlsonderzug mit lautem Getöse, das durch das geräumige Innere hallte, die Türen aufflogen.

Ned grinste. »Dann lass es uns beginnen!«

Will, der immer noch aus dem Fenster lehnte, strich sich die gefärbten schwarzen Haare aus der Stirn. Er drückte auf den Sendeknopf des Funkgeräts. »Haarfuß an Hoheit, wir sind da, hörst du?«

»Hoheit an Haarfuß, höre laut und deutlich. Macht's gut, Jungs.«

Jubel brandete auf. Vier fette Zwerge entrollten einen roten Samtteppich zum Waggon des Heiligen. Will zog den Kopf ein und machte sich mit Ned in seinem Kielwasser auf.

»Eure Heiligkeit.« Will verbeugte sich. »Euer Volk möchte Euch begrüßen.«

»Dann *soll* es uns begrüßen.« Der dunkelhäutige Elf Amarynth, der Heilige Sohn der Lady, war mit einem weißen, mit Perlen bestickten Gewand ausstaffiert. Diamanten bändigten seine zottelige Mähne schwarzer Haare über den spitzen Ohren. »Kommt, lasst uns herabsteigen.«

Zuerst verließ eine Gruppe Geißelnder Ritter den Zug und drängte die Menge ein wenig zurück. Will setzte eine andächtige Miene auf und faltete die Hände vor der Brust, dann stieg er auf erhabene, würdevolle Art die kleine ausfahrbare Treppe zum Bahnsteig herab. Ein gemurmelter Fluch in seinem Rücken setzte ihn davon in Kenntnis, dass Ned wieder einmal auf den Saum seines Nonnengewands getreten war.

Aus der Menge wurden Fragen abgeschossen – wie aus einem Schnellfeuergewehr.

»Hochwürden, könntet Ihr ein paar Worte für die Presse sagen?«

»Hier entlang, Hochwürden – bitte lächelt für die Kamera!«

»Wie läuft die Kampagne?«

»Mutter Edwina, wollt Ihr den Frauen Ferenziens irgendetwas sagen?«

Will hob gesetzt die Hände. Die wogende Menge aus Halblings-Bänkelsängern, menschlichen Klatschreportern und einem elfischen Kamerateam bildete einen Halbkreis um die Treppe. »Herrschaften! Einer nach dem anderen, bitte!«

Mutter Edwina hob ihre Röcke und gesellte sich zu seinem Bruder, wobei Geißel und Handschellen an ihrem Kettengurt klirrten. »Ihr guten Leute von Ferenzien! Nicht *wir* sollten zu euch sprechen. Hier ist er – der Sohn der Lady persönlich, euer Kandidat des Lichts, *Amarynth!*«

Blitzbirnen ploppten und das allgemeine Dezibel-Niveau der Fragen hob sich zu schrillem Geschrei. Die Menge hinter der Presse schwenkte die Banner und skandierte *»AM-A-RYNTH! AM-A-RYNTH!«* Der Heilige erschien in der Waggontür, blieb kurz stehen und rauschte dann die Stufen herunter und auf den roten Teppich.

»Wir stehen vor euch, erfüllt von Licht und Hoffnung!« Der Elf breitete die Arme aus. Die Ärmel seiner weißen Robe reflektierten das Licht der Petroleumlampen. »In zwei Tagen wird die letzte Auszählung beginnen – unser Sieg, der die hinterhältigen Kräfte der Finsternis vom Angesicht dieser Welt fegen wird!«

Hochwürden William Brandiman und Mutter Edwina sorgten danach für einen geordneten Ablauf der Fragestunde, während Will dabei beständig mit einem Auge bei den Gardisten war, die Ferenziens begeisterte Öffentlichkeit dirigierten. Der Durchgang vom Bahnsteig in den eigentlichen Bahnhofssaal war hoffnungslos versperrt. Will suchte unter den Klatschreportern der Zeitungen nach einem bekannten Gesicht.

In der zweiten Reihe der Menge, wirksam verborgen durch die Beine der Menschen und durch die Schöße ihrer Wämser, stand Magda Brandiman mit Notizbuch und Feder in der Hand, einen Schlapphut tief ins Gesicht gezogen.

»Da.« Will stieß Mutter Edwina an. Der Halbling mit der Nonnenhaube folgte seinem Blick.

»Ich sehe sie, Bruder. Mutter Edwina wird sie auffordern, eine Frage zu stellen, wenn der Zwerg fertig ist.«

Will holte tief Luft, um sich zu wappnen. Die Antwort des Heiligen auf die Frage des zwergischen Interviewers kam ihm ungewöhnlich ausführlich vor. Er warf einen Blick auf Amarynth.

»… Und außerdem«, sagte Amarynth, »haben wir im Wissen um unseren sicheren Sieg eine Ankündigung zu machen. Eine äußerst wichtige Ankündigung! Sie sollte vielleicht noch warten – aber wir sind so gespannt, dass wir nicht warten können.«

Amarynth Feuerhand strahlte, zuerst in die Richtung der Reporter und Journalisten und dann direkt an Will und Ned gewandt. In der daraufhin einsetzenden erwartungsvollen Stille trat der Heilige vor.

Vor Ned Brandiman sank er elegant auf ein Knie.

»Mutter Edwina!«, begann Amarynth Feuerhand. »Wir wissen, dass Euer Orden, die Kleinen Schwestern der Selbstkasteiung, kein Orden ist, der die Begegnung mit Angehörigen des anderen Geschlechts verbietet. Tatsächlich heiraten viele der Kleinen Schwestern sogar. Ach, Edwina, heiratet *mich*!«

In dem anschließenden Blitzlichtgewitter hielten Kameras auf Stativen die Miene benommenen Erstaunens auf den Halblingszügen Mutter Edwinas fest. Jemand hinter Will sagte: »Ach, das ist ja so süß!«

»Ihr müsst doch wissen, wie wir uns fühlen!«, rief Amarynth. »Edwina, unsere Gefühle können doch keine Überraschung für Euch sein.«

Ned Brandiman betrachtete Amarynth einen verwirrten Augenblick lang. »Ihr seid ein Elf. Ich bin ein Halbling. Es würde niemals glücken.«

»Doch, ganz bestimmt!«, protestierte der Heilige, indem er flehentlich eine Hand ausstreckte. »Edwina, macht uns zum glücklichsten Elf der Welt! Sagt ja!«

Die Menge der Elfen, Zwerge und Menschen rings

um Will kritzelte hektisch und ließ dabei die Blicke zwischen dem Kandidaten des Lichts und der Halblingsfrau in der roten Nonnentracht hin und her wandern. Will schloss spät seinen offenen Mund. Ein Mensch murmelte aufgeregt: »Schlagzeile: KANDIDAT DES LICHTS MACHT GUTER ÄBTISSIN HEIRATSANTRAG, HOCHZEIT DES JAHRES, Fragezeichen!«

Die Gute Äbtissin Edwina stand auf dem Bahnsteig, das mütterliche, runzlige Gesicht von den Petroleumlampen beschienen. Der Nachtwind umwehte die Röcke ihrer roten Tracht. Die Silberspitze ihrer Peitsche glänzte. Einen Augenblick lang stand sie vollkommen still und starrte in die Augen des knienden Elfs, die auf gleicher Höhe mit ihren eigenen waren.

Sie griff sich langsam an den Kopf, setzte die Haube ab und enthüllte volle braune Locken und eine größere Menge Bartstoppeln.

»Ich bin ein männlicher Halbling«, verkündete Ned Brandiman barsch.

»Niemand von uns ist perfekt«, zuckte Amarynth die Achseln.

Die Antwort des Elfs ging im Gewitter der Blitzlichter und Fragen und im Geheul der Menge am Durchgang zum Bahnsteig unter. Sie durchbrachen die Absperrung der Gardisten und strömten heran. Die Geißelnden Ritter traten vor und es kam zu Handgemengen. Will Brandiman mischte sich zwischen die Journalisten, wo er praktisch vor allen Blicken geschützt war, und zog sein enges schwarzes Wams aus. Er krempelte es auf links, sodass das rote Futter zu sehen war, und mühte sich, die Arme wieder in die Ärmel zu zwängen.

»Erstaunlich«, kommentierte eine vertraute Stimme. Magda Brandiman nahm ihren Schlapphut ab und reichte ihn ihrem Sohn, sodass ihre Garderobe aus Abendkleid und Pelzstola enthüllt wurde. Sie bot das Bild eines Mitglieds der oberen Zehntausend. »*Viel* wirkungsvoller, als eine Frage zu Hochwürdens finanziellen Unregelmäßigkeiten zu stellen. Da hätte Amarynth sich vielleicht herauswinden können. Das ist sein politischer Tod.«

»Mutter, das hat nichts mit uns zu tun!« Will zog sich den Hut über die Augen und zeigte auf die Stelle, wo der dunkelhäutige Elf und die ehemalige Äbtissin gestoßen und geschoben wurden. Hässliche Geräusche drangen aus der Menge. »Lass uns Ned herausholen, bevor der richtige Ärger anfängt.«

Die Halblingsfrau lächelte, wobei sich winzige Krähenfüße in den Winkeln ihrer dunklen Augen runzelten. »Es geht doch nichts über ein altes Lieblingsmotiv«, murmelte sie, während sie zum anderen Ende des Bahnsteigs ging, ein Schwefelhölzchen anzündete und es auf den Abfall zwischen den Gleisen warf.

Will holte tief Luft und brüllte: »FEUER!«

Der Gestank brennender Lumpen lag in der Luft und die Menge geriet in Panik. Will drängte sich zwischen den zwergischen Korrespondenten und das elfische Kamerateam, bekam Neds Arm zu fassen und zog. Die beiden Halblinge gingen auf Tauchstation und verschwanden zwischen Amarynths Wahlsonderzug und der Bahnsteigkante. Ned riss den unteren Teil seiner Tracht ab, sodass sie nur noch jackenlang war, und wischte sich die Schminke ab. Dann duckten sie sich unter dem Zug hindurch und tauchten auf der anderen Seite wieder auf, wo sie sich zwischen die Fahrgäste mischten, die aus einem soeben eingefahrenen Zug aus dem Norden stiegen, und verließen den Bahnsteig.

Die vor dem Hauptbahnhof Ferenziens wartende Kutsche der Herzogin von Graagryk fuhr los, da Ihre Gnaden verständlicherweise nicht den Wunsch hatte, in die Tumulte verwickelt zu werden, die auf Bahnsteig sieben begonnen hatten, sich von dort ausbreiteten und bis zum Ende der Nacht dazu führen sollten, dass in fünfzig Straßen des Armenviertels Barrikaden errichtet wurden. Der Kutscher und die Abordnung von Halblings-Leibwachen bekamen Zuwachs in Gestalt zweier Halblinge, die sich nicht über die nächtliche Kälte beklagten, während die Kutsche über die Pflastersteine zum Königlichen Viertel rumpelte.

»Ich weiß nicht, Will.« Ned Brandiman schüttelte den Kopf. »Ich sage nicht, dass ich ihn nicht akzeptieren würde. Es kam nur alles so plötzlich. Ein Mädchen hat gern etwas Zeit, damit es sich die Dinge durch den Kopf gehen lassen kann.«

Will Brandiman hockte sich neben Ned auf den Pagensitz hinten an der Kutsche und beobachtete eine Zeit lang, wie die dunklen Straßen von Ferenzien vorbeiflogen. Er legte den Kopf in die Hände. Seine Stimme drang nur noch gedämpft an Neds Ohren. »Ich sage doch nur: Heirate nie einen Elf, der von sich in der Mehrzahl redet. Mehr sage ich gar nicht.«

»Tja …« Widerstrebend räumte Ned ein: »Da könnte etwas dran sein.«

Die herzögliche Kutsche verließ die gepflasterten Straßen des Königlichen Viertels und der Hufschlag der Pferde wurde durch den weichen Grasboden des Königlichen Parks gedämpft, wo die Mächte der Finsternis lagerten. Herzogin Magdalene Amaryllis Judith Brechie van Nassau lehnte sich aus dem Fenster und sprach kurz mit dem Kobold und dem Schattenwolf auf Posten.

Vor dem Finsteren Pavillion stieg sie aus und trat ein.

Als sie schließlich wieder herauskam, war Will in ein Würfelspiel mit dem Kobold auf Posten vertieft und bereits stolzer Besitzer zweier Sägezahndolche (mit Dornen am Knauf), eines Vorratsbeutels aus Lindwurmhaut (mit aufgeplatzter Naht) sowie von vier Kupfermünzen unbestimmbaren Werts. Die roten Augen des Kobolds leuchteten angesichts dieser vollständigen Plünderung seiner Besitztümer. Will wechselte taktvoll zu seinem anderen Satz falscher Würfel und verlor einen letzten Wurf – doppelt oder nichts. Er stieg zu Ned und seiner Mutter in die Kutsche.

»Nun?«

»Ich hätte ein *wunderbares* Brautkleid haben können«, trauerte Ned. »Mit Bändern.«

»Bruder, sei still!« Will kratzte sich seine juckenden Haare und fasste den Entschluss, den Färbezauber so schnell wie möglich aufzuheben. »Also, Mutter, was passiert jetzt?«

Ned fügte hinzu: »*Und* diese Volants mit Spitze …«

Magda Brandiman schlug Feuerstein auf Stahl und in der dunklen Kutsche flammte ein Licht auf. Als das Gefährt abfuhr, zündete sie sich eine dünne schwarze Rolle Pfeifenkraut an, steckte sie in ihre Pfeifenkrautspitze und inhalierte tief.

»Wir haben dir einen bedeutenden Gefallen erwiesen«, stellte Will fest. »Die Masche mit der Gebetsmühle hätte noch Monate funktioniert. Ned und ich hätten damit reich werden können. Noch reicher. Vielleicht sogar so reich, dass wir ein für allemal ausgesorgt hätten.«

»Und ich hätte mir ein Hochzeitskleid mit Schleppe leisten können«, warf Ned Brandiman ein. »Zwanzig Schritt der besten Archipel-Seide.«

Will verpasste seinem Bruder einen kräftigen Rippenstoß. »Wir erweisen unserer Mutter den Gefallen, den Wahlkandidaten des Lichts unmöglich zu machen – ja, ich weiß, genau genommen waren wir es nicht, aber wir hätten es getan. Ich hatte eine unfassbar anrührende Rede vorbereitet, in der ich zusammengebrochen wäre und gestanden hätte, von Amarynth gezwungen worden zu sein, Geld aus den Pilgern zu pressen.«

Ein wenig beleidigt fügte er hinzu: »Für einen Eilauftrag war sie wirklich gut. Jammerschade. Aber die Aussichten, dass Amarynth Feuerhand die Wahl zum Weltenthron gewinnt, sind jetzt gering, gelinde gesagt, und wir wollen wissen, Mutter – was hat dir der Fürst der Finsternis als Belohnung angeboten? Und wie hoch ist unser Anteil?«

Helle und dunkle Schatten huschten abwechselnd über Magda Brandimans zerfurchtes, blasses Gesicht und die Wölbung ihrer kleinen Brüste unter dem Abendkleid. Sie runzelte die Stirn und atmete Pfeifenkrautrauch aus. »Das Miststück! Ich weiß genau, was Sie will. Mir kann Sie nichts vormachen. Was mehr ist, als ich über einen gewissen blauäugigen Ork sagen kann …«

Will runzelte die Stirn. »Mutter, ich glaube, es ist besser, wenn du uns alles darüber erzählst. Was haben die Orks damit zu tun?«

Magda Brandiman wandte den Kopf, sodass ihr zierliches Profil im Fenster der Kutsche zu sehen war, da das Grau der scheinbar hereinbrechenden Morgendämmerung Streifen am Himmel über Ferenzien bildete.

»Ich habe dich wohl in die Irre geführt, Sohn«, gestand sie. »Amarynth unmöglich zu machen, war nicht die Idee des Fürsten der Finsternis. Es war meine eigene. Wisst ihr, mir kam ganz einfach der Gedanke, ohne einen Konkurrenten bei der Wahl und angesichts Ihres damit sicheren Wahlsiegs brauchte der Prozess gegen meinen Ashnak nicht stattzufinden.«

»O nein«, stöhnte Will Brandiman. »Ashnak!«

»Die Beweise gegen euren Stiefvater sind, sagen wir, verlegt worden. Und Sie braucht eigentlich keinen Propagandaerfolg mehr, da Amarynth Feuerhand jetzt entehrt ist. *Aber*«, knurrte Magda, »wird Sie den Prozess ausfallen lassen? Sie wird nicht! Er fängt heute früh, Punkt zehn Uhr, an.«

»Willst du damit sagen, *wir* haben gerade versucht, diesem – *Ork* – aus der Patsche zu helfen?«, wollte Will

Brandiman wissen. Er wandte sich Hilfe suchend an Ned, doch der braunhaarige Halbling hatte sich auf dem ruckenden Sitz zurückgelehnt und summte einen Hochzeitsmarsch. »Mutter! Wie konntest du?«

»Auf eure freiwillige Hilfe konnte ich nicht zählen.« Magda Brandiman drückte die Rolle Pfeifenkraut am vergoldeten Rahmen des Kutschenfensters aus und schnitt eine Grimasse. »Aber langsam wird mir alles klar. Ich bin ein Trottel. Sie wird den Prozess auf gar keinen Fall ausfallen lassen und sich auch auf kein anderes Urteil als *schuldig* einlassen. Wenn mein Ashnak aus dem Weg ist, beherrscht Sie die Marines. Und die sind das Einzige, was jetzt noch zwischen uns und den Käfern steht.«

* * *

Der solcherart verdammte Ork nahm ein herzhaftes Frühstück zu sich.

Die Morgensonne schien durch das Gitter in die winzige Zelle, die der Orden der Weißmagier ihren Gefangenen zugestand. Ashnak blinzelte, als das Sonnenlicht auf seine Augen fiel. Mit Zaubern belegte Ketten rasselten, als er sich von seiner Bohlenpritsche auf die nackten Füße erhob.

»Urrp!« Die Ketten klirrten erneut, als er sich durch die zerknautschte Uniformhose im Schritt kratzte und sich dann gegen die Zellenwand erleichterte. Die Sonne erzeugte eine übel riechende Wärme. Der Ork strahlte und rülpste noch einmal.

»General Ashnak!« Einem dröhnenden Gepolter an der Tür folgte Schlüsselgeklirr, dann schwang die massive Eichentür auf.

Ein kleiner Ork betrat in tadelloser brauner Uniform die Zelle mit einem silbernen Frühstückstablett auf einer Hand aus Stahl und einer aus Fleisch und Blut. Ein sauberes weißes Handtuch hing über einem Arm und auf dem Kopf thronte fesch eine hohe weiße Kochmütze.

»Guten Morgen, General, Sir!«, sagte Major Barashkukor. »Wie hätten Sie Ihren Zeugen gern?«

Ashnak gluckste in sich hinein. »Gut durchgebraten!«

Der kleine Ork riss schwungvoll die glockenförmige Abdeckung vom Tablett und enthüllte eine knusprig braun gebratene und noch dampfende Halblingskeule. Ashnak nahm sie, schlug die Zähne hinein und sagte mit vollem Mund: »Genau richtig …«

»Der Letzte der Angersüß-Brut, Sir.« Barashkukor setzte eine Miene auf, die Bescheidenheit ausdrückte. »Von mir selbst zubereitet. Freut mich, dass es Ihnen schmeckt, Sir. Dem Orden der Weißmagier habe ich gesagt, es sei eine Rehkeule, Sir, und sie haben mich durchgelassen. Nachdem sie darauf bestanden haben, zunächst selbst zu kosten.«

Ashnak nagte das saftige Fleisch bis auf den Knochen ab, zerbrach ihn und saugte das Mark aus, wobei ihn die Ketten an seinen Handgelenken kaum behinderten.

»Was ist mit meinem Befehl?«, grollte er.

»Ja, Sir!« Der kleine Major knöpfte seine Uniformjacke auf und streifte einen zweiten Satz Hundemarken ab. Er hielt die Annullierungstalismane einen ratlosen Augenblick lang in der Hand, dann stieg er auf die Pritsche, streifte die Ketten über Ashnaks massigen Kopf und ließ die Marken unter dem zerknitterten Uniformhemd des gefesselten Orks verschwinden. »Erledigt, Sir.«

Stäbe polterten den Gang entlang und ein Dutzend weiß berobte Mitglieder des ferenzischen Magierordens erschienen. Die Menschenfrau, die sie anführte, funkelte Ashnak grimmig an, der sich die letzten Reste Halblingsfett vom Kinn wischte und sich zu voller Größe aufrichtete.

»Ihr da!«, sagte sie schroff. »Zum Gericht und keine

Tricks. Meine Magier werden Euch auf der Stelle verbrennen, wenn Ihr irgendwas versucht. Ich begrüße jede Gelegenheit, Euch vom Antlitz dieser Welt zu fegen.«

Ashnak betrachtete ihre langen Zauberstäbe aus Eisenholz und bleckte die messingüberzogenen Hauer zu einem Lächeln. »Leck mich!«

»Verzeihung, Madam.« Barashkukor stieg verspätet von der Pritsche, setzte die Mütze ab und faltete sie gemeinsam mit dem Handtuch zusammen. Unter der Kochmütze trug er eine Feldmütze mit den Rangabzeichen eines Majors. »Ich bin Major Barashkukor von der Fünften Kompanie. In Übereinstimmung mit den Vorschriften und Bestimmungen der Marines zum Prozesspfleger ernannt.« Er strahlte Ashnak an. »Gegenwärtig bereite ich Ihre Verteidigung vor, Sir.«

Die Weißmagierin betrachtete den Ork und ihre heiter-gelassenen Züge verzogen sich zu einer Miene des Abscheus. Ohne ein weiteres Wort umringten die Magier Ashnak, als dieser mit Barashkukor im Schlepptau die Zelle verließ, und schritten mit ihm durch die hallenden Gefängnisflure.

Eine überdachte Brücke brachte sie vom Gefängnis zum Gerichtsgebäude. Durch die Belüftungsschlitze in der Brücke drang der Lärm einer Menschenmenge. Ashnaks tief liegende Augen funkelten in der Düsternis. Er ging etwas schneller und zwang damit die Magier hinter sich, zu laufen, um mit ihm Schritt zu halten. Seine Ketten schleiften drei oder vier Schritte hinterher und fegten den Staub von Jahrzehnten weg.

»Hier …« Keuchend übergab die Anführerin von Ashnaks Magier-Eskorte am Eingang des Gerichtssaals den Ork der Obhut der Gerichtsdiener. Die meisten Gerichtsdiener waren Halblinge. Die beiden, sie sich Ashnak näherten, waren Orks, deren Drillichzeug die Beschriftung ›HILFSDIENER‹ aufwies.

»Wie Sie angeregt hatten, Sir, habe ich vor der Truppe

erwähnt, dass die Verhandlung öffentlich ist.« Barashkukor schaute mit surrendem Cyborg-Auge – und mit strahlendem Lächeln – zur Galerie links von der Tür empor. Die Ränge dort waren mit über zweihundert Orks gefüllt, deren Ellbogen, Schultern und Knie den Zwergen, Elfen, Halblingen und Menschen, die bei ihnen saßen, zusetzten. Die Ork-Marines warfen mit Nüssen und Abfällen und gröhlten Kasernenlieder im Chor. Ihr Gepfeife und Gejohle hallte von der hohen gewölbten Decke des Gerichtssaals wider. Die Orks skandierten: *»Ash-nak! Ash-nak!«*

»Das ist wirklich rührend.« Ashnak ließ den Blick durch den Gerichtssaal schweifen – über den Zeugenstand vor der Richterbank, die Schreibtische für Ankläger und Verteidiger und die zwölf guten ferenzischen Bürger auf den Geschworenenbänken. Mitglieder der ferenzischen Allgemeinheit strebten den letzten freien Galerieplätzen entgegen.

»Ach, das ist so eine Schande …« Eine Zwergin weinte ausgiebig, während zwei Ork-Marines ihr dabei behilflich waren, ihren Platz einzunehmen. »Er hat es nicht getan, er ist ein *netter* Junge … Er ist meine einzige Stütze – jetzt, da ich alt bin!«

»Stütze?«, fragte ein ungeschlachter, granithäutiger Ork.

»Ach, sie will sicher in Saal vier«, sagte der andere Ork, während sich seine hässlichen Züge aufheiterten. »Zum Prozess von Thoin Bardentod, dem zwergischen Axtmörder.«

»Mein kleiner Junge!«, weinte die alte Zwergenfrau, während ihr die Tränen in den Bart liefen. »Er ist es nicht gewesen!«

»Haben sie Thoin Bardentod nicht schon aufgehängt?«, fragte der erste Ork-Marine.

»Nee.« Der zweite Ork hielt kurz inne. »Aufgehängt, aufs Rad geflochten *und* gevierteilt.«

Die Zwergin brach in lautes Geheul aus und vergrub ihr schluchzendes Gesicht in einem Taschentuch. Die beiden Orks in grünem Drillich führten sie aus dem Gerichtssaal. Ihre Stimmen drangen noch schwach an Ashnaks Ohren.

»Wann war das? Ich habe noch nie einen gevierteilten Zwerg gesehen.«

»Du hast es verpasst. Es war bei Sonnenaufgang. Und sogar ziemlich gut …«

Ein Stab klopfte hinter Ashnak auf die Steinplatten, und als er sich umdrehte, sah er, wie ein grauhaariger orkischer Sergeant-Major einen weißhaarigen alten Menschen in grauen Gewändern aufhielt. »He, du da! Keine Waffen im Gericht!«

Die krumme und gebeugte Haltung des alten Menschen schien sich noch zu verstärken. Er stützte sich schwer auf seinen knorrigen Eichenstab und sagte mit zittriger Stimme: »Würdet Ihr einem schwachen alten Mann seinen Stab vorenthalten?«

Der orkische Sergeant-Major lachte schallend.

»So nicht, Großväterchen, so bin ich schon mal reingelegt worden!« Der Ork entriss ihm den Stab, zerbrach ihn über dem Knie und warf die Bruchstücke zur Tür hinaus.

»Aber, aber …«

»Wenn du nicht laufen kannst, musst du eben kriechen!«

Ashnak beobachtete, wie der alte Mensch auf allen vieren die Treppe zur Galerie emporkroch. Dann drehte er sich um und nickte. Die orkischen Gerichtsdiener schlugen den Weißmagiern die Türen des Gerichtssaals vor der Nase zu und schoben Balken vor.

Ashnak verdrehte die Hände in den verzauberten Handschellen, zog daran und zerriss die Kettenglieder. Er streifte die Schellen ab und nahm eine Pistole von Barashkukor entgegen, die er in den Bund seiner Uniformhose schob.

»Du!« Ashnak trat vor und zeigte auf einen Halblings-Gerichtsdiener. »Ruf dieses Gericht zur Ordnung. Ich werde dieses ungebührliche Verhalten nicht dulden.«

»Aber … aber … aber …«

»Das ist *Missachtung*.«

PENG!

»Ich werde in diesem Gericht keine Missachtung durchgehen lassen!«

Unter orkischem Beifallsgejohle blies Ashnak Rauch von der Mündung des .45er Colts. Er trat zur Richterbank und setzte sich auf den geschnitzten hochlehnigen Stuhl. Ashnak setzte eine Lesebrille auf, die auf dem Tisch lag, und starrte rechtschaffen und mit glänzendem Kahlkopf und gespitzten Ohren in das Gericht.

»Räumt diese Schweinerei auf!« Auf ein Fingerschnippen eilten sechs weitere Halblinge mit Eimern herbei. Ashnak wandte seinen massigen Kopf zum Tisch der Anklage.

»Sie! Herr Anklagevertreter!« Ashnaks buschige Augenbrauen zogen sich zusammen. Seine tief liegenden Augen funkelten über der Lesebrille. »Warum haben Sie Ihre Eröffnungsrede noch nicht gehalten?«

Ein kleiner Halbling mit gelockter Fußbehaarung in einer braunen Hose, das einzige Wesen, das bereits am Tisch der Anklage saß, schaute sich zuerst um, dann überallhin und schließlich wieder zu Ashnak. *»Ich?«*

»Tragen Sie die Anklage vor!«, donnerte Ashnak.

»Aber …« Der Halbling stand auf und glättete nervös sein Wams. »Aber, Euer Ehren, ich bin ein *Zeuge* und nicht der Vertreter der Anklage.«

»*Das ist* Missachtung!«

PENG!

Ashnak sah über seine Lesebrille hinweg Major Barashkukor an, der hinter dem Tisch der Verteidigung zackig Haltung angenommen hatte. »Vereidigen Sie diesen Zeugen.«

Barashkukor machte sich auf dem Boden zu schaffen und hielt schließlich die abgetrennte Hand des Halblings in die Höhe.

»Schwört er, die Wahrheit zu sagen, die ganze Wahrheit und nichts als die Wahrheit?«

Barashkukor schaute fragend nach unten auf die Schweinerei. »Er schwört, Sir.«

»Gut. Und was hat er zu sagen?«

Der Cyborg-Orc bellte wie aus der Pistole geschossen: »Der General hat es nicht getan, Euer Ehren!«

»Stimmt das auch?«, wandte Ashnak sich an den Zeugen.

Barashkukor hob den abgetrennten Kopf auf und bewegte ihn, sodass er nachdrücklich zu nicken schien. »Es stimmt!«

Ashnak nahm den schweren Hammer, der auf dem Tisch lag, und ließ ihn niedersausen. »Nicht schuldig – der Fall ist abgeschlossen!«

Kehliger orkischer Jubel brach los und die Ork-Marines warfen ihre Feldmützen und Stahlhelme in die Luft – und konnten sie in einigen Fällen sogar wieder auffangen. Die Ferenzier, die auf der Galerie saßen, kauerten sich verängstigt und heillos verwirrt in ihre Sitze.

»Das könnt Ihr nicht machen!«, protestierte ein empörter Geschworener von seinem Platz auf der Bank aus. Das pflaumenfarbene Wams des Menschen entsprach farblich seinem Teint. »Blut im Haus der Gerechtigkeit zu vergießen – das ist unerhört!«

Sein Nachbar auf der Geschworenenbank, ein blauäugiger Elf, zog am Ärmel des Mannes. »Setzt Euch! Mutter der Bäume, das waren doch nur zwei Halblinge!«

»Schluss damit!«

Gleichzeitig mit dem Ertönen der magisch verstärkten Stimme im Gerichtssaal flogen die verrammelten Türen nach innen. Orks taumelten zurück. Das Krachen der Türen sorgte augenblicklich für Stille.

»Dieser Zirkus ist vorbei«, sagte dieselbe Stimme verbittert.

Oderic, Hohezauberer von Ferenzien, marschierte auf seinen Zauberstab gestützt in den Gerichtssaal. Zwanzig Zauberer des Ordens der Weißmagier folgten ihm. Mit stechendem Blick funkelte der alte Mann die aufsteigenden Sitzreihen der Loge an. Die zwanzig Magier in weißen Wämsern sahen sich den Reihen buckliger Orks gegenüber, die mit Patronengurten, Sägezahndolchen, Stabgranaten, Reservemagazinen, Pistolen, M16s, Kalaschnikow-Gewehren und mindestens einem Allzweck-MG behangen waren. Die Ork-Marines trampelten, buhten, pfiffen und johlten.

»Es *wird* eine Verhandlung geben«, beharrte Oderic. Zwischen seinen Fingern blitzte magisches Feuer. »Ork, verlasst die Bank. Wir werden nicht vergessen, dass Ihr den Zeugen des Lichts eingeschüchtert habt.«

Ashnak zeigte dem Zauberer seine riechenden Fänge. »Ist nicht mehr genug von ihm zum Einschüchtern übrig!«

Er schob den .45er Colt auf den Rücken, verließ die Richterbank, wobei er sorgfältig darauf achtete, Oderic immer die Vorderseite zuzuwenden, und gesellte sich zu Barashkukor am Tisch der Verteidigung.

»Ich habe von Anfang an nicht geglaubt, dass wir damit durchkommen würden, Major.«

»Es war einen Versuch wert, Sir.« Barashkukors lange Ohren richteten sich auf. »Schließlich soll es nicht zum offenen Krieg kommen, wenn wir es verhindern können, Sir. Wir werden diese Burschen in naher Zukunft noch brauchen.«

Ashnak nickte versonnen. Er brüllte ein »Ach*TUNG*!« zu den Tribünen empor und fügte, als die zweihundert

Orks in disziplinierter Stille Haltung annahmen, hinzu: »Rühren! Stehen Sie bequem!«

»Der Gefangene wird davon Abstand nehmen, Befehle zu erteilen!«, schnauzte Oderic, während er zum Richtertisch emporstieg. Er betrachtete den Richterstuhl und wischte ihn mit seinem Gewand ab, bevor er Platz nahm. Der Weißmagier warf einen Blick auf die Halbling-Brigade, die den Fußboden wischte, und seufzte: »Diese Gewalttat war unbedacht, Ork. Insbesondere, weil ich Euer Richter sein werde. Ich halte nichts davon, tüchtige Halblinge zu vergeuden. Protokollführer! Vereidigt die Geschworenen.«

Ein Mensch mittleren Alters marschierte mit einem Heiligen Buch die Reihe der Geschworenen entlang. Ashnak drehte sich auf seinem Stuhl und funkelte die Reihen der Orks hinter sich an. Er hustete.

Ein Gemenge unter den bewaffneten Ork-Marines enthüllte eine etwas verkrampfte Herzogin von Graagryk. Die dunkelhaarige Halblingsfrau erhob sich inmitten der Reihen von Orks in grünem Drillich, sodass das durch die großen Fenster des Gerichtssaals einfallende Sonnenlicht ihr schwarzes Lederkleid und den mit Diamanten geschmückten Schmuckfederhalter glänzen und funkeln ließ.

»Ich lege Berufung ein!«, rief sie.

Oderic sagte gereizt: »Es ist allgemein Usus, Madam, die Berufung erst *nach* der Urteilsverkündung einzulegen.«

Unbeeindruckt von seinem Sarkasmus sprach Magdalene Amaryllis Judith Brechie van Nassau von Graagryk mit durchdringender Klarheit.

»Ich will damit sagen: Im Namen meines Gatten wende ich mich an die höchste rechtliche Instanz von Ferenzien.«

»Dies ist die höchste Instanz.«

»Nein«, korrigierte sie. »Das ist sie nicht. Hohezauberer, bei Kapitalverbrechen gibt es eine alte, ehrwürdige Tradition in Ferenzien. Der Angeklagte darf um das Recht bitten – welches auch gewährt wird –, dass die höchste Instanz des Landes seine Verhandlung führt. Wir verlangen, dass die *Königliche* Instanz Recht über uns spricht. Magier, ich verlange als Richter für meinen Gatten – Hochkönig Magorian persönlich!«

Dem Hohezauberer quollen die Augen aus dem Kopf. »Aber er ist …«

»Ja?«, sagte die Herzogin milde. Sie klapperte mit den Wimpern. »Ihr wolltet sagen, er ist der Hochkönig und daher als großer und *weiser* Richter bekannt?«

»Äh …«

»Natürlich wolltet Ihr. Ich muss Euch wohl nicht daran erinnern, dass wir nur Gebrauch von unserem Recht machen, nicht wahr, Herr Hohezauberer?«

Die Herzogin von Graagryk setzte sich wieder, dadurch ein wenig in ihrer Würde beeinträchtigt, dass sich sechs ungeschlachte Ork-Marines vorbeugten, um ihr auf den Rücken zu klopfen und »Yo!« zu grollen.

Oderic verzog das Gesicht, erhob sich, hielt gemurmelte Zwiesprache mit dem Hauptmann des Ordens der Weißmagier und stürmte dann aus dem Saal. Das jeden seiner Schritte begleitende laute Pochen des Zauberstabs auf den Steinplatten verhallte langsam in der Ferne. Ashnak lehnte sich auf seinem Stuhl zurück und legte die Hände hinter den Kopf und die nackten Füße auf den Tisch.

»Das wird funktionieren, Sir, nicht wahr?«, sagte Barashkukor beherzt.

Ashnak biss eine Zehenkralle ab und schnippte sie weg. Sie prallte vom kahlen Kopf eines Zwergs mittleren Alters ab, der zusammenzuckte und ein Taschentuch auf die blutende Wunde klatschte.

»Sachte, Sir. Das ist der Vertreter der Anklage.«

»Was Sie nicht sagen.« Zufrieden lehnte Ashnak sich

wieder zurück, schloss die Augen und lauschte den Sprechchören seiner Orks im Gerichtssaal: »Yo, die Marines!« Die Halblings-Gerichtsdiener versuchten sie aus dem Gerichtssaal verbal in die Schranken zu weisen, waren aber nicht gewillt, sich in die Ränge zu wagen. Die Magier vom Weißen Orden beobachteten alles mit leidenschaftsloser Verachtung.

Ein schwaches Klopfgeräusch drängte sich langsam in Ashnaks Bewusstsein. Er öffnete die Augen, wandte den Kopf und schaute aus dem geöffneten Fenster des Gerichtssaals.

Ein schlichtes Holzgerüst erhob sich in den Morgenhimmel.

Ein Galgen.

Der Querbalken war bereits fertig, das Hämmern wurde von einem älteren Menschen verursacht, der die Falltür unter der Schlinge einpasste. Ashnak fielen einige Ork-Marines in Freizeitkleidung auf, die in der Nähe des Galgens herumlungerten.

»Bist du sicher, dass der Fall tief genug ist?«, drang die Stimme eines untersetzten weiblichen Marine-Lieutenants vom Platz unter dem Fenster dünn an Ashnaks Ohren.

»Reißt ihm den Kopf ab, wenn er nicht stimmt«, fügte ein Ledernacken hinzu. »Hab ich nicht Recht, Ma'am?«

Der ältere Mensch spie einen weiteren Nagel aus und hämmerte ihn ins Holz. »Du hast ganz sicher Recht, Muttchen. Aber keine Bange! Bitte um Vergebung, aber bis es so weit ist und der Ork aufgeknüpft wird, ist der Fall ganz sicher tief genug. Er ist ziemlich groß, also gehe ich auf Nummer sicher und mach die Probe mit ein paar Sandsäcken, wo ihr schon so gütig wart, mich darauf hinzuweisen.«

Fanfaren übertönten den Lärm der Hammerschläge. Ashnak erhob sich ohne Eile, als Hochkönig Kelyos Magorian eintrat. Er hielt sich am Arm eines Knappen fest und wurde von gerüsteten und behelmten Wachen zum Richterstuhl eskortiert. Ashnak salutierte. Barashkukor drückte die Brust heraus, nahm Haltung an und die Stahlfinger seiner rechten Hand berührten den Schirm seiner Feldmütze.

»AchTUNG!«, bellte der kleine Ork. Die Ork-Marines im Gerichtssaal leisteten den guten Bürgern Ferenziens Gesellschaft und erhoben sich zackig in einer von Magda Brandiman verlangten politischen Ehrenbezeugung.

Von Oderic war, wie Ashnak zur Kenntnis nahm, keine Spur zu sehen.

»… mmm und mit dem Frühstück war ich *auch* noch nicht fertig«, brummte Magorian. Ein wenig gereizt schlug er nach seinem elfischen Knappen, der damit beschäftigt war, ihm einen langen schwarzen Richtertalar anzulegen und zuzuknöpfen. »Verdammich, weswegen bin ich eigentlich hier, Kalmyrinth?«

Der Elf rückte die lange gelockte Pferdehaarperücke auf dem Kopf seines Souveräns zurecht und verließ die Richterbank. »Ihr führt den Vorsitz über die Verhandlung gegen den orkischen General Ashnak, der einiger Kriegsverbrechen angeklagt ist, Sire.«

»Oh, *gut!*« Magorians Miene hellte sich auf. »Wird er verurteilt, werden die verdammten Grünhäute alle verschwinden. Dann würden auch die Grundstückspreise im Königlichen Viertel aufhören zu fallen. Schuldig!«

Der kahlköpfige zwergische Anklagevertreter erhob sich hinter seinem Tisch. »Nein, Sire, zuerst müssen wir den Prozess führen. *Dann* können wir ihn hängen.«

Der Hochkönig ließ sich auf den Richterstuhl sinken und gestikulierte mit zittrigen, blau geäderten Händen niemandem im Besonderen. »Möge die Verhandlung beginnen!«

»Eure richterliche Majestät«, begann der Zwerg, indem er den Platz hinter seinem Tisch verließ und mitten in den Saal trat. Er wandte sich an die Geschworenenbank. »Ehrenwerte Bürger Ferenziens.« Er blickte zur Galerie. »Gerechtigkeitsliebende. Ich bin Zhazba-darabat vom Tiefen Berg und vertrete die Anklage. Heute werden wir Euch die Einzelheiten eines besonders grässlichen Verbrechens präsentieren. Der Ork vor Euch …«

Zhazba-darabats knorriger Finger zeigte auf Ashnak, der sich auf seinem Stuhl hinter dem Tisch der Verteidigung räkelte.

»… dieser Ork, der getreuste General Ihrer Finsteren Majestät und ein Ork mit einer langen Erfahrung hinsichtlich der Härten und Nöte des Krieges, wird des schwersten Verbrechens beschuldigt, das ein Soldat überhaupt verüben kann. Bürger, dieser Ork hat wider alle zivilisierten Konventionen der Kriegführung ein Massaker an hilflosen zivilen Tross-Begleitern veranstaltet. Er hat Zeugen seines Verbrechens abgeschlachtet. Und er hat Einfluss auf den Verlauf der großen Wahl für den Weltenthron genommen, indem er Bombenattentate auf die wählende Bevölkerung verüben ließ.«

»Einspruch!« Barashkukor sprang auf.

Magorian betrachtete den kleinen Ork. »Aha. Soso. Mit welcher Begründung erhebt der Vertreter der Verteidigung Einspruch?«

Major Barashkukor runzelte die Stirn. »So etwas sollte er über meinen General nicht sagen!«

Magorians sandfarbene Augenbrauen hoben sich. »Nun, ich muss zugeben, es klingt ein wenig harsch … Was?« Der Hochkönig hielt sich eine Hand trichterförmig hinter das Ohr, als ihm der Protokollführer etwas zuflüsterte. »Ach so. Offenbar ist der Anklagevertreter *verpflichtet*, sich so zu verhalten. Nun gut.« Er strahlte aufmunternd. »Ich werde dafür sorgen, dass Ihr später auch noch an die Reihe kommt, Major, darauf könnt Ihr Euch verlassen.«

Der zwergische Anklagevertreter seufzte und wischte

sich mit einem großen Taschentuch das Gesicht ab. Ashnak bedachte ihn mit einem breiten, beunruhigenden Grinsen. Auf sein unmerkliches Signal hin schlugen die Ork-Marines auf der Galerie rhythmisch mit dem Gewehrkolben auf den Boden.

»WIR WOLLEN ASHNAK! DER GENERAL SOLL SPRECHEN!«

Die Weißmagier liefen geschäftig im Gerichtssaal hin und her und Hochkönig Magorian nahm seinen Richter-Hammer und ließ ihn unter vornehmer Missachtung jeglichen Zielens niedersausen. »Ruhe im Gerichtssaal! *Ruhe, oder ich lasse den Saal räumen!*«

»Das können wir übernehmen!«, rief ein kleiner orkischer Stoppelhopser aus einer der vordersten Reihen.

»Gute Güte.« Ein riesiger Ork-Sergeant hinter ihm beugte sich vor und hieb dem kleinen Ork mit der Faust auf den Schädel. Die langen Ohren des Ledernacken schossen kerzengerade in die Höhe, bebten kurz und falteten sich zusammen, während der kleine Ork zu Boden fiel.

Marine-Kommissarin Razitshakra, die neben dem Ledernacken saß, warf einen Blick auf die Bank neben sich. »Dieser Platz muss gesäubert werden – man reiche mir einen Halbling.«

Nach einem kurzen Gerangel wurde einer der Halblings-Gerichtsdiener ergriffen und – unter lauten Protesten – von Hand zu Hand über die Köpfe der Ork-Marines nach unten zu Razitshakra weitergereicht. Sie wischte das Lederpolster zuerst mit seinen lockigen Haaren und dann mit seinen behaarten Füßen. »Will jemand diesen Platz?«

Lieutenant Chahkamnit, der drei Reihen höher saß, schaute ihn sich genauer an. »Ahem. Nein. Später vielleicht.«

Die Marine-Kommissarin schnitt eine Grimasse. »Will dann vielleicht jemand diesen Halbling?«

»Nee«, sagte ein Corporal. »Der ist schon benutzt worden.«

»Ich hätte ein Brötchen, das ich mit ihm belegen könnte«, warf eine hoffnungsvolle Stimme aus einer der hinteren Reihen ein.

»Ruhe!« Die Anführerin der Weißmagier ließ einen Feuerstrahl unter die Decke zucken, was die ferenzischen Bürger veranlasste, den Kopf einzuziehen und sich tief in den Sitz zu kauern. Die unbeeindruckten Ork-Marines sahen Ashnak an und fügten sich auf sein Zeichen.

»Euer majestätische Ehren«, protestierte die Weißmagierin, deren blonde Haare hin und her schwangen, als sie zu seinem Tisch herumfuhr, »Ihr dürft einfach nicht zulassen, dass dieser Pöbel sich so aufführt!«

»Hmm?« Der Hochkönig unterbrach sein Gekritzel mit einer Greifenfeder auf seinem Notizblock und sah auf. »Hat die Anklage damit ihren Fall vorgetragen?«

Anklagevertreter Zhazba-darabat marschierte durch den Gerichtssaal zum Richtertisch, wobei er über einige Kabel mit der Aufschrift AMTLICH NICHT ENTFERNEN schritt. Der Zwerg starrte zur Kante des Richtertisches empor, ohne den Richter dahinter sehen zu können. »Euer Ehren …«

»Was?« Magorian blinzelte mit feuchten Augen und sah sich um. »Ist der kleine Kerl fertig? Ihr, Ork, wie Ihr auch heißen mögt. Ihr seid dran.«

Barashkukor sprang wieder auf. »Einspruch!«

»Was ist es *dieses* Mal?«

»Ich bin noch nicht so weit.«

Magorian funkelte ihn an. »Halte deine Eröffnungsrede, Grünhaut. Und beeil dich damit. Ich will mein Mittagessen.«

Ashnak rutschte auf seinem Stuhl hin und her, da sich das Metall des klobigen .45ers in sein Rückgrat drückte.

Mit zusammengekniffenen Augen beobachtete er die Lichtmagier.

»Mylord.« Barashkukor erhob sich hinter seinem Tisch. Er tauschte seine Feldmütze gegen eine Pferdehaarperücke aus, deren lange Seiten bis zu seinem Koppel herabfielen. »Mylord, die Verteidigung bringt Folgendes vor. General Ashnak hat es nicht getan, er ist es nicht gewesen und außerdem befand er sich zu dem Zeitpunkt ganz woanders! Ich würde jetzt gern einen Zeugen für den Charakter des Angeklagten aufrufen.«

Magorians sandfarbene Augenbrauen hoben sich. »Oh … nun gut.«

Barashkukor schritt in die Mitte des Gerichtssaals. »Ich rufe Lugbash!«

Ein Halblings-Saaldiener öffnete die Türen und bellte in den Flur: *»Ich rufe Lugbash!«*

Eine entfernte Stimme wiederholte: »ICH RUFE LUGBASH …«

Ashnak legte einen muskulösen Arm über die Lehne seines Stuhls und sprach mit Marine-Kommissarin Razitshakra in der ersten Reihe der Galerie. »Wer zum Henker ist Lugbash?«

Bevor die Kommissarin antworten konnte, humpelte eine bucklige Orkfrau in einem einfachen Kleid und mit umgelegtem Kopftuch in den Saal. Barashkukor bot ihr galant seinen Stahlarm an, als sie in den Zeugenstand stieg.

»Ich kann mich noch an Ashnak erinnern«, gurrte sie unaufgefordert. »Er war ein so lieber kleiner Ork, das war er. Ich bin sein Kindermädchen gewesen, müsst Ihr wissen, so ein süßer Bengel.«

Barashkukor verschränkte die Hände auf dem Rücken. »Und ist Ihr Zögling Ihrer Ansicht nach fähig, die Verbrechen zu verüben, derer man ihn beschuldigt, Kindermädchen Lugash?«

»Was, mein lieber kleiner Nakkie?« Das Kopftuch der

Orkfrau verrutschte und sie griff danach, doch nicht bevor Ashnak die hohlen Wangen und Streifen eines Corporals gesehen hatte. »Natürlich nicht. Er hat nie jemandem was getan und war immer ein *so* lieber kleiner Ork. Hat immer seinen Teller leer gegessen. Und auch den Teller, was das betrifft. Und den Hund …«

»Keine weiteren Fragen«, sagte Barashkukor hastig. »Ich würde jetzt gern als weiteren Zeugen für den Charakter des Angeklagten Bio-Tech-Captain Ugarit …«

»Nein, würden Sie nicht«, knurrte Ashnak.

»… Nein, würde ich nicht. Ahem.« Der Major machte auf dem Absatz kehrt. Die Seiten seiner Perücke wirbelten und watschten einen Halblings-Saaldiener ab. Er trat zum Tisch zurück. »Ich möchte einen Präzedenzfall anführen!«

»›Nakkie‹, also wirklich!« Ashnak hielt sich eine Hand vor die Augen, während Barashkukor damit beschäftigt war, einen Haufen dicker Wälzer hervorzuholen. Das leise Hämmern des Galgenbauers trat deutlicher hervor.

»Ich glaube nicht, dass das Ding funktionieren wird«, bemerkte eine zweifelnde orkische Stimme draußen auf dem Platz. »Die Querstrebe ist viel zu hoch. Und dann die Halterung da oben. Schlampig gearbeitet, würde ich sagen.«

»Blödsinn!«, verkündete eine anderer Ork. »Ein hervorragendes Beispiel für perfekte Hinrichtungstechnik.«

»Sagt wer?«

Ashnak schaute aus dem Fenster, während der Handwerker draußen beiseite trat und den Orks, die mit erhobenen Fäusten aufeinander losgingen, Platz machte.

»Nett von euch, eure Meinung kund zu tun, ihr Herren. *Sehr* nett«, sagte der Mann, indem er den Hammer in eine Schlaufe an seiner Zimmermannsschürze einhing. Ashnak hörte den Mann leise hinzufügen: »Wenn es um Galgen geht, hält sich *jeder* für einen Experten …«

Ashnak richtete seine Aufmerksamkeit wieder auf den Gerichtssaal, da Zhazba-darabat seinen langen Samttalar zusammenraffte und sich ebenfalls daran machte, Bücher aus den Tiefen der Fächer seines Tisches heraufzubefördern. Zu leise, um vom Richter gehört zu werden, knurrte der Zwerg: »Ich habe eine jahrhundertelange Erfahrung, aus der ich Präzedenzfälle zitieren kann, Ork. Wie gut seid Ihr in der Rechtswissenschaft?«

»Naja …« Barashkukor warf einen gehetzten Blick auf Ashnak, schluckte und zerrte das unterste Buch eines hohen Stapels hervor. »Ich führe den unwiderlegbaren Fall *Hashbanipal Schattenbaum gegen die Blauen Elfen* an.«

Der Zwerg knallte einen dickeren Wälzer auf den Tisch. »Ich widerlege Euch mit *Meliadis der Grausame gegen Brukgug Halbork*.«

»Aber ich kontere mit *Bischof Filgrindibad gegen Die Geheimen Meister der Hallen*!«

»Und ich erwidere darauf: *Frau Shulikan gegen Dolf, Dexis und Durundibar*!«

Barashkukor schlug die Seitenenden seiner Perücke zurück, was einen weiteren Halbling betäubte, und wandte sich an die Geschworenen. »Daher führe ich den unwiderlegbaren Präzedenzfall *Berendis gegen alle Elfen Thyrions* an!«

Mehrere Geschworene applaudierten. Jene, deren Blick zwischen Barashkukor und Zhazba-darabat hin- und hergewandert war, rieben sich den Nacken.

»Alaric Knochenbrecher gegen Hugon, den Roten Paladin!«, krähte Zhazba-darabat triumphierend. »Nun, was habt Ihr *dazu* zu sagen?«

Barashkukors stählernes Bein funkelte, als der kleine Ork auf den Stapel der Bücher kletterte, aus denen bereits zitiert worden war, und, gefährlich schaukelnd, in einem anderen Wälzer blätterte. »Ich antworte darauf mit … äh … mit …«

»*Ruhe!*« Magorians Hammer krachte nieder. Der Ork-Sergeant in der dritten Reihe funkelte den Ledernacken in der vordersten Reihe an. Nur zwei Ohren waren noch zu sehen, die mit keiner Hautfalte zuckten.

Es herrschte Ruhe, abgesehen von dem zunehmenden Lärm der Schlägerei draußen auf dem Platz, die eine ganze Reihe nicht-orkischer Teilnehmer angezogen zu haben schien.

»Ich lasse diese Präzedenzfälle nicht zu«, sagte Magorian mit zittriger Stimme. »Wenn Ihr glaubt, ich sitze hier und höre mir diesen ganzen Unsinn an, habt Ihr Euch geschnitten. Hat der Verteidiger sonst noch etwas zu sagen?«

»Ich kann es kaum erwarten«, knurrte Ashnak leise, während er den kleinen Major mit blutunterlaufenen Augen musterte. Hinter ihm kicherte Razitshakra in sich hinein. Ashnak sah sich zu ihr um.

Die Politkommissarin stützte die Ellbogen auf die erste Reihe der Galerie. »Keine Sorge, Sir«, murmelte sie. »Die Geschworenen hängen an unseren Strippen.«

Ashnaks Blick wanderte über die Geschworenenbank. Sieben gut genährte Menschen, ein Elf, zwei Halblinge, ein Zwerg und ein Halbelf. »Die tanzen nicht nach unserer Pfeife.«

»Nein, nein, Sir. Ich habe die Geschworenenbank verdrahtet.« Razitshakra verbarg ihre Bewegungen vor den Weißmagiern, als sie ihren Mantel kurz aufschlug. Ashnak sah, dass die freie Hand der Kommissarin eine M57-Zündvorrichtung hielt.

»Mit Claymore-Minen unter den Stühlen, Sir.«

Eines der Kabel auf dem Boden lief von der Galerie zur Geschworenenbank. Bei genauerer Betrachtung fielen Ashnak Schweißperlen auf der Stirn der Menschen und Halblinge unter den Geschworenen auf. Sogar der Elf schaute ein wenig unbehaglich drein.

»Gute Arbeit, Kommissarin«, lobte er.

Der Lärm der Schlägerei auf dem Platz wurde von mehreren Schüssen übertönt. Die Anführerin der Weißmagier verzog das Gesicht und beorderte die Hälfte ihrer Truppe nach draußen. Sie fixierte Ashnak mit herausforderndem Blick. Der schnippte ein imaginäres Stäubchen von seiner zerrissenen Uniformhose.

»Mein Mandant«, verkündete Barashkukor schrill, »war zu der Zeit, als besagte Gräueltaten verübt wurden, ganz woanders. Mylord, in dieser Frage bin ich mein eigener Zeuge – zur fraglichen Zeit hat der General mich dabei beobachtet, wie ich einen T54-Kampfpanzer durch den Faex manövriert habe.«

Magorian schaute zweifelnd drein. »Ich glaube nicht, dass Ihr Euch selbst als Zeuge aufrufen könnt, Herr Verteidiger.«

»Oh.« Die Miene des kleinen Orks verdüsterte sich. Dann hellte sie sich wieder auf. »Nun gut. Ich habe dem Papierkram noch nie vertraut. Ich bin ein Ork der Tat, das bin ich. Ich rufe den T54-Kampfpanzer!«

Derselbe Halblings-Saaldiener öffnete die Tür zum Flur. *»Ich rufe den T54-Kampfpanzer!«*

»ICH RUFE DEN T54-KAMPF … *WAS?*«

»Ich glaube nicht, dass Ihr das könnt.« Magorians Blick wanderte vom Protokollführer zur Anführerin der Weißmagier. »Kann er das?«

Welche Antwort er auch bekam, sie ging im knirschenden Rattern des Panzers unter. Die Ork-Marines auf der Galerie jubelten und hämmerten ihre Waffen auf den Boden. Ein Ledernacken mit einer roten Flagge an einem Stock marschierte zur Tür des Gerichtssaals herein.

Ashnak erhob sich, als sich zuerst der Geschützlauf, dann die Ketten und schließlich auch der Aufbau eines T54 in den Gerichtssaal schoben. Da er nur unwesentlich breiter war als die Türöffnung, wurden lediglich ein paar große Brocken aus dem Türrahmen gerissen. Die Ketten zermalmten die Steinplatten zu Kieselsteinen.

Der Motor des T54 dröhnte, hustete und tuckerte dann im Leerlauf vor sich hin. Ein breitschultriger Ork mit Stahlhelm öffnete den Lukendeckel und stützte sich mit den Ellbogen darauf, eine Hand nah am Turm-MG.

»Offizier anwesend!«, bellte Razitshakra von der Galerie. Der Ork erblickte Ashnak und salutierte zackig. Ashnak erwiderte den Salut.

»Ich verlange, dass Ihr diesen Panzer ausschließt!«, schrie Zhazba-darabat.

Hochkönig Magorian betrachtete die ramponierte Tür. »Schließt *Ihr* ihn doch aus!«

Der zwergische Ankläger warf seine Papiere angewidert in die Luft. »Euer Ehren, ich erhebe Einspruch!«

»Warum?«, fragte Barashkukor selbstzufrieden. Zhazba-darabat marschierte auf den kleinen Ork zu und funkelte ihn Nase an Nase an.

»Weil es nicht einmal derselbe Panzer ist, darum! *Euer* T54-Kampfpanzer liegt auf dem Grund des Faex, ist es nicht so, Herr Major?«

Verlegen flüsterte der orkische Major: »Es ist ein *stellvertretender* T54-Kampfpanzer.«

»So etwas gibt es nicht!« An die Richterbank gewandt, wedelte der Zwerg mit den Armen. »Er dürfte gar nicht aussagen, selbst wenn er aussagen *könnte*!«

Magorian fuhr sich mit zitternden Fingern durch seine schütteren Haare. »Wie war das gleich?«

»Ich sagte ...«

Ein Tumult erhob sich, da jeder Bürger Ferenziens versuchte, den am nächsten bei ihm sitzenden Ork-Marine bei der Diskussion des Werts der Zeugenaussage eines Panzers zu überschreien. Die Weißmagier setzten bei ihrem Bemühen, den Saal zur Ordnung zu rufen, vergeblich Verstärkerzauber ein.

»Ruhe im Gericht!«, erhob Hochkönig Magorian seine brüchige Stimme. *»Ruhe im Gericht!«*

Ashnak hob den Kopf. »Ich glaube, dabei kann ich helfen.«

Er schnippte mit den Fingern.

WUUUUUMMMMMMM!

Die 115mm-Kanone des T54 schoss. Das Fensterglas implodierte. Ein beträchtlicher Teil der gewölbten Decke stürzte ein und es regnete Trümmer auf Galerie und Sitzungssaal. Einen Augenblick lang herrschte Stille, die nur vom Stöhnen aus den Ohren blutender Menschen, Elfen, Zwerge und Halblinge durchbrochen wurde.

Ashnak zog sich einen großen Wattepfropfen aus dem rechten und einen zweiten aus dem linken Ohr. »*Das* hat den Saal zum Kochen gebracht.«

Als der Rauch sich lichtete, sah man Hochkönig Magorian benommen den Hammer schwenken, während er hinter sein Pult sank. *»Ich sagte: Ruhe im Gericht, verdammich …«*

Barashkukor zog sich mehrere Schichten Watte aus den Ohren. Die anderen Ork-Marines folgten seinem Beispiel. Barashkukor wischte Mörtelbrocken aus seiner Pferdehaar-Perücke. »Mylord, damit schließe ich meine Ausführungen.«

Eine dünne, zittrige Stimme drang unter dem Richtertisch hervor. »Die Geschworenen dürfen sich zur Beratung zurückziehen …«

Sieben Menschen, zwei Halblinge, ein Zwerg, ein Elf und ein Halbelf verließen im Laufschritt ihre Plätze und stürmten an den benommenen Magiern vorbei aus dem Gerichtssaal. Die Anführerin der Weißmagier bedeutete ihren Menschen, sich auf die von den Geschworenen geräumten Plätze zu setzen und sich um ihre Verwundeten zu kümmern.

Rattattattattat!

»Ahhh!« Die Leiche eines der sich draußen prügeln-

den ferenzischen Menschen flog von der Schlägerei auf dem Platz durch das Fenster in den Gerichtssaal.

»Bei näherem Hinsehen ...« Hochkönig Magorian kam unter der Richterbank hervor. »General Ashnak, hiermit erkläre ich Euch für so durch und durch unschuldig, wie Ihr dies überhaupt sein könnt, und spreche Euch von jeder Anklage frei, die jemals gegen Euch vorgebracht wurde. Jetzt oder in Zukunft. Reicht das?«, fügte der alte Mensch hinzu, während er am Arm seines elfischen Knappen die Richterbank verließ.

»Das«, verkündete Ashnak über den Jubel, das Gejohle und die Gewehrsalven seiner Marines hinweg, »reicht vollkommen, Euer Ehren.«

Draußen auf dem Platz war das Gebrüll des Galgenbauers deutlich zu hören: »Was sagen die Herren da? Das Urteil lautet ›nicht schuldig‹?«

Eine Pause trat ein.

»Ach, *Scheiße!*«

»ASH-NAK! ASH-NAK! *ASH-NAK!*«

»Wir haben es geschafft!«, rief Magda, während sie von der Galerie in Ashnaks ausgebreitete Arme sprang. Er küsste die Halblingsfrau mit Hingabe und Begeisterung.

»Das haben wir, Sir, nicht wahr?« Barashkukor strahlte seinen General mit glänzenden Augen ein wenig benommen an. »Ich sagte Ihnen doch, Sie können sich auf mich verlassen, Sir!«

Die ferenzischen Bürger strebten eiligst dem Ausgang entgegen und die Weißmagier auf ihrer requirierten Geschworenenbank schauten nicht einmal auf. Eine jubelnde Menge aus Ork-Marines hob Ashnak hoch und trug ihren General auf den Schultern aus dem Gerichtssaal.

»Herzlichen Glückwunsch, Sir!« Marine-Kommissarin Razitshakra schüttelte Barashkukor fest die Hand. Dem kleinen Ork fiel die Perücke vom Kopf. »In jeder Beziehung politisch korrekt.«

Barashkukor schlängelte sich von Razitshakra und Lieutenant Chahkamnit flankiert aus dem Gerichtssaal.

Der kleine Ledernacken aus der ersten Reihe der Galerie kam blinzelnd wieder zu sich. Er kam schwankend auf die Beine und machte Anstalten, den jubelnden Marines nach draußen zu folgen. Ein Metallgegenstand blieb an seinem Fuß hängen.

Der Ork bückte sich, hob ihn auf und betrachtete ihn nachdenklich von allen Seiten. Das Kabel schleifte hinter ihm her, als er in den Flur trat, die Türen hinter sich schloss und zweimal den Hebel der Vorrichtung niederdrückte.

WUUUUMMMM!

»Aaaaaahhhhh!«

Ashnak warf einen Blick durch den Flur zurück auf den aus dem Gerichtssaal wallenden Ziegelstaub. Er hob die buschigen Augenbrauen und schüttelte dann den Kopf.

»Yo!« Die stämmigen Ledernacken trugen Ashnak auf den Schultern auf den Platz, wo die Mittagssonne auf die ferenzischen Bürger schien, die sich immer noch prügelten. Dienstfreie Ork-Marines standen daneben und sahen zu, als könnten sie sich überhaupt nicht vorstellen, worum es bei dem ganzen Theater eigentlich ging.

»Halt!«

Ashnak schaute über die Köpfe der Menge hinweg dorthin, wo die Stimme ertönt sein musste. Er schlug den Marines, die ihn trugen, auf die Schulter, glitt aufs Pflaster, nahm die saubere tarnfarbene Uniformjacke, die Barashkukor ihm hinhielt, und zog sie an.

»Ehrengarde, AchTUNG!«, bellte er rau. Die Ledernacken um Ashnak, Magda und Barashkukor richteten ihr M16 auf die Menge und auf Hohezauberer Oderic, der sich an der Spitze eines Trupps aus Magiern und Kämpfern einen Weg hindurchbahnte.

»Lasst das Gericht wieder zusammentreten«, rief Oderic Magorian zu.

Der Hochkönig blinzelte im grellen Sonnenlicht in die ungefähre Richtung des Hohezauberers. »Ihr beliebt zu scherzen!«

»Ich habe einen neuen Zeugen.«

Ashnak sah Magda an, die mit einem Achselzucken reagierte, und dann Barashkukor, der erbleichte. Die Weißmagier hinter Oderic bildeten eine Gasse.

Eine schlurfende, bucklige Gestalt, deren Gewand ein lederner Flickenteppich bildete, hinkte vorwärts. Die Temperatur auf dem sonnigen Platz sank um zwanzig Grad. Der süßliche Verwesungsgeruch ließ Ashnaks Nüstern zucken.

Der Namenlose Nekromant schob die Kapuze in den Nacken und enthüllte sein entstelltes Gesicht.

»Ich bin sein Sseuge! Ich kann mich für die kri-*hick*-nellen Handlungen ›General‹ Ashnaks bei dem Bom-*hick*-benattentat auf das Rathaus verbürgen.« Der Namenlose lächelte, wobei gelbliche Hauer seinen Mund verzerrten, und wischte einen Speichelfaden weg. »Ashnaks und seiner Komplisssen. Ich hab alles gesehen – *hick*. Ich war da!«

Ashnak stemmte schinkengroße Fäuste in die Hüften und funkelte den Namenlosen unter zusammengezogenen Brauen an. Seine Hand tastete sich zur Pistole hinten in seinem Hosenbund. »*Das* ist Missachtung …«

»Sir! Ich muss schon sagen, Sir!«, unterbrach der schlaksige Lieutenant Chahkamnit, der ein Funkgerät in der Hand hielt. »Ich finde, Sie sollten sich das anhören!«

Ashnak hörte es sich an.

Er hielt das Funkgerät so, dass Magorian, Oderic und der Namenlose Nekromant die hektischen Meldungen hören konnten:

»… Käfer haben die südöstlichen Vororte der Stadt erreicht! Wiederhole, unsere Sicherheit wurde kompromittiert,

Feinde sind in Ferenzien selbst eingedrungen. Die Käfer haben die südöstlichen Vororte der Stadt erreicht! Höchste Alarmstufe für alle Einheiten!«

»Lady des Lichts!« Oderic stützte sich auf seinen Stab und sein Gesicht wirkte plötzlich aus wie das eines Mannes, der Jahrzehnte älter war als seine hundertzwanzig Lenze. »Wie konnten sie uns so überraschen?«

Der Namenlose Nekromant wandte sich an Lieutenant Chahkamnit. »Mobilisier die Mar-*hick*-s!«, befahl er.

Der schwarze Ork kratzte sich unbehaglich hinter einem gespitzten Ohr. »Tut mir schrecklich Leid, Sir. Ich glaube eigentlich nicht, dass ich das kann.«

»Was?«

Der Namenlose Nekromant drängte sich am benommenen Hohezauberer Oderic vorbei. Eis bildete sich auf dem Pflaster des sonnigen Platzes. Die Prügelei endete schlagartig. Der Namenlose ignorierte Chahkamnit und baute sich vor Barashkukor auf, während gelbe Galle von seinen Fängen tropfte.

»Major, *Ihr* werdet die Orksch mobilis-*hick*-n!«

Das Cyborg-Auge des Orks leuchtete rubinrot. »Bei allem Respekt – von einem Zivilisten nehme ich keine Befehle an.«

Der Himmel über den Dächern Ferenziens verdunkelte sich ein wenig. Die Mittagssonne trübte sich. Der Kopf des Namenlosen Nekromanten drehte sich, da er die Meute der dreihundert orkischen Offiziere, Sergeants und einfachen Ledernacken anfunkelte.

»Issas der richtige Zeitpunkt für eine – *hick* – Meuterei, wo dasch Schicksal der Welt auf dem – *hick* – Spiel steht?«

Ashnak knöpfte seine Uniformjacke zu und schob sie in die Hose. Ork-Marines versorgten ihn mit Kampfstiefeln, Koppel und Pistolenhalfter, während er säbelbeinig auf dem Platz vor Ferenziens Gerichtsgebäude stand. Seine behaarten Nüstern weiteten sich, als sie den stechenden Gestank nichtmenschlicher Eindringlinge wahrnahmen.

»Ist ja nicht *unsere* Stadt«, bemerkte ein einfacher Ledernacken.

Ein weiblicher orkischer Captain in vorderster Reihe der Menge und mit einem Allzweck-MG auf der Schulter rief: »Das ist keine Meuterei! Wir warten auf die Befehle unseres Kommandanten.«

Hohezauberer Oderic von Ferenzien starrte Ashnak an. Der Weißmagier fluchte. Er warf seinen Stab auf das durch Zauberkraft vereiste Pflaster. Das weiße, von der Kälte spröde gewordene Eichenholz zerbrach in vier Teile.

»Das ist politisch korrekt«, bestätigte Kommissarin Razitshakra. »Wir warten auf die Befehle unseres Vereinigten Stabschefs Ashnak. Oder wir Marines tun gar nichts – außer aus Ferenzien abzurücken.«

10

Zwischen Ferenzien und dem Bergland im Nordosten erstreckt sich ein breiter Landstrich. Die Farbe dieser Ebene ändert sich, als lege sich ein großer Schatten vor die Sonne.

Unbeeinträchtigt scheint die Sonne.

Die Schwärze auf dem Angesicht der Erde kroch, krabbelte und rückte mit langsamer Unaufhaltsamkeit vor. Käfer mit einem Exoskelett marschierten zu Hunderten und Tausenden. Das Knistern lebendiger Waffensysteme lag in der Luft.

Ungehindert strebten die Linien der Käfer-Soldaten dem höheren Gelände entgegen. Fahrzeuge und Marines der Orks waren in Gruppen, Haufen und sich zurückziehenden Formationen zu sehen. Mörserfeuer deckte ihren Rückzug. Eine Staffel Kampfhubschrauber beschoss die Käfer aus der Luft und drehte ab, als sie ihre Munition in den Morast der chitingerüsteten Leiber gejagt hatten.

Einheit für Einheit, Kompanie für Kompanie, Horde für Horde strömten die sich nähernden Tausendschaften der Käfer dem orkischen Marine-Bataillon in den Bergen entgegen. Feindlicher Beschuss traf die granitenen Hänge. Rauch stieg auf und verdunkelte die Sonne.

»Sir, sehen Sie sich die *Reichweite* dieser Dinger an!« Major Barashkukor starrte fassungslos auf die Zahlen, die im Gesichtsfeld seines Cyborg-Auges auftauchten. »Wir verfügen nicht über die Feuerkraft, um damit fertig zu werden!«

»Es gibt ein Bataillon von uns und fünfzehntausend von denen. Wo liegt das Problem?«

Ashnak zog an seiner Zigarre und blies eine Wolke übel riechenden Qualms in die Richtung des Fürsten der Nacht und der Stille.

»Erwägt Ihr, in den Kampf zu ziehen, Erhabener?«

Reihe um Reihe großer Orks, gewöhnlicher Orks, Wolfreiter, Kobolde, Goblins, Dunkelelfen und Untoter säumten die Anhöhen und ihre zerfledderten Banner verdunkelten den Himmel. Vor der Horde der Finsternis wurde ein großer Palankin aus Knochen – der gelbliche Brustkorb irgendeines Drachen aus der alten Welt – auf den Schultern von sechs Trollen getragen. Schwarze Wimpel und Pferdeschädel baumelten an den Eckpfosten.

Der Fürst der Finsternis saß in dem Palankin auf Ihrem Thron. Das Sonnenlicht erzeugte kupfer- und zyanfarbene Schatten in Ihren aschblonden Haaren. Sie trug eine schwarze Rüstung, wie Ebenholz poliert, kanneliert, durchbrochen und verziert.

»Die offizielle Wahl auf den Weltenthron findet erst

morgen statt.« Sie stützte das Kinn auf eine Hand und Ihr gerüsteter Ellbogen beulte den Schädel eines Ihrer Troll-Palankinträgers ein. »Da ich das Spiel bis hierher mitgespielt habe, will ich es jetzt nicht mehr verlieren.«

Ashnak schob seinen Stahlhelm in den Nacken. »Also genau darüber wollte ich mit Euch reden, Ma'am.«

Eine Abteilung elfischer Husaren ritt unter beachtlichem Säbelgeklirr heran und löste die Formation auf, sodass Hochkönig Magorian, Oderic und die Weißmagier sichtbar wurden. Ein Trupp Geißelnde Ritter folgte in ihrem Kielwasser, doch ohne Amarynth Feuerhand.

»Wir nehmen lediglich eine bessere Stellung ein.« Oderic sog an seiner Pfeife und zeigte mit dem Stiel auf den Pass, der durch die Berge im Nordosten ins Land dahinter führte. »Da entlang ...«

Plötzlich gab der Fürst der Finsternis Ihren Trollen ein Zeichen. Sie stellten den Knochenpalankin ab. Vom Scheppern Ihrer Vollrüstung begleitet, sprang Sie geschmeidig auf. Die Hand im schwarzen Panzerhandschuh legte sich auf Ashnaks Schulter. Er verbiss sich ein Ächzen, obwohl er noch säbelbeiniger dastand als sonst.

»Reden wir«, sagte der Fürst der Finsternis, und Ihr Zauber der Unhörbarkeit baute sich rings um sie auf, sodass Ashnaks Hundemarke ihm einen sengenden Schmerz verursachte. »Du hast eine Bitte, kleiner Ork, nicht wahr? Amüsiere Mich, indem du sie Mir vorträgst.«

»Es ist ganz einfach, Ma'am.« Ashnak nahm ein derbgutmütiges militärisches Gehabe an. »Ich will nicht, dass meinen Marines andere Einheiten in die Quere kommen. Die Käfer machen Katzenfutter aus uns, wenn es dazu kommt. Ihr unterstellt mir besser den ganzen Haufen – bevor ich mit meinen Truppen abziehen muss. Verleiht mir den Rang des Oberkommandierenden, Ma'am.«

»Oberkommandierender der Horde«, sann Sie. »Seit Äonen habe ich niemanden mehr in diesen Rang erhoben.«

Ashnak hüstelte. »Nicht direkt, Ma'am. Ich meine, Oberkommandierender der Truppen der Finsternis *und* des Lichts.«

Der Fürst der Finsternis lachte, ein Geräusch wie von unterirdischen Glocken. Der Annullierungstalisman um Ashnaks Hals wurde unter der Last der Magie des Fürsten der Finsternis pulverisiert.

»Die Käfer greifen außer hier in Ferenzien an mindestens fünf weiteren Stellen an. Ihr braucht die Ork-Marines. Es sei denn, Ihr habt vor, alle Käfer einfach *so* auszulöschen.« Ashnak schnippte mit den Fingern.

»Die Magie der Auslöschung ist nicht sehr subtil. Ja, kleiner Ork, Ich könnte es tun. Aber wenn Ich die Käfer vom Angesicht dieser Welt fege, wird dadurch auch die Stadt zerstört, in der sie sich befinden, und das Land, auf dem sie marschieren, so groß ist Meine Macht. Nein, mein Ashnak. Du wirst ihnen in der Schlacht gegenübertreten müssen.«

Sie hob den Zauber der Unhörbarkeit auf und kehrte zu Ihrem Palankin zurück.

»Weißmagier!«, rief Sie. »Ich und Meine Horde werden euch in die Berge begleiten. Mein Ork, mit dem ich sehr zufrieden bin, erhält einen Rang über euch allen, um diese Schlacht zu befehligen. Eure Leute werden ihm gehorchen, wie sie Mir gehorchen würden, oder sie werden ebenso bestraft.«

»Aber, aber«, stotterte Oderic. »Aber ...«

Die Vorhut der Bösen Horde setzte sich unter Trommelwirbel und Horngetute in Richtung Berge in Bewegung, vom Fürst Toter Äonen in Ihrem Palankin begleitet.

»Das hat Ihr nicht gefallen, Oberkommandierender«, sagte Barashkukor.

»*Mir* schon.« Ashnak schob seine Zigarre in den anderen Mundwinkel. Er grinste. »Also schön! Gehen wir diese Sache an – Offiziersbesprechung in meinem Zelt, und zwar *sofort*!«

* * *

Staub stieg von der Ebene im Norden Ferenziens auf. Durch die Düsternis funkelten Waffen und Chitinpanzer. Staub stieg auch von den niedrigen Kämmen, Schluchten, Rinnen und Anhöhen der Hügel auf. Unter jeder Anhöhe und in jeder Senke verborgen kauerten Orks und andere Marines in voller Kampfmontur mit ihren Waffen. Infanteriebataillone, Feldartillerietrupps, Landminenkompanien. Funkertrupps, Pioniere, Luftabwehr-, Panzerabwehr- und Raketenbatterien. Und hinter allem die Hilfstruppen, Transportfahrzeuge, Treibstoffdepots, Reparaturwerkstätten, Bäckereien, Fleischereien …

Cobra-Kampfhubschrauber und Hueys flogen kreuz und quer durch den Mittagshimmel über Ferenzien, über spitze Dächer und Zinnen. Es herrschte reger Funkverkehr. Boden-Luft-Raketen donnerten in den Himmel.

»Wir haben grünes Licht!« Sergeant John H. Stryker vom U.S. Marine Corps zog die Handbremse und riss den Jeep in eine Hundertachtziggradkehre, sodass er genau vor Ashnaks Kommandozelt fünf Meilen nördlich der Stadt zum Stehen kam. »Sir, alles und jeder ist da, wo er, sie und es sein sollte, Sir – pünktlich, Sir!«

»Verdammt und zugenäht«, sagte Ashnak, als er aus dem Fahrzeug sprang. »Gut gemacht, Sergeant. Vielleicht habt ihr Anderswelt-Marines euren Nutzen.«

Von Barashkukor verfolgt, schritt der massige Ork ins Kommandozelt.

»Ich will aktuelle Berichte über Feuerkraft und Taktik der Käfer sehen. Außerdem wünsche ich eine Bestätigung des Angriffsplans. Und der Übungen, falls welche stattfinden. Dann gebe ich die Befehle. Noch Fragen?«

Lieutenant Chahkamnit, Kommissarin Razitshakra. Biotech-Captain Ugarit, Sergeant Dakashnit, Lieutenant Lugashaldim und der höher rangige Generalstab saßen auf wackligen Klappstühlen rings um Funkgeräte und Kartentische herum und schüttelten den Kopf. Das durch die Zeltleinwand gefilterte Sonnenlicht fiel auf einen Marine, der kein Ork war, sondern schlank und hoch gewachsen, und eine Uniform trug, die mit Perlen, Tüchern und Silbertand geschmückt war.

»Ich habe den Bericht darüber, womit wir es hier zu tun haben, Sir.« Der hartäugige elfische Lieutenant Gilmuriel sprang auf. Er schnippte mit den schlanken Fingern. Ugarit drehte an der Kurbel einer kinematografischen Maschine. Ein sich ruckartig bewegendes Bild flackerte über einen aufrollbaren Leinwandschirm.

»Ich weiß nicht, wie die Käfer das Ding nennen, Sir«, sagte Gilmuriel schleppend. »Wir nennen es ›Strahler‹.«

Ein Strahl aufgeladener Partikel fährt sengend durch die Luft Thyrions, explodiert am Auftreffpunkt und fällt drei elfische Marines. Eine weitere Elfe scheint in einem Strahl aus flimmernder Luft gefangen zu sein. Sie explodiert in einem Regen aus Blut.

»Das ist ein ›Zertrümmerer‹«, fuhr Gilmuriel fort. »Den benutzen sie ziemlich oft. Das Ding da …«

Ein schwarzer Metallzylinder schwebt in der Luft über den Ruinen der Stadt der Bäume.

»… nennen wir ›Jäger‹-Rakete. Sie verfügt über die Instinkte eines Elfs beim Aufspüren und Verfolgen ihrer Beute. Der Explosionsradius beträgt zweihundert Meter. Wir konnten kein Material über die Granaten mit ›Zielpeilung‹ bekommen, die sie benutzen, Sir. Das hier …«

Der Elf funkelte Ugarit an. Der magere Ork machte sich rasch an der kinematografischen Maschine zu schaffen, indem er einen Schieber entfernte und andersherum wieder einsetzte.

Ein wabernder Energiestrahl zuckt durch eine Lichtung im Dschungel, trifft ein gepanzertes Fahrzeug, explodiert und schleudert es vierzig Fuß in die Höhe.

»›Plasmakanone.‹« Der Elf stellte einen Fuß auf einen Stuhl und stützte den Ellbogen auf das Knie und das Kinn auf die Hand. Er trug einen bunt gemusterten Schal als Stirnband und silberne Ohrstecker. »Wenn sie uns sehen können, Mann, können sie uns auch treffen! Es gibt diese Waffen auch in schwereren Versionen. Und auch ein Anti-Schwerkraftgeschirr, Sir. Da bin ich ganz sicher.«

Ashnaks Miene verfinsterte sich. »Wie sieht es mit Panzerfahrzeugen aus? Und haben sie eine Luftwaffe?«

Der stämmige, schwarze weibliche Sergeant neben Gilmuriel rührte sich.

»Habe nur Infanterie gesehen, Sir«, sagte Dakashnit. »Ihre Luftwaffe besteht aus Sprungtornistern. Keine Truppentransporter. Keine Bodenfahrzeuge, es sei denn solche, die sie von uns erbeutet haben. Verdammt, Sir, sie *brauchen* keine.«

»Tja, mehr Zeit für Übungen wird es wohl nicht geben ...« Ashnak fuhr herum.

Staubbedeckt und schwitzend stolperte der Namenlose Nekromant ins Zelt und humpelte in den Kreis der Orks. »Es wird *geredet?* Ihr Orksch müsstet da draußen sein und – *hick* – kämpfen! Für diesen Ungehorsam werdet ihr büßen!«

Ashnak machte zwei schnelle Schritte vorwärts und baute sich vor dem Nekromanten auf. *»Hinsetzen!«*

Der Namenlose fand sich auf einem der Klappstühle wieder.

»Das wurde auch Zeit«, grollte Ashnak. »Meine Truppen haben die Sammelstellen verlassen und sind nun dabei, sich zu formieren. Sie, Lord Nekromant, können ihnen dic Truppen des Lichts vom Hals schaffen! Ich teile das Licht für den eigentlichen Angriff auf Ferenzien ein. Halten Sie die Stellung so lange wie möglich und ziehen Sie sich dann zurück.«

Der Nekromant funkelte ihn an. »Das ist eine Aufgabe für Marines!«

»Ich habe mehr Probleme als genug«, knurrte Ashnak, »auch ohne mich durch bebautes Gelände kämpfen zu müssen. Schaffen Sie diese feigen Hurensöhne dorthin! Diese Käfer werfen uns Wer-weiß-was entgegen! Sie werden sie lange genug aufhalten, dass wir sie beim Verlassen der Stadt auf ihrem Weg nach Norden hier an dieser Hügelkette abfangen können. Noch Fragen?«

Im Kommandozelt wurde es still. Der Namenlose Nekromant geiferte und zischte, als er aufstand und sich zu voller Größe aufrichtete.

»Sir?«

Ganz hinten erhob sich eine Hand.

»Sergeant Stryker?«, sagte Ashnak.

Der blonde Mensch erhob sich. Neue Waffen und Uniform machten ihn zum Inbegriff eines Marines. Seine muskulöse Gestalt erhob sich beinah so hoch wie die größten Orks. Der Namenlose Nekromant schniefte argwöhnisch. Das musste wohl an der Aura des Anderswelt-Marines liegen, vermutete Ashnak. Er bedeutete dem Menschen fortzufahren.

»Tja, ich meine eigentlich nur Folgendes, Sir.« John Stryker trat mit Unbehagen von einem Fuß auf den anderen. Der Blick aus seinen blauen Augen traf sich mit Ashnaks.

»Ich weiß, dass die Käfer mörderische, hirnlose, psychopathische Mordmaschinen sein sollen«, sagte John Stryker, »aber hat schon jemand versucht, einfach mal mit ihnen zu *reden*?«

* * *

Gut dreißig Minuten später sagte bei einer vorgezogenen Geschützstellung am Rande der Hügelkette der kleine Ork-Major: »Es *könnte* klappen, Sir.«

Ashnak duckte sich hinter einen Wall aus Sandsäcken. »Haben Sie den Verstand verloren, Major?«

»Nein, Sir!«, protestierte Barashkukor. Sein Cyborg-Auge surrte, löste sich aus der Höhle und wurde auf einer Teleskop-Stahlrute ausgefahren. Mit einiger Vorsicht manövrierte der Ork es über die Sandsäcke der Geschützstellung.

Nachdem sie die gepanzerte Infanterie des Lichts in den Straßen Ferenziens aufgemischt und die elfische Elite-Kavallerie auf der anschließenden Ebene massakriert hatten, tauchten die ersten Käfer gerade aus dem Dunst auf. Sergeant John H. Stryker vom U.S. Marine Corps schritt ihnen mit einer weißen Fahne an einer Stange entgegen.

»Ein tapferer Mensch!«, begeisterte sich Barashkukor. »Ein echter Marine! Finden Sie nicht, Oberkommandierender?«

»Ich finde, der Fluch des Drachen hat sich für eine Menge zu verantworten.« Oberkommandierender Ashnak setzte den Feldstecher ab und grunzte, während er sich mit einem Hörer in der anderen Hand an den Ork-Marine mit Funktornister wandte. »Angesichts eines Kräfteverhältnisses von fünfzehn zu eins gegen uns würde ich alles versuchen. Hoffen wir, dass der Übersetzungstalisman des Sichtbaren Kollegs funktioniert, Soldat.«

Die entfernte Gestalt John Strykers erreichte ihr Ziel.

Barashkukor fokussierte sein ausgefahrenes Auge. »Ich sehe ihn, Oberkommandierender! Er … er spricht mit ihnen!«

Hitzeflimmern beeinträchtigte die Sicht. Wie durch fließendes Wasser beobachtete Major Barashkukor den blonden Menschen mit dem Bürstenschnitt.

Der Sergeant stand vor einem Halbkreis aus Käfern, die sich um ihn versammelt hatten. Sie überragten seine sechs Fuß Körpergröße um fast zwei Fuß. Die Sonne schimmerte blau auf ihren schwarzen Chitinpanzern und tropfenden Kiefern. Ihre harten Exoskelette wirkten staubig und ihre schwarzen Waffen aus lebendem Metall zeigten undeutliche, aber bedrohliche Formen.

Stryker rammte die Stange der Waffenstillstandsflagge in den Boden.

Barashkukor sah den Mann die Arme schwenken. Durch das Hitzeflimmern war zu erkennen, wie sich seine Lippen bewegten. Die großen gepanzerten Köpfe der Käfer wackelten auf und ab und schwankten hin und her. Einer fuhr einen fuß-langen Innenkiefer aus und sonderte Speichel ab.

Der Speichel brannte Löcher in den Boden.

»Sie greifen ihn nicht an, Sir! Sie hören ihm zu!«

Barashkukors Cyborg-Auge schwenkte nach links und rechts. Durch den Staub wurde das Licht immer wieder von Harnischen, Waffen und Chitinpanzern zurückgeworfen. Die vorderste Linie der Käfer wurde langsamer, geriet ins Stocken …

»Es klappt!« Barashkukor hüpfte auf der Stelle auf und ab. Sein Teleskopauge ruckte dabei hin und her.

Der Oberkommandierende (Streitkräfte des Lichts und der Finsternis) hob den Kopf vom Funkgerät. »Auftrag erfolgreich ausgeführt, Major?«

Im scharf fokussierten Blickfeld von Barashkukors Metallauge schritten die Käfer rings um Sergeant John H. Stryker auf ihren skelettartigen Hinterbeinen dem Menschen jetzt entgegen. Ihre glänzenden Köpfe hoben sich ebenso geduldig wie ihre krallenbewehrten Vorderglieder. Stryker drehte sich um. Trotz der großen Entfernung konnte Barashkukor das breite Grinsen auf dem Gesicht des Menschen erkennen.

Die langen Ohren des Orks richteten sich auf und

seine kleinen Hauer glänzten. »*Oberkommandierender, Sir, Auftrag erfolgreich ausgeführt!* … Oh.«

Strykers Kopf explodierte in einem Fleischregen.

Der Käfer, der ihn auf einer ausfahrbaren starren Zunge aufgespießt hatte, ließ den Leichnam zu Boden gleiten. Die anderen Käfer näherten sich geifernd und fraßen rasch und wenig ansehnlich.

»Tja, nun.« Der kleine Ork seufzte. Sein Auge surrte, senkte sich und nistete sich klickend wieder in die Augenhöhle ein. »Nicht ganz erfolgreich, Sir. Sie haben ihn gegessen. *Achtung!*«

WUUUMMMMM!

Ein flimmernder Strahl aus blauem Feuer schlug vierzig Meter entfernt ein. Die Explosion schleuderte Erdreich und Felsbrocken in die Höhe. Zwei, drei Trümmerstücke prallten von Barashkukors Helm ab, während sich der kleine Ork in die Deckung der Geschützstellung kauerte.

»Es wird Zeit, dass wir *Ernst* machen«, verkündete der Oberkommandierende Ashnak. »Kommandogruppe zieht sich zurück. Los, los, los!«

»Ich fahre, Sir!« Nach den Ledernacken sprang Barashkukor als Letzter schief in den Jeep und trat aufs Gaspedal. Das Gefährt holperte auf der dem Feind abgewandten Seite den Hügel hinunter und schleuderte dabei Fontänen aus Kies und Erdreich in die Höhe. Barashkukor jauchzte, während seine beiden unterschiedlichen Hände mit dem Lenkrad rangen. Ashnak band seinen Helm fester.

»Vorhut hat Feindkontakt!«, meldete die Funkerin. Sie lauschte den Stimmen in ihrem Kopfhörer und fügte hinzu: »Captain Hashnabul meldet ein Problem, Oberkommandierender – die Ledernacken halten immer wieder an, um geeignete Foltern für gefangene Käfer zu erfinden.«

Ashnaks Helm krachte gegen den Überrollbügel. »Verdammich, sagen Sie ihnen, sie sollen ohnehin gar keine Gefangenen machen!«

»Ach, sie haben auch noch keine gemacht, Sir. Sie erfinden nur die Foltern …«

Barashkukor riss das Steuer herum und jagte den Jeep einen unmöglichen Steilhang empor. Die Räder des Gefährts drehten durch. Der kleine Ork streckte die Hand aus, hielt sich mit seinem Cyborg-Arm an einem Zedernstumpf fest und zog. Der Jeep drehte sich und schwenkte auf einen Weg ein, den Panzerketten in das Erdreich gestanzt hatten. Auf dem holprigen Weg bergab verließ ein weiblicher Ledernacken das Gefährt unfreiwillig, und Major Barashkukor hielt widerstrebend an, um sie wieder einsteigen zu lassen, bevor er erneut Gas gab.

»Ist das nicht aufregend, Sir?«

»Aufregend«, knurrte Ashnak, der gerade damit beschäftigt war, seine Zigarre vom Boden des ruckenden Fahrzeugs aufzuklauben. Er rammte sie sich in den Mundwinkel. »Verdammich, Major, können Sie nicht etwas mehr *Tempo* aus dieser Kiste kitzeln?«

WUUUMMMMMMMM!

Weißes Plasmafeuer teilte den Staub und explodierte an einer Felswand vor ihnen. Einhändig riss Major Barashkukor das Steuer herum. Der Jeep schleuderte, wich mit Mühe und Not dem Erdrutsch aus und holperte weiter dem rückwärtigen Teil der Ork-Marine-Kompanie entgegen.

»Für Sie, Oberkommandierender.« Die Funkerin gab das Gerät an Ashnak weiter.

»Lieutenant Chahkamnit hier, Sir. Ich muss schon sagen, das ist wirklich eine umwerfend gute Schau, Sir!«

Ashnak kaute auf seiner Zigarre. »Wo sind Sie gerade, Lieutenant?«

»Direkt über Ihnen, Sir.«

Der massige Ork hielt sich an einer Strebe fest, lehnte

sich aus dem Jeep und starrte in einen blauen Nachmittagshimmel, der völlig leer zu sein schien. »Kann Sie nicht sehen, Chahkamnit.«

»Nein, Sir, natürlich nicht. Ich fliege den Tarnkappendrachen, Sir.«

Barashkukors Cyborg-Auge surrte in den Infrarot-Bereich. Während sein Ork-Auge auf die Straße achtete, drehte sich die Linse auf der Teleskoprute und musterte die Wärmezeichnung eines Drachen, der groß genug war, um ganz Ferenzien zu bedecken.

»Mit blauer radarabweisender Farbe lackiert, Sir«, sagte der Major anerkennend. »Schlaue Idee, Sir.«

Ashnak spie die Überreste seiner zerkauten Zigarre aus. »Bringen Sie das Ding runter, Lieutenant Chahkamnit. Ich will einen Luftangriff sehen!«

Eine weitere Stimme meldete sich über Funk:

»Hai-yah, yo! Wir kommen JETZT!«

Der Jeep schleuderte hin und her, da Ashnak und Barashkukor beide versuchten, Himmel und Straße gleichzeitig zu beobachten. Der kleine Ork zeigte mit der Ork-Hand und lenkte mit der metallenen.

»Da, Sir!«

Ein Geschwader geflügelter weißer Pferde sauste in perfekter Formation über die Hügelkette. Vor dem blauen Himmel zeichneten sich die Höllenfeuer-Raketen unter jeder Schwinge besonders deutlich ab. Die Reiterinnen, deren Brünnen in der Sonne blitzten, während der Wind den Fellbesatz ihrer Leggings und ihre langen gelben Zöpfe peitschte, bohrten die Fersen in die Flanken ihrer Pegasi und trieben sie mit Rufen und Schreien an.

»Zielanflug!«

Die Valkyrie-Marines scherten eine nach der anderen aus dem Verband aus und flogen der Ebene entgegen. Eine lasergesteuerte Rakete wurde abgeschossen und zog einen sengenden Streifen über den Himmel. Ein blauer Lichtstrahl schoss aus dem Staub der Ebene in die Höhe. Die Valkyrie-Marines legten alle gleichzeitig die Flügel an, gingen in den Sturzflug über und trafen tief und mit hohem Tempo über dem Zielgebiet ein. Eine weibliche Stimme kam über Funk:

»*Dah dah-dah DAH dah, Dah dah-dah DAH dah …*«

Barashkukor riss das Lenkrad des Jeeps herum und fuhr das Gefährt hinter einen Granitkamm, um an dessen Ende wieder aus dem Schatten ins Sonnenlicht einzutauchen. Die Hand seines vorgesetzten Offiziers verpasste ihm einen forschen Schlag auf den Hinterkopf. Barashkukors Helm läutete.

»… und *halten an*, wenn ich es Ihnen sage!« Der massige Ork sprang aus dem langsamer werdenden Jeep und rannte auf einen Trupp Ledernacken am Ende des Kamms zu. Sonne fiel durch die Rippen der Untoten Sonderstaffel.

»Geben Sie mir einen Lagebericht«, befahl der Oberkommandierende Ashnak.

Lieutenant Lugashaldims Skelettfinger berührten grüßend sein verrottetes Barett. Die Gläser seiner Sonnenbrille reflektierten unirdische Formen in ihrer Wölbung.

»Wir bringen hier ein Team erstklassiger Scharfschützen in Stellung, Sir.« Der untote Ork-Marine zeigte auf die anderen untoten Ledernacken, die sich in den Vertiefungen des Felsens schmiegten, wo sie freie Sicht auf die Ebene vor sich hatten. »Sehen Sie, Sir, der Hauptunterschied zwischen einem Ork, der ein guter Scharfschütze wird, und einem, der keiner wird, ist der Herzschlag. Erschüttert Kimme und Korn, Sir. Tja, selbstverständlich sind untote Orks unter diesen Umständen die besten Scharfschützen.«

Ashnak nickte. »Wie sind die Resultate bisher?«

»Wir folgen der üblichen Vorgehensweise, Sir. In der Theorie wird mit der Absicht geschossen, zu verstümmeln, nicht zu töten, sodass der Feind sich dem Beschuss aussetzen muss, um einen Verwundeten zu retten, was negative Auswirkungen auf die Moral hat.« Der untote Ork setzte seine Sonnenbrille ab. Rote Stecknadelköpfe leuchteten in seinen mumifizierten Augenhöhlen. »Alles schön und gut, Sir, aber diesen Käfern scheint es gar nichts auszumachen, wenn ihre Kollegen verwundet werden. Sie lassen sie einfach liegen und sich winden, Sir.«

»Verstümmeln Sie sie trotzdem weiter«, befahl Ashnak. »Das wird sich zumindest positiv auf die Moral *unserer* Jungs auswirken.«

»Sir, ja, Sir!« Lugashaldim seufzte. »Ich wünschte nur, mir stünden hier mehr USS-Marines zur Verfügung. Wie die Dinge liegen, bilden wir nur eine Rumpftruppe.«

»Wie viele von Ihnen sind hier?«

»Nur wir neun, Sir.«

Das *Rumms* und *Fummp* der Mörser und Artillerie ließ die Hügel erbeben. Erdfontänen spritzten auf der Ebene unter ihnen in die Höhe. Major Barashkukor ließ den Motor des Jeeps aufheulen, kaum dass sein vorgesetzter Offizier sich wieder auf den Beifahrersitz geschwungen hatte, und raste los. Kurz darauf überholten sie eine Kolonne T54-Panzer auf dem Weg zur Front.

Hinter Barashkukor wurde plötzlich Hufgetrappel laut. Der kleine Ork richtete seine Aufmerksamkeit wieder auf die Straße. Ein Trupp schwarzer Pferde teilte sich und galoppierte rechts und links am Jeep vorbei, wobei die Pferdehufen große Erdklumpen aufwarfen. Die Reiter, deren wirbelnde Umhänge glänzende schwarze Stachelrüstungen enthüllten, spornten ihre dahinjagenden Reittiere zusätzlich an. Barashkukor kitzelte noch eine Spur mehr Leistung aus dem Motor, sodass der Jeep auf gleicher Höhe mit ihnen blieb.

»Was glaubt ihr eigentlich, wohin zum Henker ihr unterwegs seid?«, brüllte Ashnak, dessen tiefe Orkstimme Hufschläge und Motorenlärm übertönte.

Die Kapuze des letzten Reiters glitt nach hinten. Sie enthüllte rattenschwanzschwarze Haare und ein schwarzgrau geschecktes Gesicht, das sich zu einer Grimasse der Furcht verzerrt hatte. Der Namenlose Nekromant löste eine mit einem Flickwerk aus Leder behandschuhte Hand vom Zügel, um hektisch auf Ferenzien und die Ebene zu zeigen.

»Wir sind überrannt worden! Wir werden alle sterben!«

Ashnak fletschte wütend die Hauer. »Sie sind ein *Nekromant*, verdammich. Für Sie ist es nicht der Tod – sondern ein Berufspraktikum!«

Der Trupp der schwarzen Reiter hielt Schritt mit dem Jeep. Barashkukor schaute zur Seite. Sein vorgesetzter Offizier hielt sich in seiner gewohnten urbanen tarnfarbenen Kampfuniform mit einer Hand am vorderen Haltegriff fest, während er mit der anderen sein Pistolenhalfter öffnete.

»Ich habe hier eine Colt-Automatik, Kaliber fünfundvierzig, die sagt, dass sie wieder zurück an die Front reiten!«

Die schwarzen Reiter rissen die Pferde herum und folgten einem Weg, der zurück in die Berge führte, wo sie sich in Deckung begeben und vor einer katastrophalen Niederlage verstecken konnten. Die mit Silberfäden durchwirkte Lederrobe des Namenlosen Nekromanten wehte im Wind, als er Ashnak eine Obszönität zurief.

»Beeil dich, du Tölpel von einem Ork! Oder bleib hier und stirb!«

PENG!

»Guter *Schuss*, Sir!«

Barashkukors Metallauge fuhr über den Helm hinweg und starrte nach hinten. Ein reiterloses Pferd mit wippenden Zügeln fiel rasch zurück. Eine dunkle Gestalt lag in einem Brei aus Eingeweiden auf dem Boden.

»Der wird schon wieder«, sagte Ashnak. »Yo! Hier, Major. Ich sagte *hier*. Ich *sagte* …«

Eine Orkfaust traf Barashkukor seitlich am Helm.

»… ANHALTEN!«

Explosionen in der Luft und am Boden erschütterten die Welt, als Barashkukor den Jeep in einer Artilleriestellung zum Stillstand brachte. Tarnnetze verbargen die Senke vor neugierigen Blicken aus der Luft. Die Batterie der Geschütze war auf die Ebene unterhalb der Stellung gerichtet. Der kleine Ork zog den Zündschlüssel des Jeeps ab und schob ihn in die Hosentasche, dann folgte er seinem vorgesetzten Offizier zum vorgezogenen Beobachtungsposten.

»Geschätzte Feindanzahl …« *surr-klick!* »… über sechzehntausend, Oberkommandierender.«

Die Funkerin und die Meldegänger in ihrer Begleitung scharten sich um Ashnak, als der massige Ork die Ebene durch seinen Feldstecher beobachtete. Sich windende Linien von Marines und Käfern tauchten zwischen den Staubwolken auf, um immer wieder darin zu verschwinden. Das Abhören des Funkverkehrs auf der HQ-Frequenz lieferte ihnen einen steten Strom von Lageberichten. Barashkukor filterte eine elfische Stimme aus dem Funkverkehr heraus.

»*Und* wenn *es tausendmal ein Befehl ist, Sergeant! Marines treten nie den Rückzug an!*«

»*Nein, L.t.*«, antwortete Dakashnits lakonische Stimme Lieutenant Gilmuriel. »*Natürlich nicht. Betrachten Sie es es als ›Vormarsch nach hinten‹.*«

Ohne hinzusehen, schnippte der Oberkommandierende Ashnak mit den Fingern nach dem Funkgerät. »Ashnak an Kommandostand, Ashnak an Kommandostand. Kommissarin Razitshakra – ziehen Sie sie weiter zurück. Holen Sie sie da *raus*. Over.«

»*Habe verstanden, Kommandant.*« Razitshakras Stimme knisterte. »*Kommandostand an alle Einheiten, wiederhole,*

Kommandostand an alle Einheiten. Rückzug. Wiederhole, lassen Sie sich jetzt zurückfallen!«

Orkische Geschützmannschaften rannten an Barashkukor vorbei zu ihren Stellungen, feuerten aber nicht. Biotech-Captain Ugarit sprang von der Ladefläche eines von mehreren Bedford-Lastern, die unter dem Tarnnetz geparkt waren. Der magere Ork bemerkte Barashkukor, fixierte dessen Arm und Bein aus Metall mit starrem Blick und sabberte.

»Tech-Captain!«

Biotech-Captain Ugarit schlängelte sich an Barashkukor vorbei und näherte sich Ashnak. Sein langer weißer Kittel und die Uniform darunter waren mit Staub, Öl und weniger gut zu identifizierenden Flecken übersät. An seinen spitzen, vielfach durchstochenen Ohren baumelten haufenweise Stecker, Ketten und Federn.

»Sir!« Der magere Ork zupfte an Ashnaks Ärmel. Der Oberkommandierende senkte seinen Feldstecher. Ugarit setzte nach: »Darf ich es versuchen, Sir, bitte, darf ich? So eine Gelegenheit bietet sich nie wieder, Sir, *bitte.*«

»Warten Sie noch.« Ashnak hob den Feldstecher wieder vors Gesicht und betrachtete die Ebene.

Der wallende Staub legte sich jetzt ein wenig, da leichter Ostwind aufgekommen war. Dünne Lichtstrahlen zuckten hin und her. Das Knattern automatischen Feuers war unablässig zu hören. Kordit stach in der Nase. Das dumpfe Husten schwerer Artillerie ertönte etwas weiter die Hügelkette entlang.

Sechzehntausend Käfer rückten gegen die Abwehrstellungen der Ork-Marines vor.

Oberkommandierender Ashnak betrachtete das Kampfgeschehen.

»Captain Ugarit, sind wir startklar?«

Der magere Ork salutierte mit der falschen Hand. »Ja, Lord General!«

Ashnak hob das Sprechgerät der Funkerin vor den Mund. »Artilleriemannschaft, auf mein Zeichen … *Feuer!*«

Eine donnernde Artilleriesalve fegte über Barashkukors Kopf hinweg. Der kleine Ork nahm rasch die Wattepfropfen aus seiner Uniformjacke und steckte sie sich in die Ohren. Die Geschützmündungen zuckten zurück und die Lafetten ruckten hin und her. Luftzug und Erschütterung packten ihn, während der Lärm in Rumpf und Hoden widerhallte.

FUMMMMPPP!

Der strahlende Nachmittag erbebte. Barashkukor schwankte zum vorgezogenen Beobachtungsposten und lugte durch die Löcher zwischen den Sandsäcken.

Zuerst wirkte das Schlachtfeld unverändert. Dann fiel Barashkukor ein gelblicher Nebel auf, der aus den Kratern des Artilleriefeuers aufstieg und über die Ebene trieb.

In das Dröhnen der Kampfhubschrauber in der Luft mischte sich das Zischen der von ihnen abgefeuerten Raketen. Barashkukor folgte ihren Kondensstreifen bis zu den Einschlagstellen. Mehr von dem trägen gelben Nebel wurde vom Wind erfasst und über eine größere Fläche verteilt.

»*Feuer liegt im Ziel*«, lobte der Oberkommandierende Ashnak. »*Biotech-Captain Ugarit, setzen Sie den Beschuss entsprechend fort.*«

»*Wird gemacht, Kommandant!*«

Barashkukor starrte Ashnak an. Der massige Ork stützte die Ellbogen auf die Sandsäcke und richtete seinen Feldstecher auf das unebene Gelände zwischen Ferenzien und den Hügeln. Die Sonne, kaum eine Stunde älter als Mittag, fiel in dünnen Strahlen durch den langsam treibenden Nebel.

Der kleine Ork schaltete seinen Helmfunk ein. »*Sir, was ist das, Sir?*«

»Das, Major«, ertönte Ashnaks knisternde Stimme in Barashkukors watteverstopftem Ohr, *»ist chemische Kriegführung. Senfgas und Nervengas. Das da drüben sind hauptsächlich Sarin und Tabun, dazu etwas Lewisit und Anthrax für mehr Unterhaltungswert.«*

FUMMPP! RUMMS! FUMMPP!

»O ja! O ja! Das habe ich aus Dagurashibanipals Hort geholt. Und dann angepasst! Es gab reichlich tote Käfer zum Spielen. Ich habe es genetisch speziell auf sie zugeschnitten. Uns kann es nichts anhaben, ihnen aber schon!«

Von unwiderstehlicher Rührung erfüllt ergriff Major Barashkukor die Hand des plappernden Biotech-Captains und schüttelte sie fest. »Wirklich gut gemacht!«

»Danke …« Ugarit hielt Barashkukors Metallhand schraubstockartig fest, zückte ein Vergrößerungsglas und unterzog sie einer eingehenden Betrachtung. Barashkukor entwand ihm nur mit Mühe die Hand.

»Kommandant Ashnak an Kommandostand – geben Sie mir die Lageberichte der Einheiten im Feld.«

Kommissarin Razitshakras tiefe orkische Stimme auf der offenen Frequenz brach vor Rührung. *»Kommandant, die Käfer fallen rechts, links und in der Mitte!«*

Von seinem Cyborg-Bein katapultiert, sprang der kleine Ork auf die Mauer aus Sandsäcken. Er klammerte sich am oberen Rand fest und fokussierte sein Augen-Objektiv auf das Schlachtfeld.

»Es stimmt, Sir! Es stimmt! Sie fallen! Wir haben es geschafft!«

Der massige Ork sagte grimmig: »Jetzt wollen wir ihnen mal *richtig* Feuer unterm Arsch machen. Tech-Captain Ugarit!«

Barashkukor erhob sich staunend und schob seinen Helm in den Nacken. Seine langen Ohren sprangen in die Höhe. »Nein, Sir, *warten Sie!«*

Der kleine Ork kletterte herab, verlor den Halt und fiel schwer auf die Stiefel seines vorgesetzten Offiziers.

Er rappelte sich auf und zeigte aufgeregt in Richtung Ebene. »Sir, was ist das?«

Weit draußen auf der Ebene, für technologieunterstützte Augen sichtbar, hatte sich eine Abordnung von dreißig oder vierzig Käfern auf höher gelegenem Boden versammelt. Brennende Bäume und Häuser kennzeichneten die Erhebung als einen der kleinen Weiler an der Straße von Ferenzien nach Norden. Der gelbe Nebel wallte um den Fuß der Anhöhe, klebte jedoch am tiefer gelegenen Boden unterhalb der ein, zwei Katen, die noch standen.

Keiner der Käfer feuerte eine Waffe ab.

Einer, größer als alle anderen und mit einem schimmernden schwarzen Exoskelett, hielt etwas in den Vordergliedern. Als der Oberkommandierende Ashnak seinen Feldstecher zu Hilfe nahm, erkannte er John Strykers weiße Fahne.

Der Käfer hob die Arme und schwenkte hektisch die Fahne.

»Unverschämter *Wichser*!«, kreischte der Ork-Major. »Feuern Sie die nächste Salve direkt auf diese Stellung ab, Sir. Ausgerechnet *Orks* eine Kapitulation anzubieten.«

Biotech-Captain Ugarit brüllte: »Artilleriemannschaft, Richthöhe absenken auf …«

Ashnaks Faust krachte auf Ugarits Kopf. Der magere Ork klappte wie von einem fallenden Ziegelstein getroffen zusammen. Ashnak grollte: »Alle Artillerieeinheiten wechseln auf Bereitschaft. Wiederhole, auf Bereitschaft. *Niemand* schießt ohne meinen ausdrücklichen Befehl.«

»Aber *Sir*!«, protestierte Barashkukor.

Der Oberkommandierende Ashnak betrachtete das Schlachtfeld vor Ferenzien, die weiße Fahne und die Nervengaswolken, die sich im leichten Ostwind allmählich auflösten.

Er nahm das Funkgerät.

»An alle Einheiten – Feuer einstellen! Ich wiederhole: *Feuer einstellen*. Kommissarin Razitshakra, ich fahre mit einer Einheit zu Planquadrat null-sieben-drei Schrägstrich neun-acht-null. Ich werde die Kapitulation des Feindes annehmen.«

11

Der gelbweiße Stern der Klasse G strahlte sengend durch den Rauch brennender Bäume und Behausungen der Einheimischen. Zwei rotorgetriebene Flugmaschinen standen auf den verbrannten Feldern. Ein Kordon eingeborener Lebensformen hatte das überrumpelte Dorf auf der Anhöhe umzingelt und ihre sonderbarerweise zerlegbaren Waffen auf die Jassik-Soldaten gerichtet.

Wabenkommandant Kah-Sissh betrachtete den heißen, stinkenden, fleischigen Leib der nächsten eingeborenen Lebensform – die so geeignet für das Ausbrüten der Eier war – und klickte bedauernd mit den Beißzangen. Sein geiferndes Zischen übertönte die Klagelaute der Verwundeten und den Rotorlärm der einheimischen Flugmaschinen:

»Ich bin Wabenkommandant Kah-Sissh.«

»Oberkommandierender Ashnak«, grollte die Lebensform. »Freut mich, Ihre Bekanntschaft zu machen.«

Fünfzig Meter entfernt wälzte sich eine Jassik-Soldatin, deren schwarzer Panzer sich in dem zähen gelben Gas zersetzte. Exoskelettglieder sprossen und verformten sich in dem verzweifelten Bemühen, neu zu wachsen. Schließlich zerfloss sie zu einem metallischen schwarzen Schleim, als ihre Selbstreparaturmechanismen verrückt spielten.

Wabenkommandant Kah-Sissh zischte: »Es ist uns

eine Unehre, vor dir zu kapitulieren, einheimische Lebensform!«

Der Eingeborene kratzte sich mit krallenbehafteten Manipulatoren an der Trennstelle seines gegabelten Rumpfs.

»›Ork‹ und ›Sie‹, wenn ich bitten darf.« Der Kopf mit den Hauern hob sich und starrte zum Wabenkommandant der Jassik empor. Der gegenläufig abspreizbare Manipulator einer Hand zeigte hinter sich auf den einzigen Schuppen der Einheimischen, der in dem ganzen Gebiet noch stand. »Wir gehen da rein!«

Das Übersetzungsgerät, das der andere Eingeborene getragen hatte, brannte auf Kah-Sisshs Thorax. Er verstand. Der Reiz des Neuen, diese Kreaturen zu anderen Zwecken als demjenigen zu studieren, sie zu töten, erregte vorübergehend sein Interesse.

Wabenkommandant Kah-Sissh betrachtete das dreistöckige Gebäude, das wie eine Insel zwischen dem Kreuzungspunkt zweier größerer Straßen stand, von denen die eine von Norden nach Süden und die andere von Osten nach Westen verlief. Eine an der Vorderseite aufgehängte Holztafel zeigte ein zweidimensionales Bild – eines der einheimischen Lasttiere, wie es sich auf eine anatomisch unwahrscheinliche Weise aufbäumte.

»Ich bin einverstanden.« Wabenkommandant Kah-Sissh zischte einen Befehl. Dreißig Jassik stampften mit den Exoskelettfersen auf den Boden. Die Reihen der Eskorte richteten sich zackig auf und die chitingepanzerten Köpfe wurden in uniformer Haltung vorgereckt. Stinkender Schleim tropfte nach unten und fraß sich in den Boden zu ihren Füßen. Kah-Sisshs Thorax weitete sich in äußerstem Stolz.

»Rottenführerin! Staffelführerin! Zu mir!«

Zwei der größten Jassik traten aus der Reihe. Auf ihrem gegliederten Thorax funkelte ein schwarzer Metallharnisch und aus dem Rücken wuchsen Energiekabel für Strahler und Zertrümmerer. Die auf ihren Schultern gewachsenen Chitinwülste wiesen sie als hochrangige Offiziere aus, dazu geeignet, Kah-Sissh in die Schande zu begleiten.

»Schön, schön!« Die eingeborene Lebensform tat etwas mit ihrer Waffe aus Totmetall, das sie klicken ließ. »Ich veranstalte hier keine gottverdammte Party. Schafft euren Käferarsch da rein, und zwar zügig!«

Rottenführerin und Staffelführerin folgten Kah-Sissh in das Haus, dessen Räume niedrige Decken hatten. Der Wabenkommandant der Jassik suchte sich angewidert einen Weg durch das Chaos aus umgekipptem Mobiliar und zerschmettertem Geschirr in einem offenbar von einer Granate getroffenen zivilen Wirtshaus.

»Das wird für das Schandopfer reichen«, verkündete Kah-Sissh, während er sich mitten in dem Raum auf den Boden setzte und die fleischigen Zweibeiner anstarrte.

»Nicht in diesem Gasthaus, auf keinen Fall!«, verkündete ein beleibter Eingeborener der menschlichen Abart, der hinter einer langen Bank hervorkam, die sich durch den gesamten Raum zog. »Bitte um Verzeihung, Meister Ork, aber gehören diese … ›Herrschaften‹ zu Euch?«

Kah-Sissh beobachtete, wie der Oberkommandierende Ashnak sich zu voller Größe aufrichtete und sich in dem Gasthaus umsah. »Ich werde hier unsere streng geheimen, äußerst vertraulichen Friedensverhandlungen führen. Irgendwelche Einwände?«

Aus einer Nische neben dem Kamin, den Kah-Sissh für die hiesige Wärmequelle hielt, war das Geklirr von Gläsern zu hören. Mehrere wesentlich kleinere Eingeborene mit krausen, grauen Haaren an den unteren Extremitäten musterten den Ork mit schwarzen Augen.

»Friedensverhandlungen, was?«, sagte einer.

»Wer hindert Euch daran, Mann?«, bemerkte ein anderer. »Solange wir Halblinge in Ruhe einen Becher leeren können, kümmert uns das nicht. Hab ich nicht Recht, Walter?«

»Hast du, Matthew. Es kümmert uns nicht. Wir haben Besseres zu tun, als Orks zu belauschen.« Der Ältere der Halblinge hob einen Krug und tauchte den Mund hinein. »Beim Licht, aber es wird immer schwieriger, ein gutes Maß zu finden, vor lauter Krieg und so. Ich weiß noch, dass es früher immer ein gutes Maß im *Hund und Fersengeld* gab …«

Wabenkommandant Kah-Sissh klopfte auf das Übersetzungsgerät, das an seinem Thorax hing, und fragte unwillkürlich: »Im *Hund und Fersengeld*?«

»Genau«, erwiderte der ältere Halbling, Walter. »Das war ein Gasthaus drüben in Bremetys und hieß so, weil wenn man über den Hund kotzte, gab man gleich darauf Fersengeld.«

Kah-Sissh entschlüsselte das zischelnde Ausatmen des kleinen Eingeborenen schließlich als Belustigung.

»Der Apfelwein war im *Drachennest* besser«, warf der dritte Halbling-Trinker ein, der ganz hinten in der Nische saß. »Was ist eigentlich mit dem *Drachennest* passiert?«

»Hundertfünfundfünfzig Millimeter sind ihm passiert, und zwar sechs Stück davon«, antwortete Walter trübselig. »Seit diesen verfluchten *Kämpfen* ist Trinken nicht mehr das, was es mal war.«

Der beleibte Mensch scharwenzelte durch das Gasthaus und verbeugte sich vor dem Ork, während sein Blick immer wieder zu Kah-Sissh huschte. »Wenn die Herrschaften einen Augenblick warten wollen, mache ich sofort einen Tisch fertig. Dick! Tom! Verdammich, wo sind die Burschen wieder hin?«

Kah-Sissh behielt den beleibten Gastwirt im Auge, als dieser in den hinteren Teil des Hauses stapfte. Sein scharfes Gehör schnappte das Gemurmel des Menschen auf:

»… weiß auch nicht, wo *das* noch hinführen soll. Früher in den guten alten Zeiten mussten wir uns nur mit vermummten Fremden herumschlagen, manchmal auch mit einem verschwundenen Halbling oder zweien. Oder ganz selten mal mit einem Schwarzen Ritter. Und jetzt sollen wir uns mit all diesen neumodischen *Käfern* abgeben …«

Die Haustür wurde aufgestoßen. Ein kleinerer uniformierter Ork trat ein und marschierte zu seinem Oberbefehlshaber. »Oberkommandierender Ashnak, Sir, Sie *können* der Kapitulation dieser Dinger nicht zustimmen! Wir können sie bis auf einige wenige auslöschen, Sir. Strategisch ist das das einzig Ratsame.«

Der kleine Zweibeiner senkte die Stimme, den Blick auf Kah-Sissh gerichtet. Dem Wabenkommandanten fiel auf, wie seine dürren Ohren unter dem Rand seines Totmetall-Helms eingeknickt waren.

»Wir sind Orks, Sir«, flüsterte er. »Wir können nicht einfach so herumlaufen und Feinde verschonen. Unsere Jungs würden sich das nie gefallen lassen. Das könnten wir nie wieder gutmachen!«

Ein anderer Ork-Zweibeiner trat ein, der Kah-Sissh und die anderen Jassik völlig ignorierte. Dieser trug einen spitzen Kopfschmuck und ein langes olivfarbenes Kleidungsstück über einer Drillichuniform, die reichlich Kampfspuren aufwies.

»Barashkukor hat Recht, Sir. Es entspricht nicht der Lebensart des Orks, Feinde zu verschonen. Warum haben Sie die Schlacht abgebrochen? Wir sollten …«

Der massige Oberkommandierende der Orks richtete seine Totmetallwaffe auf die Decke und drückte ab.

PENG!

Ein Stück Decke verschwand. Gipsstaub rieselte herab und legte sich auf Wabenkommandant Kah-Sisshs mit Kriegsnarben übersäten Panzer. Kah-Sissh staubte sich ab. Die Halbling-Trinker in der Kaminnische schauten kurz auf und widmeten sich dann wieder ihrem Spiel mit schwarz und weiß gepunkteten Spielsteinen.

»Ich protestiere!«, zischte Kah-Sissh. »Die Würde dieser Zeremonie ist ernsthaft beeinträchtigt, Oberkommandierender Ashnak, und zwar durch Ihre beständige Missachtung der korrekten Verfahrensweise.«

Der massige Ork ignorierte Kah-Sissh und ging stattdessen auf seine Untergebenen los. »Wenn ich sage, das hier sind Friedensverhandlungen, dann sind es auch Friedensverhandlungen. Haben Sie mich verstanden, Marines?«

»Sir, ja, Sir!«

»Gut ...« Der Ork fletschte die Zähne, da noch weitere bewaffnete Orks das Gasthaus betraten und Stellung vor den Fenstern des Wirtshauses bezogen. Ihr Aussehen erinnerte angenehm an ein Exoskelett – was aber, wie der Wabenkommandant der Jassik mit Bedauern zur Kenntnis nahm, für diese Spezies nicht natürlich war.

»Wir haben uns keinem ehrenhaften Feind ergeben«, eröffnete Kah-Sissh der Rottenführerin und der Staffelführerin.

»Nein, Wabenkommandant.« Die Staffelführerin fuhr ihren Kiefer aus und saurer Geifer brannte sich in den Holzboden des Wirtshauses. »Reicht Ihre Ehre überhaupt aus, um Zeuge des Schandopfers zu werden?«

Bevor Wabenkommandant Kah-Sissh seiner Meinung Ausdruck verleihen konnte, stapfte der massige Ork zu ihnen zurück. Er zog sich einen Stuhl von dem Tisch heran, den ein junger Mensch soeben aufgerichtet und mit einem weißen Tuch gedeckt hatte, und setzte sich, indem er ein Hinterbein über die Armlehne des Stuhls legte und seine fleckige Schirmmütze tiefer ins Gesicht zog.

»Willkommen zu den Friedensverhandlungen«, verkündete er jovial.

»Mein Schwarmmeister hat Schaden genommen«, klagte Kah-Sissh. »Bedauerlicherweise können wir daher nicht mit Ihnen verhandeln, Ork-Kommandant.«

»Im Ernst?« Der Oberkommandierende grinste, kein sonderlich beruhigender Anblick. »Ich habe hier einen Ork, der geradezu darauf brennt, unser volles Arsenal biologischer und chemischer Waffen an Ihren anderen Käfer-Divisionen auszuprobieren. Stimmt das nicht, Biotech-Captain Ugarit?«

Ein gedämpftes »Ja, Sir!« drang durch das Glasvisier einer Atemmaske vor dem Gesicht eines mageren grünen Zweibeiners.

Der Oberkommandierende runzelte die Stirn. »Ugarit, Sie sind sicher, dass das Nervengas da draußen für Orks harmlos ist?«

»O ja, Oberkommandierender! Vollkommen und absolut sicher, Oberkommandierender! Total und vollständig – *ahh!*«

Der massige Ork betrachtete die Atemmaske, die er jetzt in seiner riesigen Pranke hielt, roch daran und warf sie über die Schulter nach hinten. Sie traf einen in der Ecke schlafenden Vierbeiner, der jaulend aufsprang und floh. Der magere grüne Ork hielt sich die Hände vor den Mund und starrte Kah-Sissh mit riesigen Augen an.

»Ich bin sicher, Sie werden sich zu Verhandlungen durchringen«, mutmaßte der Oberkommandierende Ashnak.

»Bitte um Verzeihung, die Herrschaften.« Der beleibte Gastwirt hatte den Kopf durch eine Tür hinter der Bar gestreckt. »Die Zeiten sind hart, Meister Ork. Wir haben nur Ponygulasch auf der Karte und das ist auch nicht mehr allzu frisch.«

»Ponygulasch? Mein Lieblingsgericht. Immer her damit, Gastwirt!«

Die Rottenführerin, die einen Exoskelettarm um die

Schultern der Staffelführerin gelegt hatte, sah Kah-Sissh an.

»Wenn Sie *meine* Meinung hören wollen«, sagte sie forsch, »dann scheidet das Schandopfer aus. Zeitverschwendung bei diesen ›Orks‹, Wabenkommandant. Würde überhaupt keinen Eindruck auf sie machen.«

Kah-Sissh klapperte seufzend mit den Kiefern. »Ich weigere mich, das zu akzeptieren, Rottenführerin, bis es zweifelsfrei bewiesen ist.«

Der Ork-Kommandant nahm dem sich nähernden jungen Menschen ein Behältnis ab und leerte es, indem er die Hälfte des Inhalts über seiner klecksgemusterten Drillichuniform verschüttete. Zu Kah-Sisshs völliger Verwirrung zückte der Ork dann eine Rolle getrocknete Pflanzenmaterie, zündete ein Ende des Zylinders an, schob sich das andere Ende in den Mund und inhalierte den Rauch. Die metallverstärkten Kiefer des Wabenkommandanten spürten Alkohol und Toxine, sehr wahrscheinlich eine entzündliche Mischung.

»Die Sache ist die.« Der Ork blies eine Rauchwolke aus. »Ihr Jungs sollt jetzt aufhören zu kämpfen, dann können wir zu einer Vereinbarung gelangen. Zu einer für beide Seiten vorteilhaften Vereinbarung. Oder meine Ledernacken beenden die Waffenruhe, kämpfen weiter und machen euch fertig. Drücke ich mich klar genug aus? – *URP!*«

Das Gewicht des Übersetzungsgeräts auf Kah-Sisshs Thorax war jetzt vernachlässigbar. Er verstand die Sprache des Orks allmählich auch ohne Hilfsmittel. Mit einem Seufzer fügte der Wabenkommandant sich ins Unvermeidliche, dehnte sämtliche Thoraxplatten aus, atmete das Stickstoff-Sauerstoff-Gemisch der hiesigen Atmosphäre ein und kopierte das zeremonielle Aufstoßen des Orks:

»URRRRP!«

Der Ork-Kommandant rappelte sich von den Bodendielen auf und stellte seinen Stuhl wieder aufrecht. Der kleinere Ork kam mit einer Bürste herbeigeeilt und fuhr damit ein paarmal über die Uniform seines Vorgesetzten, dann hob er die Schirmmütze auf und reichte sie dem massigen Ork.

»*Gut* …«, strahlte der Oberkommandierende. »Ihr kommt langsam dahinter. Reden wir.«

Kah-Sissh neigte seinen gepanzerten Kopf. »Ich verstehe nicht ganz, Kommandant. Sie haben einen Schwarmbruder von Ihnen zu mir geschickt, um mich Ihre Art der Kapitulation zu lehren. Sie haben meine Schwarmgeschwister getötet. Was gibt es außer unserer Auslöschung durch Sie noch zu bereden?«

Die Staffelführerin fügte hinzu: »Die Jassik sind niemals besiegt!«

»Sehen Sie, Sir?« Der kleine Ork, Major Barashkukor, erschien wieder am Tisch. Ein weißes Tuch lag über seinem Arm und er schob ein Wägelchen mit Porzellanschalen sowie einem Behältnis mit einer dampfenden Flüssigkeit. »Marines sind Marines, Sir, auch wenn sie Käfer sind. Ein Stück Zucker oder zwei?«

Kah-Sissh verfolgte, wie der kleine Ork eine gelbe Flüssigkeit aus dem Behältnis in die Schalen füllte und eine weiße Flüssigkeit (das, wie ihm seine Sensoren verrieten, ein Derivat aus dem Drüsensekret eines Säugers war) sowie zwei kleine Kristallklumpen hinzufügte. Der Ork-Major stellte die erste Schale auf eine zweite, deutlich flachere und hielt sie Kah-Sissh hin.

»Gestatten Sie, Wabenkommandant.« Die Rottenführerin nahm die beiden Schalen mit den Vordergliedern, hob mit ihren kleineren Krallen die oberste an und nippte. Lichter flackerten über ihren Kampfharnisch aus Lebendmetall. »Nicht toxisch. Mmm …«

Der orkische Oberkommandierende griff nach einem Glasbehältnis auf dem Wägelchen. »Ich nehme etwas Stärkeres.«

Oberkommandierender Ashnak schlug dem Behältnis in einem Regen von Glassplittern die Spitze ab und ließ eine bräunliche Flüssigkeit in seine Gurgel laufen. Wabenkommandant Kah-Sissh beobachtete den Ork noch einen Augenblick, um festzustellen, ob ein zeremonielles Aufstoßen erforderlich war. Offenbar war das nicht der Fall.

Kah-Sissh nahm von Major Barashkukor sein eigenes Paar Schalen entgegen und nippte vornehm. »Außer der Auslöschung der Jassik gibt es nichts zu bereden.«

»Also da sind Sie im Irrtum, Sohn.«

Kah-Sissh zögerte. Seine metallverstärkten Beißzangen zuckten. Lichter flackerten auf seinem Körperharnisch und er berührte die Vorrichtungen mit der Spitze einer Kralle. Er senkte den glänzenden schwarzen Kopf, bis sich seine Facettenaugen auf einer Höhe mit dem Gesicht des Oberkommandierenden Ashnak befanden. »*Wunderbares* Getränk ... wie nennen Sie esss?«

Der Ork starrte Kah-Sissh an, der ihn anstrahlte. Der kleine Ork-Major brach das Schweigen.

»Tee, Wabenkommandant, Sir. Es wird Tee genannt.«

»Fabelhaft.« Vor Vergnügen fuhr Kah-Sissh seine tropfenden Kiefer aus. Seine Facettenaugen funkelten. »Wo war ich stehen geblieben? Ach ja. Unsere Ehre gebietet uns, jetzt von eigener Hand zu sterben. Wir alle und jeder. *Qwiep!*«

Der massige Ork kratzte sich den kahlen Kopf und die gespitzten Ohren, dann zog er wieder an der rauchenden Pflanzenmaterie.

»Ich habe euch Jungs beobachtet«, sagte Ashnak leutselig. »Über Satellit. Ihr kommt nicht aus dieser Gegend, oder, Sohn? Ich habe Berichte meiner Kampfeinheiten koordiniert und in die Karten einzeichnen lassen, woher ihr gekommen seid. Tja, einige von euch kamen aus Thyrion, andere aus Gyzrathrani und wieder andere aus der antarktischen Eiswüste. Aber das ist nicht der interessante Teil.«

Wabenkommandant Kah-Sissh fuhr seine tropfenden Kiefer ein kleines Stück aus und sofort wieder ein. »Ich werde nur sagen, wozu mich die Ehre des Krieges verpflichtet. *Qwiep!*«

»So kennen wir unseren Kommandanten!« Die Rottenführerin beschrieb eine extravagante Geste mit dem Teegeschirr in ihrer Klaue. »Dahinscheiden auf der Höhe des militärischen Ruhms! Keine Gefangenen! *Qwiieep!*«

»Aha ...« Der Ork-Kommandant betrachtete Kah-Sissh ein wenig fragend, nahm das Teebehältnis und roch daran. Der kleine Ork-Major und der magere Ork-Techniker sahen einander an, dann die Schalen, zuckten die Achseln und schüttelten den Kopf.

Kah-Sissh strahlte die Rottenführerin und den leeren Platz neben ihr an. Augenblicklich ernüchtert sah er sich nach der Staffelführerin um.

Die Stimme eines weiblichen Orks erklärte: »In dem kleinen Feld am äußersten Rand werden die Punkte doppelt gezählt ...«

Die Staffelführerin der Jassik, die den gepanzerten Schädel ein wenig nach vorn gebeugt hatte, um nicht an die Decke zu stoßen, stand neben der vierschrötigen Orkfrau in dem langen Mantel mit den Gläsern auf der Nase. Beide betrachteten eine Wand des Gasthauses, wo eine kleine Zielscheibe mit konzentrischen Ringen hing. Die Orkfrau nahm einen winzigen gefiederten Wurfpfeil, zielte und warf ihn auf die Zielscheibe.

»*Quiep!* Ich verstehe, ich verstehe!«, rief die Staffelführerin aufgeregt. Aus ihrem Unterleib holte sie eine große schwarze Waffe aus Lebendmetall, wuchtete sie auf die Schulter, zielte und drückte ab.

HHZAAACCKKK!

Die hängende Zielscheibe verschwand ebenso wie ein beträchtliches Stück der Wand.

»Spiel!«, rief die Staffelmeisterin zischelnd.

Kah-Sissh sah, wie der Ork-Kommandant über die Schulter sah, die Aufmerksamkeit des weiblichen Orks auf sich lenkte und murmelte: »Lassen Sie die Jassik gewinnen«, bevor er sich wieder dem Konferenztisch zuwandte.

»Wie ich schon sagte.« Ashnaks Stimme war so tief, dass sie in Kah-Sisshs Thorax vibrierte. Seine dunklen Augen glänzten. »Ihr Käfer kommt aus allen vier Ecken der Welt. Ich will die Antwort auf eine Frage. Meine Orks haben die Marschrichtung Ihrer Einheit und von sechs weiteren Käfer-Divisionen auf der Karte eingezeichnet und verlängert, um festzustellen, wo die Linien sich schneiden und ihr gemeinsames Ziel liegt. Und jetzt beantworten Sie mir eine Frage, Wabenkommandant – wie kommt es, dass sämtliche Ihrer Truppen ohne Ausnahme die Mitte des Binnenmeers ansteuern?«

»Ach, dasssss Meer …«, seufzte Wabenkommandant Kah-Sissh. Am Rande bemerkte er, dass der kleine Ork-Major seine Teeschale auffüllte. Er senkte die Beißzangen und trank, bis er den glänzenden Kopf schließlich hob, um den Oberkommandierenden der Orks zu betrachten.

»Eure Meere sind zu tief und eure Seen sind zu kalt«, erklärte Kah-Sissh in vorsichtigem Umgang mit einer Sprache, die viel zu viele Zischlaute zu enthalten schien. »Wir brauchen ein ausssreichend flachessss, warmesss und großßßesss Gewässsser.«

Alle Orks versammelten sich hinter ihrem Kommandanten. Die untersetzte Frau glotzte durch ihre mit Draht eingefassten Linsen, während der magere Techniker und der kleine Major die Jassik mit weit aufgerissenen Augen anstarrten.

»Wofür im Namen der Finsternis brauchen Sie ein *Meer*?«, wollte der Ork-Kommandant wissen.

Wegen der Bewunderung seiner neuen Freunde in eine mitteilsame Stimmung gekommen, wedelte Kah-Sissh mit einer Klaue und ging ausführlicher darauf ein.

»Diesss issst eine kalte Welt, Kommandant, und ich finde esss so mühsam, ständig Sauerstoff zu atmen! Wäre unser Raumschiff nicht im Schwerkraftfeld Ihrer Sonne auseinander gebrochen, hätten wir nie eine Klaue auf Ihre erbärmliche kleine Welt gesetzt. Doch wir mussten in die Rettungskapseln umsteigen, als unser Mutterschiff havarierte ...«

Der magere Ork sprang von einem Fuß auf den anderen und beugte sich vor, um dem Oberkommandierenden Ashnak etwas in das spitze Ohr zu flüstern. Kah-Sissh summte vergnügt vor sich hin. Die Rottenführerin sank gegen seine Chitinschulter und verschüttete dabei den Inhalt ihrer noch halb gefüllten Teeschale, da sie in tiefen Schlummer sank.

»Warum dann also«, beharrte der Ork, »zum Binnenmeer?«

Kah-Sissh zuckte die Achseln. »Diesesss Gewässsser eignet sich am bessten für das Ausssbrüten eines Schiff-Eisss.«

»Eines *Schiff*-Eis?«, sagte der Ork. »Eines Schiff-*Eis*?«

»Eines Raumschiff-Eisss.«

»Yo!« Der magere Ork-Techniker geiferte auf eine beinah zivilisierte Art. »Sie können Waffen züchten! Sie können weltraumtüchtige Schiffe züchten! Wunderbar!«

»Da wäre zunächst noch die Schwierigkeit, einen Wirt zu finden, der groß genug ist.« Kah-Sissh inhalierte wieder den warmen, prickelnden Geruch der Ork-Zweibeiner. »Dann geht es nur noch darum, diesen armseligen Planeten zu unterwerfen, während wir darauf warten, bis das Ei ausgebrütet ist, und dann heißt es wieder: auf zu den Sternen und noch mehr Welten für den Schwarm erobern!«

Ein leises Summen ertönte auf der anderen Seite des Schankraums. Kah-Sisshs Blick wanderte über die Masse umgestürzter Stühle und Fensterglassplitter hinweg. Die Staffelführerin, die hörbar tief schlief, hatte sich unter einem Tisch zusammengerollt und der bepelzte Vierbeiner schlief auf ihrem Thorax.

Wabenkommandant Kah-Sissh nahm einen kalten, nach Sauerstoff riechenden Atemzug, komprimierte seine Thoraxplatten und stimmte ein Potpourri bekannter Trinklieder der Jassik an.

»Wabenkommandant – ich sagte, *Wabenkommandant!*« Der massige Ork erhob sich und funkelte zu Kah-Sisshs Beißzangen empor, während der Jassik mit einer schwankenden Klaue den Takt schlug. »Jetzt machen Sie mir hier nicht einfach schlapp, mein Junge!«

Eine Ladung kalte Luft schockte Kah-Sissh wieder in einen koordinierten Zustand zurück. Er klapperte Ork-Major Barashkukor, der ein Fenster geöffnet hatte, mürrisch mit den Beißzangen hinterher.

»Wir werden das Schandopfer nicht bringen«, verkündete Kah-Sissh in verdrossenem Tonfall. »Bei solchen Primitivlingen hieße es doch nur, es zu vergeuden. Wir sind die Jassik, stolze und edle Krieger!«

Der Major und der Techniker murmelten gleichzeitig etwas, das in Kah-Sisshs Ohren verdächtig klang wie: »Psychopathische, gedankenlose Mordmaschinen!«

»Dann sagen Sie mir doch«, verlangte der Ork-Kommandant, »wenn Sie nur von Ihren Absturzstellen zum Binnenmeer kommen mussten, warum haben Sie dann auf dem Weg dorthin alles niedergemetzelt, was Ihnen untergekommen ist?«

Wabenkommandant Kah-Sissh protestierte gekränkt: »Wir metzeln *gerne* Sachen nieder.«

Oberkommandierender Ashnak und Major Barashkukor wechselten einen Blick.

»Damit kann ich mich identifizieren, Sir«, bemerkte der kleine Ork.

Der massige Ork setzte sich an den Tisch, stützte den Kopf auf die Hände und richtete sich erst wieder auf, als der Gastwirt mit einem stark riechenden und dampfenden Teller voll von verbranntem Muskelgewebe aus der Küche kam.

»Ponygulasch?«, bot Oberkommandierender Ashnak an.

Kah-Sissh zischte ein angeekeltes Ächzen. Um den Vorgängen zumindest ein wenig Würde zu verleihen, erhob sich der Wabenkommandant der Jassik auf die Hinterglieder, klickte mit den Krallen und begann mit den heiklen Bewegungen des Tanzes des ›Geringfügigen Siegs Verborgen in einer Überwältigenden Niederlage‹. Die Rottenführerin kippte schnarchend hintenüber. Kah-Sissh stolperte über einen der Trinkenden an der Bar (sodass Halbling und Tablett durch den Schankraum flogen) und setzte sich unter lautem Lebendmetall-Waffengeklirr auf den Boden. Als er den Kopf hob, stellte er fest, dass er umzingelt und die Totmetall-Waffen der Ork-Marines auf ihn gerichtet waren.

»Was unseren Handel betrifft«, sagte der sitzende Ork-Kommandant Ashnak mit dem Mund voll von totem, gekochtem Fleisch.

Wabenkommandant Kah-Sisshs Facettenaugen funkelten. »Unser Schwarmmeister ist gestorben, aber es gibt andere Wabenkommandanten wie mich – und die, seien Sie versichert, werden das Schandopfer tanzen und Ihren jämmerlichen Kontinent bis auf das Muttergestein niederbrennen!«

»Nervengas«, erinnerte ihn der Ork. »Wir können jede Einzelne von euren Divisionen wegsprühen, Sohn.«

Kah-Sissh erstarrte.

Der Orc lächelte. »Ich mag Käfer, die für vernünftige Argumente empfänglich sind.«

»Bauern … *Qwiep!*« Wabenkommandant Kah-Sissh

sammelte den Rest seiner Würde und erhob sich vom Boden, dann faltete er seine Exoskelett-Glieder zusammen, sodass er sich wieder an den Verhandlungstisch setzen konnte. »Seien Sie versichert, dassss wir niemalsss Ihre Sssklaven werden.«

»Wer hat irgendwas von Sklaverei gesagt?« Leutselig hoben sich die buschigen Augenbrauen des Orks. Er stützte beide Ellbogen auf den Tisch und grinste den Jassik-Krieger breit an. »Zugang zum Binnenmeer könnte eine Ihrer Kapitulationsbedingungen sein. Wenn Sie Ihr ›Schiff-Ei‹ züchten und Ihre Käferärsche von meiner Welt schaffen wollen, werde ich ganz sicher keine Einwände dagegen erheben.«

»Als Gegenleistung wofür?«, fragte Kah-Sissh scharf.

»Aha. Ja. Ob Sie es glauben oder nicht«, schnurrte der massige Ork, »da gibt es tatsächlich eine Kleinigkeit, die Ihr Käfer für mich und die Jungs tun könnt …«

* * *

Der Planet drehte sich weiter und die Sonne des G-Typs ging unter. Schatten wurden länger.

Draußen nahmen in Hab-Acht-Stellung wartende Jassik-Krieger mit kameradschaftlicher Dankbarkeit die Getränke an, die ihnen von den einheimischen militärischen Lebensformen angeboten wurden.

Nach kurzer Zeit zischten die Lieder der Jassik-Krieger zu den Sternen empor.

Unter diesen war das tiefe Grollen gepanzerter Divisionen auf dem Rückzug zu hören, von sich neu formierender Infanterie, von Fliegerstaffeln, die über dem neutralen Gelände zwischen den beiden wartenden Armeen patrouillierten, und von gelegentlichen freundschaftlichen Schusswechseln.

12

»Hart steuerbord!«, bellte der Oberkommandierende Ashnak. »Hart backbord! Refft den Klüver! Bemannt das Top! Zieht, ihr Landratten, *zieht!*«

Die Quinquireme S.S. *Galgenbaum und Zapfhahn* aus Graagryk legte sich in den Wind. Massierte Reihen orkischer Ruderer in Drillichuniform und Stahlhelm legten sich in die Riemen und schwitzten unter dem wolkenlosen, windstillen blauen Himmel.

Ashnak marschierte auf dem Mitteldeck des Schiffs hin und her und ließ seine geölte Lederpeitsche dabei knallen. »Ihr wollt doch *Marines* sein, oder? Also zieht!«

Er ging nach achtern, vorbei an den schweißglänzenden, muskulösen Rücken von Orks, die bis auf Hose und Kampfstiefel nackt waren. Der Trommler der Galeere schlug einen steten Rhythmus, und Ashnak hatte versucht, die Marines zu ermutigen, Seemanslieder dazu zu singen. Das Resultat war, dass die Ledernacken auf der Backbordseite eine schwungvolle Wiedergabe von ›*Was Kostet Der Shoggoth Da Im Schaufenster?*‹ boten, die jedoch lautstark von den Ruderern auf der Steuerbordseite konterkariert wurde, die ›*Papa Will Mir Keinen Balrog Kaufen*‹ schmetterten. Die Quinquireme schwankte auf einem etwas indirekten Kurs über die unbewegten Fluten des Binnenmeers.

Die Wellen leuchteten perlmuttblau unter einem strahlenden Himmel. Ashnak hob den Feldstecher und machte die Pegasi der Valkyrie-Marines, die einige Kilometer nördlich kreisten, und den riesigen Schatten des Tarnkappen-Drachens auf den Wellen im Osten aus. Zwölf weitere Galeeren und sechzehn Segelschiffe hielten Parallelkurs zur *Galgenbaum und Zapfhahn*. Es war keine Spur von Land zu sehen.

Ashnak sprang auf das Achterdeck. »Kurs halten, Steuerfrau!«

Lieutenant-Colonel Dakashnit (eine Beförderung im Felde) stützte sich auf das große Speichenrad der Galeere, das sie lässig mit einem muskulösen schwarzen Arm bediente. Sie grinste und berührte ihren GI-Helm. »Wird gemacht, Sir!«

Major-General Barashkukor salutierte seinem vorgesetzten Ork ebenfalls. »Sir, Flaggschiff der Graagryker Marine auf Kurs, wie von Ihnen befohlen, Sir. Wir stoßen jetzt in tieferes Wasser vor, Sir …«

Der kleine Ork erbleichte. Er fixierte Ashnak mit Augen, die aus den Höhlen quollen, machte eine jähe Kehrtwendung und beugte sich über die Reling des Achterdecks. Ashnak betrachtete seine wogenden Schultern. Er ignorierte die Kotzgeräusche und schlug Barashkukor auf den Rücken: »Gut gemacht, Sohn!«

Das Getrappel kleiner, aber schwerer Füße warnte ihn. Ashnak fuhr herum und konnte gerade noch einen zur Hälfte orkischen Halbling auffangen, als der sich auf sein Bein stürzte. Er hob das Kind, warf es in die Luft und fing es (nach einem Sekundenbruchteil des Zögerns) wieder auf. Mit dessen winziger Krallenhand in seiner eigenen ging Oberkommandierender Ashnak quer über das Achterdeck.

»Pepin, mein Schatz, ärgere deinen Vater nicht, wenn er arbeitet.« Ehren-Colonel Magdalene von Graagryk tätschelte dem Knirps mit den lockig behaarten Füßen geistesabwesend den Kopf und wich dabei mit geübter Leichtigkeit seinen Milchfängen aus. »Geh und spiel mit deinen Brüdern und Schwestern.«

Magda Brandiman ruhte auf einem weich gepolsterten Liegestuhl auf dem Achterdeck. Ein Orc stand mit einem Sonnenschirm hinter ihr und schützte den Ehren-Colonel vor der Sonne. Eine leichte Brise ließ ihre Haare flattern, als sie sich zurücklehnte und einen Schluck aus einem Glas mit einer Mischung aus Alkohol und Fruchtsaft trank. Ihre Kinder saßen ihr zu Füßen und spielten ›Häng-den-Ork‹. Ihre verspiegelten Ray-Bans reflektierten das Bild Ashnaks, als sie den Kopf drehte.

Ashnak küsste ihr galant die freie Hand. »Wir sind seit fünf Stunden auf See, mein Schatz …«

»Vertrau mir.« Magda zog die Sonnenbrille herab und betrachtete den Ork über deren Rand. »Würde ich dich belügen? Halt einfach diesen Kurs.«

Die Quinquireme schaukelte wieder. Dutzende von Orc-Marines kletterten die Takelage empor und ließen die spärlichen Segel zur Unterstützung der Ruderer herunter. Ashnak beobachtete sie, wie sie mit dem Gewehr auf dem Rücken einhändig von Tau zu Tau turnten. Es wurde offensichtlich, dass die Ork-Matrosen von der Backbordseite einen Angriffskurs durch die Leinen und Schoten einschlugen.

»Eine Extraration Rum für die Mannschaft!«, brüllte Ashnak fröhlich. »Schiff ahoi! Yo ho ho!«

Der Befehlsschwall hatte wenig bis gar keinen Effekt auf die Schiffsbesatzung. Die Farbe des Wassers unter der *Galgenbaum und Zapfhahn* wechselte zu Royalblau und weißer Schaum lag auf den Wellen. Einige Ork-Marine-Ruderer ließen die Ruder Ruder sein, beugten sich über die Schiffsreling und kotzten. Ashnak merkte sich diejenigen, die sich über die windwärts gelegene Seite beugten, für eine eventuelle spätere Degradierung vor.

»Oberkommandierender …«

Ashnak drehte sich zu den Zischlauten um. Die Mittagssonne glänzte auf dem blauschwarzen Panzer und dem schwarzen Metallharnisch des Wabenkommandanten der Jassik. Der Käfer hatte seinen langen Körper und die exoskelettartigen Hinterbeine in die Ecke des Achterdecks gezwängt, während sich die Klauenhände an der Reling festhielten.

»Wann …« Kah-Sissh senkte den glänzenden Kopf. »Wann wird dieser Sturm nachlassen, Kommandant?«

»Für Sie ›Flottenadmiral‹, Kah-Sissh«, sagte Ashnak fröhlich, indem er dem Käfer auf den Rücken schlug. Er zuckte zusammen und blies sich auf die Handfläche. »Sturm? Was für ein Sturm? Wir haben erstklassiges Segelwetter!«

Die Facettenaugen des Käfers trübten sich. Kah-Sisshs Kopf sank auf die Reling und aus den ausfahrbaren Kiefern tröpfelte eine dünne Schleimspur.

»Unser Gast fühlt sich nicht wohl«, stellte der massige Ork fest. »Wahrscheinlich wird es Zeit für die nächste Mahlzeit. Barashkukor! Lassen Sie dem Koch mitteilen, er soll ein Stück fettes Schweinefleisch und verlorene Eier bringen – und den Rest von den Quallen, wenn noch was davon übrig ist.«

»Du bist ein grausamer Ork, mein Schatz«, stellte Magda Brandiman fest.

»Nichts dergleichen.« Ashnak hielt Major-General Barashkukor an einem Bein über die Schiffswand, um von dem kotzenden Ork nicht bespritzt zu werden, und grinste breit. »Kann ich etwas dafür, dass ich ein guter Seemann bin? Ich bin ein Marine!«

Ashnak ließ Barashkukor auf das Deck fallen und holte tief und zufrieden Luft. Unter dem Geruch nach Orkschweiß und Erbrochenem rochen seine behaarten Nüstern das von der Sonne erhitzte Holz und Seil, die Gewürze von der letzten kommerziellen Seereise der *Galgenbaum und Zapfhahn* und den fremdartigen Geruch von Körperflüssigkeiten der Jassik. Ein Duft nach Pfeifenkraut ließ ihn herumfahren.

»Mann, Ihnen fällt besser bald mal was ein, Sir.« Steuerfrau Dakashnit, die jetzt eine Zigarre rauchte, drehte träge am Steuer. »Diese Käfer kommen ganz und *gar* nicht gut auf dem Wasser zurecht, aber wir haben auch noch sechs von ihren Divisionen in der neutralen Zone sitzen – und Geduld ist etwas, das sie nicht haben, Sir.«

Ashnak setzte seinen Dreispitz auf, stellte die Säbelbeine weit auseinander, verschränkte die Hände auf dem Rücken und schaute nach vorn. »Vertrauen Sie mir, Soldat, ich bin ein Ork.«

»Tarnkappen-Drache an Flaggschiff, Tarnkappen-Drache an Flaggschiff, over.«

Admiral Ashnak schob eine Hand in seinen seemännischen Überzieher. Mit einem Funkgerät zog er sie wieder heraus. »Flaggschiff hört.«

»Ich muss schon sagen, Sir, wunderbare Aussicht auf Sie von hier oben! Das Leben auf den Meereswellen und so, wie?«

Ashnak starrte in den leeren Himmel. »Sind Sie sicher, dass Ihnen Ihr Beruf Spaß macht, Marine?«

»O ja, Sir. Unbedingt! Tja, Sie wissen ja, was man so sagt, Sir. Das Leben ist hart und gemein und dann fliegt man …«

Ashnak grollte.

»Wir haben vielleicht genau, was Sie brauchen«, knisterte Wing Commander Chakamnits Stimme eiligst. *»Richtung null neun drei Grad relativ zu Ihnen, Sir. Entfernung fünf Meilen.«*

»Kurswechsel um null neun drei Grad!«, jubelte Ashnak.

Die drei Ledernacken an der Ruderpinne steckten murmelnd die Köpfe zusammen. Der Größte zählte etwas an den Fingern ab, zeigte entschieden in eine Richtung und erklärte: »Da lang!«

Die Quinquireme schlingerte und von den geschäftig umherlaufenden Orks fielen nicht mehr als ein halbes Dutzend über Bord. Der Bug der Galeere pflügte tief durch die Wellen. Die Ruder hoben und senkten sich wie rasend. Ein Marine mit Flaggen gab dem Rest der Flotte mit hektischen Bewegungen Zeichen und die anderen Schiffe schwenkten herum und folgten dem Kielwasser der S.S. *Galgenbaum und Zapfhahn*.

»An die Geschütze!«, brüllte Ashnak. Mannschaften eilten zu den Ballisten, den auf der Reling angebrachten Armbrüsten und der sechszölligen Schiffsartillerie.

Magda Brandiman stellte ihr leeres Glas ab. Die Halblingsfrau erhob sich von ihrem Liegestuhl, glättete ihr weißes Strandkleid und spazierte elegant über das Deck, um sich neben Ashnak zu stellen, den Kopf auf einer Höhe mit seiner Gürtelschnalle. In der steifen Brise hielt sie ihren Sonnenhut mit einer Hand fest.

»Ich gehe nach vorn«, verkündete sie.

Ashnak folgte der Halblingsfrau über das Mitteldeck. Einige Ork-Marine-Ruderer pfiffen und johlten, was die Colonel-Herzogin von Graagryk mit einem Winken quittierte, ohne auch nur ansatzweise aus dem Tritt zu geraten. Ashnak folgte ihr zum Bug.

»DA BLÄST SIE!«

Ashnak befingerte sein klingelndes Ohr. Dann wischte er sich mit der Kralle über die Admiralsjacke und funkelte Tech-Colonel Ugarit an. Der magere grüne Ork hing über der Reling, wobei die Bugwelle periodisch seinen weißen Laborkittel durchnässte, zeigte aufgeregt nach vorn und brüllte.

»Da bläst …«

Ashnak packte ein Bein des mageren Orks und hob ihn an. Ugarit flog über die Schiffsreling.

»… siaaaaahhhhh!«

»Ich habe Sie schon beim ersten Mal verstanden«, knurrte Ashnak.

Der massige Ork lehnte sich über die Reling. Einige Meter unter ihm kletterte Tech-Colonel Ugarit (der auf der oberen Ruderreihe gelandet war) an der Schiffswand empor. Vor ihnen lag nur das offene Meer. Weiße Wellen sprenkelten die Tiefen.

»Keine Sichtung, Sir!«, meldete der elfische Lieutenant Gilmuriel Ashnak. Seine goldenen Augen schienen ein wenig getrübt. Ashnak sah sich die Elfen-Marines an, die ihre Hundemarke abgenommen und sich um den riesigen umgerüsteten Harpunenwerfer versammelt hatten, der den gesamten Bugraum der Galeere vereinnahmte. Die meisten Elfen-Marines hatten sich über die Reling gebeugt.

»Verzeihung, Sir«, fügte Gilmuriel hinzu, während er an einem Fleck auf seiner waldtarnfarbenen Uniform herumwischte. »Für das hier brauchen Sie wirklich die Meer-Elfen, Sir … *blehh!*«

Ashnak wich geschmeidig zur Seite aus.

»Muss ich denn *alles* selbst machen?« Der massige Ork lehnte sich gefährlich weit über die Reling und starrte durch einen mit Gummi verkleideten Feldstecher. Ein Zischen und Magda Brandimans huldvolle Begrüßung verrieten ihm, dass sich Wabenkommandant Kah-Sissh soeben zu ihnen gesellt hatte.

»Da, Sir.« Major-General Barashkukor zupfte am Ärmel seines vorgesetzten Orks. »Sir, da, Sir!«

»Wo?«

»Da!«

»Ich sagte … ach, Scheiß drauf!« Ashnak hob den Major-General am Kragen hoch. »Zeigen Sie, verdammich!«

Ashnaks Blick folgte der Richtung, die Barashkukors zitternder Finger anzeigte. Seine Augen verengten sich unter den buschigen Brauen.

Zuerst sah der Ork gar nichts. Die Graagryker Flotte schien durch einen seichteren Teil des Binnenmeers zu kreuzen, da unter der Oberfläche bräunliches Seegras trieb. Wegen des auf den Wellen glitzernden Sonnenlichts musste Ashnak sehr stark blinzeln. Salz verkrustete seine Nüstern, die sich blähten, um zu wittern.

»Nichts!«, fluchte er. »Magda, Weib, du hast mir erzählt, die Riesenkrake wäre hier im Binnenmeer gesichtet worden – ja wo *ist* sie denn nun?«

Major-General Barashkukor zeigte unausgesetzt mit

zitterndem Finger. Der von Ashnaks Faust baumelnde kleine Ork stieß einen wimmernden Laut aus, dann spritzte ein Rinnsal Flüssigkeit auf das Deck. Ashnak ließ ihn fallen und sprang geradewegs auf die Bugspitze der *Galgenbaum und Zapfhahn*.

»Da«, sagte Magda Brandiman.

Von hoch oben auf der Bugspitze ließ Ashnak den Blick über die Wellen zu den kleineren Galeeren und Segelschiffen wandern. Ein schillernder Dunst trübte die Sonne. Die Fläche seichteren Wassers mit dem Seegras erstreckte sich um die ganze Flotte bis zum Horizont.

Die Ranken des braunen Seegrases wiegten sich dick wie Rotholzstämme hin und her.

Das braune Seegras öffnete ein träges goldenes Auge und starrte zu Ashnak empor.

Ashnak starrte auf die gigantischen Tentekal der Riesenkrake.

»Yo!« Der Ork strahlte und sprang wieder auf Deck. Er trat zu Wabenkommandant Kah-Sissh, der auf dem Deck der Quinquireme stand und die winzige Halblingsfrau um Längen überragte. Ashnak grinste den Käfer an.

»Ihr Ei benötigt einen lebenden Wirt.« Ashnak zeigte mit dem Daumen hinter sich. »Ein neues Harpunensystem der Marine. Magie des Sichtbaren Kollegs, Narkosewaffen, die garantiert *alles* einschläfern.«

Tech-Colonel Ugarit, der es mittlerweile wieder an Deck geschafft hatte, tropfte vor sich hin und murmelte etwas von *»Feldtests«* und *»Prototypen«*.

Ashnak schlug Lieutenant Gilmuriel auf den Rücken, hielt den Elf-Marine am Kragen fest, um zu verhindern, dass er über Bord katapultiert wurde, und bellte: »Laden und schießen! Barashkukor! Signalisieren Sie allen Schiffen Feuer frei! Los, los, los!«

Zweihundert Ork-Ruderer gruben die Fersen in die Planken und legten sich in die Riemen. Auf allen Schiffen hub ein munteres Schwenken von Signalflaggen an. Die Ork-Marine-Besatzung der S.S. *Galgenbaum und Zapfhahn* eilte auf ihre Stationen und holte ein nicht enden wollendes feines, mit Magie verwobenes Netz aus dem Laderaum.

Ashnak, der seinen Dreispitz mit einer Hand festhielt, schlenderte über das Deck zurück zu seiner herzöglichen Frau. Netze flogen durch die Luft, öffneten sich und fielen. Ein Regen von Harpunen wurde von jedem Schiff der Graagryker Flotte abgefeuert. Ashnak reckte seinen Stiernacken, um dem Käfer in die Augen zu schauen.

»Sohn, falls Sie noch irgendwelche Beschwerden haben, ist jetzt der richtige Zeitpunkt, sie beim Namen zu nennen. Wenn wir das Biest erst einmal gefangen haben, werden wir es ganz sicher nicht wieder ins Meer werfen.«

Wabenkommandant Kah-Sissh zischte vor Vergnügen und ließ ätzenden Schleim auf das Deck der Quinquireme tropfen. »Es wird reichen.«

Magda Brandiman stützte sich auf die Reling und beobachtete, wie sich ein riesiges goldenes Auge schloss. »Ich meine, wir können den Friedensvertrag jetzt als ratifiziert betrachten, Wabenkommandant. Sie nicht auch?«

Die Ork-Marines jubelten. Riesige schuppige Tentakel durchbrachen die glitzernden Wellen und sanken wieder zurück. Die langsameren Schiffe der Graagryker Marine trafen ein und warfen das zusätzliche Gewicht ihrer magisch verstärkten Betäubungsharpunen in die Waagschale.

Major-General Barashkukor sah seinen Oberkommandierenden nachdenklich an.

»Sir, was meinen Sie, Sir? Könnten wir für die Jagd Auf Die Riesenkrake einen Orden prägen und verleihen, Sir? Könnten wir, Sir? Bitte, Sir? … *AU!*«

* * *

Eine halbe Stunde später fand Flottenadmiral Ashnak bei der Rückkehr in seine Kabine die Tür nur angelehnt vor. Mit gezogener Desert Eagle trat er die Tür weit auf.

Ein männlicher Halbling, in dessen schwarzem Haar reichlich Grau zu sehen war, saß mit untergeschlagenen Beinen auf dem Stuhl des Admirals hinter dem Schreibtisch. Sein schwarzes Wams, die schwarze Hose und die gelbe Halskrause wiesen Spuren der Reisestrapazen auf. An seiner Hüfte waren ein Rapier und ein Dolch und unter einer Achsel eine zusätzliche Ausbuchtung zu sehen.

»Stiefvater«, begrüßte Will Brandiman Ashnak.

Der massige Ork schlug die Kabinentür zu. Mit einem gemeinen Funkeln in den Augen ging er auf den Halbling zu.

»Ned weiß, dass ich hier bin«, sagte Will. »Und ich weiß nicht, wo Ned sich gerade aufhält. Ich glaube, es hat irgendwas mit Archipel-Seide zu tun. Jedenfalls würde es ihm mehr als ein Vergnügen sein, Mutter zu erzählen, dass ich nicht unglücklich über Bord gefallen bin, wenn ich ab morgen spurlos verschwunden sein sollte.«

Ashnak durchquerte die Kabine mit einem Schritt, öffnete den Barschrank und stürzte eine halbe Flasche Gewürzinsel-Branntwein hinunter, ohne dabei blass zu werden. Er wischte sich den Mund am goldbestickten Ärmel seiner Admiralsjacke ab. »Was willst du?«

»Ist das eine Art, mit seinem Stiefsohn zu sprechen?«, fragte Will Brandiman. »Ihr solltet Euch freuen, dass ich mich für Eure Arbeit interessiere, Vater.«

»Stell dein Glück nicht zu sehr auf die Probe«, erwiderte Ashnak.

Will Brandiman lächelte aalglatt und glitt vom Stuhl. Er lehnte sich mit der Schulter an die Kante des Schreibtisches.

»Gelungenes Unternehmen, die Sache mit der Krake«,

lobte Will. »Wie ich sehe, habt Ihr das ganze Sichtbare Kolleg für Euch arbeiten lassen. Komisch, wie sie sich auf einmal darum reißen, für den Großen Friedensstifter Ashnak zu arbeiten, nicht? Wäre doch ein Jammer, wenn neue Beweise zum Vorschein kämen, die den Kriegsverbrecherskandal in den Roten Rinnen wieder in die Schlagzeilen rücken würden, vor allem jetzt, da die Krönung des Fürsten der Finsternis zum Weltenherrscher bevorsteht und das alles.«

Der Ork schob seine Desert Eagle ins Halfter zurück. »Du klopfst doch nur auf den Busch.«

»Wahrscheinlich«, gab Will Brandiman ihm Recht. »Aber ich bin ein großzügiger Halbling. Ich bitte nicht um Gefälligkeiten. Nicht wirklich.«

»Also?«

»Komischerweise«, sagte der blinde Passagier, »könntet Ihr tatsächlich etwas für mich tun, Stiefvater ...«

Ashnak zog seine Jacke aus, trat sich die Stiefel von den Füßen und ließ sich auf seinen Admiralsstuhl sinken. Die leuchtenden Augen fixierten den Halbling und verhießen Unnachgiebigkeit und nichts Gutes.

»Was ist es diesmal? Schwerer Diebstahl? Wollt ihr Ferenzien stehlen, weil es nicht festgenagelt ist? Tja, in diesem Fall habe ich Neuigkeiten für dich, Junge. Diesmal lautet die Antwort ›nein‹!« Der Große Friedensstifter Ashnak bleckte zufrieden die Hauer. »Offen gesagt, Sohn, ich würde nicht mal auf dich pissen, wenn deine Haare in Flammen stünden. Und jetzt *raus*!«

* * *

Das Glasdach des Großen Versammlungssaals von Ferenzien war im Zuge der Kriegshandlungen zu Bruch gegangen. Warme Luft und der Geruch des Morgens wehten herein. Reparaturmagier verschweißten langsam Silizium. Ork-Marines mit Eimern und Wischmops räumten unter Anleitung eines Sergeant-Majors die Trümmer fort, säuberten die unbeweglicheren Gesteinsbrocken und stellten überall Marine-Schilder mit dem Aufdruck ›BETRETEN DER TRÜMMER VERBOTEN‹ auf.

»Er ist da entlang, Sir.« Major-General Barashkukor zeigte in eine Richtung.

Ork-Marines in feierlicher beschlagener Lederrüstung säumten in gleichmäßigen Abständen die vertäfelten Wände des Versammlungssaals. Beim Eintreten des Oberkommandierenden Ashnak präsentierten sie die Streitäxte.

»Nette Idee«, lobte Ashnak.

»Vielen Dank, Sir!« Barashkukor salutierte. »Die traditionelle Paradewaffe des Orks, die Streitaxt. Der M203-Granatwerfer-Aufsatz war auch meine Idee, Sir.«

Ashnak schritt durch den Saal zu einem Tisch, hinter dem Hochkönig Magorian zusammengesunken auf einem geschnitzten Lehnstuhl saß.

»Ihr seid gerade dabei, die erste Versammlung des Weltparlaments zu verpassen, Eure Majestät«, grollte Ashnak.

Kelyos Magorian hob den Kopf mit den schütteren Haaren. Er klemmte sich ein Monokel ins Auge und starrte die beiden Orks an – den kleineren in einer maßgeschneiderten und mit Orden behangenen braunen Uniformjacke und mit mehr Goldlitzen auf der Schirmmütze, als sie eigentlich verkraften konnte, und den größeren in urbanem Tarndrillich mit einem Koppel, das unter der Last der Pistolen, Granaten, Reservemagazine und der feierlichen Handaxt durchhing.

»Geht weg«, sagte der Hochkönig. »Verdammte Grünhäute! Spielverderber. Zwei Stück Zucker!«

Sein Halbling-Diener füllte eine Porzellantasse mit dampfendem Tee aus einer Kanne, die auf einem silbernen Servierwagen neben dem Eichentisch stand, und stellte sie neben Magorian auf einen grünen Stoffuntersatz. Der ältere Mann murmelte etwas vor sich hin und entfernte die Tasse von den Sträuchern aus grün gefärbten Farnkräutern und den konturierten Miniaturhügeln.

»Ha!« Magorian ließ Würfel aus seiner blau geäderten Faust rollen und starrte sie durch das Monokel an. »Die Horde ergreift die Flucht! Das Licht gewinnt, verdammich.«

Ashnak bediente sich vom Servierwagen des Halblings und nahm sich eine Hand voll Kekse. Kauend senkte er den Kopf und betrachtete den Tisch. Die unzähligen Miniaturkrieger waren in etwa so angeordnet wie beim Letzten Gefecht am vergangenen Allerheiligen.

»*Das Parlament*«, erinnerte er Magorian.

»Glaubt Ihr, ich würde mir das verdammte Frauenzimmer jetzt, da Sie zum Weltenherrscher gekrönt wird, ansehen? Genau, ich werde es nicht tun. Sie brauchen mich jetzt nicht. Ich werde mich zur Ruhe setzen und endlich tun, was *mir* Spaß macht. Diese Schlachten so schlagen, wie sie *eigentlich* hätten ablaufen müssen.« Hochkönig Magorian blinzelte den Ork grimmig an. »Das Licht gewinnt. *Immer*. Ich habe es bewiesen!«

Ashnak schnippte mit den Fingern. Ein sehr großer weiblicher Ork-Corporal kam mit einer voluminösen Robe aus blauem Samt mit Hermelinbesatz angetrottet. Die Kampfstiefel ihres Trupps stampften im Laufschritt über den Parkettboden.

»Schön der Reihe nach«, befahl Ashnak, »Hochkönig Magorian, für die Parlamentssitzung: *anziehen*. Königskrone Ferenziens: *aufsetzen*. Truuuupp ... noch warten, noch warten ... Hochkönig Magorian mit Marine-Eskorte, zum Optikon: *Marsch!*«

Ashnak und Barashkukor schlenderten im Kielwasser der Ledernacken und eines protestierenden Hochkönigs aus dem Versammlungssaal.

»War das der Letzte, Major-General?«

»Sir, ja, Sir! Wir haben sie alle zusammengetrieben. Wir haben die vorgeschriebene Sollstärke für das neue Weltparlament erreicht, Sir.«

Von der einzigen Kathedrale Ferenziens, die den Ansturm der Käfer heil überstanden hatte, hallte Glockengeläut durch die freundliche Sommerluft. Nachdem die Mauern demoliert, die Vororte dem Erdboden gleichgemacht und die Binnenflotte im Hafen verbrannt worden war, hatte Ferenzien sich gerade ausreichend erholt, um Abgeordnete aus allen Teilen der zivilisierten Welt zu begrüßen.

Ashnak eilte mit Barashkukor auf den Fersen zu seinem Jeep und hievte seine Körperfülle in das Gefährt. »Wo ist Magda?«, wollte er wissen.

Der untote Ork-Fahrer mit dem schwarzen Barett und der Panzerweste betrachtete Ashnak durch eine dunkle Brille. »Die Colonel-Herzogin hat etwas von Presse erzählt, Sir, und davon, die WFTV-Kameras ins Optikon zu schaffen.«

CIA-Leiter Lugashaldim setzte den Jeep in Bewegung und sie rasten durch die Straßen Ferenziens. Der Motorenlärm hallte zwischen den Mauern der hohen Häuser hin und her und überall wichen die Massen auf den Straßen dem Gefährt eiligst aus.

»Mir ist zu Ohren gekommen, dass die Magda-Brandiman-Unternehmensgruppe (Graagryk) das Monopol für parlamentarische Fernsehbilder besitzt, Sir. Für drei Silberschillinge ist der Empfang in Farbe, für zwei Kupferstücke in schwarz-weiß.«

Ashnak stützte das Kinn auf eine Faust. »So kenne ich meine Magda …«

Der Jeep holperte durch das vom Krieg verwüstete Ferenzien, wobei er hier und da von diversen Siegesparaden aufgehalten wurde – jene der Sechsten Elfischen Husaren, der Zwergischen Brigade der Sappeure und

Mineure und der Adler (Ferenzischer Horst, 1. Taktisches Geschwader) –, bis er schließlich vor einem steinernen Kuppelgebäude mit zwei Flügeln hielt.

»Optikon von Ehrengarde umringt, wie von Ihnen befohlen, Sir.« Major-General Barashkukor scheuchte Magorian zum überwölbten Eingang. Ashnak schlenderte hinterher und nahm die Grüße des Sperrgürtels schwer bewaffneter Ork-Marines in Flakwesten entgegen.

Die Granaten und Straßenkämpfe hatten durch irgendeinen glücklichen Zufall das Innere des Optikons ausgelassen und nicht mehr Schaden angerichtet, als ein wenig Staub von den endlosen Bücherregalen zu blasen. Über den Büchern, wo die Wände nicht mehr durch Regale verdeckt wurden, prangten große Landkarten-Fresken, auf denen in blauer, goldener und ockerbrauner Farbe die Nord- und Südkönigreiche, die Wilden Länder des Ostens und das Land jenseits der Westlichen Ozeane dargestellt waren.

Durch ein rundes Fenster in der Mittelkuppel fiel Sonnenlicht.

Ein Lichtstrahl beleuchtete den Weltenthron.

In der ansteigenden Galerie waren gepolsterte Bänke aufgestellt worden. Ashnak zeigte auf die vorderste Reihe rechts vom Thron unter der mit dem Sternenhimmel bemalten Decke des Westflügels.

»Das wird für Seine Lordschaft reichen.«

Barashkukor scheuchte den ältlichen Helden vorwärts.

Eine Bibliotheksstille dämpfte den Lärm der auf ihren Bänken herumrutschenden Abgeordneten des Lichts – Menschen, Zwerge, Elfen und Halblinge. Ashnak fiel ein Elf auf, dessen Gesicht schockierend deutliche Anzeichen hohen Alters aufwies und der zwischen dem Bürgermeister von Sarderis und einem Schlangenpriester von Shazmanar saß. »Inquisitor Elinturanbar.«

»Ihr gehört nicht auf diese Seite!«, zischte der uralte Elf. »Kommt nicht näher! Eines Tages in nicht allzu ferner Zukunft werden wir Euch zur Rechenschaft ziehen.«

Die Rassen der Finsternis – Trolle, Hexen, Nekromanten, Untote, Kobolde und der Rest – besetzten die Bänke auf der linken Seite des Hauses. Ashnaks behaarte Nüstern blähten sich. In der Mitte der vordersten Bank hockte eine Gestalt, deren Lederrobe ein Flickenteppich aus gegerbten und mit Silberdraht zusammengenähten Händen und Gliedern, Augen und Lippen war.

»Lord Nekromant«, grüßte Ashnak ihn aus reiner Gewohnheit.

Schmutz und getrocknetes Blut hatten das Hautgewand des Nekromanten steif werden lassen. Was von seinem verunstalteten Gesicht unter der Kapuze zu sehen war, wies einen grünlichen Farbton der Verwesung auf. Er ächzte.

»Abschaum!«, zischte der Namenlose. »Verräter an dieser Seite des Hohen Hauses. Glaubst du, du könntest die Finsternis betrügen, indem du den Käfer-Abschaum leben lässt, ohne deine *Barmherzigkeit* noch bitter zu bereuen?«

»*Sind* wir heute vielleicht schlecht gelaunt«, grinste Ashnak. »Natürlich hat das nichts mit dem Verpassen der Siegesfeiern aufgrund eigenen Totseins zu tun.«

»*Pah!*«

Licht schien durch die Kuppel des Optikons auf das erste Weltparlament. Die Abgeordneten der Finsternis drängten und stießen einander unbarmherzig – sie pfiffen, warfen mit Dung, zerrten die Bücher aus den Regalen hinter sich und lasen die dubioseren Abschnitte laut vor.

»Ruft sie zur Ordnung!«, verlangte Oderic, der Hohezauberer Ferenziens, als Ashnak sich ihm näherte.

Ashnak begutachtete seine Ledernacken, die zum

großen Teil an den verkleideten Sitzen lehnten und Pfeifenkraut von den Abgeordneten und den Mitgliedern des Ordens der Weißmagier schnorrten, die in ihren mit Darstellungen der Sonne verzierten Überröcken umherstolzierten und versuchten, das Chaos zu mindern.

»Sinnlos«, grollte Ashnak. »Sie werden sich von selbst beruhigen, wenn … yo! Da!«

Draußen strahlte ein leuchtend blauer Himmel über dem Erhabenen Fürst Toter Äonen, als Sie – umgeben von jubelnden Ferenziern und der Horde der Finsternis – aus Ihrem Knochenpalankin stieg.

Der Fürst der Finsternis betrat den geräumigen bücher-staubigen Saal des Optikons. Schwarze Schattenwolffelle hüllten Sie von Kopf bis Fuß ein. Darunter kräuselte sich ein eng sitzendes, bis zum Oberschenkel geschlitztes schwarzes Seidenkleid, das mit einer juwelenbesetzten Schärpe gegürtet war. Kunstvoll gefertigte Silber-Stahl-Schmuckstücke schmiegten sich um Ihre Arme und Knöchel. Ihre aschblonden Haare glänzten. Ihr Kopf war nicht bedeckt und nicht geschmückt.

Jubelnde Massen drängten ganz dicht an Major-General Barashkukors Sperrkette aus Ork-Marines, die vor der Doppeltür stand, heran und skandierten:

»FIN-STE-RER! FIN-STE-RER! FIN-STE-RER!«

Ashnak zog Koppel und Uniformhose hoch und schritt dem Fürst der Finsternis durch das Optikon entgegen. »Euer Parlament hat sich zum ersten freien, offenen und demokratischen Meinungsaustausch zwischen Eurer getreuen Regierung und Eurer getreuen Opposition versammelt, Ma'am. Sobald sie sich entscheiden können, wer zu wem gehört.«

Der Fürst der Finsternis betrachtete die Bänke zur Linken und zur Rechten des Throns. Ihr zierliches Profil wandte sich Ashnak zu. »Werde Ich gut herrschen, was glaubst du, kleiner Ork? Es hat so lange gedauert, diese

Macht zu erringen, Ich glaube, Ich habe ganz vergessen, was Ich eigentlich damit machen wollte.«

»Kopf hoch, Ma'am!« Ashnak nahm seine Feldmütze ab und dann gewichtig Haltung an. »Tut einfach, was jeder andere Weltenherrscher auch getan hat, dann werdet Ihr gewiss gut fahren – belohnt ein paar, hängt ein paar und besteuert alles, was sich bewegt.«

Sie lachte, ein Laut uralter Belustigung. »Du berätst Mich gut, Ork. Vielleicht mache Ich dich zu Meinem Kanzler.«

Ashnak grunzte unverbindlich.

»Oder vielleicht auch *nicht* … Es gibt etwas, das Ich erledigt haben will, nach dieser Sache. Herrscher der Welt zu sein, ist eine stolze und einsame Angelegenheit. Daher werde Ich nicht allein auf Meinem Thron sitzen. Ich werde einen Gefährten nehmen, einen Gemahl. Man wird Meine Wahl seltsam finden, doch Ich habe gesehen und sehen hieß begehren heißt besitzen müssen. Wird man es seltsam finden, wenn Ich jemanden aus dem Volk erhebe und nicht einmal ein Mitglied Meiner Rasse? Dann soll es so sein. Und, Ork Ashnak, du kennst die Person.«

»Ahem.« Ashnak schwitzte im Sonnenlicht, das durch die Mittelkuppel des Optikons schien. »Tatsächlich, Ma'am.«

Der Fürst der Finsternis runzelte die Stirn. »Nicht so schüchtern.«

»Ich könnte es mir wohl denken«, knirschte Ashnak, während ihm salziger Schweiß in die Augen lief, »und ich bin mir zwar der außerordentlichen Ehre bewusst, Erhabener, doch ich glaube eigentlich nicht, dass ich …«

Der Fürst der Finsternis unterbrach sein Gestotter.

»Natürlich sind wir uns noch nicht oft begegnet, aber doch oft genug, um Mein Begehren zu entfachen. Und schließlich ist sie ja auch keine richtige Bürgerliche.«

»Ich … *sie*?«, bellte Ashnak.

Der Fürst der Finsternis wandte dem Ork Ihr uraltes, nach menschlichen Maßstäben wunderschönes Gesicht zu, während Sie zum Thron schritt. »Meine Güte, ja. Seit jener Nacht, als sie in Mein Zelt kam, weiß Ich, dass Ich Magdalene, Herzogin von Graagryk, besitzen muss. Meine wunderschöne Magda! Sei so gut und setze sie davon in Kenntnis, dass wir heiraten werden, wenn Ich die Angelegenheiten in Ferenzien geregelt und im Süden für Ruhe gesorgt habe. Du, Ashnak, kannst Brautführer sein und die Braut übergeben.«

Ashnak grollte: »Sie ist bereits verheiratet.«

»Sie ist geschieden. Ich habe es gesagt: so soll es sein. Wir werden uns in dieser neuen Welt«, fügte der Fürst der Finsternis hinzu, »außerdem eine geeignete Rolle für dich einfallen lassen müssen, kleiner Ork. Vielleicht irgendeine abgelegene Provinz, die einen Statthalter benötigt. Natürlich werden die Ork-Marines aufgelöst …«

»Ma'am!« Ashnak salutierte, während sein Blick über die Sitzreihen glitt und in der obersten Galerie die Kameras der Herzogin von Graagryk entdeckte.

Begleitet vom Schall der von den Weißmagiern geblasenen Fanfaren und vom Flügelgeflatter Tausender freigelassener schwarzer Tauben schritt der Fürst der Finsternis durch den Saal des Optikons und blieb vor dem Weltenthron stehen.

Die Marmorfliesen endeten unter der Mittelkuppel. Vier Mitglieder des Ordens der Weißmagier knieten dort, wo, von seinem Marmorpodest umgeben, ein Dorn aus altem, kontinentalem Urgestein aufragte. Lebendiger Fels – um den zuerst das Optikon und später Ferenzien errichtet worden waren. Der schwarze Stein atmete Altehrwürdigkeit.

Hände, älter als die Stadt Ferenzien, hatten diesen Basaltauswuchs zu einem Thron gemeißelt. Ausgestorbene geflügelte und geschuppte Bestien schmückten die vier Ecken als Stützen. Auf dem Sitz glänzten kunstvoll gemeißelte Blumen, Früchte, Ranken und Getreideähren. Die gewaltige Rückenlehne des Throns verjüngte sich zu einer Spitze und in jeden Zoll waren Flügel, Augen, Kugeln und Sonnenscheiben geritzt.

Der Fürst der Finsternis hob die Arme und ließ Ihren Wolfsfellumhang fallen. Schlank und hoch gewachsen stand Sie in Ihrem hautengen, schwarzen Seidenkleid da. Ihr juwelenbesetzter Gürtel blitzte in der sonnendurchfluteten, aber staubigen Luft. Als Sie Sich setzte und in den Stapel Samtkissen zurücklehnte, hob Ashnak Ihren Umhang auf und bezog zur Linken des Weltenthrons Posten. Hohezauberer Oderic baute sich widerstrebend zu Ihrer Rechten auf. In den Händen hielt er eine Krone aus Onyx und Diamanten.

»Erblicket«, rief Oderic von Ferenzien, »das erste demokratische Parlament des Weltenherrschers.«

»Nein, Schwessster!«, lispelte eine Stimme in der ersten Reihe der Abgeordneten der Finsternis.

Der Namenlose Nekromant erhob sich gebeugt und humpelte und schlurfte vor den Thron. Ashnak rieb sich den Mund, als er plötzlich den metallischen Geschmack von Zauberei auf der Zunge hatte.

»Wir sind beide betrogen worden, Schwessster! Jetzt – *rächt uns!*«

Ork-Marine-Zugführer richteten den Blick auf Ashnak und warteten auf Befehle. Er hob beschwichtigend die Hand, während sich seine Aufmerksamkeit auf den Thron konzentrierte.

Der Fürst der Finsternis räkelte sich gegen eine der sorgsam gemeißelten Lehnen des Throns. Ihr schwarzes Kleid teilte sich am Schlitz und gab den Blick auf Wade, Knie und Oberschenkel frei. Ihre Haut strahlte in dem staubigen Licht sepiaweiß. Ihre orangefarbenen Augen flammten auf.

»Was, kleiner Mensch? Forderst du Mich heraus?«

»Schwessster!«, appellierte der Namenlose Nekromant. »Ich weiß, dass Euer Geist, Eure Seele, noch in diesem Körper wohnt. Erwacht, erwacht und ergreift wieder Besitz von Eurem Körper!«

Das Kinn des Fürsten der Finsternis sank Ihr auf die von Seide umschmeichelte Brust. In dieser Haltung schaute Sie nach oben zum plötzlich totenstillen Parlament.

Sie sprach.

»Du, die du Mein größter Feind warst, du, die du Die Benannte gerufen wurdest – sieh jetzt hin und erkenne, was Ich aus dir gemacht habe. Ich habe deinen Geist bis jetzt in Mir lebendig erhalten, damit du sehen kannst, wie das Böse auf dem Weltenthron sitzt und von dort herrscht.«

»Frau Präsidentin!« Ein schwarzbärtiger Zwerg hob auf einer der hinteren Bänke des Lichts die Hand. Ashnak erkannte den Obersten Vertreter der Anklage Zhazbadarabat. »Ihr meint, ›das Böse sitzt dieser demokratisch gewählten Versammlung vor‹.«

»Natürlich«, schnurrte der Fürst der Finsternis. »Also. Du, die du Die Benannte gerufen wurdest, erkenne deine Schande und erlebe die Auslöschung deines Bruders dafür, dass er es gewagt hat, Mich herauszufordern!«

Die wesenlosen orangefarbenen Augen des Fürsten der Finsternis trübten sich. Ihr von zyan- und sepiafarbenen Schatten erfülltes Gesicht verzerrte sich. Ashnak, der ihrem Blick begegnete, sah plötzlich grüne Menschenaugen verstört auf die Menge schauen.

Der Ork zog seine Pistole und nahm eine Kampfhaltung an, schoss aber nicht.

Die schlaksige Menschenfrau fuhr mit Händen einen in Seide gehüllten Körper entlang. Sie sprang auf und ihre nackten Füße stolperten, als habe sie mit den Beschränkungen einer Rüstung gerechnet. Eine Miene des

Entsetzens, Abscheus und Triumphs zeichnete sich auf dem Gesicht Der Benannten ab, als sie ihren noch unversehrten Bruder sah.

Der Fürst der Finsternis blinzelte und löschte, ohne Der Benannten Zeit für ein letztes Wort oder eine letzte Tat zu geben, ihre Seele aus, als zerquetsche Sie einen Floh.

Sie öffnete erneut die Augen – die wie die Feuer des Sonnenuntergangs leuchteten – und lächelte auf den Namenlosen Nekromanten herab. »Sollte Ich Mich weiden und ihr dadurch Zeit geben, Mich zu vertreiben? War das dein Plan? Ich weiß, wie das Böse in den Geschichten meist endet – doch Ich bin nicht so dumm.«

Ein gegabelter schwarzer Blitz zuckte von der Kuppel des Optikons herab.

Ashnak blinzelte die Nachbilder fort, halfterte seine Pistole, schlenderte über die schwarz-weißen Fliesen und betrachtete den rauchenden Knochenhaufen, der noch vom alten Gebieter des Orks übrig war. Die Knochen zerfielen vor seinen Augen zu Staub.

»Corporal Hikz, machen Sie hier gründlich sauber.« Er vollführte eine Kehrtwendung, während der Marine-Corporal den Boden schrubbte. »Gut gemacht, Ma'am. Als Leiter der hier anwesenden Sicherheitskräfte bewundere ich die gute, rasche Arbeit.«

Die Abgeordneten des Lichts und der Finsternis lehnten sich unter den großen gold-blauen Wandkarten wieder in ihre Sitze zurück und funkelten einander durch den Saal an.

Der Weltenherrscher sprach.

»Ist das *alles*?«, sagte Sie.

Der Finstere Herrscher legte sich erneut zwischen die Armlehnen des Weltenthrons. Dessen mit Federn und Augen verzierte Rückenlehne erhob sich hoch über Sie: über die aschblonden Haare, das kind-zarte Gesicht und die nackten Schultern.

»Ist das alles …?«

Der Weltenherrscher zeigte mit einer sepiaschattigen Hand auf die Galerie des Optikons und die Wände darüber.

»Ihr wisst gar nicht, wie armselig Mir das alles vorkommt. Was ist dort abgebildet?«

Ihre Hand zeigte auf die großen blau-goldenen Wandkarten mit den grünen Hügeln und Feldern Ferenziens, Gyzrathrani, Viergatter, Graagryk, Sarderis und die übrigen, die in allen kunstvollen Einzelheiten dargestellt waren.

»Ein halbes Hundert erbärmliche Königreiche, ein paar Fleckchen wilder Länder, unbewohnbare Gegenden an den Polen und ein überfluteter Kontinent im Westen. Zählt sie, denn sie lassen sich leicht zählen. Was bedeutet Mir das alles, der Ich mit einem Gedanken all das in geschmolzenes Gestein verwandeln könnte …«

Ihre Glockenstimme hallte unter der Kuppel des Optikons. Der Stoff der Luft zitterte, als würden alle Kräfte – Erde, Wasser, Luft, Feuer und Leere – unfreiwillig in diesem Saal zusammengeführt.

»Und ihr …«

Der Blick des Finsteren Herrschers huschte über die Sitzränge. Sonnenfleckchen strahlten in Ihren pupillenlosen orangefarbenen Augen. Ihrer Sprache und Bewegung beraubt, starrten die Rassen der Welt zurück wie Tiere im Lichtkegel einer Fackel.

»Nein«, sagte Sie. »Es ist Meiner nicht würdig, an derart bedeutungslosen Wesen einen Genozid zu vollziehen.«

Die Spannung wich aus der Luft, als die Kräfte sich verflüchtigten.

»Immer habe Ich um die Herrschaft über dieses Land gerungen. Wieder und wieder habe Ich meine Kräfte der Finsternis gegen das Licht geführt. Und endlich bin Ich siegreich! Doch nun, da Ich gesiegt habe, was habe

Ich gewonnen? Die Herrschaft über Furchengräber, Axtschwinger und Tierhirten. Nur Ackerland und Wildnis und nicht eine Stadt, die Meines Namens würdig wäre!«

Der Bürgermeister von Sarderis machte Anstalten, etwas zu sagen, sah Ihren Blick und war still.

Der Finstere Weltenherrscher lächelte.

»Es ist niemand mehr übrig, der Mich herausfordern würde, nicht wahr?«

Ein rotäugiger Kobold in einem Kettenhemd meldete sich aus den Reihen der Abgeordneten der Finsternis. »Ma'am, wir wissen durchaus zu schätzen, dass Ihr als Fürst der Finsternis und Weltenherrscher regelmäßige Herausforderungen Eurer Macht erwartet – aber dieses Haus verlangt, dass wir uns zuerst mit dem Etat für das Untere Shazmanar, mit dem beantragten Gutachten zu Wasserspielen und Kanälen *und* dem Gesetzentwurf zur Duldung der Bösen Rassen befassen.«

Der Fürst der Finsternis stützte einen Ellbogen auf die Armlehne des Throns und das Kinn auf die Hand. Vom Gipfel der Welt schaute Sie herab.

»Ich bin schon jetzt«, sagte Sie, »schon jetzt gelangweilt. Ihr habt nicht die Seelengröße, zu wissen, *wie* ermüdend Ich diese schmutzige kleine Welt finde, deren Herrscher Ich bin.«

Ashnak kaute auf seiner Zigarre, vergewisserte sich noch einmal der Position seiner Marines und trat vor. »Ich hätte da noch eine vorrangige Sache, die Eurer Aufmerksamkeit bedarf, Ma'am. Noch vor dem Gesetzentwurf und all diesem Kram. Wenn es gestattet ist …«

»Tu, was du willst, Mein Ork!«

Ashnak zeigte mit dem Daumen hinter sich. »Ihr habt Wabenkommandant Kah-Sissh bereits kennen gelernt.«

Die Abgeordneten beugten sich auf ihren Bänken vor, als sich die Doppeltür des Optikons öffnete.

Ein Zug von zwölf Insektenwesen schritt mit einem

Jassik-Krieger auf den Chitinschultern, der doppelt so groß war wie sie durch das Optikon. Aufrecht hätte dieser Jassik-Krieger bis an die Kuppeldecke gereicht. Das schwarze Chitin war ebenso matt und trüb wie die Facettenaugen und die riesigen Klauen bewegten sich nicht. Eine reichhaltige Auswahl von schwarzem Lebendmetall umgab den offenbar toten Jassik. Darüber huschten keine Lichter – es war ebenfalls tot und reglos.

Wabenkommandant Kah-Sissh schritt geziert über den Boden und vor den Thron und faltete dann in einer Huldigung die Beine. »Großer Herrscher Dieser Welt.«

Der Fürst der Finsternis warf einen Blick auf die Käfer und wandte sich dann an den Oberkommandierenden Ashnak. »Was soll das sein?«

»Das ist ein toter Käfer, Ma'am.«

»Das sehe Ich!«

»Ein so gut wie toter Käfer«, korrigierte sich Ashnak. »Stimmt das nicht, Kah-Sissh?«

Der Wabenkommandant entfaltete sich als Reaktion auf einen Stupser von Ashnaks Kampfstiefel und sagte hastig: »Beinah tot, Großer Weltenherrscher. Dies ist unser Schwarmmeister, der zu Schaden kam, als wir diese Welt erreichten. Ihr würdet ihn unseren Kaiser nennen. Sein Geist ist beschädigt, tot und kann nicht mehr geheilt werden. Sein Körper hat noch einen Funken Leben in sich, der aber rasch erlischt.«

Der Weltenherrscher erhob sich von Ihrem Thron und schritt vom Podest ins Optikon herab. Ihre orangefarbenen Augen leuchteten. Der große Körper des Käfers überragte Sie. Sie betrachtete den Chitinpanzer.

»Ashnak, sei so gut und verrate Mir, warum du tote Käfer in Meinen Hof bringen lässt.«

Der Zwerg Zhazba-darabat hüstelte: »Parlament.«

Orangefarbene Augen richteten sich auf die Bänke des Lichts. »Was?«

»›Parlament‹, Weltenherrscher, Ma'am. Nicht ›Hof‹.«

Die Abgeordneten des Lichts und der Finsternis sahen einander an und nickten in völliger Übereinstimmung.

»Dann also in Mein *Parlament*«, zischte der Fürst der Finsternis mit geballten Fäusten. Ihr Seidenkleid glitt über Ihre langen Beine, als Sie an dem toten Jassik entlang und dann wieder zurück zum Thronpodest schritt. Sie wandte den Kopf und sah Ihren Oberkommandierenden an.

»Nun?«

Wabenkommandant Kah-Sissh ergriff nach einem neuerlichen Stupser durch Ashnaks Stiefel das Wort. »Dies ist der Kaiser aller Jassik. Der Kaiser all jener, die hier sind, und all jener, die in seinem Namen über die unzähligen Welten der Sterne herrschen. Unter seiner Führung ziehen wir raubend und plündernd von Welt zu Welt und unterwerfen alles der Herrschaft der Jassik. Er führt den heiligen Krieg durch ungezählte Sonnensysteme und schmiedet ein Reich aus Welten, die zu zahlreich sind, um sie noch zählen zu können!«

»Warte!« Der Fürst der Finsternis starrte auf Kah-Sisshs Rücken und den vielläufigen Zertrümmerer des Jassik. »Was ist das für eine Unhöflichkeit, Ork Ashnak? Ich hatte den Eindruck, unsere Feinde hätten sich bereit erklärt, die Waffen niederzulegen.«

Ashnak zuckte die Achseln. »Mit organisch wachsenden Waffen lässt sich das nicht so leicht bewerkstelligen, Ma'am. Wir tun unser Bestes.«

Wabenkommandant Kah-Sissh richtete sich auf, sodass er alle Anwesenden überragte. »Ich bin durch die Kriegerehre verpflichtet, die bei den Friedensverhandlungen vereinbarten Bedingungen einzuhalten!«

Mit einer Klaue rieb sich der Jassik den Chitinschädel zwischen den beiden Facettenaugen, als sei ihm das Licht im Optikon unangenehm.

»Aus irgendeinem Grund kann ich mich nicht mehr

an alle Bedingungen *erinnern*«, fügte er hinzu, »aber ich halte mich trotzdem an sie!«

Der Fürst der Finsternis setzte sich wieder auf den Weltenthron. Sie warf Ashnak einen scharfen Blick zu. »Ich frage noch einmal: Warum ist dieser Leichnam hierher gebracht worden. Ich bin heute nicht in der Stimmung zu heilen.«

»Unser Schiff-Ei steht kurz vor dem Ausschlüpfen.« Der Wabenkommandant stand hoch aufgerichtet auf den Hinterbeinen. Die Sonne schien auf seinen segmentierten Thorax, den keilförmigen Kopf und die säuretriefenden Kiefer. In seinen Facettenaugen spiegelte sich vieltausendmal der Fürst der Finsternis. »In wenigen Stunden müssen wir diese erbärmliche Welt verlassen. Das Jassik-Reich muss seinen Weg der Eroberung fortsetzen.«

»›Erbärmliche‹ Welt?«, sann der Fürst der Finsternis. »Das ist keine sonderlich taktvolle Bemerkung in Meiner Gegenwart.«

»Nein, Ma'am.« Ashnak funkelte den Wabenkommandanten an. »Was Kah-Sissh *eigentlich* sagen will, Ma'am, ist, dass die Jassik einen neuen Schwarmmeister brauchen, der sie anführt. Bei diesem hier wurde der Geist zerstört, der Körper jedoch nur beschädigt. Erhabener, die Jassik bieten Euch an, Besitz vom Körper des Schwarmmeisters zu ergreifen – wenn Ihr deren Kaiser werden und sie auf ihren Eroberungszügen von Welt zu Welt anführen wollt.«

Stille senkte sich auf das Parlament. Ashnaks Blick fiel auf Oderics finstere Miene, auf Magorian, die Weißmagier und die ferenzischen Adeligen und Bürger. Auf die Kreaturen der Horde …

Der Weltenherrscher war in dieselbe Betrachtung vertieft.

»Worüber herrsche ich hier?«, fragte Sie. »Über eine halbe Million Wesen. Ja, kleiner Kah-Sissh, ich habe mit deinen Jassik-Kameraden über die Welten gesprochen, die jenseits der Sterne liegen. Über die vielen, *vielen* Welten.«

Eine orkische Stimme meldete sich aus den hinteren Rängen des Optikons.

»Es ist völlig in Ordnung, wenn Ihr ablehnt, Ma'am«, rief Major-General Barashkukor, beinah aufs Stichwort. »Sie haben gesagt, wenn Ihr den Posten nicht wollt, werden sie ihn jemanden anders anbieten.«

»Ach, werden sie …?«

Der Finstere Weltenherrscher erhob sich. Ihr juwelenbesetzter Gürtel funkelte im Sonnenlicht. Sie richtete den Blick auf die Sitzreihen.

»Und wer würde dieses Angebot annehmen? Du, Magorian? Um wieder ein Held in einem Körper zu sein, der noch nicht vom Alter verraten wurde? Oder du, Oderic, der du dich für einen Zauberer hältst, um das Wissen der Sterne zu erringen?«

Ihr Blick strich weiter.

»Mein Br… Mein Nekromant hätte diese Gelegenheit ergriffen, entweder aus Mut oder aus Verzweiflung. Was ist mit euch, Edle von Ferenzien? Zwerge, wollt ihr die Technik der Sterne studieren? Halblinge, wollt ihr eure Diebeskünste zu anderen Welten tragen? Elfen, wollt ihr die Sterne besuchen, die ihr immer besingt? Ah, ihr seht, dass Ich tief hineinschauen kann – in euch alle. Es gibt nicht einen unter euch, der es vermag, Mir zu antworten.«

Der Blick des Fürsten der Finsternis senkte sich zum Marmorpodest am Fuß des Throns.

»Nicht einmal *du*, kleiner Ork. Komm, gestehe es vor deinen Kriegern ein und schäme dich. Du wirst das Angebot des Körpers eines Jassik-Kaisers nicht annehmen. Beim bloßen Gedanken daran würden sich deine Gedärme entleeren.«

Der orkische Oberkommandierende zuckte die Achseln, trat unbehaglich von einem Kampfstiefel auf den anderen und mied den Blick seiner Ledernacken. »Ah. Nun ja. Ich meine … Das heißt …«

Die Stimme des Fürsten der Finsternis klang schneidend. »Soll Ich dich *zwingen*, das Angebot anzunehmen. Es liegt in Meiner Macht, das zu tun.«

Rasch verhohlene Ängstlichkeit zeigte sich in den Schweinsäuglein des Orks. Mit aufrichtigerem Unbehagen sagte er: »Nein, Ma'am!«

Der Fürst der Finsternis lachte.

»Es wäre eine passende Belohnung, dich deiner orkischen Krieger zu enteignen. Aber das kann Ich in jedem Fall tun. Lass Mich nachdenken … Ja. Seltsamerweise gibt es tatsächlich etwas, das du für Mich tun kannst, kleiner Ork.«

Eine zunehmende Finsternis erfüllte das Optikon.

Aus dieser heraus sagte Ihre Stimme: »Hiermit erkläre ich Ashnak von den Agaku zu Meinem Regenten, der in Meiner Abwesenheit über diese erbärmliche Welt herrschen soll!«

Ashnak fiel die Kinnlade herunter.

Ihre Stimme lachte.

Finsternis wirbelte, nach Knochen und Verwesung stinkend und nach Gewürzen, Kirschen und dem Ostwind riechend. Die mittlerweile unsichtbare Kuppel des Optikons ächzte. Das Gekreisch und Geschrei wurde leiser, als werde es durch eine unendliche Leere gedämpft.

Plötzlich verschwand die Finsternis.

Ashnak rieb sich die Augen, die in der jähen Helligkeit des Sonnenlichts zu tränen begannen. Alle Elfen, Menschen, Kobolde, Hexen, Zwerge und die anderen Abgeordneten im Saal erhoben sich durcheinander schreiend – um dann plötzlich zu verstummen.

Lichter huschten über den schwarzen Metallkörper des Schwarmmeisters.

Wabenkommandant Kah-Sissh und seine Jassik-Eskorte falteten die Gliedmaßen zusammen, warfen sich auf den Boden und bezeugten ihren Gehorsam.

Der Schwarmmeister erhob sich.

Sein segmentierter gepanzerter Leib hing zwischen Gliedmaßen aus Chitin und Metall und seine Waffenmündungen glänzten. In seinen Facettenaugen funkelte eine uralte Belustigung.

Als er sprach, klang seine Stimme ebenso uralt und vertraut.

»Keiner von euch ist Meiner würdig … Ihr und eure Welt seid zu klein für Meine Vorhaben. Sollte etwa keine Welt mehr für Mich übrig sein, die Ich erobern kann? Sollte es keine würdigen Feinde mehr geben? Ich werde jetzt gehen und über ein Reich des Bösen herrschen, das euer Begriffsvermögen übersteigt! Kleine Wesen, amüsiert euch in diesem Dunghaufen, der ebenfalls Mein ist, denn ich werde nicht zurückkehren, auch wenn ihr Mich noch so sehr darum bittet.«

Der Kaiser der Jassik bewegte sich auf Metall-Chitin-Gliedmaßen. Er senkte seinen säuretriefenden Kiefer zu der von Ihm verlassenen Menschenfrau, die zwischen Seinen Füßen lag.

»Ich muss ein *Universum* erobern!«, zischte Er.

Der Schwarmmeister der Jassik hob den schlaffen Körper Der Benannten mit einer Klaue auf, biss ihr den Kopf ab und verließ, eskortiert von den Jassik-Kriegern mit königlichem Schritt und kauend das Optikon.

* * *

Will Brandiman schaute hoch zum Schild über der Tür – ›*Catch-Palast*‹ und in kleineren Buchstaben, ›EIN UNTERNEHMEN DER MAGDA-BRANDIMAN-GRUPPE‹ – und ging an den Rausschmeißern vorbei in den Club. Ein willkommener Mief aus Pfeifenkrautrauch und schalem Bier drang ihm in die Nase. Er hielt einen Augenblick inne, bis sich seine Augen an das Halbdunkel gewöhnt hatten. Es gab keine Fenster ohne Vorhänge, um den Morgen einzulassen.

»Ned?«

»Hier drüben, Will.«

Halblingsgroße und menschengroße Tische füllten einen Großteil des Clubs aus. Die Bogenlampen des Clubs beleuchteten eine von Seilen begrenzte Arena auf einem Podest, dort rangen zwei schlammverschmierte Zwerginnen in drei Zoll tiefem schwarzem Schlamm miteinander.

»Foul!«, brüllte Ned Brandiman, wobei er mit der Faust auf den Tisch hieb. Sein roter Nonnenschleier war zurückgeschlagen, sodass seine lockigen brauen Haare und die Stoppeln auf seinen Wangen zu sehen waren. Er grinste Will an.

»Gut, nicht wahr?«, sagte er vergnügt.

Der Ex-Sohn der Lady, Amarynth Feuerhand, schaute ebenfalls von seinem Platz auf. Er hatte den Arm um Ned Brandimans Schulter gelegt, die unter einer roten Nonnentracht verborgen blieb. »Ah. Schwager William. Gefällt Euch das?«

Mit einem Aufbrüllen warf die kleinere der beiden ringenden Zwerginnen die andere in den Schlamm, kniete sich auf ihre Schultern und rieb ihr den schwarzen Matsch in den Bart. Will wartete, bis sich der Beifallssturm gelegt hatte, dann sagte er: »Zwerginnen-Schlammcatchen, Heiliger?«

»Nein, nein. Ich bin kein Heiliger mehr.« Der Elf senkte den Blick. »Die Lady des Lichts hat mir verraten, wie ungeeignet ich bin. Jetzt muss ich in Sünde und Verworfenheit waten und jedes Laster ausprobieren, bis mein Wissen über das Böse vollendet ist. Erst dann darf ich es wieder wagen, mich Heiligster zu nennen.«

Will nahm eine Flasche und schenkte dem Elf noch

einen Schluck Arrak ein. »Ich habe das Gefühl, das könnte Euch eine Zeit lang beschäftigen, Hei… Lord Amarynth.«

»Und ich soll auch nicht Lord oder Ritter oder Paladin genannt werden. Ich bin einfach nur Amarynth, Besitzer des *Blauen Roch*. Aber«, sagte Amarynth etwas fröhlicher, »wenigstens kann ich mein neues Leben der Schande mit jemandem teilen, den ich sehr lieb habe.«

Ned Brandiman errötete.

»Ich würde mir Ned gern eine Weile ausborgen«, sagte Will, »wenn ich darf.«

»Gewiss.« Amarynth hielt dem braunhaarigen Halbling die dunkle Wange zum Kuss hin, blätterte eine Seite in seinem Programmheft um und wendete sich wieder dem Catchring und den Zwerginnen zu. Er runzelte die Stirn. »Hier steht, dass die nächste Darbietung ›Wassersport‹ enthält. Mir ist immer noch nicht klar, wie sie eine Dusche in den Ring bekommen wollen …«

* * *

Ashnak stand einen Augenblick nur da und grinste leer und benommen.

»Also schön!«, brüllte er über den Tumult der Abgeordneten des Lichts und der Finsternis hinweg. »Ihr habt die Lady gehört – jetzt bin ich hier der Boss!«

Eine orkische Stimme überschrie den Lärm: »Heil unserem Regenten Ashnak!«

»Niemals!« Oderic, Hohezauberer Ferenziens, verließ seinen Platz neben dem Weltenthron und stürmte vorwärts. »Das Licht kann dies nicht akzeptieren! Wir … wir werden Magorian wieder zum König krönen!«

Sonnenlicht fiel von oben ins Optikon und wurde von den Wandkarten, den Bücherregalen und den prächtigen Gewändern der Halblinge, Menschen, Elfen und

Zwerge zurückgeworfen, die aufsprangen und von den Bänken des Lichts aus riefen:

»Keine Orks! Keine Orks!«

Die bewaffneten Ork-Marines an den Wänden grinsten und machten ihre Waffen bereit.

»KEINE ORKS!« Dieselbe Sonne glänzte auf den schwarzen Rüstungen, Dolchgriffen, Schallern und dunklen Samtgewändern der Abgeordneten der Finsternis: Kobolde, Hexen und Untote sprangen ebenfalls auf.

Ashnaks buschige Augenbrauen hoben sich. »Was soll das *heißen*, ›keine Orks‹?«

Die rotäugige Koboldfrau fuchtelte mit einem Dolch herum. »Orks sind nur groß und gemein. Wie werdet ihr den Rest der Horde behandeln? Ihr werdet uns nur versklaven!«

»Oho!«, bellte Hohezauberer Oderic triumphierend. »Nicht einmal Eure Seite des Bösen akzeptiert Euch, *Ork!*«

Eine Gruppe von Trollen in den hinteren Reihen stimmte einen Sprechchor an: »Orks raus!« Ein verzweifelt klingender elfischer Chor auf der gegenüberliegenden Seite sang als Kontrapunkt dazu: »Wir wollen den Fürst der Finsternis wieder haben!«

Ein Messer prallte gegen den Weltenthron, genau neben Oderics Hand, die gleich blutete, da eine Sehne durchtrennt wurde. Zehn-, zwanzig-, fünfzigmal zischte es metallisch: Schwerter wurden aus der Scheide gezogen. Menschen in Kettenhemden unter ihren Samtgewändern sprangen auf und kippten dabei Stühle um. Zwergische Abgeordnete warfen mit lautem Gepolter Bänke um. Eine elfische Klinge blitzte auf und ein Minotaur schrie. Ein Weißmagier rief ein Kraftwort. Schwarzes Blut spritzte auf die Bodenfliesen.

Rattattattattattat! PENG!

Das Chaos erstarrte. Halblinge schüttelten die Fäuste, Zwerge standen auf den Bänken und schrien, Menschen setzten ihre überlegene Lungenkraft ein, um sich Gehör zu verschaffen: Alle erstarrten und verstummten. Die versammelten Abgeordneten des Lichts und der Finsternis ließen sich wieder auf ihren Platz sinken oder blieben inmitten der Trümmer stehen. Doch alle Augen waren auf den Weltenthron und auf den massigen Ork gerichtet, der jetzt darauf saß.

»Vielen Dank, Lieutenant-Colonel.« Ashnak nickte Dakashnit zu. Die schwarze Orkfrau grinste und senkte ihr AK47. Eine feine Schicht Gipsstaub legte sich auf die Bücherregale des Optikons. Die Karte des Unteren Gyzrathrani wies nun eine Reihe Löcher – so groß wie Essteller – genau oberhalb der Endlosen Wüste auf.

Ashnak lehnte sich zurück und seine Tarnuniform dehnte sich gewaltig, um seine Leibesfülle weiterhin umschließen zu können. Er schob die Feldmütze in den Nacken und kratzte sich im Schritt. Der Geruch nach schwitzendem Ork trieb durch das Optikon. Beide Arme auf den Oberschenkeln, die Kampfstiefel fest und gerade auf den Thronstufen und mit einer Pistole in der Hand, so begutachtete Ashnak das versammelte Weltparlament.

»*Ich* habe hier das Sagen«, stellte er kategorisch fest.

Oderic fuhr mit wehenden weißen Haaren zu ihm herum und zeigte auf die Ork-Marines an der Tür und an den Wänden. »Wir werden uns Eurer Militärdiktatur niemals beugen!«

Der Kobold plapperte: »Tyrann! Diktator!«

Ashnaks massiger Kopf drehte sich und betrachtete die aufsässigen Kobolde der Verwunschenen Redoute, die sturen Trolle aus der Horde, die meuternden Hexen aus den Brachen und die revoltierenden wilden Orks aus den Bergen.

»›Tyrann‹ …«

Er ließ den Blick vom erzürnten Weißmagier zum komatösen ehemaligen Hochkönig wandern. Von Shazmanars Schlangenpriestern zu Gyzrathranis wachsamen Kriegern, von den Elfen Thyrions zu den Halbling-Bankiers aus den Vororten Ferenziens und den zwergischen Börsenmaklern aus der Stadt.

»Yo! Das hört sich *gut* an.«

Orkische Stimmen brüllten »Yo!« durch das Optikon. Marines schlugen mit ihren Gewehrkolben auf den Boden. Magorian wachte gerade lange genug auf, um zu murmeln: »Verdammte Grünhäute!«

»Lassen Sie mich Ihnen allen etwas über Orks erzählen.« Ashnaks Lächeln wirkte beinah gütig. »Wenn man als Ork geboren wird, hat man alle anderen Rassen gegen sich. Jeder Anführer der Finsternis, der zufällig daherkommt, denkt: Ich brauche eine Armee, wie wär's mit ein paar tausend Orks? Sie sind brutal, effektiv und billig und wo die herkommen, gibt es immer noch mehr.«

Oderic höhnte: »Alberne Kreatur, was sollte man sonst mit euch anfangen? Ihr lebt im Dreck, ihr *seid* Dreck.«

Major-General Barashkukor trat vor und protestierte: »Alle scheinen zu glauben, dass die Orks aus freiem Willen in den Gruben leben.«

»Verdammich, genau das tun wir!« Ashnak hieb mit der Faust auf eine steinerne Armlehne des Throns. »Ich bin stolz darauf, ein Ork zu sein! Als ich aus der Grube kam, war ich der zähste, gemeinste Hund, den man sich vorstellen kann – in der Armee des Nekromanten wurde ich gleich zum Feldwebel befördert. In der Horde habe ich mich zum Hauptmann heraufgekämpft. Ich befehlige die Marines und nun sitze ich auf dem Weltenthron und werde ihn behalten! Die Orks könnt ihr jetzt nicht mehr herumschubsen!«

Stimmen riefen im Chor:

»Orks raus! Orks raus! ORKS RAUS!«

Ashnak betrachtete fünfhundert randalierende Abgeordnete der Finsternis und des Lichts, denen allen das

Verlangen nach toten Orks in den funkelnden Augen stand.

»Ich glaube nicht, dass das eine populäre Entscheidung ist, Sir«, bemerkte Wing Commander Chahkamnit.

»Ich verlange gar nicht von ihnen, dass sie mich mögen! Zeit für ein paar Salven in die Menge«, schnurrte Ashnak. »Wie praktisch, dass wir alle hochrangigen Abgeordneten aus den Nord- und Südkönigreichen hier in einem Raum versammelt haben …«

»KEINE BEWEGUNG, ARSCHLOCH!«

Ashnak sah zuerst das Glitzern der Kamera der Brandiman-Gruppe in der Galerie unter den Wandkarten und dann das Funkeln des Sonnenlichts auf der Gewehrmündung des Scharfschützen daneben. Es lag in den Händen eines Halblings im roten Habitus und Nonnenschleier einer Kleinen Schwester der Selbstkasteiung.

Ned Brandiman blieb im Anschlag. »Eine Bewegung, Ork, und ich blase dir das Herz weg.«

Die Orks rings um den Thron rückten unmerklich von Ashnak ab.

Die Miene des massigen Orks verfinsterte sich und er öffnete den Mund, um loszubrüllen.

Eine andere Stimme rief: »Nicht so schnell, Ork!«

Im Optikon wurde es still. Ashnak starrte auf die geöffnete Tür. Eine kleine Gestalt mit lockigen Haaren stand – das Sonnenlicht im Rücken – im Türspalt.

Die Gestalt trat vor und aus der schwarzen Silhouette wurde ein Halbling im Samtwams und mit dem goldenen Stirnband eines Prinzen von Graagryk. Die Sonne schien auf seine grau melierten schwarzen Locken und auf die Hände, die er leer ausgestreckt vor sich hielt.

»Herrschaften«, sagte Will Brandiman. »Seien wir in dieser Angelegenheit doch vernünftig.«

Der lässig stolzierende Gang des Prinzen von Graagryk wurde durch den oberschenkellangen Umhang, der unter dem Gewicht der in den Saum eingenähten Münzen gewichtig hin und her schwang, unterstrichen. Er hatte eine Hand auf den Knauf seines Rapiers gelegt, als er den Mittelgang zwischen den Bankreihen herabschritt und schließlich vor dem Oberkommandierenden der Orks stehen blieb. Er drehte sich zu den Abgeordneten um.

»Kommandant Ashnak würde als Herrscher ausgezeichnete Arbeit leisten.« Über die Proteste hinweg fügte Will hinzu: »Ich sage das, obwohl ich Erfahrung mit ihm habe – als mein Stiefvater. Aber – wenn er den Posten übernähme, müsste er vorher die meisten von euch umbringen. Weil keiner von euch von einem *Ork* regiert werden will. Richtig?«

Das Optikon hallte von zustimmendem Gejohle wider. Ashnak knurrte und seine messingüberzogenen Hauer blitzten. Er stand auf, breitschultrig und stark, und die Sonne glänzte auf seinen Rangabzeichen. »Scheiß Halblinge!«

»Ich bin«, sagte Will Brandiman, »ein vernünftiger Halbling. Wie wir alle – Elfen und Menschen, Kobolde und Untote – vernünftige Wesen sind. Meine Damen, meine Herren, wir sind ein *Parlament*. Wir haben die Aufgabe und die Verpflichtung, zu debattieren und zu diskutieren und Kompromisse und Übereinkünfte zu suchen und zu finden. Habe ich Recht?«

Zwei oder drei Stimmen verneinten, der Rest äußerte sich zustimmend.

»Wir sind zivilisierte Leute«, fuhr Will fort, während er auf das Marmorpodest stieg, was ihn immer noch nicht auf Augenhöhe mit Ashnak brachte. Der massige Ork funkelte ihn an und befingerte seine Pistole.

»Wir sind zivilisierte Leute und die Zeiten des Krieges und der Zerstörung sind vorbei. Handel und Gewerbe müssen blühen und gedeihen, Ernten müssen …

äh … geerntet werden«, sagte der Prinz von Graagryk. »Ich schlage vor, wir übertragen den Posten des Regenten einem Kompromiss-Kandidaten, der für uns alle akzeptabel ist.«

Ein ziemlich zerschundener Zwerg drängte sich durch eine Gruppe von Untoten. Zhazba-darabat straffte sich und warf mit Würde ein: »Präsident.«

»Pardon?«, sagte Will.

»Nicht ›Regent‹. Es muss ›Präsident‹ heißen.«

»Also einem Kompromiss-*Präsidenten*«, wiederholte der Halbling, »den wir alle akzeptabel finden.«

»Ich lasse dich deine eigenen Eier essen!«, fauchte Ashnak.

»Ich wusste, ich kann Euch zu meiner Sichtweise der Dinge bekehren.« Will Brandimans Blick huschte hinauf zur Galerie.

Ashnaks Offiziere kauerten sich zur Beratung hinter den Thron. Die Floskel »nicht die Lebensart des Orks!« war zu verstehen. Eine Faust erhob sich und landete auf dem Kopf der Kommissarin.

»Seht dort!«, rief Will.

Noch eine Gestalt tauchte in der Tür des Optikons auf, die ebenfalls zunächst nur als Silhouette zu erkennen war.

Will bellte: »Ich schlage jemanden als Herrscher – Präsident – der Welt vor, der *sowohl* der Finsternis *als auch* dem Licht verbunden ist. Völker des Südens und des Nordens, unterstützt den Kandidaten, der am besten in der Lage ist, einem Weltparlament und einer Föderation Aller Rassen vorzusitzen.«

Die Gestalt wurde zu einer kurzhaarigen Halblingsfrau in einem eleganten taubenblauen Kostüm und Handschuhen. Ihre hohen Absätze klackerten, als sie den Mittelgang herab nach unten schritt.

Ned Brandiman rief aus der Galerie: »Magdalene von Graagryk!«

Wütend auf seiner Zigarre kauend, schritt Ashnak in die Mitte des Saals und funkelte Magda Brandiman an.

»Seht!«, rief die Halblingsfrau, bevor Ashnak etwas sagen konnte. »Ashnak der Große Friedensstifter beugt sich den Kräften der Demokratie!«

Im Optikon wurde es still. Die Abgeordneten der Finsternis sahen erst sich an und dann die Abgeordneten des Lichts. Die Abgeordneten des Lichts sahen erst Hochkönig Magorian an und dann sich. Schließlich richteten sich alle Augen auf Ashnak.

»Lang lebe Präsidentin Magda!« Albert van der Klump, Gewerkschaftsvertreter, nahm seinen Zylinder ab und seinen Daumen aus dem Ärmelloch seiner Weste und schwenkte begeistert seine dicke Zigarre. Cornelius Scroop, Kanzler-Magier von Graagryk und Bürgerwehr-Hauptmann Simone Vanderghast schlugen auf die Lehnen der Sitze vor ihnen und setzten einen donnernden Applaus in Gang, der rasch auf das ganze Parlament übergriff.

Ashnak ging die Bankreihen durch und zählte dabei die vielen, vielen Gesichter, die zu irgendeinem Zeitpunkt Kunden der Magda-Brandiman-Unternehmensgruppe gewesen waren.

»Tja, mein Schatz.« Die Halblingsfrau hielt ihre Pfeifenkrautspitze hoch, sodass er ihre dünne Zigarre anzünden konnte. »Das waren die längsten zwanzig Minuten meines Lebens …«

Seine spitzen Ohren klingelten von dem Jubel, der durch das Optikon hallte, während Ashnak durch die vielen in die Luft geworfenen Hüte starrte. Die Galerie war jetzt leer.

»Nur, um von dir beachtet zu werden«, entschuldigte sich Magda traurig. »Niemand wird sich je mit der Herrschaft eines Orks abfinden. Das weißt du. Vorurteile sind stärker als Gewehre.«

»Aber …!«

Die breiten Schultern des Orks sackten ein wenig zusammen.

Er gab seinen nervösen Marines Zeichen, sich aufzulösen.

Während die Abgeordneten im Optikon wieder Platz nahmen, wandte Magda Brandiman sich an das Haus.

»Ich betrachte dies nicht als Machtstellung«, hallte ihre kraftvolle Stimme durch den Saal. »Ich betrachte dies als Gelegenheit für die Wirtschaft. Fabriken, Industrieanlagen – *alle* Königreiche können so reich werden wie Graagryk! Alle können am wirtschaftlichen Aufschwung teilhaben!«

Magda zog an ihrem Pfeifenkraut und blies eine Rauchwolke aus.

»Und das Vergnügen ist auch mein Geschäft. Wenn wir daran arbeiten, können wir aus diesem Land das Vergnügungszentrum der ganzen Welt machen! Im Finsteren Osten und in den Versunkenen Ländern des Westens lassen sich ganze Landstriche neu erschließen. Wir *können* eine Stadt bauen, die dieser Bezeichnung würdig ist, und wir können alle an ihren Reichtümern teilhaben! Und nichts mehr von diesem antiquierten Unsinn von Licht und Finsternis – das ist schlecht für das Investitionsklima.«

»MAGDA! MAGDA! *Wir wollen Magda!* WIR WOLLEN MAGDA!«

Will riss sich die Samtmütze von den ergrauenden Locken und stimmte den Jubel an, der so lange anhielt, bis er den Staub von den Bücherregalen des Optikons geschüttelt hatte. Magda ließ das Bad in der Menge folgen, schüttelte Hände und lächelte professionell.

»Schei-ßee!« Ashnak griff sich an den Hals und riss seinen Jackenkragen auf. Knöpfe sprangen ab und verloren sich auf den Marmorfliesen.

Hohezauberer Oderic raffte sein weißes Gewand zusammen und setzte sich neben Ashnak auf eine Ecke des Podests. Niedergeschlagen zauberte er eine Pfeife, Pfeifenkraut und ein Schwefelholz herbei.

»Das bringt das Fass zum Überlaufen! Ich – *hkk! hakkk! hk!* – setze mich zur Ruhe.« Der Hohezauberer funkelte den Ork an. »Mir reicht's. Ich schreibe jetzt mein Buch. Das habe ich schon immer gesagt. Und jetzt tue ich es.«

Ashnak bohrte in einem haarigen Nasenloch. »Und was für ein Buch wird das?«

»Die Geschichte eines Zeitalters«, sagte Oderic und blies ein paar Rauchringe, die schief in die Höhe schwebten. »Ich werde die *wahre* Geschichte über Halblinge, Orks, den Fürst der Finsternis und den Endsieg schreiben. Die Halblinge sind dann fröhlich und moralisch und kennen ihre Stellung. Die Orks sind dann feige und verlieren. Es wird *keine* Erwähnung des Waffenhandels geben und am Ende wird der Fürst der Finsternis männlich und sehr, sehr tot sein!«

Der massige Ork prustete plötzlich vor Lachen. »Nee.«

Der Weißmagier hustete und lächelte schließlich. »Aber Ihr seht, Meister Ork, dass das Gute eben *doch* gesiegt hat. Auf eine etwas unorthodoxe Art, zugegeben, aber trotzdem – die Ordnung ist wieder hergestellt.«

»Pah!« Ashnak stapfte durch das Optikon davon.

»… Aber das ist schändlich«, protestierte Politkommissarin Razitshakra, indem sie auf die Orks zeigte, die sich mit übergeworfenem Sturmgewehr fröhlich unter die parlamentarischen Abgeordneten mischten. »Die Ledernacken scheinen sich gar nicht am Frieden zu stören!«

»He, Ma'am.« Lieutenant-Colonel Dakashnits sonore Stimme hallte unter dem Kuppeldach. »Das Soldatenleben macht viel mehr Spaß, wenn keiner auf einen schießt.«

»Oberkommandierender, Sir!« Lugashaldim salutierte skeletthaft. »Sir, Frau Präsidentin Magdalene lässt fragen, ob ich selbst und Kommissarin Razitshakra ihr zeitweilig unterstellt werden können. Sie will, dass wir ihre Geheimpolizei leiten.«

»Polizei?«, rief Ashnak.

»Uniformierte Beamte von weithin sichtbarer Integrität, die die Regierung an der Macht halten«, erläuterte Razitshakra. »Davon will sie nichts wissen, Sir. Sie will nur eine Geheimpolizei. Die ist genauso wie die reguläre Polizei, nur ohne die Uniform und die Integrität.«

Der massige Ork seufzte missmutig.

»Ich habe Neuigkeiten, Mann.« Dakashnit salutierte träge. »Offenbar sind nicht alle Käfer mit dem Raumschiff abgeflogen. Aber kein Grund zur Beunruhigung, O.K., geblieben sind Wabenkommandant Kah-Siss und sein Zug. Sie wollen ausgebildet werden.«

»Sie wollen unsere Ausbildung?«, fragte Ashnak.

»Ja, Sir! Na ja, die Ausbildung – und den Tee. Bitte um Erlaubnis, Käfer-Marines aus ihnen zu machen, O.K.«

Ashnak knurrte: »Was soll's, warum nicht? Was spielt das jetzt noch für eine Rolle?«

Er zog an seinem Hosenschritt. Dann nahm er Major-General Barashkukor die mit Litzen verzierte Schirmmütze vom Kopf und klopfte seine Zigarrenasche hinein.

»Wollte *sowieso nicht* Weltenherrscher sein«, grunzte Ashnak. »Das ist Stabsarbeit.«

»Ah. Stiefvater …«

Will Brandiman, der gerade außerhalb der Reichweite des Orks stand, legte den Kopf in den Nacken, um dem massigen Ork ins Gesicht sehen zu können.

»Du kleine Ratte!«, zischte Ashnak.

Der Halbling strahlte den Ork an, der so hoch vor ihm aufragte. »Betrachtet es als Neds und meine Rache für das Verlies von Nin-Edin.«

»Fahrt zur Hölle!«

»Sehr wahrscheinlich«, stimmte Will zu. »Aber die Moral ist – pinkelt uns nicht ans Bein. Niemals und unter keinen Umständen. Halblinge haben ein langes Gedächtnis, Meister Ork. Aber Ihr werdet reichlich Zeit bekommen, darüber nachzudenken. Da Ihr ja nun nicht mit der Weltherrschaft beschäftigt sein werdet.« Der massige Ork stand unter dem kreisrunden Loch im Dach des Optikons, in Sonnenlicht getaucht. Ein etwas streng riechender Dampf stieg von ihm auf. Er fuhr sich über die Nase und seine Augen funkelten, als sie die Colonel-Herzogin fixierten.

»Höllenfeuer! Sie hat sich nicht lange bitten lassen, das zu tun«, sagte Ashnak verbittert.

Der Halbling hob eine kleine Augenbraue. »Sie hat sich nicht lange bitten lassen, Euren Arsch zu retten. Sie hat sich nicht lange bitten lassen, das Einzige tun, was verhindern konnte, dass Euch der Pöbel hier in Stücke reißt. Ach, und man *hätte* Euch in Stücke gerissen – dafür hätten Ned und ich schon gesorgt. Aber …«

Will Brandiman deutete mit einer Geste seiner Hand auf den Saal unmittelbar vor dem Weltenthron. Fünfhundert parlamentarische Abgeordnete des Lichts und der Finsternis drängten und stießen einander in ihrem Eifer, mit Magda zu reden.

Orks standen in Tarnuniformen und mit Sturmgewehren – bequem – in Gruppen herum und tranken aus ihren Wasserflaschen. Jeder Ledernacken trug mit Leichtigkeit die Last seiner Waffen, Reservemagazine und Granaten.

»Wenn Euch das alles so ankotzt«, sagte Will leise, »legt sie doch um. Ihr könntet immer noch einen gewaltsamen Coup landen. Aber zuerst müsstet Ihr Mutter ausschalten. Also nur zu – tut es.«

Der Ork rührte sich nicht.

»Ihr seid ein Marine«, streute Wills Zunge Salz in die

Wunde. »Genau das tun Marines doch, nicht wahr. Also los! *Nehmt Euch* die Macht.«

Die Bänder der Halskrause des Halblings hingen bereits locker herab. Er kratzte sich gereizt am Kragen seines Wamses, der mit Stickereien versteift war. Will warf einen Blick auf die Zauberer des Ordens der Weißmagier, die sich im Hintergrund mit der Krone aus Onyx und Diamanten beschäftigten und alles für die Krönung vorbereiteten. Ein Sonnenpriester schnatterte sich durch den Krönungseid.

»Ich kann nicht.« Ashnak griff ganz tief in eine Tasche seiner Uniformjacke, holte noch eine Zigarre heraus und biss das Ende ab. Er spie auf den gefliesten Boden des Optikons. »Verdammich, Halbling, *ich kann nicht*.«

»Das dachte ich mir«, sagte Will selbstzufrieden. »Die Schurken erreichen am Ende nie ihr Ziel.«

»Ach, fick dich doch ins Knie!«

Ashnak straffte die Schultern, kaute auf seiner unangezündeten Zigarre herum und sah zu, wie unter dem Jubel beider Seiten des Hauses Magdalene Amaryllis Judith Brechie van Nassaus von Graagryk, Herzogin und Colonel im Optikon und auf einem Thron, der älter war als die Städte selbst, ihren Platz als Präsidentin der Vereinten Nord- und Südkönigreiche und rechtsgültiger Weltenherrscher einnahm.

13

Die Herbstsonne brannte den Tau von den Steinmauern in Ferenziens kolossalem Stadion, dem größten in den Südkönigreichen. Der Jubel wurde lauter, als das *Schrapp-schrapp-schrapp* eines Bell Iroquois HU1-Hubschraubers über den mit Samt ausgeschlagenen steinernen Tribünen ertönte. Der Lärm des Marine-Vorbeimarschs und des Siegesturniers der Vereinigten Streitkräfte hallte in den Himmel. Ein einmotoriges ferenzisches Luftschiff zockelte heran und schwankte mit seinem Kontingent von elf Musketieren in der Luft, als der Huey es passierte.

»Mein Held!«, hauchte eine Zwergin aus dem Norden, die Hände über dem krausen Bart an die Brust ihres blitzenden Panzerhemds gepresst.

Major-General Barashkukor, in schwarzer Gala-Uniform und mit einem Stetson auf dem Kopf, trat aus einer Menge aus weiblichen Zwergen und Halblingen mit Blumen in den Bärten beziehungsweise Haaren. Sie streuten Rosenblüten über den kleinen Ork und hauchten ihm Küsse zu.

Er winkte die Menge zurück, während er sich Frau Präsidentin Magdalenes Loge näherte, um vor seinem Ehren-Colonel zu salutieren. »Großartige Schau, Ma'am.«

Die Weltpräsidentin saß auf einem geradlehnigen Stuhl mit Blick über die gesamte Arena und mit ihren vielen Ratgebern in einer Reihe hinter sich. Die Halblingsfrau trug ein pfirsichfarbenes Kostüm, Handschuhe und einen kleinen Hut mit gepunktetem Schleier.

»Machen Sie das Beste daraus, Major-General. Wahrscheinlich ist es die Letzte.« Magda Brandiman betrachtete die sonnenbeschienenen Ränge der Zuschauer mit einem neidischen Auge. »Das Hohe Haus hatte den Nerv, den Gesetzentwurf zur Bildung einer Marine-Reserve (Auflösung) heute zu ratifizieren. Ich konnte nichts machen. Der Verteidigungshaushalt wurde um die Hälfte gekürzt, da die Marines ohne einen Krieg ›unwirtschaftlich‹ sind.«

»Wir können immer einen anfangen, Ma'am«, schlug Barashkukor nachdenklich vor.

»Womit?« Sie stützte ihr Kinn auf eine Hand. »Das Material aus Dagurashibanipals Hort geht langsam zur

Neige und mit Beginn des nächsten Monats wird die Produktion der Waffenfabrik eingestellt.«

»Oh.«

»Meine Söhne haben die Stadt verlassen«, seufzte Magda. »Zuletzt habe ich sie sagen hören, sie hätten die Verwunschene Redoute bestohlen, den Fürst der Finsternis überlistet und die Marines ausgestochen. Was bliebe ihnen also noch zu tun? Und es gäbe keine Abenteuer mehr, die ihrer würdig seien.«

Sie bedachte den Ork mit einem sarkastischen Blick.

»Ich weiß, wie sie sich fühlen, Major-General. *Ich* vermisse das Abenteuerleben. Seit Monaten habe ich nichts ernsthaft Illegales mehr unternommen. Nur Politik. Aber jeder Politiker ist ein Gauner, also zählt das im Grunde nicht. Sehen Sie, es ist zu meiner Aufgabe geworden, den Status Quo zu erhalten. Immer mehr Verantwortung wird auf meine Schultern abgewälzt … Das heißt, ich bin es, die sich Gedanken darum machen muss, ob Ashnak …«

Sie brach mitten im Satz ab.

Der kleine Ork strich glättend über die nackte Vorderseite seiner Uniformjacke.

»Ein Orden hätte mir gefallen«, sagte er. »Unter anderen Umständen hätte General Ashnak mir ganz sicher einen verliehen.«

Seine Unterlippe zitterte.

Magda winkte ihre Ratgeber fort und beugte sich vor. »Schütten Sie Magda Ihr Herz aus«, lud sie ihn ein.

Barashkukor schniefte. »Ich mache mir Sorgen um meinen geliebten General, Ma'am! Er sitzt im Norden in der Festung Nin-Edin und *brütet*. Er will den Marines keine Befehle erteilen, er schließt sich nur die ganze Zeit ein und jetzt …«

»Er wird sich entweder mit Würde zur Ruhe setzen oder blutige Rache nehmen«, sagte die Weltpräsidentin. »Ich weiß, worauf ich mein Geld setzen würde. Ich bin es, die sich deswegen Sorgen machen muss. Und … Barashkukor, ich habe seit einem Monat von Ashnak nichts mehr gesehen oder gehört.«

Der kleine Ork putzte sich die Nase.

»Jetzt haben Sie, Ma'am. Deswegen bin ich hier. Ich habe gerade eine Nachricht aus dem Norden erhalten. Sie war nicht sehr klar, Ma'am. Der General beruft eine Versammlung ein, will Sie auch dabei haben – er sagt, er will so etwas wie eine Bekanntgabe machen.«

Magda biss sich auf die Lippe.

»Lassen Sie den Huey landen«, befahl die Colonel-Herzogin. »Was es auch ist, ich will auf keinen Fall, dass wir zu spät kommen.«

* * *

Das Dämonenfeste-Gebirge erhob sich auf beiden Seiten immer höher, als Wing Commander Chahkamnit den Huey von Sarderis heraufzog und durch den Nin-Edin-Pass flog. Nebel lag über den Gipfeln. Wasser spritzte gegen die Scheiben. Die Sicht nahm ab, je näher sie der Passhöhe kamen. Der durch den Hubschrauber wehende Wind war eisig.

»Wunderbar erfrischend, Ma'am, was?«, bellte Chahkamnit unter seiner Schutzbrille und Fliegermütze mit den Ohrenklappen.

»Kalt genug, um einem Bergtroll den Arsch abzufrieren«, fauchte Magda. »Stand sonst *gar nichts* in Ashnaks Nachricht, Major-General?«

Barashkukor hielt mit aller Kraft seinen Stetson fest. »Nein, Colonel, Ma'am. Nur, dass er uns alle sofort bei sich haben will.«

Im Laderaum des Huey saßen CIA-Leiter Lugashaldim, Master Sergeant Varimnak und Lieutenant-Colonel Dakashnit griesgrämig und gequetscht Ellbogen an Ellbogen. Politkommissarin Razitshakra las ein zerfleddertes Taschenbuch. Es war nicht ganz klar, ob sie gerufen worden war oder sich einfach selbst eingeladen hatte, um nach Beispielen für un-orkisches Verhalten Ausschau zu halten.

Krach!

»Saubere Landung, Wing Commander.« Magda schwang sich aus der Kanzel des Huey nach unten. Die Maschine stand im Außenhof der Festung Nin-Edin, allerdings nicht besonders gerade. Ein schauerlicher Nebel wirbelte um die Zinnen und fiel förmlich von den Berggipfeln herunter, sodass der innere Festungsturm und das Außentor darin verborgen waren.

»Damit sind einige Erinnerungen verbunden, Ma'am«, sagte Barashkukor, der mit den anderen Offizieren ausstieg. Seine Augen leuchteten. »Das erste Mal, dass ich eine Waffe der Marines bedient habe, das geschah genau hier auf diesem Platz. Ich und Marukka und Duranki und Azarluhi … die sind mittlerweile alle tot, Ma'am. Auf dem Schlachtfeld gefallen.«

Barashkukor wischte sich energisch die kleine Schnauze an seinem Jackenärmel ab. »Ich frage mich, ob es nicht besser gewesen wäre, Ma'am, wenn der General bei einem Feuergefecht einen ehrenhaften Tod gefunden hätte …«

Magda funkelte den schniefenden Ork an. »Nein, das wäre es verdammt noch mal nicht!«

»In der Schlacht zu fallen, entspricht der Lebensart des Orks, Ma'am«, stellte Kommissarin Razitshakra fest, während sie das Buch in eine Tasche ihres Militärmantels schob und sich dann den Nebel von den tropfenden gespitzten Ohren und den runden Brillengläsern wischte. »In der Lebensart des Orks steht nichts über Reservelisten, Pensionen und Offiziere im Ruhestand. Und auch nichts über Schmollen …«

»Soweit es mich betrifft, Kommissarin«, sagte Dakashnit gedehnt, »können Sie sich das in den Arsch schieben und dazu Polka tanzen!«

Die Halblingsfrau und die Gruppe der Orks trotteten den Hang zur Innenmauer und dem zerschmetterten Tor empor, das immer noch nicht repariert worden war, obwohl es jetzt von einer Abteilung Marines bewacht wurde. Magda hörte Master Sergeant Varimnak seufzen.

»Erinnert sich noch jemand an die Belagerung?« Der Bösemädelz-Sergeant stieß Lugashaldim den Ellbogen in die blanken Rippen. »Scheiße, Mann, war *das* gut! Diese Elfe – die konnte eine Peitsche schwingen, als wäre sie dafür *geboren*.«

Der untote Ork nahm seine dunkle Brille ab und schaute zum ramponierten Turm empor, der sich jetzt langsam aus dem wallenden Nebel schälte. »*Ich* erinnere mich noch an das Kommandounternehmen in Viergatter und daran, wie tapfer General Ashnak war. Er wollte sich auf keine Diskussion einlassen – er hat darauf bestanden, zu dieser belagerten Festung zurückzukehren, ungeachtet der damit verbundenen persönlichen Gefahr …«

Kommissarin Razitshakra machte sich einen Vermerk in ihr Buch und murmelte etwas in der Art, *sie* habe diesen Vorfall etwas anders in Erinnerung. Lugashaldim ignorierte sie. Er tätschelte Magdas Arm mit behandschuhter Skeletthand.

»Ma'am, sich vorzustellen, dass es einmal so weit mit ihm kommen würde. Dass er in einer Garnison mitten im Nichts herumschleicht. Trinkt, nehme ich an, und …«

Auf ihrer anderen Seite stopfte Chahkamnit sich die Fliegerbrille in die Tasche seiner Bomberjacke und duckte sich, um Magda den Arm um die Schulter zu legen. »Ich muss schon sagen, Ma'am, ich würde keinen Gedanken an so etwas verschwenden, Ma'am, wenn ich Sie wäre. Der alte General ist schwer in Ordnung, verlassen Sie sich drauf. Er würde nie irgendwas Dummes anstellen.«

Magda verpasste dem schlaksigen schwarzen Ork einen Stoß und Chahkamnit setzte sich hart auf den Hosenboden.

»Ihr geht mir alle auf die Nerven!«, fauchte sie. »Verdammt noch mal, wessen Ehemann ist er eigentlich? Ich kenne Ashnak besser als ihr alle zusammen.«

Ein massiger Ork trat unter dem geborstenen Steinbogen des Innentors hervor und in den wallenden Nebel.

Der Offizier im Generalsrang, der die Ork-Marines befehligte, trug eine ramponierte Uniformhose, und zwar ganz offensichtlich schon seit einiger Zeit. Seine Stiefel waren abgestoßen und sein Koppel wurde vom Gewicht seiner .44er Magnum heruntergezogen und hing sehr tief. Nebel perlte und glänzte auf seinem kahlen Kopf, den spitzen Ohren und den Brauenwülsten. Barashkukor salutierte mit Nachdruck. »Sir, Sie sagten, Sie hätten eine Ankündigung zu machen, Sir!«

»Habe ich das gesagt?« Ein rätselhafter Ausdruck huschte über die zerfurchten Gesichtszüge des Orks. Mit einem Finger berührte er die Schulter von Magdas Kostümjacke.

Lugashaldim, Varimnak, Dakashnit und Chahkamnit wechselten wachsame Blicke. Völlig verblüfft betrachteten sie ihren massigen und schmuddeligen Vorgesetzten. Ashnak schritt ganz durch das Tor hindurch und an ihnen vorbei hangabwärts.

»Folgt mir«, befahl er.

* * *

Die Kavernen unter dem Berg hallten im Marschtritt der Stiefel und der zischenden Bogenlampen, die Ork-Marines an Kabeln festgemacht hatten. Wenn auch kühl, war es doch wärmer als auf dem nebelverhangenen Berghang.

Colonel-Herzogin Magda van Nassaus Absätze klackerten, als sie ihren Schritt beschleunigte, um mit ihrem Ork-General Schritt halten zu können. Die anderen Ork-Offiziere folgten und murmelten dabei leise untereinander, während Ashnak sie immer tiefer in die Drachenhöhle führte.

»Will hat mit mir gesprochen, bevor er Ferenzien verließ.« Magda sah auf. »Er behauptet, die Ork-Marines müssten am Ende zwangsläufig zugrunde gehen – *Hybris*. Und das Gute würde am Ende immer gewinnen.«

Ashnaks Augen funkelten. Er kaute auf seiner nicht angezündeten Zigarre. »Aber so ist es nicht.«

»Das vergleichsweise Gute«, fügte Magda hinzu. »Ich bin die Erste, die zugibt, mein Schatz, dass ich *gut* bin – nur verglichen mit, sagen wir, einem ernsthaft gelangweilten Fürst der Finsternis, der gerade erwägt, bloß so zum Spaß einen Kontinent zu vernichten.«

Die Mundwinkel des Orks zuckten. »Stimmt. Aber so ist es *wirklich* nicht.«

»Wie meinst du das?«

»Ich werde es euch zeigen.«

Barashkukor war knapp hinter ihr und die anderen folgten dichtauf, als Magda die zentrale Kaverne von Dagurashibanipal betrat. Sie starrte zu den Kristallstalaktiten empor, die alles waren, was von dem toten Drachen überdauert hatte. Kabel lagen auf dem Boden. Überall brannten Bogenlampen und erwärmten die kalte Luft in der Kaverne.

Geplündert und kahl erstreckten sich die Kammern des Drachenhorts vor ihr.

»Ich hab's gefunden. Ich hab's. Ich hab's …« Die Stimme von Tech-Colonel Ugarit löste kristalline Echos aus. Er hüpfte von einem Fuß auf den anderen, grinste Ashnak schwach an und wich dann zurück, bis sich seine magere Gestalt an die Höhlenwand schmiegte.

»Ich *verspeise* Sie«, drohte der massige Ork.

»Noch nicht, mein Schatz«, flehte Magda. »Sie haben hier etwas gefunden? Was?«

Lieutenant-Colonel Dakashnit beäugte sarkastisch den stammelnden Ugarit. »Wahrscheinlich irgendein supertolles neues Waffensystem, Mann. Stimmt das, General? Überlegen Sie, die Leute in Grund und Boden zu sprengen?«

Ashnak seufzte. »Ermuntern Sie ihn nicht auch noch. Er will schon seit Monaten dieses *›nukleare‹* Zeugs aus den Regalen holen und sehen, was es anrichtet.«

»Gefunden!«, kreischte der magere Ork. Sein Blick wurde scheel. Er bekam einen Kicheranfall. »Gefunden!?«

Ashnak trat vor, nahm dem Tech-Colonel den Helm ab und ließ die Faust auf den Schädel des mageren Orks herabsausen. Ugarit taumelte rückwärts gegen die Höhlenwand.

»Ich habe keine Waffe entdeckt. Nicht direkt …« Ashnak hob den Kopf, da er vorübergehend durch eine Reihe von Einschusslöchern in der Höhlendecke abgelenkt wurde.

»Das erste Mal, dass ich je mit einem AK geschossen habe«, bemerkte der massige Ork in melancholischem Tonfall, während er nach oben zeigte. »Beinah hätte es Imhullu erwischt! Ach, du hast ihn wohl nicht mehr kennen gelernt, Magda, mein Schatz. Ein Nestbruder von mir. Ist bei Guthranc gefallen.«

Magda warf sich vorwärts und umschlang den dicken, muskulösen Oberschenkel des Orks. Sie ballte eine Hand zur Faust und traf den empfindlichen Schmerzpunkt auf der Innenseite. »Wag es nicht, auch nur daran zu *denken*, irgendetwas Dummes anzustellen, sonst kannst du was erleben!«

Ashnak strich ihr mit hornigem Finger über das Kinn. »Hast du das gedacht?« Er schüttelte den Kopf und starrte in die kummervollen Gesichter seiner Offiziere. »Mach dich nicht lächerlich! Ich bin ein *Ork*!«

Barashkukor sah sich in der Kaverne um.

»Das ist wie eine Reise in die Vergangenheit, nicht wahr, Sir? Können Sie sich erinnern, Sir, als ich noch ein magerer kleiner Ledernacken war, Sir, und Sie uns ausgebildet haben? Und als wir dann mit Captain Shazgurims und Captain Zarkingus Leuten in den Krieg gezogen sind? Das waren noch Zeiten! Aber ich schätze, diese Zeiten sind vorbei, Sir. Ich denke langsam, dass wir in den schlechten alten Zeiten im Turm des Nekromanten mit unseren Streitäxten besser daran waren. Damals waren wir nicht überflüssig. Ich glaube, ich vermisse den Fürst der Finsternis, Sir. Da konnten wir wenigstens noch gegen das Licht kämpfen …«

Ashnak sah nicht Barashkukor an, sondern die winzige Halblingsfrau neben ihm.

Sie sagte: »Du hast irgendwas in petto …«

»Worauf du einen lassen kannst!«, grinste Ashnak.

Der Ork-General machte auf dem Absatz kehrt und marschierte davon. Seine Stiefel hallten laut in der geräumigen Höhle. Magda beeilte sich, um mit ihm Schritt zu halten. Ugarit fiel hinter ihr ein und vergrub die Hände in den Taschen seines weißen Kittels. Seine vielfach durchstochenen und behangenen Ohren klimperten, als er dabei kreischend von einem Fuß auf den anderen hüpfte.

»Eine Paradigma-Anomalie! Es ist ganz simpel! Eine Paradigma-Anomalie!«

Benommen stolperte Magda dem Oberkommandierenden Ashnak und seinen lebenden und untoten Offizieren hinterher und immer tiefer in das Höhlensystem hinein. Sie war sich bewusst, dass Barashkukor irgendwann ihren Arm nahm und ihr Geröllhänge hinunter half, mit denen ihre hochhackigen Schuhe nicht zurechtkamen. Sie streifte die Schuhe ab und ging barfuß weiter. Kurze Zeit später entledigte sie sich auch ihres Schleierhuts.

Sie kam durch uralte und unermesslich weitläufige Kavernen, in denen jetzt das grelle Licht der Elektrizität brannte. Sie stolperte um Säulen herum und die Treppen zu einer unterirdischen Stadt hinunter, deren glücklose Bewohner der Drache ausgelöscht hatte. Ledernacken mit AK47s und M16s standen an jeder Ecke und in jedem Gang Wache. Barashkukor, Lugashaldim, Varimnak und Dakashnit waren zu gedankenverloren, um ihre Grüße zu erwidern, was Razitshakra sorgfältig notierte.

Schließlich, so tief unter dem Boden, dass bereits das Wissen um die Masse des Berges über ihr einen gewaltigen Druck ausübte, trat sie durch einen neu geöffneten Durchgang in eine Halle.

Groß genug für sechs Drachen, lag die gewaltige Decke hoch über ihrem Kopf. Sie folgte dem Stück Höhlenboden, das in dem Riesenraum winzig wirkte.

Gemeißelte steinerne Bogengänge in den Wänden führten aus der Kaverne heraus.

Winde bliesen aus den Bogengängen.

Magdas Nüstern blähten sich, als sie hundert vermischte Düfte witterte – alle fremdartig, alle unbekannt. Hinter ihr fluchte atemlos ein Ork. Magda gaffte.

Jeder kunstvoll gemeißelte Steinbogen führte zu einem anderen Ort.

Das Licht fremder Sonnen erzeugte Streifen auf dem Höhlenboden. Gelbe, weiße, bernsteinfarbene, kirschrote … Eine Flut unterschiedlichen Sonnenlichts – voll in der Hitze des Sommers, fahl in der Kälte des Winters – und nichts von dem klammen Nebel, der über dem Nin-Edin-Pass hing.

Magda trat vor, bis sie auf einer ebenfalls kunstvoll gestalteten Schwelle stand. Der Stein war so bearbeitet, dass seltsame Geometrien entstanden. Die Aura der Drachenmathematik quoll aus dem Gestein. Ein Schritt vor ihren nackten Füßen, da weinten die Pflastersteine irgendeiner fremden, unter der Sommerhitze leidenden Stadt Teer in den Rinnstein.

Sie schaute zurück.

Andere Schwellen führten zu fruchtbaren Feldern, Wäldern, Meeren und Städten aller Art, von solchen aus monumentalem weißem Stein bis zu solchen mit gigantischen Türmen aus Glas und Stahl. Sie roch die vermischten Düfte von hundert Welten. Von hundert Anderswelten …

Ugarit kreischte: »Dimensionsportale! Wurmlöcher im Raum! Paralleldimensionen!«

»Ist alles mit ihm in Ordnung, Sir?« CIA-Leiter Lugashaldim schluckte. Sein knochiger Kiefer knackte. »Ist mit *mir* alles in Ordnung, Sir?«

Mit Mühe kehrte Magda der wunderbaren Schwelle den Rücken und ging zu Ashnak. Sie streckte ihre Hand aus und nahm die des Orks.

»Du hast das hier entdeckt«, grollte sie.

Ashnak stand lässig. »Ich wusste, dass es hier irgendwo sein musste.«

Magda schüttelte den Kopf. »Ich weiß, dass Dagurashibanipal ein Sammler war. Sehr mächtig, selbst für einen Drachen. Ein Sammler von Militaria. Aber was …«

Mit sandfarbenen, leuchtenden Augen hörte der geifernde Ugarit auf herumzuhüpfen. »Antiquarische Militaria!«, höhnte er. »Sehr wenig wirklich modernes Zeug. Sie wissen, wie Drachen sind.«

Die perplexen Ork-Offiziere wanderten staunend durch die Höhle der Portale. Varimnak war kaum noch zu sehen und hatte doch noch immer nicht das Ende der Portalreihe erreicht.

Ashnak lächelte und zeigte dabei messingüberzogene Hauer. »Ich wusste, dass der Drache Kriegswaffen von allen Anderswelten sammelte, die Nekromanten und Zauberer in ihren Visionen sehen. Er war dort oder hat seinen Golem geschickt und hat Material zurückgebracht. Und dann ist er gestorben und hat seinen Hort verflucht und seitdem liegt der Drachenfluch auf uns.«

Major-General Barashkukor rief schockiert: »Sie haben noch keinen Weg gefunden, ihn loszuwerden, Sir?«

»Guter Gott, nein!« Ashnak kratzte sich tief in der Ritze zwischen seinen Hinterbacken und zog die Uniformhose wieder hoch. »Dagurashibanipal hat von diesen Höhlen hier unter dem Dämonenfeste-Gebirge Raubzüge durch andere Welten unternommen. Die Tore gibt es immer noch. Es musste sie geben! Wie hätte Sergeant Stryker sonst hierher gelangen sollen?«

Ashnak zuckte bescheiden die Achseln.

»Er traf hier mindestens ein Jahr nach Dagurashibanipals Tod ein.«

Magda schüttelte den Kopf. »Und ich dachte, du würdest da oben umherschleichen und irgendeinen edlen Selbstmord planen …«

»Ich bin ein Ork, verdammich!«

Erstaunter, als es taktvoll zu sein schien, sagte sie: »Erzähl mir nicht, du und der Tech-Colonel, ihr wärt ganz allein darauf gekommen!«

Selbstgefällig sagte Ashnak: »Ich bin nicht einfach irgendsoein dämlicher Ledernacken.«

»Ich habe Strykers Welt beobachtet – das ist die da drüben, Colonel, Ma'am, die Sie sich gerade angesehen haben«, plapperte Tech-Colonel Ugarit. »Die ist *wirklich* komisch. Und es gibt mehr als eine Welt. Es gibt *Hunderte*!«

Barashkukor schlug mit seiner Stahlhand nach dem Ohr des Tech-Colonels. Ugarit gackerte. Der untote Ork und die anderen Offiziere wichen von den Portalen zurück. Ihre Mienen kündeten von großer Benommenheit.

»Das ist etwas übertrieben«, stutzte Ashnak zurecht. »Wahrscheinlich sind es nicht mehr als fünfzig Welten, auf denen Orks überleben könnten. Bei manchen ist die

Technik höher entwickelt als bei uns, bei anderen niedriger.«

Wie hypnotisiert ging Magda barfuß zurück über das von der Sonne erwärmte Gestein zur Schwelle von Strykers Welt. Sie witterte die fremde Luft.

»Riecht wie die motorisierte Division.« Die Halblingsfrau rümpfte die Nase. Sie beugte sich vorsichtig nach vorn und neigte den Kopf über die Schwelle. Ihr kam es so vor, als gebe etwas nach, als habe sie eine transparente Membran durchstoßen. Geräusche drangen an ihre Ohren. Sie starrte auf die Fahrzeuge, die über die geteerten Straßen der Stadt und über eine äußerst belebte Brücke auf sie zu donnerten und den hohen Glastürmen hinter ihr und den gothischen Zinnen eines Gebäudes neben dem trägen braunen Fluss entgegen.

Als sie den Kopf drehte, war die Höhle hinter ihr unsichtbar geworden. Sie zog den Kopf zurück. Kalte Luft umgab sie, Kälte nach dem unerwarteten und von Abgasen durchdrungenen Sommer.

»Ihr wisst alle, was das bedeutet …«

Major-General Barashkukor starrte mit surrendem Cyborg-Auge sprachlos auf den schmutzig-blauen Himmel und die roten Fahrzeuge, die die eiserne Flussbrücke überquerten. Kommissarin Razitshakra kritzelte eifrig in ihr Notizbuch. Sergeant Varimnak stieß Dakashnit in die Rippen, zeigte mit einem Nicken ihres wuchtigen Kopfes auf eine Stelle, wo sich zwei junge Frauen der menschlichen Rasse aus der Menge lösten und sich über das Brückengeländer lehnten, und zwinkerte. Wing Commander Chahkamnit gaffte. Lugashaldims rote augenlose Höhlen leuchteten. Ugarit strahlte.

Ashnak betrachtete Strykers Welt. »Ich glaube nicht, dass wir uns um eine Beschäftigung für Orks Sorgen machen müssen. Dagurashibanipal scheint nur an Welten interessiert gewesen zu sein, die vollkommen vom Krieg besessen sind.«

»Gute Schau, Sir!« Wing Commander Chahkamnit schirmte die Augen vor dem gelben Sonnenlicht ab und beobachtete eine Staffel Tornados, die über den schmutzigen Himmel jagte.

»Ich muss schon sagen: Wie wär's damit?«

Magda nahm Ashnaks Hand und starrte in die aufgehende Sonne der neuen Welt.

»Ich habe tatsächlich eine Ankündigung zu machen.« Der massige Ork sah zuerst seine Offiziere an und dann Magda. »Ich habe dir mal etwas erzählt, mein Schatz. Was ich erlebt habe, als der Fürst der Finsternis meine Seele berührte. Natürlich habe ich mir vor Ihr nie etwas anmerken lassen, doch es hat mir gezeigt, was ich als Ork wirklich bin.«

Major-General Barashkukor nahm eine militärisch aufrechte Haltung an. »Sir, ein Mitglied einer stolzen und edlen, aber missverstandenen Rasse von Kriegern, Sir?«

Das ließ sich der massige Ork einen Augenblick durch den Kopf gehen.

»Eigentlich nicht«, sagte Ashnak. »Eher ein gemeines Arschloch, das auf große Kanonen steht. Ich will gar kein Weltenherrscher sein. Ich will nur weiter das tun, was mir Spaß macht. Ich habe die Absicht, auch weiterhin ein Ork-Marine zu sein. Und ich habe die Absicht, die Marines in Einsätze auf so vielen von diesen Welten zu führen, wie ich nur kann.«

»Ich auch«, sagte Magda unerwartet.

Die schwarze Orkfrau Dakashnit grinste und murmelte leise etwas von strohdämlichen Halblingen.

»Verdammich, mein Vizepräsident kann den Laden hier übernehmen.« Magda nahm Ashnaks große Hand und grinste. »Teufel auch, Ork, ich bin schließlich auch ein Offizier der Marines – diesmal begleite ich dich!«

»*Yo!*« Ashnak schwang Magda Brandiman in seine

Arme, tanzte ein paar Walzertakte über den Höhlenboden, küsste sie und wich zurück, als sie ihn kräftig trat.

»Mein Schatz«, sagte der massige Ork ernst, »ich dachte, ich müsste dich zumindest darum *bitten*.«

Barashkukor nahm die Hand des Oberkommandierenden Ashnaks und schüttelte sie heftig. »Oh, *Sir*!«

Magda zog ihren maßgeschneiderten Rock gerade.

»Natürlich …« Ihre Augen verengten sich. »Wenn John Stryker zufällig durch ein Portal hierher gekommen ist – dann können das auch andere. Zufällig. Oder absichtlich.«

»Sie können uns nicht sehen! Oder doch?« Tech-Colonel Ugarit wimmerte plötzlich und duckte sich, dann drehte er sich langsam und betrachtete scheeläugig die Höhle mit den drachengroßen Torbögen. »Vielleicht stehen wir gerade unter Beobachtung und kurz davor, angegriffen zu werden!«

Kommissarin Razitshakra klappte ihr Notizbuch entschlossen zu. »Dann müssen wir mit unserem Vergeltungsschlag schneller sein! Oberkommandierender, Sir, ich melde mich freiwillig, um Sie zu begleiten!«

»Das dachte ich mir«, antwortete Ashnak.

Magda spekulierte gesetzt und zurückhaltend. »Ich bin sicher, die Anderswelten werden die Vorteile einer Handelsbeziehung mit der Ork-Marine-Gesellschaft für Rüstungsgüter und Dienstleistungen im Gunstgewerbe erkennen – sobald wir ihnen eine kleine Vorführung geliefert haben.«

»Wenn nicht«, setzte Barashkukor den Gedanken fort, »können wir immer noch eine große Vorführung liefern …«

»Herzlichen Glückwunsch!« Ashnak drosch auf Major-General Barashkukors Schulter. »Sie haben sich gerade ebenfalls freiwillig für den ersten Einsatz gemeldet. Und diesmal *werde* ich dafür sorgen, dass Sie einen Orden bekommen.«

»Oh, Sir, *danke*, Sir!«

Mit weit aufgerissenen Augen und kerzengerade gespitzten Ohren begutachtete Barashkukor die Höhle der Portale und die vielen Welten. »Ich sehe es jetzt ganz deutlich vor mir, Sir. Einsätze! Feldzüge! Kriege! Kreuzzüge! Imperien!«

CIA-Leiter Lugashaldim sann: »Arbeitgeber für Söldner. Regierungen, die es zu destabilisieren gilt …«

»Welten«, sagte Politkommissarin Razitshakra, »in die wir die Lebensart des Orks tragen können!«

»Rock & Roll«, murmelte Master Sergeant Varimnak. Dakashnit lachte schallend. Sie stieß Wing Commander Chahkamnit in die Rippen. »Das gefällt mir, Mann! Neue Welten zu erobern – und sie denkt gleich an ihre …«

»Oh, ich muss schon sagen!« Chahkamnit errötete.

»Ich sehe es auch vor mir.« Ashnak grinste. »Vergewaltigungen. Plünderungen. Massaker. Gräueltaten …«

Ashnak warf den Kopf in den Nacken, die haarigen Nüstern gebläht, und witterte die Winde aus der Arkade der Welten. Der massige Ork in der schmutzigen Tarnuniform legte die Arme um Magda Brandiman, während dem Ork, der Halblingsfrau und den Ork-Marine-Offizieren der Sonnenaufgang der Anderswelt strahlend in die Augen schien.

»Yo!«, rief Ashnak. »Für einen Ork geht nichts über ein Leben bei den Marines!«